SUPERPOCKET

grandi best-seller da grandi editori

# L'ULTIMA PREDA

Romanzo

*di WILBUR*

*SMITH*

TRADUZIONE DI
CARLO BRERA

LONGANESI & C.
MILANO

# WILBUR SMITH

# L'ULTIMA PREDA

SUPERPOCKET

Titolo originale:
*A Time To Die*
Traduzione di Carlo Brera



Edizione su licenza di Longanesi & C.


ISBN 88-462-0069-1

# L'ULTIMA PREDA

*A mia moglie*
*Danielle Antoinette*
*con tutto il mio amore.*
*Per sempre*

Ormai sedeva immobile da più di due ore, e le era venuta una voglia irresistibile di sgranchirsi. Ogni singolo muscolo le tremava, implorando la grazia di un po' di movimento. Aveva le natiche tutte intorpidite e soffriva in modo atroce, anche perché non aveva voluto vuotare la vescica prima di appostarsi. Le avevano consigliato di farlo, ma lei, imbarazzata dalla compagnia maschile e ancora troppo impaurita dalla boscaglia africana, non si era azzardata ad andare a cercarsi un posticino tranquillo tutta sola. Adesso però si pentiva sia della paura sia del pudore.

Stava guardando fuori dallo spioncino della posta, che era una rozza struttura di erba e frasche, e osservava l'angusto cunicolo che i portatori avevano ritagliato meticolosamente nella boscaglia fitta. Anche il minimo rametto poteva deviare una pallottola che viaggiava a ben mille metri al secondo.

Il cunicolo era lungo una cinquantina di metri. Li avevano misurati con la massima cura, in modo da poter regolare alla perfezione il mirino telescopico del fucile da caccia.

Senza muovere la testa, Claudia girò gli occhi sul padre, che aspettava al suo fianco. Teneva il fucile appoggiato alla forcella di un ramo, a portata di mano, con la destra posata sul calcio. Per imbracciare, mirare e far fuoco gli bastava spostarlo di pochi centimetri.

Pur nel disagio fisico che provava, il pensiero di suo padre che sparava con quell'arma luccicante e sinistra la fece arrabbiare. Da sempre lui l'aveva riempita di emozioni violente e contrastanti; nulla di ciò che faceva o diceva sembrava lasciarla indifferente. Quell'uomo dominava la sua vita, e per questo lei l'odiava e l'amava. Sempre cercava di sfuggirgli, e sempre lui senza sforzo la tratteneva. La giovane sapeva bene che la principale ragione per cui era ancora nubile a ventisei anni di età – nonostante la sua bellezza, nonostante le tante proposte di matrimonio che aveva ricevuto, fra cui almeno due da parte di uomini che all'epoca anche lei era convinta di amare – era l'uomo che le stava seduto accanto. Non aveva mai conosciuto nessuno che fosse paragonabile a suo papà.

Il colonnello Riccardo Monterro: soldato, ingegnere, studioso, *gourmet*, uomo d'affari multimiliardario, atleta, *bon vivant*, dongiovanni, sportivo... quante descrizioni gli andavano a pennello, eppure non lo esaurivano affatto, per come lo conosceva lei! Non dicevano nulla della sua gentilezza e della sua forza, che glielo facevano amare; né della crudeltà e della spietatezza che glielo facevano odiare. Non dicevano che cosa aveva fatto a sua madre, trasformatasi per colpa sua in un rottame alcolizzato. Claudia sapeva benissimo che quell'uomo era capace di distruggere nello stesso modo anche lei, se si lasciava investire dalla sua carica. Lui era il toro, e lei doveva essere il torero.

Era un uomo pericoloso, e proprio lì stava, in gran parte, il suo fascino.

Qualcuno una volta le aveva detto: « Dei veri bastardi, qualche donna si innamora sempre ». Lì per lì aveva rifiutato l'idea, poi ci aveva ripensato e in parte aveva finito per accettarla. Dio sapeva che suo padre era un vero, formidabile bastardo, con tutto il suo fascino di occhi brillanti e denti splendenti e origini latine: era capace di cantare come Caruso e mangiarsi tutta la pastasciutta che lei riusciva a mettergli nel piatto, ma, nonostante fosse nato a Milano, era comunque più americano, perché i nonni di Claudia erano emigrati a Seattle dall'Italia di Mussolini quando Riccardo era bambino.

Lei aveva ereditato le sue caratteristiche fisiche, gli occhi, i denti e la carnagione olivastra e luminosa, ma si sforzava di respingere tutti i valori del padre che l'offendevano, e di imboccare la strada opposta. Aveva scelto di studiare legge per polemica contro le sue tendenze trasgressive, e, siccome lui era repubblicano, aveva preso a considerarsi democratica molto prima di capire cosa fosse la politica. Poiché lui dava tanta importanza alla ricchezza e alla proprietà, Claudia aveva rifiutato apposta il lavoro da duecentomila dollari all'anno che le avevano offerto subito dopo che si era laureata quinta del suo corso, per accettare invece i magri quarantamila di un impiego statale al ministero dei Diritti Civili. Poiché papà nel Vietnam aveva comandato un battaglione del Genio, e continuava a imprecare contro i « gialli », la sua opera tra gli Inuit dell'Alaska le dava anche la soddisfazione di contraddirlo. Lui infatti chiamava « gialli » perfino gli eschimesi. Tuttavia, era venuta in Africa su sua richiesta, e – cosa ben peggiore – c'era venuta ad ammazzare degli animali in collusione con lui.

In Alaska, nel tempo libero si era dedicata all'impegno ecologico per salvare la natura e la fauna del nord. Il suo gruppo si sforzava di contrastare l'attività delle compagnie petrolifere, che impoverivano e inquinavano l'ambiente. La compagnia di suo padre, la Anchorage Tool and Engineering, forniva agli appaltatori degli oleodotti e ai prospettori geologici la maggior parte dei macchinari e degli strumenti necessari. Le scelte che aveva operato lei erano state dunque consapevoli e deliberate.

Pure, eccola qua, in una terra straniera, ad aspettare ubbidiente che lui assassinasse qualche splendido animale selvaggio. La sua ipocrisia la disgustava. Chiamavano « safari » quella spedizione. Mai avrebbe pensato di diventare complice di un'impresa così squallida. Effettivamente, negli anni precedenti aveva sempre rifiutato indignata gli inviti del padre: ma stavolta, pochi giorni prima di riceverlo, era venuta a conoscenza di un segreto. Questa poteva essere l'ultima, l'ultimissima volta che poteva trovarsi a tu per tu con lui. E quel pensiero l'atterriva ancor più della sanguinaria impresa a cui si stavano dedicando.

« Oh Dio », pensò, « come farò senza di lui? Cosa diventerà il mio mondo senza di lui? »

Colta da quest'angoscia, girò la testa, il primo movimento che faceva da due ore a questa parte, e diede un'occhiata al proprio fianco. Nell'angusta posta, un altro uomo sedeva vicinissimo dietro di lei.

Era il « cacciatore bianco », il professionista dei safari. Benché suo padre fosse già andato a caccia decine di volte con quest'uomo, Claudia l'aveva conosciuto quattro giorni prima, scendendo dall'aereo della compagnia di bandiera sudafricana a Harare, capitale dello Zimbabwe. Il cacciatore, alla cloche del suo bimotore Baron Beechcraft, li aveva portati nel cuore di questa sua vasta e remota riserva di caccia, ai confini col Mozambico, di cui si era procurato la concessione governativa.

Si chiamava Sean Courteney, e nonostante lo conoscesse da così poco tempo le sembrava di odiarlo e disprezzarlo da sempre. Non era strano che, pensando a suo padre, si fosse girata a guardare lui. Era un uomo non meno pericoloso. Duro, spietato e così diabolicamente bello che tutti i suoi istinti la mettevano in guardia contro di lui.

Al vederla muoversi, la guardò con cipiglio, corrugando le zampe di gallina che aveva agli angoli dei suoi occhi chiari, verdissimi sullo sfondo dell'abbronzatura. La toccò con un dito sul fianco per indurla a star ferma. Era un tocco leggero, ma lei ci sentì una sconcertante forza virile. Aveva già notato le sue mani, e cercato di non far caso alla loro bellezza: « Mani da artista, da chirurgo o da assassino », aveva pensato. Ma ora il loro tocco perentorio l'offese. Si sentì come violentata. Si rimise a guardare fisso in avanti per la feritoia, fumando di rabbia. Come osava toccarla! Il fianco le bruciava come se col dito l'avesse marchiata.

Quel pomeriggio, prima di lasciare l'accampamento, Sean aveva insistito che tutti si lavassero con lo speciale sapone senza aromi che forniva lui. Aveva raccomandato a Claudia di non profumarsi, e uno dei servitori le aveva fatto trovare sulla branda, di ritorno dalla doccia, indumenti puliti e stirati.

« Quei gattoni sono capaci di fiutarti da chilometri, se sei sopravvento », le aveva detto Sean. E adesso, dopo due ore nel caldo torrido della valle dello Zambesi, anche lei era capace di sentire l'odore emanato dal cacciatore. Le sedeva dietro, vicinissimo pur senza toccarla, e il suo sudore dal lieve sentore di maschio le faceva venire una voglia quasi irresistibile di muoversi sulla sedia da campo di tela. Era molto inquieta, ma si costrinse a restare perfettamente immobile. Si accorse di respirare profondamente, attenta a cogliere le deboli e intermittenti zaffate del suo odore, e la smise subito, irritatissima con se stessa.

Pochi centimetri davanti ai suoi occhi una singola foglia verde che pendeva di fronte all'apertura si mise a ruotare come una banderuola attorno al gambo, e quasi subito si rese conto di essere accarezzata dalla brezza della sera.

Sean aveva piazzato la posta sottovento e, adesso che si era alzata la brezza, portava un altro odore, la puzza della carcassa.

L'esca era una vecchia bufala. Sean l'aveva scelta in un branco che contava duecento di quei neri e grossi animali.

« Quella ha finito di pascolare », aveva detto indicandola a suo padre. « Le tiri al cuore, sotto la spalla », gli aveva ordinato.

Era il primo animale che Claudia vedeva uccidere deliberatamente. Lo sparo del grosso fucile la sconvolse, ma più ancora lo zampillo di sangue scarlatto nel gran sole africano, e il ruggente muggito di morte della vecchia bufala.

Claudia era tornata al fuoristrada, un Toyota scoperto, e si era seduta da sola davanti, in preda a nausea e sudori freddi, mentre Sean e i suoi battitori procedevano a macellare la carcassa.

Poi con l'arganetto del Toyota avevano issato la bufala sui rami più bassi del fico selvatico, all'altezza precisa – stabilita da un animato dibattito fra Sean e i portatori – che avrebbe permesso a un leone adulto ritto sulle zampe posteriori di raggiungerla soddisfacendo parzialmente la sua fame, ma senza consentire a un intero branco di spartirsela comodamente, inducendo così gli altri gattoni a cercare altrove il loro pasto.

Questo era successo quattro giorni prima, ma fin dal primo momento, attirate dall'odore di sangue fresco, erano arrivate a nugoli le mosche verdi.

Ormai le mosche e il caldo avevano fatto il loro mestiere, e Claudia arricciò il naso e fece una smorfia disgustata alla puzza che la brezza le portava.

Questa puzza sembrava impiastricciarle la lingua e la gola come melma e, guardando la carcassa appesa all'albero, le parve addirittura di scorgere il mantello nero ondularsi leggermente mentre sotto, nella carne putrida, pullulavano banchettando i vermi.

« Ottimo », aveva detto Sean di quel *bouquet* fiutato prima di celarsi nella posta. « Pare un *camembert* ben maturo. Nessun micio nel raggio di venti chilometri potrà resistergli. » Mentre aspettavano, il sole calava lento lento, e i colori della boscaglia acquistavano una vivezza insospettata nel generale abbacinamento meridiano.

La lievissima frescura apportata dalla brezza serale sembrò ridestare gli uccelli dal loro accaldato sopore. Dal sottobosco della riva del torrente un *lourie* lanciò il suo verso – *kok! kok! kok!* – rauco come un pappagallo, e nei rami che avevano proprio sopra la testa un paio di uccellini coloratissimi dalla livrea a riflessi metallici, dei nettarinidi, si misero a svolazzare appesi ai boccoli dei fiori a testa in giù per suggerne i succhi. Claudia alzò pian piano la faccia e si mise a guardarli con intenso piacere. Benché si trovasse così vicina da vedere chiaramente la loro lingua sottile e tubolare penetrare fino in fondo ai fiori gialli le creaturine la ignorarono come se anche lei facesse parte dell'albero.

Stava ancora osservando gli uccelli-mosca quando avvertì

un'improvvisa tensione dentro il nascondiglio. Suo padre si era irrigidito, stringendo il calcio del fucile. La sua eccitazione era quasi palpabile. Stava fissando il cunicolo arboreo con gran concentrazione, ma benché si sforzasse di fare altrettanto Claudia non riusciva a vedere proprio niente.

Con la coda dell'occhio scorse Sean Courteney che avanzava la mano con grandissima cautela, per afferrare il gomito di suo padre e trattenerlo.

Quindi udì il suo sussurro, più lieve della brezza. « Aspetti! » diceva.

E così attesero ancora, immobili, mentre i minuti passavano diventando prima dieci, e poi venti.

« Sulla sinistra », disse Sean, così inaspettatamente da farla sussultare al quasi inavvertibile sussurro. Gli occhi di Claudia cercarono a sinistra. Non vide niente, solo erba, cespugli e ombre. Guardò senza batter ciglio finché le palpebre non cominciarono a dolere e gli occhi a lacrimare. Allora li sbatté rapidamente e subito dopo vide qualcosa che si muoveva come nebbia o fumo, una macchia bruna nell'erba alta strinata dal sole.

Poi di colpo, teatralmente, un animale uscì allo scoperto, sotto la carcassa putrefatta appesa al fico.

A dispetto di se stessa, Claudia si sentì il cuore in gola, e trattenne il respiro. Era la più bella bestia che avesse mai visto, un gattone, molto più grande di quel che si aspettava, agile, lustro e dorato.

L'animale girò la testa e si mise a guardare proprio lei. Claudia gli vide la gola, color panna; il sole gli faceva brillare i lunghi baffi bianchi. Aveva le orecchie tonde, ritte e punteggiate di nero: era chiaramente in ascolto. Gli occhi erano gialli, implacabili e lucenti come pietre lunari, le pupille ridotte a nere punte di freccia, mentre studiava il cunicolo disboscato che portava alla posta.

Claudia non riusciva ancora a prender fiato. Era gelata dall'eccitazione e dal terrore che le incuteva lo sguardo del felino. Solo quando questo si voltò a guardare la carcassa appesa all'albero, lei riuscì a emettere un breve sospiro.

« Non ammazzatelo. Vi prego, non ammazzatelo. » Quasi lo gridava. Con sollievo vide che suo padre non aveva mosso un muscolo, e che la mano di Sean continuava a trattenergli il gomito.

Solo allora si rese conto che era una leonessa. Non aveva criniera, e al campo aveva sentito dire che loro potevano uccidere soltanto un leone maschio adulto, completamente crinito, e che c'erano severe pene, ammende e addirittura la prigione per chi uccideva una femmina. Si rilassò un tantino e si abbandonò al piacere di quel momento, ammirando la stupefacente bellezza di quell'animale. Il piacere di Claudia era solo all'inizio, perché la leonessa si guardò intorno un'altra volta e poi, convinta che non c'erano pericoli, aprì le fauci ed emise un basso, sordo richiamo.

Quasi subito i cuccioli irruppero vivacemente nella piccola radura. Ce n'erano tre, pelosi come orsacchiotti e maculati come gattini. Inciampavano nelle zampe troppo grandi per i loro corpicini, e dopo qualche momento di esitazione, durante il quale la madre non fece nulla per richiamarli, si lanciarono in un animato combattimento giocoso, lottando e cascandosi addosso con feroci ruggiti da cuccioli.

La leonessa li ignorò e, rizzandosi sui posteriori tentò la carcassa. Infilò la testa nel ventre squarciato, da cui erano state tolte le interiora, e cominciò a nutrirsi. La fila di capezzoli neri sul ventre sporse evidente: intorno a essi il pelo era bagnato della saliva dei cuccioli. Non li aveva ancora svezzati, sicché non si curarono di lei che mangiava e continuarono il loro gioco.

Poi una seconda leonessa si affacciò alla radura seguita da due cuccioli più grandi. Questa era molto più scura di colore, quasi blu lungo la spina dorsale, e aveva la groppa piena di vecchie cicatrici, retaggio di una vita di dure cacce, segni di zoccoli, corna e artigli. Anche mezz'orecchio le era stato strappato via, e sui fianchi le si vedevano le costole. Era vecchia. I due cuccioli cresciutelli che la seguivano nella radura erano probabilmente gli ultimi. L'anno successivo l'avrebbero abbandonata. Troppo debole per sfamarsi, la iena l'avrebbe ghermita: ma per adesso era ancora in grado di campare sulla scorta della sua astuzia ed esperienza.

Aveva lasciato che andasse avanti la leonessa giovane perché aveva già visto due suoi compagni morire sotto un'esca simile, una succulenta carcassa appesa a un albero, e non si fidava più. Non cominciò subito a nutrirsi, ma perlustrò instancabilmente la radura, con la coda che sferzava l'aria per l'agitazione, fermandosi ogni poco a fissare il cunicolo che terminava con un muro d'erba.

I suoi cuccioli cresciuti guardavano la carcassa con tutta evidenza fuori della loro portata emettendo ruggiti di fame e frustrazione. Erano accosciati: dopo un po', il più baldanzoso prese la rincorsa e cercò di raggiungere l'esca con un balzo. Ci rimase appeso per le zampe anteriori, e cercò di strapparne un buon boccone, ma la leonessa giovane gli si rivoltò contro con cattiveria, ringhiando e impartendogli una brancata che lo mandò a ruzzolare zampe all'aria: dopo di che si allontanò mogio.

La più vecchia delle due leonesse non si curò di proteggere il cucciolo. Era la legge del branco: i migliori cacciatori, i membri più preziosi, dovevano nutrirsi per primi. Il branco sopravviveva grazie a loro, e dunque solo dopo che si erano saziati toccava ai giovani. In tempi di carestia, quando la selvaggina era scarsa o il terreno troppo aperto rendeva difficile catturarla, i giovani potevano anche morire di fame, e le femmine non andavano più in calore finché l'abbondanza non tornava. In tal modo la sopravvivenza del branco era assicurata.

Il cucciolo castigato tornò vicino a suo fratello e si mise a competere ferocemente con lui per i brandelli che la leonessa strappava alla carcassa e lasciava inavvertitamente cadere per terra.

A un certo punto, chiaramente scocciata, la giovane leonessa saltò giù dalla preda atterrando sulle quattro zampe. Claudia fu orripilata nel vederle il muso brulicante di bianchi vermi usciti dalla carne di cui si nutriva. La leonessa se ne liberò scuotendo la testa e proiettandoli via come chicchi di riso, poi freneticamente si pulì il muso con la zampa dai più grossi, che cercavano di strisciarle nella pelosa apertura delle orecchie. Allungò il collo ed emise un potente sternuto, facendo schizzar via dalle nari un'altra quantità di vermi vivi.

I suoi cuccioli giovanissimi lo presero per un invito a giocare, o a nutrirsi. Due di loro le saltarono in testa, cercando di aggrapparsi alle orecchie, mentre il terzo le si infilava sotto e si attaccava al capezzolo simile a una grossa sanguisuga bruna. La leonessa li ignorò e tornò a rizzarsi sulle zampe posteriori per ricominciare a mangiare. Il cucciolo che poppava riuscì a tenersi appeso per qualche altro istante, poi le cadde tra le zampe proprio mentre lei saltellava per agguantare l'esca. Pesto e dolorante, orbato della propria dignità felina, pensò bene di farsi subito in là.

Claudia ridacchiò senza riuscire a frenarsi, nemmeno coprendosi la bocca con le mani. Subito Sean la pungolò duro tra le costole.

Solo la vecchia leonessa si accorse della risatina. Il resto del branco era troppo occupato, ma quella si accucciò appiattendo le orecchie contro il cranio e guardando fisso il cunicolo aperto nella boscaglia. Con quegli occhi addosso, a Claudia passò subito ogni voglia di ridere, e trattenne il respiro.

« Non può vedermi », si disse senza troppa convinzione. « Ma siamo sicuri? » Per un bel po' quegli occhi continuarono a posarsi su di lei, quasi annoiati.

Poi, di colpo, la vecchia leonessa si alzò e scivolò nel folto sottobosco dietro l'albero. Si muoveva come un serpente, sinuosa e continua, facendo scorrere in silenzio il corpo bruno. Claudia tirò lentamente il fiato, inghiottendo per il sollievo.

Mentre il resto del branco ruzzava e si nutriva sotto il fico selvatico, il sole calò sotto la cima degli alberi e il rapido crepuscolo africano scese su di loro.

« Se c'è anche un maschio, adesso si farà vivo », sussurrò Sean. La notte era il regno dei felini, il buio li rendeva ancora più forti e arditi. E la luce stava andando via.

Claudia sentì qualcosa oltre la parete vegetale accanto a lei, un fruscio di qualche creatura nell'erba alta; ma la boscaglia era piena di simili rumorini e non ci fece caso. Non voltò nemmeno la testa.

Poi sentì un suono diverso e inconfondibile. Il passo pesante di un grosso animale, cauto e trattenuto, ma vicinissimo, e sentì la pelle raggrinzirsi per la paura, come se qualche insetto le avesse affondato le zampette sulla nuca. Adesso sì che si girò di scatto.

La sua spalla sinistra era appoggiata alla parete d'erba secca del riparo, dove c'era un buco di due centimetri proprio all'altezza degli occhi. Attraverso questo buchino vide un movimento. Per un attimo non capì cosa stava guardando, poi di colpo si rese conto che era un pezzo del liscio mantello ambrato, a pochi centimetri dal loro riparo.

Mentre fissava in preda all'orrore, il mantello le sfilò davanti, e ora sentì qualcos'altro, un respiro animale che fiutava al di là della parete d'erba intrecciata.

Continuò a guardare dal buco e all'improvviso un altro occhio vi si affacciò, un grosso occhio tondo, che brillava come agata gialla, un occhio terribile e disumano che la fissava da una spanna di distanza incenerendola con la sua pupilla nera nera.

Voleva gridare, ma aveva la gola serrata. Voleva saltare in

piedi, ma aveva le gambe morte. La vescica gonfia le stava piantata nella pancia come una pietra, e prima che riuscisse a controllarsi ne sentì sfuggire qualche goccia calda. Questo la fece tornare in sé; l'umiliazione superò il terrore, e strinse natiche e cosce afferrando la mano di Sean, sempre guardando fisso quell'orribile occhio giallo.

La leonessa si rimise a fiutare rumorosamente, e Claudia sussultò in silenzio ma resistette. « Non mi metterò a gridare », si disse.

Ancora una volta la leonessa sniffò dietro la parete d'erba, e le nari le si colmarono di odori umani. Emise un brontolio esplosivo. Sembrò scuotere la sottile parete, e Claudia stavolta riuscì a trattenersi appena dal mettersi a gridare.

Quindi l'occhio giallo sparì dal buco, e la ragazza sentì le grosse zampe girare attorno al loro nascondiglio.

Si voltò a seguire il rumore, e incontrò gli occhi di Sean. Stava sorridendo. Fu questo a sconvolgerla; dopo ciò che aveva appena vissuto: quel sorriso strafottente e lo sguardo divertito di quegli occhi verdi. Stava ridendo di lei. La paura le passò, e divampò la collera.

« Che porco », pensò. « Maledetto porco arrogante. » E sapeva benissimo di aver la faccia livida e gli occhi sbarrati dal terrore. Si odiava per questo, e odiava lui che ne era testimone.

Adesso avrebbe voluto ritirare la mano, ma sentiva ancora il grosso felino lì fuori, vicinissimo, che girava intorno, e pur odiandolo si rendeva conto che senza la mano di Sean sarebbe stata incapace di controllarsi. Così la lasciò lì, ma distolse il viso, seguendo i rumoretti furtivi della leonessa, in modo che Sean non potesse vederla in faccia.

La leonessa passò davanti alla feritoia. Si vide balenare il suo corpo dorato, per poi subito scomparire; e Claudia notò che la leonessa giovane e i cuccioli, allarmati dal brontolio di prima, erano scomparsi nel sottobosco. L'esca sul fico selvatico pendeva adesso solitaria.

La luce ora se ne stava andando in fretta. Nel giro di pochi minuti sarebbe stato buio, e il pensiero di quella belva nei pressi le riuscì quasi insopportabile.

Sean le passò la mano sopra la spalla e le premette qualcosa di piccolo e duro sulle labbra. Per un attimo lei fece resistenza, poi le aprì e lo lasciò scivolare in bocca. Era una cicca americana.

« Questo è diventato matto », pensò sbalordita. « Una cicca americana in un momento come questo? »

Poi nel masticarla capì che non era una cattiva idea, perché aveva la bocca arida e allegata come chi abbia addentato un caco acerbo.

Sentendo il gusto di menta, la saliva riprese a fluirle, ma Claudia era così arrabbiata con l'uomo che non provò nessuna gratitudine. Lui aveva capito che le era venuta la bocca secca dal terrore, e se ne risentì fieramente.

La leonessa brontolava nella semioscurità fuori della posta, e Claudia pensò con nostalgia al fuoristrada che avevano lasciato a un chilometro di distanza. Quasi ribattendo al suo pensiero, il padre chiese sottovoce: « Quando ha detto ai portatori di venirci a prendere? »

« Appena non c'è più luce per sparare », gli rispose tranquillamente Sean. « Tra un quarto d'ora o venti minuti vengono. »

La leonessa udì le loro voci e ruggì minacciosa.

« Ma senti che sfacciata », disse allegramente Sean. « Ha il coraggio di mettersi a ringhiare! »

« Zitto! » gli sibilò Claudia. « Se no ci trova! »

« Oh, sa già benissimo dove siamo », rispose Sean, poi si mise a urlare come un matto: « Vattene via, brutta stronza, fila dai tuoi cuccioli! »

Claudia strappò via la mano da quella del cacciatore. « Maledetto! Vuoi farci sbranare tutti quanti! »

Invece il grido umano aveva allarmato il felino, e per qualche minuto al di là della parete erbosa vi fu silenzio. Sean prese in mano il fucile brutto e tozzo, a due canne, che era appoggiato accanto a lui, e se lo mise in grembo. Aprì l'otturatore del 577 Nitro Express e fece scivolar fuori dalla camera di scoppio le grosse cartucce d'ottone, inserendone altre due che aveva preso dalla cartuccera sul lato sinistro della giacca. Era un suo piccolo rito superstizioso: all'inizio della caccia, faceva sempre quella sostituzione di cartucce.

« Adesso mi ascolti, capo », disse rivolgendosi a Riccardo. « Se ammazziamo quella vecchia puttana senza una buona ragione, il ministero della Caccia mi toglie la licenza. 'Buona ragione', secondo loro, è quando la leonessa ha già staccato un braccio a qualcuno, come minimo. Ha capito? »

« Ma sì », annuì Riccardo.

« Bene, allora non spari se non glielo dico; se no, perdio, io sparo a lei! »

Si scambiarono un sogghigno nella mezza luce, e Claudia si rese conto, incredula, che quei due si stavano divertendo. Quei due matti, quei due balordi si stavano proprio divertendo.

« Quando Job arriverà col mezzo sarà buio pesto, e non può venir fin qui, dovrà fermarsi nel letto del fiume. Lei si metterà in testa, capo, Claudia in mezzo e poi io. State vicinissimi e, qualsiasi cosa succeda, non mettetevi a correre! Per l'amor di Dio, che nessuno scappi di corsa! »

Poi sentirono di nuovo la leonessa muoversi pian piano intorno a loro. Brontolò ancora una volta e quasi subito le rispose un altro brontolio dall'altra parte del nascondiglio. Adesso era arrivata la leonessa giovane.

« Sono tutti qui », commentò Sean. Il suono delle voci e i ruggiti della vecchia leonessa avevano richiamato il resto del branco, e ora i cacciatori eran cacciati. Eccoli intrappolati nella posta! Il buio era quasi totale. Il tramonto non era più che un rosso di brace all'estremo orizzonte.

« Dov'è il fuoristrada? » sussurrò Claudia. « Sta arrivando », le rispose Sean in un bisbiglio. Poi la sua voce cambiò.

« Giù! » disse seccamente. « Tutti a terra! » E, benché non avesse udito niente, anche Claudia si accucciò al suolo abbandonando la sedia di tela.

La leonessa si era avvicinata di nuovo al nascondiglio, sul davanti, quasi senza rumore, e adesso ci si gettò contro ruggendo furiosa e strappando la leggera struttura con grandi zampate. Claudia si rese conto con orrore che stava venendo addosso proprio a lei.

« Tenete giù la testa », gridò Sean secco, alzando la grossa doppietta proprio mentre la parete d'erba si schiantava.

Sparò. Fu uno scoppio madornale, che illuminò il cubicolo come un flash, tempestando sui rametti del rifugio.

« L'ha ammazzata, quella belva, meno male », pensò Claudia con colpevole sollievo, dato il suo disprezzo per quello sport sanguinoso. Ma il sollievo fu di breve durata. Lo sparo aveva soltanto spaventato il felino, allontanandolo provvisoriamente. Claudia sentì la leonessa filar via al galoppo nel sottobosco, ruggendo con cattiveria.

« Hai sbagliato il colpo », l'accusò senza fiato, con le narici invase dalla puzza di polvere da sparo.

« Non volevo mica fargli male. » Sean aprì il fucile e lo ricaricò. « Era solo un colpo di avvertimento nei pressi delle chiappe. »

« Arriva il Toyota », disse Riccardo con voce bassa e tranquilla. A Claudia rimbombavano ancora le orecchie, ma riuscì anche lei a sentire il pulsare lontano del motore diesel.

« Job ha sentito lo sparo. » Sean si alzò in piedi. « Viene in anticipo. Bene, prepariamoci a muoverci. »

Claudia si alzò in fretta e furia, e poi guardò sopra le pareti erbose della posta, scoperta, la paurosa foresta immersa nel buio che si stendeva intorno a loro. Ricordò il sentiero che dal letto del fiume asciutto, usato come pista, arrivava fin lì. Era lungo mezzo chilometro: mezzo chilometro nella foresta di notte tra i leoni per raggiungere il fuoristrada e la salvezza. Le si accapponò la pelle.

Tra gli alberi, a meno di cinquanta metri di distanza, la leonessa ruggì di nuovo.

« Fracassona scocciatrice », ridacchiò Sean, prendendo il gomito a Claudia per guidarla all'uscita.

Stavolta Claudia non si sottrasse al contatto, ma anzi si ritrovò ad aggrapparsi al suo braccio.

« Attaccati alla cintura del capo. » Gentilmente la scostò e le guidò le mani alla cintola di suo padre, dietro la schiena.

« Stai attaccata lì », le disse. « E ricordati: qualunque cosa succeda, non metterti a scappare. Te li tireresti subito addosso. È l'istinto del gatto col topo, non resistono. »

Sean accese la torcia elettrica. Era una grossa Maglite nera, ma anche il suo potente raggio sembrava fievole e giallo nell'immensità della foresta. Lo puntò in circolo tutt'intorno a loro. Si vedevano brillare gli occhi dei leoni, tantissimi occhi nel folto, come stelle minacciose: era impossibile distinguere i cuccioli dalle leonesse adulte.

« Andiamo », disse con calma Sean, e Riccardo si avviò per primo lungo lo stretto sentiero, trascinandosi dietro Claudia.

Procedevano lentamente, mantenendosi vicinissimi. Riccardo copriva l'avanguardia col suo fucile più leggero, e Sean la retroguardia con la doppietta da caccia grossa e la torcia.

Ogni volta che il raggio faceva brillare gli occhi di un leone le belve sembravano più vicine, finché Claudia non riuscì a distinguere la sagoma dell'animale dietro gli occhi. Snelli, rapidi, color tarma chiara al balenar della torcia, continuavano a girar loro intorno, con le leonesse sempre più vicine, per niente trattenute dal fitto sottobosco: continuavano a guardarli fissamente, distogliendo gli occhi infastiditi solo quando la potente pila li abbacinava.

Il sentiero era molto ripido e duro, e ahimè lunghissimo. Ogni passo era per Claudia un tormento d'impazienza, mentre inciampava attaccata alla cintura di suo papà e non guardava minimamente dove metteva i piedi, bensì le fantomatiche sagome feline che continuavano a sfilare intorno a loro.

« Arriva la vecchia rompiballe! » avvertì Sean tranquillo mentre la leonessa anziana raccoglieva il coraggio e si scagliava contro di loro dal buio della notte, grugnendo e anfanando come una vaporiera, emettendo scoppi assordanti dalla gola e dalle fauci spalancate, con la lunga coda che sferzava il sottobosco come una frusta di pelle d'ippopotamo.

Si fermarono stringendosi il più possibile, e Sean puntò la torcia contro l'animale che caricava.

« Fuori di lì! » gridava alla leonessa. « Dài, vieni, gattaccia! » E la leonessa veniva, orecchie piatte contro il cranio, lunghe zanne gialle e lingua rosa annidata tra le fauci spalancate.

« Yaah! Cretina! » sbraitava Sean. « Vieni qua che ti faccio saltar via la testa! »

La leonessa si fermò proprio all'ultimo momento, con una derapata a zampe rigide a non più di tre metri da loro. La torcia puntata su di lei illuminò il polverone di quella vera e propria frenata.

« Fuori dalle palle! » le ordinò seccamente Sean, e lei rialzò le orecchie e trotterellò ubbidiente nel folto.

« Era un'azione dimostrativa », ridacchiò Sean. « Per vedere se ci cascavamo. »

« Come facevi a saperlo? » gli chiese Claudia, stupita nel sentir com'era acuta e rotta la sua stessa voce.

« Dalla coda. Finché la muovono, vuol dire che scherzano. È quando la tengono dritta e rigida che fanno sul serio. »

« Ecco il fuoristrada », disse Riccardo, e tutti videro i fari ballonzolare tra i tronchi mentre il mezzo avanzava sulle cunette del letto del fiume, sotto di loro.

« Il Signore sia lodato », mormorò Claudia.

« Non è mica finita », li avvertì Sean mentre si riavviavano giù per il sentiero. « C'è ancora la giovane Gertrude da scoraggiare. »

Claudia si era dimenticata dell'altra leonessa, e adesso prese a guardarsi intorno impaurita, continuando a inciampare attaccata alla cintura di suo padre.

E finalmente eccoli nel letto asciutto del fiume, tutto illuminato dai fari del camioncino fermo a motore acceso a non più di trenta metri di distanza. Claudia riusciva a distinguere la testa dei battitori seduti davanti, oltre il chiarore dei fari. Erano vicini, erano vicinissimi, e non riuscì a trattenersi. Lasciò andare la cintura di suo padre e si mise a correre verso l'automezzo trepestando sulla sabbia molle e bianca del letto del fiume.

Sentì Sean che le gridava dietro: « Stupida! »

E subito dopo il pauroso ruggito della leonessa che caricava. Correndo, Claudia diede un'occhiata di fianco, e si vide il grosso felino quasi addosso, che usciva di sbieco dalle canne che costeggiavano il letto del fiume. Illuminata dai fari della Toyota, la leonessa era chiara e sembrava grossissima; veloce come un serpente, i suoi ruggiti attanagliarono Claudia al basso ventre, e non riuscì più a correre forte nella sabbia cedevole.

Notò anche che la leonessa all'attacco teneva la coda dritta e rigida come una sbarra d'acciaio, e benché atterrita si ricordò quello che aveva appena detto Sean e lucidamente pensò: « Stavolta non si ferma, stavolta mi sbrana ».

Per un attimo Sean, colto di sorpresa, non aveva capito che la ragazza era scappata via. Stava scendendo il ripido sentiero del rivone all'indietro, piano piano, reggendo la torcia con la sinistra e la grossa doppietta con la destra. La stringeva per l'impugnatura, con le canne appoggiate alla spalla e il pollice pronto sul pulsante della sicura, e stava osservando la vecchia leonessa che tra le canne si avvicinava a loro strisciando sulla pancia: ma era sicuro che fosse tutta scena, dopo la figuraccia di prima. Dietro di lei, ben dietro, c'erano i due piccoli che, accucciati nell'erba, guardavano la mirabolante impresa della madre con ingenuo stupore, troppo timidi per prendervi parte. Aveva però perso di vista la leonessa giovane, benché sicuro che ormai il pericolo maggiore fosse costituito da lei. Le canne fitte e alte della riva gliela celavano.

Sentì Claudia urtargli il fianco, ma pensò che avesse inciampato un'altra volta, non che si fosse girata per mettersi a scappare. Stava ancora cercando la leonessa giovane con la torcia puntata tra le canne, quando sentì la sabbia del letto del fiume crocchiare sotto i piedi di Claudia come zucchero: allora si voltò e la vide correre tutta sola in mezzo all'alveo.

« Stupida! » urlò infuriato. La ragazza fin dall'arrivo era stata una continua fonte di dissenso e irritazione. Ed ecco che adesso aveva commesso una flagrante disobbedienza ai suoi ordini: capì subito, ancora prima di vedere la leonessa balzarle addosso, che era perduta.

Ora, il guaio peggiore che può capitare a un cacciatore professionista è che un cliente gli venga sbranato sotto il naso. Ciò significava la fine della sua carriera, vent'anni di sacrifici e di duro lavoro.

« Maledetta stronza », pensò a denti stretti lanciandosi dietro di lei giù per il sentiero, mentre Riccardo, congelato dallo shock, era rimasto immobile. Proprio in quella la leonessa giovane sbucò con uno schianto dalle canne in cui era acquattata.

Il letto del fiume era tutto illuminato dai fari del Toyota, sicché Sean buttò via la torcia elettrica e imbracciò il fucile, ma non poté sparare.

Tra lui e la leonessa c'era la ragazza. Claudia correva goffamente nella sabbia molle, senza vederlo perché guardava la belva che si avventava, mulinando le braccia fuori tempo rispetto alle gambe.

« Buttati giù! » le gridò Sean. « A terra! » Ma lei continuava a correre, impedendogli di far fuoco, mentre la leonessa a grandi balzi le si avventava addosso, alzando spruzzi di sabbia con le zampe da cui già sporgevano gli artigli pronti a ghermire. A ogni balzo ruggiva e ringhiava, con la coda tesa e dritta.

Alla luce dei fari le ombre nere della ragazza e della belva sullo sfondo della sabbia bianchissima erano grottesche, e si avvicinavano a gran velocità. Sean vide la leonessa raccogliersi per il balzo oltre il mirino che l'inquadrava insieme alla ragazza: impossibile distinguerle, impossibile sparare senza colpire Claudia.

Ma all'ultimo momento Claudia inciampò, le gambe molli dalla paura le cedettero e con un gemito di disperazione finì con la faccia nella sabbia.

Istantaneamente Sean mirò al petto chiaro della leonessa. Con quel fucile era capace di colpire due monetine lanciate in aria assieme a trenta passi di distanza, al volo, prima con una canna e poi con l'altra. Con quel fucile aveva ucciso leopardi, leoni, rinoceronti, bufali, elefanti a centinaia: e anche uomini, tanti uomini ai tempi dei Mau Mau e della guerra d'indipendenza in Rhodesia. Non aveva mai avuto bisogno del secondo colpo. Adesso il bersaglio gli si offriva senza ostacoli, ed era ampiamente in grado di spedire una pallottola dum-dum a devastare gli organi interni della leonessa dal petto alla coda. Sarebbe stata la fine per quel gatto, ma anche del safari e, forse, della sua licenza. Come minimo, avrebbe dovuto subire mesi di sospensione e una meticolosa inchiesta. Una leonessa morta gli avrebbe tirato addosso l'ira del governo e i fulmini del ministero.

La leonessa era ormai quasi addosso alla ragazza caduta, da cui la separava un brevissimo tratto di sabbia. Sean abbassò la mira.

Era un rischio tremendo, ma a lui il rischio piaceva. Significava giocare con la vita della ragazza, ma se lo meritava, l'aveva fatto infuriare.

Sparò nella sabbia a mezzo metro dalle fauci spalancate della belva. La pesante pallottola sollevò un'eruzione, una fontana di sferzanti granelli che per un istante avviluppò completamente l'animale. La sabbia le riempì la bocca, le andò nei polmoni mentre inspirava per ruggire, le chiuse bruciante le nari, le schizzò fortissimo negli occhi gialli, lesionandoli: la leonessa accecata, disorientata, interruppe istantaneamente l'attacco.

Sean corse avanti pronto a sparare il secondo colpo, ma non fu necessario. La leonessa arretrò in fretta, cercando di strofinarsi gli occhi pieni di sabbia con le zampe, impennandosi e tornando ad abbassarsi, filando via verso il canneto che infine infranse fragorosamente, senza ancora vedere, e ove disparve a balzi ciechi emettendo altissimi ruggiti di dolore.

Sean raggiunse Claudia e, passandole un braccio intorno alla vita, la tirò su. Le gambe non la reggevano più, e dovette trascinarla a strattoni verso il Toyota, sul cui sedile anteriore la buttò come fosse un sacco di patate.

Intanto Riccardo saliva dietro. Poi Sean saltò sul predellino e, impugnando la doppietta come una pistola, la puntò nel buio, pronto a fronteggiare un altro attacco.

« Vai! » gridò a Job, e il battitore matabele fece schizzar via la grossa macchina a saltoni sulle cunette del letto asciutto.

Nessuno parlò per almeno un minuto, finché non ebbero risalito la riva opposta, e imboccato la pista pianeggiante. Allora Claudia disse con una vocina strozzata:

« Se non faccio subito pipì, scoppio. »

« Ma guarda un po'! Potevamo puntarti verso la leonessa e spazzarla via col getto », disse gelido Sean; e sul sedile di dietro Riccardo scoppiò a ridere. Benché Claudia riconoscesse perfettamente il carattere – di reazione nervosa alla tensione – di questa risata paterna, ne fu lo stesso amaramente risentita. Aggravava la grossa umiliazione che aveva appena subito.

Per arrivare all'accampamento c'era un'ora di viaggio. Quando arrivarono, Moses, il cameriere personale di Claudia, le aveva già preparato una doccia caldissima. La doccia era un bidone bucherellato appeso ai rami di un *mopani*, con intorno un riparo di frasche, in alto le stelle e in basso un blocchetto di cemento.

Claudia si mise sotto il fiotto d'acqua e, mentre diventava tutta rossa, sentì scorrer via l'adrenalina che aveva in circolo, insieme all'umiliazione e alla nausea, sostituite da quel notevole senso di benessere che si prova solo quando si è appena scampati a un pericolo mortale.

Si insaponava con cura, producendo una gran schiuma, e tendeva l'orecchio per sentire Sean. Era a una cinquantina di metri di distanza, che faceva i soliti esercizi coi pesi dietro la sua tenda. Il suo ansito regolare e potente le arrivava chiaramente fin lì. Nei quattro giorni di safari non li aveva mai saltati, per quanto dura e faticosa fosse stata la giornata di caccia.

« Rambo! » Rise, sprezzante della sua presunzione maschile, anche se più volte, negli ultimi giorni, si era colta a sbirciargli le braccia muscolose, o il ventre piatto da levriero, o perfino le natiche, tonde e dure come un paio di uova di struzzo, nei pantaloncini cachi.

Moses arrivò con la lampada per accompagnarla alla sua tenda, in vestaglia di seta, i capelli raccolti nell'asciugamano a turbante. Le aveva preparato gli abiti: pantaloni comodi, camicetta di Gucci e stivaletti in pelle di struzzo, proprio gli indumenti che avrebbe scelto lei stessa. Moses glieli lavava tutti i giorni, e poi li stirava alla perfezione. I pantaloni frusciarono morbidi mentre li indossava, dando l'ultimo tocco alla sensazione di benessere che provava.

Si concesse tutto il tempo che voleva per asciugarsi i capelli e spazzolarsi. Poi si truccò, leggermente ma con arte, e quando infine si guardò allo specchio si sentì ancor meglio di prima.

« Chi è più in forma adesso? » Sorrise a se stessa, e quindi uscì a raggiungere gli uomini già vicini al fuoco, contenta che smettessero di parlare per guardarla fare il suo ingresso.

Sean si alzò ad accoglierla con quella stolida cerimoniosità britannica che la sconcertava sempre.

« Stai pur comodo », gli disse cercando un tono brusco. « Non devi mica continuare a saltar su e giù per me. »

Sean le impartì un bel sorriso. « Non farle capire che riesce a farti arrabbiare », si disse, e le scostò la sedia di tela per farla sedere con le suole degli stivaletti rivolte al fuoco.

« Portale un bicchiere », ordinò Sean al cameriere. « Sai come li vuole, la donna. »

Il cameriere glielo portò su un vassoio d'argento. Era perfetto: uno schizzo di Chivas nel bicchiere di cristallo, quanto bastava a colorare la dose di acqua Perrier, e il resto ghiaccio, fino all'orlo. Il servitore indossava una candida tunica, la *kanza*, con un nastro rosso sulla spalla a indicare il suo grado di capocameriere. In testa aveva un fez, pure rosso. I suoi due assistenti aspettavano rispettosamente in piedi sullo sfondo, anche loro col fez rosso e la lunga tunica bianca. A Claudia tutto ciò pareva alquanto imbarazzante: c'erano venti servitori a prendersi cura di loro tre, una cosa veramente sibaritica, coloniale e vessatoria. Sant'Iddio, eravamo nel 1987, l'Impero era morto e sepolto! Però il whisky era buonissimo.

« Penso che ti aspetti un ringraziamento per avermi salvato la vita », disse sorseggiandolo.

« Ma niente affatto, anatroccola mia. » Sean si era accorto subito di quanto la scocciasse esser chiamata così. « Non mi sogno nemmeno di pretendere che chieda scusa della tua crassa stupidità. A esser sincero fino in fondo con te, mi preoccupavo piuttosto di esser costretto ad ammazzare la leonessa. Quella sì che sarebbe stata una tragedia. »

Si dedicarono a queste schermaglie e Claudia si accorse che si divertiva. Ogni affondo che giungeva a segno la faceva splender di soddisfazione ancor più di una vittoria in tribunale. Le dispiacque quando il capo-cameriere venne ad annunciare in tono lugubre:

« Chef dice che cena è pronta, *Mambo.* » E Sean fece strada fino alla tenda dove c'era la tavola apparecchiata, tutta illuminata dalle candele infilate in candelabri di porcellana Meissen. Le posate erano d'argento massiccio – Claudia aveva furtivamente sbirciato il marchio – e i bicchieri da vino erano di cristallo Waterford. La tovaglia ricamata era in pizzo di Madera e dietro ogni posto aspettava un cameriere in tunica pronto a servirli.

« Cosa sentiamo stasera, capo? » chiese Sean.

« Mozart, direi », suggerì Riccardo, e Sean azionò il registratore. Nella tenda rischiarata dalle candele si levarono le limpide note del concerto per piano numero 17.

C'era zuppa d'orzo e piselli, agli ossi buchi di bufalo, insaporita da una salsa terribilmente piccante che Sean chiamava « Piri-piri-uh-uh ».

Claudia aveva ereditato i gusti del padre e quindi amava il peperoncino, l'aglio e il vino rosso, ma la seconda portata era troppo anche per lei. Si trattava di trippa di bufalo in salsa bianca. Ai due uomini la trippa piaceva « verde », volgare eufemismo che stava a significare « non troppo pulita ».

« È solo erba masticata », le aveva detto suo padre, facendola sentir schizzinosa. Voltando la testa, colse una zaffata del piatto speciale che lo chef aveva preparato per lei.

In una crosta dorata di sfoglia fumava un magnifico stufato di filetto e rognone d'antilope. Lo chef aveva scosso il suo cappellone quando lei gli aveva suggerito l'aggiunta di una decina di spicchi d'aglio. « Libro ricette dire no aglio, donna. »

« Mio libro dire tantissimo aglio, dire molto forte, dire almeno dieci spicchi d'aglio, okay chef? »

E il cuoco aveva sorriso, capitolando. Claudia aveva subito conquistato l'intero staff del campo coi suoi modi affabili e il suo fascino rilassato.

Il vino era un ottimo Cabernet sudafricano, proprio buono come il suo Chianti preferito, e gli dedicò – insieme alla carne in crosta – una vivissima attenzione. La giornata all'aria aperta e il moto le avevano aguzzato l'appetito. Come suo padre, poteva mangiare e bere liberamente senza ingrassare di un grammo. Solo la conversazione la deludeva: come tutte le altre sere, i due uomini parlavano soltanto di fucili, di caccia e dell'uccisione di animali selvatici. I discorsi di armi erano per lei ciance incomprensibili.

Suo padre affermava cose come: « Il 300 Weatherby spara una pallottola da 180 grammi a 1000 metri al secondo, per un impatto equivalente a 2000 chili, ovvero una fantastica forza d'urto ». E Sean gli rispondeva a tono:

« Voialtri yankee siete fissati con la velocità. Il buon Roy Weatherby ha fatto sprecare più pallottole con la fauna africana di quanti spaghetti abbia mangiato lei in vita sua, capo. No, datemi piuttosto un bel rapporto peso/calibro, velocità moderata e meccanica Nosler... »

Nessuna persona mediamente intelligente poteva andare avanti così per più di mezz'ora, si diceva lei, ma finora tutte le sere le era toccato andare a letto prima, lasciandoli lì a parlare di quelle cose per ore davanti a sigari e cognac.

Quando il discorso verteva sugli animali, però, era in grado di interessarsi e partecipare un po' di più, anche se di solito per disapprovarli. Parlavano più che altro di singole bestie eccezionali, vecchi maschi leggendari a cui Sean aveva dato soprannomi che la irritavano, come la mania di chiamare suo padre « capo », quasi fosse un padrino della mafia. Uno di questi animali era « Federico il Grande », o anche semplicemente « Fred ». Era il leone che stavano cercando adesso, per attirare il quale avevano appeso al fico la carcassa del bufalo.

« Finora in questa stagione l'ho visto due volte. Un cliente gli ha anche sparato, ma tremava tanto che l'ha sbagliato di un campo da football. »

« Mi racconti un po' di questo leone », disse Riccardo, chinandosi attento verso di lui.

« Ma papà, te l'ha già raccontato ieri sera », gli ricordò Claudia, tutta dolce. « E la sera prima, e la sera prima ancora... »

« Le bambine a tavola si devono vedere ma non sentire », ridacchiò Riccardo. « Non ti ho insegnato niente? E lei mi parli ancora di Fred. »

« Dev'essere lungo più di tre metri, e anche bello grosso. Ha una testa da ippopotamo e la criniera nera come i corvi. Quando va, provoca uno spostamento d'aria che pare il vento in un albero di *msasa*. » Sean si lasciava andare alle rapsodie. « E conosce tutte le furbizie. Che io sappia, è già stato ferito tre volte: la prima tre anni fa, da un cacciatore spagnolo nella riserva di Ian Piercy, ma è guarito. Non è diventato così grosso con la stupidità. »

« Com'è che lo prendiamo? » chiese Riccardo.

« Voi due siete assolutamente disgustosi », interloquì Claudia prima che Sean potesse rispondere. « Dopo aver visto quelle magnifiche creature, quei bellissimi cuccioli! Ma come fate ad ammazzarli? »

« Non mi risulta che oggi ci siano state stragi di cuccioli », osservò Riccardo annuendo al cameriere che gli proponeva un rabbocco di trippa. « Anzi, mi sembra che abbiamo corso un bel rischio per garantire la loro sopravvivenza. »

« Tu stai dedicando quarantacinque giorni della tua vita al solo scopo di ammazzare leoni e elefanti », ritorse Claudia. « Dunque non far tanto il sostenuto con me, Riccardo Monterro. »

« Le idee confuse del medio progressista lacrimoso mi hanno

sempre affascinato », intervenne Sean, e Claudia si rivolse battagliera a lui, pregustando la discussione.

« Non ho affatto le idee confuse. Voi siete qui ad ammazzare animali. »

« Come gli allevatori di bestiame », concordò Sean. « Per assicurarsi mandrie fiorenti e i pascoli necessari a farle sopravvivere. »

« Ma tu non sei un allevatore. »

« Sì che lo sono », la contraddisse Sean. « L'unica differenza è che uso il fucile, non macello; ma il mio fine è quello di tutti gli allevatori, proteggere il bestiame. »

« Ma non si tratta di animali domestici », contestò Claudia. « Sono stupendi animali selvatici. »

« Stupendi? Selvatici? Cosa diavolo c'entra questo? Come ogni altra cosa nel mondo d'oggi, anche la fauna africana deve guadagnarsi la sopravvivenza. Il capo qui presente paga centomila dollari per cacciare un leone e un elefante. Attribuisce a questi animali un valore monetario ben superiore a quello delle capre e dei manzi, sicché il governo dello Zimbabwe, che ha appena conquistato l'indipendenza, pensa bene di istituire delle riserve in cui la fauna selvatica, su milioni di ettari, può prosperare. Io ho affittato una di queste riserve, e ho tutto l'interesse a proteggerla da bracconieri e trafficanti d'avorio per aver sempre una quantità di prede da offrire ai miei clienti cacciatori. No, papera, i safari autorizzati sono una delle armi più potenti per assicurare la conservazione dell'Africa oggi. »

« Mi stai dicendo che la fauna si salva sparandole addosso con 'sti cannoni? » gli domandò sprezzante Claudia.

« Cannoni? » Sean scoppiò a ridere di gusto. « Ecco un'altra stupidaggine da progressista rimbecillito. Preferiresti che si usassero carabine di piccolo calibro? Sarebbe come chiedere che i macellai sgozzassero i manzi con un coltello che non taglia. Tu sei una donna intelligente, ragiona con la testa e non col cuore. Il singolo animale non è importante. Il suo arco di vita è di pochissimi anni. Nel caso del leone che stiamo cacciando, diciamo dodici al massimo. Ciò che è di importanza inestimabile è la sopravvivenza delle specie, non degli individui. Il nostro leone è un vecchio maschio giunto alla fine della sua onorata carriera, nel cui corso ha protetto le sue femmine e i suoi piccoli e ha già aggiunto i suoi geni al gran serbatoio della razza. Nel giro dei prossimi due anni morirà di morte naturale, quindi è molto meglio che la sua fine produca diecimila dollari in contanti da spendere per fornire un posto sicuro ai cuccioli, perché sopravvivano loro, anziché aprire tutta questa terra all'invasione di orde di pastori negri con le loro greggi di capre spelacchiate. »

« Dio mio, ma senti, senti », disse Claudia, scuotendo tristemente la testa. « Orde di pastori negri! Sono parole da razzista, parole da colonialista. Questa è la loro terra, perché non dovrebbero esser liberi di andare dove vogliono? »

« Ecco, è proprio la logica dei progressisti fessi », rise Sean. « Tu dovresti decidere da che parte stai: quella dei magnifici animali selvaggi, o dei magnifici negri selvaggi? Perché da tutt'e due non si può stare. Quando entrano in concorrenza per lo spazio vitale, gli animali perdono sempre, a meno che noialtri cacciatori non paghiamo il conto. »

La donna dovette ammettere che sul piano dialettico il cacciatore non era uno sprovveduto, e fu contenta dell'intervento di suo padre, che le permise di escogitare una risposta.

« Non può esserci dubbio circa da che parte sta la mia cara figliola. Dopo tutto, Sean, si ricordi che sta parlando con un'illustre esponente della Commissione per il Reinsediamento del popolo Inuit nelle sue terre tradizionali. »

Lei gli sorrise tutta dolce. « Adesso li chiami Inuit, papà? Qualcuno potrebbe pensare che ti sei rammollito. Neanche eschimesi li chiamavi, sempre 'i gialli', non è vero? »

Riccardo si lisciò le tempie inargentate dai folti capelli. « Vuole che le dica quanta Alaska vuol rendere mia figlia, e la sua Commissione naturalmente, agli Inuit? »

« Tanto ora te lo dice lo stesso, stai tranquillo », avvertì Claudia sporgendosi a carezzar la mano di suo padre. « Vedrai com'è divertente, è un suo cavallo di battaglia, la racconta a tutte le feste. »

Riccardo continuò come se non l'avesse neanche udita. « Questa gente va ad Anchorage, nella Quarta Strada, quella dove ci sono tutti i bar, e ramazza i due o tre eschimesi che riescono ancora a reggersi in piedi. Li carica su un aeroplano e gli fa sorvolare la penisola, chiedendogli: 'Dove abitava una volta il vostro popolo? Dove sono i tradizionali territori di caccia? Guardate un po' quel lago, ci avete mai pescato?' e via dicendo. » Riccardo cambiò voce: era un bravissimo imitatore. « 'Ma certo!' fa l'eschimese guardando giù dal finestrino, pieno fino agli occhi di Jack Daniels.' È proprio lì che andava a pescare mio nonno.' »

Cambiò ancora voce, imitando ora Claudia. « 'E quelle montagne laggiù, che noi bianchi cattivi vi abbiamo fregato, la catena dei Brooks, tuo nonno ci è mai andato a caccia?' » Si rimise a fare l'eschimese. « 'Come no! Un casino di orsi ci ha beccato. Mi ricordo che la mamma me lo raccontava sempre.' »

« Forza, continua, papà. Stasera hai un pubblico fantastico. Il signor Courteney sta apprezzando molto il tuo spirito », l'incoraggiò Claudia.

« E sa una cosa? » proseguì Riccardo. « Claudia non ha mai avuto delusioni dagli eschimesi. Mai capitato che qualcuno rifiutasse un lago o una montagna che lei gli offriva. Non è fantastico anche questo? La mia bambina fa sempre cappotto, cento per cento di sì. »

« È ancora una fortuna, capo », gli disse Sean. « Magari lassù vi lasceranno qualcosa: qua si son presi tutto. »

Claudia si svegliò al tintinnio dei piatti e al tossicchiare discreto di Moses fuori della tenda. Nessuno le aveva mai portato il tè a letto prima d'ora. Era un lusso che la faceva sentir meravigliosamente decadente. Nella tenda faceva ancora freddissimo e c'era buio pesto. Quando Moses aprì la lampo, Claudia sentì scricchiolare la brina. Non avrebbe mai pensato che in Africa potesse far così freddo.

Si rizzò a sedere sulla branda con un brivido, scaldandosi le mani intorno alla teiera e guardando Moses sfaccendare in tenda con una coperta sulle spalle. Le versò un secchio d'acqua calda nel catino, a cui poi appese un asciugamano pulito. Riempì il bicchiere di acqua potabile calda e le spremette il dentifricio sullo spazzolino.

Poi portò un braciere di carbonella e lo piazzò in mezzo alla tenda.

« Oggi fa troppo freddo, donna. »

« È che sarà troppo presto », ribattè Claudia, assonnata.

« Hai sentito ruggire i leoni stanotte, donna? »

« Macché. Non ho sentito un bel niente. » Sbadigliò. Se sotto la brandina avesse avuto la banda dei marines che suonava, non se ne sarebbe accorta.

Moses finì di stenderle i vestiti puliti sulla branda gemella. Le aveva lustrato gli stivali fino a farli brillare.

« Tu bisogno qualcosa, donna, chiamare me », le disse prima di indietreggiare fuori della tenda.

Claudia schizzò fuori dalla branda e corse a scaldarsi sul braciere, non dimenticando di tenerci un po' sopra anche le mutandine prima di infilarsele.

Quando uscì dalla tenda c'erano ancora le stelle. Alzò gli occhi a guardarle, sempre stupita dallo scrigno di gemme del cielo meridionale. Trovò la Croce del Sud, ne fu soddisfatta, e poi andò al fuoco dove incontrò gli uomini. Si scaldò le mani sulla fiamma, tutta contenta.

« Non sei cambiata affatto da quando eri piccola », le sorrise suo padre. « Ti ricordi che fatica farti alzare per andare a scuola? » Un cameriere le portò un'altra tazza di tè.

Sean fece un fischio e Claudia sentì Job avviare il motore del Toyota e portarlo davanti al cancello dell'accampamento, dove tutti indossarono indumenti pesanti, golf, giacche a vento, cappelli e sciarpe di lana.

Quando uscirono per salire sul fuoristrada, trovarono i fucili già nelle rastrelliere e Job e Shadrach, i due matabele, seduti dietro con in mezzo la piccola guida ndorobo. Era un ometto che a Claudia arrivava a stento alla spalla, ma aveva un sorriso simpatico, grinzosissimo, e gli occhi intelligenti e sgherri. Era arrivata già ben disposta nei confronti degli indigeni, ma Matatu era in breve diventato il suo preferito. Le ricordava un nano di Biancaneve. I tre negri si difendevano dal freddo sotto grandi cappotti militari e passamontagna. Tutti risposero con grandi sorrisi al saluto di Claudia, che li aveva subito affascinati.

Sean si mise al volante e Claudia si sedette davanti, tra lui e il papà. Si accucciò al riparo del parabrezza stringendosi a suo padre per scaldarsi. Nei pochi giorni di safari che aveva vissuto finora aveva preso ad amare queste partenze per la quotidiana avventura.

Imboccarono lentamente la pista serpeggiante e sassosa e, mentre la notte si ritirava incalzata dall'alba, Sean spense i fari.

Claudia scrutava la foresta di combreti e le radure paludose ed erbose che Sean chiamava *vlei*, cercando di avvistare per prima qualche creatura timida e stupenda: ma sempre arrivavano prima Sean o suo padre, che annunciavano « Cudù a destra » o « Antilope a sinistra », se non era Matatu che le batteva sulla spalla per indicarle qualche avvistamento ancor più raro con la manina dal palmo rosa.

La pista polverosa era cosparsa di tracce lasciate durante la notte dagli animali che l'avevano attraversata. A un certo punto videro una gran fatta di elefante, alta fino al ginocchio, che fumava ancora nel frescolino dell'alba. Tutti scesero dal Toyota per ispezionarla da vicino. Le prime volte Claudia era rimasta sconcertata da tutto 'sto interesse per la cacca, ma ormai si era abituata.

« Un vecchio sdentato », disse subito Sean.

« Come fai a saperlo? » gli domandò Claudia.

« Non riesce più a masticare bene », le rispose lui. « Guarda foglie e rametti nella cacca: sono quasi intatti. »

Matatu era accucciato vicino alle grandi impronte rotonde, che sembravano lasciate da bidoni della spazzatura.

« Guarda come sono lisce le zampe, sotto », le fece notare Sean. « Sono consumate come vecchie gomme. Vecchio e grosso. »

« È lui? » chiese impaziente Riccardo, guardando il fucile 416 Rigby appeso alla rastrelliera dietro il suo sedile.

« Ce lo dirà Matatu. » Sean alzò le spalle e il piccolo ndorobo sputò nella polvere, poi scosse la testa dispiaciuto nel rialzarsi. Quindi parlò con Sean in swahili, nel suo falsetto pigolante.

« Non è quello che cerchiamo noi. Matatu conosce questo maschio », tradusse Sean. « L'abbiamo visto l'anno scorso vicino al fiume. Ha una zanna spezzata al labbro, e l'altra è un consunto mozzicone. Forse una volta valeva la pena, ma ormai non più. »

« Intendi dire che Matatu è capace di riconoscere dall'impronta un particolare elefante? » chiese Claudia, incredula.

« Matatu è capace di riconoscere un bufalo in una mandria di cinquecento. Due anni dopo gli basta un'occhiata all'impronta per ricordarsi qual era. » Adesso Sean esagerava un po', per impressionarla. « Matatu non è un battitore, è un mago. »

Continuarono sulla pista, tra incessanti meraviglie. Un cudù maschio grigio come uno spettro, a strisce bianche gessose, crinito e gibboso, dalle lunghe corna a cavatappo che si stagliavano nella mezza luce che precede il mattino, si infilò nella foresta. Una genetta ancora fuori per la caccia notturna, picchiettata di giallo e nero come un leopardo in miniatura, li guardò sbalordita dall'erba secca sul ciglio della pista. Un dipodomio si mise a saltare davanti al Toyota. Branchi di faraone dalla testa gialla correvano smarrite nell'erba, e Claudia non doveva già più chiedere « Che uccelli sono? » o « Che animale è quello? » perché stava cominciando a saperli riconoscere da sola, e questo aumentava il suo piacere.

Poco prima che spuntasse il sole Sean parcheggiò il Toyota ai piedi di una collina rocciosa che si alzava di colpo dalla foresta, e tutti quanti scesero sgranchendosi e togliendosi la roba pesante. Si arrampicarono sulle pendici di quel *kopje*, cento metri di dislivello per un ripido e aspro sentiero, e quando arrivarono in cima Claudia cercò di far finta di non ansimare. Sean aveva curato alla perfezione i tempi, e proprio in quella, difatti, il sole spuntò sulla distesa verde della foresta, accendendo il mondo di colori brillanti e spettacolari.

Poterono contemplare un panorama di giungla cosparsa di radure di erba dorata e di altri torreggianti *kopje* che spiccavano come castelli fatati nell'aurora. Altre colline erano grandi ammassi di roccia nera, come discariche di materiali risalenti ai tempi della creazione.

Si tolsero l'ultimo golf, perché la scalata li aveva riscaldati e anche i primissimi raggi del sole lasciavano chiaramente intendere la prossima calura. Poi si sedettero sul ciglio del colle e col binocolo si diedero a ispezionare la foresta sottostante, ciò che era sempre un gran divertimento. Dietro di loro, Job tirò fuori la cesta delle cibarie e nel giro di pochi istanti fece un bel fuoco. Era troppo presto per far colazione al campo, ma adesso, all'odore del *bacon* che friggeva con le uova, Claudia si sentì venir l'acquolina in bocca.

Mentre aspettavano di far colazione, Sean indicò un punto del panorama. « Laggiù c'è il confine mozambicano, dietro il secondo *kopje*, a non più di una dozzina di chilometri da qui. »

« Il Mozambico », mormorò Claudia guardando nel binocolo. « Che nome romantico e suggestivo. »

« Mica tanto. È solo uno dei tanti trionfi del socialismo africano, e di una politica economica accuratamente pensata per condurre al caos e alla rovina », borbottò Sean.

« Ah no, non sopporto il razzismo prima di colazione », ribatté gelida Claudia.

« D'accordo », sogghignò Sean. « Basta sapere che oltre quel confine si trovano quindici anni di marxismo, corruzione, avidità e incompetenza, che stanno giusto cominciando a dar frutto. Ci sono una guerra civile che impazza al di là di ogni possibile controllo, una carestia che sterminerà almeno un milione di persone, e tutta una serie di gravi epidemie compreso l'AIDS, che nel giro di cinque anni ammazzeranno un altro milione di persone. »

« Bel posto per una vacanza, a quanto pare », disse Riccardo. « Ehi, Job, è pronta la colazione? »

Job portò a tutti un piatto di uova fritte e pancetta affumicata con pane francese e tazze di caffè forte e aromatico. Mangiarono col piatto in mano, perlustrando la foresta col binocolo tra un boccone e l'altro.

« Sei un bravissimo cuoco, complimenti, Job », disse Claudia.

« Grazie, madam », le rispose tranquillo Job. Parlava inglese con un accento lievissimo. Era un uomo sui quaranta, con un fisico possente e occhi distanti e intelligenti sulla bella faccia di luna piena che caratterizza i popoli di origine zulu come i matabele.

« Dove hai imparato? » gli chiese Claudia, e il matabele esitò e lanciò un'occhiata a Sean prima di rispondere con la sua voce flautata e profonda.

« Nell'esercito, madam. »

« Job era capitano degli Scout di Ballantyne con me », spiegò Sean.

« Un capitano addirittura! » esclamò Claudia, imbarazzata. « Scusa, non avrei mai pensato... » S'interruppe.

« ... che nell'esercito rhodesiano ci fossero ufficiali negri », finì per lei Sean. « Sai, l'Africa è un po' diversa da quella che fanno vedere nei reportage televisivi della CBS. »

Shadrach, il secondo portatore, era seduto a una cinquantina di metri di distanza sulla cresta della collina, e godeva di una vista migliore verso nord. Ora fece un fischio e, attirata l'attenzione, indicò da quella parte. Sean pulì il piatto con un pezzo di pane che poi si ficcò in bocca, restituendo quindi la stoviglia a Job. « Grazie, Job, era buonissimo. » Dopo andò da Shadrach. I due si misero a guardar giù nella foresta.

« Cosa c'è? » gridò Riccardo, impaziente.

« Un elefante », rispose Sean, e sia Riccardo sia Claudia corsero a raggiungerli.

« Dove? Dove? » domandò lei.

« È grosso? » chiese Riccardo. « Avete visto le zanne? È lui? »

« È troppo lontano per esserne sicuri, sarà a tre chilometri. » Sean indicò una macchia grigia indistinta fra i tronchi, e Claudia si stupì che un animale così grosso fosse tanto difficile da scorgere. Le ci volle qualche minuto per individuarlo, e ci riuscì solo quando la bestia si mosse.

« Cosa dite, sarà Tukutela? » chiese Riccardo.

« Potrebbe anche darsi », annuì Sean. « Ma è molto improbabile. »

Tukutela, l'Arrabbiato. Claudia ne aveva sentito parlare al campo, davanti al fuoco. Tukutela era uno di quegli animali leggendari di cui un tempo l'Africa era piena, ma che ormai in tutto il continente si potevano contare sulle dita di una mano. Un elefante maschio, dalle zanne che pesavano più di cinquanta chili l'una. Tukutela era l'unica ragione per cui suo padre aveva voluto tornare ancora una volta in Africa. Tre anni prima, durante un altro safari con Sean Courteney, avevano seguito il grande elefante per cinque giorni. Matatu li aveva guidati sulle sue tracce per centosessanta chilometri prima che finalmente lo raggiungessero. Erano arrivati a venti passi dal vecchio bestione, che stava mangiando i frutti di un albero di *marula*. Avevano potuto studiare ogni minima grinza della sua pellaccia grigia e sbiadita: così vicini erano, da poter contare i pochi peli che gli restavano sulla coda (in tanti anni li aveva persi quasi tutti) e contemplare attoniti, in un silenzio perfetto, il suo avorio.

Riccardo Monterro avrebbe volentieri pagato somme inverosimili per far di quelle zanne un trofeo. Aveva chiesto in un sussurro a Sean: « Ma non c'è proprio modo di poterlo avere? » E aveva notato l'esitazione di Sean prima di scuotere la testa.

« No, capo. Non si può toccarlo. Quelle zanne valgono più della mia licenza e della mia riserva. » Perché, intorno al collo, Tukutela aveva un collare, un solido collare di nailon spesso come una gomma da autocarri, e appesa a quella collanina c'era una radio trasmittente.

Qualche anno prima, il vecchio maschio era stato inseguito da un elicottero del ministero preposto alle ricerche sugli elefanti, era stato addormentato sparandogli una siringa di sonnifero, e, mentre ronfava, adornato del collare con la trasmittente. Ciò aveva reso Tukutela, se non proprio un dipendente statale, un importante collaboratore, altrettanto intoccabile, del ministero, come « esemplare studiato dal servizio ricerche », legalmente protetto dalla caccia anche da parte dei safari autorizzati. Naturalmente potevano sempre ammazzarlo i bracconieri per l'avorio. Ma i cacciatori muniti di licenza no.

Mentre l'elefante era stordito dal farmaco, il dottor Glynn Jones, veterinario ministeriale e capo del progetto, gli aveva misurato le zanne. Il suo rapporto non era destinato alla pubblicazione, ma siccome la sua segretaria era una bionda nubile che in vita sua non aveva mai visto nulla di più affascinante di Sean, ecco che gliene aveva passato una fotocopia.

« Dalle misure di Jones risulta che una pesa sessanta chili, e l'altra è un po' più piccola », aveva sussurrato Sean a Riccardo mentre guardavano avidamente le zanne del vecchio maschio.

Al labbro erano grosse come una coscia di Sean, e non è che poi si restringessero tanto. Erano tutte annerite dai succhi vegetali. La punta si arrotondava di colpo: secondo il dottor Jones, la zanna sinistra era lunga due metri e cinque centimetri dal labbro, l'altra ben due metri e dodici.

Alla fine se n'erano andati lasciando il vecchio maschio al suo vagabondaggio solitario. Poi, mesi dopo, una bella mattina la segretaria bionda, preparando la colazione a Sean nel suo appartamentino sulla cerchia dei viali a Harare, aveva buttato là distrattamente: « Lo sai che Tukutela ha perduto il collare? »

Sean era nudo, sdraiato sul letto, ma a quelle parole era saltato su. « Cos'è che hai detto? »

« Il buon Jones è incazzatissimo. Ha cercato Tukutela con la radio ma è riuscito a trovare solo il collare, in cima a un albero di *msasa*. Era riuscito finalmente a levarselo. »

« Vieni, bellezza! » l'aveva chiamata Sean tutto contento. « Vieni che ti do il premio che meriti! » E la ragazza si era subito liberata della vestaglia per correre da lui.

Dunque Tukutela aveva perduto il collare, e non era più un « esemplare da studio ». Era ridiventato una qualunque preda dei safari. Quello stesso giorno Sean aveva mandato un telegramma a Riccardo, ricevendo la risposta il giorno dopo.

ARRIVO STOP RISERVAMI SAFARI DA PRIMO LUGLIO A QUINDICI AGOSTO STOP VOGLIO ASSOLUTAMENTE PRENDERE JUMBO STOP CAPO

E adesso Riccardo tremava dall'eccitazione, ritto sul ciglio del *kopje* e intento a studiare la lontanissima macchia grigia dell'elefante lì sotto.

Claudia lo guardava sbalordita. Era suo padre? L'uomo d'affari imperturbabile, il campione del *savoir faire*? L'aveva visto negoziare un contratto da dieci milioni di dollari e puntare appannaggi principeschi sulle roulette di Las Vegas senza batter ciglio, e adesso eccolo lì che saltellava emozionato come uno scolaretto al suo primo appuntamento con la ragazzina. Provò un empito d'affetto per lui.

« Non avevo capito, non avevo capito quanto ci tiene », pensò. « Forse sono stata troppo severa. Questa è l'ultima cosa che vuole veramente dalla vita. » Le venne l'impulso di andare ad abbracciarlo forte forte, e dirgli: « Scusami, papà. Mi dispiace di aver cercato di guastarti questo ultimo piacere ».

Riccardo non si accorgeva nemmeno della sua esistenza. « Potrebbe essere Tukutela! » ripeteva sottovoce a se stesso, quasi a volerlo far essere tale per magia, ma Sean scosse la testa.

« Ho quattro bravissimi battitori a sorvegliare il fiume. Tukutela non può averlo attraversato senza che loro se ne accorgessero, e poi è ancora troppo presto. Non lascerà certo la valle finché non seccano le ultime pozze ai piedi delle alture, e ci vorranno ancora dieci giorni almeno. »

« Potrebbe essere riuscito a passare non visto », disse Riccardo, ignorando la sua spiegazione. « Magari è proprio lui questo qua sotto. »

« Un salto a vedere lo facciamo di sicuro », annuì Sean. La passione di Riccardo non lo sbalordiva certo come sua figlia. La capiva benissimo, e l'aveva vista in tanti altri uomini come Riccardo: una cinquantina di personaggi potenti, aggressivi, abituati al successo, che costituivano la sua clientela. Erano uomini che non cercavano di nascondere e nemmeno di controllare i propri istinti. Quello della caccia era radicato in ogni uomo: qualcuno lo negava o lo reprimeva, altri lo piegavano a espressioni meno scopertamente violente, come il gioco del tennis o del golf, che prevedevano mazze e racchette da mulinare al posto della clava, e una pallina al posto della preda: ma uomini come Riccardo Monterro vivevano la loro passione a briglia sciolta e non si accontentavano di niente di meno che l'emozione della caccia vera e propria, quella che terminava con l'uccisione della preda.

« Shadrach, va' a prendere il *banduki* 416 di buana », ordinò Sean. « Job, non dimenticare le borracce. Matatu, *akwendi*: andiamo! »

Scesero per la via più breve, saltando da un sasso all'altro fino ai piedi del *kopje*, e poi si misero istintivamente in formazione, Matatu davanti a cercare le tracce, seguito da Job e Sean a scrutare la foresta con la loro vista quasi sovrumana, i clienti in mezzo, e in retroguardia Shadrach col fucile di Riccardo, sempre pronto a portarglielo di corsa. Procedevano molto in fretta, ma ci misero quasi un'ora a trovare le tracce dell'elefante nella foresta. Le vide Matatu, naturalmente, grosse impronte circolari nel terriccio molle, con accanto frasche e ramoscelli che il bestione nutrendosi aveva lasciato cadere. Matatu si fermò a studiare l'impronta roteando gli occhi ed emettendo piccoli strilli di dispetto.

« Non è Tukutela. È il vecchio maschio che ha una zanna sola », tradusse Sean, « di cui stamattina abbiamo trovato le tracce sulla pista. Si vede che poi è tornato qui. »

Claudia osservò la faccia di suo padre e vide l'intensità della sua delusione. Le si strinse il cuore per lui.

Tornando al Toyota nessuno parlò, ma quando lo raggiunsero Sean disse sottovoce: « D'altra parte lo sapevamo che non sarebbe stato tanto facile. Non è vero, capo? » E si scambiarono un sorriso.

« Ha perfettamente ragione. La caccia è tutto: quando l'hai preso, è soltanto un pezzo di carne. »

« Tukutela arriverà », promise Sean. « Passa sempre di qui. Verrà prima della luna nuova, glielo prometto; ma per il momento c'è ancora da prendere il leone. Andiamo a vedere se Federico il Grande ha gradito la nostra bufala. »

C'erano venti minuti di strada nel letto del fiume asciutto per arrivare alla posta della bufala.

Lasciarono il Toyota sulla sabbia bianca, e Claudia ricordò con un brivido di paura l'avventura della sera prima. Poi imboccarono il sentiero che risaliva il rivone e videro le tracce lasciate dalla vecchia leonessa intorno alla posta. Sean e i portatori si misero a discutere animatamente, mentre Matatu si agitava schiamazzando come un gallinaccio.

« Cosa c'è? » domandò Claudia, ma nessuno le rispose, e dovette mettersi a correre per non perderli di vista mentre andavano alla carcassa della bufala appesa ai rami del fico.

« Qualcuno mi dica cosa sta succedendo », pregò Claudia senza avvicinarsi affatto all'esca in putrefazione. La puzza era veramente insopportabile, ormai. Ma gli uomini non mostrarono alcun disgusto nel punzecchiare e ispezionare i ripugnanti avanzi, e perfino Claudia si rese conto della differenza rispetto alla sera prima.

Allora la carcassa era virtualmente intatta: adesso più di metà era stata divorata. Restavano solo la testa e i quarti anteriori, appesi così in alto che Sean doveva tendere il braccio per raggiungerli.

Vertebre e costole erano state ridotte a schegge da potenti zanne, e lo spesso mantello nero era stato strappato dalla carne con l'aiuto degli artigli, e ora pendeva sbrindellato come una bandiera a mezz'asta.

Mentre Sean e i portatori esaminavano i resti della carcassa, Matatu ispezionava i dintorni del fico uggiolando di felicità come un cane da caccia che abbia fiutato la selvaggina.

Sean prese qualcosa dalle costolette tritate della bufala e la mostrò a Riccardo, e tutti e due si misero a ridere eccitati, passandosela di mano in mano. Cos'era mai?

« Qualcuno vuol essere così cortese da parlare con me? » insisté Claudia, e Sean le gridò di avvicinarsi.

« Vieni qua dunque, non star così lontana. »

Con riluttanza, turandosi platealmente il naso, si avvicinò, e Sean le porse la mano aperta. Sul palmo aveva un pelo, un pelo solo, lungo e nero quasi come uno dei suoi capelli.

« Cos'è? »

Riccardo lo prese dalla mano di Sean, tenendolo tra indice e pollice, e Claudia gli vide la pelle d'oca sul polso. Era molto emozionato, e i suoi occhi scuri da italiano brillavano quando le rispose.

« È un pelo della criniera. »

Poi la prese per mano e la tirò vicino al tronco del fico.

« Da' un'occhiata qua. Guarda cosa ha trovato Matatu. »

Il piccolo battitore, indicando la terra tutta smossa, sorrideva come avesse trovato un tesoro. Quel fazzoletto di terra era stato calpestato da cinque cuccioli e due leonesse, che l'avevano macinato fino a ridurlo in polvere, ma in quella confusione spiccava un'impronta perfetta. Era grossa il doppio delle altre, come una ciotola da minestra, e guardandola Claudia si sentì assalire nuovamente dal terrore. L'animale che aveva lasciato quel segno per terra doveva essere veramente mostruoso.

« Ieri sera, dopo che eravamo stati cacciati via dalle leonesse, è arrivato lui. Ha aspettato che la luna tramontasse e nell'ora più buia della notte è venuto », le spiegò Sean. « E poco prima dell'alba se n'è andato. Si è mangiato mezza bufala, arrivando molto in alto, e ancora col buio se n'è andato. Te l'avevo detto, è un diavolo, un vecchio diavolo furbissimo. »

« È un leone? » chiese Claudia.

« Sì, ma non un leone qualunque », disse Riccardo. « È venuto Federico il Grande in persona, stavolta. »

Sean si voltò dall'altra parte e convocò gli uomini accanto a sé. I tre, Job, Shadrach e Matatu, si accoccolarono in cerchio intorno a lui, e, dimenticando Claudia e Riccardo, si misero a pianificare la caccia, discutendo nei minimi particolari ogni finezza tattica, ogni problema, ogni eventualità.

La loro concentrazione era assoluta, e solo dopo un'ora Sean si rialzò e raggiunse Claudia e Riccardo, che si erano seduti all'ombra.

« Il trucco è indurlo a tornare prima del tramonto », disse loro. « E siamo tutti d'accordo che l'unico modo è piazzare un'altra esca e costruire un'altra posta. Questa è stata rovinata dalle leonesse, e il vecchio Fred sarà diffidente come un re in mezzo agli anarchici. Se non riusciamo ad attirarlo in qualche modo, se ne starà alla macchia fino a buio. » Sean si sedette tra loro, e tacque un momento.

« Sa, capo, a volte per un buon amico, uno di cui so di potermi fidare, sono anche pronto a violare qualche regola. » Parlava sottovoce, senza guardare Riccardo, tracciando dei segni per terra con un legnetto.

« L'ascolto », annuì Riccardo.

« Può darsi che ci sia un solo modo di prendere questo leone », continuò Sean a voce molto bassa. « Abbagliandolo. »

Tacquero per un bel po' e, benché Claudia non avesse ben capito di che cosa si trattava, intuiva che Sean proponeva qualcosa di sleale o addirittura illegale, e che suo padre era tentato. Si arrabbiò con il tentatore, ma si guardò bene dall'intervenire. Restò zitta, sperando che suo padre non cedesse alla proposta peccaminosa.

Riccardo scosse la testa. « No, stiamo alle regole. »

« Possiamo provare », disse Sean alzando le spalle, « ma non sarà facile. È già stato ferito accanto a un'esca, in una situazione come questa, e scommetto che non se n'è dimenticato. »

Restarono in silenzio ancora per quasi un minuto, poi Sean continuò. « Il leone è un animale notturno. Vive al buio. Se davvero lei vuol prendere questo leone, deve prenderlo di notte. »

Riccardo sospirò e scosse la testa. « Lo voglio, ma non tanto da ammazzarlo senza rispetto. »

Sean si alzò in piedi. « È il suo safari, capo », accondiscese tranquillo. « Ma sappia che era una proposta che farei a ben pochi uomini; anzi a pensarci bene solo a lei, direi. »

« Lo so », disse il capo. « Grazie, Sean. » E Sean tornò al fico ad aiutare gli uomini a tirar giù i resti della carcassa, così che il branco potesse cibarsene. Appena fu fuori portata d'orecchio, Claudia chiese a suo padre:

« Cosa intendeva dire Sean proponendo di abbagliare il leone? »

« Puntargli contro un riflettore di notte e spararargli. È una cosa vietatissima. »

« Che bastardo », disse lei amaramente.

Riccardo non reagì a questa affermazione, ma continuò a parlare a voce bassa. « Sai, era pronto a rischiare il suo lavoro per accontentarmi, e questo non è certo da tutti. »

« Sono orgogliosa che tu abbia rifiutato la proposta, papà. Lui però resta un bastardo. »

« Tu non capisci », le disse, « tu non puoi capire. » Si alzò in piedi e si allontanò, e subito lei provò rimorso. Lo capiva, invece. Capiva che era il suo ultimo leone, e che lei gliene stava rovinando il piacere. Era combattuta tra il suo amore per papà e il suo senso di giustizia anche nei confronti degli animali.

« Dovrebbe essere facile fare la cosa giusta », pensò. « Invece lo è molto di rado. »

Dunque, nelle giornate seguenti cacciarono il leone con metodi leali. Dovevano procurarsi le esche, e Riccardo sparò ai bufali che gli indicava Sean: un'altra vecchia spelacchiata, e due giorni dopo un maschio decrepito con le corna mozze e le costole rilevate sul mantello infangato.

Tutti i giorni Sean spostava l'esca o la posta, cercando il piazzamento migliore, che inducesse il vecchio maschio nerocrinito ad abbandonare le precauzioni e a mangiare di giorno.

Ogni sera rimanevano appostati fino a un'ora dopo il tramonto, e se ne tornavano al campo delusi e scoraggiati col buio. L'indomani, tornando all'esca, si accorgevano che il leone se l'era pappata, lasciando i soliti peli della criniera e dileguandosi prima dell'alba.

Maledicendo il leone, Sean decise di cambiare tattica. Abbassò i resti putridi dell'esca in modo che fossero raggiungibili da cuccioli e leonesse. Ormai, praticamente, erano solo ossa rosicchiate e pelle secca. A mezzo chilometro di distanza a monte del fiume asciutto appese una nuova carcassa, a un'altezza tale che risultasse raggiungibile solo dal grosso maschio, sui rami di un albero isolato in mezzo a una radura d'erba secca alta fino alla spalla. Sperava che senza la scocciatura delle femmine e dei cuccioli il leone si decidesse a mangiar prima.

Per tranquillizzarlo ulteriormente piazzò la posta dall'altra parte dell'alveo fluviale, sulla forcella formata dai rami di un albero di tek, a cinque metri d'altezza. Da quella piattaforma, detta *machan*, vedevano benissimo l'altra riva, oltre il bianco letto sabbioso.

Sean non fece tagliare tutta l'erba attorno all'albero dell'esca. Voleva che il leone si sentisse sicuro. Si limitò a far pulire un tratto di terreno, non più largo del corpo della belva, perché dall'appostamento fossero in grado di scorgere la carcassa.

« Se viene, badi di aspettare che si rizzi sui posteriori per mangiare, capo », gli spiegò mentre verso l'una del pomeriggio salivano al *machan* per sciropparsi un'altra torrida seduta di guardia.

Sean permise a Claudia di portarsi un libro da leggere: *La mia Africa* di Karen Blixen.

« Basta che stai attenta a non far frusciare le pagine », l'avvertì.

Ben presto arrivarono le leonesse coi cuccioli. Ormai erano così condizionate da avvicinarsi all'esca senza la minima trepidazione. Imboccarono il tratto d'erba falciata e si misero a contemplare la carcassa. Poi le leonesse cercarono di raggiungerla a salti, ma niente da fare, era troppo in alto per loro.

La leonessa giovane, che Sean aveva battezzato Gertrude, aveva gli occhi cisposi di congiuntivite per tutta la sabbia che il cacciatore ci aveva fatto schizzare dentro. Le fauci polverose erano rigate di lacrime e le palpebre gonfie e infiammate, ma stava per guarire, ormai ci vedeva di nuovo bene e il muco giallastro era ridotto agli angoli degli occhi.

Dopo un po' rinunciarono al tentativo di ghermire la carcassa e, con i cuccioli, tornarono a quella vecchia e ormai fetentissima, cinquecento metri a valle.

Dal *machan* si sentiva benissimo il branco ruggire disputandosi i resti, ma col passar del tempo i rumori cessarono. Le leonesse sazie erano andate a coricarsi all'ombra.

Mezz'ora prima del tramonto il venticello caldo che soffiava da tutto il pomeriggio improvvisamente calò e sul *veld* discese il tipico silenzio che prelude alla sera africana. Le rade foglie invernali sugli alberi erano ferme, di là dal fiume asciutto l'erba gialla non si muoveva, e perfino i papiri dai fiocchi leggerissimi che un alito di vento bastava a piegare posavano immobili, come in ascolto. La pace era tale che Claudia alzò gli occhi dal libro, lo chiuse attenta a non far rumore e si guardò attorno.

Poi di colpo si udì abbaiare forte dall'altra parte del fiume. Pareva un cane, ma era il verso di un uccello rumoroso che già conoscevano. Claudia però non riuscì a impedirsi di sussultare. E subito avvertì il tocco leggero ma fermo di Sean sul fianco, un avvertimento preciso, e sentì il respiro di suo padre, rapido e profondo come dopo un esercizio fisico impegnativo. La sua espressione era rapita, simile a quella dei comunicandi in attesa dell'ostia consacrata. Dio, che bell'uomo era, pensò. Sembrava molto più giovane dei suoi anni, nonostante le tempie inargentate, così abbronzato e in forma. Non si scorgeva alcun segno esteriore del tradimento che il suo corpo stava tramando, e che tra non molto l'avrebbe distrutto.

La sua eccitazione era contagiosa, e sentì anche il proprio sangue scorrere più in fretta, accelerando il battito del polso. Claudia girò lentamente la testa per seguire lo sguardo di suo padre. Stava guardando a destra, oltre il fiume, dove finiva la radura di erba secca e cominciava la foresta.

Laggiù l'unica creatura vivente era l'uccello grigio simile a un pappagallo appollaiato in cima a un salice. Sean le aveva detto che era un *lourie*, il rompiballe della foresta soprannominato « uccello va' via » che perseguita i cacciatori col suo verso rauco che sembra appunto sbraitare: « Va' via! Va' via! ». Infatti, eccolo mettersi a schiamazzare di nuovo, agitando le ali. « Va' via! Va' via! » Si vedeva però che stavolta era particolarmente contrariato. Guardava in basso, tra l'erba alta sotto il salice, col collo torto.

« Sta arrivando. L'uccello l'ha già visto », le sussurrò Sean all'orecchio. Claudia si sforzò di vedere anche lei, non sapeva che cosa.

« Guarda l'erba », le suggerì Sean. E lei vide il movimento. La cima degli steli vibrava, un ondeggiare furtivo che lentamente attraversava la radura verso il fiume per richiudersi subito. Pareva il movimento di una grossa trota in una pozza d'acqua ferma: il pesce non si vede, ma si vedono le ondine e la scia che fa.

A un certo punto ogni moto degli steli cessò.

« Sta fiutando e tendendo l'orecchio », spiegò Sean. Anche lui, incredibilmente, era emozionato: la ragazza se ne accorse dal tono, roco e teso.

Ed ecco ricominciare la strana vibrazione dell'erba alta, stavolta decisamente diretta verso l'albero dell'esca. Suo padre si lasciò sfuggire un gemito soffocato, e subito Sean se la prese con Claudia. Forse voleva ancora pungolarle il fianco, fatto sta che però stavolta le sue dita le si chiusero sulla coscia.

Il contatto fu uno shock, reso ancora più intenso dalla vista del bestione. Infatti il leone proprio in quella attraversò un tratto di erba calpestata dalle leonesse e all'improvviso comparve. Claudia scorse la parte superiore della gran testa, la folta criniera scura e arricciata che ondeggiava al suo incedere imperiale, e per un attimo distinse il lampo degli occhi gialli sotto la criniera.

Non aveva mai visto una creatura dall'aria così minacciosa e al tempo stesso maestosa. Fu un attimo, perché subito l'erba gli si richiuse intorno, ma la lasciò scossa e senza fiato: e la mano di Sean era sempre sulla sua coscia.

A un tratto si accorse di essere eccitata sessualmente. Sbalordita, avvertì tiepidi umori fluirle in grembo, tendersi il ventre e i capezzoli ergersi duri contro la camiciola di cotone. Provò l'impulso quasi irresistibile di lasciarsi andare e aprire le cosce alla mano di Sean, anche se la follia di un gesto simile era a dir poco monumentale. Se le avessero chiesto di descrivere l'essere umano più irritante e odioso per lei, probabilmente ne sarebbe uscito il ritratto di quel cacciatore. Capiva benissimo che, se avesse mostrato la più piccola debolezza, lui l'avrebbe sfruttata senza scrupoli: « E non mi piace neanche », si disse, disperata. Però le tremavano le gambe, lui doveva accorgersene, e non poteva nemmeno muoversi!

Poi Sean le tolse la mano dalla gamba, ma lo fece in maniera offensiva. Non si limitò a sollevarla, ma ne approfittò per impartirle una specie di carezza con indugio tra fianco e coscia, sensazione sconcertante a cui era totalmente impreparata, che le accese di risentimento le guance e la strozza, mentre continuava a fissare il movimento dell'erba di là dal fiume che infine cessò sotto l'albero dell'esca.

Il silenzio si protraeva, mentre Claudia tentava di riprendere il controllo delle proprie emozioni.

« Non era mica per lui », si disse. « Non era affatto una reazione a lui. Lui non ha proprio niente da darmi. Erano solo la tensione e l'eccitazione del momento, niente a che fare con lui. Lui non è minimamente attraente per me. A me piacciono la sensibilità e la finezza, mentre lui è prepotente, rozzo e brutale. »

Dall'altra parte del fiume asciutto si vide un improvviso scuotersi dell'erba e si sentì un pesante tonfo sul terreno.

Dietro di lei, Claudia sentì Sean mettersi a ridacchiare di gusto, anche se nel più perfetto silenzio. Per un attimo, incredula, pensò che ridesse di lei, poi lo udì sussurrare: « Si è coricato. Che faccia tosta incredibile! Si è messo a dormicchiare sotto l'esca, 'sto gran figlio di mignotta ».

Sean stava pensando alla ragazza almeno quanto al leone. L'antipatia che lei non si peritava di manifestargli era reciproca, il che rendeva ancora più divertente punzecchiarla e sfotterla. Le postazioni di caccia grossa, lo sapeva bene, sono un ottimo posto per cogliere alla sprovvista una donna. Lì erano cominciati tanti amori memorabili. Quand'erano lì erano psicologicamente in sua balia, come scolarette in classe. Era il padrone e si trovavano condizionate a ubbidirgli: inoltre la tensione e l'eccitazione nervosa le rendevano ricettive e compiacenti, mentre il rischio e l'imminente versamento di sangue aguzzavano la consapevolezza fisica e sessuale. Era stato un gran divertimento scoprire che questa puttanella americana presuntuosa e viziata era come tutte le altre.

Adesso, facile che si stesse maledicendo per quel momentaneo cedimento: e che stesse maledicendo anche lui. Fece un sorrisetto, sedendosi un po' più vicino, dietro di lei. Lo guidava l'istinto sicuro di chi è nato donnaiolo: un dono, certo. Aveva letto le memorie di Casanova con attenzione, e non poteva che dirsi d'accordo con lui. Quando è ricettiva, ogni donna emette piccoli segnali: sospiri, rossori, cambi di posizione, movimenti minimi del corpo, e addirittura un odore che ben pochi uomini sono in grado di riconoscere, e meno ancora di interpretare. È un dono che solo i grandi amatori possiedono. Il trucco, si disse, era sapere quando agire, e fin dove spingersi a ogni successivo passo.

Dal punto in cui era seduto poteva vederle la guancia destra, sormontata dal lungo ciglio scuro, anche se deliberatamente lei ora guardava da un'altra parte.

Si era fatta la treccia, sicché i folti capelli neri le pendevano tra le scapole e si vedeva perfettamente il collo, elegante colonna che sosteneva la testa piccola e regolare. Collo e guancia erano ancora soffusi dal rossore generato dal turbamento e dall'irritazione di prima, sotto una pelle già abbronzata dal sole africano al punto da farla sembrare una di quelle modelle che sulle riviste patinate femminili fanno propaganda alle più costose creme solari.

Mentre Sean la guardava, il rossore sparì e lei ricuperò la compostezza, ma sotto il cotone leggero della camiciola si vedeva l'ombra di un seno impertinente, quasi da ragazzina, col capezzolo che sporgeva ancora. Il tessuto sottile lo lasciava intuire grosso come una mora matura e dello stesso colore vinoso. Poi cominciò a ritrarsi visibilmente; il fenomeno lo divertì e Sean si rimise a ridere senza fare rumore.

« Ma bravo, ti sei regalato un'erezione coi fiocchi », sogghignò. « E sì che non puoi sopportarla, quella piccola strega. » Smise di guardarla e cercò il leone invisibile tra l'erba secca della radura.

Ma lo rividero solo un attimo prima del buio, quando a ovest c'era ancora un fievole ricordo del tramonto, che però bastava, per l'accorto orientamento che Sean aveva dato al complesso esca-posta, a illuminare la scena. Sentirono l'erba frusciare quando l'animale si rialzò, e si chinarono in avanti a guardare meglio. Riccardo imbracciò il fucile scrutando nel mirino telescopico.

Improvvisamente il leone balzò fuori dall'erba, gran sagoma informe appena visibile contro il cielo quasi buio, e si sentì gemere la catena a cui era appesa la carcassa del bufalo. Il felino l'aveva ghermita e quella oscillava sotto i primi morsi laceranti.

« Vede qualcosa nel mirino? » domandò Sean a Riccardo. Il leone stava facendo tanto di quel chiasso che parlò con voce quasi normale, ma Riccardo non rispose. Muoveva lentamente in circolo la canna del fucile, cercando invano di distinguere la croce del mirino telescopico agli ultimi lucori del tramonto.

« No », ammise infine. « È troppo buio. »

Claudia provò sollievo: non avrebbe dovuto assistere al massacro del leone; ma Sean disse con calma: « Va bene, dovremo solo star qui appostati tutta la notte e domattina gli spariamo, se Dio vuole ».

« Tutta la notte! » Nonostante le sue ingiunzioni di tacere, Claudia fu così sconvolta dalla prospettiva di passar la notte alla posta che si mise a protestare.

« Non avevi detto di esser pronta a fare tutto quello che facevamo noi? » rise del suo allarme Sean.

« Ma, ma... Job non porterà qui il Toyota? » chiese Claudia, disperata.

« Non prima di aver sentito uno sparo. » Lei ricadde esasperata sulla sedia.

La notte fu interminabile. Dalla pozza d'acqua stagnante coperta di microorganismi verdi rimasta in mezzo al letto del fiume arrivavano zanzare a migliaia che li vampirizzavano incuranti dei repellenti che Claudia si spalmava a litri sui punti scoperti del corpo.

Dall'altra parte del fiume il leone si nutriva a intervalli regolari. Poi, a un certo punto, non si fece più sentire fino a mezzanotte, quando prese a ruggire. Emetteva vere e proprie esplosioni, che ridestarono di soprassalto Claudia dal dormicchiare che era riuscita a conseguire nonostante la scomodità del posto. Col cuore in gola sentì quel rumore tremendo finire con una serie di sordi brontolii gutturali.

« Ma perché lo fa? » chiese Claudia, senza fiato.

« Per far sapere al mondo chi è il boss da queste parti. »

Poi arrivarono le iene, strillando e ululando come un branco di fantasmi, esaltate dall'odore della carcassa: e il leone le scacciò, correndo pesantemente tra l'erba, ringhiando e ruggendo. Dopo si rimise a mangiare, e subito le iene tornarono a circondarlo, facendo un gran chiasso e cercando di disturbarlo in tutti i modi.

Un'ora prima dell'alba Claudia riuscì infine ad addormentarsi sul serio, raggomitolata sulla sedia col collo storto: ma le toccò svegliarsi ancora di soprassalto, scoprendo che ormai c'era abbastanza luce da distinguere la catena che teneva appesa l'esca.

Nella foresta, lì vicino, un paio di quei grotteschi uccellacci chiamati buceri – neri, grossi come tacchini selvatici, con la testa pelata rossa – si misero a fare il chiasso che facevano tutte le mattine: una buona imitazione dei clacson che si possono sentire in un ingorgo stradale nel Medio Oriente. Di fianco a lei,

Riccardo si stava stirando e sbadigliava; anche Sean era sveglio e si alzò, facendo dondolare il *machan*.

« Cos'è successo? » farfugliò Claudia. « Dov'è il leone? »

« Se n'è andato un'ora fa, col buio », le disse suo padre.

« C'è solo un modo di prendere quel gatto, capo, e cioè abbagliandolo. A meno di non avere una fortuna sfacciata. »

« Io sono piuttosto fortunato », l'informò con un sogghigno Riccardo, mentre si udiva il rumore del Toyota che si avvicinava per venirli a prendere.

Per tutto quel giorno rimasero all'accampamento, ricuperando il sonno perduto la notte: ma quando, verso sera, tornarono alla posta ad aspettare il leone, si resero conto che era sparito. Anche la notte seguente trascurò l'esca, e il safari incappò in un punto morto. Sean e i suoi uomini lavorarono con diligenza, ma nessun risultato a cercare il leone; intanto, nessuna novità veniva dagli esploratori mandati da Sean a sorvegliare i guadi del fiume Chiwewe che segnava il confine settentrionale della sua concessione. A Riccardo Monterro non importava andare a caccia di altri animali della pianura come l'antilope nera, il cudù o l'antilope alcina, indubbiamente prede meno prestigiose, che però avrebbero potuto riempire con soddisfazione le giornate di un altro safari.

Solo le due leonesse e i loro cuccioli rimasero sulle rive del fiume che evidentemente avevano eletto a domicilio permanente.

« Hotel Courteney, cucina a cinque stelle », bofonchiava Sean. « Tutti i giorni pasti da *gourmet*! »

Il piccolo branco si abituò talmente alle loro visite che le leonesse si limitavano ad allontanarsi di un centinaio di metri, dopo un paio di ruggiti pro forma, quando li vedevano arrivare. Guardavano con interesse l'alaggio di una nuova carcassa, manifestavano qualche impazienza di vederli andar via, e dal Toyota si assisteva al loro rapido convenire intorno all'albero a esaminare l'ultima offerta.

Però Federico il Grande non tornò. Non videro più le sue inconfondibili orme intorno all'esca, o sui sentieri che Sean ispezionava ogni giorno in un raggio di sessanta chilometri intorno all'accampamento.

« Ma perché dev'essere sparito così? » protestava Riccardo.

« Perché è un felino, e i felini sono incomprensibili. »

Dopo il breve, ma focoso episodio alla posta, i rapporti tra Sean e Claudia si erano sottilmente alterati. Le loro schermaglie diventarono più rozze e risentite, l'antipatia reciproca più intensa, e la voglia di ferirsi più viva.

Quando lei gli dava del razzista, lui sorrideva. « In America questa parola è temuta come il peggiore degli insulti, che può porre fine alla carriera di un politico, far fallire un uomo d'affari, provocare l'ostracismo della società. Siete tutti terrorizzati da questa parola, e i negri lo sanno e se ne approfittano. Anche gli uomini d'affari più duri, i politici più spregiudicati, si mettono a uggiolare come cagnolini sdraiati sulla schiena a dargli del razzista », ribatté Sean, beffardo. « Ma qui non siamo in America, cara la mia papera, e non abbiamo nessuna paura di questa parola. Qui il razzismo coincide col tribalismo, e siamo tutti tribalisti sfegatati, specialmente i negri. Se vuoi vedere cos'è il vero tribalismo, il vero razzismo, non devi far altro che andare a vivere in uno dei nuovi Stati africani indipendenti. Prova a chiamare razzista il politico negro medio: lo prenderà per un complimento, su per giù equivalente a 'patriota'. »

Le sue proteste scandalizzate costituirono un'ampia ricompensa ai suoi sforzi, e gli fornirono ulteriori stimoli a provocarla.

« Lo sapevi che sono sudafricano? » le chiese, e lei parve sbigottita dalla rivelazione.

« Credevo fossi inglese. » Lui scosse la testa e sorrise nel solito modo che la faceva infuriare tanto.

« Immagino che tu sia favorevole alle sanzioni del tuo governo contro il mio Paese. »

« Ma naturale, tutte le persone dotate di un minimo di umanità lo sono. »

« Anche se questo significa la fame come conseguenza diretta per un milione di negri? » Non aspettò la sua risposta. « E del disinvestimento americano dal mio Paese che ne pensi? »

« Ho partecipato alla relativa campagna di propaganda all'università », gli disse orgogliosa. « Non ho mai perso una dimostrazione. »

« Dunque, il tuo progetto è convertire un intero Paese ritirando i missionari e bruciando la cattedrale: bravissima! »

« Tu stai girando la frittata. »

« Noi dovremmo esservi grati del successo del vostro impegno. Avete obbligato i vostri concittadini a rivenderci le quote delle nostre società a cinque centesimi al dollaro. In mezza giornata avete creato duecento multimiliardari in Sudafrica, e tutti bianchi, naturalmente. Congratulazioni vivissime e tante grazie, anatroccola. »

Ma, mentre discutevano, erano acutamente consapevoli l'uno dell'altra, e quel contatto fisico che avevano condiviso giaceva tra loro come un serpente velenoso, pericoloso ma anche pieno di fascino.

Claudia era sola da ormai quasi due anni, ossia dal giorno in cui si era divisa dal medico con cui aveva vissuto un po', prima che la scocciasse con la sua insistenza perché si sposassero. La solitudine non si addiceva alla sua natura affettuosa di donna latina: ma aveva gusti difficili. Ora si ritrovava a tendere l'orecchio in tenda, per cercar di ascoltare la conversazione di Sean e suo padre accanto al fuoco, il mormorio delle voci maschili, di cui purtroppo non riusciva, per la distanza, a coglier le parole. Una volta le parve di sentire il suo nome: si sedette sulla branda ad ascoltare, ma non riuscì a capire, con gran delusione, che cosa dicevano di lei.

Quando poi sentì che si salutavano, si irrigidì, perché sapeva che per andare a dormire Sean doveva passare davanti alla sua tenda. Contò i passi e seguì il barbaglio della pila di Sean che traluceva oltre le falde della tenda, preparandosi a impartirgli una gelida e umiliante reprimenda se avesse osato affacciarsi; ma restò un bel po' delusa quando lo sentì continuare per la sua strada senza nemmeno rallentare.

Il nono giorno di safari, quando andarono a vedere che ne era stato dell'esca appesa all'albero sulla riva del fiume in secca, la leonessa giovane, con gli occhi ormai completamente guariti, si dimostrò di nuovo particolarmente aggressiva, mettendosi a ruggire contro Sean e inscenando un attacco dimostrativo – ossia scodinzolante – allorché egli scese dal Toyota per andare a ispezionare l'esca. Quando si girò per ritirarsi, le videro sotto la coda una macchia rosea.

« Gertrude è andata in calore », esultò Sean. « Adesso sì che abbiamo un'esca a cui Federico il Grande non potrà resistere. Aveva detto di essere piuttosto fortunato, capo: ora vedremo quanto. »

Poiché Sean non voleva perdere questa straordinaria occasione di prendere il leone, e non c'era tempo di correr dietro ai bufali che pascolavano lungo il fiume Chiwewe per cambiare l'esca, disse a Riccardo di sparare a un cudù, un maschio giovane che faceva parte di un gruppetto di scapoli che bighellonavano intorno al campo. Appesero la sua carcassa all'albero dell'esca in mezzo alla radura dove avevano visto per l'ultima volta il grosso leone maschio. Stavolta in basso, comodamente alla portata delle leonesse: dopo di che salirono sul *machan* nel primo pomeriggio. Nel giro di un'ora le leonesse sentirono l'odore del sangue fresco e vennero trotterellando per il letto asciutto del fiume, seguite dai cuccioli, il solito manipolo di sbandati attaccabrighe. Mentre la leonessa anziana si nutriva a sazietà del cudù, la più giovane mangiava poco e svogliatamente. Tra un assaggino e l'altro girava come un'anima in pena per l'erba della radura, ringhiava ai cuccioli, si rotolava sulla schiena, o si metteva a leccare la macchia rosa di sangue che aveva sotto la coda. Di tanto in tanto scrutava nella foresta, poi abbassava il muso rasoterra ed emetteva un lungo, malinconico, sommesso richiamo. Le pene d'amore della leonessa, naturalmente, indussero subito Claudia a simpatizzare con quell'agile e bella creatura.

« Brava, Gertrude », l'incoraggiava sussurrando Sean. « Chiama paparino, digli che hai una bella cosina da dargli. »

« Però non è giusto », pensava irritata Claudia. « Non bisognerebbe strumentalizzarla così! »

All'improvviso tutt'e due le leonesse saltarono su e si misero a guardare la foresta. La più anziana borbottò. Allarmati, i cuccioli interruppero il loro gioco interminabile e si rifugiarono dietro le madri. Poi la leonessa giovane avanzò tra l'erba, flessuosa e come conscia di recare una provocazione sessuale, emettendo una serie di mugolii bassi di benvenuto.

« Stia pronto, capo », disse Sean posandogli la mano sul braccio per impedirgli di alzare il fucile. « Ma non abbia troppa fretta. »

E dalla foresta sbucò il leone. Dapprima videro spuntare dall'erba solo la cima della criniera: arrivava al trotto, impaziente di raggiungere la leonessa. Che, da parte sua, gli corse incontro senza vergogna. Si trovarono in mezzo alla radura di erba pestata.

« Aspetti, capo », gli sussurrò Sean. Voleva che la ragazza vedesse la scena.

La leonessa strusciò il corpo contro il maschio: avanti e indietro, lo strofinò per tutta la lunghezza dei suoi fianchi di seta, e il leone scosse la criniera, che così si gonfiò facendolo sembrare grosso il doppio. Rispose alle *avances* della femmina leccandole il muso, mentre lei gli si stringeva alla folta criniera scura.

Poi la leonessa si girò e gli presentò i quarti posteriori, sollevando la coda e spruzzandogli sotto il naso uno schizzo di urina rosa. Il leone grugnì scoprendo i denti in un rictus di passione e inarcando la schiena. Claudia si agitò sulla sedia, mentre il leone, sporgendo il collo, si metteva a leccare la femmina sotto la coda con la lingua rosa, lunga e curva.

La leonessa si sottomise alla carezza per un minuto, poi si girò vogliosa e da oltre il fiume sentirono benissimo le fusa invitanti che gli faceva. Sean posò la mano leggera sulla coscia di Claudia. Il gesto era nascosto a suo padre dalla tela della sedia. Lei non fece alcun tentativo di sottrarvisi.

La leonessa voltò le spalle al maschio, si allontanò di qualche metro sculettando con civetteria, e poi si sdraiò pancia a terra, voltandosi a vedere cosa faceva lui. Il leone le andò vicino, muovendosi a passo un po' rigido, e le coprì il corpo col proprio, standole a cavalcioni. Quando piegò le cosce su di lei, il pene uscì dalla sua guaina, brillando roseo, e la leonessa posò la coda ripiegata sulla groppa del maschio.

Sean passò la punta delle dita sull'attaccatura delle cosce di Claudia, e attraverso la tela dei calzoncini sentì il pelo pubico arricciato e duro. Le gambe si aprirono un po' alla sua mano.

Il leone si inarcò sopra la femmina, le impartì una serie di colpi convulsi e ritmati, poi arrovesciò la gran testa crinita e ruggì; e la leonessa ruggì con lui. Quindi abbassò la testa e le mordicchiò la nuca, un gesto appassionato e possessivo.

Per lunghi istanti giacquero così stretti; poi il leone balzò via da lei. E nello stesso momento Claudia abbassò la mano e la mise sopra quella di Sean. Gli prese il mignolo e glielo piegò di scatto così forte da rischiare di slogarglielo. La fitta di dolore gli arrivò fino alla spalla.

Quasi si metteva a gridare, ma Riccardo era seduto vicino e, benché il fianco di tela della sedia gli celasse il grembo della figlia, non avrebbe faticato a intuire le manovre di Sean. Con uno sforzo, questi restò in silenzio e ritirò la mano, massaggiando senza darlo a vedere il mignolo offeso e osservando con la coda dell'occhio il sorrisetto maligno di Claudia.

Dall'altra parte del fiume la leonessa si alzò e si scosse. Poi si allontanò lungo la riva a passi lenti e soddisfatti. Dopo un po' si voltò a guardare il leone che, mezzo nascosto dall'erba alta, se ne stava seduto.

« Si prepari, capo », disse Sean continuando a massaggiarsi il mignolo.

Erano le cinque del pomeriggio e il sole era abbastanza basso da illuminare la scena in maniera addirittura teatrale. La distanza, misurata, era di novantadue metri dal *machan* all'albero dell'esca. Riccardo Monterro era il miglior tiratore tra i clienti di Sean. A quella distanza era capace di piazzare tre proiettili nello stesso buco.

La leonessa mugolò, seducente, e il leone si alzò e la seguì allo scoperto, sulla riva del fiume. Poi si fermò dietro di lei, offrendo al *machan*, illuminato dal sole d'oro, tutta la lunghezza del fianco.

« È un dono del cielo, capo », gli sussurrò Sean, battendo sulla spalla di Riccardo. « Gli spari! »

Lentamente Riccardo imbracciò il fucile premendo il calcio contro la spalla. Era un 300 Weatherby Magnum. Il proiettile, un Nosler scanalato a croce da 180 grani, era spinto da una carica di 80 grammi di polvere che riempiva un enorme bossolo. Avrebbe attraversato il fiume a circa mille metri al secondo, quasi tre volte la velocità del suono. All'impatto con la carne viva avrebbe prodotto un'onda d'urto tale da ridurre in poltiglia gli organi interni, cuore e polmoni, e proiettare poi quella rossa gelatina informe fuori da un gran foro d'uscita, sull'erba dietro l'animale.

« Lo prenda! » disse Sean, e Riccardo Monterro guardò nel mirino telescopico. Il leone ingrandito dalle lenti riempiva tutto il campo visivo.

Si vedevano i singoli peli della criniera ondulata, tutti i muscoli stagliarsi sottopelle. Due centimetri dietro la spalla del leone, lungo la mediana del fianco, c'era una piccola cicatrice a « V » che somigliava a un ferro di cavallo, un portafortuna, ideale per prendere la mira. L'uomo lo traguardò allineato al centro della croce che pulsava un po' a ritmo col suo cuore emozionato, e cercò coll'indice la curva del grilletto, tirandolo fino a raggiungere l'ultima resistenza, vinta la quale il fucile avrebbe sparato.

Accanto a suo padre, Claudia sedeva irrigidita dall'orrore. Il leone girò la testa e si mise a guardare proprio verso di lei. L'accoppiamento l'aveva profondamente turbata e commossa.

« È troppo bello per morire », pensò, e quasi senza consapevole sforzo aprì la bocca e si mise a gridare con tutto il fiato che aveva in gola:

« Scappa! Maledetto, scappa! »

Il risultato la sbalordì. Non pensava che una creatura potesse reagire così rapidamente. Da una pigra immobilità, i tre animali schizzarono via come frecce, offrendo all'occhio tre baleni dorati.

La leonessa anziana scomparve quasi istantaneamente nell'erba alta, seguita dai cuccioli. La giovane partì lungo la riva del fiume. Andava così forte che non sembrava nemmeno toccar terra, come una rondine che scende a bere in volo, e il leone la seguiva. Con tutto il suo peso, e l'intralcio della criniera, si muoveva con la stessa agilità della compagna, tendendo al massimo le zampe dalla possente muscolatura.

Riccardo Monterro girò sulla sedia col fucile imbracciato, alla stessa velocità del leone, accompagnandone il galoppo. La leonessa tagliò nell'erba alta e sparì. Il leone la imitò, ma un attimo prima che svanisse si sentì lo sparo assordante del Weatherby, e anche in pieno sole si vide la fiammata che sembrò attraversare il letto del fiume.

Il leone perse il passo, emise un forte colpo di tosse e sparì in mezzo all'erba.

Nel silenzio, con le orecchie che fischiavano per lo sparo, i tre guardarono sbigottiti la radura deserta.

« Ma brava! Bel lavoro da oca! » disse sottovoce Sean.

« Sono contentissima », ribatté lei in tono di sfida, e suo padre mise un altro colpo in canna con un rabbioso movimento della leva, che spedì il bossolo a volare brillando giù dal *machan*. Si alzò in piedi, facendo oscillare l'instabile piattaforma, e, senza nemmeno guardare la figlia, scese la scala a pioli altrettanto instabile.

Sean prese il suo 577 a due canne e lo seguì di sotto. Si fermarono alla base dell'albero e Riccardo, preso dalla tasca il portasigari di cinghiale, offrì a Sean un avana. Nessuno dei due era solito fumare di giorno, ma ora Sean accettò il sigaro e ne morse via la punta.

Accesero e per un po' fumarono in silenzio. Poi fu Sean a parlare, con calma. « Mi dica dove l'ha preso, capo. » Riccardo era un tiratore di tale esperienza che un attimo dopo lo sparo sapeva dove era andata a finire la pallottola. Adesso però esitò, sulle spine.

« Quel gatto filava », disse. « Non sono riuscito ad anticiparlo bene. »

« L'ha preso nella pancia? » chiese Sean.

« Sì », ammise Riccardo. « Nella pancia. »

« Merda », disse sottovoce Sean. « E poi ancora merda! »

Si misero a guardare l'erba folta e alta e l'intricato sottobosco dell'altra riva.

Il Toyota arrivò dopo dieci minuti, richiamato da quell'unico sparo. Job, Shadrach e Matatu ridevano già tutti contenti: era il sesto safari che facevano con Riccardo Monterro e non l'avevano mai visto sbagliare. Saltarono giù dalla macchina, guardarono dall'altra parte del fiume, e ben presto gli vennero delle facce da funerale, che peggiorarono quando Sean diede la brutta notizia. « *Intumbu!* Nella pancia! »

I tre tornarono al Toyota e in silenzio cominciarono a prepararsi a braccare il leone ferito.

Sean alzò gli occhi al sole. « Tra un'ora sarà buio », disse.

« Potremmo lasciarlo stare fino a domattina », suggerì Riccardo. « A quel punto sarà cotto. »

Sean scosse la testa. « Se muore nel folto, se lo mangeranno le iene. Addio trofeo. Inoltre non possiamo lasciarlo soffrire per tutta la notte, povera bestia! »

Tacquero mentre Claudia scendeva la scala del *machan*. Quando arrivò a terra, non li guardò, ma gettò i capelli all'indietro con gesto di sfida e si avviò senz'altro verso il fuoristrada. Si sedette davanti e incrociò le braccia sui piccoli seni, guardando fisso davanti a sé, con espressione truce.

« Mi dispiace », disse Riccardo. « La conosco da ventisei anni, avrei dovuto immaginarmelo uno scherzo del genere. »

« Non è necessario che venga anche lei, capo », disse Sean senza rispondergli direttamente. « Resti qua con Claudia. Vado io a finire il lavoro, è il mio mestiere. »

Ora fu Riccardo a ignorarlo. « No, prendo il Rigby », dichiarò.

« Si accerti che sia carico e che siano proiettili a espansione », consigliò Sean.

« Naturale. » Andarono insieme al Toyota, e Riccardo lasciò il Weatherby leggero per il grosso Rigby. Aprì la camera di scoppio per controllare che fossero pallottole deformabili, a testa molle, che all'impatto si aprono come un fiore devastante, poi riempì la cartuccera di proiettili presi da una scatola nuova.

Sean, appoggiato alla fiancata del Toyota, sostituì i colpi della grossa doppietta.

« Povera bestia », disse. Benché guardasse Riccardo, si rivolgeva a Claudia. « Poteva fare una fine rapida e pulita, e invece adesso è là in mezzo all'erba con le budella di fuori. È la ferita più dolorosa che ci sia. » Vide la ragazza sbattere gli occhi e impallidire, senza però guardarlo.

« Saremo fortunati se non ammazzerà nessuno », continuò Sean rivoltando il coltello nella piaga con maligna soddisfazione. « Se qualcuno dovesse andarci di mezzo, è facile che sia Matatu. Tocca a lui seguire le tracce, e quel bischero non scappa mai. Oggi rischia davvero di lasciarci la pelle. »

Suo malgrado, Claudia rivolse uno sguardo di compassione al piccolo ndorobo.

« La faccia finita, Sean », ordinò Riccardo. « Sa benissimo di essersi comportata da stupida. »

« Ah sì? » replicò Sean. « Mi chiedo fino a che punto se ne renda conto. Chiuse di scatto il fucile. « Okay, capo, si metta il giubbotto di cuoio. Se il leone le salta addosso, a qualcosa magari servirà. »

I tre negri stavano aspettando sulla sponda. Job portava un automatico caricato a pallettoni, ma gli altri due erano disarmati. Ci vuole un coraggio tutto particolare per seguire un leone ferito nel folto senza armi.

Per quanto fosse agitata, Claudia notò la fiducia con cui si rivolgevano a Sean Courteney. Intuì che dovevano aver già condiviso più volte pericoli mortali, e che questo univa il piccolo gruppo con un legame tutto speciale. Quei quattro erano più intimi che fratelli, più intimi che amanti, e lei provò una fitta d'invidia. In vita sua, non era mai stata così legata a un altro essere umano.

A turno Sean toccò ciascuno sulla spalla, un gesto quasi benedicente, rapido e per niente sentimentale, e poi si mise a parlottare fitto con Job. Un'ombra passò sui bei lineamenti del matabele, e per un momento sembrò che stesse per protestare, ma poi annuì e tornò al Toyota a far la guardia a Claudia con l'automatico caricato a palla.

Sean appoggiò la doppietta all'incavo del gomito e si ravviò con le dita i capelli, che gli spiovevano sugli occhi. Poi si cinse la fronte con una fascia di cuoio.

Benché non le piacesse affatto, Claudia doveva ammettere che, mentre Sean si preparava ad affrontare il tremendo pericolo, e forse la tragica morte che lei gli aveva in larga misura propiziato, Sean rappresentava una figura eroica. Indossava una camicia con le maniche tagliate alla spalla e pantaloncini cachi, per cui le sue membra erano nude e abbronzate. Era più alto di suo padre, ma aveva fianchi più stretti e spalle più larghe, e portava il pesantissimo fucile con una mano sola, senza fare una piega.

Le lanciò un'occhiata, verde, diretta e sprezzante e all'improvviso Claudia fu colta da un brutto presentimento. Avvertì il disastro incombente e le venne voglia di scongiurarli di non attraversare il fiume, ma prima che riuscisse a parlare Sean le aveva già voltato le spalle.

« Pronto, capo? » chiese, e Riccardo annuì, col Rigby in mano. Aveva un'espressione solenne. « Va bene, allora muoviamoci. » Sean fece un cenno a Matatu e l'ometto prese la testa, avviandosi giù dalla sponda.

Nel letto del fiume assunsero subito la classica formazione di caccia. Sean seguiva da presso la guida, controllando il canneto di fronte; poi veniva Riccardo, a distanza di dieci passi per ridurre la confusione in caso che la belva piombasse loro addosso, e Shadrach in retroguardia.

Attraversando il letto asciutto, si riempirono le tasche di ciottoli rotondi. Sotto l'altra riva si fermarono in ascolto, poi Sean passò davanti a Matatu. Da solo si fermò in mezzo alla radura sotto l'albero dell'esca, tra l'erba alta e calpestata molto irregolarmente dal branco che ci si era aggirato per diversi giorni, e ci rimase per cinque minuti buoni tendendo l'orecchio e scrutando intorno.

Poi cominciò a tirare sassi nell'erba, a mortaio, esplorando sistematicamente la zona dov'era scomparso il leone. I sassi battevano contro altre pietre, o contro i rami dei cespugli, ma non si sentivano ruggiti minacciosi. Sean fischiò e gli altri salirono sulla riva e presero posizione. Poi fece un cenno a Matatu.

Si misero ad avanzare, lentamente. In Africa molte pietre tombali ricordano cacciatori imprudenti nel seguire troppo in fretta un leone ferito. Matatu si dedicava soltanto a ispezionare il terreno. Non levava mai lo sguardo al muro d'erba che gli si parava davanti. Aveva la massima fiducia in Sean. Sul limitare dell'erba alta emise un sibilo sommesso e alzò la mano a chiedere attenzione.

« Sangue », sussurrò Sean a Riccardo senza voltarsi. « E peli del ventre. Aveva ragione, capo. L'ha preso nella pancia. »

Sugli steli d'erba si vedeva la striscia rossa e lucida lasciata dal leone.

« Akwendi! » disse a Matatu, e trattenne il fiato come il tuffatore che da un roccione sta per tuffarsi in una pozza d'acqua gelida e profonda. Sempre tenendo il respiro, s'immerse nell'erba alta che gli limitava la visione come una buia massa d'acqua.

L'impatto della pallottola sul fianco del leone era stato devastante. Tutto il corpo, al di sotto della gabbia toracica, era diventato praticamente insensibile.

Ma il leone aveva continuato la corsa e, quando l'erba gli si era chiusa intorno, si era sentito sicuro e fiducioso. Dopo una ventina di passi s'era fermato e si era guardato indietro, tendendo l'orecchio e fiutando l'aria, con la coda che sferzava l'erba di qua e di là.

Non c'era dolore, solo un intorpidimento e una sensazione di pesantezza alle viscere, come se avesse inghiottito un masso di granito. Fiutò il proprio sangue e si guardò il fianco. Il foro d'uscita della pallottola era grosso come un uovo, e ne colava sangue quasi nero come il catrame. Misto al sangue, infatti, c'era il contenuto liquido delle budella. Colando a goccia a goccia sulla terra arida faceva un rumore tamburellante. Il leone si leccò la ferita e il sangue gli lordò le fauci.

Poi alzò la testa e si mise di nuovo in ascolto. Udiva in distanza voci umane, al di là del fiume; e brontolò piano, sentendo l'ira montare. Associava alla presenza dell'uomo il sangue e la pesantezza delle viscere.

Poi la leonessa lo chiamò, con un mugolio sommesso, e lui si voltò a seguirla. Non correva più, perché la pancia pesante lo rallentava, e le zampe posteriori erano torpide e grevi. La leonessa l'aspettava un po' più avanti. Avidamente gli si strofinò contro, e poi cercò di distanziarlo trotterellandogli davanti. Lui la seguiva vacillando pesantemente, fermandosi ad ascoltare e a leccarsi la ferita che sanguinava, e lei tornava a spronarlo impaziente, con mugolii e colpetti di naso, fiutando e leccando a sua volta la ferita, sconvolta e perplessa per il suo comportamento.

Ormai il maschio aveva le zampe pesanti come tronchi, e davanti a lui c'era un boschetto di ebani. Voltò la testa dall'altra parte e si aprì un passaggio nel folto e aggrovigliato sottobosco, dove si acquattò sospirando con la coda ripiegata sotto di sé.

La leonessa si agitava preoccupata ai margini del boschetto, chiamandolo con mugolii bramosi. Siccome lui non rispondeva, lo seguì nel folto e si sdraiò accanto a lui. Gli leccò la ferita e il leone chiuse gli occhi, mettendosi ad ansimare piano perché cominciava a sentir dolore.

Il male gli si gonfiò dentro il corpo, diventando un gran peso soffocante che continuava a crescere in lui, tirandogli la pancia fin quasi al punto di farla scoppiare. Il leone brontolò piano e si morse il fianco, come per uccidere quella cosa che aveva dentro, quel tremendo dolore che si stava nutrendo delle sue viscere.

La leonessa cercò di distrarlo. Era preoccupata e confusa, lo aggirò e gli premette i quarti posteriori sul muso, offrendogli i genitali gonfi e roridi, ma il leone chiuse gli occhi e distolse la testa. Ogni respiro gli raspava la gola come una sega.

Poi tornò a sentire le voci, i sussurri degli uomini, e alzò la testa con gli occhi gialli che fiammeggiavano d'ira. La sua sofferenza aveva trovato un bersaglio su cui sfogarsi, e l'odio cresceva insieme al dolore nel ventre. L'ira anneriva tutto.

Qualcosa crepitò cadendo tra i rami degli ebani fitti, sopra la sua testa. E lui ruggì emettendo uno stridulo verso strozzato.

Procedevano lentamente nell'erba più alta di loro, che non consentiva di vedere più lontano di due o tre passi.

Il sangue del leone colorava gli steli, e il suo gran corpo li piegava, per cui non era difficile seguirlo. Il segno del sangue sull'erba raccontava a Sean e Matatu l'esatta altezza della ferita, e la presenza di feci nel sangue confermava che l'intestino era perforato. Si trattava di una ferita mortale, ma la morte sarebbe giunta molto lentamente.

Venti metri dopo l'ingresso nell'erba, Matatu si fermò e indicò una pozza di sangue scuro, bituminoso.

« Si è fermato qua », sussurrò, e Sean annuì.

« Non sarà andato lontano », indovinò Sean. « Ci sta aspettando, Matatu: quando viene, tu corri dietro di me. Hai capito? »

Matatu sogghignò. Entrambi sapevano benissimo che non avrebbe ubbidito. Matatu non scappava mai: aspettava la carica a piè fermo.

« E va bene, grandissimo coglione. » Sean era teso. « Vagli dietro. »

« Grandissimo coglione », ripeté tutto contento Matatu. Sapeva che Sean lo chiamava così solo quando era particolarmente fiero o compiaciuto di lui.

Continuarono a seguire la traccia di sangue, fermandosi ogni tre o quattro passi a tirare sassi nell'erba davanti, e procedendo con la massima cautela anche quando non c'era stata nessuna reazione.

Dietro, Sean sentiva il *clic-clic* della sicura del Rigby. Era Riccardo che continuava a farla scattare, gesto di nervosismo che tradiva la sua agitazione. Benché il rumore lo irritasse, Sean provò ammirazione per il suo cliente. Quella era probabilmente la cosa più pericolosa in cui un uomo potesse cimentarsi. Non esiste cosa peggiore che seguire un leone ferito all'addome su un terreno del genere. Per Sean faceva parte del mestiere, ma per Riccardo era una prova che capitava una volta nella vita, e finora si era dimostrato all'altezza.

Sean lanciò un altro sasso nel folto dell'erba, e lo sentì urtare contro dei rametti. Un albero basso. Procedendo, si mise a riflettere sulla paura. Per certi uomini, la paura era un'emozione distruttiva e mutilante, ma per quelli come Sean era un vizio. Lui amava la sensazione della paura, era come una droga che gli scorresse nelle vene, aguzzandogli tutti i sensi, talché sentiva sotto le dita ogni minima zigrinatura e levigatezza del fucile, la sferzata di ogni stelo d'erba contro le gambe nude; la vista era così affinata che gli sembrava di vedere tutto attraverso una lastra di cristallo che ingrandiva e faceva spiccare ogni immagine; e assaporava l'aria che respirava, sentiva l'odore dell'erba che calpestava sotto i piedi e del sangue del leone che stavano braccando. La paura lo faceva sentire vivo in maniera così lucida e vibrante, che si abbandonava a essa come un tossicomane alla siringa.

Tirò un altro sasso nel boschetto d'ebani che sorgeva come un'isola nel mare d'erba proprio davanti a loro, e lo sentì cadere tra i rami crepitando.

A questo punto il leone brontolò dal folto.

La paura della morte era così piacevole da essere quasi intollerabile, un orgasmo emozionale, più forte di quello che gli avesse mai dato una donna. Sean tolse la sicura e disse: « Adesso viene, Matatu. Scappa! » La sua voce vibrava di esultanza, e il tempo rallentò per lui, altro fenomeno prodotto dalla paura.

Con la coda dell'occhio vide Riccardo Monterro metterglisi a fianco, prendendo posto sulla linea di fuoco: sapeva quanto gli costava.

« Bravo! » disse ad alta voce, e contemporaneamente i rami del boschetto si scossero. Una gran massa li stava attraversando in fretta, emettendo spaventosi ruggiti, e gettandosi dritta contro di loro.

Matatu rimase perfettamente immobile come un soldato della guardia. Non era mai scappato. Sean gli si mise a fianco, e anche Riccardo, all'altro. Puntarono il fucile contro il muro d'erba mentre la cosa gli si scagliava addosso appiattendo gli alti steli, preceduta da potenti ruggiti che li investivano quasi fisicamente, tanto l'aria ne vibrava.

Davanti, l'erba si aprì rivelando un gran corpo ambrato che balzava loro addosso.

Spararono insieme, sovrastando i bestiali ruggiti. Tre colpi echeggiarono in rapidissima successione, e almeno una grossa palla da 750 grani investì l'animale che caricava, fermandolo come se avesse sbattuto contro un macigno, mentre Riccardo armeggiava con l'otturatore del Rigby. L'eco degli spari continuava a frastornarli.

Nel silenzio, Shadrach fece un passo avanti. Come Matatu, aveva aspettato a piè fermo; adesso si chinò sulla carcassa, saltò indietro e gridò forte quello che nessuno aveva ancora ben capito.

« Non è lui! »

Mentre così diceva, il leone li aggredì. Uscì a tutta velocità dal fitto boschetto, ancor più rapido della sua compagna, spinto dal male che sentiva all'addome e dall'ira nerissima che lo abitava. Arrivò ansando come una locomotiva a tutto vapore e li colse impreparati, coi fucili scarichi, troppo raggruppati intorno alla carcassa della leonessa, con Shadrach in prima fila.

Il leone irruppe già lanciato fuori dall'erba alta e prese Shadrach tra le fauci, azzannandolo al fianco. Lo slancio della carica lo portò addosso al gruppetto di uomini che si stringevano poco dietro Shadrach.

Li buttò per terra tutti. Sean cade all'indietro, sbattendo con le scapole e la nuca contro il terreno con forza stupefacente. Teneva il fucile stretto al petto, cercando istintivamente di proteggerlo da eventuali danni, e le canne gli sbatterono forte contro lo sterno quando urtò il suolo, facendogli molto male, pur se non abbastanza da indurlo a lasciare la presa. Sempre stringendo l'arma, rotolò sul fianco.

A tre metri di distanza il leone stava sbranando Shadrach. Lo teneva bloccato con le grosse zampe e con le fauci gli straziava il fianco e la coscia.

« Meno male che non è un leopardo », pensò Sean aprendo il fucile per ricaricare. Un leopardo non se la prende con un uomo solo, quando carica un gruppo di cacciatori. Balza rapidamente dall'uno all'altro e li fa fuori tutti con rapidità sconcertante. Inoltre, la preda abituale del leopardo è il babbuino, sicché sa benissimo come si liquidano i primati. Per istinto balza alla testa, scoperchiando il cranio con le zanne mentre con le zampe posteriori in men che non si dica sbudella il malcapitato coi grossi artigli gialli e curvi. È un assassino efficientissimo.

« Meno male che non è un leopardo. » Il bestione se l'era presa con Shadrach e gli stava straziando la gamba: a ogni ringhio gli usciva dalle fauci un rivolo di sangue scarlatto. Il portatore matabele urlava e picchiava pugni impotenti sulla gran testa crinita.

Sean vide Riccardo strisciare nell'erba a un passo dal leone, cercando di ricuperare il Rigby.

« Non spari, capo! » gli gridò Sean. In una mischia del genere, un uomo inesperto con in mano un fucile carico era molto più pericoloso della belva stessa. Le pallottole del Rigby potevano infatti trapassare tranquillamente il leone e andare ad ammazzare l'uomo sottostante.

Sean aveva già due cartucce strette nella sinistra. Il vecchio trucco del cacciatore per ricaricare in fretta. Le fece scivolare insieme nelle canne e chiuse la doppietta.

Il leone stava divorando la parte inferiore del corpo di Shadrach. Strappava brani di carne spezzando le ossa coi denti come fossero pane tostato. Le narici di Sean erano piene del fetido odor di selvatico del leone, di polvere e sangue di uomo e bestia.

Oltre il leone, vide che Riccardo aveva ricuperato il fucile. Era inginocchiato, con la faccia cinerea per lo shock, e spingeva cartucce nel caricatore.

« Non spari! » gridò ancora Sean. Il leone era proprio tra di loro.

Occorre una tecnica speciale per ammazzare una belva che sta straziando un uomo steso a terra senza far fuori entrambi. Accorrere e sparare nel corpo dell'animale, con l'uomo di sotto, è pericolosissimo.

Sean non fece alcun tentativo di rialzarsi in piedi. Rotolò come un ceppo, proteggendo il fucile, girando su se stesso tre volte: questa manovra, dopo l'addestramento militare con gli scout, il corpo speciale di esploratori rhodesiani che avevano combattuto per Ian Smith, era diventata naturale per lui. Adesso giaceva proprio di fianco al leone, quasi toccandolo. Gli ficcò la canna tra le costole e sparò verso l'alto. Una palla da 750 grani bastò.

L'impatto sollevò il leone sopra il corpo di Shadrach, spostandolo leggermente da una parte, e la pallottola gli uscì dalla schiena, tra le spalle, finendo dritta in cielo.

Sean posò il fucile e si inginocchiò su Shadrach, prendendolo tra le braccia e guardando la gamba straziata. Le zanne avevano inflitto ferite simili a pugnalate. Dall'anca al ginocchio la carne nera era tutta martoriata.

« Matatu! » gridò Sean. « Va' alla macchina a prendere la cassetta del pronto soccorso. » La guida ndorobo partì di corsa svanendo nell'erba.

Riccardo strisciò di fianco a Sean e guardò la gamba.

« Maria santissima », disse sottovoce. « È l'arteria femorale. » Rosso sangue arterioso usciva a fiotti dalla ferita più profonda, e Sean ci infilò due dita, cercando l'arteria.

Trovò a tastoni il verme elastico e scivoloso che pulsava e lo strinse con tutta la sua forza tra l'indice e il pollice. « Forza, Matatu! Corri, corri! » ruggì.

La macchina era a meno di trecento metri, e Matatu filava come un fauno spaventato. Nel giro di pochi minuti tornò. Job era con lui, la cassetta del pronto soccorso in mano. L'aprì.

« Nel rotolo degli strumenti », disse secco Sean. « La pinza emostatica. »

Job gli passò l'attrezzo d'acciaio inossidabile e Sean chiuse l'arteria fissando poi la pinza alla coscia con del cerotto. Aveva le mani tutte rosse di sangue, ma poiché in tempo di guerra gli era toccato fare cose simili molte volte, era pratico e si muoveva con sicurezza.

« Prepara una flebo », ordinò a Job. « Per prima cosa gli diamo una fiala di soluzione Ringer. »

Parlando, svitava un tubetto di Betadyne e ne infilava la lunga punta in uno dei buchi lasciati dalle zanne nella coscia di Shadrach. Poi spremette la densa pomata disinfettante nella ferita, finché non traboccò dal buco come dentifricio giallastro. Shadrach giaceva impassibile, guardandoli lavorare e rispondendo a monosillabi a Job, che gli parlava in sindebele.

« La flebo è pronta », disse Job.

Senza parlare, Sean prese la cannella con l'ago. Shadrach era un uomo suo, ne aveva la responsabilità: non avrebbe affidato questo lavoro a nessun altro, nemmeno a Job. Girò il braccio di Shadrach esponendo l'incavo del gomito e con due massaggi fece spiccare la vena, azzeccandola al primo tentativo con l'ago. Poi fece cenno a Job di lasciar fluire il plasma.

« Ehi, Shadrach! » Il sorriso di Sean risultò assai convincente, quando gli posò brevemente la mano sporca di sangue sulla guancia. « L'hai proprio avvelenato bene, quel vecchio leone. Ti ha dato un morso ed è cascato morto. Puff! Così! » Shadrach ridacchiò. Riccardo non mancò di stupirsene, anche se gli era già capitato di combattere o lavorare con dei duri. « Offri a Shadrach uno dei tuoi sigari, capo », suggerì Sean, passando a trattare con più confidenza il cliente, come la situazione rendeva spontaneo fare. Poi cominciò a bendare la gamba per fermare l'emorragia residua.

Bendata la gamba, si dedicò rapido al resto del corpo di Shadrach, spremendo Betadyne in tutte le lacerazioni prodotte dagli artigli del leone.

« Non bisogna trascurare neanche la più piccola escoriazione », borbottò. « Quel vecchio leone si nutriva di carne putrida. Bocca e zanne sono un focolaio di infezione garantita, e anche gli artigli sono contaminati da residui di carne marcia. La cancrena colpisce quasi tutte le persone aggredite dai leoni e che credevano di averla scampata bella. »

Non ancora soddisfatto, Sean iniettò nel sacchetto di plastica della flebo un'intera fiala di penicillina. Una cascata di antibiotici si sarebbe riversata in circolo nell'organismo di Shadrach. Sean si rialzò annuendo. Ci aveva messo un po' meno di mezz'ora. Studiando la fasciatura e la flebo che Job reggeva sopra il corpo supino di Shadrach, Riccardo dubitò che un dottore avrebbe saputo far meglio, o più in fretta.

« Vado a prendere il Toyota », disse Sean. « Siccome dovrò andare fino al guado per salire su questa sponda, ci metterò un po' di tempo e arriverò col buio. » Avrebbe potuto mandare Job a prendere la macchina, ma voleva fare quattro chiacchiere a tu per tu con la ragazza. « Nella cassetta del pronto soccorso c'è qualche coperta, mettetegliela addosso. » Guardò Shadrach. « È un graffietto. Ti rivoglio subito al lavoro, altrimenti niente paga. »

Raccolse il fucile e per l'erba alta raggiunse la riva del fiume. Scese nel letto sabbioso e una nuvola d'ira lo avvolse, più forte per esser stata soffocata fino a quel momento.

Claudia sedeva sola sul fuoristrada, con l'aria stanca e derelitta. Ma Sean non provò la minima compassione per lei. La ragazza fissava con occhi sbarrati le sue mani lorde di sangue.

Sean infilò il fucile nella rastrelliera senza guardarla, poi si lavò le mani al serbatoio dell'acqua, riuscendo in qualche modo a pulirsele. Montò al volante e accese il motore, girò a « U » e cominciò a discendere il letto del fiume.

« Non mi dici cosa è successo? » gli chiese infine Claudia. Voleva assumere un tono baldanzoso e impenitente, ma le uscì una tremula vocina.

« Va bene », accettò Sean. « Te lo dirò. Prevedevamo una morte rapida e misericordiosa, invece è scoppiato il caos. Ci ha caricato per prima la leonessa: le abbiamo sparato per sbaglio, nell'erba alta, ma non avevamo scelta perché ci stava saltando addosso. » Sean accese i fari. Il sole era tramontato e la foresta stava diventando buia. « Così ora la leonessa è morta. I suoi cuccioli non sono ancora svezzati, dunque sono destinati a morire a loro volta, tutti e tre. Nel giro di una settimana creperanno di fame. »

« Oh no! » sussurrò Claudia.

« Poi ci ha attaccato il leone, cogliendoci alla sprovvista, coi fucili scarichi. Ha azzannato Shadrach. A momenti gli strappava una gamba. Il femore è tutto fratturato, dall'anca al ginocchio. Forse gliela dovranno tagliare, non so: magari è fortunato e resterà soltanto zoppo. In ogni caso, sicuramente non potrà più fare il battitore. Gli darò un posto da scuoiatore o cameriere al campo, ma è un guerriero matabele e lavoretti del genere lo umilieranno fino a spezzargli il cuore. »

« Mi spiace tanto. »

« Ah, ti spiace? » ribatté Sean. Parlava a voce bassa, furioso.

« Shadrach è mio amico e compagno. Mi ha salvato la vita un'infinità di volte, e lo stesso ho fatto io con lui. Abbiamo fatto la guerra insieme, dormito sotto la stessa coperta, mangiato dallo stesso piatto, percorso a piedi diecimila chilometri sotto il sole e l'acqua e la polvere. È più che un amico per me. Io ho anche due fratelli, ma Shadrach conta più di loro. E tu mi vieni a dire che ti spiace tanto. Grazie mille, oca! È una gran consolazione. »

« Tu hai tutto il diritto di arrabbiarti. Ti capisco benissimo. »

« Ma cosa capisci? » ribatté lui. « Tu non capisci proprio niente. Tu sei un'ignorante presuntuosa che viene da un altro emisfero. Cittadina del paese dei faciloni, dove tutto si aggiusta in un momento, vieni a sperimentare le tue soluzioni ingenue e semplicistiche in Africa! Vuoi salvare un singolo animale dal suo destino, e finisci per far sterminare tutto il branco, oltre a rendere invalido per il resto della sua vita un uomo eccellente. »

« Cosa vuoi che ti dica... Ho sbagliato. »

« Questa tua novella umiltà, per quanto un po' tardiva, è molto commovente », la sferzò a voce bassa. « Certo, hai sbagliato. Come sbaglia il tuo Paese a voler affamare una nazione di trenta milioni di persone per imporre un'altra delle vostre soluzioni ingenue. Quando il danno che avrete fatto sarà irrimediabile, direte ancora 'ci dispiace, abbiamo sbagliato', e ve ne andrete, lasciando la mia terra e il mio popolo a sanguinare e soffrire. »

« Cosa ci posso fare? »

« Restano trenta giorni di safari », disse Sean amaramente. « Cerca di non rompere più le scatole. L'unica ragione per cui non annullo il safari fin d'ora, e non ti rimando dai tuoi eschimesi a lottare per i diritti umani, è che si dà il caso che io stimi tuo padre. Ma d'ora in poi stai bene attenta a come ti comporti. Un'altra fesseria e ti metto sul primo aereo per Anchorage. Sono stato chiaro? »

« Chiarissimo. » Nel suo tono c'era di nuovo un certo spirito. Nessuno dei due parlò più per il resto del viaggio fino al guado, e poi sulla riva fino alla radura della disgrazia.

Job e Matatu avevano acceso il fuoco. Al suo chiarore Sean andò dove giaceva Shadrach.

« Come va il dolore? » gli chiese, accucciandosi vicino a lui.

« Roba da niente », rispose Shadrach, ma Sean capì la menzogna dal colorito grigiastro della pelle e dalle occhiaie, e preparò subito un'iniezione di morfina. Attese che facesse effetto e poi con l'aiuto di Job caricò Shadrach sul fuoristrada.

Mentre aspettavano Sean, Job e Matatu avevano scuoiato i due leoni, Stesero le pelli sul cofano della macchina, le cosparsero di un sale verde e le legarono a raffreddare al vento della corsa notturna.

« È un magnifico leone », disse Sean a Riccardo. « Sarà un bel trofeo, complimenti. »

Riccardo scosse la testa. « Su, riportiamo Shadrach all'accampamento. »

Sean guidava con attenzione, cercando di evitare i sussulti per non far soffrire Shadrach.

Claudia aveva insistito per star dietro ad assisterlo, e gli teneva la testa in grembo. Riccardo sedeva davanti con Sean e gli chiese in tono tranquillo: « Adesso cosa succederà? »

« Appena siamo al campo avvertirò Harare per radio. Troveremo l'ambulanza all'aeroporto. Starò via un paio di giorni per accertarmi che Shadrach sia curato bene, e naturalmente dovrò fare un rapporto dell'incidente per il ministero della Caccia, cercando di sistemare la faccenda meglio che posso. »

« Non ci avevo ancora pensato », disse Riccardo. « Abbiamo ucciso una leonessa con cuccioli, ma aveva aggredito un uomo: cosa farà il ministero? »

Sean alzò le spalle. « Potrebbero anche togliermi licenza e concessione. Direi che c'è un cinquanta per cento di probabilità. »

« Diavolo, Sean. Non mi ero reso conto. C'è qualcosa che posso fare? »

« No, capo, ma grazie dell'offerta. Tu non c'entri: è una cosa tra me e il ministero. »

« Potrei prendermi tutta la responsabilità, dichiarare che ho sparato solo io. »

« Non servirebbe a niente. Il cliente ha sempre ragione, questa è la filosofia del ministero. Qualunque cosa combini, è il cacciatore che risponde. »

« Ma se ti tolgono la licenza...! » Riccardo esitava. Sean scosse ancora la testa.

« No, capo, il tuo safari non lo annullano. Mai scontentare il cliente che ha pagato. Il governo ha un gran bisogno della valuta pregiata che portano i cacciatori. Dopo la tua partenza mi stangheranno, certo, ma tu non devi preoccuparti: tra due giorni torno e andremo a caccia di quel grosso elefante. »

« Mi consideri proprio un gran bastardo! Guarda che mi preoccupavo della tua licenza, non del mio safari. »

« Ci divertiremo tutti e due, capo. Dopo tutto, se perdo la licenza, sarà l'ultima volta che andiamo a caccia insieme, no? »

Dietro, Claudia, che ascoltava la conversazione, capì perché suo padre non rispose. Licenza o non licenza, sapeva che questo sarebbe stato comunque il suo ultimo safari. Poco prima Claudia era stata sottoposta a una grossa sculacciata morale, e adesso, pensando a suo padre, le vennero le lacrime agli occhi. Cercò di ricacciarle ma non ci riuscì, e allora si mise a piangere per tutti, per suo padre, per la leonessa e i cuccioli, per quel bel leone maschio, e per Shadrach e la sua gamba straziata.

Una lacrima cadde sulla faccia di Shadrach, che la guardò preoccupato. Lei si asciugò gli occhi con la mano e poi gli sussurrò, con voce rauca e addolorata: « Andrà tutto bene, Shadrach, vedrai ». Ma si rendeva conto di aver detto una fatua e crassa menzogna.

Era stabilito che Sean si sarebbe messo in contatto radio col suo ufficio a Harare tutte le sere alle dieci. Il viaggio di ritorno fu così lento che arrivarono al campo pochi minuti prima, ed ebbero appena il tempo di rizzare l'antenna e collegare la ricetrasmittente alla batteria del Toyota.

A quell'ora la ricezione era perfetta, e appunto perciò l'avevano scelta per il contatto quotidiano. La voce di Reema, col suo accento indiano, arrivava molto chiaramente. Era una ragazza indù molto carina, che mandava avanti con grande efficienza l'ufficio di Sean a Harare.

« Abbiamo un casevac. » Sean adoperò la sigla dei tempi della guerriglia, *casualty evacuation*. « Mandami un'ambulanza all'aeroporto. »

« Va bene, Sean. »

« Prenotami una telefonata personale con mio fratello Garry a Johannesburg per domattina alle dieci. »

« Va bene, Sean. »

« Prendimi un appuntamento col ministro della Caccia per domani pomeriggio. »

« È a New York per la conferenza del WWF. C'è il vice. »

Sean tolse la comunicazione e si mise a imprecare. Si era dimenticato della conferenza. Poi schiacciò di nuovo il bottone.

« Va bene, Reema, allora prendimi appuntamento con Geoffrey Manguza. »

« È un guaio grosso? »

« Direi proprio di sì. »

« A che ora pensi di arrivare? Sai, devo compilarti il piano di volo d'emergenza. »

Il governo esigeva la consegna del piano di volo con quarantott'ore d'anticipo, salvo in casi d'emergenza, per via delle incursioni sudafricane contro le basi dei terroristi nello Zimbabwe. I raid intimidatori dei caccia qualche volta colpivano la stessa capitale Harare.

« Decollo di qua fra cinquanta minuti. Prevedo di arrivare a Harare alle 23. Pilota e due passeggeri », le disse Sean.

Dall'accampamento alla pista d'atterraggio c'era mezz'ora di strada. Riccardo e Claudia ce li accompagnarono col Toyota.

Sean tirò fuori dal Beechcraft i sedili posteriori e ci stese un materasso per Shadrach. A questo punto il povero portatore era agitato e scottava. Aveva quaranta di febbre, e le ghiandole dell'inguine dure e grosse come noci. Sean non volle guardare sotto la fasciatura, per timore di quello che avrebbe potuto vedere: ma una delle ferite più piccole sul ventre di Shadrach, dove l'artiglio leonino sembrava aver lasciato solo un graffietto, si era già infettata. Perdeva siero e pus ed emanava un fievole odore di marcio.

Sean inserì nella sacca di plastica della flebo un'altra dose di penicillina, e con Job e altri due scuoiatori del campo caricò con cautela Shadrach sull'apparecchio, adagiandolo sul materasso.

La moglie di Shadrach era una donna matabele massiccia e molto vigorosa, con un bambino assicurato alla schiena da una pezza di cotonina. Caricarono il suo considerevole bagaglio e poi salì anche lei, sedendosi sul materasso vicino al marito. Prese il bambino in braccio e si mise ad allattarlo. Nel bagagliaio dell'aereo Job caricò sacchi di carne secca, un bene prezioso in Africa. Poi si mise al volante del Toyota e lo portò in fondo alla pista per facilitare il decollo di Sean.

« Job penserà a voi mentre sono via, capo. Ti consiglio di prender la doppietta e andare a tortore e pernici agli stagni. Sono dei bei tiri, meglio della *paloma blanca* messicana. »

« Non preoccuparti di noi, ce la caveremo benissimo. »

« Tornerò appena posso. Tukutela non attraverserà il fiume

prima della luna nuova. E io per allora ci sarò di sicuro. Te lo prometto, capo. »

Sean strinse la mano a Riccardo, dicendogli: « Sei stato bravo coi leoni, capo: del resto sapevo che non ti manca il nerbo ».

« Che razza di parola albionica è? »

« Allora te lo dirò in lingua yankee. Tieni *cojones.* »

« Ora capisco », sogghignò Riccardo.

Claudia era in piedi vicino a suo padre, e ora sorrise un po' incerta, quasi timida, e con un passo avanti porse la mano a Sean.

Si era sciolta la treccia e aveva spazzolato i capelli neri in una folta e bella chioma. La sua espressione era dolce e i suoi occhi grandi, scuri e splendenti. Alla luce dei fari del Toyota i suoi classici tratti latini erano più che attraenti, e Sean si rese conto per la prima volta che era veramente bella. Nonostante il fascino e l'atteggiamento contrito di lei, Sean mantenne un atteggiamento freddo e scostante: non le strinse la mano, si limitò a un cenno del capo, dopo di che montò sull'ala del Beechcraft e si infilò in cabina di pilotaggio.

Sean aveva disboscato e livellato la pista personalmente, trascinandoci sopra col Toyota un rullo fatto con un tronco e diversi vecchi pneumatici da autocarro. La pista era stretta, un po' accidentata e breve, oltre che in lieve pendenza verso il fiume. Arretrò fino a piazzar la coda del Beechcraft fra i cespugli, e col freno tirato puntò verso i fari del Toyota al termine della pista, mettendo i motori al massimo. Poi mollò il freno e schizzò in discesa. Poco prima degli alberi in fondo alla pista azionò i flap e il Beechcraft prese il volo. Come sempre, radendo gli alberi si fece il segno della croce, uno scherzo un po' blasfemo, poi subito virò e si mise in rotta per Harare.

Durante il volo cercò di decidere la propria strategia. Il ministro della Caccia era un vecchio amico suo, con cui gli era capitato di risolvere problemi anche più spinosi di questo. Ma il suo vice, Geoffrey Manguza, era un'altra cosa. Intanto il ministro era bianco, uno dei pochi funzionari governativi bianchi che ancora si trovavano nei ministeri. Però si sapeva che tra poco Manguza avrebbe preso il suo posto, primo ministro negro del ministero della Caccia e della Fauna.

Durante la guerra d'indipendenza, lui e Sean avevano combattuto su fronti opposti. Manguza era stato un bravo capo partigiano e commissario politico: girava la voce che non amasse affatto i concessionari di riserve, quasi tutti bianchi. Il concetto di sfruttamento privato di risorse nazionali suonava malissimo alle sue orecchie marxiste, e in guerra aveva fatto fuori troppi bianchi per apprezzarli o rispettarli ancora.

Non sarebbe stato un colloquio facile, sospirò Sean.

Reema lo stava aspettando all'aeroporto. Indiana moderna, aveva abbandonato il sari per un serio abito a pigiama: ma non era ancora diventata così moderna da voler scegliere anche il marito da sé. Padre e zii ci stavano pensando proprio in quel periodo, ed erano già saltati fuori con una seria candidatura, un professore di religioni orientali all'università di Toronto in Canada. Sean non li poteva soffrire per questo. Reema era bravissima, e la ditta Safari Courteney non sarebbe certo riuscita a sostituirla degnamente.

Aveva trovato l'autoambulanza, che ora aspettava ferma vicino agli hangar. Com'era potuta entrare nell'aeroporto? Merito di Reema, che aveva passato alle guardie qualche sacchetto di carne secca proveniente dalla concessione. In Africa la carne, o la promessa di carne, apre tutte le porte.

Seguirono l'ambulanza all'ospedale con la macchinina di Reema. Mentre Sean dava un'occhiata alla posta urgente che gli aveva portato, Reema gli raccontava gli ultimi sviluppi del lavoro avvenuti in sua assenza.

« Carter, quel chirurgo di Atlanta, ha cancellato la prenotazione... » Era un safari di ventun giorni, e Sean alzò lo sguardo preoccupato, ma Reema lo tranquillizzò subito. « Allora ho telefonato a quell'industriale tedesco del sapone, il signor Buchner, a cui avevamo dovuto dire di no in dicembre. Ha preso l'occasione al volo. Quindi per il resto della stagione siamo a posto. »

« E mio fratello? » l'interruppe Sean. Non voleva dirle che la stagione di caccia poteva anche finire prima per la ditta.

« Aspetta la tua telefonata. Speriamo che domani i telefoni funzionino. Oggi andavano. » Nello Zimbabwe non si poteva darlo per scontato.

All'ospedale c'erano almeno cinquanta pazienti in gravi condizioni davanti a loro, in attesa dell'accettazione. Le lunghe panche erano piene di umanità accasciata e miserabile, e le barelle bloccavano porte e corridoi. Gli impiegati dell'amministrazione se la prendevano comoda: con un gesto della mano segnalarono di parcheggiare in un angolo lontano la barella di Shadrach.

« Ci penso io », disse Reema. Prese sottobraccio il capufficio e lo tirò da parte con un sorriso angelico, parlandogli dolcemente.

Cinque minuti dopo le carte di Shadrach erano pronte e un medico della Germania est lo stava visitando.

« Quanto ti è costato? » le chiese Sean.

« Poco. Un sacchetto di carne secca », rispose Reema.

Sean aveva imparato un po' di tedesco dai suoi clienti, e riuscì a farsi spiegare dal dottore il caso di Shadrach. Il medico fu rassicurante. Sean salutò il ferito.

« I tuoi soldi li ha Reema. Verrà a trovarti tutti i giorni. Se hai bisogno di qualcosa, rivolgiti a lei. »

« Sarò con voi in spirito quando caccerete Tukutela », disse con un filo di voce Shadrach, e Sean dovette schiarirsi la gola prima di rispondere.

« Cacceremo insieme tanti altri elefanti, vecchio amico! » E se ne andò in fretta.

La mattina dopo, quando finalmente riuscì a mettersi in contatto con Johannesburg, la linea crepitava di scariche.

« Il signor Garrick Courteney è impegnato col consiglio d'amministrazione », gli disse la centralinista di Centaine House, la sede centrale del Gruppo Courteney. « Ma mi ha detto di passargli la sua telefonata. »

Con gli occhi della mente Sean rivide la sala del consiglio, rivestita in noce intagliato: rivide i grandi quadri di Pierneef, e suo fratello Garry seduto a capo del lungo tavolo, sotto il lampadario che sua nonna aveva fatto venire da Murano, sullo scranno – molto simile a un trono – del presidente.

« Sean! » La voce di Garry, tonante e sicura, coprì le scariche elettrostatiche. Era molto cambiato da quand'era un ragazzino gracile che faceva la pipì a letto.

Il suo posto poteva essere di Sean, se l'avesse voluto e fosse stato pronto a guadagnarselo lavorando sodo. Sean, infatti, era il fratello maggiore: ma non ci teneva. Però provava ancora una punta di risentimento quando pensava alla Rolls-Royce di Garry, al suo Lear Jet, e alla sua villa sulla Costa Azzurra.

« Ciao, Garry. Come va? »

« Qui tutto bene », gli disse Garry. « Qual è il problema? » Tipico. Si sentivano solo quando c'era qualche grana da risolvere.

« Potrei aver bisogno di un po' di miele da spalmare sul gruviera », rispose, diplomatico, Sean. Nel loro codice privato, significava che gli servivano un po' di soldi in Svizzera, e Garry avrebbe intuito che doveva corrompere qualcuno. Capitava abbastanza spesso.

« Va bene, Sean. Dimmi l'ammontare e il numero del conto. » Garry era socio di Sean nella ditta di safari: aveva il quaranta per cento delle azioni.

« Grazie, Garry, ti telefono domani e te lo dico. Come sta il resto della famiglia? » Parlarono ancora per qualche minuto, e quando riappese Reema entrò nell'ufficio.

« Finalmente sono riuscita a trovare qualcuno al ministero. » Era tutta la mattina che ci provava. « Il compagno Manguza ti riceverà questo pomeriggio alle 16 e 30. »

Geoffrey Manguza era uno shona, alto, di carnagione nerissima e coi capelli tagliati corti. Portava gli occhiali montati in argento e il vestito blu. Però la cravatta era di Hermes, Sean riconobbe la griffe; e l'orologio un Patek Philippe col cinturino di coccodrillo. Non erano accessori da marxista e Sean se ne sentì incoraggiato. Tuttavia, il vice ministro non si alzò a salutarlo.

« Colonnello Courteney », disse solo, restando seduto alla sua scrivania. Era un modo come un altro di ricordargli che sapeva che Sean aveva comandato gli Scout di Ballantyne, una unità d'élite dell'esercito rhodesiano, così chiamati dopo la morte in combattimento del loro fondatore Ballantyne; dunque, di ricordargli che erano stati nemici e potevano ridiventarlo.

« Acqua passata da un pezzo, compagno Manguza », rispose Sean con bel sorriso. « Adesso sono solo il signor Courteney, e francamente lo preferisco. »

Il viceministro inclinò la testa. Non aveva niente da obiettare. « Cosa posso fare per lei? »

« Purtroppo devo segnalarle un'involontaria infrazione delle leggi sulla caccia... » L'espressione di Geoffrey Manguza si indurì, e restò dura per tutto il tempo che Sean gli raccontava l'uccisione accidentale della leonessa e il successivo incidente a Shadrach. Alla fine, Sean gli porse il rapporto battuto da Reema: Geoffrey Manguza non lo toccò nemmeno, lo lasciò sulla scrivania e gli fece qualche domanda pertinente e assolutamente priva di simpatia.

« Lei si renderà conto, colonnello Courteney », insisté, non certo per caso, « che ho il dovere di considerare molto grave l'accaduto. Ritengo che ci siano state negligenza e scarsa o nulla considerazione per la sicurezza del cliente e del suo stesso personale. Sa, lo Zimbabwe non è più una colonia, e lei non può più trattare il nostro popolo come una volta. »

« Prima che lei sottoponga le sue raccomandazioni al ministro vorrei delucidare ulteriormente alcuni punti », gli disse Sean.

« Parli pure, colonnello. »

« Son già quasi le cinque », disse Sean guardando l'orologio. « Mi permette di invitarla a bere qualcosa al Club del Golf? Potremo parlarne in un ambiente più rilassante. »

L'espressione di Manguza era imperscrutabile, ma dopo qualche attimo di riflessione accettò. « Come desidera. Ho ancora qualcosina da sbrigare qui, ma possiamo vederci al club tra una mezz'ora. »

Lo fece aspettare quaranta minuti seduto a un tavolino sulla veranda del Club del Golf prima di farsi vedere. Quello era stato un tempo il Royal Salisbury Golf Club; le prime due parole però erano state cancellate perché ricordavano il passato coloniale, sicché adesso era solo un Golf Club. Con tutto ciò, le prime parole di Geoffrey Manguza, nel sedersi e ordinare un *gin and tonic*, furono le seguenti: « Strano, non le pare? Fino a pochi anni fa l'unico modo di entrare qua dentro per un negro era fare il cameriere. Adesso sono nel consiglio direttivo e ho un handicap di cinque. » Sean pensò bene di cambiare discorso e si mise a parlare dei bracconieri che dallo Zambia sconfinavano nello Zimbabwe per ammazzare i rinoceronti. Manguza non si curò di dire la sua su questo argomento. Attese che Sean finisse di parlare, guardandolo da dietro le lenti cerchiate d'acciaio, e subito dopo venne al dunque.

« Non voleva chiarirmi dei punti? » disse. « Perché immagino che anche lei abbia un sacco di cose da fare, colonnello. »

Tanta franchezza sconcertò Sean. Si era già preparato un bel discorsetto, girando attorno alle cose alla maniera africana, ma subito si adeguò.

« Prima di tutto, signor Manguza, volevo dirle che sia io sia i miei soci attribuiamo *un gran valore* alla riserva di Chiwewe. » Sottolineò la parola « valore ». « Stamattina ho telefonato ai miei soci, informandoli del disgraziato incidente, e si son detti ansiosi di risolverlo *a qualsiasi costo*. » Ancora una volta sottolineò le parole chiave e poi fece una pausa significativa.

In negoziati del genere bisogna osservare una certa etichetta. Per la mentalità occidentale è corruzione, ma in Africa si tende a considerarla una normale scorciatoia, un sistema universale e accettabile di sistemare le cose. Certo, il governo poteva far affiggere in tutti gli uffici il manifesto dello stivale che schiaccia il serpente con la scritta MORTE ALLA CORRUZIONE, ma nessuno lo prendeva sul serio: anzi, bizzarramente quegli stessi manifesti costituivano una specie di riconoscimento ufficiale della pratica.

A questo punto toccava a Geoffrey Manguza lasciar capire che la cosa si poteva risolvere con una bustarella, indicando la sua disponibilità a sentir ragione. Ma non disse niente, limitandosi a fissare Sean con le sue lenti luccicanti fino a costringerlo a parlare ancora.

« Se ha finito di bere, perché non facciamo un giretto alla diciottesima buca? » La veranda del club cominciava a essere troppo affollata di orecchie tese. Manguza scolò il bicchiere, e senza una parola, si avviò giù dai gradini.

Dopo aver incrociato caddy e giocatori, Sean bisbigliò al funzionario: « Ho detto ai miei soci che lei è l'uomo che conta di più nel ministero, perché il ministro bianco si limita a firmare le pratiche già definite da lei. Ho spiegato che lei ha il potere di indirizzare un'eventuale inchiesta ufficiale in modo tale da escludere ogni responsabilità che dovesse emergere a carico nostro in seguito a questo malaugurato incidente. Mi sono permesso di scommettere diecimila dollari coi miei soci che andrà così. Se vincerò la scommessa, il merito sarà suo, signor Manguza, e mi sembra giusto riconoscerglielo versando questa somma su qualsiasi conto voglia indicarmi in qualunque Paese del mondo ».

Manguza si fermò e lo guardò in faccia. Sean si morse la lingua. Aveva un'espressione impossibile da fraintendere. Parlò con voce che tremava dall'ira. « La sua presunzione che io sia corruttibile è un'offesa a me personalmente, e questo potrei pure tollerarlo. Ma è anche un insulto alla rivoluzione; ai nostri martiri che sono morti nella lotta di liberazione di questo Paese dal giogo imperialista e coloniale; al partito e ai nostri dirigenti; al marxismo; e soprattutto è un insulto a tutto il popolo africano. »

« Proponevo solo una squallida bustarella da diecimila dollari, non la restaurazione della monarchia, per l'amor di Allah. »

« Lei può anche fare quel suo sorrisetto da bianco superiore, colonnello Courteney, ma noi la conosciamo benissimo. Sappiamo dei suoi loschi rapporti col Sudafrica, e dei teppisti matabele di cui ama circondarsi. Sappiamo che hanno combattuto ai suoi ordini contro le forze di liberazione. Sono tutti controrivoluzionari che sostengono la via capitalista, e lei è il loro capo. »

« Ho sparato a una leonessa per sbaglio, e un sostenitore della via capitalista è stato azzannato: ecco tutte le mie attività controrivoluzionarie. »

« Noi la teniamo d'occhio, colonnello », disse minatorio Manguza. « Può star sicuro che nel suo caso formulerò la raccomandazione corretta, e che l'insulto a me e alla mia gente non sarà dimenticato. »

Manguza gli voltò le spalle e si avviò verso la veranda del club, mentre Sean scuoteva la testa.

« Sicché posso dire addio alla mia bella riserva di Chiwewe », mormorò. « Stavolta sono proprio fregato. » A dispetto della sua disinvoltura, provò una vertiginosa sensazione di disastro alla bocca dello stomaco.

L'ufficio della Safari Courteney era sui viali, tra il palazzo del governo e il club del golf. Reema l'aspettava in anticamera, tra i poster della natura e le foto dei clienti soddisfatti accanto ai trofei.

La ragazza saltò in piedi appena lo vide.

« Un'ora fa hanno telefonato dall'ospedale, Sean. Hanno amputato la gamba a Shadrach. »

Per un bel po' Sean non riuscì né a parlare né a muoversi, poi andò pian piano fino all'armadietto e tirò fuori una bottiglia di Chivas e un bicchiere. Si lasciò cadere su un divano e si versò tre dita di whisky.

« La fine giusta di una giornata perfetta », disse scolando il liquore in un sorso.

Reema lo lasciò che era ancora lì seduto. Restava poco whisky nella bottiglia, e quando fu finito Sean andò all'hotel Monomotapa. Era pieno di turisti, tra cui una bionda valchiria teutonica vestita come Meryl Streep nel film *La mia Africa*. Non appena Sean entrò, gli mise gli occhi addosso e sorrise.

« Ma sì, va' », si disse Sean. « Costa meno del whisky e non fa neanche venire il mal di testa. »

La *Fräulein* rise deliziata del tedesco rudimentale di Sean, e poco dopo emerse che abitava tutta sola nella suite presidenziale del Monomotapa, al quattordicesimo piano. Fu lei a ordinare una bottiglia di Mumm in camera, e se lo bevvero a letto.

La mattina dopo, mentre Reema gli compilava il piano di volo e sceglieva il sacchetto di carne secca che faceva le veci del preavviso di quarantott'ore, Sean tornò all'ospedale.

Avevano tagliato la gamba a Shadrach pochi centimetri sotto l'attaccatura del bacino. Il dottore tedesco mostrò a Sean le radiografie. « Niente da fare! » Gli indicò l'osso in frantumi. « Sembrano confetti! »

Non c'era spazio per sedersi nella corsia affollatissima, così Sean restò in piedi a parlare un po' con Shadrach delle battaglie e delle cacce che avevano condiviso. Non accennarono mai alla gamba; e, quando si trovò a corto di ricordi, Sean diede cento dollari alla suora della corsia raccomandandole Shadrach. Poi andò all'aeroporto.

Reema gli diede il piano di volo col timbro dell'autorità preposta, e l'apparecchio fu caricato di tutto quello che serviva al campo, dalla frutta e verdura fresca alla carta igienica.

« Sei un angelo, Reema », le disse, e poi, in piedi accanto al Beechcraft, le raccontò com'era andato l'incontro con Geoffrey Manguza. « La situazione non mi sembra affatto allegra. Ti conviene cominciar subito a cercarti un altro lavoro », concluse.

« Mi dispiace per te, Sean », rispose lei. « Ma di me non devi preoccuparti. Stavo giusto chiedendomi come darti la notizia. Il 16 settembre parto per il Canada, è già tutto deciso, sarò la moglie di un professore. »

« Sii felice », le ingiunse Sean, e per la prima volta la baciò. Sotto la pelle color noce, la ragazza arrossì, diventando più carina che mai.

Sean sorvolò tre volte a bassa quota il campo, e la terza vide il Toyota dirigersi verso la pista d'atterraggio con Job al volante e Matatu in piedi di dietro. Atterrò e rullò col Beechcraft fino alla gabbia di rete metallica rinforzata intesa a scoraggiare gli elefanti dallo sradicare le ali e i leoni dall'azzannare le gomme dell'aereo.

Quando Job e Matatu arrivarono col Toyota, ci caricarono sopra le provviste, dopo di che Sean raccontò loro della gamba di Shadrach.

Avevano fatto tutta la guerra insieme, e si erano abituati alle brutte notizie, ma Sean distinse il dolore negli occhi di Job quando questi disse: « Avremo bisogno di un altro portatore. C'è Pumula, lo scuoiatore, che è bravo ».

« Sì, lo diremo a lui », concordò Sean.

Per un po' rimasero lì in silenzio, a ricordare il compagno mutilato. Poi, sempre senza parlare, risalirono sul Toyota e tornarono al campo.

Quella sera a cena Claudia Monterro non indossò i soliti pantaloni, ma un vestito in chiffon di seta svolazzante, candido, con gioielli d'argento e turchesi di artigianato seminole. L'effetto, sulla sua pelle abbronzatissima e i capelli neri neri, era sconvolgente. Tuttavia Sean badò bene a non lasciar trapelare la sua ammirazione e parlò solo con suo padre.

Dopo le notizie di Shadrach e il racconto del colloquio con Manguza, la serata perse ogni allegria. Claudia disertò per prima, e poco dopo anche Riccardo andò a dormire. Sean prese una bottiglia di whisky e si incamminò verso il quartiere dei servitori.

Job aveva una tenda che, con quelle delle sue due mogli, era un po' staccata dalle altre, sulla riva del fiume, sopra una lanca ancora piena d'acqua dove gli ippopotami emergevano come nere isolette di roccia.

Quando Sean si sedette sullo sgabello intagliato di lavorazione indigena, guardando Job al di là del fuoco, una delle mogli portò due bicchieri e, inginocchiatasi davanti a lui, aspettò che li riempisse. Poi la bella e giovane ragazza matabele, col figlio assicurato alla schiena, portò il bicchiere a suo marito, e Job brindò con Sean sopra il fuoco guizzante.

Bevvero in silenzio, e Sean osservò la faccia di Job illuminata dalla fiamma. Stava guardando al di là del fiume. Quel silenzio tra amici era confortante, e Sean lasciò vagare i pensieri nel passato, tornando indietro negli anni, mentre gustava, schioccando la lingua, il whisky dal sapore di fumo.

Gli venne in mente il giorno in cui aveva conosciuto Job Bhekani. Era successo su una collina senza nome, la collina 31: su quello sperone roccioso, tra una fitta vegetazione di ebani e altri aggrovigliati alberi di *Jesse*, li aspettava il nemico. Job era su quella collina da due giorni, e aveva gli occhi sbarrati e iniettati di sangue. Sean era arrivato quella mattina, paracadutato coi rinforzi. Per tutto il resto della giornata avevano combattuto a fianco a fianco, e al tramonto, quando la collina fu in mano loro e i nemici superstiti stavano scappando nella foresta sull'altro versante, Sean e Job erano andati sorreggendosi a vicenda a raggiungere l'elicottero che li aspettava per portarli via. Avevano disceso la collina lentamente, esausti, trascinando le armi, abbracciati stretti, mescolando il sangue che usciva dalle loro ferite.

« Ti piaccia o no, siamo diventati fratelli di sangue », aveva scherzato Sean sogghignando sotto il nerofumo mimetico, lo sporco e la polvere; e una settimana dopo, quando Job era stato dimesso dall'ospedale, Sean l'aspettava sulla porta col foglio di trasferimento in mano.

« Sei stato aggregato agli Scout di Ballantyne, capitano. »

E Job aveva fatto uno dei suoi rari, larghi sorrisi, prima di dire: « Allora andiamo, colonnello ».

Dalla sua scheda personale Sean era venuto a sapere che Job era nato sul fiume Gwai e aveva frequentato la scuola della missione locale, vincendo una borsa di studio per l'Università della Rhodesia e Nyasaland dove si era laureato con la lode in scienze politiche, storia e antropologia sociale. Di lì era andato con un'altra borsa di studio a perfezionarsi in America, al Brown College di Chicago, dove aveva ottenuto il *master* lo stesso anno in cui Ian Smith aveva promulgato unilateralmente l'indipendenza.

Soltanto molto tempo dopo, quando la loro amicizia era ormai sperimentata, Sean aveva saputo che Job da bambino aveva badato alle mandrie di suo padre lungo il fiume Gwai, e amava e conosceva la selvaggia natura africana. Il padre di Job era uno dei nipoti del re Lobengula, figlio del grande Mzilikazi, sicché Job era un principe zulu, discendente in linea diretta dalla famiglia reale, cosa che si vedeva benissimo dal suo portamento e dai suoi lineamenti: la mascella possente e la fronte alta, gli occhi neri intelligenti e il cranio a cupola sotto i folti capelli corti.

Durante gli studi e il soggiorno in America, Job era pervenuto ad aborrire la dottrina comunista nonché la sua prassi, sicché al suo ritorno in Africa fu naturale che si arruolasse nei fucilieri africani della Rhodesia dove nel giro di un anno era diventato capitano a furia di promozioni sul campo.

Dopo la guerra, quando il trattato di Lancaster House aveva

sanzionato la vittoria di Robert Mugabe e portato il Paese alla democrazia popolare, Job aveva dato gli esami da funzionario statale passando con onore, perché la carriera statale, dopo quella politica, era la strada maestra per giungere a ricchezza e potere.

Ma naturalmente egli portava il marchio del « venduto », che aveva combattuto dalla parte sbagliata, la perdente; e inoltre era un matabele, mentre il potere era in mano alla tribù shona. In simili condizioni fare carriera si rivelò subito un sogno irrealizzabile. Così, arrabbiato e deluso, si era rivolto a Sean.

« Maledizione, Job, tu sei troppo in gamba per qualunque lavoro possa offrirti la mia ditta di safari. »

« Battitore, scuoiatore, portatore, va bene tutto », aveva insistito Job.

Così erano andati a caccia insieme, come avevano combattuto, a fianco a fianco, e nel giro di un anno Sean l'aveva fatto entrare nel consiglio d'amministrazione della Safari Courteney. Ecco perché, scherzando, si riferivano a queste loro serate col whisky davanti al fuoco come a « sedute del C.d'a. ».

Al socio Job piaceva recitare parti diverse a seconda delle circostanze. Di fronte ai clienti faceva il « negro delle piantagioni »: chiamava Sean « buana » e « *Nkosi* » e faceva rivivere ironicamente l'atmosfera del passato coloniale.

« Ma non fare il buffone, Job; così diminuisci te stesso », aveva protestato all'inizio Sean.

« È quello che si aspettano i clienti », aveva ribattuto Job, ragionevolmente. « Mio caro, noi gli vendiamo un'illusione. Quelli giocano a fare Hemingway; se sapessero che chi gli porta il fucile è laureato in scienze politiche e storia scapperebbero a gambe levate. » Sia pure con riluttanza, Sean aveva accettato la commedia.

Quand'erano soli, come adesso, Job riassumeva quelle che chiamava « maniere da Homo Sapiens » e ridiventava l'uomo intelligente, riflessivo e istruito che era in realtà. Parlando, passavano spesso dal sindebele all'inglese, ciascuno perfettamente a proprio agio nella lingua dell'altro come in sua compagnia.

« Guarda, Sean, non preoccuparti troppo di perdere questa concessione. Intanto non è ancora detto, e poi se anche capita ci sarà sicuramente un modo di risolvere la faccenda. »

« Sì, consolami un po'. Ne ho bisogno. »

« Potremmo chiederne un'altra, magari nella terra dei matabele, dove la mia famiglia conta ancora parecchio. Dalle parti di Matetsi o addirittura sul fiume Gwai, dove giocherei in casa. »

« Non va », scosse la testa Sean. « Dopo questo fiasco, avrò addosso il marchio della bestia. »

« Faremo domanda a nome mio », suggerì Job, sorridendo sornionamente. « Poi col tempo ti farò socio, se mi chiami 'buana'. »

Risero insieme, già più allegri di poco prima, e quando Sean lo lasciò lì accanto al fuoco e tornò al campo al buio, si sentiva ottimista come da giorni non gli capitava. Job aveva il potere di provocare in lui simili trasformazioni.

Nell'avvicinarsi alla sua tenda, qualcosa di chiaro si mosse sotto gli alberi, al lume argenteo della luna, ed egli si fermò di colpo. Poi sentì tintinnare i gioielli d'argento e capì che la ragazza lo stava aspettando.

« Posso parlarti? » disse sottovoce Claudia.

« Forza », l'invitò lui, sempre un po' irritato dal suo accento americano.

« Non mi capita spesso, a dire il vero », ammise lei senza trovare in Sean alcun incoraggiamento, « comunque volevo chiederti scusa. »

« Stai chiedendo scusa alla persona sbagliata. Io ho ancora tutt'e due le gambe. »

Claudia sbatté le palpebre e la voce le tremò. « Tu sei senza pietà, vero? » Poi alzò il mento. « Va bene. Immagino di essermelo meritato, sono stata un'idiota. Credevo di sapere tutto, ma a quanto pare non sapevo un bel niente, e nella mia ignoranza ho combinato un guaio tremendo. So bene che non serve a niente, ma me ne dispiace moltissimo. »

« Tu e io apparteniamo a mondi diversi, non abbiamo né un pensiero né un sentimento in comune. Non possiamo sperare di capirci a vicenda, per non parlare poi di diventare amici: ma so quanto ti è costato dirmi questo. »

« Tregua, dunque? » chiese lei.

« Va bene, tregua. » Le porse la mano e lei la strinse. La sua pelle era liscia come un petalo di rosa, la sua mano fresca e affusolata, ma la sua stretta era salda come quella di un uomo.

« Buonanotte », gli disse lasciandogli andare la mano e voltandosi.

Sean la guardò tornare verso la sua tenda. La luna era quasi piena, mancavano due giorni al plenilunio, e il vestito bianco era etereo e soffice come una nebbiolina. Sotto, il suo corpo era snello e le membra lunghe ed eleganti.

In quel momento egli ammirò il suo spirito e l'apprezzò più di quanto gli fosse mai capitato di apprezzarla da quando l'aveva conosciuta.

Sean aveva il sonno leggero, da soldato e cacciatore. I rumori naturali della foresta non lo disturbavano, nemmeno lo strepito delle iene intorno alla rete che proteggeva i trofei, dove le pelli dei leoni stavano ancora seccando.

Tuttavia, al più leggero frusciare della tela della tenda si svegliava già con le mani sulla torcia e sul fucile.

« Chi è? » chiese con calma.

« Sono io, Job. »

Sean guardò l'orologio. Le lancette luminose del Rolex segnavano le tre.

« Entra. Cosa c'è? »

« È arrivato uno dei battitori di guardia al fiume. Ha fatto trenta chilometri di corsa. »

Sean si sentì prudere la nuca e mise le gambe giù dalla branda.

« Allora? » chiese, impaziente.

« Ieri al tramonto Tukutela ha traversato il fiume uscendo dal Parco Nazionale. »

« È sicuro? »

« Sì. L'hanno visto da vicino. È proprio Tukutela, l'Arrabbiato, e non ha più il collare. »

« Dov'è Matatu? » chiese Sean cercando i pantaloni. Il piccolo ndorobo si fece sentire con un cinguettio da fuori della tenda.

« Sono pronto, buana. »

« Benissimo, si parte tra venti minuti. Con zaini e borracce. Prendiamo Pumula al posto di Shadrach. Voglio essere sulle tracce di Tukutela prima che ci sia abbastanza luce per vederle. »

A torso nudo, Sean andò alla tenda di Riccardo, e dall'ingresso lo sentì russare forte.

« Capo! » Il russare smise di colpo. « Sei sveglio? Ho un elefante da darti. Tira giù il culo dalla branda: si parte tra venti minuti. Tukutela è nella riserva. »

« Perdio! » Si capiva che Riccardo era ancora mezzo addormentato da come trepestava nella tenda buia. « Dove diavolo sono i calzoni? Ehi, Sean, va' a svegliare Claudia intanto, ti spiace? »

Nella tenda di Claudia c'era la pila accesa. Aveva sentito il movimento.

« Sei sveglia? » le chiese da fuori, e lei aprì la tenda con la pila in mano. La camicia da notte le arrivava fin quasi alle caviglie, aveva il colletto e i polsini di pizzo, ma il tessuto era così fine che la luce l'attraversava facendo risaltare il suo corpo nudo.

« Ti ho sentito parlare con papà », disse. « Sono subito pronta. Ci sarà da camminare? Devo mettermi gli stivali o i mocassini? »

Sean non dubitava affatto che avesse inscenato quello spettacolo apposta, e si sentì offeso nel pudore in modo totalmente estraneo alla sua consueta natura. « Oggi dovrai fare la camminata più lunga e veloce della tua vita », le disse seccamente. « Si mette in mostra come una sgualdrina », pensò frattanto, dimenticando che spettacoli del genere da parte della categoria avevano sempre incontrato i suoi gusti.

« Proprio adesso che stavo cominciando a rispettarla! » Un rimprovero gli salì alle labbra, ma lo trattenne e cercò di non guardare la curva morbida dei suoi fianchi, aggraziata come la forma di un vaso di porcellana celadon opera di un maestro della dinastia T'ang. Voleva voltarle le spalle per dimostrarle la sua indifferenza e disapprovazione, anche se non erano molto sentite a dire il vero, ma restò lì finché non fu lei a richiudere la falda della tenda.

« Altro che tregua del cavolo », si disse furioso, tornando alla sua tenda. « Quella è ancora sul ring a menar cazzotti. » La sua stessa rabbia lo rese perplesso. Se si fosse trattato di qualsiasi altra donna, una simile esibizione l'avrebbe deliziato.

« Non è degna della sua classe. » Cercò di spiegare a se stesso il motivo della sua strana reazione, e poi ricordò quanto l'aborriva e la disdegnava. « Quella ti sta facendo rincoglionire », si disse, e scoppiò a ridere. La tristezza per l'amputazione di Shadrach e l'imminente perdita della licenza si era già dissolta. Stava per muovere a caccia di una delle bestie leggendarie dell'Africa, e la presenza di questa donna, in qualche imprecisabile maniera, aggiungeva gusto alla sua impazienza.

Sui *vlei* bassi che attraversarono c'era la brina. Brillava alla luce dei fari, e la selvaggina che videro era in una specie di stato letargico, a malapena capace di spostarsi dalla pista per lasciar passare il Toyota. Raggiunsero il guado sul fiume Chiwewe un'ora prima dell'alba. Le acque erano nere e lucide come antracite agli ultimi raggi della luna, e gli alberi alti delle due rive sembravano eserciti inargentati di mitici giganti che si fronteggiassero.

Sean lasciò il Toyota ben distante dalle tracce, con uno scuoiatore a far la guardia. Assunsero spontaneamente la formazione di caccia, coi clienti al centro. Pumula prese il posto di Shadrach in coda. Era un uomo forte e taciturno, con una folta barba nera, e portava in spalla il Rigby di Riccardo.

Tutti gli uomini, compreso Riccardo, avevano zaini, e perfino Claudia portava le proprie borracce. Job teneva in spalla il secondo fucile di Riccardo, il Weatherby, e come sempre Sean aveva il 577 Nitro Express a due canne. Quando cominciava la caccia, non lo posava mai. Si avviarono verso monte, e dopo uno o due chilometri, si scaldarono e presero ad accelerare. Sean notò che Claudia si muoveva bene sulle gambe lunghe, e teneva il ritmo senza difficoltà. Accortasi del suo esame, gli dedicò un sogghigno.

La luce dell'alba stava intensificandosi quando il battitore che era venuto a portar la notizia dell'arrivo di Tukutela nella riserva indicò qualcosa con un'esclamazione. C'era abbastanza chiaro da scorgere un'incisione fresca sulla corteccia di un mogano, su una riva bassa. « Là! » disse il battitore. « Ho segnato il punto. »

Al primo sguardo, Sean capì che il posto era un guado naturale per animali di grossa taglia. Nel canneto, plotoni di ippopotami avevano aperto un sentiero, che poi montava di traverso sulla riva alta tre metri. Branchi di bufali ed elefanti avevano quindi allargato e migliorato la pendenza del sentiero.

Il *veld* africano è tutto attraversato dai sentieri degli animali: a questo guado molti convergevano a stella. Tutti i membri della battuta, all'esclamazione della guida, accelerarono il passo, ma il primo ad arrivare fu Matatu, con la testa piegata per sfruttare al massimo la luce dell'alba, e in mano una bacchetta di salice scortecciato con cui sfiorava il terreno.

Non aveva fatto neanche cinque passi che si rialzò e guardò

Sean, coi lineamenti grinzosi che esprimevano eccitazione e felicità.

« È lui! » cinguettò. « Sono i piedi del padre di tutti gli elefanti. È Tukutela! È l'Arrabbiato! »

Sean guardò la grande impronta tonda stampata nel terriccio fine del sentiero degli animali, e si sentì travolgere come da una marea primaverile che gli montasse dentro.

L'eccitazione di prima fu sostituita da un senso di fatalità, di gravità quasi religiosa.

« Matatu », disse. « Segui le tracce. » Aveva così annunciato ufficialmente l'inizio della grande caccia.

Le tracce erano chiare come un'autostrada e seguivano il sentiero degli animali nella foresta allontanandosi perpendicolarmente al fiume.

Il vecchio maschio aveva accelerato il cammino, quasi fosse consapevole che il passaggio del fiume era il momento più pericoloso. Forse per questo aveva deciso di guadarlo al tramonto, per poi approfittare dell'oscurità e allontanarsi sulla riva opposta.

Per sette od otto chilometri continuò senza fermarsi, poi lasciò il sentiero per inoltrarsi in un roveto pieno di more. Ne aveva fatto una devastante scorpacciata, confondendo alquanto le tracce. Matatu e Job andarono a vedere da che parte era uscito, mentre il resto della spedizione si fermò un po' discosto per lasciarli lavorare in pace.

« Ho sete! » Claudia prese una borraccia dalla cintura.

« No! » la fermò Sean. « Se bevi alla prima sete, poi l'avrai tutto il giorno, e la battuta è appena cominciata. »

Lei esitò un momento, considerò la possibilità di contraddirlo, poi rimise la borraccia alla cintola. « Tu sei un maestro severo », gli disse.

Matatu fece un fischio sommesso dall'altra parte del roveto.

« Ha ritrovato le tracce », disse Sean, guidandoli di là.

« Quanto tempo abbiamo guadagnato su di lui? » chiese a Matatu. Avevano una decina di ore di svantaggio sull'elefante, ma ogni volta che si fermava a mangiare le riducevano.

« Non si è fermato tanto », rispose Matatu alzando le spalle. « E poi si è rimesso a tirare. »

L'elefante aveva abbandonato il sentiero battuto per seguire una vena di roccia che affiorava sul terreno alluvionale, quasi apposta per non lasciar tracce. Un uomo qualunque non sarebbe più stato capace di seguirlo, però Matatu non aveva esitazioni.

« Sei sicuro che non l'abbia smarrito? » chiese preoccupato Riccardo.

« Capo, sono andato a caccia con Matatu troppe volte per pormi ancora domande del genere », gli rispose Sean.

« Ma cosa vedrà mai? » volle sapere Claudia. « Qua è tutto roccia e sassi. »

« La zampa dell'elefante graffia la roccia, segna il muschio, lascia rimasugli di polvere. Tra i sassi cresce qualche filo d'erba e lui la piega nella direzione di marcia. I fili d'erba piegata prendono la luce in maniera particolare. »

« Tu sapresti seguirlo? » volle sapere Claudia, e Sean scosse la testa.

« No. Io non sono un mago. » Avevano parlato a sussurri appena udibili, ma ora Sean disse: « Basta gridare, che quello là ci sente benissimo ».

Così proseguirono in silenzio, in mezzo a una foresta che cambiava a ogni passo, uno spettacolo in se stessa. C'erano quaranta varietà diverse di combreto, ma questa famiglia d'alberi non esauriva la scorta. Tante altre specie vi erano frammiste, ciascuna dal tronco visibilmente diverso dagli altri per colore o grana della corteccia; alcuni alberi avevano i rami spogli, perché era inverno, e altri invece erano veri trionfi di foglie foltissime di tutti i colori, dal verde all'oro all'arancio al cinabro.

Certe volte la foresta si stringeva intorno come una palizzata, e poco dopo invece apriva panorami di colline lontane e *kopje* dalla forma suggestiva, radure e *vlei* magari bruciati da poco, dove l'erbetta rada era un tappeto verde tenero che spiccava sulla cenere nera.

L'erba nuova aveva attirato nei *vlei* branchi di antilopi. Se ne stavano allo scoperto, antilopi nere con le corna lunghe ricurve come scimitarre e il collo fiero come purosangue, il dorso nero come la cenere del *vlei* e il ventre candido come la neve.

Le cervicapre, con le corna puntate in avanti come indici accusatori e la coda a piumino da cipria; le zebre che da lontano non sembravano a strisce ma di un grigio uniforme, e gli gnu dal naso aquilino e la barbetta che si rincorrevano in cerchio come pagliacci, alzandosi dietro nuvole di cenere nera.

Quando il leone non caccia, gli animali che sono la sua preda naturale mostrano un'incredibile fiducia, e lo stanno a guardare senza scappar via mentre scivola a non più di cinquanta metri di distanza. Allo stesso modo sembravano indovinare che questo gruppo di esseri umani non costituiva una minaccia, e li lasciavano avvicinare moltissimo prima di spostarsi trotterellando pigramente, per la delizia di Claudia che scene simili ricompensavano della fatica di quattro ore di marcia forzata.

In una gola tra due colline, l'acqua era rimasta intrappolata in una piscinetta di roccia. Era verde e stagnante e sobbolliva di putrefazioni vegetali, ma il vecchio elefante maschio ci aveva bevuto, lasciandoci accanto un cumulo di sterco giallo e spugnoso.

« Ci fermiamo qui dieci minuti », annunciò Sean. « Adesso puoi bere un sorso o due », disse a Claudia, « ma non di più, a meno che poi tu non abbia intenzione di assaggiare quella. » Indicò la pozza verdastra e lei fece una smorfia.

La lasciò seduta vicino a suo padre e andò da Matatu, che sedeva solo a un'estremità della pozza.

« Cosa c'è? » gli chiese. Dopo vent'anni, aveva imparato a cogliere gli stati d'animo dell'omino. Matatu scosse la testa e le rughe s'incavarono lugubremente.

« Qui c'è qualcosa che non va », disse Matatu. « Il vecchio è infelice. Prima va da una parte e poi dall'altra. Viaggia rapido, ma senza scopo. Non si nutre, e va come se la terra gli scottasse sotto i piedi. »

« Perché, Matatu? »

« Non lo so », ammise la guida. « Ma non mi piace, buana. »

Sean lo lasciò lì e tornò dove sedeva Claudia. « Fa' un po' vedere i piedi. » Si era accorto che nell'ultima ora di marcia zoppicava leggermente.

« Dici sul serio? » Si mise a sorridere, ma lui le prese un piede in grembo, slacciò le stringhe e le levò prima lo stivale e poi la calza. Aveva i piedi lunghi e affusolati come le mani, ma la pelle era troppo delicata. C'erano due punti rosa, uno sul tallone e l'altro sull'alluce. Sean ci strofinò sopra un batuffolo di cotone imbevuto d'alcool. Maneggiare quei bei piedini gli dava un piacere intimo e sensuale, ma le disse severamente: « Questi punti dovevano farti male. Non cercare più di resistere facendo finta di niente: ancora pochi chilometri e ti saresti riempita di vesciche, e noi avremmo avuto un'invalida da trasportare ».

Mise dei cerotti sui segni rossi e le ordinò di cambiarsi le calze. « La prossima volta avvertimi appena ti fa male. »

Lei annuì chinando la testa, e proseguirono la marcia.

Poco prima di mezzogiorno, l'elefante, o meglio le sue tracce cambiarono direzione e puntarono dritte verso est. « Abbiamo guadagnato un paio d'ore su di lui », sussurrò Sean al capo. « Ma Matatu non è contento e neanch'io. L'elefante sembra molto teso, e adesso sta puntando dritto verso il confine del Mozambico. »

« Credi che ci abbia sentiti? » Il capo era preoccupato, ma Sean scosse la testa.

« È impossibile, siamo ancora troppo lontani. »

A mezzogiorno fecero un'altra breve sosta per mangiare e riposare, e quando ripartirono dopo non più di un chilometro si trovarono in mezzo a un bosco di alberi di *marula*. Il terreno era coperto di frutti gialli e maturi e l'elefante non aveva saputo resistere. Si era fermato a banchettare, perdendo almeno tre ore nel boschetto, scuotendo gli alberi per far cascare altri frutti, e poi ripartire a tutta birra verso est come chi si sia improvvisamente ricordato di un appuntamento.

« Abbiamo guadagnato almeno tre ore su di lui », disse loro Sean, ma era preoccupato. « Siamo a sedici chilometri dal confine mozambicano. Se lo attraversa, siamo fregati. »

Sean considerò la possibilità di corrergli dietro. Ai tempi della guerriglia, lui Job e Shadrach correvano sempre quando inseguivano il nemico: in tal modo spesso erano capaci di coprire anche cento chilometri al giorno. Diede un'occhiata a Claudia. Magari ce la faceva. Si muoveva come un'atleta, e nonostante le vesciche incipienti aveva ancora il passo scattante ed elastico. Poi però vide Riccardo e abbandonò l'idea. Si stava squagliando al gran caldo di quella valle. Certe volte Sean tendeva a dimenticare che Riccardo andava per i sessanta. Era sempre stato molto in forma, ma ormai cominciava a dar segni di stanchezza, aveva le occhiaie violacee e la pelle un po' grigiastra.

« Il vecchio sembra spompato », pensò. « Non posso mica dirgli che adesso bisogna mettersi a correre. »

Si era distratto, e quasi travolse Matatu che si era fermato di colpo a esaminare più da vicino un'impronta.

« Cosa c'è? » gli domandò, avendo notato l'agitazione dell'ometto. Scuoteva la testa e farfugliava nel suo oscuro dialetto ndorobo che nemmeno Sean riusciva a capire.

« Cosa...? » Sean s'interruppe: aveva visto anche lui. « Oh, merda! » imprecò. Due serie di orme umane provenienti dai due lati erano confluite sulla pista dell'elefante e adesso ne confondevano le impronte. Qui il terreno era sabbioso e friabile, e le tracce molto chiare.

Due uomini con scarpe di gomma. Sean riconobbe il disegno delle suole. Erano le solite Bata, prodotte localmente su licenza e vendute a pochi dollari in tutti i mercati e negozi.

Perfino Riccardo notò le orme estranee. « E chi diavolo è questo qua? » domandò, ma Sean non rispose e si appartò con Job vicino a Matatu.

Matatu correva avanti e indietro come una gallina, compulsando tracce. Poi tornò da loro e si accucciarono tutti insieme a tenere un consiglio di guerra da cui mancava solo Shadrach.

« Due uomini. Uno giovane, alto e magro, che cammina in punta di piedi. L'altro più vecchio, più basso e più grasso. Tutti e due con zaino e *banduki.* » Sean sapeva che deduceva tutte queste informazioni dalla lunghezza del passo, e dal diverso modo di appoggiare il piede dei due uomini carichi. Il peso del fucile sbilanciava il passo da una parte. « Sono stranieri, la gente della valle non porta scarpe. Questi uomini sono venuti da nord. »

« Bracconieri dello Zambia », grugnì Job. « Cercano rinoceronti, ma sono incappati in questo elefante ed è troppo grosso per lasciarlo perdere. »

« Bastardi! » disse Sean, amaro. Nel 1970 nello Zambia, ossia al di là dello Zambesi, erano rimasti circa dodicimila rinoceronti neri. Adesso non ce n'era più neanche uno, proprio neanche uno. I ricchi yemeniti pagavano cinquantamila dollari un pugnale dall'impugnatura in corno di rinoceronte, e i bracconieri organizzavano vere e proprie spedizioni militari. Nella parte meridionale della valle dello Zambesi qualche centinaio di rinoceronti erano rimasti, e così di notte i bracconieri sconfinavano dallo Zambia nello Zimbabwe cercando di sfuggire alle pattuglie del ministero della Caccia e della Fauna. Quasi tutti erano stati guerriglieri a suo tempo, ed erano uomini duri, pronti a uccidere anche le guardie oltre ai grandi animali che predavano.

« Avranno il kalashnikov », disse Job guardandolo in faccia. « E penso che non siano soltanto in due, ma ce ne siano altri a guardare i fianchi. Sean, sono più di noi e meglio armati. Cosa vuoi fare? »

« La riserva è mia », disse Sean, « e Tukutela è il mio elefante. »

« Allora dovrai combattere per entrambe le cose. »

I nobili lineamenti del matabele erano austeri, ma gli brillavano gli occhi. Non riusciva a nascondere la gioia della battaglia imminente.

Sean si alzò in piedi. « Hai proprio ragione, Job. Se li raggiungiamo, li attacchiamo. »

« Allora bisognerà sbrigarsi », disse Matatu, alzandosi a sua volta. « Hanno due ore di vantaggio su di noi, e Tukutela ben presto dovrà fermarsi a mangiare. Gli piomberanno addosso molto prima di noi. »

Sean raggiunse Riccardo e Claudia, che si erano seduti all'ombra.

« Bracconieri! » disse. « Probabilmente armati di mitra. Sono due, forse di più, tutti spietati assassini. »

Lo guardarono senza parole, e Sean proseguì. « Dovremo muoverci in fretta per impedirgli di prendere Tukutela prima di noi. Tu e Claudia seguiteci con Pumula alla vostra velocità: Job, Matatu e io ci mettiamo a corrergli dietro cercando di allontanarli dall'elefante. Tu tieni il Rigby, capo, e Job prenderà il Weatherby. »

Mentre stava per andarsene, Riccardo lo prese per il braccio. « Sean, io ci tengo a quell'elefante, ci tengo più che a tutto il resto. Voglio Tukutela! »

« Cercherò di accontentarti », annuì Sean. Capiva benissimo. Ci teneva allo stesso modo anche lui.

« Grazie. » Riccardo gli lasciò andare il braccio e Sean raggiunse Job e Matatu che l'aspettavano. Avevano dato gli zaini a Pumula e portavano soltanto le borracce. Sean guardò il Rolex d'acciaio inossidabile. Da quando avevano scoperto le impronte dei bracconieri erano passati quattro minuti: quattro minuti sprecati.

« Inseguimento rapido! » ordinò. « E occhio alle imboscate! »

Job gli sorrise. « Come ai vecchi tempi », disse. « Mi sembra di tornar giovane. »

Matatu, che indossava un perizoma di tela, lo tirò su facendone passare l'orlo sotto la cintura, dopo di che si avviò di corsa. Sean l'aveva visto tenere quell'andatura dalla mattina alla sera. Si portò sul fianco destro, e Job che era mancino prese la sua posizione naturale. Sean cambiò le cartucce nel 577 e cominciò a correre. Nel giro di pochi secondi il gruppo di Riccardo sparì dalla vista nella foresta dietro di loro, e Sean concentrò tutta l'attenzione davanti a sé.

Per tenersi in formazione su un terreno così irregolare ci volevano molta esperienza e grandi capacità. Le ali dovevano mantenersi leggermente avanzate rispetto a chi teneva il centro, anticipando come potevano la direzione, sorvegliando il terreno per scongiurare imboscate, coprendo e proteggendo Matatu che in mezzo rilevava le tracce, e nel contempo tenendosi a una distanza costante di cinquanta passi, aprendosi il cammino, e cercando di non perder di vista chi correva all'ala opposta. Tutto questo sempre correndo e scorgendosi a tratti, con Matatu che, al centro, imponeva un ritmo furioso.

Quando le impronte cambiavano direzione, l'uomo all'ala esterna doveva convergere al centro coprendo una distanza doppia dell'altra ala, e quando sboccavano su terreno scoperto le due ali dovevano avanzare, creando una formazione a freccia rovesciata, sempre per proteggere il centro, tenendosi in contatto con sommessi richiami d'uccelli, il tubare di una colombella, il fischio di un bulbul, il trillo dell'averla, gli acuti del nibbio bruno: e ciascuno di questi versi aveva il suo significato, era un ordine o un avvertimento.

Tutto questo e altre due cose essenziali: il silenzio e la velocità. Job e Sean correvano come un paio di cudù maschi, rapidi, silenziosi e leggeri, chinandosi sotto i rami, evitando i rovi, saltando i tronchi caduti, sempre vigili.

Dopo un'ora di corsa Matatu, in una radura, fece agli altri un segnale con la mano che Sean capì subito. « Altri due », voleva dire.

Un'altra coppia di bracconieri si erano uniti ai primi, e anche loro stavano avvicinandosi molto rapidamente all'elefante.

Corsero per un'altra ora, senza mai rallentare un momento, e Matatu fece un nuovo segnale dal centro.

« Sono vicinissimi. » Un lampo eloquente del suo palmo roseo. « Attenzione. Pericolo. » E Sean fece il fischio della pernice del deserto, che era il segnale del contatto imminente. Rallentarono fino a un cauto trotto.

Le tracce li avevano condotti verso un piccolo altopiano, lungo un vecchio sentiero di elefanti ben battuto nella terra dura come roccia. Quando sboccarono sul tavoliere, sentirono la brezza della sera che li investiva, fresca e benedetta, da est, e Sean alzò il volto a riceverla.

L'altopiano non era più lungo di un chilometro e mezzo, e lo attraversarono rapidamente affacciandosi al versante opposto con la massima cautela, pancia a terra, per non stagliarsi contro il cielo azzurro. Si lasciarono scivolare sotto la cresta e osservarono il panorama. Era una valle poco profonda, oltre la quale si stendeva un altro altopiano boscoso. Un fiume asciutto serpeggiava in fondo alla valle: il suo corso era segnato da una stretta striscia di cespugli verde scuro, tipici delle rive, e il resto della valle era abbastanza spoglio. Erba chiara, invernale, che brillava al sole, punteggiata di formicai grossi come casette: molto distanziate l'una dall'altra, delle acacie a ombrello dal tronco giallo limone. Sean scrutò il paesaggio attentamente e in fretta.

All'ala sinistra, Job imitò lo stronfiare stridulo della cervicapra, il verso più allarmante del loro repertorio. Stava indicando un punto giù nella valle, piuttosto lontano a sinistra. Sean seguì il gesto. Per un momento non vide proprio niente, poi d'improvviso Tukutela, l'Arrabbiato, fece un passo e si presentò allo scoperto.

Era rimasto nascosto a Sean da un grosso formicaio, ma ora lo vedeva benissimo attraversare la distesa erbosa. Sean emise un sospiro. Era a quasi due chilometri di distanza, ma com'era imponente! Sean lo ricordava male. Irradiava magnificenza.

Tukutela era grigio scuro come la roccia vulcanica, alto e magro. Anche a quella distanza Sean distingueva pieghe e rughe della sua vecchia pellaccia, su cui spiccavano le vertebre. Le orecchie ondeggiavano armoniosamente a ogni passo, sbrindellate e consunte alle estremità, come vecchie e gloriose bandiere lacerate dai colpi e annerite dal fumo delle cannonate. Anche le zanne di Tukutela erano nere, macchiate dall'età e dai succhi vegetali degli alberi che aveva distrutto con esse. Dal labbro inferiore pendulo le zanne partivano verso l'esterno, e poi tornavano a convergere in modo che le punte quasi si incontravano a poco meno di tre metri dal labbro. Non erano tanto affusolate, erano solide colonne d'avorio, così curve che nel punto più basso entravano nell'erba invernale, e sembravano sovraccaricare perfino quella struttura massiccia. Probabilmente non si sarebbero mai più viste zanne come quelle. Quell'elefante era storia e leggenda.

Sean si sentì trafiggere dal rimorso. Anche se era legale, ammazzare una bestia come quella rappresentava un delitto contro l'Africa, un'offesa agli dei della boscaglia e anche all'anima dell'uomo: pure, sapeva che non avrebbe esitato a farlo, e questa coscienza rendeva ancora più bruciante il rimorso. Per un cacciatore, più nobile è la preda e più forte è l'impulso a procurarsene il trofeo. Job fischiò ancora, distogliendo dall'elefante l'attenzione di Sean che solo allora distinse i bracconieri.

Stavano già chiudendo la morsa intorno all'animale. Li vide tutt'e quattro. Erano appena usciti dagli alberi alla base del pendio, e procedevano di corsa, in fila indiana, nell'erba. Gli arrivava alle ascelle, e spuntavano fuori con la testa e le spalle come una fila di galleggianti di sughero a cui sia attaccata una rete, che ondeggino ritmicamente in mare. Ognuno di loro portava in spalla una mitraglietta d'assalto AK 47, il famoso kalashnikov.

I proiettili leggeri e veloci che spara quell'arma non erano affatto adatti alla caccia grossa, ma Sean conosceva la tecnica dei bracconieri. Si avvicinavano il più possibile e poi cominciavano a sparare a raffica tutti insieme, spedendo in corpo all'elefante centinaia di pallottole che gli sforacchiavano i polmoni, finendo per abbatterlo in virtù del mero volume di fuoco automatico.

La fila dei bracconieri intendeva appunto portarsi di fianco all'elefante, non direttamente, ma con il giro imposto dalla direzione del vento, per non rischiare che li fiutasse. Nonostante questa esigenza, correvano forte e guadagnavano rapidamente terreno. L'elefante era ancora completamente ignaro della loro esistenza, e si dirigeva di buon passo, caracollando nella solita maniera, verso il letto del fiume: ma Sean vide subito che non l'avrebbe mai raggiunto.

Le direttive del governo ai concessionari delle riserve erano molto chiare. Sconosciuti armati in una riserva, sorpresi in quella che non poteva essere che una battuta di caccia, andavano ritenuti bracconieri: e, poiché quattro ranger del ministero della Caccia e della Fauna e un titolare di riserva erano stati assassinati dai bracconieri negli ultimi quattro anni, c'era l'autorizzazione a sparare a vista senza preavviso. Il Primo Ministro Robert Mugabe era stato ancora più esplicito: « Fateli fuori », aveva detto.

Il 577 Nitro Express era un'arma devastante a corto raggio, ma oltre i cento metri le pesanti pallottole che sparava declinavano in fretta a tutto scapito della precisione. Il gruppo di bracconieri era sul fondovalle, a una distanza di circa seicento metri: Sean raggiunse di corsa il punto dove stava Job, sdraiato dietro un tronco caduto.

Si mise di fianco a lui. « Dammi il Weatherby », gli disse, e prese l'arma più leggera dalle sue mani. Job sparava molto bene, ma questa faccenda richiedeva un tiratore veramente eccezionale.

Sean controllò che nella camera di scoppio ci fosse il proiettile. Era un Nosler da 180 grani, e Sean cercò di valutare di quanto sarebbe caduto a parabola sparando dall'alto in basso da una distanza di seicento metri, con una lieve brezza da sinistra. Ricordò la relativa tavola balistica, che a suo tempo aveva studiato. A trecentocinquanta metri, la deviazione verso il basso era di dodici centimetri; a seicento, poteva benissimo essere di un metro e venti o più.

Mentre cercava di calcolare la deviazione, si tolse la camicia, l'arrotolò in un fagotto e la mise sul tronco dell'albero dietro il quale lui e Job si erano nascosti.

« Coprimi col *banduki* grosso. Guarda che dovrai sparare molto alto », disse a Job, e appoggiò la canna del Weatherby sulla camicia arrotolata. Regolò il mirino a cannocchiale sulla massima distanza e ci guardò dentro.

Ecco le teste dei bracconieri. A quell'ingrandimento poteva riconoscere gli uomini che Matatu aveva descritto in base alle tracce. Quello alto e magro era in testa, e indossava un giubbotto jeans, tradizionale uniforme dei partigiani nella guerriglia. Dietro di lui c'era l'uomo più basso e grasso. Aveva in testa un berretto mimetico e indossava una camicia cachi.

Davanti a loro Sean vide l'elefante. Per la prospettiva appiattita dall'ingrandimento sembrava vicinissimo ai bracconieri. Proprio mentre guardava, il primo della fila prese in mano il mitra e fece un segnale ai compagni. I quattro si allontanarono l'uno dall'altro col mitra imbracciato, preparandosi ad andare addosso all'elefante in ordine sparso.

Sean si allungò dietro il Weatherby, puntando i talloni, regolando il respiro, con l'indice posato molto leggermente sul grilletto, e andò a cercare col mirino telescopico il capofila, quello alto con il giubbotto jeans. Piazzò la crocetta del mirino sopra la sua testa.

L'immagine ondeggiava e fluttuava con le onde di calore, e Sean guardò attentamente le linee acquose del miraggio, che erano indicatori infallibili della forza e della direzione del vento. Quando oscillavano meno, voleva dire che il vento era calato: in questo caso si alzavano dritte come fumo verso il cielo.

Tirò un gran respiro, espirò a metà e trattenne il resto dell'aria nei polmoni. Ecco l'immagine stabilizzarsi tra una folata e l'altra. Prese la mira, la lunghezza di un corpo umano più in alto della testa del bracconiere. Il bersaglio pareva buono, ma non tirò il grilletto. Strinse invece la presa del fucile con tutta la mano, come chi stia modellando della creta.

Il calcio gli sbatté contro la spalla e la canna saltò in alto col solito rinculo fortissimo del Weatherby, sicché Sean perse di vista il bersaglio.

Prima che si riprendesse, sentì Job esultare. « Shayile! L'hai preso! » E, quando tornò a puntare il mirino telescopico, vide solo tre teste spuntare dall'erba.

I tre bracconieri si erano voltati e rispondevano al fuoco, spazzando l'altura dove Sean e Job erano nascosti con raffiche folli che sembravano un incessante rullo di tamburi.

Oltre loro, Sean vide il vecchio elefante maschio che se la filava. Orecchie piegate all'indietro e zanne molto alte sopra l'erba, si tuffò nei cespugli in riva al fiume e in breve sbucò dall'altra parte.

« Corri, bellezza! » l'incitò mentalmente Sean. « Se non ti avrò io, nessuno ti avrà! » Poi tornò a dedicare tutta la sua attenzione alla banda di bracconieri.

Erano una squadra affiatata di veterani, se ne accorse subito. Due investivano il *kopje* col loro fuoco di copertura, mentre il terzo era corso dal capo ad aiutarlo. Ecco che lo tirava in piedi. Il bracconiere ferito aveva perso il mitra e andava piegato in due, tamponandosi un fianco con la mano.

« T'ho beccato! » borbottò Sean, e fece fuoco di nuovo. Vide alzarsi la polvere tra l'erba, molto vicino ai due. I bracconieri cominciarono a ritirarsi, trascinandosi dietro il capo, e giungendo in breve al riparo di un formicaio. Sia Sean sia Job continuavano a sparare con cura, ma la distanza aumentava a ogni istante, e, benché Sean vedesse alzarsi polvere nei pressi delle figurette ripieganti, non poterono vantare altri centri. Ben presto non li scorsero più. Dopo la sparatoria e le furiose raffiche, era tornato il silenzio.

Sean e Job attesero un quarto d'ora, continuando a scrutare il fondovalle, ma invano. Allora Sean si alzò.

« Andiamo giù a dare un'occhiata. »

« Attento, però », l'avvertì Job. « Potrebbero essere tornati indietro a tendere un agguato. » Era un altro vecchio trucco dei guerriglieri, sicché stettero molto all'erta nel discendere.

Matatu li guidò dove era stato colpito il bracconiere. C'era una zona di erba appiattita. L'arma dell'uomo era scomparsa, probabilmente ricuperata dal compagno. Matatu prese in mano uno stelo e lo fece vedere a Sean. C'era su del sangue, ormai quasi secco. Non ne videro tanto, una dozzina di goccioline sull'erba o sul terreno arido.

« Un graffio », brontolò Sean. Il vento doveva aver deviato la pallottola che non aveva colpito organi vitali.

« Adesso chi seguiamo? Tukutela o i bracconieri? » volle sapere Job.

« Quelli saranno già quasi a Lusaka », sogghignò Sean. « Segui l'elefante! » disse a Matatu.

Gli andarono dietro oltre il letto del fiume e sull'altro pendio della valle. Dopo la prima fuga impetuosa in preda al panico il vecchio maschio si era rimesso a velocità « di crociera », che era in grado di tenere per dei giorni, e che era pur sempre tale da fargli coprire in breve distanze prodigiose. Puntava dritto verso il confine del Mozambico, deviando solo di quel tanto che bastava a render meno ripida una salita o a imbroccare un passo tra le colline.

Gli correvano dietro a tutta velocità. Non dovendo temere imboscate, filavano a più non posso, ma l'elefante andava sempre più forte di loro e la luce declinava. Il sole al tramonto proiettava davanti lunghe ombre.

La frontiera non era segnata da filo spinato o striscia continua di foresta disboscata, ma un sesto senso avvertì Sean che l'avevano superata.

Stava per dar l'ordine di tornare indietro, quando Job gli fece un fischio e un segnale con la mano sinistra. Matatu lo raggiunse e si mise ad annuire. Poco dopo tutti e tre riuniti si fermarono a guardare la lieve traccia che si perdeva davanti a loro nella foresta orientale che si andava oscurando.

« Siamo in Mozambico », affermò Job. « Ci ha fregati. » E gli altri non lo contraddissero.

« Continua ad andar forte », disse Matatu, sputando per terra. « Molto più di quanto chiunque possa correre. Per quest'anno Tukutela non lo vediamo più. »

« Sì, ma la prossima stagione tornerà », disse Sean. « L'anno che viene ripasserà nel Parco Nazionale e tra dodici lune attraverserà ancora il fiume Chiwewe. E noi saremo lì ad aspettarlo. »

« Forse », disse Matatu, dopo aver fiutato una presa di tabacco dal corno cavo che portava alla cintola. « Perché magari lo troveranno prima i bracconieri, oppure salterà su qualche campo minato in Mozambico, o morirà di vecchiaia... perché ormai siamo lì. »

Il pensiero riempì Sean di malinconia. Tukutela era una parte della vecchia Africa. Sean era nato troppo tardi per vivere appieno quell'epoca favolosa: ne aveva intravisto le ultime vestigia, eppure provava una profonda e nostalgica reverenza per la storia e il passato del suo continente. Tutto cambiava molto in fretta, tutto veniva travolto dalle spietate lotte per il potere ingaggiate dalle orde scriteriate delle nazioni emergenti, dalle rivalità tribali che niente frenava, dal disordine della nuova era senza leggi. Ancora una volta l'Africa tornava a essere il Continente Nero, ma ormai senza più tesori, con la fauna decimata, le foreste abbattute per far legna, la terra stessa isterilita da un'agricoltura e una pastorizia primitive, mentre ogni anno il Sahara e gli altri deserti si estendevano un po' di più. Tukutela era uno degli ultimissimi tesori africani che restavano.

Sean si voltò indietro. Aveva voluto quell'elefante: l'aveva voluto con tutto il cuore e tutta l'anima. Adesso, girandosi verso occidente, la delusione gli piombò addosso di colpo, e si avviò mogio mogio.

Poco prima di mezzanotte raggiunsero Riccardo e Claudia che dormivano sotto un riparo di frasche su giacigli di erba tagliata, accanto alle braci di un fuoco. Pumula vegliava davanti a un altro fuoco, molto vicino.

Riccardo si svegliò appena Sean gli toccò la spalla, e si alzò tutto impaziente di sapere.

« L'avete trovato? Cos'è successo? E i bracconieri...? »

« Se n'è andato, capo. Ha passato il confine. Siamo riusciti a far scappare i bracconieri, ma Tukutela ci ha seminati », gli disse Sean; e Riccardo ripiombò deluso sul materassino d'erba, ascoltando in silenzio il racconto di Sean sulla scaramuccia coi bracconieri.

Claudia sedeva accanto al padre, e quando Sean raccontò come Tukutela fosse riuscito a sconfinare in Mozambico passò un braccio intorno alle spalle del genitore per consolarlo.

« Va be' », disse Sean alzandosi. « C'è una pista che passa a sei o sette chilometri da qui. Io e Matatu andiamo a prendere il Toyota e Job vi guiderà alla pista. Ci vediamo fra cinque o sei ore. »

Orientandosi con le stelle Matatu guidò Sean per la foresta e la boscaglia per altre quattro ore, sbucando poi senza incertezze davanti al Toyota.

Un'ora di guida ed eccoli al luogo dell'appuntamento, dove trovarono gli altri che si scaldavano accanto al fuoco.

Salirono stanchi sul fuoristrada e Sean girò per tornare all'accampamento. Erano le quattro del mattino; poco più di una giornata era trascorsa da quando erano partiti pieni di speranze dal campo.

Viaggiarono in silenzio per un po', mentre Claudia dormiva appoggiata alla spalla di suo padre. Poi Riccardo buttò là:

« Sai dov'è andato Tukutela? »

« Fuori della nostra portata, capo », gli rispose Sean con rimpianto.

« Parlo sul serio, Sean », ribatté Riccardo, con una punta d'impazienza. « Avrà proseguito il suo solito giro di tutti gli anni, no? »

Sean annuì sbuffando. « Sì, ma quello è un Paese in guerra. Villaggi bruciati, due eserciti che si combattono, e tre coi ragazzi di Mugabe che di quando in quando intervengono a loro volta. »

« Insomma, dov'è andato 'sto elefante? » insisté Riccardo. « Seguirà un itinerario ben preciso, no? »

Sean annuì ancora. « Ci abbiamo pensato, io Job e Matatu. Riteniamo che da luglio a settembre si rifugi nelle paludi sotto la diga di Cabora Bassa, poi alla fine di settembre o ai primi di ottobre attraversa lo Zambesi e va nel Malawi, nella fitta giungla intorno a Mlanje. Sta lì nascosto fino alle piogge e poi torna a sud, attraversa lo Zambesi vicino a Tete e rientra nel Parco Nazionale del Chiwewe. »

« Dunque adesso sta andando verso le paludi », disse Riccardo.

« Quasi certamente sì », ammise Sean. « Capo, la prossima stagione lo prendiamo. »

Arrivarono al campo verso l'alba, trovando pronta l'acqua calda per la doccia e vestiti lavati e stirati. Dopo di che andarono a far colazione. Sean riempì i piatti di uova fritte e bacon ben croccante.

« Poi ce ne andremo a dormire un pochino, per ricuperare il sonno perduto stanotte. Fino all'ora di pranzo, direi. »

« Per me va benissimo », disse subito Claudia.

« Quindi faremo i piani per il resto del safari. Abbiamo ancora tre settimane, possiamo provare a prendere qualche altro elefante. Non sarà eccezionale come Tukutela, ma zanne da una trentina di chili dovremmo riuscire a rimediarle, capo. »

« Non m'interessano », disse Riccardo. « Io voglio Tukutela. »

« Sì, va bene, però adesso cambiamo discorso », disse Sean, manifestamente irritato. « Non possiamo farci niente, perciò non parliamone più. »

« E se lo seguissimo oltre il confine? Se andassimo a cercarlo alle paludi? » propose Riccardo senza alzar gli occhi dal piatto. Sean lo guardò bene, e poi si mise a ridere senza alcuna allegria.

« Per un momento mi avevi preoccupato. Pensavo parlassi sul serio. Prenderemo Tukutela l'anno prossimo. »

« Niente affatto », ribatté Riccardo. « Sai benissimo che Geoffrey Manguza ti toglierà licenza e concessione. »

« Grazie, capo, tu sai sempre mettermi a mio agio. »

« Non ha senso ingannare se stessi. Questa è l'ultima occasione di prendere quell'elefante. »

« Precisiamo », scosse la testa Sean. « Per quest'anno non c'è più niente da fare. Abbiamo già avuto la nostra occasione e l'abbiamo perduta. »

« No, se lo seguiamo in Mozambico », disse Riccardo. « Lo prendiamo alle paludi. »

Sean lo fissò sbalordito. « Mio Dio, tu parli sul serio! »

« Te l'ho detto. Voglio quell'elefante più di qualunque altra cosa al mondo. »

« E ti aspetti che io, Job e Matatu ci suicidiamo per un tuo capriccio? »

« No, non per un capriccio. Diciamo per mezzo milione di dollari. »

Sean scosse la testa, ma non riuscì a spiccicar parola, e Riccardo continuò.

« Mi sento responsabile di averti fatto perdere la licenza. Con mezzo milione di dollari potrai comprarti una buona concessione in Zambia o nel Botswana, o un bel ranch in Sudafrica pieno di selvaggina. Mezzo milione. Pensaci. »

Sean saltò su dal tavolo così violentemente da rovesciare il piatto. Poi si allontanò senza voltarsi indietro.

Si affacciò al fiume, all'estremità del campo, guardando un piccolo branco di impala che si abbeveravano. Su un albero secco in riva all'acqua verde c'era un'aquila di fiume dalla testa bianca. Ma lui non faceva caso a niente.

Pensava all'anno dopo, quando non avrebbe avuto più la concessione sul Chiwewe. Doveva a suo fratello Garry quasi cinquantamila dollari, e in banca era in rosso di circa diecimila. Reema gli aveva detto che il direttore insisteva per parlargli, ma anche nell'ultima visita Sean si era guardato bene dall'andare a trovarlo.

L'anno dopo avrebbe compiuto quarant'anni, e non aveva niente. Suo padre sarebbe stato molto contento di riprenderlo in ditta, ma il presidente del Gruppo Courteney adesso era suo fratello Garry, che ne sarebbe stato meno entusiasta.

Pensò agli uffici con l'aria condizionata, alla cravatta, all'abito scuro, alle interminabili riunioni con avvocati e ingegneri, al traffico dell'ora di punta e alla puzza della città inquinata. Pensò alla filosofia di suo padre, tante volte enunciata e cordialmente condivisa da suo fratello, secondo la quale uno doveva cominciare dal basso e far carriera in ditta con penosa gradualità. Garry aveva vent'anni di vantaggio su di lui: inoltre a Garry tutto questo piaceva, e a lui faceva schifo.

Pensò al mezzo milione di dollari. Con quei soldi in tasca, poteva far gli sberleffi al banchiere, a Geoffrey Manguza e a Garry Courteney; per non parlare degli altri, che poteva mandare fin d'ora a farsi fottere.

Si avviò verso la capanna di Job. Job stava mangiando da solo al fuoco, servito dalla moglie più giovane. Le ordinò pacatamente di ritirarsi quando vide arrivare Sean, poi prese la caffettiera e versò un'altra tazza per il suo amico, aggiungendoci latte condensato dal barattolo.

Sean si sedette sul sedile indigeno e prese in mano la tazza. Poi cominciò a parlare in sindebele.

« Cosa penseresti di uno che seguisse un grande elefante come Tukutela fino al suo rifugio segreto nelle paludi di fianco allo Zambesi? »

« Non val neppure la pena di pensare a un uomo di tale stupidità », rispose Job soffiando sul caffè. Dopo di che restarono in silenzio per un bel po'.

Matatu, che dormiva non lontano di lì, avvertì la presenza del padrone e uscì dalla capanna sbadigliando e strizzando gli occhi alla prima luce del mattino, poi venne ad accucciarsi ai piedi di Sean. Sean gli mise la mano sulla spalla per un momento. Lo sentì sdilinquirsi dal piacere al tocco. Non serviva domandarlo a Matatu: sarebbe andato con Sean ovunque, senza un attimo di esitazione, così continuò a rivolgersi a Job.

« Job, vecchio amico di tanti anni, ti darò qualcos'altro a cui pensare, allora. Monterro vuole seguire l'elefante: offre mezzo milione di dollari. Cosa ne pensi di mezzo milione di dollari? »

Job sospirò. « Anche a questo non vale la pena di pensar troppo... Quando si parte? »

Sean gli strinse forte il braccio e si alzò.

Riccardo era ancora seduto a tavola, con in mano un sigaro e una tazza di caffè. Claudia era accanto a lui, e si capiva che avevano discusso. La faccia della ragazza era ancora rossa, e le brillavano gli occhi, ma come vide Sean entrare nella tenda si azzittì.

« Capo », disse Sean. « Non hai idea di come stanno le cose laggiù. C'è il Vietnam, ma stavolta senza l'esercito americano a proteggerti. Hai capito bene? »

« Ci voglio andare », annuì Monterro.

« E va bene. Le mie condizioni sono queste: firmerai una dichiarazione liberatoria, in virtù della quale io non sono responsabile di qualunque cosa ti succeda. »

« D'accordo. »

« Poi voglio una cambiale per l'intero ammontare, esigibile sul tuo patrimonio nell'eventualità della tua morte. »

« Qua la carta. »

« Tu sei pazzo, capo; lo sai o no? »

« Ma certo », sogghignò Riccardo. « E tu, allora? »

« Ah, io sono nato così », rise Sean. Si strinsero la mano e tornarono seri. « Voglio prima sorvolare la zona, per assicurarmi che non ci aspettino brutte sorprese. Se tutto è a posto, stanotte attraversiamo il confine. Ciò significherà marce forzate, e viaggiare leggeri. Voglio tornare di qua entro dieci giorni. »

Riccardo annuì e Sean gli disse: « Adesso va' a riposare. Ne avrai bisogno ».

Stava per andarsene, quando si accorse dell'aria furibonda di Claudia. « Avvertirò Reema per radio di noleggiare un aereo che la venga a prendere qui domani. Le prenoterà un posto sul primo volo per Anchorage. »

Claudia sembrava voler ribattere, quando Riccardo la fermò posandole una mano sul braccio. « Okay », disse. « Lei torna a casa. Ci penso io. »

« Chiaro che torna a casa », ribadì Sean. « Comunque, di sicuro non viene in Mozambico con noi. »

Sean coprì con del nastro adesivo la sigla d'identificazione del suo aereo, così da renderlo perfettamente anonimo agli occhi di chi lo avvistasse. Si accertò che il nastro aderisse fermamente alla fusoliera, in modo che il vento relativo non potesse staccarlo. Mentre si occupava di questo, Job controllava le riserve d'emergenza a bordo, in caso fossero stati costretti ad atterrare. Al posto del pesante fucile a due canne di Sean, caricò il 30/60 dal calcio in fiberglass.

Decollarono e Sean fece rotta a oriente, tenendosi bassissimo sugli alberi. Volava con la carta geografica sulle ginocchia, controllando tutti i punti di riferimento man mano che li scorgeva. Job sedeva accanto a lui sul sedile di destra, mentre Matatu stava dietro a Job. Anche se erano anni che volava, aveva sempre una paura del diavolo, e ogni tanto gli veniva ancora un attacco di mal d'aria. Ecco perché Sean gli proibiva di sedere dietro di lui.

« Se no 'sto grandissimo coglione è capace di vomitarmi un'altra volta dentro il colletto! » Così era Job a correre il rischio.

Raggiunsero la frontiera e virarono verso nord, cercando segni di presenza umana o movimenti di truppe. Non trovarono niente, finché dopo una mezz'ora non avvistarono uno specchio d'acqua all'orizzonte, il bacino artificiale formato dalla diga sullo Zambesi, vasto come un mare interno. « Cabora Bassa », borbottò Sean. L'impianto idroelettrico, uno dei più grandi e costosi di tutta l'Africa, era stato costruito dai portoghesi poco prima di abbandonare la colonia all'autogoverno.

Benché i sudafricani fossero pronti a comprare tutta l'energia elettrica che il progetto era in grado di fornire, trasportandola fino alle grandi miniere di Palabora nel Transvaal – e il gettito finanziario di una simile fornitura avrebbe sensibilmente alleviato la situazione economica mozambicana, che era disperata –, Cabora Bassa non aveva mai venduto un solo chilowatt di energia elettrica. La linea ad alta tensione che andava verso sud era continuamente sabotata dai ribelli, e le truppe governative erano così demoralizzate che ormai non tentavano quasi più di proteggere le squadre di operai incaricate delle riparazioni. Sicché erano anni che non si provava a rimetterla in esercizio.

« Ormai le turbine saranno tutte arrugginite, un altro bel trionfo per il marxismo africano », ridacchiò Sean virando di centottanta gradi per tornare a sud, stavolta addentrandosi un po' di più nel Mozambico con puntate a zig-zag per sorvegliare più terreno e cercare villaggi occupati o unità militari mobili.

Videro solo reticoli di campi un tempo coltivati che tornavano alle erbacce e ai rovi, e villaggi bruciati e abbandonati, con capanne scoperchiate che non mostravano più alcun segno di vita.

Sean intercettò la strada che andava da Vila de Manica a Cabora Bassa e la seguì per una decina di miglia. Volava così basso da vedere le cunette e i crateri delle bombe, e le erbacce che crescevano nei solchi delle ruote. Erano mesi, o forse anni che non ci passava alcun veicolo. Ponti e gallerie erano stati fatti saltare con le mine, e lungo il ciglio della strada si vedevano un sacco di automezzi bruciati e arrugginiti.

Virò di nuovo verso ovest e il confine, cercando un luogo che tutti e tre ricordavano benissimo. Appena le vide spuntare all'orizzonte, Sean riconobbe le due colline gemelle che chiamavano Inhlozane, i Seni della Vergine, a sud delle quali c'era la confluenza di due fiumicelli ora ridotti a striscioline di pozze verdi in mezzo agli ampi letti sabbiosi.

Job le indicò con la mano. « Eccole là. » E sul sedile di dietro Matatu dimenticò la paura e il disagio di volare per ridacchiare afferrando la spalla di Sean.

« Inhlozane. Ti ricordi, buana? »

Sean virò stretto sopra la confluenza dei due fiumi e fece un giro sopra quei luoghi, mentre tutti e tre guardavano giù. Non si vedeva più alcuna traccia del campo d'addestramento dei guerriglieri che c'era stato lì un tempo. Ci erano passati l'ultima volta nella primavera del 1976, con la divisa degli Scout di Ballantyne. Un prigioniero aveva rivelato l'esistenza in quella zona di un grande campo d'addestramento di guerriglieri, e lo stato maggiore rhodesiano aveva mandato un Vampire a fare un giro di ricognizione.

Il campo era perfettamente mimetizzato, con il ricorso a tutti gli accorgimenti. Però i rhodesiani disponevano di esperti decrittatori di foto aeree, quasi tutti provenienti dalla RAF. È possibile camuffare trincee e baracche usate da centinaia di uomini e donne, ma poi ti tradiscono i sentieri. Migliaia di piedi che giornalmente calpestano il terreno fra le camerate e i servizi, fra le aule e le latrine, fra i pozzi e la mensa, creano sentieri che dall'alto spiccano come le venature di una foglia morta.

« Tra le duemila e le duemilacinquecento persone », aveva detto l'esperto ricognitore alla riunione. « Stanno lì da circa sei mesi, dunque l'addestramento è quasi terminato. Probabilmente stanno aspettando le piogge per cominciare una grande offensiva. »

L'incursione simultanea di duemila terroristi addestrati avrebbe impegnato fin quasi al punto di rottura le forze di sicurezza rhodesiane.

« Bisogna fare un'azione preventiva », aveva ordinato il generale Peter Walls, che comandava l'esercito della Rhodesia. « Voglio il piano d'attacco entro ventiquattr'ore. » Il nome in codice di quell'operazione era *Popeye*.

C'era una forte rivalità fra i Selous Scout e gli Scout di Ballantyne, e Sean esultò quando l'attacco a terra fu affidato ai suoi.

Erano partiti coi vecchi e lenti Dakota, stipati sulle panche all'interno della fusoliera, cinquanta uomini equipaggiati per ogni apparecchio, seduti sul paracadute. Il numero dei bianchi e dei negri pressappoco si equivaleva, e il nerofumo mimetico li rendeva tutti uguali. Erano saltati giù da poco più di cento metri, il minimo perché i paracadute potessero aprirsi in tempo. Siccome saltavano da quell'altezza, si definivano scherzosamente « bombe di ciccia ».

La zona del lancio era a venti chilometri dal campo d'addestramento nemico e centocinquanta dal confine tra Mozambico e l'allora Rhodesia. Un'ora prima del tramonto erano sul terreno. Al calar del sole tutti e trecento gli scout erano riuniti e pronti a muoversi.

Avevano fatto la marcia d'avvicinamento al chiar di luna, ciascuno con zaini di quasi cinquanta chili, grazie in gran parte alle munizioni delle mitragliatrici RPD. Dopo mezzanotte avevano raggiunto la confluenza dei due fiumiciattoli tendendo l'imboscata sulla riva meridionale, che dominava il letto sabbioso cosparso di pozze verdi e fronteggiava il campo d'addestramento situato sull'altra riva.

Sean, con Job al fianco, aveva ispezionato personalmente tutte le posizioni, parlando a sussurri con gli uomini che conosceva uno per uno. Per il resto della notte erano rimasti in attesa dietro le mitragliatrici, mentre la brezza gli portava i rumoretti e gli odorini di fumo e di cibo provenienti dal campo.

All'alba una tromba aveva suonato la sveglia nella fitta foresta che nascondeva il campo, e avevano visto muoversi molta gente nella mezza luce, fra i tronchi sull'altra riva del fiume.

Venti minuti dopo, proprio nel momento in cui si cominciava a vederci abbastanza per sparare, erano arrivati ululando i Vampire da ovest, scaricando le loro bombe al napalm. Palle di fuoco arancione scoppiavano emanando un tremendo fumo nero, molto più brillanti del giorno che nasceva: il calore e la puzza del napalm raggiunse a folate il luogo dove gli scout erano in agguato. Gli aerei avevano bombardato apposta più violentemente il lato settentrionale del campo, sigillando quella via di fuga con un muro di fuoco.

I bombardieri Canberra arrivarono venti secondi dopo a vomitare le loro bombe a frammentazione cariche di esplosivo ad alto potenziale. Terribili scoppi cominciarono a devastare il campo, alzando fontane di detriti, e i superstiti scapparono fuori dalla foresta urlando e smaniando come una folla in preda al panico.

Il napalm aveva tagliato la strada verso nord, e quelli si riversarono nel letto del fiume, venendo di corsa verso le mitragliatrici puntate. Sean li lasciò avvicinare, guardandoli con distaccato interesse. Le donne erano tante quanti gli uomini, su per giù, ma era difficile distinguerle. Non portavano uniforme: alcuni indossavano pantaloncini cachi e magliette con i ritratti dei capi della guerriglia o slogan politici scritti sul petto. Altri indossavano jeans o sahariane e non mancava gente in mutande. Erano quasi tutti giovanissimi, adolescenti terrorizzati che correvano ciecamente lontano dalle bombe e dal napalm.

Si gettarono nelle pozze, e il fango li rallentò invischiandogli i piedi. Correndo, guardavano indietro il campo che bruciava: nessuno si accorse dei mitraglieri che li aspettavano sull'altra riva.

Il letto del fiume si riempì di umanità che si dibatteva. Sembravano topi in un fosso. Il primo raggiunse la riva dove stava Sean e cominciò a salire il ripido ciglione di terra. Sean soffiò nel fischietto, e il trillo fu soffocato dallo strepito di trecento armi automatiche che aprivano insieme il fuoco a raffica.

Sean era ormai indurito da anni di guerra brutale, ma anche lui fu turbato dalla gran carneficina. Da vicino, le mitragliatrici facevano a pezzi i corpi umani, abbattendo anche quelli in seconda e terza fila. Le pallottole tempestavano sulla sabbia bianca del fiume che si alzava creando una nebbia sferzante fino alla vita, in cui i fuggitivi sembravano spettri che, cadendo, scomparivano alla vista, oppure venivano proiettati indietro a brandelli dalle raffiche a bruciapelo.

Il frastuono durò quattro minuti, poi non vi furono più bersagli e le armi tacquero. In tutto avevano sparato nel letto del fiume cinquantamila pallottole, e le canne erano talmente roventi che raffreddandosi ticchettavano come stufe. Benché assordati e storditi dal rumore, sentivano i gemiti e i lamenti dei feriti che ancora vivevano sul sabbione.

Sean fischiò ancora e saltarono giù dal ciglio, avanzando in ordine sparso. L'ordine era di prender prigionieri solo gli ufficiali o i commissari politici. Attraversando il fiume, spararono a tutti quelli che davano ancora segni di vita, appoggiandogli la canna alla testa, onde assicurarsi che non scampassero per poi assalire qualche altra fattoria rhodesiana o strappare gambe e braccia agli abitanti dei villaggi che non volevano rifornirli di cibo e di donne. Non lasciarono vivo nessuno sul fiume, e poi investirono il campo, tirando bombe a mano nei rifugi e frugando dappertutto in cerca di sopravvissuti o, cosa più importante, di documenti e carte. Da bravi marxisti, infatti, i guerriglieri erano ossessionati dalle scartoffie. Registravano tutto. La cattura degli archivi del campo era quindi uno degli obiettivi principali dell'operazione *Popeye*.

Correndo in testa ai suoi uomini, Sean fu il primo ad arrivare alla baracca-comando, al centro del campo. La riconobbe dalla bandiera a colori vivaci inastata davanti.

La cosa pericolosa era affacciarsi dentro. Spedì una raffica nelle pareti di paglia e poi si tuffò a capofitto per la finestra. Nel primo ufficio c'era un negro alto vestito di jeans che stava prendendo manciate di documenti dalle cassette vuote che fungevano da armadietti e le scagliava sul pavimento al centro della stanza. Chiaramente aveva intenzione di bruciarli, ma, vedendolo, lasciò perdere e tentò di prendere la pistola nella fondina.

Sean gli fece lo sgambetto con un calcio e appena fu a terra gli vibrò un colpo subito dietro l'orecchio con la canna del mitra. Mentre Sean si rialzava arrivò Matatu, sogghignando come un folletto, e si accinse a tagliar la gola al guerrigliero stordito col coltello da scuoiare.

« No », lo fermò Sean. « Lo vogliamo vivo, questo qua. » Dopo due secondi arrivò anche Job, irrompendo dentro con la pesante mitragliatrice a treppiede imbracciata quasi fosse un fuscello.

« Okay, capitano », gli ordinò Sean. « Fa' raccattare da qualcuno tutte 'ste scartoffie. » Guardò l'orologio. « Gli elicotteri saranno qui fra venti minuti. »

L'aviazione rhodesiana era disperatamente a corto di elicotteri. Di tutte le nazioni al mondo, solo il Sudafrica la riforniva ancora, ma una nave da guerra britannica bloccava il canale del Mozambico per impedire che venissero utilizzati quei porti. Per questa operazione potevano rischiare solo due elicotteri, e uno sarebbe stato riempito dai documenti: erano quasi cinque tonnellate! Ruolini dei guerriglieri in forza, organizzazioni di provenienza, priorità degli obiettivi, elenchi forniture, manuali d'addestramento, studi tattici delle contromisure rhodesiane, propaganda comunista, carte topografiche, composizione delle forze armate della guerriglia e loro dislocazione completa... insomma, un vero tesoro, la cui acquisizione era per il nemico un colpo ben più grave che le centinaia di morti sul sabbione: ma tutto ciò riempiva uno dei preziosi elicotteri.

Il secondo elicottero Alouette, Sean decise di utilizzarlo per l'evacuazione dei feriti e dei prigionieri. Gli attaccanti avevano avuto più feriti di quanti si aspettassero. Tre scout si erano fatti male lanciandosi col paracadute, slogature e distorsioni, e altri cinque erano stati colpiti dalla risposta al fuoco dei guerriglieri più lucidi, subito stroncata dalle mitragliatrici. Poi un guerrigliero si era finto morto sul letto del fiume, e, quando gli scout si erano fatti avanti, aveva lanciato una bomba a mano, uccidendo un soldato negro e ferendone altri due. Gli scout ricuperavano sempre i corpi dei loro morti per dargli onorata sepoltura, e la salma del soldato era già nel suo bravo sacco di plastica verde.

Oltre ai suoi morti e feriti, Sean aveva da caricare sull'elicottero anche otto supposti ufficiali e commissari politici. I guerriglieri non portavano gradi, ma di solito gli ufficiali si riconoscevano dalla qualità superiore del vestiario, dagli occhiali da sole, orologi da polso e file di biro nel taschino.

Avevano troppi passeggeri per gli elicotteri, e Sean fu costretto a tenere con sé cinque prigionieri per la marcia di ritorno. Scelse quelli che sembravano abbastanza in forma da reggere una marcia forzata con gli scout, e uno di costoro era l'uomo che avevano catturato nella baracca del comando.

Quarantacinque minuti dopo l'inizio dell'attacco il secondo elicottero partì, e gli scout erano pronti a sganciarsi. Si poteva prevedere che il contrattacco del Frelimo, il fronte di liberazione del Mozambico, sarebbe stato tardo e svogliato, ma Sean non intendeva correre alcun rischio. Era sulla riva del fiume a contemplare il massacro. Non avevano il tempo di contare i morti, ma l'aviazione avrebbe effettuato un'altra ricognizione in mattinata, e dalle foto si sarebbero potute valutare abbastanza bene le perdite del nemico.

« Saranno almeno millecinquecento », si disse Sean. Giacevano a fasci come grano mietuto, e già le mosche formavano sopra i corpi come una nuvola grigiastra.

Sean distolse lo sguardo dalla scena. « Va bene », gridò. « Muoviamoci! »

La prima sezione di cinquanta uomini si avviò a passo di corsa leggera. I camion sarebbero venuti a prenderli oltre confine, fin dove erano in grado di spingersi, ma ciò significava almeno una cinquantina di chilometri da fare a piedi, una vera maratona con le armi in spalla: e meno male che le munizioni erano state consumate quasi tutte.

Job raggiunse Sean di corsa. « Il prigioniero che hai preso, colonnello. L'ho riconosciuto. È il compagno Cina in persona. »

« Sei sicuro? » Sean non attese nemmeno la risposta di Job. « Merda, se l'avessi saputo l'avrei mandato via in elicottero. »

Il compagno Cina era in cima alla lista dei nemici che i rhodesiani volevano eliminare. Era il responsabile di tutto il settore nord-est, praticamente un generale di corpo d'armata, e anche uno dei comandanti più vittoriosi. Era insomma un uomo da cui il servizio informazioni si riprometteva di trarre un sacco di storie interessantissime.

« Accertati che arrivi sano e salvo, capitano », gli ordinò bruscamente Sean. « Trattalo come la tua nuova mogliettina. »

« Cina si rifiuta di camminare », gli disse Job. « Non possiamo sparargli e non possiamo portarlo di peso, e lui lo sa benissimo. »

Sean andò subito dal prigioniero che, sorvegliato da due o tre soldati, se ne stava accucciato con le mani dietro la testa.

« In piedi e marciare », gli ordinò, e il compagno Cina gli sputò sugli stivali. Sean slacciò la fondina e tirò fuori la rivoltella 357 Magnum. L'appoggiò contro la tempia dell'uomo.

« In piedi », ripeté. « È l'ultima volta che te lo dico. »

« Tanto non spari », gli rise in faccia l'uomo. « Non te lo puoi permettere. » E Sean sparò. L'arma era puntata nel vuoto, ma la canna era premuta forte contro l'orecchio del prigioniero.

Il compagno Cina urlò premendosi l'orecchio con due mani. Un rivolo di sangue dal timpano sfondato gli colò tra le dita.

« In piedi! » disse Sean, e, sempre premendosi l'orecchio ferito, il compagno Cina gli sputò addosso un'altra volta. Sean appoggiò la canna della pistola sull'altro orecchio. « Dopo le orecchie ti caverò gli occhi con uno stecco appuntito. » Il compagno Cina si alzò in piedi.

« Forza, muoversi. » Subentrò Job. Piazzò una mano tra le scapole del prigioniero e lo fece trotterellare avanti lungo la riva del fiume.

Sean diede un'altra occhiata al campo di battaglia. L'azione era stata condotta a termine con efficienza e rapidità: « Un bel massacro », come dicevano gli scout.

« Va bene, Matatu », disse sottovoce Sean. « Torniamo a casa. » E il piccolo ndorobo si avviò di corsa in testa alla colonna.

Quando il compagno Cina cadde in ginocchio, sopraffatto dal dolore della ferita all'orecchio, Sean gli fece un'iniezione sottocutanea di morfina e gli diede da bere dalla sua borraccia.

« Per un rivoluzionario che ammazza i neonati e taglia via i piedi alle vecchiette, questa è una passeggiata nel parco », gli disse Sean. « Rialzati, Cina, se no ti faccio fuori l'altro orecchio. » Lui e Job lo tirarono su per i gomiti, e insieme lo trascinarono finché la morfina non cominciò a fare effetto: ma non persero contatto con la colonna di scout che correva attraverso la foresta disseminata di colline ondulate.

« Oggi siete riusciti a far fuori qualcuno di noi », disse Cina dopo circa un chilometro, diventando loquace per la morfina. « Avete vinto una piccola battaglia oggi, colonnello Courteney, ma domani la guerra la vinciamo noi. » Il tono di Cina era duro e pieno del risentimento di chi nelle contrarietà è sicuro di essere nel giusto.

« Come fai a sapere come mi chiamo? » gli chiese divertito Sean.

« Sei famoso, colonnello, nella tua infamia. Sotto il tuo comando, questo branco di mastini è diventato ancora più pericoloso di quando li guidava Ballantyne in persona. »

« Grazie del complimento, caro Cina, ma non credi di cantar vittoria un po' troppo presto? »

« Vince la guerra chi controlla le campagne di notte. »

« Mao Tse Tung », sorrise Sean. « Citazione appropriata per uno che si chiama come te. »

« E finalmente noi siamo riusciti a controllarle, vi abbiamo imbottigliato nei paesi e nelle città. I latifondisti bianchi stanno disanimandosi, le loro donne sono stufe della guerra. I negri delle campagne ormai simpatizzano tutti apertamente con noi. L'Inghilterra e il mondo vi sono contro. Perfino il Sudafrica, vostro unico alleato, si sta stancando di questa guerra. Finirà presto, finirà ben presto... »

Polemizzarono correndo, e a dispetto di se stesso Sean si ritrovò a dover ammirare il prigioniero. Era di intelligenza pronta, la sua padronanza dell'inglese era mirabile e quella della politica e della tattica militare ancora di più. Fisicamente, poi, era in gran forma. Sean, sostenendolo, sentiva i muscoli d'acciaio guizzargli nelle braccia: ben pochi uomini con un timpano sfondato sarebbero riusciti a tenere quel ritmo di marcia.

« Sarebbe stato uno splendido scout », pensò Sean. « Se riuscissimo a farlo passare dalla nostra parte... » Molti dei suoi migliori soldati erano ex guerriglieri, catturati e sapientemente convertiti dai servizi rhodesiani.

Quindi, correndo verso i camion, studiò il compagno Cina con rinnovato interesse. Era probabilmente di qualche anno più giovane di lui. Aveva lineamenti sottili, nilotici, più da etiope che da shona, naso stretto e arcuato e bocca fine, senza labbroni negroidi. Neppure la morfina eclissava l'intelligenza dei suoi grandi occhi neri. Era un bell'uomo, e anche, naturalmente, risoluto e spietato, altrimenti non avrebbe fatto la carriera che aveva fatto.

« Lo voglio », si disse Sean. « Dio mio, per noi varrebbe quanto un reggimento. » E strinse la presa sul braccio dell'uomo, con gesto da padrone. « Questo amorino riceverà il trattamento completo. »

L'avanguardia s'imbatté in una pattuglia del Frelimo verso metà mattina e la spazzò via, senza quasi rallentare il passo. Ai margini del sentiero tutti videro i corpi in tuta mimetica insanguinata.

Arrivarono poco dopo mezzogiorno al punto dove li aspettava la colonna di camion. Erano scortati dalle autoblindo Eland e avevano la ghiacciaia piena di lattine di birra Castle.

Gli scout avevano percorso sessantacinque chilometri in poco più di sette ore. La birra gelata sembrò loro nettare.

Sean ne diede una lattina anche al compagno Cina. « Mi spiace per il tuo orecchio », disse brindando.

« Avrei fatto lo stesso con te », sorrise Cina, sempre con lo sguardo imperscrutabile. « Al nostro prossimo incontro? » propose il brindisi.

« Al prossimo incontro », accettò Sean, poco prima di consegnarlo a una squadra comandata da un sergente bianco. Poi salì sull'autoblindo in testa alla colonna per guidare l'ultimo tratto della ritirata.

Sean ricondusse la colonna in salvo oltre confine dieci ore e mezzo dopo l'inizio dell'attacco. Ian Smith, il Primo Ministro, si congratulò personalmente con lui per radio e l'insignì di un'ulteriore decorazione.

Sean venne a conoscenza solo a tarda sera della fuga del compagno Cina. A quanto sembrava, le guardie si erano addormentate sul camion, e lui era riuscito a slacciare il telone e saltar giù nonostante le manette. Nascosto dal polverone alla vista degli altri autocarri, era subito scomparso nell'erba degli elefanti, sul ciglio della pista.

Due mesi dopo, Sean aveva letto un rapporto del servizio informazioni secondo il quale Cina aveva comandato un vittorioso attacco a una colonna di rifornimenti sulla strada di Mount Darwin.

« Sì, Matatu, ricordo tutto benissimo », disse Sean rispondendo alla sua domanda, e poi virò ancora sopra il punto dove sorgeva il vecchio campo d'addestramento prima di raddrizzare le ali del Beechcraft e puntare a sud.

Non volò tanto a sud, tuttavia, da incrociare la linea ferroviaria che collegava il porto mozambicano di Beira allo Zimbabwe privo di accesso al mare. Quello era il centro di tutta l'attività militare della zona, e quindi pullulava di truppe del Frelimo e dello Zimbabwe, armate di lanciarazzi RPG e certo impazienti di usarli contro un aereo senza insegne né autorizzazione che volasse basso sopra di loro.

« Mi sembra che la cosa sia quanto meno fattibile », disse Sean a Job.

« Anche a me », ammise Job. « Il territorio adiacente alla riserva pare sguarnito e deserto. »

« Val la pena di provare, per mezzo milione di dollari? » chiese Sean, e Job si limitò a rispondere con un sorrisetto.

« Un'altra piccola incombenza, prima di tornare a casa », annunciò Sean.

Bisognava avere un gran senso dell'orientamento per riconoscere il terreno dall'alto, ma Sean tornò in Zimbabwe e, volando molto basso, riuscì a ritrovare il punto dove il giorno prima avevano incrociato le tracce dei bracconieri. Di lì Matatu, sporgendosi dal finestrino e gridando indicazioni, lo riportò alla valle fra i due altopiani dove avevano sparato ai cacciatori di frodo. Dal cielo le distanze sembravano molto più brevi che a piedi!

Matatu guidò Sean sulla pista che il vecchio elefante maschio aveva seguito verso il confine. Sembrava che il suo dono per azzeccare direzione e terreno non fosse afflitto dalla quota insolita. Sean seguiva le sue indicazioni con un occhio alla carta topografica che teneva sulle ginocchia.

« Ecco, qui stiamo tornando in Mozambico », annunciò poco dopo, tracciando un segno sulla carta.

« Per di là », disse Matatu, sporgendosi a indicare una rotta più settentrionale. Sean si guardò bene dal discutere con lui, e virò leggermente a sinistra. Pochi minuti dopo Matatu gli disse di tornare a puntare un po' più a sud.

« 'Sto manigoldo sente la strada che ha fatto l'elefante. Sta pensando come lui », si disse ammirato Sean, e proprio in quel momento Matatu lanciò uno strillo di trionfo e indicò qualcosa giù dal finestrino.

Sfrecciando sopra un altro letto di fiume asciutto, Sean scorse le tracce sulla sabbia molle. Erano così profonde che dentro si creava un semicerchio d'ombra: sembravano una collana di perle nere, sullo sfondo della sabbia bianca.

Perfino Sean, che vedeva lavorare Matatu da vent'anni, rimase stupito. Solo sulla base del suo istinto quest'ultimo aveva saputo seguire l'elefante maschio fino a quel guado. Era un fatto che aveva del soprannaturale.

Sean virò sopra le tracce con le ali quasi in verticale. « Adesso da che parte andiamo? » gridò a Matatu, che gli batté sulla spalla e indicò verso valle. Senza esitare, Sean seguì la direzione dell'indice nero e calloso.

« Eccolo là! » gridò Job all'improvviso, mentre Matatu scoppiava a ridere forte battendo le mani e saltava, contento come un bambino, sul sedile.

Tre o quattro chilometri più avanti, il fiume sboccava in un grosso *vlei* che aveva ancora un po' d'acqua dalle ultime piogge. Il groppone dell'elefante spuntava dalle alte canne che circondavano la pozza, come un balena grigia in un mare verde.

Mentre si avvicinavano a volo radente, l'elefante si accorse di loro. Alzò la testa e aprì le orecchie, girandosi a fronteggiarli, e allora gli videro le zanne, quelle leggendarie colonne di avorio scuro che salivano al cielo. La bellezza della loro simmetria curva colpì Sean ancora una volta.

Le videro solo per un attimo, sorvolando il bestione, ma l'immagine si stampò vivida in mente. Mezzo milione di dollari e quelle zanne... Aveva rischiato la vita cento volte per un premio di gran lunga inferiore.

« Torniamo a dargli un'altra occhiata? » chiese Job, girandosi per cercar di rivedere l'elefante sotto i piani di coda.

« No », scosse la testa Sean. « Non bisogna disturbarlo più del necessario. Adesso che sappiamo dove trovarlo, torniamo a casa. »

« Il mezzo milione di dollari che getti così allegramente dalla finestra è mio! » disse Claudia a suo padre.

« Ah sì? Come sarebbe? » chiese tranquillamente Riccardo. Giaceva sulla branda con indosso i calzoncini di un pigiama di seta, a torso e piedi nudi. Claudia notò che i peli del suo corpo erano ancora neri, duri e ricci, con una sola spruzzata di grigio in mezzo al petto.

« È la mia eredità », gli spiegò lei, tutta dolce. « La stai dissipando, papà. »

Riccardo si mise a ridacchiare. Claudia aveva la faccia tosta di un avvocato divorzista: gli era piombata in tenda ben decisa a ricominciare la discussione che lui credeva di aver chiuso a colazione.

« Se non me li lasci nel testamento, almeno consentimi di goderli anch'io con te adesso: mi sembra il minimo che puoi fare. »

« Secondo gli ultimi conti, ti toccherà un po' meno di trentasei milioni di dollari: al netto delle tasse e anche di questa mia piccola stravaganza. Mi affretto ad aggiungere che ogni centesimo sarà vincolato a una fiduciaria a prova di bomba e cavilli, perché non voglio che il mio sudato patrimonio sia sperperato per qualche buona causa. Ci mancherebbe altro! »

« Papà, tu sai benissimo che i soldi non mi hanno mai interessata. Invece mi interessa partecipare a questo folle ghiribizzo dietro all'elefante. Sono venuta in Africa col patto di seguirti dappertutto, non ricordi? »

« Allora te lo ripeterò ancora una volta, *tesoro* », disse vezzeggiandola in italiano, come faceva solo quando era molto intenerito o esasperato. « Tu in Mozambico con noi non ci vieni. »

« Saresti capace di non mantenere una promessa solenne? » l'accusò lei.

« Senza batter ciglio », l'assicurò lui. « Se è in gioco la tua sicurezza o la tua felicità. »

Claudia saltò giù dalla branda e cominciò a girare furiosa per tutta la tenda. Lui la guardava, segretamente compiaciuto. La giovane aveva le braccia conserte sui piccoli seni impertinenti, ed era accigliatissima, ma ciò non le creava in viso alcuna ruga. Il suo aspetto lo indusse a pensare a Sophia Loren, l'attrice che preferiva. Claudia si fermò vicino alla branda e lo fissò.

« Tu sai che alla fine riesco sempre a fare quello che voglio », gli disse. « Perché non rendi le cose più facili a tutti e due, dicendomi che posso venire? »

« Mi dispiace, tesoro. Non vieni. »

« E va bene. » Tirò un profondo respiro. « Non vorrei farlo, papà, ma non mi lasci scelta. Ho cominciato a capire cosa significa questo per te, e come mai sei pronto a tirar fuori tanti soldi per potergli sparare: ma se non potrò venire con te, come è mio dovere e mio diritto, allora ti impedirò di andare. »

Lui ridacchiò ancora, divertito e niente affatto preoccupato. « E come faresti a fermarmi, bambina mia? » le chiese.

« Basta dire a Sean Courteney quello che ho saputo dal dottor Andrews. »

Riccardo Monterro balzò in piedi con rapidità felina e prese la figlia per le braccia. « Cosa ti ha detto Andrews? » le chiese con voce secca e tagliente come un rasoio.

« Che a novembre ti è venuta una piccola macchia nera sul braccio destro », gli disse. Istintivamente lui lo nascose dietro la schiena. « Aveva un bel nome: melanoma, come una ragazza africana; ma non era una bella cosa, e tu l'hai lasciato lì troppo. Lui te l'ha tolto, ma la biopsia ha rivelato che purtroppo ti resta un anno di vita al massimo. Ecco cosa mi ha detto il dottore. »

Riccardo Monterro si sedette sulla branda e parlò con voce improvvisamente stanchissima. « Quando te l'ha detto? »

« Sei settimane fa. » Gli si sedette accanto. « Ecco perché ho voluto venire in Africa. Per non separarmi da te nemmeno per un giorno, di quelli che ci restano. Quindi verrò con te anche in Mozambico. »

« No », scosse la testa lui. « Non posso lasciarti venire. »

« Allora dirò a Sean che in ogni momento la malattia può colpirti il cervello. »

Non se l'era inventato, Andrews era stato esplicito nel descriverle i progressi del male: squilibrio mentale e paralisi, forse in un primo tempo limitata a un arto ma poi rapidamente progressiva.

« Non puoi farlo », le disse, scuotendo la testa. « È l'ultima cosa che veramente voglio nella vita. Avresti il coraggio di negarmela? »

« Senza batter ciglio », disse Claudia ripetendo le sue parole di poco prima. « Se mi rifiuti il diritto di star con te sino alla fine, com'è dovere di una figlia affettuosa. »

« Non posso permettertelo. » Monterro si nascose il volto tra le mani: questo gesto di disperazione fece male a Claudia, che dovette sforzarsi per mantenere un tono fermo.

« E io non posso permetterti di morire da solo », gli rispose.

« Tu non puoi capire quanto io voglia questa cosa. È l'ultima soddisfazione della mia vita. Il vecchio elefante e io ce ne andremo insieme. Non capisci; se tu capissi, mi lasceresti andare. »

« Ma io non te lo voglio impedire », gli disse lei dolcemente. « Io voglio che tu lo faccia, ma desidero stare con te. » Mentre così diceva, entrambi sentirono una vibrazione nell'aria, e alzarono lo sguardo.

« È l'aereo », mormorò Riccardo. « Sean sta per atterrare. » Diede un'occhiata all'orologio. « Sarà qui in meno di un'ora. »

« E cosa gli dirai? » domandò Claudia. « Gli dirai che vengo anch'io? »

« No! » urlo Sean. « Non se ne parla neanche. Lei non viene, capo, ed è la mia ultima parola. »

« Se pago mezzo milione avrò ben diritto a decidere io », ribatté Riccardo con calma. « Io dico che viene anche lei, e ci viene. »

Erano in piedi vicino al Toyota. Riccardo e Claudia erano andati ad aspettarlo all'ingresso del campo. Sean respirò profondamente, guardando padre e figlia che, a fianco a fianco, lo fronteggiavano. Vide che entrambi avevano un'espressione quanto mai risoluta.

Gli venne la tentazione di rimettersi a sbraitare, ma con uno sforzo si controllò. « Sii ragionevole, capo », gli disse moderando il tono. « Sai bene che non è possibile. »

I due continuavano a guardarlo fisso, sordi a qualunque ragione.

« Laggiù c'è la guerra. Non possiamo portarla. »

« Claudia viene con noi. »

« Un accidente! »

« Ma perché fai tante storie, si può sapere? » Claudia parlò per la prima volta. « Non c'è niente che un uomo possa fare e io no. »

« Prova a pisciare in piedi », le sibilò in faccia Sean, per farle perder le staffe, ma lei ignorò la volgarità e continuò come se non avesse neanche parlato.

« M'hai ben visto camminare, non mi stanco, reggo il caldo e le mosche tse-tse. Sono brava come mio papà. »

Sean distolse lo sguardo da Claudia e si mise a parlare con Riccardo. « Come padre non puoi permetterglielo. Riesci a immaginare cosa le succederebbe se cadesse in mano a una banda di tagliagole della Renamo? »

Vide Riccardo rabbrividire, ma anche Claudia se ne accorse e, prima che cedesse, gli prese la mano e parlò con voce ferma.

« O vengo anch'io, o non va nessuno, e tu puoi dar l'addio al tuo mezzo milione di dollari, colonnello Sean Courteney. »

Questo si rivelò fatale, il mezzo milione di dollari. L'aveva in pugno, e lo sapevano entrambi. Sean non poteva permettersi di lasciar perdere, ma fece un ultimo tentativo. « Adesso qui comanda lei, capo? Prendo gli ordini da lei o da te? »

« Anche questo non funziona », gli disse in tono pacato Claudia, pur avendo una gran voglia di dilaniarlo a graffi e morsi fin dalla battuta volgare di prima. « Mio padre e io siamo perfettamente d'accordo su questo. O si va tutt'e due, o salta l'affare. Vero, papà? »

« Temo proprio di sì, Sean. » Riccardo aveva l'aria triste e scoraggiata. « Su questo non si può trattare. Se vuoi i soldi, bisogna portare anche Claudia. »

Sean girò su se stesso e si avviò verso la tenda, ma dopo qualche passo si fermò con le mani alla cintola.

Le sue urla avevano attirato l'attenzione dei servitori del campo, che si erano fatti avanti incuriositi e preoccupati.

« Cosa cazzo avete da guardare? » tuonò Sean. « Non avete niente da fare? » Tutti scomparvero in un baleno.

Sean si girò di nuovo e tornò vicino ai due che erano rimasti a fianco del Toyota. « Okay », disse, guardando freddamente Claudia. « Se poi ti rompi la testa, non venire da me a fartela aggiustare. »

« Stai pur tranquillo, te lo prometto », gli rispose con voce melliflua, più irritante per lui che un aperto sfottò, ed entrambi seppero in quel momento che la loro tregua era finita.

« Abbiamo delle carte da stendere e firmare, capo. » E Sean si avviò verso la tenda della mensa senza voltarsi più.

Con due dita, Sean scrisse sulla sua vecchia portatile le dichiarazioni liberatorie per padre e figlia e i pagherò. Le dichiarazioni cominciavano così:

« Pienamente consapevole del rischio e dell'illegalità di questo atto... ». Poi scrisse il pagherò da far firmare a Riccardo davanti a due testimoni, che erano Job e il cuoco. Ficcò tutto in una busta indirizzata a Reema, presso l'ufficio di Harare, e la chiuse nella piccola cassaforte d'acciaio in fondo alla tenda dove si mangiava.

« Allora facciamolo », disse.

La spedizione – adesso erano bracconieri – consisteva di tre bianchi e poi Job, Matatu, Pumula e il battitore che aveva scoperto le tracce di Tukutela al guado del Chiwewe, che si chiamava Dedan.

« Siamo in troppi, ma quelle zanne pesano settanta chili l'una », spiegò Sean. « Matatu è troppo piccolo per fare il portatore. C'è bisogno di quattro uomini grandi e grossi per portarle indietro. »

Prima che i bagagli fossero caricati sul Toyota, Sean ordinò che glieli facessero vedere, e controllò ogni cosa. Claudia protestò quando le aprì lo zaino personale. « È un'intrusione nella mia *privacy*! »

« Denunciami pure alla Corte Suprema, papera », la sfidò strafottente Sean, buttando da parte senza pietà tutti i vasetti e i tubetti di cosmetici, lasciandole solo una crema emolliente e una solare.

« Un solo cambio di biancheria », ordinò, scartando mezza dozzina di mutandine. « Ma avrai bisogno di altre due paia di calze pesanti. Va' a prenderle. »

Tirò fuori anche la scatola di Tampax. « Tutto quello che sa fare un uomo, e qualcosa di più », sfotté gelido. « Non serve la scatola, occupa troppo spazio. Portali sciolti. » La furia della ragazza, repressa a stento, gli diede un piacere acido.

Alla fine di questa selezione restò l'essenziale, e gli zaini furono soppesati e confezionati in modo che si adattassero alla diversa forza e condizione fisica di ciascun portatore. Sean, Job, Pumula e Dedan ebbero zaini da quasi trenta chili, Riccardo e Matatu da venti, Claudia da dodici.

« Posso portare più roba », protestò lei. « Fammelo da venti come Matatu! » Sean non si curò di risponderle.

« E poi mangio la metà di voi! » gli gridò dietro, ma lui era già andato a controllare il carico del Toyota.

Quando lasciarono il campo di Chiwewe c'erano ancora quattro ore di luce, ma Sean partì molto forte, sballottandoli spietatamente sui sedili. In parte era un'obiezione alla presenza di Claudia, ma più che altro aveva una gran voglia di arrivare prima di sera al confine.

Guidando, parlava con voce molto controllata. « Prima di cominciare questa visita guidata al paradiso mozambicano del proletariato, gemma lucente del socialismo africano, consentitemi di proporvi alcuni fatti e alcune cifre. »

Nessuno protestò, sicché lui proseguì. « Fino al 1975 il Mozambico era una colonia portoghese. Per quasi cinquecento anni aveva subìto questo dominio ed era sempre stata una comunità ragionevolmente prospera e felice di ben quindici milioni di persone. I portoghesi, a differenza dei colonialisti britannici o tedeschi, non disdegnavano la commistione del sangue con la popolazione indigena: i risultati furono un gran numero di mulatti e una politica di assimilazione in base alla quale ogni persona di colore, se raggiungeva determinati livelli di civilizzazione, veniva considerata bianca e godeva della nazionalità portoghese. Tutto funzionava benissimo, come invero in gran parte delle vecchie amministrazioni coloniali, specialmente quelle britanniche. »

« Tutte balle », sghignazzò Claudia. « Questa è solo propaganda inglese », disse usando il termine spregiativo americano *limey*.

« Propaganda *limey*? » ripeté Sean con un sorrisetto. « Attenta, perché questo rivela i tuoi pregiudizi. Comunque, è un fatto che l'indiano o l'africano medio che vive in un'ex colonia britannica adesso sta molto peggio di prima, e questo vale cento volte di più per il mozambicano medio. »

« Almeno sono liberi », interloquì Claudia, e Sean si mise a ridere.

« E questa sarebbe libertà? L'economia guidata secondo i noti princìpi socialisti del caos e della rovina ha condotto a: una recessione media del dieci per cento all'anno dal ritiro dei portoghesi; un debito estero ammontante al doppio del prodotto nazionale lordo; il crollo della pubblica istruzione, col cinque per cento di bambini che vanno a scuola; un dottore ogni 45.000 persone; un solo mozambicano su dieci che dispone di acqua potabile; una mortalità infantile del 340 per mille. Gli unici due Paesi al mondo che stanno peggio sono Angola e Afghanistan: ma, come dici tu, almeno sono liberi. In America, dove tutti mangiano abbondantemente tre volte al giorno, la libertà può anche essere una gran cosa, ma in Africa la pancia piena conta molto ma molto di più. »

« Ma non potrà certo andare davvero così male », protestò lei.

« No », riconobbe Sean. « Va molto peggio. Non avevo ancora menzionato altri due fattori, la guerra civile e l'AIDS. Quando i portoghesi sono andati via, il potere è passato a un dittatore di nome Samora Machel e al suo partito, il Frelimo. Machel era marxista sfegatato. Non credeva affatto a quell'assurdità che sono le elezioni, e il suo regime è direttamente responsabile delle presenti condizioni del Paese e del sorgere della Resistenza Nazionale Mozambicana, più nota ad amici ed estimatori come Renamo. Nessuno sa molto dei suoi scopi e dei suoi capi; fatto sta che controlla la maggior parte del Paese, soprattutto al nord, e che è composta di tipi alquanto decisi e spietati. »

« Tutti sanno che la Renamo è un'organizzazione-fantoccio diretta, rifornita e controllata dai sudafricani. Prende ordini da Pretoria », l'aiutò Claudia, « allo scopo di rovesciare un governo legittimo e destabilizzare il sud del continente. »

« Ma brava l'anatroccola », annuì Sean, approvando. « È una citazione quasi letterale del verbo dell'Organizzazione per l'Unità Africana, e dei Paesi-non-allineati. Vedo che ti sei impadronita bene anche del loro gergo. Se il Sudafrica avesse le capacità militari e tecnologiche per commettere metà delle mascalzonate che gli attribuiscono, non sarebbe soltanto la più potente nazione dell'Africa, ma comanderebbe il mondo intero a bacchetta. »

« Continuo a dimenticare che anche tu sei di quelli, il che è veramente sciocco da parte mia. Tu non cerchi nemmeno di nascondere le tue convinzioni reazionarie e razziste. La verità è che il tuo governo e l'*apartheid* sono il flagello e la maledizione dell'Africa. »

« È naturale, siamo responsabili di tutto. L'epidemia di AIDS, la carestia in Etiopia, Angola e Mozambico, la caduta del governo in Nigeria e Zaire... è tutto uno sporco complotto sudafricano. Abbiamo anche assassinato Samora Machel: siamo stati noi a passare la vodka ai suoi piloti russi, e con la nostra tecnologia incredibilmente sofisticata abbiamo mandato fuori rotta il suo Tupolev per farlo precipitare entro i nostri confini. Machel è andato a sbattere contro una delle nostre montagne razziste con tanta forza che cervello e organi interni sono stati proiettati lontano, tuttavia i nostri dottori dell'*apartheid* l'hanno tenuto in vita abbastanza da potergli strappare con la tortura importanti segreti di stato. Questa è la verità appurata dall'ONU e dall'OUA. »

« Ma smettetela », sbottò Riccardo Monterro. « Mi avete rotto le palle, fra tutti e due. »

« Scusami tanto, mi sono lasciato un po' trasportare », disse sorridendo Sean. « Volevo soltanto avvertirvi che, una volta passato il confine, possiamo aspettarci di tutto. Bisogna solo sperare di non incontrare i ragazzi del Frelimo o della Renamo, perché tra loro c'è poco da scegliere: sparano le stesse pallottole. »

Il pensiero gli fece rizzare i capelli in testa, e il suo umore migliorò un tantino. Stava di nuovo per affrontare un pericolo mortale, e l'emozione cominciava a farsi sentire. La presenza della ragazza non gli dava nemmeno più tanto fastidio, ma anzi acuiva la sua impazienza, e sentì svanire il risentimento nei suoi confronti. Era più contento che fosse lì con lui anziché sull'aereo per l'Alaska. Sean continuò a guidare in silenzio, un silenzio che si trasmise a tutti, anche agli uomini che stavano in piedi dietro, aggrappati al roll-bar del Toyota. Più si avvicinavano al confine e più profondo diventava il silenzio.

Alla fine Sean si girò a guardar dietro, e Job annuì.

« Ci siamo, signore e signori », disse con calma Sean. « Qui cambia tutto! » Fermò il Toyota su un tratto roccioso della pista.

« Dove siamo? » chiese Riccardo.

« A cinque chilometri dal confine, distanza di sicurezza. Da qua in avanti ci toccherà scarpinare. »

Riccardo mise giù un piede dalla macchina, ma Sean gli disse secco: « Attenzione, capo, scendi su quel tratto di roccia, non lasciare tracce ».

Uno per volta, con gli zaini in spalla, scesero dal fuoristrada guardando dove mettevano i piedi. Sean aveva raccomandato di posare la scarpa dove l'aveva appoggiata quello davanti. Matatu, in coda, camminava all'indietro e spazzava con un fascio d'erba secca le tracce che potevano aver lasciato scendendo dal mezzo.

Il cuoco era venuto con loro per riportare il Toyota al campo.

« *Va' in pace, mambo!* » gridò a Sean nell'andarsene.

« Speriamo bene », rise Sean, e lo salutò con la mano. Poi si rivolse a Job. « Andiamo! E senza lasciar tracce! »

Né Riccardo né Claudia avevano mai visto come si fa a cancellar le tracce, perché andando a caccia non era necessario. La formazione da assumere a questo scopo era la fila indiana, aperta da Job: tutti gli altri mettevano i piedi dove li metteva lui. In coda Matatu, il vecchio specialista, copriva le tracce, rimettendo a posto un sassolino col muschio sopra, raddrizzando un filo d'erba, spazzando il terreno con la sua frasca, raccogliendo una foglia strappata a un rametto basso o un filo d'erba sradicato.

Job evitava i sentieri degli animali e il terreno soffice, scegliendo sempre il percorso più buio, eppure muovendosi con sorprendente rapidità, in modo che nel giro di mezz'ora Claudia si accorse di essere madida di sudore tra le scapole e sul petto.

Job li portò in cima a un basso *kopje*, e Sean li indusse a gesti a non stagliarsi contro il cielo arrossato dal tramonto.

Guardandoli lavorare, Riccardo osservò sottovoce: « Pumula e Dedan sembrano molto competenti ». I due erano andati all'ala a sorvegliare i fianchi della colonna senza che nessuno gliel'avesse ordinato.

« Sì. » Sean si mise tra lui e Claudia, sedendosi dietro lo stesso cespuglio che li copriva. « Erano tutti e due scout anticomunisti, l'hanno già fatto molte volte. »

« Come mai ci fermiamo qui? » chiese Claudia.

« Siamo proprio sul confine », spiegò Sean. « E utilizzeremo la luce che resta per studiare il terreno dove poi ci inoltreremo. Come spunta la luna ci muoviamo. Fino ad allora potete riposarvi. »

Alzò il binocolo Zeiss e si mise a scrutare di sotto, mentre a pochi passi di distanza anche Job faceva lo stesso. Di tanto in tanto abbassavano il binocolo per riposarsi un po' la vista, o per togliere dalla lente la macchia immaginaria che ci avevano sospettato. Lei aveva notato con quanta cura e rispetto trattavano questi strumenti essenziali del loro mestiere, ma a parte ciò la loro concentrazione sul terreno che li aspettava era assoluta, e terminò solo quando anche l'ultimo raggio di sole scomparve. Allora Sean mise il binocolo nel taschino, abbottonò bene, e si rivolse a Claudia.

« È ora di truccarsi », le disse. Per un attimo lei non capì, poi sentì sulla guancia il grasso della crema al nerofumo e istintivamente si sottrasse.

« Sta' lì! » berciò Sean. « La tua faccia bianca riflette la luce come uno specchio. Questa crema, poi, va bene anche contro gli insetti e le scottature. »

Le lordò con cura tutta la faccia e il dorso delle mani.

« Ecco che spunta la luna. » Sean finì di spalmarsi il grasso in faccia e richiuse il tubetto. « Adesso possiamo andare in Mozambico. »

Sean cambiò ancora una volta formazione, mandando ai fianchi Job e Pumula, mentre lui apriva la fila e il solito Matatu la chiudeva rimediando ai malestri dei dilettanti.

A un certo punto Sean si fermò e controllò l'equipaggiamento di Claudia. Una linguetta del suo zaino non era stata fissata bene e a ogni passo sbatteva contro la fibbia, facendo un rumore ritmico, ma così piccolo che lei non se n'era neanche accorta.

« Sembrava la carica di Balaclava », le sussurrò all'orecchio inserendo la linguetta nel fermaglio.

« Bastardo arrogante », pensò lei, e proseguirono in silenzio: un'ora, e poi ancora un'altra ora, senza fermarsi mai. Non si rese conto del momento in cui passarono il confine. Il chiaro di luna sopra la foresta era argenteo, e le ombre degli alberi baluginavano sulle ampie spalle di Sean che la precedeva.

Pian piano il silenzio e il chiar di luna conferirono alla marcia notturna un certo grado di irrealtà onirica. I movimenti di Claudia diventarono simili a quelli di una sonnambula, sicché quando Sean si fermò di colpo lei ci andò a sbattere contro, e sarebbe anche caduta per terra se lui non l'avesse subito afferrata col suo braccio forte.

Aspettarono immobili, tendendo l'orecchio, guardando la foresta tenebrosa. Dopo quasi cinque minuti Claudia si mosse leggermente per liberarsi dalla stretta, ma lui la trattenne ancora più forte e la ragazza rinunciò. Fuori, sul fianco destro, Job emise il richiamo di un uccello notturno, e senza far rumore Sean si stese a terra tirando giù anche lei. La ragazza si rese conto che doveva esserci vero pericolo e i suoi nervi si tesero ancor più. Adesso il braccio di Sean non le dava più fastidio. Istintivamente si rilassò e si strinse a lui. Era una bella sensazione stargli vicino.

Dal buio si alzò un altro verso, di un altro uccello, e Sean le applicò le labbra all'orecchio. « Sta' qui! » Sentendosi sola e abbandonata, lo vide scomparire nella foresta come un fantasma.

Sean avanzava piegato su se stesso, col fucile in mano, sfiorando il terreno con le dita della sinistra per toglier di mezzo foglie secche e rametti che crepitando sotto gli stivali avrebbero potuto tradire la sua presenza. Si stese a terra a tre metri da Job e scrutò oltre la sua sagoma scura. Il palmo chiaro della mano di Job gli fece un segnale, e Sean si concentrò sul settore sinistro che gli indicava.

Per lunghi minuti non vide né sentì alcunché, ma siccome si fidava ciecamente di Job aspettò con la pazienza del cacciatore. A un tratto alle narici gli pervenne una zaffata che lo ripagò della fiducia e della pazienza. Era acre puzza di tabacco nero portoghese, un *cigarillo* da pochi soldi. Se li ricordava benissimo dai tempi della guerriglia in Rhodesia. Probabilmente il Frelimo li passava ancora alle truppe.

Fece un segnale a Job e si misero ad avanzare insieme a passo di leopardo, in assoluto silenzio. Dopo una quarantina di metri Sean distinse la brace del *cigarillo* arrossarsi per una tirata. Poi, l'uomo che ci stava dietro diede due colpi di tosse catarrosa e sputò. Era ai piedi di un grande albero proprio davanti a loro, e pian piano Sean riuscì a distinguerne la forma. Sedeva con la schiena appoggiata al tronco.

Chi era? Un membro di qualche tribù locale? Un bracconiere? Un cercatore di miele? Un profugo? Sembravano tutte cose improbabili. Quel tipo era sveglio come un grillo, e quindi quasi certamente una sentinella. Mentre giungeva a questa conclusione, Sean avvertì un altro movimento un po' più lontano, e si appiattì a terra.

Un altro uomo emerse dalla foresta e si diresse dritto verso la sentinella, che si alzò ad accoglierlo. Come lo vide in piedi, Sean distinse il kalashnikov che portava in spalla a canna in basso. I due si misero a parlare sottovoce.

« Cambio della guardia », pensò Sean, mentre la nuova sentinella si accomodava contro l'albero e l'altro spariva nella foresta.

« Il campo sarà da quella parte, poco lontano », indovinò Sean.

Sempre coricato sulla pancia, proseguì col silenzio di un felino, passando ben lontano dalla sentinella che doveva essere riposata e vigile. Una volta penetrato nel perimetro sorvegliato, andò avanti piegato su se stesso, più rapidamente.

Trovò il campo in una piega del terreno, ai piedi delle colline. Era un campo provvisorio, senza ripari né capanne, solo due fuochi che già non bruciavano più. Contò undici uomini sdraiati tra un cumulo e l'altro di braci, tutti con la coperta tirata sulla testa alla maniera africana. Potevano essercene altri cinque o sei attualmente in guardia, comunque restava un piccolo gruppo.

Anche senza armi automatiche, Sean e i suoi avrebbero potuto farli fuori tutti. Avevano sempre in tasca la loro brava corda di pianoforte, e Matatu il coltello da scuoiare, così affilato che la lama si era ormai ridotta a metà della larghezza originale. In quell'accampamento nessuno si sarebbe più svegliato.

Sean scosse la testa con rammarico. Ormai era sicuro che quelli erano combattenti o del Frelimo o della Renamo. Chiunque fossero, non aveva conti da regolare con loro, se non s'intromettevano nella sua caccia all'elefante. Sean tornò indietro quatto quatto fino a Job.

« Al campo sono in undici », gli sussurrò.

« E io ho trovato altre due sentinelle. »

« Frelimo? »

« E chi lo sa », alzò le spalle Job. Sean gli toccò il braccio e strisciarono via. Fuori portata d'orecchio, poterono parlare un po' più forte.

« Cosa ne pensi, Job? »

« Un gruppetto, roba da niente. Possiamo aggirarli. »

« Potrebbero essere l'avanguardia di forze più numerose », osservò Sean.

« Non sono truppe scelte », borbottò Job con disdegno. « Fumano di guardia, dormono accanto al fuoco, non sono soldati, sono turisti. » Sean sorrise del termine irridente. Sapeva che la risolutezza di Job era più anglosassone che africana. Una volta che aveva deciso una cosa, era ben difficile dissuaderlo.

« Vuoi proseguire? » gli chiese.

« Per cinquecentomila dollari? Come no! » sussurrò Job.

Claudia aveva paura. La notte africana era gravida di mistero, incertezza e minaccia. L'attesa accresceva le sue apprensioni. Sean era via da quasi un'ora ormai, e, benché suo padre le fosse accanto, si sentiva sola e in pericolo.

Poi, a un tratto, Sean ricomparve, e lei emise un sospiro di sollievo. Le venne voglia di tornare a stringersi a lui, e si vergognò della propria debolezza. Sean stava sussurrando qualcosa a suo padre, e lei si avvicinò ad ascoltare. Il suo braccio sfiorava quello nudo di Sean, ma lui non sembrò farci caso, sicché Claudia lo lasciò lì per godere della sensazione di sicurezza e conforto che le dava.

« C'è una piccola squadra di uomini armati accampata qui davanti », stava spiegando Sean. « Non più di venti. Non sappiamo chi sono, ma possiamo aggirarli oppure tornare indietro. A te la decisione, capo. »

« Voglio l'elefante. »

« Probabilmente è l'ultima occasione di ripensarci », l'avvertì Sean.

« Su, non perdiamo altro tempo », disse Riccardo. Claudia non sapeva come giudicare la decisione di suo padre. Certo, tornare indietro adesso sarebbe stata una grossa delusione: pure, il suo primo assaggio del vero sapore dell'Africa l'aveva sconcertata. Quando la marcia ricominciò, e si trovò di nuovo alle spalle di Sean, si rese conto che era la prima volta in vita sua che si trovava oltre i vincoli e la protezione della società civile: lì non c'era polizia a proteggerla, non c'era ricorso possibile alla legge, alla giustizia o alla misericordia. Lì era indifesa come un'antilope davanti al leopardo, in una foresta piena di predatori.

Accelerò il passo, avvicinandosi a Sean. Scoprì che, in qualche bizzarro modo, era più viva e vigile di quanto non si fosse mai sentita prima. Claudia aveva perso da un bel po' di tempo ogni senso d'orientamento, perché Sean li guidava in direzioni imprevedibili. Continuavano a girare di qua e di là, sempre nel folto della foresta, a volte muovendosi in fretta, altre rallentando fino a immobilizzarsi in seguito a qualche segnale proveniente dalle ali di cui lei non si era nemmeno accorta.

Notò che Sean guardava il cielo ogni pochi minuti e capì che si orientava con le stelle: ma per lei quelle costellazioni australi erano ignote e confuse come le luci di una città straniera. Poi, dopo un po', si rese conto che da un pezzo non si fermavano né giravano, il che significava che avevano ricominciato ad andar dritti. Evidentemente per il momento il pericolo era passato.

Finita l'eccitazione, Claudia cominciò ben presto a sentire la stanchezza. Le gambe erano pesanti, e le facevano un po' male le reni. Lo zaino sembrava diventato un piombo. Guardò l'orologio. Le lancette luminose le dissero che da quando avevano aggirato il campo degli uomini armati erano passate cinque ore.

« Ma quando riposeremo? » si chiese; però si impose di non perdere il passo e di stare alle costole di Sean. Quasi si fosse aperta la porta di un frigorifero, la temperatura precipitò di colpo e, quando attraversarono un'altra radura, la rugiada che bagnava l'erba alta le infradiciò i calzoni, e i suoi stivali fecero *cic-ciac*. Per la prima volta si sentì davvero a disagio e rabbrividì.

« Ma quando si ferma? » Fissava la schiena di Sean, odiandolo, ordinandogli mentalmente di fermarsi una buona volta. Ma lui continuava ad andare avanti, e le venne il sospetto che stesse cercando di umiliarla apposta, di farla cedere, di costringerla a implorare pietà. « Ti farò vedere io. » Non rallentò il passo mentre prendeva dallo zaino la giacca a vento. Adesso faceva davvero freddo, sotto i piedi scricchiolava la brina, e gli arti erano intorpiditi; ma tenne duro, e all'improvviso si accorse che ora distingueva benissimo tutti i riccioli folti e lucidi sulla nuca di Sean.

« È l'alba. Credevo che non venisse più. » E, mentre così rifletteva, Sean finalmente si fermò. Claudia gli andò vicino con le gambe che le tremavano dalla stanchezza.

« Scusami, capo », disse piano Sean superandola con lo sguardo, « ma ho dovuto spingere un po'. Bisognava allontanarsi il più possibile da quelli là prima che facesse giorno. Come ti senti? »

« Non c'è problema », borbottò Riccardo, ma nella luce grigiastra dell'alba appariva pallido e smunto. Stava soffrendo come lei, e la ragazza sperò di non avere un'aria così orribile. Riccardo andò a cercare un posto per sedersi e ci si adagiò rigido rigido.

Sean diede un'occhiata a Claudia, che stava ancora in piedi accanto a lui. Nessuno dei due parlò, ma Sean aveva un vago sorrisetto sulle labbra.

« Adesso non chiedermi come mi sento », pensò Claudia. « Preferirei bere dell'acido muriatico anziché dirtelo. »

Lui inclinò leggermente la testa. Condiscendenza o rispetto? Chissà.

« Il primo giorno e il terzo sono sempre i peggiori », le disse.

« Sto benissimo », dichiarò Claudia. « Potrei tranquillamente andare avanti ancora un pezzo. »

« Come no! » ridacchiò lui. « Però sarà meglio che tu vada invece a dare un'occhiata a tuo papà. »

Sean arrivò poi da loro con delle tazze di tè. Lei era già avvolta nel sacco a pelo imbottito ultraleggero, contro il freddo dell'alba. Job aveva fatto un fuocherello che non produceva quasi fumo, e che spense immediatamente dopo aver portato a bollitura l'acqua del tè. La bevanda era forte e caldissima, e a Claudia parve di non aver mai bevuto niente di più buono. Col tè, Sean le passò un pacchetto di gallette e fette di carne secca: lei cercò di non divorarle come un lupo.

« Fra pochi minuti ripartiamo », l'avvertì, e quando vide il disappunto nel suo sguardo le spiegò il perché. « Non bisogna mai dormire vicino al fuoco, può attirare i cattivi. »

Proseguirono per sei o sette chilometri e verso metà mattina, su terreno elevato e facilmente difendibile, Sean le mostrò come scavare una buca per il fianco e usare lo zaino come cuscino. Cadde addormentata come se avesse preso un colpo in testa.

Quando la svegliò – le parve un minuto dopo – , non voleva crederci. « Ma guarda che sono le quattro! » Le porse una tazza di tè e un altro pacchetto di gallette. « Hai dormito sei ore filate; fra cinque minuti si va. »

In fretta Claudia arrotolò il sacco a pelo e poi si guardò nello specchietto che era riuscita a ricuperare di nascosto dopo che Sean l'aveva eliminato dal bagaglio. « Oh Dio », sussurrò. Il nerofumo mimetico era tutto rigato dal sudore. « Sembro un mostro! » Cercò di mettersi a posto i capelli, pieni di nodi, e poi se li coprì con un foulard.

Con brevi soste ogni due ore, continuarono la marcia per tutta la notte. All'inizio Claudia provò la sensazione di avere le gambe ingessate, ma poi scaldandosi le passò, e tenne il ritmo senza troppo penare, anche se il passo di Sean era tirato come quello della notte prima.

All'alba bevvero il tè. Claudia cominciava a dipenderne. Era sempre stata una bevitrice di caffè, ma adesso, mentre marciava, si sorprendeva a pregustare la prossima tazza di tè bollente. « È l'unica cosa che mi fa tirare avanti », confidò a suo padre, mezzo scherzando e mezzo dicendo il vero.

« Dicono che gli inglesi hanno conquistato l'impero con 'sta roba », annuì Riccardo. Sean li raggiunse dopo un'animata discussione con Job e Matatu.

« Siamo a poche ore di marcia dal canneto dove abbiamo visto Tukutela dall'aereo. » Guardò con intenzione Claudia. « Mi piacerebbe arrivarci prima di fermarci a dormire, ma naturalmente se qualcuno non ce la fa più...! » Lasciò la frase in sospeso, tra la sfida e l'accusa.

« Anzi, mi va benissimo una passeggiatina dopo colazione », dichiarò lei amabilmente, rimpiangendo soltanto di aver la faccia tutta nera di grasso. Le scocciava concedergli anche il minimo vantaggio.

Quando Sean se ne andò, suo padre raccolse le foglioline di tè dalla tazza e le buttò via. « Attenta a non innamorarti di lui, *tesoro*. È un boccone troppo grosso anche per te. »

Lei lo guardò, scandalizzata e offesa. « Innamorarmi di lui? Sei matto, papà? Se non lo sopporto! »

« È proprio quello che volevo dire io », ridacchiò lui.

Claudia saltò su e si caricò lo zaino in spalla con energia eccessiva, poi disse a suo padre con disdegno: « Potrei affrontare lui e altri cinque come lui con gli occhi bendati e una mano legata dietro la schiena, ma ho troppo buon gusto per farlo ».

« Per tua fortuna », mormorò lui a voce così bassa che Claudia non poté esser sicura di quel che aveva detto.

Poco prima di mezzogiorno Matatu li condusse tra i papiri che circondavano la pozza verde dove avevano visto Tukutela dal cielo. Li portò direttamente alle grandi impronte circolari stampate nel fango, e tutti si fecero attorno a guardare.

« Ecco! », disse Matatu. « Qui è dove Tukutela si è alzato quando ha sentito lo *ndeki* arrivare. Qui e lì è dove ha guardato in su e si è messo a barrire. » Matatu imitò il vecchio elefante maschio, piegando la schiena e la testa come lui, e mimando le orecchie con le mani. Era un'imitazione così riuscita che per un attimo sembrò diventare il vecchio bestione, e tutti si misero a ridere. Claudia dimenticò la stanchezza e gli batté le mani.

« E poi cos'ha fatto l'elefante? » gli chiese Sean, e Matatu girò sui talloni e puntò nella direzione delle tracce.

« È scappato via a tutta velocità, fermandosi lontanissimo di qui. »

« Bene », disse Sean. « Il che vuol dire che abbiamo uno svantaggio di quarantotto ore giuste, e, siccome dobbiamo ancora dormire, saranno cinquantacinque ora che ci rimettiamo in marcia. »

La madre di Tukutela era la matriarca di un branco comprendente più di cento elefanti. Nel suo cinquantaduesimo anno di età era andata per l'ultima volta in calore, e nei giorni dell'estro, era stata montata e servita da sei maschi del branco, animali giovani, vigorosi e al culmine della potenza.

Era quella la formula ideale per il concepimento di un elefante straordinario: madre anziana, padre giovane. Benché non si potesse sapere di chi fosse il seme che si era radicato in lei, di sicuro dal lato materno confluivano i geni di grandi elefanti, dal corpo e le zanne massicci, l'intelligenza vivace e l'impulso a dominare. Questi stessi geni l'avevano resa leader del branco, e lei ora li trasferì al piccolo che portava in grembo.

La gravidanza durò ventidue mesi, e poi, l'anno in cui gli

ascari del generale tedesco Von Lettow-Vorbeck imperversavano in Africa Orientale, ossia il 1915, aveva abbandonato il branco e, accompagnata solo da un'altra vecchia femmina che aveva superato da un pezzo l'età fertile, sua fedele compagna da quarant'anni, si era addentrata nelle paludi cosparse di isolotti che si stendono lungo la riva meridionale dello Zambesi. Lì, su un'isola incorniciata di palme d'avorio, circondata da chilometri e chilometri di papiri, e sorvolata dalle chiassose aquile di fiume dalla testa bianca, si era preparata un letto di morbida sabbia per partorire. Venuto il momento, aveva allargato le zampe posteriori accucciandosi sul terreno sabbioso, barrendo per il dolore del travaglio, con la proboscide arrotolata sul torace. Essendo i suoi occhi privi di canali lacrimali, le lacrime si riversavano giù per le guance grinzose come una cascata, e gli spasmi scuotevano tutto il suo corpo possente.

L'altra vecchia femmina le stava vicino come una levatrice, accarezzandola con la proboscide e incoraggiandola con un basso brontolio. La partoriente era riuscita a far uscire la testa del piccolo: si riposò per un minuto, prima di espellere con un ultimo possente sforzo il cucciolo e il purpureo sacco fetale, che caddero sulla sabbia rompendo il cordone ombelicale. Tukutela aveva cominciato subito a lottare, perché era ancora intrappolato nelle membrane luccicanti e coperte di muco. La vecchia femmina amica l'aveva liberato delicatamente con la punta prensile della proboscide.

Poi la madre l'aveva rialzato sulle zampe, delicatamente, con amore, sempre per mezzo della proboscide, e l'aveva preso tra le zampe anteriori, emettendo il cupo brontolio che esprime la contentezza elefantina. Ancora bagnato e roseo di umori neonatali, coperto di un folto pelame color zenzero, quasi cieco, Tukutela si era arricciolato la proboscidina sulla fronte e aveva trovato per istinto le mammelle sul torace della madre.

Mentre assaggiava per la primissima volta il latte nutriente e cremoso, la madre afferrava la placenta e il sacco fetale e se li metteva in bocca, masticandoli e poi inghiottendoli. Contemporaneamente con la proboscide copriva di sabbia le macchie di sangue e liquido amniotico che aveva lasciato sul terreno.

I tre, madre, amica-levatrice e Tukutela, erano poi rimasti per quasi due settimane sull'isolotto, mentre il cucciolo imparava a servirsi delle zampe e della proboscide, la pelle gli si scuriva, e gli occhi si abituavano alla forte luce africana. Poi, quando la madre lo considerò abbastanza forte, lo portò al branco, spingendolo davanti a sé e sollevandolo nei passaggi difficili e nell'acqua alta.

Il baccano di cento elefanti che si nutrivano li aveva guidati al branco da lontano. Era tutto uno schiantarsi di rami, tutto uno strillo di cuccioli che giocavano. La madre di Tukutela avvertì del suo ritorno con un alto barrito e tutti le vennero incontro: vedendola col nuovo cucciolo, si affollarono intorno all'elefantino per toccarlo con la proboscide, spruzzandosi in bocca il suo odore, che di lì in avanti avrebbero sempre riconosciuto.

Tukutela si rannicchiò timoroso tra le zampe anteriori della madre, sopraffatto dagli enormi corpi che lo circondavano, lanciando piccoli strilli infantili di terrore: ma la madre gli stese sopra la proboscide, in segno di protezione, e fece il solito brontolio per rassicurarlo. Nel giro di qualche ora, invece che di qualche giorno, il piccolo si avventurò fuori dalla sua protezione, unendosi agli altri elefantini, e cominciò a scavarsi la propria nicchia nella gerarchia del branco.

Era un gruppo molto legato, di animali quasi tutti imparentati, che praticavano la solidarietà e si occupavano insieme dell'istruzione e della disciplina dei giovani.

I piccoli venivano sempre riuniti al centro del branco, dove li sorvegliavano, severe, le vecchie femmine sterili. Le loro cure protettive erano intense, ma sapevano anche punire ogni infrazione alle leggi del branco. Un ramo mulinato con gusto sul posteriore dei recalcitranti assicurava strida atterrite e obbedienza immediata.

Tukutela imparò qual era il suo posto in ogni situazione: al centro quando il branco era tranquillo e si nutriva, tra le zampe anteriori della madre quando si spostavano o fuggivano qualche pericolo.

Imparò a reagire immediatamente al segnale d'allarme, e a riconoscerlo anche se veniva lanciato da un animale piuttosto lontano dal centro del gruppo.

Al segnale, il silenzio istantaneo, subito dopo il chiasso felice e contento del branco, costituiva un suggestivo modulo di comportamento elefantino.

Lo sviluppo di Tukutela seguì un cammino rigorosamente parallelo alle età dell'essere umano: la sua infanzia durò due anni, al termine dei quali perse le piccole zanne da latte con cui era venuto al mondo. Poi entrò nella gioventù, mentre gli spuntavano dal labbro le zanne vere. Dapprima erano coperte di una pellicola simile a liscia vernice, ma, appena fu svezzato e cominciò a usarle per nutrirsi e impegnarsi in scherzosi combattimenti coi suoi coetanei, la protezione si consumò e il vero avorio sottostante venne alla luce.

Le zanne dovevano continuare per tutta la vita a crescere in peso e lunghezza, fino a tardissima età; ma i geni che ne determinavano lo straordinario sviluppo giungevano dal ramo materno, come tutte le altre doti di forza, grandezza e intelligenza.

A tre anni Tukutela aveva imparato l'atteggiamento di dominio o sottomissione nei confronti degli altri; e nel gioco del reciproco imporsi si impegnò con grandi sventolate d'orecchie, barriti e irruenza tale da sviluppare in maniera sorprendente la sua struttura già eccezionalmente robusta.

Una volta svezzato, le cure della madre divennero meno intense, e il giovane elefante dispose di più autonomia e libertà, anche se al primo vero pericolo tornava sotto la sua protezione. Quando il branco era in marcia, il suo posto era in testa, al fianco della madre, sicché in breve tempo imparò l'itinerario migratorio del branco.

Era una zona molto ampia, che si estendeva dalle rive del lago Nyasa a nord fino alle foreste pluviali dei monti Chimanimani a sud, a ovest fino alla gola incassata dove il fiume Zambesi si apre la strada tra pareti rocciose con un perpetuo rombo di tuono, e a est, per settecento chilometri, fino al punto dove lo stesso possente corso d'acqua dilaga su un'estesa pianura alluvionale verso il paludoso litorale dove sbocca, con un complesso delta, nell'Oceano Indiano.

Imparò i valichi di montagna e gli antichi sentieri degli elefanti, l'ubicazione dei boschetti dove crescono i frutti più succulenti e le stagioni di maturazione. La madre lo portò nelle savane bruciate proprio quando spuntavano i primi steli d'erba verde dalla cenere, e ai giacimenti di sale leccati da mille e mille generazioni di elefanti. Con le zanne scavavano zolle di terra ricca di minerali, che poi si portavano alla bocca con la proboscide e con la stessa ghiottoneria dei bambini che divorano canditi, creando nei secoli profonde buche nella rossa terra africana.

Il branco era sulle montagne Mavuradona, a sud, quando le foreste di *msasa* mettevano le foglie nuove e la linfa prendeva a scorrere abbondante; era nelle fitte foreste pluviali del monte Mlanje quando sul resto della catena montuosa imperversava la lunga siccità africana. Sempre la vecchia femmina riusciva a portare il branco all'acqua, prezioso fluido da cui gli elefanti dipendevano totalmente. Dovevano bere ogni giorno, altrimenti erano terribili sofferenze: avevano bisogno di acqua abbondante per idratare i loro vasti organismi, tener pulita la pelle e, più semplicemente, divertirsi a sguazzare. Gli stagni, dunque, erano importantissimi luoghi di riunione per il branco, dove i legami si rinsaldavano e dove si svolgevano tanti rituali del loro comportamento sociale. Anche l'accoppiamento di solito avveniva in acqua, e vicino all'acqua le femmine preferivano partorire.

A volte l'acqua abbondava nei grandi fiumi africani; dalle montagne verdi la pioggia fluiva senza sosta, e le vaste paludi annoveravano meno isolotti, a cui i bestioni giungevano solcando i papiri con l'acqua fino alla pancia. Altre volte dovevano trovarsela scavando nei letti asciutti dei fiumi, o aspettare pazientemente il proprio turno alle sorgenti segrete dove, infilando la proboscide in un'umida crepa, riuscivano a lucrare un sorso alla volta di liquido amaro e melmoso.

Il loro territorio era vastissimo e i loro contatti con gli uomini rari. In una terra lontana imperversava una grande guerra, che aveva attirato la maggior parte dei bianchi. Gli uomini che il branco soleva incontrare erano negri primitivi e seminudi, che al vedere gli elefanti scappavano. Pure, Tukutela imparò ben presto ad avvertire l'aura di particolare terrore emanata da questi strani esseri che sembravano babbuini spelacchiati. A cinque anni di età riusciva a distinguere il loro acre odore, del tutto peculiare, portato dalla brezza a molti chilometri di distanza: ne bastava una zaffata leggerissima per seminare l'inquietudine nell'intero branco.

Tuttavia, solo a undici anni Tukutela fece il primo memorabile incontro con gli esseri umani. Una notte, seguendo lo sperimentato cammino lungo la riva meridionale dello Zambesi, sua madre si era fermata di colpo in testa al branco e aveva sollevato al massimo la proboscide per fiutare l'aria. Tukutela l'aveva imitata captando un odore strano e appetitosissimo. Se l'era riversato in bocca e un gran fiotto d'acquolina gli era colato giù dal labbro inferiore. Il resto del branco si era raggruppato intorno a loro e quasi immediatamente era stato colto dalla stessa brama. Nessuno aveva mai prima di allora sentito l'odore della canna da zucchero.

La vecchia matriarca li guidò verso il vento e dopo qualche chilometro sbucarono su una zona in riva al fiume che da poco era stata disboscata, irrigata e seminata a canna da zucchero. Le lunghe foglie a forma di spada luccicavano al chiar di luna, e l'aroma era intenso, dolce e irresistibile. Il branco irruppe nella piantagione divorando le ghiotte canne con fervido abbandono.

La distruzione fu immensa, e nel bel mezzo della pacchia il branco si ritrovò circondato di luci e grida umane, e stordito dal rullo di tamburi e bidoni di latta. Il panico si impadronì dei bestioni, che cominciarono a scappare in un pandemonio di scoppi e lampi che illuminavano la notte. Fu la prima volta che Tukutela sentì l'odore della polvere da sparo. Non se la sarebbe mai più scordata, associandola sempre con i barriti d'agonia degli elefanti mortalmente colpiti.

Il branco scappò a rotta di collo e dopo un po' assunse la velocità « di crociera », che era pari a quella di un cavallo al piccolo galoppo. All'alba una delle femmine giovani, col primo piccolo tra le zampe anteriori, non riuscì più a tenere il passo del branco e crollò sulle ginocchia, mentre un rivolo rosso di sangue le usciva dal fianco, dove una pallottola l'aveva colpita.

La matriarca si voltò indietro per assisterla, incoraggiandola coi suoi barriti, ma la femmina non riusciva assolutamente a rialzarsi. Allora la matriarca le si avvicinò e con le zanne sostenne l'animale caduto tentando di condurlo via. Anche questo fu vano, perché l'elefantessa moribonda si accasciò con le zampe ripiegate sotto, e l'odore del suo sangue sconvolse il branco. Tutti si misero a girarle intorno, agitando le proboscidi e sventolando le orecchie.

Uno dei maschi, nel disperato tentativo di rianimare la femmina caduta, la montò mimando un improbabile coito, ma dalla ferita sprizzò un gran fiotto di sangue arterioso e con un gemito la femmina si rovesciò sul fianco.

A differenza di quasi tutti gli altri animali, l'elefante riconosce la morte, specialmente all'interno del branco, e perfino l'immaturo Tukutela fu colto dalla strana malinconia che seguì al decesso della femmina. Alcuni membri del branco si avvicinavano alla carcassa e la toccavano con la proboscide, quasi un gesto d'addio, prima di allontanarsi tra i rovi grigiastri.

La matriarca rimase lì, con Tukutela, che la guardò spogliare dei rami gli alberi circostanti, e gettare le frasche sul corpo dell'elefantessa morta. Solo quando fu sepolta sotto un gran cumulo di vegetazione fu soddisfatta.

Il piccolo dell'elefantessa, che poppava ancora, se ne stava accanto al corpo della madre: ma la matriarca lo scacciò, spingendolo avanti con la proboscide. Per due volte il piccolo cercò di tornare indietro, laddove giaceva sua madre, ma la matriarca gli tagliò la strada e continuò a sospingerlo verso il resto del branco.

Gli altri elefanti si erano fermati ad aspettarli in un boschetto di eucalipti dal tronco giallastro. Tanti piccoli poppavano, e la matriarca spinse l'orfano verso uno dei più cresciuti, che stava per essere svezzato e mostrava per il capezzolo materno un interesse ormai scarso. Spinse l'orfano tra le zampe anteriori della femmina e istintivamente l'elefantino arrovesciò la piccola proboscide sulla fronte e si mise a poppare. La femmina non fece obiezioni, accettando di buon grado il ruolo di balia e madre adottiva. La matriarca si soffermò per qualche tempo accanto a loro, brontolando in segno d'incoraggiamento, e quando riprese la marcia in testa al branco l'orfano aveva sostituito d'autorità l'elefantino svezzato tra le zampe anteriori della femmina.

Da allora in poi i contatti con uomini armati di fucili divennero più frequenti a ogni stagione, specialmente quando nel branco c'erano anche i maschi.

I maschi adulti mantenevano col branco al pascolo un rapporto lasco. Giudicavano irritanti il chiasso e la confusione dei piccoli, e la concorrenza per il cibo troppo intensa. Non potevano tirar giù i rami superiori di un rovo carico di more mature che subito una dozzina di elefantini accorrevano a rubargliele sotto il naso; e, quando abbattevano un albero di *msasa* per le foglioline tenere e verdi che stavano in cima, appoggiando la fronte al tronco di un metro di diametro e mettendosi a spingere finché non si spezzava con un rumore uguale a quello di una cannonata, ecco che quattro o cinque giovani femmine affamate ci si gettavano sopra ancor prima che i maschi riuscissero ad assaggiare la sudata primizia costituita dalle succulente foglioline rosate.

Per questo i maschi preferivano stare alla larga dal branco, girando soli o a gruppetti di tre o quattro scapoli. Forse intuivano anche che il branco attirava i cacciatori, e che era più sicuro starne lontani. A volte rimanevano a pochi chilometri di distanza, altre volte a cinquanta o sessanta, ma sapevano sempre dove si trovava il branco e ci tornavano appena le femmine andavano in calore.

Quando i maschi erano col branco, era più probabile che all'improvviso scoppiasse la ben nota fucileria, con relativi barriti degli animali colpiti e travolgente fuga degli altri nella boscaglia.

Quando Tukutela era giovanissimo, ossia aveva meno di dieci anni di età, col branco c'erano sei grossi maschi, che portavano imponenti zanne d'avorio. Ma col passar del tempo furono tutti spazzati via. A ogni stagione secca uno o due cadevano sotto il piombo dei fucili, e restavano solo i maschi mediocri, o quelli dalle zanne più consunte e danneggiate.

A questo punto Tukutela era cresciuto, diventando un giovane maschio insolitamente grosso, con le zanne che cominciavano a svilupparsi, bianche e pulite e appuntite, già mostrando quello che un giorno sarebbero diventate. E, mentre lui cresceva, la matriarca, sua madre, declinava. Pian piano le ossa le si disegnarono sulla pelle grigia sempre più floscia e raggrinzita, finché divenne una figura quasi scheletrica. Il suo sesto e ultimo molare era ormai quasi già tutto consumato, e mangiava con difficoltà, andando incontro alla lenta morte per denutrizione che è il destino dei vecchi elefanti. Aveva lasciato il posto in testa al branco a una femmina più giovane e robusta, e ormai si trascinava in coda. Sui ripidi passi montani Tukutela si fermava ad aspettarla al valico, incoraggiandola a brontolii nei tratti difficili e dormendole accanto di notte come quando era piccolo.

La stagione era stata molto secca e i pozzi erano quasi asciutti. L'accesso agli stagni, calpestato da infiniti branchi di elefanti, rinoceronti e bufali, era reso ancor più difficile dalla mota nerastra e viscosa in cui gli elefanti talvolta affondavano fino alla pancia, e fu qui che la vecchia matriarca rimase intrappolata.

Tentando disperatamente di liberarsi dal fango, era caduta sul fianco ed era stata risucchiata dentro fino alla testa.

Per due giorni si era dibattuta invano. Tukutela aveva cercato di aiutarla, ma anche la sua immensa forza non era servita. Il fango la rinserrava, e non consentiva a Tukutela di puntare le zampe per spingerla fuori. I movimenti della vecchia femmina diventarono sempre più deboli, e i suoi barriti sempre meno forti, finché in ultimo non si mosse né barrì più, respirando a stento con un sibilo sommesso.

Le ci vollero altri due giorni per morire, e Tukutela le rimase accanto per tutto il tempo. Il branco se n'era andato da un pezzo. L'elefantessa non diede alcun segno di passare dalla vita alla morte; smise soltanto di respirare, e Tukutela capì subito. Alzò al cielo la proboscide ed eruttò un tremendo barrito che mise in fuga tutti gli uccelli dallo stagno.

Andò sul limitare della foresta a prendere delle frasche, le portò dalla matriarca morta e coprì con esse il suo corpaccione nero di fango, costruendole un sepolcro verde. Poi la abbandonò e si perse nel *veld*.

Per quasi due anni non si unì più al branco. Nel frattempo era maturato sessualmente e non riusciva più a resistere agli afrori delle femmine in calore che gli portava il vento.

Quando lo raggiunse, il branco si raccoglieva in riva al fiume Kafue, sedici chilometri a monte della sua confluenza col grande Zambesi. Alcuni membri del branco gli si fecero incontro, e si salutarono intrecciando le proboscidi e spingendosi la fronte a vicenda. Poi gli permisero di aggregarsi al branco.

Le elefantesse in calore erano due, e una aveva circa la stessa età di Tukutela. Era prosperosa per i buoni pascoli creati dalle piogge abbondanti. Il suo avorio era bianchissimo e sottile, dritto e affilato come aghi per lavorare a maglia, e le orecchie non erano ancora state sbrindellate dai rovi e dai rami aguzzi. Ora le stese, riconoscendo in Tukutela un consanguineo, e andò a intrecciare la proboscide con lui.

Restarono lì a far le fusa insieme con le proboscidi allacciate per un po' di tempo. Poi le sciolsero e cominciarono a carezzarsi leggermente a vicenda con la punta di esse per tutto il corpo, finché non si trovarono con la testa accanto ai quarti posteriori dell'altro.

Le due punte della proboscide sono agili e sensibili come dita umane. Tukutela gliele infilò tra le zampe posteriori e cercò l'apertura vaginale. Lei cominciò a dondolarsi di qua e di là, muovendo tutto il corpo in una manifestazione di estremo piacere. Mentre lui la manipolava in quel modo le secrezioni dell'estro gli colavano abbondantemente sulla proboscide, riempiendogli la testa dell'esaltante aroma. Il pene gli emerse dalla guaina carnosa, lungo come un uomo e grosso come una coscia, con la punta che sfiorava il terreno sotto il gran ventre. Era tutto macchiettato di rosa e di nero, ma la pelle era liscia e luccicante e il glande fiammeggiava come una tromba al sole. Gli elefanti hanno i testicoli interni: dunque, non si vedevano.

Quando entrambi furono pienamente eccitati, Tukutela la spinse delicatamente giù dalla riva e nel fiume. Le acque verdi si chiusero intorno a loro, intensificando il piacere reciproco. L'acqua, sostenendone i corpaccioni, li rendeva molto più agili e leggeri.

Si immersero fino a tener fuori soltanto la proboscide, divertendosi a sguazzare insieme, riemergendo come balene tra gli spruzzi e ripulendosi dalla polvere e dal fango che scuriva la loro pelle come carbone.

Tukutela montò sopra alla femmina, piazzandole le zampe anteriori sul groppone. In acqua, lei lo sostenne facilmente. La vagina era situata ben avanti tra le zampe posteriori, sicché per raggiungerla a Tukutela serviva tutta la lunghezza del pene. Questo sembrò acquistare vita propria: si mise a pulsare e sussultare e guizzare in su per adeguarsi all'angolo d'accesso. Alla fine riuscì a entrare per non più di un terzo della sua lunghezza. Tutto il corpo di Tukutela si mise a tremare convulsamente, e le due creature presero a barrire insieme agitandosi fino a riempire di schiuma le acque circostanti.

Tukutela si trattenne col branco tre giorni, poi le elefantesse persero l'estro e lui cominciò a innervosirsi. Aveva ereditato dalla madre l'istinto di conservazione, e avvertiva pericoli a stare col branco. Il terzo giorno sparì nella boscaglia grigiastra. Se ne andò solo, senza compagni.

A ogni stagione, quando tornava al branco, la sua forza era cresciuta, le zanne erano più lunghe e grosse, e cominciavano a ingiallire per l'azione dei succhi vegetali. Di tanto in tanto altri maschi si facevano avanti per montare le femmine, e lui doveva imporre il suo diritto combattendo.

Le prime volte veniva scacciato dai maschi più anziani ed esperti, ma ogni anno, crescendo zanne ed esperienza, diminuivano i rivali, finché da ultimo più nessuno si azzardò a sfidarlo e poté scegliersi le femmine che voleva.

Tuttavia, non si tratteneva mai col branco più di qualche giorno, e sempre se ne andava solo, alla ricerca dei luoghi che gli aveva indicato la madre: paludi inaccessibili all'uomo, fittissime foreste, distese di gigantesca erba degli elefanti. Aveva cominciato a rendersi conto del pericolo che quelle zanne gli attiravano addosso.

Nel suo trentacinquesimo anno di età era un animale imponentissimo: pesava più di sette tonnellate ed era alto più di quattro metri alla spalla. Le zanne, pur non ancora massicce come sarebbero diventate un giorno, erano perfettamente simmetriche, lunghe e appuntite.

Per giorni e giorni, dopo aver lasciato il branco quella stagione, il nervosismo non lo abbandonò. Si spostava instancabilmente, continuando a saggiar l'aria, alzando il più possibile la proboscide e poi spruzzando l'aria in bocca. Una o due volte sentì l'odore, ma fievolissimo.

Tuttavia, bastava a tenerlo in moto, pur se prima o poi avrebbe dovuto per forza fermarsi. La sua vasta struttura corporea richiedeva ogni giorno più di una tonnellata di erba, foglie, frutta e corteccia per sostentarsi. E, per nutrirsi, doveva fermarsi. Un mattino presto, si trovò in un bosco fitto di combreti, e si mise a scortecciare gli alberi. Con la punta di una zanna incideva il tronco, afferrava il lembo di corteccia con la proboscide e con uno stratto deciso all'insù staccava una striscia lunga cinque metri. L'arrotolava come una palla e se la ficcava in bocca.

Intento a questo pasto, trascurò la vigilanza. Gli elefanti ci vedono poco, non riescono a distinguere oggetti immobili anche se sono vicinissimi, ma colgono subito il movimento. Hanno anche lo svantaggio di avere gli occhi parecchio arretrati, che impediscono la visione frontale. E dietro non possono guardare, perché ci sono di mezzo le orecchie.

Usando nel modo appropriato la brezza mattutina per metter fuori causa il mirabile fiuto del bestione, muovendosi con estrema cautela per non allarmare il suo udito finissimo, i cacciatori gli si avvicinarono da dietro, mantenendosi fuori vista. Erano due, e l'avevano seguito fin da quando aveva lasciato il branco. Ora gli si avvicinarono quatti quatti.

L'elefante maschio si spostò, accingendosi a cambiare albero, mostrando loro le lunghe zanne lucenti.

« Gli spari! » disse un uomo all'altro, e lo spagnolo produttore di ottimo sherry alzò la pesante doppietta istoriata e cesellata d'oro, mirando al cervello di Tukutela.

Allineò il mirino alla fenditura scura verticale davanti all'orecchio, e la seguì fino al punto più basso. Lì c'era il timpano. Trovatolo, spostò la canna sei centimetri più avanti, sulla linea immaginaria che collega l'apertura dell'orecchio all'occhio dell'elefante.

Il produttore spagnolo di sherry era al suo primo safari. Aveva sparato ai camosci, al muflone e allo stambecco sui Pirenei, ma l'elefante africano non somigliava affatto a queste timide creature, e il cuore del cacciatore batteva all'impazzata, il sudore gli annebbiava gli occhiali e gli tremavano le mani. Il cacciatore bianco che l'accompagnava gli aveva spiegato pazientemente dove doveva sparargli, ma, adesso che c'era, lui non riusciva nemmeno a mirare: ogni secondo che passava il suo respiro diventava più ansimante, la mira incerta, finché, smarrito, tirò il grilletto.

La pallottola colpì Tukutela trenta centimetri sopra l'occhio sinistro, e a una ventina dal cervello, ma non ci arrivò, ammortizzata dal duro osso frontale. L'elefante si impennò sulle zampe posteriori e, scagliando in alto la proboscide, emise un fortissimo barrito di gola.

Il cacciatore spagnolo girò su se stesso e si mise a scappare di corsa; Tukutela lo vide e partì alla carica. Il cacciatore professionista era proprio sotto la proboscide protesa, alzò il fucile e mirò in bocca all'elefante, tra le zanne ricurve. Ma il colpo non partì. Un istante dopo quella tragica cilecca dell'arma, la proboscide di Tukutela si abbatté sull'uomo come una mannaia, schiacciandolo a terra.

Lo spagnolo stava ancora correndo e Tukutela gli andò dietro, raggiungendolo in breve. Lo afferrò alla vita con la proboscide. L'uomo urlò e Tukutela lo scagliò in aria, a un'altezza di dieci metri. Lo spagnolo volò urlando finché non ricadde al suolo, senza fiato per l'urto. Tukutela lo afferrò per una caviglia e prese a sbatacchiarlo contro il tronco dell'albero più vicino, schiantandogli tutti gli organi interni, fegato, milza e polmoni.

Poi l'elefante si mise a correre per la foresta col cadavere del cacciatore sempre nella proboscide, sollevandolo in alto e scagliandolo a terra finché non andò in pezzi e gli rimase sulla punta soltanto il piede dell'uomo. Lo scagliò lontano e tornò dove aveva lasciato il cacciatore bianco.

Il colpo vibrato con la proboscide gli aveva spezzato l'osso del collo, entrambe le braccia e alcune costole, ma il cacciatore era ancora vivo e cosciente. Vide Tukutela tornare con la lunga proboscide penzolante, le orecchie sventolanti e il sangue che gli usciva dalla ferita frontale, misto a quello dello spagnolo, lordandogli tutto il torace e le zampe anteriori.

Il cacciatore cercò di trascinarsi via, ma Tukutela gli piazzò una zampa sulla schiena, inchiodandolo al suolo; poi, con la proboscide cominciò a smembrarlo un arto per volta, gambe e braccia, strappandogliele via alla giuntura e scagliandole lontano. Infine gli afferrò la testa e gliela staccò di netto dal torace.

La mandò a rotolare come una palla. Poi l'ira gli passò, vinta dal dolore alla testa. Tukutela restò lì a guardare i due corpi che aveva dilaniato, appoggiando il suo peso prima sull'una e poi sulle altre zampe, emettendo un gorgoglio sommesso quando prima il dolore e poi la malinconia della morte scesero su di lui.

Nonostante il male alla testa e il sangue che gli colava nell'occhio dalla ferita soprastante, eseguì il rito che gli era stato insegnato tanti anni prima dalla madre. Raccolse i pezzi delle sue vittime, i torsi sfondati e gli arti mutilati, e ne fece un mucchio. A questa pila aggiunse i fucili, le borracce, i cappelli insanguinati. Poi cominciò a strappar frasche dagli alberi per coprire tutto di verde.

La ferita di pallottola guarì in fretta, ma ben presto altre cicatrici si aggiunsero al segno bianco a stella che gli era rimasto sopra l'occhio. Un giorno, una lancia azionata da una trappola indigena scattò e gli produsse un taglio dalla spalla al ginocchio: quasi morì per la successiva infezione. Le orecchie subirono le consuete sbrindellature per le spine dei rovi e i rami a uncino. Lottando per le femmine quando tornava al branco, pur vincendo sempre, doveva incassare pericolosi colpi vibrati con le zanne aguzze, che lasciavano il segno. E poi ci furono altri incontri con l'uomo.

A dispetto del pericolo mortale che vi era associato, il gusto della canna da zucchero non gli passò più. La sua dolcezza l'aveva stregato, come una droga. Diventò un distruttore forzato di coltivi.

A volte si acquattava per giorni e giorni nei pressi di una piantagione, cercando di raccogliere il coraggio. Poi, nel cuor della notte, quanto non c'era luna, penetrava silenzioso come un felino nei campi coltivati. Miglio, mais, papaya, gli piaceva tutto: ma alla canna da zucchero proprio non riusciva a resistere.

Dapprima si lasciò scacciare dalle torce, dalle grida e dal rullo di tamburi, ma poi imparò a rispondere con raccapriccianti barriti e cariche furibonde ai guardiani dei giardini proibiti.

Nel decennio successivo, in occasioni diverse, uccise otto esseri umani nel corso delle sue scorrerie, sempre facendo a pezzi i corpi come un ghiottone che smembri un pollo. Nella sua fame di canna da zucchero diventò insaziabile. Mentre dopo le prime scorribande si allontanava anche di centocinquanta chilometri senza mai fermarsi per sfuggire alla pena, una stagione decise di tornare più volte allo stesso coltivo.

Gli abitanti del villaggio avevano mandato un messaggio al *Boma*, il commissario coloniale del distretto, chiedendo aiuto. Costui aveva inviato uno dei suoi ascari armato di un fucile 404, e l'ascaro si era messo ad aspettare Tukutela al varco. Era un poliziotto, non un cacciatore, e non sparava neanche tanto bene. Si nascose in un buco che aveva fatto scavare in mezzo al campo, contando sul fatto che con ogni probabilità l'elefante quella notte non sarebbe tornato: Tukutela si era già fatto una reputazione, lungo il suo itinerario migratorio, e le sue abitudini erano ben note. Era un famigerato distruttore di campi coltivati e uccisore di contadini, ma non era tornato, fino a quel momento, sul luogo del delitto.

L'ascaro si svegliò dal suo sonno profondo nel buco e vide Tukutela torreggiare sopra di lui come una montagna: si stagliava contro le stelle e stava divorando quintali di canna da zucchero. Afferrò il 404 e sparò nel pancione dell'elefante, dal basso verso l'alto. Non era una ferita mortale e Tukutela si mise a cercare inesorabilmente l'ascaro, girando intorno finché il vento della notte non gliene portò l'odore. Seguendolo, arrivò al buco dove l'uomo si rannicchiava, paralizzato dal terrore. Tukutela ci infilò la proboscide e lo tirò fuori.

La ferita ci mise parecchie settimane a guarire. Il mal di pancia era terribile e l'odio di Tukutela per gli uomini se ne alimentò.

Anche se non riusciva a spiegarsene la ragione, i contatti di Tukutela con l'uomo diventavano sempre più frequenti. Il suo vecchio territorio si restringeva continuamente, attraversato da piste e strade che violavano anche i suoi rifugi più segreti. Veicoli a motore, rumorosi e puzzolenti, viaggiavano nella pace prima incontaminata del *veld*. Le grandi foreste venivano abbattute e al loro posto l'aratro rivoltava le zolle. Fari bucavano la notte e voci umane si sentivano dappertutto. Il mondo di Tukutela si stava contraendo intorno a lui.

Intanto, le sue zanne continuavano a crescere, diventando sempre più lunghe e spesse, finché nel sessantesimo anno di età somigliavano a grandi colonne scure.

Nel 1976 uccise un altro uomo. Un negro che cercava di difendere con la lancia i suoi sudati campicelli di miglio. La lancia si era rotta lasciando la punta nel collo di Tukutela, dove aveva dato luogo a un'infezione cronica, un ascesso che suppurava sempre.

Ormai da molte stagioni Tukutela aveva smesso di tornare al branco. L'odore delle femmine in calore che gli portava il vento destava in lui forse uno sprazzo di nostalgia, ma l'impulso generativo si era esaurito e lui continuava senza rimorsi il suo cammino solitario per le foreste sempre più rade.

Poche zone soltanto rimanevano intatte, e con l'esperienza Tukutela cominciò a riconoscerle, rendendosi conto che formavano un santuario dove lui era al sicuro dalle persecuzioni umane. Certo non capiva che quelli erano i parchi nazionali, dove lui era protetto dalla legge, ma con gli anni ne imparò i confini precisi, e diventò sempre più riluttante a varcarli per avventurarsi nel pericoloso mondo che si stendeva di là da quelli.

Perfino nelle riserve forestali, però, lo disturbavano. Anche se cercava di fuggire l'odore acre dell'uomo, gli capitò di incontrarlo spesso e allora lo caricava a vista.

La sua fiducia nella sicurezza dei parchi nazionali fu messa alla prova quando anche lì i cacciatori lo scovarono. Sentì nettamente lo sparo e la trafittura del missile, anche se non riusciva a distinguere il colpo e il male – diversi da quelli inflitti dai proiettili – della siringa caricata a sedativi: appena si girò per distruggere gli attaccanti, una strana letargia lo colse, una terribile debolezza delle grosse zampe simili a colonne, e cadde pesantemente a terra. Quando si svegliò, era immerso nel terrificante afrore dell'uomo, che gli aleggiava repellente tutt'intorno, e perfino sulla pelle dove l'avevano toccato. Non appena riuscì a rialzarsi vacillando, si accorse dello strano congegno a forma di serpente che gli avevano applicato al collo. L'ascesso cronico bruciava terribilmente, perché ci avevano iniettato del disinfettante. Cercò di liberarsi del collare con la radio trasmittente, ma l'aggeggio sfidò anche la sua grande potenza, sicché, frustrato, si mise a devastare gli alberi che lo circondavano, abbattendo i tronchi e sradicando i cespugli.

Gli uomini che da lontano contemplavano la sua ira scoppiarono a ridere e uno di loro disse: « Tukutela, l'Arrabbiato ».

Molte lunghe stagioni occorsero a Tukutela per liberarsi dell'odioso collare e scagliarlo infine sulla cima di un albero.

Benché ormai conoscesse i confini dei parchi dove adesso passava la maggior parte del tempo, Tukutela non poteva reprimere i suoi più radicati istinti e in certe epoche dell'anno diventava molto irrequieto. Il desiderio di vagabondare si impadroniva di lui. Sentiva l'impulso di seguire ancora una volta l'itinerario delle sue antiche migrazioni, quello che aveva conosciuto da piccolo, accanto alla madre. Questa nostalgia irresistibile lo attirava ai confini del parco, dove si fermava a nutrirsi qualche giorno per poi, racimolato il coraggio, inoltrarsi fuori, in preda a grandi apprensioni ma anche invincibili richiami a tornare nei lontani rifugi orientali.

Di questi, la vasta palude formata dalle acque dello Zambesi era il preferito. Non la riconosceva come il suo luogo natale, sapeva solo che lì le acque sembravano più dolci e fresche, la vegetazione più lussureggiante e la pace più profonda che in qualsiasi altro luogo del suo mondo.

Questa volta, l'impulso di attraversare il fiume Chiwewe e puntare a est diretto laggiù sembrava ancora più presente.

Ormai era vecchio, aveva superato da un pezzo i settant'anni ed era stanco. Le giunture gli facevano male, sicché camminava con l'andatura un po' rigida. Anche le vecchie ferite gli dolevano, specialmente la pallottola che l'osso frontale aveva espulso e ora gli si era incistata sotto pelle, sopra l'occhio destro. Aveva formato un bugnone duro e prominente, che ogni tanto lui toccava con la punta della proboscide, quando gli faceva particolarmente male.

Il peso delle grandi zanne d'avorio diventava ogni giorno più insopportabile per la sua testa piena di bozzi. Esse erano il simbolo della sua passata gloria, perché ormai il vecchio maschio stava declinando in fretta.

Il sesto gruppo di molari, ultima e maggior dentizione elefantina, stava consumandosi, e già la dentizione dell'età avanzata incombeva su di lui. Ogni giorno si sentiva un po' più debole. Pian piano il suo cibo si riduceva alle cose più molli: erbetta, gemme; ma non bastavano mai.

La sua massiccia struttura si afflosciò. La pelle cominciò a raggrinzirsi e formar borse alle ginocchia e intorno al collo. Su di lui era scesa la malinconia, un sentimento che nella sua vita aveva provato molto di rado: forse solo la volta in cui aveva visto morire la madre imprigionata nelle sabbie mobili. Non riconosceva però la sensazione come presagio di morte imminente.

A Tukutela sembrò che la caccia fosse cominciata subito, appena varcati i confini del parco. Capì che stavolta era più risoluta e persistente che mai. La foresta gli sembrava pullulare di umani, che lo seguivano, che l'aspettavano a ogni svolta, così che non poteva nemmeno puntare direttamente a est, ma doveva fare continui giri per evitare i pericoli reali o immaginari che lo turbavano.

Tuttavia, quando alle sue spalle scoppiò il cacofonico concerto degli spari, Tukutela scattò dritto a oriente, invece di tornare verso il rifugio sicuro del parco. C'erano centocinquanta chilometri e passa fino all'inizio delle paludi, e la strada era pericolosa, ma non riuscì a vincere il profondo istinto che lo spingeva avanti.

Dieci ore dopo, si fermò a bagnarsi, bere e mangiare qualcosa in un padule isolato, ancora lontanissimo dalle vere paludi. Era una delle tante tappe del suo antico itinerario migratorio.

Era lì da poche ore quando l'aveva sorvolato l'aereo, basso basso, rombante come nient'altro rombava. L'apparecchio spaventò e irritò moltissimo Tukutela. In qualche modo egli l'associava al pericolo mortale dei cacciatori. Lasciava per l'aria la stessa tremenda puzza dei veicoli a motore che tante volte aveva già incontrato: capì che non poteva più trattenersi a riposare in quelle lanche, ma doveva scappare perché i cacciatori si avvicinavano.

Le grandi paludi dello Zambesi erano il suo rifugio d'elezione, e si avviò a raggiungerlo.

« Adesso non si fermerà più finché non arriva al pantano », disse Sean Courteney chinandosi sulle tracce. « È molto allarmato, non possiamo sperare di raggiungerlo prima. »

« Quanto sono lontane le paludi? » chiese Riccardo, e Sean prima di rispondergli si alzò e lo guardò in faccia.

« Centoventi, centotrenta chilometri, capo. Una passeggiatina. » Riccardo non aveva una bella cera. La sua camicia era tutta zuppa di sudore e negli ultimi quattro giorni sembrava invecchiato di dieci anni.

« Cosa facciamo se il vecchio tira le cuoia qua? » si disse Sean, poi subito scacciò il pensiero. « Va bene, ragazzi, mangiano e dormiamo qui. Si riparte alle quattro. »

Li condusse sulla riva della lanca del fiume, su terreno solido e asciutto. Il gran caldo e la stanchezza avevano fatto passar la fame a tutti. Avevano più bisogno di sonno che di cibo, e ben presto si stesero a giacere all'ombra come morti.

Sean si svegliò con la sensazione che qualcosa non andasse e saltò su con il fucile in mano, guardandosi intorno.

« Claudia. » Saltò in piedi. Non c'era più. Il suo zaino era per terra a dieci passi da dove aveva dormito. Gli venne voglia di chiamarla gridando forte, infrangendo le sue stesse norme di sicurezza, il che era una misura della sua preoccupazione.

Uscì dal cerchio del campo e fischiò per allertare la sentinella. Pumula lo raggiunse subito.

« La donna », gli domandò in sindebele. « Dov'è andata? »

« Da quella parte », disse Pumula, indicando il fiume.

« E l'hai lasciata andare? » domandò Sean.

« Pensavo volesse infrattarsi per... » si scusò Pumula. « Non ho pensato di fermarla. »

Sean era già partito di corsa verso l'acqua, per un sentiero di ippopotami che attraversava il canneto diretto alla più larga e profonda delle lanche. Strada facendo sentì gli spruzzi d'acqua.

« Quella stronzetta mi farà diventar matto », pensò, affacciandosi in fondo alle canne.

La pozza era larga qualche centinaio di metri, verde, calma e profonda. Per quanto comico possa sembrare, l'ippopotamo è l'animale africano più micidiale. Probabilmente ha ammazzato più uomini di tutte le altre specie pericolose messe assieme. I vecchi maschi sono ombrosi e aggressivi, una femmina col piccolo attacca senza preavviso, e i morsi di quelle fauci dentate che strappano a mazzi le canne di bambù tagliano un uomo in due. Il coccodrillo, poi, è un assassino rapido ed efficace. Questa lanca era il terreno di caccia ideale sia per l'ippopotamo sia per il coccodrillo, e Claudia Monterro ci sguazzava dentro fino alla vita.

Gli indumenti bagnati, camicia, mutandine e calze, appena lavati, erano appesi alle canne sulla riva, e Claudia stava voltando le spalle a Sean, china e intenta a lavarsi i capelli.

La schiena era leggermente abbronzata e senza altri segni che quello bianco lasciato dalla parte superiore del bikini. I fianchi erano snelli ma formavano con la vita un curva elegante, e le vertebre spiccavano appena in mezzo alla schiena muscolosa da ragazza atletica.

« Cosa diavolo credi di fare? » sbraitò Sean, e lei si voltò a guardarlo, con le mani ancora alzate a insaponare la testa e gli occhi strizzati contro gli schizzi di sapone.

« È così che ti diverti, tu? » gli domandò Claudia, senza fare il minimo tentativo di coprirsi. « Bel pervertito. Un guardone, nientemeno! »

« Tira fuori il culo di lì dentro, prima che lo mangi un coccodrillo. » La battuta di lei l'aveva ferito, ma nonostante la rabbia vide che i suoi seni erano meglio di quel che pensava. L'acqua fredda li faceva puntare vivaci contro di lui.

« E smettila di sbirciare! » gli gridò dietro lei. « Vattene! » Infilò la testa in acqua e poi si tirò su di nuovo, col sapone che le scorreva per il corpo. I capelli le splendevano come un drappo di seta nera sulle spalle.

« Vieni subito fuori di lì, cretina! Non ho nessuna intenzione di stare a discutere con te », le ordinò.

« Uscirò quando ne avrò voglia. »

Sean si lanciò nella pozza e la raggiunse prima che lei potesse sfuggirgli. La prese per il braccio e benché fosse insaponato e scivoloso, la tirò verso riva. Lei si mise a scalciare e a picchiarlo con la mano libera, schiamazzando furibonda.

« Bastardo, ti odio! Lasciami in pace! »

Lui la controllò facilmente con una mano sola. Nell'altra continuava a reggere la grossa doppietta. I calzoncini cachi grondavano acqua e gli stivali facevano *cic-ciac* mentre la tirava fuori.

Afferrò la sua camicia bagnata e gliela scagliò addosso.

« Vestiti! »

« Tu non hai nessun diritto, io non subirò questo affronto, bruto, selvaggio... mi hai fatto male al braccio! » Gli fece vedere i segni rossi lasciati dalle sue dita sulla pelle, reggendo la camicia bagnata con l'altra mano, tremante e pallida di collera.

Stranamente, fu il suo ombelico ad attirare lo sguardo di lui. Lo fissava, accusatorio, dalla pianura del ventre, come l'occhio di un ciclope: una fossetta meravigliosa, in quel momento ancora più erotica del fitto boschetto triangolare tutto bagnato appena sotto. Distolse gli occhi a stento, e lei si arrabbiò tanto da dimenticare la propria nudità. Sean pensò che intendesse davvero aggredirlo, e fece un passo indietro. Così facendo, gli scappò l'occhio al di là di lei e vide una freccia di ondine avvicinarsi silenziosamente a loro sull'acqua verde e ferma della lanca.

Al vertice di quella scia stavano due pozzi neri, corrugati, non più grossi di un paio di noci, che si avvicinavano a velocità sorprendente.

Sean le afferrò il braccio, lo stesso di cui Claudia lamentava le contusioni, e la tirò indietro con uno strattone, lontano dalla riva, così forte che andò a sbattere nel fango a quattro zampe.

Imbracciò il fucile 577 express e mirò tra gli occhi del coccodrillo che si avvicinava. Gli occhi erano distanti almeno una ventina di centimetri, calcolò puntandoci in mezzo il mirino: era un vecchio coccodrillo bello grosso.

Lo sparo fu sconvolgente nel silenzio del canneto, e la pallottola sollevò una piuma di struzzo dalla superficie dell'acqua, colpendo proprio dove lui l'aveva indirizzata.

Il coccodrillo si rovesciò quasi svogliatamente sulla schiena. Il suo cervellino era stato disintegrato.

Claudia si rialzò barcollando e si mise a fissare da dietro Sean il ventre giallastro del rettile che affiorava. Era lungo cinque metri e mezzo. Le fauci scattavano nelle contrazioni agoniche. I denti, lunghi e grossi come dita umane, sporgevano da labbra scagliose modellate a dar l'impressione di un ghigno.

Affondò lentamente, sparendo nell'acqua verde.

L'ira di Claudia era svaporata. Fissava la lanca, tremando irrefrenabilmente, scuotendo la testa bagnata.

« Oh mio Dio, non mi ero accorta, che orrore. » Ciondolò verso di lui, scossa e vulnerabile. « Io non lo sapevo. » Il suo corpo era freddo per il bagno, snello, agile e umido quando Sean l'abbracciò.

« Cosa succede? » gridò Riccardo Monterro dal limitar del canneto. « Sean, va tutto bene? Cos'è successo? Dov'è Claudia? »

Al suono della voce di suo padre, si staccò in fretta da lui, quasi colpevolmente, e per la prima volta cercò di coprire le sue nudità.

« Va tutto bene, capo », gridò Sean. « È salva. »

Claudia prese i calzoncini e se li infilò in fretta, saltando su un piede solo nel fango, voltandogli le spalle nell'indossare la camicia. Quando si girò di nuovo a guardarlo, aveva ritrovato la rabbia di prima.

« Mi sono spaventata », gli disse. « Non intendevo abbracciarti così. Non farti illusioni, Rambo. »

Si tirò su la lampo dei pantaloncini e alzò il mento. « Avrei abbracciato anche lo spazzino, se fosse stato a portata di mano. »

« Okay, pollastra, la prossima volta ti lascio azzannare, coccodrillo o leone che sia. Ma senti un po' che roba! »

« Eppure non dovresti lamentarti », gli disse lei girandosi appena, imboccando il sentiero che portava al campo. « Ti sei lustrato gli occhi, e io l'ho notato benissimo, colonnello. »

« Hai ragione, è stata una buona sbirciata. Mica male... un po' magrolina forse, ma in fondo mica male. »

E il suo sorriso si dilatò quando le vide la nuca arrossarsi tutta per la collera.

Riccardo corse giù dal sentiero a incontrarli, preoccupatissimo. Prese Claudia e l'abbracciò pieno di sollievo.

« Cos'è successo, tesoro? Stai bene? »

« Voleva dar da mangiare ai coccodrilli », gli disse Sean. « Guardate che si parte fra trenta secondi: quello sparo avrà messo in allarme tutti i tagliagole della zona. »

« Almeno mi sono tolta quello schifoso grasso nero dalla faccia », si disse Claudia marciando via da quelle lanche paludose. Gli indumenti umidi le rinfrescavano la pelle e si sentiva pulita e rinvigorita dall'azzardato ammollo.

« Niente di male », pensò. « Mi ha solo visto nuda. » Anche questo non le scocciava più. I suoi occhi sul suo corpo nudo non erano stati poi tanto offensivi, e ripensandoci adesso c'era anche della soddisfazione nell'averlo così provocato.

« Mangiati il cuore, ragazzo innamorato! » Diede un'occhiata alla sua schiena che marciava in testa. « È quanto di meglio puoi sperare d'aver sbirciato in vita tua. »

Dopo due chilometri gli indumenti erano perfettamente asciutti e non le restava energia per altro che camminare.

Tutta la sua esistenza si imperniò sull'esigenza di sollevare un piede e piazzarlo davanti all'altro.

Faceva un caldo bestiale, e aumentò ancora quando raggiunsero il ciglio dell'altopiano e cominciarono a scendere nella valle dello Zambesi. L'aria mutò carattere. Si stendeva sopra la terra in rivoli argentei, come acqua, brillava e tremava come tende fatte di perline di vetro, cambiando forma a tutte le cose lontane. Queste si raggrinzivano, oppure ondeggiavano, raddoppiavano di grandezza, assumevano forme illusorie e mostruose, oppure sparivano dalla vista, inghiottite dalle cascate di aria surriscaldata. Una sarabanda di miraggi.

Più in alto, il cielo era azzurro, e così lo vide Claudia, etereo sopra la foschia, voltandosi a guardare il costone che stavano discendendo. Ancora più in alto, esso cambiava colore, diventava più cupo e intenso, sormontato da plotoni di nuvole torreggianti color piombo e argento. La base delle nuvole era perfettamente orizzontale. Sopra, invece, esse sembravano smisurati velieri che solcassero il cielo azzurro, con tutte le vele al vento.

Sotto lo strato di nuvole l'aria era intrappolata e pervadeva la terra densa e calda come uno sciroppo. Sotto il suo peso appiccicoso, continuarono anfanando la discesa.

Dalla foresta circostante le piccole mosche nere dei *mopani* vennero a nugoli a tormentarli. Si raccoglievano agli angoli della bocca e degli occhi, s'infilavano nelle narici e nelle orecchie a succhiare il sudore. La loro insistenza era una raffinata tortura.

Ogni chilometro che percorrevano apriva nuovi panorami del fondovalle. All'orizzonte riuscirono finalmente a distinguere la striscia di vegetazione più scura che marcava il corso del grande Zambesi. Sempre, Matatu danzava davanti a loro come un folletto, seguendo sentieri che solo il suo occhio era in grado di discernere, instancabile e incurante della gran calura, al punto che Sean doveva richiamarlo per indurlo a rispettare le soste senza le quali gli altri sarebbero scoppiati.

« Non si vede selvaggina », disse Riccardo scrutando la vallata col binocolo. « Da quando siamo in Mozambico non abbiamo visto neanche un coniglio. »

Era la prima cosa che diceva da ore e ore, e Sean lo giudicò incoraggiante. Aveva cominciato a preoccuparsi seriamente per il suo cliente. Adesso gli rispose subito.

« E pensa che una volta era il paradiso della caccia grossa. Ci sono venuto prima che i portoghesi se ne andassero: i bufali scorrazzavano a branchi di diecimila capi. »

« E che fine hanno fatto? »

« Il Frelimo ci ha nutrito le truppe. Pensa che avevano offerto a me l'incarico di sterminarli, e non riuscivano a capacitarsi del mio rifiuto. Alla fine ci hanno pensato loro stessi. »

« Come hanno fatto? »

« Con gli elicotteri. Sorvolavano i branchi a volo radente e li mitragliavano. In tre mesi hanno ammazzato quasi cinquantamila bufali. Per tutto il tempo il cielo era nero di avvoltoi, e la puzza di quei campi di sterminio si sentiva da trenta chilometri. Quando i bufali finirono, cominciarono a far fuori le altre bestie, zebre e gnu. »

« Che terra crudele e selvaggia è mai questa », disse Claudia.

« Non sei d'accordo? » chiese, fingendo meraviglia, Sean. « L'hanno fatto i negri, non i bianchi. Come fa a essere sbagliato? » Diede un'occhiata al Rolex. « È ora di muoverci. »

Tese la mano a Riccardo per aiutarlo a tirarsi su da terra, ma lui non la prese.

Tuttavia, Sean decise di marciare vicino al suo cliente, lasciando che Claudia seguisse Matatu. Si mise a chiacchierare con Riccardo, cercando di tenerlo allegro, o almeno distrarlo dalla fatica.

Gli raccontava aneddoti della guerriglia. Passando qualche chilometro a nord, gli indicò il vecchio campo d'addestramento e gli descrisse l'incursione degli Scout di Ballantyne. Riccardo si dimostrò abbastanza interessato da fargli delle domande.

« Questo compagno Cina sembra un buon comandante », commentò. « Hai più avuto notizie di lui, dopo la fuga? »

« Ha combattuto sino alla fine della guerra. Tipo tosto, indubbiamente. I suoi uomini dovevano portare a spalla tutto in Rhodesia: una sola mina anticarro russa T.5 pesa trentacinque chili. Si racconta che a prezzo di sforzi enormi il compagno Cina fosse riuscito a farne piazzare una sulla strada di Mount Darwin, dove passavano regolarmente i nostri mezzi blindati. Però proprio quel week-end i negri del posto avevano affittato un pullman per andare a vedere la partita di football, e sulla mina erano incappati loro. Sulla corriera ce n'erano sessantacinque: ne sopravvissero ventitré. Il compagno Cina era così contrariato per lo spreco della sua preziosa mina che mandò a cercare tutti i parenti delle vittime e i sopravvissuti in grado di camminare e li multò di dieci dollari ciascuno per rifondere l'ordigno. »

Riccardo si piegò in due dal gran ridere e Claudia si voltò verso di loro furiosa.

« Come potete ridere? È la storia più tremenda che abbia mai sentito! »

« Neanche tanto », ribatté con indifferenza Sean. « Dieci dollari, cosa vuoi che siano? Per me il vecchio Cina si è dimostrato anche troppo indulgente. »

Lei scrollò la testa e allungò il passo per raggiungere Matatu, e Riccardo chiese a Sean, sempre ridacchiando:

« Dopo la guerra, che ne è stato di questo personaggio? »

Sean alzò le spalle. « Per un po' ha fatto parte del nuovo governo di Harare, ma ben presto è stato vittima di una purga. Poterebbe anche esser stato fucilato. I vecchi rivoluzionari risultano sempre quanto mai invisi ai governanti che hanno mandato al potere. A nessuno piace convivere con un assassino patentato, eversore di altri governi. »

Sean diede l'alt un'ora prima di buio per bere il tè e consumare una cena frugale. Mentre Job la preparava su un fuochereIlo che quasi non faceva fumo, Sean prese da parte Matatu e si mise a confabulare con lui. La guida guardava in faccia Sean che gli parlava, annuendo come impaziente, e appena tacque si avviò non più avanti, ma indietro.

Riccardo guardò Sean con aria interrogativa, e il cacciatore andò a spiegargli l'arcano.

« Ho mandato Matatu a vedere se qualcuno ci segue. Sono preoccupato per quello sparo, potrebbe richiamare i tagliagole che abbiamo incontrato vicino al confine. »

Riccardo annuì e poi chiese a Sean se non aveva un paio di aspirine da dargli. Sean frugò nello zaino e tirò fuori dalla boccetta tre pastiglie di Anadin.

« Mal di testa? » chiese, porgendole a Riccardo, che annuì e inghiottì le pillole con un sorso di tè.

« La polvere, il caldo... » rispose, ma sia Sean sia Claudia lo guardavano attentamente e Riccardo si irritò.

« Maledizione, non guardatemi così. Sto benissimo. »

« Certamente », disse subito Sean. « Mangiamo e andiamo avanti un pezzo prima di fermarci a dormire. » Andò ad accucciarsi vicino a Job e cominciarono a confabulare.

« Papà! » Claudia si avvicinò un po' di più a suo padre, toccandogli il braccio. « Come ti senti? Di' la verità. »

« Non preoccuparti per me, tesoro. »

« È cominciata, vero? »

« Ma no. » Però aveva risposto troppo in fretta.

« Il dottor Andrews diceva di stare attenti al mal di testa. »

« È il sole. »

« Ti voglio tanto bene, papà », disse lei.

« Lo so, cara, e te ne voglio tanto anch'io. »

« Un oceano e una montagna di bene? » scherzò lei.

« La luna e le stelle di bene », confermò lui, passandole il braccio intorno alle spalle. Lei gli si appoggiò teneramente contro.

Appena mangiato, Job spense il fuoco e Sean li fece alzare e ripartire subito. La traccia di Tukutela era facile da seguire sul terreno molle e non c'era bisogno di Matatu per ora. Tuttavia, quando scese il buio furono obbligati a fermarsi.

« Domani pomeriggio arriviamo alle paludi », promise Sean a Riccardo, mentre si sdraiavano sui sacchi a pelo.

Gli altri dormivano e Claudia ancora vegliava, preoccupata per suo padre. Riccardo russava piano, giacendo supino a braccia aperte come un crocifisso. Quando si girò a guardarlo alla luce delle stelle, sentì il respiro di Sean alterarsi leggermente e capì che il suo movimento l'aveva svegliato. Aveva il sonno leggero come un felino, e qualche volta la faceva spaventare per questo.

Anche la sua preoccupazione per il padre a un certo punto cedette alla stanchezza, e Claudia cadde nel sonno nero di chi è esausto. Risvegliarsi fu come tornare da una lontananza infinita.

« Sveglia, sveglia, in piedi », diceva Sean, dandole schiaffetti in faccia. Lei sedette mezzo addormentata sul sacco a pelo.

« Cosa? » farfugliò. « Ma è ancora buio! »

Ma Sean era già da suo padre. « Forza, capo, svegliati, svegliati che andiamo via. »

« Porca malora, cosa c'è? » Anche Riccardo aveva la voce impastata.

« È arrivato Matatu », disse tranquillo Sean. « Ci stanno inseguendo. »

Claudia sentì il vento freddo della paura soffiarle sulla pelle.

« Ci seguono? E chi sono? »

« Non lo sappiamo », rispose Sean.

« Gli stessi che erano accampati vicino al confine? » chiese Riccardo, ancora con la voce impastata.

« Può darsi », disse Sean.

« Cos'hai intenzione di fare? » gli domandò Claudia, subito irritata perché la sua voce le era suonata confusa e impaurita.

« Ho intenzione di seminarli », rispose Sean. « Sicché voglia cortesemente alzar le chiappe. »

Avevano dormito con gli stivali. Dovevano solo arrotolare il sacco a pelo ed erano pronti a partire.

« Matatu vi guiderà e cancellerà le tracce », spiegò Sean. « Io e Job andremo a segnare una falsa pista per gli inseguitori. Appena fa giorno devieremo e torneremo a unirci a voi. »

« Non avrete mica intenzione di lasciarci soli? » proruppe Claudia, impaurita, e poi si morse le labbra.

« No, non sarete soli, Matatu, Pumula e Dedan restano con voi » le disse sdegnosamente Sean.

« E l'elefante? » chiese Riccardo, ora con voce normale. « Hai intenzione di rinunciare? Vuoi lasciar scappare il mio elefante? »

« Per una meschina squadra di terroristi armati di mitra? » ridacchiò Sean. « Non essere ridicolo, capo. Ce li togliamo dai piedi e torniamo sulle tracce di Tukutela in men che non si dica. »

Sean e Job aspettarono che Matatu e il suo gruppo fossero pronti e poi li cacciarono via. Ormai Riccardo e Claudia avevano imparato le tecniche di base per non lasciar tracce e filavano rispettando le istruzioni di Matatu, che rimediava ai passi falsi con la solita frasca in retroguardia.

Rimasti soli, Sean e Job si misero a calpestare il terreno intorno al campo, andando avanti e indietro e facendo un sacco di giri in modo da confondere tutte le tracce: poi si misero in fila, Sean davanti, e partirono di corsa.

Cercarono di evitare di far capire subito il trucco, ricorrendo a tutti i consueti accorgimenti, che però non bastavano a ingannare una guida esperta.

Quello imposto da Sean era il vecchio passo degli scout, sugli undici chilometri all'ora. Pian piano si mise a deviare leggermente verso sud. Matatu andava a nord, verso il fiume: Sean intendeva trascinare gli inseguitori da tutt'altra parte.

Mentre correva, Sean si domandava chi potevano essere gli inseguitori. Soldati governativi o ribelli? Bracconieri o semplicemente briganti in cerca di bottino? Era impossibile indovinare. Tuttavia Matatu era molto preoccupato quand'era tornato al campo.

« Sono in gamba, buana », aveva detto a Sean. « Hanno seguito bene le nostre tracce, e stanno guadagnando rapidamente terreno. Si muovono in formazione da guerriglieri, con due esploratori all'ala. »

« Non sei riuscito a dargli una buona occhiata? » aveva chiesto Sean, e il piccolo ndorobo si era messo a scuotere la testa.

« Stava venendo buio, e volevo tornare ad avvertirvi. Quelli andavan forte. »

« Anche la migliore delle guide non può seguirci al buio; abbiamo quello che resta della notte per liberarci di loro. »

Era una curiosa inversione di ruoli, pensò Sean mesto, trotterellando con Job nella boscaglia oscura. Loro, i cacciatori, venivano ora incalzati senza pietà.

In un primo momento Sean aveva anche pensato di interrompere la caccia all'elefante e tornare verso il confine. Le condizioni di Riccardo Monterro cominciavano a preoccuparlo sul serio, come il rapporto di Matatu secondo il quale gli inseguitori erano in gamba e sembravano pericolosi.

Tuttavia aveva rapidamente scartato l'idea, perché ormai avevano superato il punto di non ritorno.

« Non si torna indietro », disse forte Sean, e sogghignò perché sapeva benissimo il vero motivo di tanta determinazione: due zanne d'avorio e mezzo milione di dollari in contanti. Adesso, onestamente non sapeva dire quale dei due obiettivi l'attirava di più. Quelle zanne cominciavano a ossessionarlo. Rappresentavano la vecchia Africa, eran simbolo di un mondo migliore ormai svanito. Le voleva più di qualunque altra cosa avesse mai voluto in vita sua, tranne forse mezzo milione di dollari... Si rimise a ghignare.

Alle prime luci dell'alba stavano correndo direttamente verso sud, e avevano percorso una trentina di chilometri da quando si erano separati dagli altri.

« È ora di svanire, Job », borbottò senza rompere il passo. Le guide che li seguivano non dovevano capire che stavano per separarsi ancora.

« C'è un posto buono poco più avanti », disse Job. Correndo, metteva i piedi esattamente là dove era passato Sean.

« Forza, vai », disse Sean e, mentre correvano sotto i rami bassi di un albero di *grevia*, Job ci saltò sopra. Sean non si voltò a guardarlo, non cambiò passo. Job si sarebbe spostato sui rami di quelle piante, che crescevano l'una accanto all'altra, finché non avesse trovato un buon posto per calarsi a terra senza lasciar tracce.

Sean continuò a correre per una ventina di minuti, piegando ancora di più verso sud-ovest, puntando verso una bassa catena di alture che l'alba gli presentava proprio davanti. Attraversò queste colline e come aveva immaginato sull'altro versante trovò un fiumicello sul fondovalle. Si fermò a bere e a fare un po' di confusione, come chi si lavi.

La guida degli inseguitori avrebbe pensato che, approfittando di quel fiumiciattolo per sganciarsi, avrebbe proseguito nell'acqua diretto a monte o a valle per non lasciar tracce prima di allontanarsi di nuovo dal torrente. Avrebbero mandato esploratori in entrambe le direzioni per vedere cosa aveva fatto. Sean si diresse a valle, aggrappandosi a certi rami sporgenti sull'acqua per confermare i loro sospetti.

Poi, senza uscire dall'acqua, tornò nel punto esatto dove era entrato nel torrente e sulla riva si asciugò con cura gambe e piedi, si rimise le scarpe – che entrando in acqua si era appeso al collo – e tornò a calcare le orme di prima andando all'indietro.

In questo modo tornò fino in cima alla collina, con la massima cura, calpestando le impronte che aveva lasciato, finché non fu in grado di imitare Job: saltò su un albero e si spostò camminando sui rami fino a una roccia dove saltando giù non avrebbe lasciato tracce. Quindi si allontanò sempre badando di non tradirsi.

« Neanche Matatu sarebbe capace di ricostruire questo scherzetto », pensò con soddisfazione, e poi si avviò di corsa verso nord.

Due ore dopo raggiunse Job nel punto convenuto, e nel primo pomeriggio si riunirono agli altri che li aspettavano a sette chilometri da dove si erano separati.

« Sono contento di vederti, Sean. Cominciavamo a preoccuparci », gli disse Riccardo nello stringergli la mano, e perfino Claudia sorrise quando passandole accanto Sean disse: « Il mio regno per una tazza di tè! »

Bevendo dalla tazza che gli aveva portato Matatu, ascoltò attentamente quello che aveva da dirgli la piccola guida. Matatu si accucciò vicino a lui parlandogli nel suo falsetto esagitato.

« Matatu è tornato indietro a dare un'occhiata al campo che abbiamo appena lasciato », tradusse Sean a beneficio di Riccardo e Claudia. « Non ha avuto il coraggio di avvicinarsi troppo, ma ha visto arrivare la banda che ci seguiva. Stavolta ne ha contati dodici. Si sono messi a cercar tracce, poi hanno abboccato e hanno seguito la falsa pista che gli abbiamo preparato Job e io. »

« Dunque adesso possiamo stare tranquilli? » chiese Riccardo.

« Pare di sì », rispose Sean. « E se ci mettiamo in marcia subito possiamo raggiungere l'inizio delle paludi stasera o al massimo domani mattina. »

« E Tukutela? » chiese Riccardo.

« Be', dalle sue tracce sappiamo più o meno dove raggiungerà le paludi. Batteremo la riva e troveremo dove è entrato in acqua, ma abbiamo perduto molto terreno. Bisognerà tirare, se non vogliamo che ci semini un'altra volta. Ti senti in grado di farlo, capo? »

« Certo, non sono mai stato meglio », dichiarò Riccardo. « Prendi la testa, Sean. »

Prima che ripartissero, Sean controllò velocemente gli zaini. Avevano consumato una gran quantità di provviste, e ridistribuì quello che restava. Assegnando a sé e a Job cinque chili in più, riuscì a ridurre gli zaini di Riccardo e Claudia a oggetti personali e sacchi a pelo, un peso di cinque chili.

Entrambi risposero bene a questo alleviamento della soma, e Sean ancora una volta si mise a fianco di Riccardo per incoraggiarlo e sorvegliarlo. Claudia andava ancora sbalorditivamente forte, non c'era bisogno di preoccuparsi di lei. Con lo zaino alleggerito procedeva benissimo. Era un piacere guardare le sue gambe lunghe camminare, e le chiappette sode oscillare nei jeans stretti. Gli ricordavano un po' le guance di uno scoiattolo intento a masticare una noce.

Adesso erano sul fondovalle, in mezzo a *vlei* aperti e baobab: quegli alberi dal tronco come gonfiato, la corteccia simile a pelle di rettile, e rami nudi e contorti a cui erano appesi rari baccelli. Si capiva come mai gli zulu sostenevano che il baobab fosse stato piantato per sbaglio dagli dei a testa in giù.

Lontano, davanti a loro, una nuvola di vapore immobile segnalava la posizione delle paludi, e il terreno alluvionale era sabbioso e cedevole al piede.

« Pensa un po', capo », disse Sean, cercando di distrarlo. « Sei probabilmente uno degli ultimi che cacceranno l'elefante alla maniera tradizionale, seguendolo a piedi e non aspettandolo al varco sulla Land Rover. È così che si dovrebbe fare, spargli dalla macchina è troppo comodo. In questo modo Selous e 'Karamojo' Bell e 'Samaki' Salmon hanno preso i loro elefanti. »

Vide l'espressione di Riccardo illuminarsi all'idea di essere paragonato a quei leggendari cacciatori, uomini di un'altra epoca in cui tutti gli elefanti erano prede onorevoli. « Samaki » Salmon in vita sua aveva inseguito e ucciso quattromila elefanti. In quei giorni vigeva una moralità diversa: oggi un uomo con un simile carniere sarebbe considerato un criminale. Ma ai suoi tempi « Samaki » Salmon era stato rispettato e onorato. Aveva addirittura portato a caccia il Principe di Galles.

Sean sapeva che a Riccardo interessavano tantissimo i vecchi cacciatori di elefanti, quindi si dilungò sulla loro carriera.

« Se vuoi cacciare come 'Karamojo' Bell, capo, devi per forza scarpinare così. Bell consumava ventiquattro paia di stivali all'anno, e gli toccava sostituire ogni due mesi portatori e guide perché non riuscivano a tenere il passo con lui. »

« Quella era la vera età dell'oro », disse Riccardo accelerando il passo senza accorgersene, con aria sognante. « Tu e io avremmo dovuto vivere allora, Sean. Siamo nati fuori tempo massimo. »

« Il vero cacciatore ammazza l'elefante con le gambe. Lo stanca prima di spararghi. Questa è la maniera giusta e rispettosa di cacciarlo, ed è quello che stiamo facendo noi, capo. Goditi ogni passo che fai, perché sei sulle orme del vecchio Bell. »

Però, purtroppo, i risultati di simili incoraggiamenti non si rivelarono duraturi. Nel giro di un'ora Riccardo aveva ricominciato a trascinarsi stancamente, e Sean notò una nuova, sconcertante incertezza nel suo passo. Incespicò e sarebbe caduto, se Sean non lo avesse preso per un braccio.

« Abbiamo bisogno di cinque minuti di sosta e una tazza di tè », dichiarò Sean conducendolo all'ombra.

Quando Job portò le tazze di tè, Riccardo farfugliò: « Non hai altre due aspirine da darmi? »

« Sei sicuro di star bene, capo? » chiese Sean, dandogli le pillole.

« Mi è tornato quel dannato mal di testa, tutto qua », rispose Riccardo, senza guardarlo negli occhi.

Sean diede un'occhiata a Claudia che sedeva vicino a suo papà, ma anche lei evitò il suo sguardo.

« Sapete forse qualcosa che io non so? » domandò loro Sean. « Avete tutt'e due l'aria di avere la coscienza sporca. » Non aspettò risposta e si alzò per raggiungere Job al fuoco, dove stava preparando le focacce di mais per la cena.

« L'aspirina ti farà star meglio », disse sottovoce Claudia a suo padre.

« Sicuro, proprio quel che ci vuole per sanare il cancro al cervello », ribatté lui, e quando si accorse del dolore di Claudia sbottò: « Mi dispiace, non so perché l'ho detto. L'autocommiserazione di solito non rientra nel mio stile ».

« Fa tanto male, papà? »

« Il mal di testa è ancora sopportabile, il guaio è che comincio a vederci doppio », ammise. « Maledizione, stavo così bene fino a qualche giorno fa... è successo tutto di colpo. »

« Sono gli strapazzi », disse lei, compatendolo. « Forse converrebbe tornare indietro. »

« No! » esclamò lui con gran decisione. « E non parliamone più. » Lei chinò la testa, rassegnata.

« Le paludi non sono lontane. Forse potremo riposarci un po'... » disse Claudia.

« Io non voglio riposare », replicò lui. « Mi rendo perfettamente conto che mi resta pochissimo da vivere, e non voglio sprecare neanche un istante. »

Sean tornò vicino a loro. « Siete pronti a rimettervi in marcia? »

Claudia diede un'occhiata all'orologio. Avevano riposato meno di mezz'ora. Era troppo poco, e voleva protestare, ma suo padre si era già alzato.

« Tutto a posto », disse, e la ragazza si accorse che effettivamente la breve sosta l'aveva un po' ritemprato.

Stavano camminando da pochi minuti quando Riccardo disse allegramente: « Le polpette che ha cucinato Job hanno un profumino fantastico. Fanno proprio venir fame ».

« Quelle 'polpette' sono focaccine di mais », ridacchiò Sean. « Mi spiace deluderti. »

« Non me la fai », ridacchiò a sua volta Riccardo. « Ho sentito benissimo l'odore della cipolla fritta e della carne di manzo. »

« Papà. » Claudia si voltò a guardarlo accigliata, e Riccardo smise di ridere e parve sconvolto.

« Gli verranno delle allucinazioni », aveva detto il dottore a Claudia. « Può cominciare a vedere delle cose che non ci sono, o a immaginarsi degli odori. Non si può prevedere con precisione il corso della malattia, naturalmente: potranno esserci periodi di rapido aggravamento seguito da più o meno lunghe remissioni. Basta che si ricordi, Claudia, che le sue fantasie per lui saranno reali, molto reali, e che gli episodi di allucinazione passeranno, dando luogo a periodi di lucidità perfetta. »

Quella sera Sean non si fermò per fare il tè. « Bisogna cercar di ricuperare il tempo perduto », disse, sicché mangiarono in marcia le focacce di mais e le fette di carne secca salata, il *biltong*.

« Eccoti una grossa polpetta con cipolle fritte e tutto il resto, capo », scherzò Sean passandogli la fetta di *biltong*. Claudia lo fulminò con lo sguardo, ma Riccardo fece una risatina imbarazzata e cominciò a masticare la poco appetitosa razione.

Non seguivano più le tracce dell'elefante, sicché Sean non

interruppe la marcia nemmeno quando calò la notte. Lentamente e penosamente continuarono a macinar chilometri sotto le brillanti stelle australi. Era quasi mezzanotte quando si fermarono e srotolarono i sacchi a pelo.

Sean li lasciò dormire finché la luce non bastò a illuminare il sentiero.

Il paesaggio era mutato. Durante la notte erano entrati nella zona tenuta come in ostaggio dal grande Zambesi. Si trattava di antiche pianure alluvionali, regolarmente inondate durante la stagione delle piogge. Adesso erano asciutte, ma quasi prive di alberi. Qua e là, un *mopani* secco, un'acacia affogata dalla piena alzavano rami contorti al cielo lattiginoso di foschia come sentinelle solitarie.

Inoltrandosi sul terreno scoperto, cominciarono a calpestare fango secco che si era tutto crepato a mattonelle dal margine rialzato. Qua e là c'erano macchie brunastre di erbe palustri secche. Quando il vento girava, portava zaffate di fango e vegetazione imputridita dalle paludi ancora invisibili.

Sulla pianura tremolava la fatamorgana, confondendo l'orizzonte e stemperando cielo e terra in una specie di fluido. Quando guardavano indietro, vedevano la linea degli alberi contorcersi come un serpente nero sotto il cielo lattiginoso, srotolarsi e vibrare lentamente nel miraggio: e i turbini di polvere giravano su se stessi ondeggiando e curvandosi come danzatrici del ventre.

Qui allo scoperto Sean si sentiva esposto e vulnerabile. Poteva darsi che un aereo del Frelimo in cerca di guerriglieri della Renamo li sorvolasse: in tal caso non avrebbe potuto non vederli, perché spiccavano come scarafaggi su un lenzuolo. Bisognava accelerare, ma guardando Riccardo era chiaro che invece tra poco sarebbero stati costretti a fermarsi per farlo riposare.

In testa, Matatu lanciò un grido che fece sussultare Sean. Sapeva cosa significava e lo raggiunse di corsa, passando davanti a Claudia.

« Bene, benissimo! » disse, dando una pacca sulla spalla alla guida e chinandosi a esaminare il terreno.

« Cosa c'è? » chiese Riccardo allarmato, ma Sean alzò la testa e gli sorrise.

« È lui. Tukutela! Abbiamo ritrovato le sue tracce proprio dove aveva detto Matatu. » E toccò l'impronta del grosso piede tondo, sbriciolando la sabbia secca. I segni erano così chiari che si distinguevano benissimo le zampe anteriori da quelle posteriori, più ovali, e si leggeva anche la traccia lasciata dall'unghia dell'alluce sul davanti.

« Sta ancora puntando dritto verso le paludi », disse Sean alzandosi con una mano sugli occhi a proteggerli dalla luce abbacinante, scrutando la direzione in cui andavano le tracce. Non lontano di lì, sempre avanti, sorgeva un'altra linea d'alberi, tracciata come a matita sull'orizzonte dove una costa di terreno elevato si stendeva sulla pianura.

« In un certo senso siamo fortunati », osservò Sean. « Fino a pochi anni fa, su queste pianure c'erano tanti di quei bufali e zebre che le tracce di Tukutela sarebbero state certamente cancellate. Adesso che il Frelimo li ha sterminati per dar da mangiare alle truppe, Tukutela è l'unico essere vivente nel raggio di chilometri e chilometri. »

« Siamo rimasti molto indietro? »

« No, anzi abbiamo guadagnato un po' di terreno », disse Sean togliendo la mano dagli occhi e guardando Riccardo. « Ma non abbastanza, e se degli uomini armati ci sorprendono qui allo scoperto...! Meno male che Tukutela sta andando dritto verso quegli alberi laggiù. Ci daranno un po' di copertura. » Fece cenno a Matatu di seguire le tracce.

Adesso la pianura sterminata era interrotta da vecchi termitai, montagnette di argilla alcune delle quali erano grosse come capanne. Le tracce di Tukutcla serpeggiavano tra esse. Però ormai gli alberi erano così vicini che ne distinguevano i tronchi. Lo spalto di terreno elevato formava una specie di argine naturale tra la foresta, la pianura e l'inizio della vera palude.

Erano palme di tre qualità frammiste a fichi selvatici. Proprio in cima al rilievo cresceva qualche enorme baobab dalla corteccia grigio-elefante.

Con sollievo Sean seguì le tracce del vecchio maschio fuori della pianura e tra gli alberi dell'istmo. Qui l'elefante si era fermato a scavar le radici succose di una palma *ilala*, bassa, dalle foglie a ventaglio: e qui aveva lasciato la solita pila di sterco spugnosa e giallastra.

« L'elefante si è fermato a riposare », spiegò Matatu, abbassando la voce a un sussurro. « Ormai è vecchio e si stanca facilmente. Qui si è messo a dormire, guardate che segni ha lasciato nella polvere; al risveglio, poi, si è ripulito con la proboscide. »

« Quanto tempo si è trattenuto? » chiese Sean, e Matatu ci pensò un po' piegando la testa da una parte.

« Si è fermato a riposare fino al tardo pomeriggio di ieri, quando il sole era là. » Matatu indicò dieci gradi sopra l'orizzonte occidentale. « Ma quando è ripartito, si è messo ad andar piano. Adesso che è vicino alle paludi si sente sicuro. Abbiamo guadagnato terreno su di lui. »

Traducendo per Riccardo e Claudia, Sean esagerò il recupero, perché voleva incoraggiarli. « Adesso sì che siamo vicini », disse con aria allegra e fiduciosa. « Se non perdiamo altro tempo, può anche darsi che lo becchiamo prima che si inoltri nella palude. »

Le tracce portavano sull'istmo e il vecchio maschio, procedendo, si era fermato tranquillamente a mangiare, tenendosi sulla bassa cresta dove il bosco era più fitto.

Proprio davanti a loro si parò un altro gigantesco baobab. La sua corteccia era grigia e rugosa proprio come la pelle del vecchio elefante maschio.

Per il momento Sean aveva lasciato la posizione a fianco di Riccardo, e si era messo dietro a Matatu. Voleva dirgli di non andare troppo in fretta, ma prima che potesse farlo sentì uno strano grido gutturale proveniente da dietro, e si voltò immediatamente.

La faccia di Riccardo era tutta rossa e gonfia, gli occhi congestionati sembravano volergli uscire dalle orbite. Sean pensò che gli fosse venuto un colpo: ma Riccardo stava indicando qualcosa là davanti, con la mano che tremava per l'emozione.

« Eccolo là! » gridava, con la voce rauca e innaturale. « Perdio, non lo vedete? »

Sean si girò a guardare in quella direzione.

« Cosa hai visto? »

Stava scrutando invano, sicché non vide che Riccardo si era avvicinato a Pumula e gli aveva preso il Rigby: però sentì lo scatto metallico dell'otturatore quando Riccardo inserì la cartuccia.

« Capo, cosa diavolo fai? » Corse per trattenerlo, ma Riccardo gli diede uno spintone. Colto alla sprovvista, Sean arretrò rischiando di cadere per terra, mentre Riccardo correva in testa alla fila, imbracciava e puntava il fucile.

« Non farlo! » Sean scattò per fermarlo, ma il Rigby sparò. La canna si sollevò e il forte rinculo fece fare un passo indietro a Riccardo.

« Ma sei diventato matto? » Sean non riuscì a raggiungerlo

prima che sparasse ancora, e anche la seconda pallottola schiantò la corteccia del baobab scoprendone la polpa bianca e umida di linfa. Gli echi dei due spari si inseguirono rotolando tra le alture e la pianura.

« Capo! » Sean lo raggiunse e gli prese il fucile, alzando la canna al cielo proprio mentre Riccardo sparava per la terza volta.

Sean riuscì a strappargli l'arma. « Perdio, cosa ti salta in testa? »

Gli rimbombavano ancora nelle orecchie, quei tre spari, come a tutti gli altri, del resto. La voce adirata di Sean sembrava piccola piccola dopo tutto quel frastuono.

« Tukutela », disse Riccardo. « Non lo vedi? Perché mi hai fermato? » Aveva la faccia ancora tutta rossa, e tremava come una persona in preda a un attacco di malaria. Cercò di riprendersi il Rigby, ma Sean lo allontanò con la mano.

« Vedi un po' di tornare in te », l'invitò seccamente, lanciando il fucile scarico a Job. « Non darglielo più, eh! » Poi si rivolse di nuovo a Riccardo. « Sei impazzito? » gli disse, scuotendolo per le spalle. « Chissà fin dove li avranno sentiti quei tre spari! »

« E lasciami andare! » si dibatteva Riccardo. « Non vedi, c'è l'elefante! » Sean continuava a scrollarlo vigorosamente.

« Ma smettila di dire stronzate, stavi sparando a un albero! Hai perduto la testa? »

« Ridammi il fucile », implorava Riccardo, e Sean lo scosse ancora e lo girò verso il baobab.

« Eccolo lì, il tuo elefante, brutto pazzo! » Ce lo spinse vicino. « To', guardatelo bene! »

Claudia si avvicinò di corsa, cercando di fermare Sean. « Lascialo stare, non vedi che è malato? »

« È ammattito! » disse Sean, spingendola da parte. « Ci sta tirando addosso tutto il Frelimo e la Renamo! E dice che ha sparato all'elefante! »

« Lascialo andare », lo esortò Claudia tornando alla carica, e Sean lasciò Riccardo e si fece da parte.

« Va bene, papera, è tutto tuo. »

Claudia corse ad abbracciare suo padre. « Va tutto bene, papà! Andrà tutto bene! » Riccardo fissava senza capire i grossi buchi aperti nella corteccia del baobab, da cui colava la linfa. « E io ho creduto che era... » Scosse debolmente la testa. « Ma perché l'ho fatto? Io non... Avevo pensato che somigliava all'elefante. »

« Sì, papà, sì », disse Claudia, stringendolo. « Non ti preoccupare. »

Job e gli altri erano tranquilli ma a disagio, guardavano i protagonisti di quello strano e imprevedibile episodio un po' attoniti. Sean si voltò dall'altra parte, disgustato. Gli ci vollero diversi secondi per riprendere il pieno controllo di sé, poi si rivolse a Matatu.

« Pensi che Tukutela abbia sentito gli spari? »

« La palude è vicina, e il rumore viaggia bene », alzò le spalle Matatu. « Forse l'elefante ha sentito, chissà. »

Sean si girò a guardare dalla parte da cui erano venuti. Dall'alto dominava tutta la pianura alluvionale fino alle polverose lontananze.

« Job, è possibile che ci abbiano sentito i terroristi? »

« Lo scopriremo nel peggiore dei modi, Sean. Dipende da quanto son vicini. »

Sean si riscosse, cercando di liberarsi dell'ira come i cani si scrollano di dosso l'acqua. « Dovremo fermarci qui. Il *mambo* non sta bene. Prepara il tè, poi decideremo cosa fare », ordinò.

Tornò da Claudia e Riccardo, ancora abbracciati. La ragazza guardò Sean arditamente, facendo scudo a suo padre col proprio corpo.

« Mi dispiace di averti un po' sballottato, capo », gli disse mitemente Sean. « Mi hai fatto prendere un bello spavento. »

« Proprio non capisco », farfugliò Riccardo. « Avrei giurato che era Tukutela. L'avevo visto benissimo. »

« Ci fermiamo a prendere il tè », continuò Sean. « Ti sarai beccato un po' di insolazione. È capace di trasformare in pappa il cervello di chiunque. »

« Tra pochi minuti starà di nuovo bene », disse fiduciosa Claudia, e Sean annuì gelidamente.

« Adesso, però, portiamolo all'ombra. »

Riccardo si appoggiò contro il tronco del baobab e chiuse gli occhi. Era pallidissimo, aveva l'aria sgomenta e la faccia coperta di sudore. Claudia si inginocchiò vicino a lui e gliel'asciugò con un lembo del foulard, ma quando alzò gli occhi incontrò lo sguardo di Sean, che l'invitò con un gesto secco ad appartarsi con lui. Claudia lo seguì subito.

« Questa faccenda non è affatto una sorpresa per te, eh? »

l'investì, non appena furono fuori portata d'orecchio. Lei non rispose, e Sean continuò. « Ma che razza di figlia sei? Sapevi che era malato, e hai lasciato che si cacciasse in questo pasticcio! »

A Claudia tremavano le labbra, e aveva le lacrime agli occhi. Questo, Sean non se l'era aspettato davvero. Sentì l'ira svanire in un istante, e dovette far violenza a se stesso per proseguire duramente: « Adesso è troppo tardi per frignare, papera, bisogna trovare il modo di riportarlo a casa. È malato. »

« Non tornerà più a casa », sussurrò lei, così piano che a stento Sean intese le parole. Dagli occhi color del miele le lacrime traboccavano sulle folte ciglia scure, mentre lui la guardava in silenzio. La ragazza deglutì e poi disse: « Non è malato, Sean, sta morendo. Ha il cancro. Gli è stato diagnosticato da uno specialista prima di partire. Ci aveva avvertiti che da un momento all'altro poteva colpire il cervello ».

La furia di Sean svanì del tutto. « No », esclamò. « Il capo no! »

« Perché credi che l'abbia lasciato venire, e anzi l'abbia accompagnato anch'io? Sapevo che era l'ultima volta che andava a caccia, e volevo stare con lui. »

Rimasero qualche momento in silenzio, guardandosi, poi parlò lei. « Vedo che ti dispiace, ti dispiace davvero per lui. Non credevo. »

« È mio amico », disse Sean, sbalordito lui stesso dall'intensità del proprio dispiacere.

« Non pensavo fossi capace di sentimenti del genere », continuò lei sottovoce. « Può darsi che ti avessi mal giudicato. »

« Forse tutti e due ci siamo mal giudicati », disse lui, e la ragazza annuì.

« Forse sì », ripeté lei. « Grazie, comunque. Grazie che ti preoccupi di lui. »

Si girò per allontanarsi, ma Sean la fermò.

« Non abbiamo ancora deciso niente », le disse. « Bisogna stabilire cosa si fa adesso. »

« Si continua, naturalmente », rispose lei. « Fino all'ultimo atto della tragedia. Gliel'ho promesso. »

« Hai un bel fegato », le sussurrò Sean.

« Se ce l'ho, l'ho ereditato da lui », gli rispose, e tornò da suo padre.

La tazza di tè e una mezza dozzina di aspirine risuscitarono

Riccardo. Riprese a parlare e comportarsi razionalmente, e nessuno più accennò alla crisi di poco prima.

Fu come se non fosse successo niente, salvo che i quattro negri si tenevano un po' più in disparte ed erano mogi e silenziosi. Perfino Job era chiaramente preoccupato e continuava a lanciare occhiate a Riccardo, confabulando con gli altri a voce troppo bassa perché Sean potesse udire.

Questo a Sean non piacque affatto. Job era un provato compagno e amico da ormai quasi vent'anni, ma anche gli africani più intelligenti e istruiti vanno soggetti a volte ai terrori superstiziosi inculcati loro da piccoli, e che possono rendere il loro comportamento imprevedibile. Per gli africani un pazzo è un uomo posseduto da forze soprannaturali, e ciò li rendeva preoccupati e nervosissimi.

« Bisogna muoversi, capo », gli disse. « Tukutela si sta allontanando ogni minuto di più. »

Seguirono l'argine naturale sopraelevato, e ormai sentivano sempre l'odore della palude, anche se il vento continuava a girare.

« È uno dei motivi per cui gli elefanti amano le paludi », spiegò Sean a Riccardo. « Qui il vento continua a girare, rendendo più difficile avvicinarsi inavvertiti all'elefante. »

Più avanti c'era un varco fra gli alberi, e Sean si fermò con gli altri a guardare. « Eccole là », disse. « Le paludi dello Zambesi. »

Il costone su cui si trovavano era simile al dorso di un serpente di mare che nuotasse nella piana alluvionale. Adesso, però, proprio poco più avanti rispetto a dove si trovavano loro, tornava a scendere, immergendosi proprio nel punto dove la pianura diventava un'immensa distesa di canne e papiri.

Sean prese in mano il binocolo e si mise a scrutare le paludi. I canneti sembravano ininterrotti, ma ci aveva volato sopra e sapeva che erano cosparsi di lagune e canali tortuosi e stretti. Più in là, quasi all'orizzonte, si vedevano profilarsi degli isolotti, macchie scure di vegetazione quasi impenetrabile. Attraverso le lenti del binocolo distinse qualche spiaggia incoronata di palme.

La stagione era stata particolarmente secca e il livello dell'acqua doveva essere basso, quasi dappertutto non più che alla vita; in compenso ci sarebbe stato molto più fango nero e vischioso.

La traversata si presentava ardua, e, a parte il fango e l'acqua, sarebbero stati frenati dalla vegetazione che a ogni passo si sarebbe attorcigliata ai loro piedi.

Ogni chilometro in palude poteva quindi equivalere per loro a cinque chilometri di marcia su terreno secco, mentre invece l'elefante si trovava nel suo elemento. Amava l'acqua e il fango che sostenevano la sua enorme massa; inoltre le zampe erano fatte apposta per allargarsi quando le posava, creando nel fango una grossa apertura, e restringersi quando le sollevava, in modo da non restarci invischiate.

Tukutela, poi, poteva benissimo mangiarsi le canne, i papiri e le altre erbe aromatiche, approdando a qualche isolotto se voleva variare la sua dieta vegetale. Inoltre, gli sciacquii che loro non avrebbero mancato di produrre camminando coi piedi a mollo potevano metterlo in guardia, e il vento ballerino prima o poi gli avrebbe portato il loro odore alle nari. Insomma, in tutto l'itinerario migratorio di Tukutela, questo era proprio il posto più difficile per andarlo a scovare.

« Capo, sarà un gioco da ragazzi », disse Sean abbassando il binocolo. « Fa' conto di aver già quelle zanne sul caminetto. »

La traccia del vecchio elefante maschio arrivava proprio sino in fondo all'argine naturale, e poi si perdeva tra i papiri, dove il mare ondeggiante di fronde verdi inghiottiva ogni impronta.

« Nessuno può seguire una traccia lì in mezzo », disse Riccardo, fermo sull'ultimo metro di terreno solido, prima del fango e dei papiri. « Nessuno può trovare Tukutela lì in mezzo », ripeté, guardando il muro di erbe palustri molto più alte di lui. « È impossibile. »

« Hai ragione, nessuno potrebbe ritrovarlo lì in mezzo », ammise Sean. « Tranne Matatu. »

Si trovavano tra le rovine di un villaggio un tempo esistito in fondo all'istmo. Chiaramente gli abitanti erano stati pescatori, membri di una delle piccole tribù rivierasche che traggono il proprio sostentamento dalle acque verdi del grande Zambesi. Di loro restavano solo i tralicci su cui usavano far seccare i pesci che prendevano, *tilapia* e pesci-gatto, ma le capanne erano state bruciate.

Job esplorò i dintorni del villaggio e a un certo punto fece un fischio a Sean. Quando Sean lo raggiunse, stava osservando qualcosa che aveva trovato tra l'erba. A prima vista Sean lo prese per un fagotto di stracci: solo dopo distinse le ossa che ne spuntavano. Erano ancora coperte da qualche rimasuglio di carne e pelle secca.

« Quando? » chiese Sean.

« Sei mesi fa, direi. »

« Com'è morto? »

Job si accucciò vicino allo scheletro umano. Girando il cranio, spezzò le vertebre del collo con uno schiocco secco. Prese in mano il teschio che ricambiava orribilmente il suo esame con sguardo ghignante a orbite vuote.

« Una pallottola alla nuca », disse Job. « Vedi, è uscita di qua. » Sull'osso frontale c'era infatti un altro buco, che sembrava un terzo occhio.

Job rimise giù il teschio e si addentrò un po' di più nell'erba. « To', qua ce n'è un altro », gridò.

« Per me è stata la Renamo », disse Sean. « Cercavano reclute, o magari pesce, o tutt'e due. »

« Oppure il Frelimo che cercava ribelli, e li ha interrogati col kalashnikov. »

« Poveri diavoli », disse Sean. « Sono tra l'incudine e il martello. Chissà quanti altri ce ne sono, qua attorno, che avevano cercato di scampare all'incendio delle capanne. »

Tornarono verso il villaggio bruciato e Sean disse: « Erano pescatori, avranno avuto le canoe qua vicino. Saranno ben nascoste, ma io dico che riusciamo a trovarne una per attraversare la palude. Sarebbe una bella comodità. Provate un po' a cercarla. Guardate tra i papiri, e poi nella macchia dietro il villaggio. »

Sean raggiunse Riccardo e Claudia, seduti all'ombra. Diede un'occhiata furtiva alla ragazza, che lo rassicurò con un sorriso.

« Papà sta bene, che posto è questo? »

Sean le disse quello che pensava circa la sorte del villaggio.

« Ma perché ammazzare questa gente innocente? » Claudia era sgomenta.

« Oggi in Africa non servono altre ragioni, per ammazzare qualcuno, che un'arma carica in mano e la voglia di sparare. »

« Ma che male facevano? » insisté lei.

Sean alzò le spalle. « Nascondere ribelli, tacere informazioni, negare cibo, rifiutare i servigi delle loro donne; uno qualunque di questi delitti, o anche nessuno. »

Il sole era una palla rossa che forava la foschia sulla palude, così basso sulla cima dei papiri che Sean riusciva a guardarlo senza batter ciglio.

« Sarà buio prima che possiamo partire », decise. « Quindi stanotte dormiamo qui, e domattina ci muoviamo alle prime luci. Un vantaggio è che Tukutela, adesso che ha raggiunto le paludi, rallenterà. Probabilmente in questo momento si trova a non più di tre o quattro chilometri da noi. » Ma, dicendo questo, formulava la riserva mentale relativa agli spari inconsulti di Riccardo. Se Tukutela li aveva uditi, stava ancora scappando adesso. Tuttavia, dirlo a Riccardo non serviva a niente. Sembrava abbattuto e scosso: da quell'incidente non aveva quasi più parlato.

« È l'ombra del 'capo' che conoscevo, poveraccio. Scovargli 'sto elefante sarà l'ultimo piacere che gli faccio. »

La simpatia di Sean era genuina, non finta. Si sedette accanto a lui e cominciò a parlargli di Tukutela, e di come l'avrebbero cacciato in quel mare di papiri e canne. Ormai era l'unica cosa che sembrava interessarlo ancora. Per la prima volta quel giorno Riccardo si animò e fece perfino una risata.

Claudia indirizzò a Sean un sorriso grato, poi si alzò e disse: « Ho una faccenduola privata da sbrigare ».

« Dove vai? » le chiese subito Sean.

« In un posticino riservato alle bambine, dove non sei invitato », ribatté lei.

« Be', non allontanarti troppo, e stavolta evita di fare il bagnetto », le intimò. « Ne dovrai fare anche troppi domani. »

« Odo e obbedisco, o grande buana bianco », rispose lei con un'ironica riverenza, e uscì dal villaggio bruciato. Sean la guardò allontanarsi, un po' a disagio, e stava per urlare altre raccomandazioni, quando un grido proveniente dal folto dei papiri lo distrasse.

Saltò in piedi. « Cosa c'è, Job? » gridò, e andò lì vicino a vedere.

Altre grida confuse e sciacquii dai papiri, e poi emersero Job e Matatu, trascinando una cosa lunga e nera macerata dall'acqua.

« Il primo colpetto di fortuna. » Sean, strizzò l'occhio a Riccardo, dandogli una pacca sulla spalla.

Era un canoa tradizionale mokorro, scavata da un sol tronco di *kigelia africana*, il cosiddetto albero-salsiccia: era lunga circa sei metri. La larghezza era appena sufficiente a contenere un uomo seduto: ma generalmente veniva spinta da una persona in piedi a poppa con l'aiuto di un palo da puntare sul fondo.

Job fece uscire l'acqua dallo scafo e si mise a esaminarlo attentamente. C'erano dei buchi riparati e impeciati alla meglio, ma nel complesso sembrava abbastanza solida.

« Cercate un po' nel villaggio », ordinò Sean. « Dev'esserci del materiale per calafatare lo scafo un po' meglio. Cercate di trovarlo, e poi mandate Dedan e Pumula a tagliare un paio di pali da punta. »

Claudia urlò, e tutti si girarono da quella parte. Urlò ancora, e il rumore giunse stranamente ovattato e lontano: Sean partì di corsa, prendendo il fucile che aveva appoggiato per terra vicino a una capanna bruciata.

« Claudia! » gridò. « Dove sei? » Soltanto l'eco gli rispose dalla foresta. « Dove sei?... ove seieiei... »

Nel riallacciare la cintura, Claudia notò compiaciuta che si era snellita di ben due buchi. Sorrise alla sua pancia completamente assente, che da piatta era riuscita a diventare addirittura concava. La lunga marcia e le razioni frugali le avevano strappato di dosso ogni grammo di grasso che forse prima aveva.

« È ben strano che tutti vogliano digiunare nell'era dell'abbondanza », sorrise di nuovo a se stessa. « Mi divertirò un sacco a ricuperare 'sti due buchi a forza di pastasciutta e vino rosso, quando torno a casa. »

Si incamminò verso il villaggio, accorgendosi che la sua ricerca di privacy l'aveva condotta abbastanza lontano, e che la via del ritorno era bloccata da una macchia di rovi. Allora pensò di girarle intorno e imbroccò un largo sentiero che dalla boscaglia puntava direttamente verso la palude. Tutta contenta, si mise a seguirlo.

L'ignara fanciulla aveva imboccato una « autostrada » di ippopotami, di cui avrebbe finito per pagare il pedaggio. Era la direttissima di cui quei pachidermi anfibi si servivano di notte per le loro scorrerie nella boscaglia. Ma da un bel pezzo non ci passavano più, trasformati in rancio per guerriglieri come tutti gli altri animali. Claudia aveva fretta di tornare da suo padre, e trovarsi così sola le cagionava anche qualche sottile apprensione. Quindi non c'è da stupirsi se riveleremo che ella procedeva quasi di corsa.

Davanti a lei, ecco d'improvviso una specie di materasso intrecciato di steli secchi di papiro, che occupava tutta la larghezza del sentiero. Evidentemente era stato messo lì dagli indigeni, e, benché non servisse ad alcun proposito che Claudia riuscisse a immaginare, non sembrava certo un ostacolo al suo allegro procedere. Senza rallentare, ci mise sopra il piede.

Ora, il trabocchetto era concepito per catturare gli ippopotami. Profondo tre metri, in basso si restringeva per bloccare il pericoloso bestione fra pareti di terra. L'apertura era coperta da rami tali da reggere un uomo o altro animale più leggero, ma destinati a schiantarsi senza fallo sotto un ippopotamo. Sopra la struttura di rami era stato poi vezzosamente disposto lo strato di papiri.

Il guaio è che nel frattempo lì era marcito tutto. Non riusciva più a reggere nemmeno il peso della magrissima fanciulla. Claudia precipitò nella trappola con un urlo, picchiò contro la ripida parete di terra con un secondo urlo, e finì rotolando a capofitto nella pozza melmosa di acqua stagnante in fondo alla buca, facendosi male a un ginocchio.

Il colpo la lasciò senza fiato per un attimo. Il ginocchio sinistro le doleva terribilmente. Per un po' non fu in grado di rispondere alle grida frenetiche di chi la cercava.

Si mise a sedere nel brago, stringendo con le mani il ginocchio contuso e ansimando. Finalmente riuscì a emettere un urlo strozzato.

« Qua! Sono qua! »

« Ti sei fatta male? » le chiese Sean, affacciandosi ansioso ai bordi della trappola.

« Un pochino. » Cercò di rialzarsi, ma una fitta di dolore alla gamba la fece ricadere giù. « Ahi! Il ginocchio! »

« Sta' lì, che adesso vengo a prenderti io. » La testa di Sean sparì. Claudia sentì delle voci: Job, Matatu e suo papà. Poi Sean arrivò giù da una fune di nailon.

Sean scese due metri reggendovisi agilmente e poi saltò nel brago accanto a lei.

« Mi spiace », disse Claudia tutta contrita. « Ho fatto un altro pasticcio! »

« Non scusarti », le sorrise lui. « Da queste parti non si usa. E poi stavolta non è stata colpa tua. Diamo un'occhiata alla gamba. »

Si accucciò vicino a lei. « Prova a muovere il piede. Meno male! Riesci a piegare il ginocchio? Magnifico! Non c'è niente di rotto, è un bel sollievo. Adesso tiriamoci fuori da questo buco. » Fece un nodo alla corda e gliel'assicurò intorno al torace.

« Okay, Job », gridò di sopra. « Tirala su. Piano, ehi, piano! »

Appena usciti dalla buca, Sean le esaminò di nuovo la gamba.

Le tirò su i jeans fin sopra il ginocchio e disse: « Merda! »

Quale comandante degli scout s'era fatto una bella esperienza delle botte a cui vanno soggetti i paracadutisti: ossa rotte, storte, strappi ai legamenti della caviglia e del ginocchio.

Il ginocchio di Claudia si stava già gonfiando, mentre compariva l'ematoma.

« Attenta che adesso potrei farti un po' male », le disse, prima di manipolarla con delicatezza.

« Aiah! » sbottò lei. « Che dolore! »

« Eh già », annuì lui. « È il legamento. Non credo che sia partito, ti farebbe più male: ma è una bella distorsione. »

« Cosa significa? » chiese lei.

« Che non ci devi camminare sopra per tre giorni almeno », rispose Sean.

La sostenne con un braccio. « Riesci a reggerti? » le chiese, e lei annuì.

« Adesso prova ad appoggiarci un po' di peso sopra. » Ma subito a Claudia sfuggì un'altra esclamazione di dolore.

« No, non ce la faccio proprio. »

Allora lui la prese in braccio e, come una bambina piccola, la riportò al villaggio.

Lei fu stupita della sua forza. Benché il ginocchio cominciasse a pulsarle dolorosamente, si rilassò tra le sue braccia. Era una bella sensazione. Suo papà l'aveva portata così quando era piccina, e dovette resistere alla voglia di appoggiar la testa alla spalla di Sean.

Quando raggiunsero il villaggio, lui la depositò sull'erba, e Matatu corse a prendere lo zaino di Sean.

L'incidente aveva distratto Riccardo dai guai suoi, e ora venne a vezzeggiare la sua bambina in un modo che, in altre circostanze, l'avrebbe scocciata. Invece ora vi si sottomise contenta di vederlo distratto e un po' rianimato.

Sean applicò al ginocchio una fascia elastica che aveva nella cassetta del pronto soccorso, e le diede un antinfiammatorio da ingoiare col tè.

« Non c'è altro da fare », le disse sedendosi. « Solo il tempo guarisce le storte. »

« Perché prima hai detto tre giorni? »

« Perché tanti ne occorrono. Ho visto centinaia di ginocchia nelle tue condizioni, però a dire il vero meno carine. »

« Ma questo è un complimento! » Claudia alzò un sopracciglio. « Non ti starai per caso rammollendo, signor colonnello? »

« Fa parte della cura, e naturalmente non è un complimento sincero; il tuo ginocchio l'hai visto anche tu, no? » ridacchiò Sean. « Il problema è cosa fare adesso di te, papera! »

« Lasciatemi qui », suggerì subito la ragazza.

« Sei diventata matta? » ribatté Sean, e Riccardo gli diede man forte.

« È fuori questione. »

« Allora mettiamola così », ragionò lei con calma. « Io per tre giorni non mi posso muovere: e in questo frattempo il tuo elefante chissà dove andrà a finire, papà. » Alzò la mano a parare le obiezioni. « Non possiamo tornare indietro, perché mica potete trasportarmi. Camminare non posso: dovremmo stare lo stesso fermi qui. »

« Non è possibile lasciarti sola, non essere ridicola. »

« Infatti », ammise lei. « Però potete lasciar con me qualcuno, mentre voialtri continuate a seguire Tukutela. »

« No », scosse la testa Riccardo.

« Sean. » Si rivolse a lui. « Fagli capire tu che è l'unica cosa intelligente da fare. »

Lui la guardò con ammirazione, e questa occhiata la riempì di fierezza.

« Maledizione! Hai ragione tu », ammise sottovoce Sean.

« Digli che sarà per pochissimi giorni, Sean. Sappiamo bene tutti cosa significa per papà questo elefante. Io voglio darglielo come... » quasi disse: « ultimo regalo », ma si trattenne in tempo, « ... regalo speciale da parte mia ».

« Non posso accettare, tesoro », disse Riccardo con voce incerta, a capo chino per nascondere i suoi sentimenti.

« Portalo via tu, Sean », insisté Claudia stringendogli forte il polso. « Digli che starò benissimo qui, al sicuro con Job come sarei con voi due nella palude. »

« Forse non ha tutti i torti, capo », disse Sean. « Ma non sono affari miei, diavolo! Decidete voi. »

« Ci lasciate allora, Sean? » chiese Claudia, e poi senza aspettar risposta si rivolse a suo padre. « Vieni a sederti qui vicino a me, papà. » Diede un colpetto sull'erba accanto a sé.

Sean si alzò e si allontanò, lasciandoli soli nel crepuscolo che si addensava.

Andò a sedersi vicino a Job. Restarono insieme in silenzio, da vecchi amici, bevendo tè e fumando uno degli ultimi sigari di Sean, una boccata per uno.

Passò un'ora. Era completamente buio quando Riccardo li raggiunse. In piedi, parlò con voce rauca e spenta.

« Va bene, Sean », disse. « Mi ha convinto, farò come vuole lei. Vuoi dunque occuparti dei preparativi per partire domattina presto? E tu, Job, starai qui a badare alla mia ragazzina per conto mio? »

« Sì, baderò a lei in sua vece, signore », acconsentì Job. « Lei pensi solo a prendere quell'elefante. Quando tornerete, ci troverete qui. »

Al chiar di luna si spostarono dal villaggio bruciato e si accamparono nella foresta, a qualche centinaio di metri di distanza. Costruirono una capanna di frasche per Claudia con dentro un materassino di erba tagliata. Sean lasciò lì la cassetta del pronto soccorso e buona parte delle provviste che restavano.

Incaricò Job e Dedan di stare con Claudia. Job avrebbe tenuto il fucile dal calcio in fibra di vetro, un'arma leggera; Dedan aveva l'accetta e il coltello da scuoiare.

« Manda Dedan a far la guardia sull'istmo. Le pattuglie armate della Renamo e del Frelimo possono venire solo da quella parte. Al primo segno di guai, nascondetevi tra le canne della palude e cercate di rifugiarvi su qualche isolotto. » Sean diede a Job gli ultimi ordini, poi raggiunse Riccardo che stava congedandosi dalla figlia.

« Sei pronto, capo? »

Riccardo si alzò subito e si allontanò da Claudia senza voltarsi indietro.

« Non ficcarti in altri pasticci », raccomandò Sean alla ragazza.

« Neanche tu, mi raccomando », gli rispose lei guardandolo negli occhi. « E, Sean... tieni d'occhio mio papà per me. »

Sean si accucciò davanti a lei porgendole la mano, come avrebbe fatto se fosse stata un uomo. Cercò anche una buona battuta da dire, ma non gli venne. « Okay allora? » le chiese invece.

« Okay, okay. » Lui si alzò e scese al margine della palude dove Matatu, Pumula e Riccardo lo stavano aspettando vicino alla canoa.

Matatu andò a prua del fragile scafo, Sean e Riccardo si sedettero a metà, sopra gli zaini, col fucile in grembo, e Pumula si mise a poppa col palo, puntando dove gli indicava Matatu.

Nel giro di pochi secondi si ritrovarono in mezzo agli altri papiri, dove non vedevano nient'altro che una striscia di cielo dai colori sbiaditi dell'alba, sul giallo-limone.

Avanzando, le foglie appuntite e taglienti delle canne gli andavano in faccia, minacciando gli occhi, e le ragnatele dei minuscoli aracnidi palustri li avvolgevano, appiccicose e irritanti.

Il freddo umido della notte ristagnava ancora sulla palude, e quando di colpo sbucarono su una laguna la trovarono coperta di nebbia fitta. Un branco di anatre fischianti si involarono spaventate frullando le ali e rompendo il silenzio dell'alba.

La canoa era quasi sovraccarica, con quattro persone a bordo. L'acqua arrivava a due o tre dita dal bordo. Se qualcuno si muoveva di scatto, colava dentro e bisognava sgottarla col pentolino del tè. Ciò continuava a capitare, ma Matatu segnalava sempre di andare avanti.

Il sole si alzò sopra i papiri. Subito la nebbia cominciò a disperdersi formando spirali che si alzavano nel cielo. In breve sparì. I gigli d'acqua aprirono le loro corolle cerulee e le girarono in direzione del sole.

Due volte scorsero grossi coccodrilli che galleggiavano tenendo fuor d'acqua soltanto gli occhi. All'avvicinarsi della canoa si lasciavano sprofondare sott'acqua.

La palude era piena di uccelli attivissimi. Tra le canne occhieggiavano nitticori e tarabusi. Piccoli jacana color cioccolato facevano equilibrismo, sulle ninfee galleggianti, con le zampe da trampolieri, mentre aironi giganti alti come un uomo pescavano nell'acqua fonda. In cielo volavano formazioni di pellicani ed egrette bianche, cormorani e aninghe dal collo serpentino per non parlare degli sterminati branchi di anatre di una dozzina di specie.

Cominciò a far caldo molto in fretta. Il sole si rifletteva sull'acqua, e in breve i due uomini bianchi si ritrovarono con le camicie letteralmente zuppe. Qua e là l'acqua era profonda poche spanne o addirittura non c'era: allora dovevano scendere dalla canoa e tirarsela dietro fino al successivo canale o laghetto. Sotto le canne e le erbe palustri il fango nerastro e puzzolentissimo arrivava al ginocchio.

Solo in questi varchi relativamente asciutti le tracce dell'elefante risultavano evidenti a tutti e non al solo Matatu. Nei banchi di fango spiccava il gigantesco sigillo del bestione, come un secchio dal fondo pieno d'acqua. Le tracce portavano sempre più addentro la palude. C'era la consolazione che, in canoa, procedevano più in fretta. Per un po' Sean sostituì Pumula al palo, ma ben presto il negro si stufò della goffaggine che dimostrava e senza una parola gli ritolse l'attrezzo.

Sul fondo della canoa poteva sdraiarsi una persona sola, e quella notte ci dormì Riccardo, mentre gli altri, coricati nel fango, con la testa poggiata allo scafo, riposavano quanto potevano data la situazione e le infinite zanzare.

La mattina seguente, prestissimo, quando Sean si sollevò dal fango, scoprì di aver le gambe nude letteralmente coperte di nere sanguisughe. Quelle bestiacce schifose gli si erano attaccate alla pelle ed erano ormai gonfie del sangue che gli avevano succhiato. Sean, per liberarsene, usò un po' della preziosa riserva di sale. Infatti, strapparle semplicemente via avrebbe prodotto una seria di piccole ferite che non si sarebbero chiuse tanto presto, perché la sanguisuga, per i suoi fini vampireschi, inietta nella preda una secrezione anticoagulante, e le piaghe di Sean avrebbero rischiato seriamente di infettarsi col passar del tempo. Però, bastava una presina di sale su ogni bestiola per farla contorcersi freneticamente e staccarsi di sua spontanea volontà, lasciando sulla pelle soltanto una crostina.

Togliendosi i calzoni, Sean vide confermato l'orrendo sospetto: gli erano strisciate anche tra le natiche e gli pendevano dai glutei come un atroce grappolo nero. Rabbrividendo per l'orrore, le salò abbondantemente, mentre dall'asciutta canoa Riccardo lo guardava con interesse, ridacchiando e indulgendo a battutacce tipo:

« Ehi, Sean. Sarà la prima volta che non ci stai a fartelo succhiare, eh? »

Sean teneva il palo ben piantato nel fango, mentre Matatu ci si arrampicava come una scimmia e poi guardava in giro. Quando scese, disse a Sean:

« Gli isolotti si vedono già. Siamo vicini. Ci saremo prima di mezzogiorno, e se Tukutela non ci ha sentito lo troveremo su qualche isolotto ».

Sean sapeva dalla carta topografica, e per aver già sorvolato la zona, che gli isolotti formavano una specie di catena fra la palude e il canale principale dello Zambesi. Trascinandosi dietro la canoa, superarono le secche. Riccardo si offrì di aiutare, tirando la cima legata alla prua o spingendo la poppa, ma Sean non volle.

« Riposati, capo. Non voglio che tu possa accampar scuse se davanti a Tukutela farai padella. »

Infine, Sean vide spuntare le palme sopra i papiri, e di colpo l'acqua diventò più fonda, arrivandogli al mento. Tutti allora tornarono a salire a bordo. Dedan li portò al primo isolotto. La vegetazione era così densa da pendere sull'acqua debordando dall'isola. Per raggiungere la costa dovettero penare.

La terra era grigiastra e sabbiosa, dilavata da mille alluvioni, ma era bello riaverla finalmente sotto i piedi. Sean stese ad asciugare indumenti e materiale, mentre Matatu, instancabile, andava a fare il giro dell'isola. Ritornò che l'acqua aveva appena cominciato a bollire nel pentolino del tè.

« Sì », disse a Sean. « È arrivato qui ieri mattina, quando siamo partiti dal villaggio, ma adesso si sarà fermato. Sente su di sé la pace del fiume, e si nutre con calma. Ha lasciato questo isolotto stamattina all'alba. »

« Da che parte è andato? » chiese Sean, e Matatu glielo indicò.

« C'è un altro isolotto più grosso poco più avanti. »

« Andiamo a dare un'occhiata », disse Sean. Versò una tazza di tè a Riccardo e lo lasciò con Dedan, mentre lui e Matatu, costeggiando l'isola a nord, aprendosi un varco tra la fitta vegetazione, trovavano un albero abbastanza alto e ci salivano sopra per guardarsi in giro.

Sean si sistemò su un'elevata biforcazione e strappò le foglie che gli impedivano la vista. Gli si offrì una grandiosa scena di desolazione. Da un'altezza di venti metri dominava tutto l'isolotto fino all'orizzonte immerso in una vaga foschia. Dall'altra parte dell'isola scorreva lo Zambesi. Le sue acque verdastre, opache, si estendevano così tanto in larghezza che i grandi alberi dell'altra riva sembravano una strisciolina verde scuro che separava il fiume grigioverde dalle montagne di nuvole di madreperla che torreggiavano all'orizzonte sotto l'azzurro cielo africano.

Nello Zambesi c'era una corrente così forte che appariva tutto solcato da gorghi e mulinelli e ritorni d'acqua. Enormi grovigli di erbe palustri sradicate dall'impeto del fiume, pur sembrando solidi isolotti come quello dove si trovavano Sean e Matatu, scorrevano a valle.

Sean pensò a una traversata di quel fiume impetuoso con la fragile canoa. Sarebbero occorsi più viaggi, e abbandonò l'idea. C'era solo una strada per andarsene, ossia tornare indietro da dove erano venuti. Si mise a scrutare la collana di isolotti sparsi come sentinelle tra il padre fiume e la sua prole di pantani. Il più vicino era a trecento metri di distanza: il braccio d'acqua che li separava era tutto coperto di canne, gigli di palude e ninfee. I gigli erano macchie di blu elettrico sullo sfondo dell'acqua verdastra: il loro profumo si sentiva, a tratti, fin dalla cima dell'albero.

Sean prese il binocolo e si mise a osservare meticolosamente il canale e la riva più vicina dell'altra isola, perché in un paesaggio tanto vasto e imponente anche un elefante poteva scomparire.

A un tratto ebbe un soprassalto: aveva visto un movimento di una certa ampiezza tra le canne, e un groppone lustro d'acqua brillare al sole. Ben presto rimase deluso: era la testa semisommersa di un ippopotamo.

Le lenti del binocolo gli consentivano di guardarlo proprio negli occhietti porcini, picchiettati di rosa, e di veder le setole delle orecchie piccolissime. L'ippopotamo le faceva vibrare come ali di un uccellino, scuotendo via goccioline splendenti come diamanti che formarono un alone sopra il suo testone. Trepestava nel fango, passando da una laguna all'altra, fermandosi solo a mollare un getto esplosivo di cacca liquida con uno scatto della coda a manovella. La forza di quelle deiezioni appiattiva le canne dietro l'obeso animale.

Con sollievo Sean lo guardò proseguire e immèrgersi nella laguna successiva. Sarebbe stato un bel guaio se si fosse diretto verso la loro canoa mezza marcia, che non poteva proteggerli dai suoi dentoni e dalle sue fauci capaci di stroncarla con un morso solo.

Alla fine Sean guardò Matatu, appollaiato su una forcella vicina, e il piccolo ndorobo scosse la testa.

« Ha tirato dritto, ci tocca seguirlo. »

Tornarono a terra e poi al punto dove avevano lasciato Riccardo. Il viaggio in canoa e una bella dormita l'avevano molto ritemprato. Era in piedi, impaziente di andare a caccia, come Sean l'aveva sempre conosciuto.

« Visto niente? » domandò.

« No », scosse la testa Sean. « Però Matatu è sicuro che è qua vicino. D'ora in poi non bisogna più parlare. »

Mentre caricavano la canoa, Sean inghiottì un po' di tè e coprì il fuoco con la sabbia.

Passarono il canale fino all'altro isolotto e ancora una volta Sean si arrampicò su un albero alto, mentre Matatu perlustrava il fitto sottobosco in cerca delle tracce di Tukutela. Tornò prima che fosse passato un quarto d'ora e Sean scese dall'albero per conferire con lui.

« È andato avanti », sussurrò Matatu. « Ma adesso il vento è cattivo », disse con aria grave. Prese un pizzico di cenere dall'apposito sacchetto, che teneva in un recesso del perizoma, e lo lanciò in aria per dimostrare quanto asseriva. « Guarda come gira e cambia, sembra il capriccio di una puttana shangane. »

Sean annuì e, prima di passare nell'isola successiva, si tolse la camicia senza maniche. A torso nudo era in grado di avvertire immediatamente sulla pelle sudata il minimo cambiamento di vento.

Sull'altro isolotto trovarono il punto dove Tukutela era uscito dall'acqua. Il fango che aveva spalmato sui rametti del sottobosco era ancora un po' umido. Matatu tremava d'eccitazione, come un cane da caccia che colga l'usta della selvaggina.

Lasciarono la canoa e avanzarono quatti nella fitta boscaglia, felici che il vento per una volta li aiutasse: gli soffiava in faccia, e faceva sbattere le foglie di palma confondendo i piccoli rumori che potevano produrre loro. Scoprirono il punto dove il vecchio elefante aveva fatto cadere le noci da una palma, ingoiandole senza romperle con gli ultimi molari consumati: ma era ripartito subito un'altra volta.

« Scappa via? » sussurrò Sean a Matatu, temendo che l'elefante potesse averli scoperti in qualche modo. Matatu lo rassicurò scuotendo la testa e gli indicò i rametti verdi che il pachiderma aveva scortecciato e lasciato in giro dappertutto. Non erano ancora seccati. Seguendoli, descrissero un complicato itinerario per l'isolotto e ancora una volta sbucarono sul canale che lo separava dal successivo. Mandarono indietro Dedan a recuperare la canoa e al suo arrivo ci fecero salire Riccardo e spinsero l'imbarcazione verso l'altro isolotto, restando in acqua fino alla vita, attenti a non fare il minimo rumore.

Sulla riva trovarono un cumulo di escrementi molli e spugnosi, dove si distinguevano le canne e i giacinti palustri che l'elefante aveva mangiato: lì vicino, il potente getto di urina aveva segnato il terreno come lo spruzzo di una canna da giardiniere. Era ancora così bagnato da essere modellabile, e Sean ne fece una bella palla, come fanno i bambini sulla spiaggia. La fatta aveva la crosta secca, ma quando Matatu ci ficcò dentro il piede si rivelò mostosa come purea e ancora calda. La guida saltò di gioia.

« È vicino, vicinissimo » bisbigliò tutto contento.

Istintivamente Sean prese due cartucce dal cinturone e sostituì quelle con cui aveva già caricato la doppietta. Fece attenzione a non far scattare il fucile, quando lo richiuse. Riccardo riconobbe il gesto che gli aveva già visto fare tante volte e sogghignò eccitato, giocherellando a sua volta come al solito con la sicura del suo Rigby. Avanzarono quatti quatti in fila indiana, ma li aspettava un'altra delusione. L'elefante aveva tirato dritto, disdegnando di morire in quell'isolotto, e si era immerso fendendo i papiri verso il successivo.

Rimasero a guardare il muro di canne piegate da Tukutela, una delle quali proprio in quella cominciò a vibrare per rimettersi nella posizione originaria. L'elefante non poteva avere che pochi minuti di vantaggio. Guardavano immobili, tendendo l'orecchio al sussurro del vento nei papiri.

Poi lo sentirono. Un brontolio cupo e sommesso come un tuono d'estate molto distante, il rumore di gola che gli elefanti fanno quando sono contenti e a proprio agio. È un rumore che va molto più lontano di quanto farebbe pensare il suo volume, tuttavia Sean seppe che ora l'elefante non distava più di un centinaio di metri. Toccò il braccio di Riccardo e gli bisbigliò all'orecchio:

« Adesso bisogna stare attentissimi al vento ». Un altro rumore cominciò come un sussurro, poi capirono cosa stavano udendo: il gorgoglio dell'acqua risucchiata dalla proboscide e spruzzata sul groppone per rinfrescarsi. Per un attimo videro anche spuntare sopra i papiri la punta della proboscide.

Erano così eccitati che Sean aveva la bocca secca e la gola serrata, e riuscì appena a sussurrare: « Indietro! » facendo un segnale con la mano cui Matatu obbedì istantaneamente. Passo

passo, cautissimamente arretrarono, Riccardo guidato per un braccio da Sean. Appena furono rientrati nella macchia, Riccardo domandò con un bisbiglio furioso:

« Ma perché? Eravamo così vicini! »

« Troppo vicini », gli spiegò mestamente Sean. « In mezzo ai papiri è impossibile spararagli. Se il vento girava appena appena, tutto era finito prima ancora di cominciare. Bisogna lasciarlo arrivare all'altra isola, e lì piombargli addosso. »

Tirò ancora più indietro Riccardo, finché si fermarono sotto i rami di un gran fico selvatico di quelli detti « strangolatori ».

« Diamo un'occhiata », ordinò. Appoggiarono i fucili al tronco e Sean aiutò Riccardo a montare sul ramo più basso, poi lo seguì nell'arrampicata. Quasi in cima al fico trovarono un punto comodo in cui fermarsi. Sean tenne saldo Riccardo con un braccio e si misero a guardare nel letto di papiri.

Lo videro subito. Il groppone di Tukutela si alzava sopra le canne. Era tutto bagnato e nero come il carbone per gli spruzzi della proboscide: le vertebre sporgevano chiaramente dalla pellaccia grinzosa. Voltava loro le spalle: le orecchie sventolavano pigramente, coi bordi tutti sbrindellati e le grosse vene ritorte sottopelle che davano l'idea di un nido di serpenti. L'ampiezza della loro apertura era sbalorditiva.

Sul groppone si erano piazzate quattro egrette, sentinelle occhiute pronte a schiamazzare per avvertirlo del minimo pericolo. Spiccavano contro il nero antracite del vecchio elefante, brillando al sole candide col becco giallo.

Finché se ne stava nell'acqua, non c'era modo di avvicinarlo; e in quel momento era a una distanza ben superiore ai trecento metri, dunque chiaramente fuori portata del fucile. Così rimasero a guardarlo dall'albero, mentre attraversava lentamente e maestosamente il canale fra i due isolotti.

Quando Tukutela arrivò in mezzo al canale, si immerse totalmente: solo la proboscide spuntava dall'acqua, arricciolata e ondeggiante come la testa di un serpente di mare. Poi l'elefante emerse dall'altra parte tutto ruscellante come una montagnola.

Lì sul ramo del fico Riccardo e Sean assaporavano un momento eccelso della loro esperienza di caccia. Un elefante come quello non sarebbe mai più nato al mondo. Nessun altro uomo avrebbe posato lo sguardo su un simile animale. Apparteneva a loro due: e sembrava che nella vita non avessero atteso che questo momento. La passione del cacciatore eclissava tutte le altre emozioni, facendo scomparire in quell'attimo il resto della vita, perché ogni altra cosa al paragone sembrava insulsa e sciapa. Era qualcosa di primevo che si sprigionava dalle sorgenti stesse dell'anima, e li commuoveva come altri sono commossi dalla grande musica.

Il vecchio maschio alzò la testa e si girò un momento, concedendo loro un breve sguardo al suo avorio scuro e maculato, ed essi inconsciamente sussultarono, colpiti dalla vista di quelle lunghe colonne dalla curva perfetta, belle come un'opera di Michelangelo o il corpo di una donna stupenda. In quel momento nel loro universo non c'era nient'altro. Erano compagni perfettamente all'unisono.

« Com'è bello! » sussurrò Riccardo.

Sean non replicò, perché non c'era niente da aggiungere. Guardarono il vecchio maschio raggiungere l'isolotto lontano e uscir dall'acqua, scalando la bassa riva e sostando un momento, alto e come sparuto, lustro d'acqua al sole, prima di farsi strada nel sottobosco che subito inghiottì anche la sua mole. Le egrette spazzate dai rami si involarono come pezzi di carta in un turbine. Sean diede un colpetto sulla spalla a Riccardo, che si riscosse come da un bel sogno.

« Attraverseremo il canale in canoa », sussurrò Sean, e mandò Pumula a prenderla dall'altra parte dell'isolotto.

Sedettero tutti sul fondo dell'imbarcazione, per non spuntar fuori dalle canne, e presero a muoversi tirandole nello stretto canale. Silenziosamente scivolavano tra i papiri, mentre la leggera brezza continuava a spirare nella direzione propizia. Sean ne sentiva ogni minimo soffio sulle spalle nude.

Raggiunsero la riva e Sean aiutò Riccardo a uscire dalla canoa. Poi la tirarono a secco, attenti a non fare rumore.

« Controlla che il fucile sia carico », sussurrò Sean a Riccardo. Il cacciatore tirò indietro l'otturatore quel tanto che bastava a far vedere lo scintillio del bossolo d'ottone. Sean approvò con un cenno e Riccardo rimise a posto l'otturatore in assoluto silenzio. Poi andarono avanti.

Erano obbligati a muoversi in fila indiana, seguendo il sentiero che il pachiderma aveva aperto nella fitta boscaglia, altrimenti impenetrabile. Matatu li guidava avanti di pochi passi per volta, finché tutti si immobilizzarono tendendo l'orecchio.

C'era appena stato un forte schianto nel bosco davanti a loro, e avevano visto i rami agitarsi crepitando. Riccardo imbracciò il

Rigby, ma Sean lo fermò prendendogli il polso e puntando l'arma in basso.

Restarono lì senza muoversi, scrutando nell'intrico, col batticuore, a sentire l'elefante che si nutriva. Solo a una trentina di passi da loro stava strappando rami, agitava le orecchie a ritmo pacato, emetteva il brontolio di contentezza che già conoscevano: eppure non riuscivano assolutamente a scorgerlo.

Sean, che tratteneva ancora il braccio di Riccardo, adesso lo tirò un po' più avanti. Poi gli indicò qualcosa.

Per un bel pezzo Riccardo non riuscì a distinguere proprio niente nel folto di rami e foglie intricatissimi che creavano una gran penombra: poi il vecchio elefante tornò a sventolare le orecchie, e Riccardo ne scorse l'occhio attraverso uno spiraglio nella vegetazione.

Era un occhietto appannato, con l'ombra azzurra che suole depositarvi l'età, da cui le lacrime scorrevano sulla guancia rugosa sottostante, dando un'impressione di grande saggezza e pena infinita.

Quella pena era addirittura contagiosa. Avvolse Riccardo in un'onda nera, gli pesò sull'anima, trasformò la sua ardente passione predatoria in una devastante malinconia e rimpianto per la sua vita che stava per finire. Non alzò il fucile.

L'elefante batté la palpebra, ornata di ciglia folte e lunghe, e l'occhio guardò profondamente in quelli di Riccardo: lui ebbe l'impressione che gli scrutasse fin nell'anima, e condividesse il suo lutto per le due vite che stavano per terminare. Riccardo non si rendeva conto che la cosa maligna che aveva nel cervello stava ancora una volta deformando e rimodellando la realtà: sapeva solo che il dispiacere, dentro di lui, era insopportabile come il nero oblio della morte.

Sentì che Sean gli batteva piano piano sulla spalla: era il pressante invito a sparare subito, ma lui non vedeva già più l'elefante. Era come se Riccardo si fosse disincarnato, e aleggiasse ora sopra il suo stesso corpo, guardandolo dall'alto, insieme all'animale, come due morituri. La tragicità di questa sensazione l'aveva travolto e derubato di ogni volontà e possibilità di muoversi.

Ancora una volta Sean gli picchiò sulla spalla. L'elefante era a quindici passi, immobile, ombra grigia che incombeva sul sottobosco. Sean sapeva che questa improvvisa immobilità era dovuta al fatto che Tukutela presentiva il pericolo. Sarebbe rimasto immobile per pochissimi secondi ancora, poi sarebbe scappato via nel folto.

Aveva voglia di mettersi a scrollare Riccardo, aveva voglia di gridare: « Spara, forza!, spara! »

Ma non poteva fare proprio niente: il più piccolo movimento avrebbe indotto il vecchio elefante e scappare come il vento.

Poi accadde quello che Sean aveva previsto e temuto. Parve che Tukutela sparisse in un polverone. Il viso di Sean si contorse per l'ira. Sembrava impossibile che un bestione del genere potesse sparire così rapidamente e silenziosamente in un fitto sottobosco: eppure era proprio quello che era appena successo.

Sean prese Riccardo per il braccio e lo tirò letteralmente dietro all'elefante svanito. Faceva fatica a respirare per la rabbia, e aveva una gran voglia di sfogarla su Riccardo. Aveva rischiato la vita per portarlo vicino a questo animale e fargliela prendere, e quello non aveva neanche alzato il fucile.

Sean partì di corsa, trascinandosi dietro Riccardo in mezzo ai rovi, incurante del disagio che gli procurava. Era sicurissimo che Tukutela adesso avrebbe cercato di rifugiarsi sull'isolotto successivo, e sperava di avere un'altra occasione di spararagli, magari mentre attraversava il braccio d'acqua: stavolta avrebbe costretto Riccardo a far fuoco anche da lontano, per ferire e comunque rallentare il vecchio maschio, così da poterlo seguire e poi finire lui.

Alle sue spalle, Matatu gridò qualcosa di incomprensibile: un avvertimento, una richiesta d'aiuto, magari: Sean si fermò ad ascoltare. Stava accadendo qualcosa di totalmente imprevisto, a cui era impreparato.

Udì l'improvviso schiantarsi dei rami nel sottobosco, e poi l'alto e stridulo barrito di un elefante infuriato: ma questi rumori venivano da dietro di lui, e non dalla direzione in cui era sparito Tukutela.

Per un attimo Sean non comprese, poi la realtà gli si impose e si girò di scatto. Sentì che gli veniva la pelle d'oca sulla schiena nuda.

Tukutela aveva fatto qualcosa che nessun elefante, a quanto ne sapeva, aveva mai fatto prima. Non era scappato, ma li aveva aggirati per cogliere la loro usta.

Adesso che si era fermato, Sean sentiva la brezza soffiargli sulla schiena nuda come la carezza di un'amante traditrice. Portava al grande elefante maschio, che imperversava schiantando il sottobosco, precise indicazioni sulla loro posizione.

« Matatu! » gridò Sean. « Scappa! Va' sottovento! » Poi spinse rudemente Riccardo contro il tronco di un enorme albero di tek.

« Salici sopra », gli ringhiò. I rami bassi erano facili da raggiungere, e Sean lo lasciò lì e corse indietro a difendere Matatu. Sean correva a testa bassa nell'intrico di rami, saltando ceppi, col fucile stretto al petto, mentre la foresta rimbombava degli irati barriti di Tukutela.

L'animale si stava avvicinando precipitosamente, come una gran frana di granito grigio. Abbatteva e calpestava gli alberelli che gli tagliavano la strada, perseguendo l'acre odore dell'umanità, cercandola per rovesciarle addosso tutta l'ira accumulata in una lunga vita.

Di colpo Matatu schizzò fuori dal folto a pochi passi da Sean. Vicino a lui, era pronto ad affrontare qualsiasi pericolo: e adesso, invece di scappare sottovento come aveva fatto Pumula, il suo istinto l'aveva condotto dritto a fianco del padrone.

Come lo vide, Sean cambiò direzione, segnalandogli urgentemente di seguirlo. Corse un centinaio di passi di lato, tagliando il vento, cercando di negar l'usta a Tukutela.

Si fermò accucciandosi accanto a Matatu. La sua tattica aveva avuto successo, e anche Pumula doveva essere riuscito a piazzarsi sottovento. Per il momento, Tukutela li aveva perduti. La foresta era assolutamente immota, e il silenzio talmente intenso che Sean sentiva il sangue pulsargli in testa.

Era convinto che il vecchio maschio fosse vicinissimo a loro, immobile come loro, intento a tendere l'orecchio come loro, assaggiando l'aria qua e là con la proboscide nella speranza di fiutarli ancora. Non c'è mai stato un elefante come questo, si diceva Sean, che si mette a dar la caccia ai cacciatori! Chissà quante volte è stato braccato, chissà quante volte l'uomo gli ha già inflitto dolore, per indurlo ad attaccare così fieramente al primo sentore di presenza umana.

« Tukutela, l'Arrabbiato, adesso capisco perché ti chiamano così. »

Poi nella foresta si sentì un rumore, che Sean non si aspettava certo: una voce umana che gridava, e gli ci volle un po' di tempo per rendersi conto che era la voce di Riccardo Monterro.

« Tukutela! Siamo fratelli! » gridava all'elefante. « Siamo ciò che resta di un tempo tramontato! I nostri destini sono legati. Non posso ucciderti! »

L'elefante lo sentì e barrì un'altra volta, un suono così acuto e lacerante che pareva voler perforare i timpani. Tukutela caricò in direzione della voce umana, come un gran carro armato. Schiantò il sottobosco, abbattendo tutto, e dopo una cinquantina di metri risentì l'odore d'uomo, tanto odiato e infuriante, riempirgli la testa, e prese a seguirlo fino alla sua fonte.

Riccardo Monterro non si era curato di arrampicarsi sull'albero di tek dove l'aveva lasciato Sean: si era semplicemente appoggiato al tronco, a occhi chiusi. Il mal di testa gli era piombato addosso come un colpo d'accetta, accecandolo, facendogli esplodere negli occhi tante stelle luminose: nel dolore, sentì barrire il vecchio elefante maschio, e quel verso lo riempì di rimorso e amara disperazione.

Il fucile gli sfuggì di mano e cadde tra le foglie ai suoi piedi. Brancolando andò incontro all'elefante, senza vedere niente, con l'insano desiderio di placare il bestione e fare ammenda, gridando.

« Non voglio farti del male, siamo fratelli. » E davanti a lui il sottobosco si aprì e Tukutela gli crollò addosso come una montagna di granito.

Sean corse dove aveva lasciato Riccardo, a testa bassa, e sentì la terrificante carica del pachiderma e la voce dell'uomo proprio davanti a sé.

« Qua! » gridò. « Qua, Tukutela! Vieni! Vieni qui! » gridò ancora Sean, per cercar di distrarre l'elefante da Riccardo e tirarselo addosso, ma sapeva benissimo che non sarebbe servito a niente. Tukutela aveva già scelto la vittima e nulla più poteva fermarlo, avrebbe continuato la carica fino alla morte.

La vista si chiarì a Riccardo, e da un varco al centro del campo visivo, un varco circondato da fuochi artificiali che continuavano a esplodergli dentro, rivide il mondo. E scorse Tukutela: il suo testone grigio uscito di schianto dalla foresta impenetrabile incombeva su di lui. Le lunghe zanne maculate gli piovvero addosso come le prime tegole di un tetto che sta per crollare.

In quell'attimo l'elefante venne a incarnare tutte le migliaia e migliaia di animali e uccelli che Riccardo aveva ammazzato in una vita di caccia. Nel suo cervello aleggiava la confusa nozione che quelle zanne, quella lunga proboscide che lo puntava, fossero simboli di una benedizione quasi religiosa che l'avrebbe assolto e redento del sangue che aveva versato e delle vite che aveva distrutto. Tese le mani al bestione, con gioia e gratitudine, e ricordò una frase che risaliva ai tempi lontani del catechismo:

« Perdonami, Padre, perché ho peccato », gridò.

Sean vide la testa dell'elefante indietreggiare nel folto, davanti a lui. Guardava da tutt'altra parte, con le orecchie aperte e leggermente piegate solo in alto. Sentì la voce di Riccardo, anche se non riuscì a capire le parole, e si rese conto che doveva esser proprio sotto le zanne e la proboscide dell'elefante.

Si fermò in una frazione di secondo, dalla corsa pazza di prima, e imbracciò il suo 577 express. Era nella posizione più difficile per tentare un tiro al cervello, né poteva spararagli alla colonna vertebrale celata dalla gran mole della spalla.

Il bersaglio non era più grande di una mela, e non c'erano indicazioni per azzeccarlo dentro il vasto cranio. Doveva fidarsi della propria esperienza e dell'istinto.

Per un attimo ebbe l'impressione, puntando il fucile, che oltre il mirino la sua vista diventasse a raggi X: gli sembrò di vedere il cervello splendere all'interno del testone come una lucciola.

Senza accorgersene nemmeno, sparò non appena la canna si trovò allineata con quella lucciola ideale. La pallottola attraversò l'osso spugnoso del cranio del bestione senza trovare alcun ostacolo, gli spappolò il cervello, e l'elefante non sentì nulla. Passò istantaneamente dalla piena furia della vita alla morte: le zampe gli si piegarono e cadde sul petto facendo tremare la terra e cader le foglie morte dagli alberi sopra di lui. Un turbine di polvere biancastra aleggiò attorno alla sua massiccia carcassa, e la testa gli cadde in avanti.

La zanna destra si infilò nel corpo di Riccardo Monterro, una spanna sotto lo sterno, e lo trapassò all'altezza dei reni, schiantandogli la spina dorsale e uscendo nel punto in cui questa si unisce al bacino.

La colonna d'avorio che Riccardo aveva tanto bramato, fino al punto di rischiar la vita e il patrimonio per ottenerla, ora lo inchiodò a terra, trapassandolo facilmente come l'arpione di un baleniere. Lui guardò sbalordito la zanna. Non c'era dolore, non c'era alcuna sensazione che provenisse ancora dalla parte inferiore del suo corpo stroncato e innaturalmente piegato dalla proboscide ritorta del bestione; e nessun dolore provava neppure in testa.

Per un attimo la vista gli si chiarì come se ogni cosa che guardava splendesse illuminata da riflettori: poi la luce cominciò a svanire e le tenebre si chiusero sopra di lui.

Un attimo prima che l'oscurità l'avvolgesse completamente, scorse il viso di Sean Courteney aleggiare su di lui, e sentì la sua voce allontanarsi come chi sta sprofondando in un abisso. « Capo, capo. » Gli rimbombava nelle orecchie, e Riccardo Monterro, con un estremo sforzo, disse:

« Bada alla mia bambina, che ti ama ». Poi il buio lo inghiottì, e non vide né udì nient'altro, per sempre.

Il primo impulso di Sean fu liberare il corpo di Riccardo Monterro. Afferrò la zanna che lo impalava, ma era così grossa che non si riusciva a spostarla; il sangue di Riccardo Monterro che usciva dalla tremenda ferita lordava le mani di Sean, che ne lasciò impronte sull'avorio mentre cercava di smuoverlo.

Quindi si rese conto della futilità dei suoi sforzi, e fece un passo indietro. Su quelle zanne gravava tutto il peso della testa e del corpo di Tukutela. Dopo aver trapassato Riccardo, la punta d'avorio si era conficcata profondamente nel terreno soffice e sabbioso. Per liberare il corpo era necessaria almeno mezza giornata di lavoro.

In morte, l'uomo e l'animale erano incastrati insieme, e d'improvviso Sean si rese conto di come ciò fosse appropriato, quasi naturale. Li avrebbe lasciati così.

Prima Matatu e poi Pumula sbucarono dalla macchia e si fermarono accanto a Sean a contemplare il triste spettacolo.

« Andate! » ordinò loro Sean. « Aspettatemi alla canoa. »

« E l'avorio? » chiese con diffidenza Pumula.

« Andate! » ripeté Sean, e, sentendo il tono della sua voce, i due filarono via.

Gli occhi di Riccardo erano sbarrati. Sean li chiuse con un gesto delicato del pollice e poi sciolse il fazzoletto che l'uomo portava al collo e gli legò la mascella per evitare che ricascasse in un'espressione idiota. Anche in morte, Riccardo Monterro era un bell'uomo.

Sean si appoggiò alla testa dell'elefante e osservò il volto di Riccardo. « Ti è capitato proprio al momento giusto, capo. Prima che la malattia ti conciasse come un vegetale. Mentre avevi ancora la maggior parte dello slancio e del vigore, ed è stata una fine degna dell'uomo che eri. Sono contento che tu non sia morto tra lenzuola sporche. Prego solo di essere altrettanto fortunato anch'io. »

Sean posò la mano su una delle zanne e l'accarezzò. Sotto i polpastrelli, aveva la consistenza della giada preziosa.

« Te le lasciamo, capo », disse. « Queste zanne saranno la tua pietra tombale. Dio sa se le hai pagate care. »

Sean si alzò e seguì le tracce di Riccardo nella foresta finché non ritrovò il Rigby a terra, tra le foglie morte. Lo riportò indietro e lo mise nell'incavo del gomito destro di Riccardo.

« Un guerriero dev'essere sepolto con le sue armi », mormorò; ma mancava ancora qualcosa. Non poteva andarsene lasciando Riccardo così, esposto al cielo indifferente. Doveva coprirlo.

Allora Sean ricordò la leggenda di questo elefante, e come si comportava con le sue vittime. Prese il coltellaccio che aveva alla cintola e si diresse al più vicino cespuglio verde. Ne tagliò una fronda e la mise sulla faccia di Riccardo.

« Sì », mormorò. « Così va bene, così è giusto. »

Lavorando in fretta, tagliò tutti i rami e coprì la salma di Riccardo e la testa del bestione con una montagna di fronde.

Alla fine si tirò da parte e raccolse il 577. Se lo mise sotto il braccio e fu pronto a partire.

« Senza rimpianti, capo », disse. « Hai avuto una bella vita fino alla fine. *Va' in pace*, vecchio amico. »

Si voltò e andò via, verso la canoa che lo aspettava.

Le canne graffiavano lo scafo della canoa spinta dal palo di Pumula. Nessuno parlava.

Sean sedeva a metà barca, chino in avanti, col mento appoggiato alla mano. Si sentiva stordito, svuotato di ogni emozione salvo la tristezza. Era come tornare da un'incursione in tempo di guerra: tutti gli uomini allora erano tristi e silenziosi.

Si guardò la mano destra in grembo e vide le mezzelune rosso scuro sotto le unghie.

« Il sangue di Riccardo », pensò, e mise la mano in acqua, lavandolo via nella tiepida palude.

Lasciò rivivere mentalmente la grande caccia, come per iscriverla agli atti. Rivide tutto molto vividamente, dal primo avvistamento dell'elefante, al momento che era corso a salvare Riccardo e l'aveva trovato impalato sotto il gran testone grigio.

Poi per la prima volta udì qualcosa. Era la voce di Riccardo che gli riecheggiava in testa, fievole e sfiatata, lontanissima.

« Lei ti ama. » Così aveva detto: il resto era stato incomprensibile.

« Ti ama. » Parole senza senso di un moribondo, deliri di un cervello malato. Riccardo poteva riferirsi a una qualunque delle centinaia di donne che gli avevano riempito la vita.

Sean tirò fuori la mano dall'acqua. Era pulita, il sangue era corso via.

« Lei ti ama. » Magari stava cercando di parlare a Sean di qualche donna in particolare.

Sean alzò lo sguardo e scrutò davanti. Il ricordo di lei non l'aveva mai lasciato negli ultimi giorni, era sempre lì, in qualche recesso della coscienza, pronto a emergere nei momenti più inaspettati. Spesso, mentre pensava al grande elefante, gli era capitato di sorridere per qualcosa che aveva detto la ragazza. Quella mattina, nelle fasi finali della caccia, aveva sporto la mano dalla canoa per cogliere un giglio d'acqua nella palude. L'aveva portato al viso per sentire il suo profumo, e il contatto vellutato dei petali sulle labbra gli aveva fatto pensare a Claudia Monterro.

Adesso guardò davanti a sé e per la prima volta ammise che aveva una gran voglia di rivederla. Gli sembrava che soltanto lei potesse consolarlo del dolore che provava per la morte di suo padre. Pensò al suono della sua voce, al modo di erger la testa quando stava per sfidarlo. Sorrise dei lampi di rabbia sempre pronti a sprizzarle dagli occhi, della smorfia delle labbra quando cercava di non ridere a qualche sua battuta.

Pensò al suo modo di camminare, alla sensazione che aveva avuto quando l'aveva stretta tra le braccia, e ricordò la consistenza setosa della sua pelle, simile ai petali del giglio d'acqua, quando la toccava col pretesto di aiutarla o guidarla.

« Siamo assolutamente e completamente inadatti l'uno all'altra. » Sorrise, e la malinconia di pochi istanti prima allentò la sua morsa. « Se il capo parlava di lei, vuol dire che era completamente impazzito. » Ma allora perché aveva tanta voglia di rivederla?

Alzò gli occhi al cielo. Il sole era già tramontato. Di lì a pochissimo sarebbe stato buio. Proprio mentre guardava, spuntò Venere, la stella della sera, con miracolosa rapidità, mettendosi a brillare bassa sull'orizzonte occidentale. Una dopo l'altra comparvero in seguito le stelle fisse, forando la trapunta celeste in rigoroso ordine di magnitudine.

Sean guardava le stesse e pensava a Claudia, chiedendosi come mai evocava in lui sentimenti così contrastanti. La paragonò ad altre donne che conosceva, e si rese conto dell'inconsistenza di quelle effimere esperienze. Tale era stato anche il suo matrimonio, un impulso cieco basato sulla mera lussuria. In breve si era consumato, saziandolo, e tutto era finito con quella donna: un errore disastroso, che non intendeva più ripetere. Stentava addirittura a ricordare l'aspetto della donna che un tempo era stata sua moglie.

Pensava a Claudia e si rendeva conto, con qualche sbalordimento, che la sua immagine era talmente chiara in lui che poteva quasi contare i peli delle ciglia uno per uno intorno a quei grandi occhi color del miele, e le rughette che il sorriso le creava intorno alla bocca. All'improvviso desiderò pazzamente tornare da lei, e accorgendosene cominciò a preoccuparsi.

« Sono stato un pazzo a lasciarla sola », pensò guardando il buio della palude e tremando al pensiero di tutte le brutte cose che potevano esserle successe.

« C'è Job con lei », cercò di consolarsi. « Ma avrei dovuto restare là io, e mandare Job col capo. » Anche se si rendeva perfettamente conto che questo sarebbe stato impossibile, si rammaricò di non averci pensato.

Sentì la canoa rallentare. Pumula si era fermato, chiedendo tacitamente il permesso di riposare.

« Vado avanti io », gli disse Sean. « Voglio arrivare al villaggio senza fermarmi. »

Mentre Pumula e Matatu si coricavano sul fondo della canoa, Sean in piedi a poppa iniziò il monotono esercizio di puntare il palo sul fondo e spingerla avanti. Si orientava con la Croce del Sud e ben presto la voga divenne automatica e la mente ricominciò a vagare, sempre intorno a Claudia Monterro, che era diventata la stella più importante della sua costellazione interiore.

Pensò al dispiacere che avrebbe provato. Benché se l'aspettasse, la morte di suo padre l'avrebbe sconvolta e addolorata. Preparò le parole da dirle, e quelle che probabilmente l'avrebbero più consolata. Lei sapeva della sua amicizia sincera per il padre, nata in tanti safari fatti assieme, e della stima reciproca che li univa.

« Sono la persona giusta per aiutarla a superare lo shock. Lo conoscevo benissimo, l'aiuterò a ricordare tutte le sue buone qualità. »

Portarle la brutta notizia avrebbe dovuto addolorarlo, invece si ritrovò a non veder l'ora di assumere il ruolo di consolatore e protettore. « Forse riusciremo ad abbandonare l'atteggiamento antagonistico che abbiamo assunto al primo momento. Invece di accentuare le differenze, potremo forse vagliare quello che abbiamo in comune. » Si rese conto che aveva accelerato il ritmo della voga, e dovette imporsi di prendersela calma per non scoppiare.

« A quel ritmo non potevi certo andare avanti tutta la notte », pensò: ma la voglia di rivederla persisté in lui molto più a lungo della sua resistenza alla fatica.

Un'ora dopo l'altra continuava a puntare, finché Pumula non si svegliò e venne a dargli il cambio. Allora Sean andò a dormire, ma all'aurora stava vogando ancora lui. Il cielo orientale diventò rosa, poi giallo chiaro, e sopra la sua testa turbinavano gli uccelli palustri, le cui miriadi di ali creavano un frullo sommesso che tutto pervadeva mentre sorgeva il sole.

Due ore dopo, Sean invitò Matatu a dargli il cambio e non aveva ancora raggiunto la prua che quello già spingeva tutto contento, indicando il lontano rilievo dov'erano diretti, che cominciava a vedersi.

Tuttavia, era primo pomeriggio quando bucarono l'ultimo foltissimo canneto di papiri e sbarcarono sulla spiaggia sotto il villaggio bruciato.

Sean si trattenne a stento dal mettersi a correre mentre passava tra i resti delle capanne.

« Job doveva mettere Dedan di guardia », pensò irritato. « Se possiamo arrivare non visti noi, chissà chi altri potrebbe... » Non terminò di formulare il pensiero. Proprio davanti a loro c'era il boschetto dove avevano costruito il capanno per Claudia, e Sean si fermò di colpo.

Era troppo tranquillo. Il suo sesto senso l'avvertì del pericolo. C'era qualcosa che non andava. Si buttò per terra, rotolando al riparo col 577 già imbracciato.

Restò sdraiato ad ascoltare. Il silenzio gravava su di lui come un peso fisico. Si inumidì le labbra e imitò il verso chioccio del francolino, uno dei segnali di adunata che Job avrebbe certamente riconosciuto. Non ci fu risposta. Avanzò col passo del leopardo e poi si fermò di nuovo. Qualcosa brillava nell'erba rasa proprio davanti alla sua faccia. La raccolse e sentì lo stomaco chiuderglisi.

Era un bossolo vuoto calibro 7.62 con una scritta incisa in caratteri cirillici: munizioni sovietiche per il kalashnikov. Sean l'annusò. Era stato sparato da poco, si sentiva ancora l'odore di polvere pirica. Si guardò rapidamente intorno e ne vide altri, indizio sicuro di una violenta sparatoria.

Saltò in piedi e si mise a correre a zig-zag nel boschetto, per complicare le cose a un eventuale cecchino nascosto.

Raggiunto il limite del bosco, si lasciò cadere di nuovo a terra, rotolando subito di lato.

Vide immediatamente il cadavere, giaceva faccia a terra sotto un rovo a pochi metri di distanza. Era un negro. Gli avevano tolto indumenti e stivali.

« Job! » proruppe con un gemito strozzato. Strisciò avanti, fino a trovarsi a fianco a fianco col cadavere. Una sola pallottola l'aveva colpito in mezzo alla schiena, e le mosche pullulavano nel buco. Il sangue si era coagulato in una crosta nera; si sentiva odor di putrefazione.

« È morto da almeno un giorno », stimò, e si inginocchiò. Non c'era più bisogno di cautele. Delicatamente sollevò la testa del morto. Il collo era già rigido. Sospirò di sollievo e lo lasciò andare. Era uno sconosciuto.

« Job! » gridò. « Claudia! » Grida disperate. Corse dove aveva lasciato la ragazza: la capanna era deserta.

« Job! » Si guardava attorno come un pazzo. « Claudia! »

C'era un altro cadavere steso ai margini della radura, e corse a vedere chi era: un altro sconosciuto, un negro magrolino col cranio fracassato da un proiettile. Anche lui già cominciava a puzzare, con la pancia gonfia e lustra come un pallone nero.

« Due bastardi in meno », disse amaro Sean. « Bel colpo, Job. »

Matatu aveva seguito Sean e stava osservando la scena. Si mise a girare freneticamente in tondo, e poi ad andare avanti e indietro come un cane da caccia che abbia fiutato una pernice acquattata nell'erba. Sean e Pumula rimasero a guardarlo senza unirsi alle ricerche per non confondere le tracce.

Nel giro di pochi minuti Matatu tornò a rapporto.

« Sono gli stessi shufta di prima, che ci hanno seguito. Erano in quindici, hanno circondato il capanno e sono venuti all'assalto. Job ha ammazzato questi due col *banduki* 30/06. » Tese a Sean i bossoli vuoti che aveva raccolto. « C'è stata una gran lotta, ma alla fine li hanno presi. »

« E la *memsahib*? » Sean aveva paura della risposta.

« Ndio », rispose Matatu in swahili. « Sì, hanno preso anche lei. Zoppica ancora, ma l'hanno portata via sorreggendola in due. Lei continuava a dibattersi. Job era ferito, e anche Dedan. Li avranno picchiati, e penso che gli abbiano legato le braccia, perché camminano un po' squilibrati e malfermi. » Matatu indicò i cadaveri. « Gli hanno tolto divisa e *banduki* e poi sono tornati indietro di là », disse indicando l'istmo elevato.

« Quando? » chiese Sean.

« Ieri mattina. Forse hanno attaccato il campo all'alba. »

Sean annuì mesto, ma dentro urlava: « Claudia, oh mio Dio, se ti toccano li sbudello! »

« Inseguiamoli », disse forte. « Presto, andiamo! »

Pumula tornò indietro a prendere l'equipaggiamento e le borracce in canoa, e Sean partì di corsa ancor prima d'infilarsi lo zaino in spalla. La grande stanchezza della nottata passata a vogare era svanita. Si sentiva forte, furente e infaticabile.

Entro i primi due chilometri ritrovarono il passo degli incursori che erano stati in guerra. Le tracce erano vecchie, e Sean trascurò le precauzioni contro le imboscate. Si affidò interamente a Matatu per eventuali trappole o mine che i guerriglieri si fossero lasciati alle spalle, ma a parte questo procedettero in fila indiana a velocità non troppo inferiore a quella di una maratona olimpionica.

L'immagine di Claudia sembrava danzare davanti agli occhi di Sean e gli metteva le ali ai piedi.

Quindici, aveva detto Matatu, e chissà com'erano tentati dal bianco corpo dolce di Claudia. Tuttavia, non c'erano segni che si fossero fermati a godersela. Accettava senza riserve la ricostruzione di Matatu: erano piombati addosso al campo all'alba e l'avevano preso d'assalto correndo il rischio di perdite che non avevano vendicato. Pareva che volessero far prigionieri, invece che uccidere, perché a quanto sembrava Job e Dedan non avevano riportato che delle botte col calcio dei mitra. Ma ciò che lo preoccupava di più era la sorte di Claudia.

Stavano costringendola a camminare sulla gamba ammaccata. Questo non poteva che aggravare la distorsione, col rischio di recare al ginocchio un danno permanente. Se lei li avesse rallentati troppo, avrebbero cominciato a minacciarla, impazienti. Tutto dipendeva da quanto bisogno avevano di un ostaggio bianco, probabilmente da usare come merce di scambio coi governi occidentali. Dipendeva da chi erano, Frelimo, Renamo o briganti qualunque, dipendeva dalla disciplina che regnava fra loro, da chi li comandava, dalla sua autorità reale eccetera eccetera: ma in qualunque modo si considerasse la faccenda, restava il fatto che Claudia era in gravissimo pericolo.

Si rendevano conto che rischiavano di essere inseguiti? Sicuramente dalle tracce avevano capito che al campo mancavano tre uomini, anzi quattro col capo. Dunque la risposta non poteva essere che sì, sapevano che gli altri li avrebbero inseguiti. Ciò li avrebbe preoccupati e resi eccitabili.

Purtroppo Claudia poteva dimostrarsi un pericolo per la sua stessa salvezza. Già se l'immaginava discutere con loro, pretendere il rispetto dei diritti umani, rifiutarsi di eseguire i loro ordini. Pensandoci, a dispetto della preoccupazione, gli accadde di sorridere. Magari quelli credevano di aver messo le mani su una gattina, e invece presto si sarebbero accorti che era una tigre.

Il sorriso gli morì sulle labbra. Era sicurissimo che si sarebbe comportata con loro nel modo migliore per irritarli e rendere più scarse le sue probabilità di salvezza. Se il capo del gruppo era un debole, l'avrebbe spinto al punto di dover ribadire la propria autorità sugli uomini. La società africana è patriarcale, e una donna che non sta agli ordini rappresenta un'inconcepibile offesa. Se erano della stessa banda che aveva bruciato il villaggio, la loro brutalità era ampiamente dimostrata.

« Per una volta, papera, tieni la bocca chiusa, mi raccomando! » pregò in silenzio.

Davanti, Matatu si fermò e li chiamò con un gesto. Sean lo raggiunse.

« Qua si sono fermati a riposare », disse la guida indicando il punto dove il gruppo si era fermato all'ombra di un boschetto di giovani *mopani*.

C'erano un sacco di mozziconi per terra, e Matatu indicò il segno dei rami tagliati, forse per fare il fuoco, scartando le fronde minori, le cui foglie erano già accartocciate: ciò indicava che la stima di Matatu era giusta, era passato poco più di un giorno.

Il taglio di tanti rami rese perplesso Sean, ma Matatu gli spiegò l'arcano. « Hanno costruito un *mushela* per la *memsahib.* »

E Sean annuì con sollievo. Claudia zoppa aveva rallentato la marcia, ma invece di liberarsene con una pallottola nella nuca, semplice espediente che certo a qualcuno si era affacciato alla mente, avevano pensato bene di costruirle una barella con rami di *mopani*.

Meno male. La notizia era ottima, e tale da cambiare le probabilità di sopravvivenza che Sean aveva pronosticato per Claudia. Le attribuivano un valore che lui non aveva osato sperare.

Tuttavia, il momento cruciale doveva esser stato la serata della vigilia, quando avevano deciso di accamparsi per la notte. I catturatori avevano avuto tutta la giornata per osservarla, guardandole avidamente il corpo, e racimolando fantasia e coraggio.

Sean scoprì che non riusciva a sopportare il pensiero di ciò che poteva esserle già capitato se il capo della banda aveva perso il controllo dei suoi uomini.

« Andiamo, Matatu », ruggì. « Stiamo perdendo tempo qui. » Se era successo, era successo la sera prima. Dunque era già troppo tardi, ma ogni minuto in più che perdeva lo faceva infuriare.

Le tracce li portavano a risalire l'istmo che avevano percorso all'arrivo alla palude, fino all'arida pianura alluvionale che si stendeva verso sud. La pista era facilissima da seguire, i quindici uomini coi tre prigionieri non tentavano nemmeno di cancellare le tracce. Osservandole, Matatu capì che i guerriglieri avevano costretto Job e Dedan a portare la barella di Claudia, e Sean fu contento che fossero in grado di farlo, perché ciò significava che non avevano subito ferite gravi. Inoltre era sicuro che Job le avrebbe provate tutte per rallentare la marcia e consentire loro di raggiungerli.

Mentre Sean pensava questo, Matatu emise un'esclamazione e indicò i segni nella terra soffice. Lì Job aveva lasciato andare la barella, finendo platealmente a terra, per rialzarsi a stento solo dopo esser stato circondato e afferrato dai catturatori.

« Bravo, bravo », borbottò Sean senza rallentare un attimo. « Ma non farli arrabbiare troppo. » Quello di Job era un gioco pericoloso.

Stavano guadagnando molto terreno sul gruppo dei guerriglieri, e Sean sperò addirittura di raggiungerli prima di sera.

« Sarà un bel match », si disse. « In tre con un fucile solo, contro quindici tagliagole armati di kalashnikov. »

Finora non avevano incontrato alcuna trappola. Di solito i

guerriglieri non trascuravano mai di minare i sentieri dopo il loro passaggio, e Sean si chiese perché non l'avevano fatto. Forse non erano molto ben addestrati, oppure non avevano le mine antiuomo, oppure ancora non pensavano di essere seguiti. Ma c'era un'altra possibilità, la peggiore: che intendessero preparargli qualche brutta sorpresa più avanti.

« Ci penseremo a suo tempo. »

Matatu si fermò di nuovo.

« Ieri sera hanno mangiato qui. » Indicò i resti di un fuoco e i segni che avevano lasciato per terra sedendosi a mangiare. Dei formiconi neri venivano ancora a cercar briciole, e c'erano i soliti mozziconi.

« Guardate bene dappertutto », ordinò Sean. « Job avrà certo provato a lasciarci qualche messaggio. » Mentre Matatu e Pumula setacciavano la zona rapidamente ma attentamente, Sean guardò l'orologio. Erano le quattro del pomeriggio. Correvano da solo tre ore, avevano a disposizione ancora un sacco di luce, e potevano benissimo raggiungerli prima di sera.

« Qui hanno appoggiato la barella della *memsahib* », disse Matatu. « Qui lei si è alzata in piedi. »

Sean esaminò le sue impronte, più piccole, strette e nitide di quelle stivalute dei catturatori. Si capiva che trascinava una gamba.

« Hai trovato qualcosa? » domandò secco. « Ha lasciato qualche messaggio Job? »

« Niente », scosse la testa Matatu.

« Va bene. Adesso beviamo », stabilì e distribuì le tavolette di sale. Non serviva invitarli a controllarsi. Tre sorsi ciascuno dalla borraccia, e poi la richiusero con cura. Si erano fermati meno di cinque minuti.

« Andiamo », disse Sean.

Un'ora dopo trovarono dove si erano accampati a dormire. Il fatto che dopo mangiato fossero andati a dormire in un altro posto, lontano dal fuoco, fece comprendere a Sean che erano guerriglieri addestrati e non briganti qualsiasi.

« Cerca ancora », ordinò Sean. Qualunque informazione che Job poteva aver lasciato era preziosa.

« Niente », disse Matatu tornando a rapporto qualche minuto dopo. Sean ci restò male.

« Va bene. In marcia », ordinò, e stava per allontanarsi quando ci ripensò.

« Dove ha dormito la *memsahib*? » domandò a Matatu.

« Qua », gli indicò la guida. Qualcuno, probabilmente Job, le aveva preparato un giaciglio di erba e foglie. Il suo corpo aveva appiattito il mucchio. Sean si accucciò lì vicino e cercò attentamente tra le foglie.

Non c'era niente. Spazzò via le ultime e stava per rialzarsi in piedi, sempre più deluso, col netto presentimento che stava lasciandosi sfuggire qualcosa di molto importante.

« Altro che telepatia », brontolò, e poi vide il bottone, semisepolto tra le foglie pestate.

Lo raccolse e si rialzò. Era un bottone d'ottone dei jeans di Claudia, col marchio RALPH HUTTON.

« Jeans firmati, è proprio lei. » Se l'infilò in tasca. « Ma non mi dice un bel niente », sbuffò.

« A meno che... » Tornò ad accucciarsi e spostò il terriccio sotto il punto dove aveva trovato il bottone. Proprio così: si era servita del bottone come segnale, e sotto uno strato di terriccio aveva infilato un cartoncino strappato a un pacchetto di sigarette. Era un rettangolino di due centimetri per quattro, piccolissimo per scriverci sopra con un rametto carbonizzato dal fuoco.

« 15 Renamo. » Notizia importantissima, che confermava il numero stimato da Matatu e finalmente chiariva con chi avevano a che fare: la Renamo. « Cave. » La parola lo rese perplesso. Poi capì: era latino da scolaretti, significava « Attento », e lo usavano scherzosamente gli alunni delle scuole inglesi.

Dovette sorridere. « Come farà a saperlo? » Poi ricordò che era laureata in legge, e continuò la lettura.

« Cave. Ti aspettano. » Lei e Job dovevano averli sentiti parlare proprio di questo. Altra informazione preziosissima.

« Tutto OK. » E aveva perfino firmato, con una C.

Sean guardò il pezzettino di carta che aveva sul palmo della mano come se fosse una reliquia della vera croce.

« Brava, bellezza », sussurrò. « Hai cervello e coraggio, bisogna proprio riconoscerlo... » Scosse la testa ammirato, col magone. Per la primissima volta ammise che la desiderava accanto a sé, ma quando si rialzò in piedi soffocò il sentimento. Non era il momento di indulgere a queste cose.

« Renamo », disse a Matatu e Pumula. « Avevi ragione, sono in quindici. Sanno che li stiamo seguendo. Bisogna aspettarsi un'imboscata. »

Entrambi avevano la preoccupazione dipinta in faccia, e

Sean guardò l'orologio. « Possiamo raggiungerli prima che faccia buio. »

Nel giro di un'ora trovarono il posto della prima imboscata tesagli dalla Renamo: quattro uomini li avevano aspettati al termine della piana dei cretti, dove cominciavano le alture e la foresta fitta. L'agguato era stato organizzato bene, in fondo a uno stretto *vlei*, terreno scoperto che offriva buone possibilità di tiro.

I quattro se n'erano andati pochissimo tempo prima del loro arrivo.

« Hanno comandato una pattuglia di retroguardia per fermarci. » Sean si sentiva in colpa per aver guidato un inseguimento tanto rapido e imprudente.

Nel terreno c'erano i due chiari segni delle astine di sostegno della mitragliatrice leggera RPD, una delle più semplici ma micidiali armi della guerriglia. Se fosse sbucato coi suoi sul *vlei* quand'era ancora postata, nessuno di loro sarebbe uscito vivo. Aveva avuto troppa furia, trascurando le precauzioni elementari. La sua preoccupazione per Claudia l'aveva spinto a gravi errori.

I quattro guerriglieri Renamo se n'erano andati appena prima che arrivassero loro. Dunque avevano stimato con sconcertante precisione la loro tabella di marcia. Erano sopravvissuti per un caso fortunato.

Adesso ovviamente quelli si erano ritirati, piazzando un'altra imboscata più avanti, per non farsi distaccare troppo dal gruppo principale.

« Bisogna cambiare formazione », stabilì con riluttanza Sean, « per scongiurare altre imboscate. » C'era bisogno di occhi bene aperti sui lati. Questo li avrebbe fatti rallentare: non era più possibile raggiungere la squadra di guerriglieri della Renamo prima di sera.

In tre erano veramente troppo pochi. Solo Matatu restava sulle tracce: Sean e Pumula dovevano allontanarsi sui fianchi. Fra tutti avevano un fucile solo, la grossa, pesante, lenta doppietta a due colpi.

E stavano cercando il contatto con guerriglieri addestrati, che li aspettavano muniti di armi automatiche.

« È un suicidio », si disse Sean, ma nonostante questo aveva una gran voglia di accelerare.

Al centro, Matatu fece un fischio. In quel momento Sean

non lo vedeva. Anche se non era un segnale d'allarme, Sean si buttò a terra e si guardò attentamente intorno prima di rialzarsi e andare dalla guida.

Matatu era accucciato di fianco alle tracce, col perizoma pudicamente fissato tra le gambe. Aveva l'espressione preoccupata.

« Da dove diavolo sono venuti? » Era una protesta, più che una domanda. Il divario di forze a loro sfavore si era moltiplicato per cento, e per la prima volta Sean si sentì schiacciare dalla disperazione.

Un gruppo ancora più folto di guerriglieri Renamo si era unito a quelli di prima. A prima vista sembrava un'intera compagnia.

« Quanti sono? » domandò a Matatu, e stavolta anche lui non fu in grado di rispondere con precisione. Le tracce erano molto confuse e si sovrapponevano.

Matatu fiutò una piccola presa di tabacco, il solito rito di quando voleva dissimulare l'incertezza. Starnutì e gli occhi gli si riempirono di lacrime che si asciugò col pollice. Poi alzò le mani a dita aperte e le agitò insieme quattro volte.

« Quaranta? »

Matatu fece un timido sorriso di scusa e agitò le mani aperte un'altra volta.

« Tra quaranta e cinquanta. » Sean aprì la borraccia e bevve un sorso d'acqua. Era calda come brodo, ma prima di inghiottire si sciacquò golosamente la bocca.

« Li conterò un'altra volta più tardi », promise Matatu. « Quando li riconoscerò tutti uno per uno, ma per ora... » Sputò sulla terra pestata, mortificato da quello che considerava un fallimento.

« Che vantaggio hanno? » domandò Sean, e Matatu usò l'indice come lancetta per descrivere un settore del cielo.

« Tre ore », tradusse Sean. « Non li prendiamo più, oggi. »

Quando fu buio, Sean disse: « Mangeremo mentre aspettiamo che spunti la luna ». Ma quando sorse, era un'esilissima falce d'argento, ben presto oscurata dalle nuvole: non dava abbastanza luce nemmeno per seguire quelle tracce chiarissime.

Sean pensò di proseguire la marcia notturna alla cieca, cercando di superarli per poi aspettarli nascosti nella speranza di aver l'occasione di raggiungere Claudia e Job e liberarli.

« Sogni in technicolor », si disse però.

Ormai erano giorni e giorni che facevano marce forzate e si trovavano tutti sull'orlo dell'esaurimento fisico. Vagando al buio potevano finire in bocca alle sentinelle Renamo oppure magari perdere irrimediabilmente il contatto.

« Adesso dormiamo », disse infine, obbligato a rinunciare. Siccome la Renamo sapeva di averli alle costole, poteva anche darsi che mandasse un distaccamento a cercarli per attaccarli di sorpresa.

Quindi Sean decise di accamparsi ben lontano dalle tracce, in un foltissimo roveto che avrebbe scoraggiato gli assalitori, o comunque impedito loro di piombargli addosso di sorpresa. Avevano tutti un gran bisogno di dormire, e Sean preferiva affidarsi ai rovi piuttosto che dover stabilire dei turni di guardia.

La notte era freddissima e si strinsero l'uno all'altro per scaldarsi. Sean stava già scivolando nel buio abisso del sonno quando un sussurro di Matatu lo richiamò alla coscienza.

« C'è uno di loro... » cominciò Matatu, e s'interruppe. Sean aprì gli occhi, rassegnato.

« Dimmi », l'invitò con voce impastata.

« Uno di questi Renamo io l'ho già visto. »

« Ne conosci uno? » Sean si svegliò del tutto.

« Credo di sì, ma è successo tanto tempo fa, e non riesco a ricordarmi dove. »

Sean restò zitto, pensando a quella semplice affermazione e a tutto ciò che in realtà comportava. Sean avrebbe avuto gravi difficoltà a ricordare la faccia di tutte le persone che aveva incontrato, diciamo, negli ultimi dieci anni. E lì c'era Matatu, che si lamentava di non riuscire a riconoscere immediatamente *delle impronte* che gli era già capitato di vedere anni prima, tra infinite altre.

Benché avesse già assistito a parecchi exploit straordinari di Matatu, questa gli sembrava troppo grossa, e si permise di dubitare.

« Ma va' a dormire, grandissimo coglione », proferì nel buio con una rude carezza sulla testa lanosa dell'omino. « Forse in sogno ti ricorderai quel nome. »

Quanto a lui, sognò Claudia. Correva nuda in una selva oscura. Gli alberi erano neri e senza foglie, coi rami contorti. Un branco di lupi la inseguiva. Anch'essi erano neri come la notte, ma con le zanne candide e splendenti e la lingua rossa che penzolava. Claudia fuggendo lo chiamava, e la sua pelle era bianca e luminosa come la luna.

Lui cercava di raggiungerla, ma aveva le gambe come impegolate nella melassa. Tentava di chiamarla, ma anche la lingua non gli ubbidiva più.

Si svegliò che una mano rude lo scuoteva. Cercò di gridare, ma gli uscì soltanto un gemito strozzato.

« Svegliati! » Era Matatu a scuoterlo. « Stavi gridando e gemendo. La Renamo ti sente! »

Si drizzò subito a sedere. Il freddo gli aveva intorpidito i muscoli delle gambe, e il terrore del sogno era ancora in lui. Gli ci volle qualche secondo prima di tornare alla realtà e ricordare dove si trovava.

« Stai invecchiando, ragazzo mio. » Si sentiva umiliato. Uno scout doveva saper dormire silenziosamente e svegliarsi in un istante, chi russava o gridava nel sonno attirava i tagliagole.

« Presto ci sarà abbastanza luce », gli sussurrò Matatu. Si sentiva già il concerto degli uccelli e da una parte l'intrico dei rovi si stagliava contro il cielo non più nero.

« Andiamo », disse Sean, alzandosi.

Mentre il sole era ancora basso e la rugiada persisteva sull'erba, giunsero al fiume asciutto in cui i guerriglieri Renamo si erano accampati per la notte. Erano ripartiti alle prime luci e dunque non potevano essere lontani.

Matatu trovò le impronte di Claudia sulla sabbia del letto asciutto. « Si muove già un po' meglio », disse a Sean. « La gamba sta guarendo ma Job e Dedan la portano ancora in barella. Ecco, qua ci è salita sopra. »

Matatu si spostò dalle impronte femminili a un'altra serie di tracce più grandi, chiaramente maschili, che per Sean non avevano un bel niente di diverso da tutte le altre, se non che chi le aveva lasciate portava stivali con la suola a doppia spina di pesce.

« Io questo qua lo conosco », sussurrò Matatu. « So come cammina... » Scosse la testa, frustrato, e si girò dall'altra parte.

Adesso procedevano con estrema cautela. Le tracce andavano dritte verso le pendici della vallata, e ben presto si trovarono tra le prime colline. Chiunque comandasse la colonna della Renamo, sapeva benissimo dove andava.

Sean si aspettava da un momento all'altro di entrare in contatto con la retroguardia della colonna. Temeva però di accorgersene ricevendo in corpo una raffica della mitragliatrice leggera RPD, che spara circa seicento colpi al minuto.

Qua in collina ogni macigno, ogni piega del terreno poteva celare il nemico, sicché bisognava esplorarla minutamente prima di avanzare. Sean friggeva d'impazienza, ma si costrinse ad adattare al terreno difficile il ritmo di marcia.

Quando scollinarono, attraverso un rado boschetto di begli alberi *msasa* scorsero l'altopiano che si elevava sopra i primi contrafforti.

« Sicuramente ci aspettano lassù », mormorò Sean. « È il posto migliore per un'imboscata. »

Le impronte sembravano condurre a un valico che tagliava l'altopiano. Il varco era dominato da pareti di roccia rossa. Al centro del canalone non c'erano quasi alberi, mentre sui costoni, sotto la roccia, c'era una foltissima vegetazione.

Era il posto ideale per intrappolarli e massacrarli senza colpo ferire.

Dal centro Matatu fece un fischio, e Sean corse a raggiungerlo. Da lì si vedeva benissimo il fondo del canalone che saliva al valico e Sean distinse dei movimenti nell'erba giallastra. Guardò col binocolo e scorse una colonna di uomini che nereggiavano sulla china salendo in fila indiana.

Erano quasi tutti in tuta mimetica e berretti da giungla, benché non mancassero quelli in jeans e camicia cachi.

La testa della colonna era già nella macchia in cima al canalone, a circa cinque chilometri da lì, ma col binocolo Sean fece in tempo a contare dodici uomini.

La barella era al centro, e la portavano in quattro, due davanti e due di dietro. Sean cercò di regolare il binocolo per poter vedere bene Claudia, ma prima che riuscisse ad aumentare gli ingrandimenti la barella scomparve tra gli alberi.

Sean abbassò il binocolo e pulì le lenti col fazzoletto. Anche Pumula li aveva raggiunti, dall'altro fianco, e adesso si accucciò vicino a Matatu e insieme si misero a studiare il terreno in un mesto silenzio.

Ancora una volta Sean alzò il binocolo e studiò le due pendici boscose. A questo punto poteva giurare che li avrebbero aspettati lì. Dalla cima del valico potevano prenderli d'infilata, dai costoni, a fuoco incrociato mentre loro sudavano risalendo il canalone spoglio.

« Quanti ne hai visti? » chiese Sean senza abbassare il binocolo. « Si sono infilati tutti tra gli alberi in cima alla valle? »

« Io ne ho visti pochi », mormorò Pumula.

« *Masesh* », disse Matatu sputando per terra. È la feccia della birra di miglio che i pescatori batonka dopo la fermentazione adoperano come pastura per attirare i branchi di pesci sulle secche del lago Kariba.

Sputò ancora. « Quel canalone è la bocca del coccodrillo. Vogliono che noi ci infiliamo la testa. »

Sean studiò le pendici della valle. Senza fretta, abbassando il binocolo ogni tanto per riposarsi gli occhi. Cominciò dalla cima per scendere piano piano. Quando arrivò in fondo, ricominciò da capo, perlustrando il terreno a palmo a palmo più volte. Cercava di non pensare alla barella, e alla figurina che gli era sembrato di scorgerci sopra. Si concentrò completamente nella sua ricerca, e dieci minuti dopo fu ricompensato.

Da un lampo: il riflesso del sole sopra un orologio da polso oppure un paio di occhiali.

« Sono là », disse abbassando il binocolo. « Sì, Matatu, hai ragione. Ci hanno fatto vedere l'esca e adesso ci aspettano. »

Si sedette dietro un masso per cercare di riflettere, ma non ci riusciva perché continuava a pensare a Claudia.

Una cosa era sicura, e cioè che l'inseguimento a questo punto era del tutto inutile. Alzò lo sguardo. Matatu e Pumula lo guardavano con un'espressione di fiducia cieca. In quasi vent'anni non l'avevano mai visto arrendersi alle difficoltà. Quindi aspettavano pazientemente che anche stavolta tirasse fuori qualche miracolo.

Questo lo esasperò. Balzò in piedi e si allontanò per ragionare senza quegli sguardi fiduciosi posati addosso.

Trovò un punto ben nascosto, che pure disponeva di una buona vista dei dintorni, per evitare che qualcuno gli piombasse addosso all'improvviso, e si mise a valutare le possibilità col fucile in grembo.

La prima che scartò fu un attacco alla colonna della Renamo. Anche se avesse avuto più uomini, doveva pensare agli ostaggi che detenevano. Nemmeno una compagnia di scout bene armati gli avrebbe consentito di attaccare.

« E allora cosa spero di ottenere, seguendoli? » si chiese. « A parte la soddisfazione di questo novello e bizzarro desiderio di star più vicino che posso a Claudia Monterro. »

Probabilmente la miglior garanzia di rilascio per gli ostaggi in mano alla Renamo non era il suo intervento, ma trattative diplomatiche a Pretoria col potente alleato dei guerriglieri, il governo sudafricano. Tuttavia, anche i sudafricani non potevano far niente se ignoravano che una cittadina americana era stata catturata dalla Renamo.

« Okay. » Sean era giunto a una prima decisione. « Devo far arrivare un messaggio al consolato americano di Harare. » Capì subito che questo risolveva un'altra delle sue grosse preoccupazioni. Aveva la responsabilità di Pumula e Matatu: finora, li aveva condotti verso il suicidio. Più si avvicinavano alla colonna Renamo e più la coscienza gli rimordeva. Adesso però aveva la scusa buona per mandarli via.

« Li rimando tutti e due a Chiwewe con un messaggio per Reema. » Aprì lo zaino e trovò il minuscolo taccuino rilegato in pelle. Si mise a scrivere il messaggio.

Reema aveva tutti i dati su Riccardo e Claudia nel suo schedario in ufficio, dalla descrizione fisica al numero del passaporto.

Riccardo era stato un uomo importante, pieno di conoscenze in alto loco. Sean non avrebbe certo rilevato che era morto, ma anzi avrebbe lasciato intendere che anche lui, oltre alla figlia, era prigioniero della Renamo. Il console degli Stati Uniti, poteva contarci, si sarebbe subito messo in contatto con Pretoria.

Purtroppo il momento politico non era dei migliori, date le sanzioni americane attualmente imposte al Sudafrica: i rapporti tra i due Paesi erano stati molto più stretti e amichevoli in altri tempi. Tuttavia il governo di Pretoria non avrebbe mancato di intercedere a favore di due cittadini statunitensi presso la Renamo per motivi puramente umanitari.

« Okay, questo risolve il problema di Matatu e Pumula. » Sean firmò il messaggio, strappò la pagina del taccuino, la piegò, e poi gli venne in mente un'altra cosa. Scribacchiò istruzioni a Reema di esigere il pagamento di 500.000 dollari dall'amministratore del patrimonio di Riccardo. La ragazza doveva farsi mandare le relative carte dal campo di Chiwewe e affidare la faccenda all'avvocato di Sean.

Infine dovette prendere la decisione che riguardava lui. Poteva andare coi suoi uomini: passato il confine, di lì a due o tre giorni poteva bere birra al Miekles Hotel pensando a come spendere il mezzo milione di Riccardo. Era la cosa più intelligente e logica da fare, ma Sean scartò l'idea ancor prima di considerarla.

« Sicché seguirò la colonna in attesa di una buona occasione.» Sogghignò di una scelta simile. «Ma quale occasione?» si derise. «Di assalire più di cinquanta terroristi con una doppietta, liberare tre prigionieri, e scappare in Zimbabwe con Claudia in spalla per cento chilometri di territorio nemico?»

Si alzò in piedi e si rimise lo zaino. Poi tornò con cautela alla discesa dove Matatu e Pumula si erano fermati a studiare il canalone. Si mise vicino a Matatu.

«Qualcosa di nuovo?» gli chiese, e Matatu scosse la testa. Restarono in silenzio per parecchi minuti, mentre Sean cercava il coraggio di dire all'omino che lo rimandava indietro.

Mentre lo racimolava pian piano, perlustrava col binocolo il lungo canalone dove sapeva che la Renamo gli aveva teso l'imboscata. Matatu sembrava accorgersi che in pentola stava bollendo qualcosa di sgradevole. Continuava a guardar di sottecchi Sean, con l'aria preoccupata, ma quando finalmente questi si rivolse a lui si mise a ridere tutto contento e a sussultare annuendo, impaziente di compiacerlo e stornare la brutta notizia che vedeva arrivare.

«Adesso mi ricordo!» disse con gioia. «Mi è venuto in mente chi è!»

Preso alla sprovvista, Sean lo guardò accigliato. «Chi? Di cosa stai parlando?»

«Del capo della colonna Renamo», gli disse giulivo Matatu. «T'ho detto ieri che avevo riconosciuto le impronte, ma adesso mi sono ricordato chi è.»

«E chi è, allora?» chiese diffidente Sean, pronto a non credergli affatto.

«Ti ricordi quando siamo saltati dallo *ndeki* per attaccare il campo d'addestramento all'incontro dei due fiumi?» Matatu gli strizzò l'occhio e Sean annuì con cautela.

«Ti ricordi come li abbiamo sterminati sul sabbione?» Matatu rideva a quel bellissimo ricordo. «E ti ricordi quello che abbiamo beccato nell'ufficio, mentre cercava di bruciare le carte? Quello che non voleva marciare, che hai dovuto spararagli nell'orecchio?» Sghignazzò al bello scherzetto. «Che gli usciva tutto il sangue dall'orecchio e strillava come una verginella?»

«Il compagno Cina?»

«Proprio lui.» Matatu aveva qualche difficoltà a pronunciarne il nome. «Sì, sì, quello lì.»

«Ma va'. È impossibile», scosse la testa Sean. «Non può essere Cina!»

Matatu si coprì la bocca con la mano e continuò a ridacchiare deliziato. Era contentissimo quando riusciva a sbalordire e confondere il padrone. Non c'era niente di più divertente per lui.

« Tcina! » disse Matatu con un allegro sternuto, infilandosi un dito nell'orecchio. « Pum! » fece, sghignazzando fin quasi a strozzarsi. « Proprio il compagno Tcina! »

Sean lo guardava senza vederlo, digerendo la straordinaria informazione. Tutto lo spingeva a scartarla subito, senonché Matatu non commetteva errori in quel genere di cose.

« Il compagno Cina! » sospirò Sean. « Bella fregatura. »

Riandò mentalmente a quel giorno lontano; l'uomo gli aveva fatto una tale impressione che, pur nella folla di ricordi legati a quella guerricciola sanguinosa, riuscì a evocarne un'immagine abbastanza precisa.

Ricordò la sua bella testa dai lineamenti nilotici, gli occhi scuri e intelligenti: ma il suo aspetto fisico era confuso rispetto al ricordo nettissimo della sua forza di volontà e del magnetismo che emanava.

Era già molto pericoloso allora, chissà com'era diventato esperto e temibile adesso.

Sean scosse il capo. Una volta, il suo soprannome era stato « Lucky Courteney », ossia Courteney il Fortunello, ma temeva di aver esaurito le riserve di quel bene così aleatorio. Non riusciva a immaginare nessuno che avrebbe aborrito di più, a capo di quella colonna della Renamo, del compagno Cina.

Matatu aveva quasi finito di ridere, e adesso era alle prese con il solito singhiozzo che gli veniva dopo. Reggendosi la pancia, cercava di tenerlo a bada, e ogni tanto ricominciava a ghignare.

« Ti rimando a Chiwewe », gli disse Sean senza cerimonie, tagliando subito corto alla manfrina. Matatu lo guardò incredulo e disperato. Sean non riuscì a sostenere quegli occhi carichi di rimprovero.

Si rivolse a Pumula, chiamandolo seccamente a rapporto. « Questo biglietto è per il cuoco del campo. Digli di trasmetterlo per radio a Miss Reema a Harare. Matatu ti guiderà indietro, ma non fermarti per strada neanche a pisciare, intesi? »

« *Mambo.* » Pumula era un vecchio scout, avrebbe obbedito senza discutere né domandare niente.

« Va bene, andate », ordinò Sean. « Andate subito. » Pumula

gli porse la mano. Se la strinsero alla maniera africana, prima i palmi e poi i pollici e poi ancora i palmi. Pumula si abbassò per non stagliarsi contro il cielo in cresta alla collina e se ne andò trotterellando senza voltarsi indietro.

Infine Sean si costrinse a guardare Matatu. Era raggomitolato sul terreno, cercava di farsi ancora più piccolo per non attirar la sua attenzione. « Va'! » gli ordinò bruscamente Sean. « Insegna a Pumula la strada per Chiwewe! »

Matatu si tappava le orecchie tremando come un cagnolino picchiato.

« Vattene via di qui! » tuonò Sean. « Prima che ti cacci a calci in culo! »

Matatu alzò la testa con uno sguardo tragico, e l'espressione servile. Sean aveva voglia di abbracciarlo e consolarlo.

« E fila via, grandissimo coglione! » Sean fece una faccia ferocissima; Matatu si allontanò di pochi passi e poi tornò a guardarlo, implorante.

« Vai! » Sean alzò la destra minacciosamente. Alla fine l'ometto si rassegnò all'inevitabile e si avviò per la discesa.

Poco prima di scomparire nel folto, in fondo alla discesa, si fermò a guardare indietro un'ultima volta, sperando in un ripensamento. Era il ritratto dell'afflizione.

Deliberatamente Sean gli voltò le spalle e alzò il binocolo per rimettersi a scrutare il terreno, ma dopo qualche istante la vista gli si annebbiò e dovette sbattere più volte le palpebre. Suo malgrado diede una sbirciatina dietro. Matatu era sparito.

Era una strana sensazione, non averlo accanto. Dopo qualche minuto, Sean tornò a sollevare il binocolo e riprese l'esame delle pendici del canalone, scacciando Matatu dalla mente. Dalle due parti della lunga valle lo spalto di roccia rossa continuava ininterrotto fino a dove Sean riusciva a vedere. Non era particolarmente alto, in qualche punto anzi era piuttosto basso, ma la parete era verticale, con delle cenge sporgenti sul vuoto dove strati di roccia più tenera erano stati erosi formando lunghe caverne orizzontali.

L'entrata della valle era invitante come la bocca di una pianta carnivora per un insetto, e le pareti proibitive e inaccessibili, ma Sean si concentrò su di esse. Le spazzò col binocolo in entrambe le direzioni, fin dove riusciva a vedere. Certo, ci si poteva spostare lungo il contrafforte dell'altopiano fino a trovare una via praticabile, ma questo gli avrebbe fatto perdere del tempo prezioso. Continuò quindi a tornare col binocolo sullo stesso punto.

A mezzo chilometro, sul lato destro della sella rocciosa, c'era una via che si poteva scalare, benché senza un compagno e senza materiale alpinistico sarebbe stato molto pericoloso. Il fucile e lo zaino l'avrebbero impacciato: inoltre avrebbe dovuto fare il tentativo al buio. Affrontare la parete esposta di giorno significava esortare i nemici al tiro a segno, nella parte ingrata del bersaglio.

Attraverso le lenti del binocolo distinse un'interruzione della cengia dove la roccia era crollata lasciando dei gradoni tipo scala antincendio. Sembrava che di lì si potesse superare la cengia, per arrivare a un angusto cornicione che proseguiva più o meno orizzontale per parecchie centinaia di metri in entrambe le direzioni.

Da quel cornicione alla cima sembravano esserci due possibili vie. Una era una fenditura verticale, un camino, e l'altra era costituita dalle radici di un enorme fico che cresceva in cresta. Aggrovigliate e contorte contro la roccia, sembravano un nido di pitoni che si stessero accoppiando, e formavano una specie di catena che portava fino in cima.

Sean guardò l'orologio. Aveva tre ore per riposare prima che venisse buio e potesse provarci. Di colpo gli piombò addosso la stanchezza. Capiva che non era solo la fatica fisica dell'inseguimento, ma anche il pedaggio emotivo dell'aver intravisto Claudia e Job nella colonna di guerriglieri Renamo, e il congedo da Matatu.

Cancellò meticolosamente le proprie tracce e cercò un rifugio sicuro per dormire fino a sera. Quando trovò un bel pertugio tra roccia e cespugli con una comoda via di fuga, si slacciò gli stivali per far riposare i piedi, ma tenne il fucile in grembo. Poi mangiò una galletta e una tavoletta di proteine delle razioni d'emergenza e bevve qualche parco sorso dalla borraccia.

Sapeva che si sarebbe svegliato non appena il sole avesse toccato l'orizzonte. Chiuse gli occhi e quasi subito si addormentò.

Nel viaggio di ritorno al campo di Chiwewe, Matatu e Pumula tennero un trotto regolare. Proseguirono tutta la notte e il pomeriggio seguente si fermarono a riempire le borracce negli stagni dove avevano avvistato Tukutela dall'aereo.

Pumula voleva fermarsi a riposare, ma Matatu non si disturbò a discutere con lui. Puntò verso occidente e partì al trotto, e l'altro non poté che seguirlo. Attraversarono il confine tra Mozambico e Zimbabwe a notte fonda, e a metà del pomeriggio seguente irruppero stremati al campo base.

Il loro arrivo causò una costernazione tremenda. Il cuoco si agitò talmente che prima di uscire dalla sua capanna trascurò di mettere il cappellone bianco e il grembiule che ne indicavano il rango, e si precipitò a chieder notizie del *mambo*.

Matatu lasciò a Pumula l'onore e l'onere di consegnargli il messaggio e rispondere alle sue mille domande. Lui se ne andò subito alla propria capanna e si sdraiò sul letto come un bambino. Era un vecchio letto di ferro, con un gibboso materasso di crine, dono di Sean e suo oggetto più prezioso. Dormì per tutto il resto del pomeriggio, che risultò frenetico, col cuoco che urlava nel microfono della radio come se volesse farsi sentire in virtù del solo volume polmonare fino a Harare da Reema.

Quando Matatu si svegliò, aveva dormito cinque ore. Il campo era buio e silenzioso. Rifornì il sacchetto di pelle che costituiva il suo solo bagaglio, prese una buona scorta di tabacco da fiuto sotto il materasso e ne caricò il corno che portava appeso al collo.

Poi scivolò silenziosamente fuori dal campo addormentato. Quando ne fu ben lontano, si raddrizzò e si diresse a est.

« Grandissimo coglione », disse tutto contento, e si mise a correre, per tornare al suo giusto posto accanto all'uomo che amava più di un padre.

Sean si svegliò al primo frescolino della sera. Davanti a lui, la parete dell'altopiano si oscurava nel viola caliginoso del crepuscolo. Sean si stirò e si guardò intorno cercando Matatu. Quando si ricordò che non c'era più, gli venne un nodo allo stomaco.

Si allacciò gli stivali e bevve ancora. Tappata la borraccia, l'avvicinò all'orecchio e la scosse. Ancora mezzo piena.

Aprì il fucile, tolse le cartucce e le cambiò con due nuove prese dalle tasche del giubbotto. Spremette due centimetri di crema mimetica nera dal tubo ciancicato e se la spalmò in faccia e sul dorso delle mani. Questo completò i suoi preparativi. Si alzò in piedi tranquillamente e tornò in cima alla collina.

Usò gli ultimi venti minuti di luce per ispezionare col binocolo la valle e la parete prescelta. A quanto pareva niente era cambiato. Poi si mise a studiare a memoria la via dell'ascensione.

Quando la notte stese il suo nero manto sul mondo, si avviò con calma verso la base della parete.

Lì la vegetazione era fittissima e intricatissima, e per raggiungere la roccia impiegò molto più tempo del previsto.

Ormai era buio pesto, ma riuscì lo stesso a individuare il punto di partenza della scalata, da un cespuglietto che cresceva in una crepa della roccia.

Sean non aveva mai usato cinghia per il suo fucile. Poteva essere pericolosissima nel folto, se si impigliava in qualche ramo proprio mentre un bufalo o un elefante ferito caricava. Quindi infilò il fucile insieme al sacco a pelo sotto la falda dello zaino. Il calcio sporgeva da una parte e la canna dall'altra: il fucile era più lungo della larghezza delle sue spalle; inoltre il peso era squilibrato. Mise le mani sulla parete di roccia, tastandola. La pietra era ancora calda di sole e la grana era liscia, quasi scivolosa come sapone sotto le sue dita.

Prima della guerra era stato uno scalatore appassionato. Amava il rischio, il terrore dell'abisso che lo risucchiava per i piedi. Aveva fatto ascensioni in Sudamerica e in Europa, oltre che sul Drakensberg e il Monte Kenya. Possedeva il senso dell'equilibrio necessario, e anche la forza delle dita e delle braccia. Avrebbe potuto diventare uno scalatore di livello mondiale, se non fosse scoppiata la guerra. Tuttavia, una scalata così non l'aveva mai tentata.

Le calzature, stivaletti di cuoio morbido, erano inadatte, perché non avevano la punta rinforzata. Non disponeva di corde, chiodi, moschettoni, né di un compagno che potesse assicurarlo, e si accingeva ad aprire una nuova via al buio, scorgendo a malapena l'appiglio seguente, lungo un percorso che aveva osservato da due chilometri di distanza, una parete di arenaria rossa che è la più insidiosa delle rocce.

Cominciò ad arrampicarsi. Usava le dita e gli alluci, e stava un po' staccato dalla parete, mantenendo un buon equilibrio, senza mai fermarsi, senza mai muoversi di scatto o pesare troppo sugli appigli, progredendo liscio e rotondo come un corpo fluido che per miracolo scorra verso l'alto.

Dapprima gli appigli erano saldi, delle vere « maniglie », come li chiamava, ma pian piano la parete si fece più liscia e non trovò più che sporgenze minime. Se ne serviva lievemente e fuggevolmente, un tocco delle dita, una spinta dell'alluce e via, appoggiandovi meno peso che poteva: ma anche così sentiva la fragilità della roccia sotto i polpastrelli e la suola. Scricchiolava minacciosamente, anche se prima che la scaglia si staccasse lui era già passato.

Qua e là Sean non riusciva a vedere sopra di sé e proseguiva per istinto, brancolando con la mano nel buio, tastando la roccia coi polpastrelli sensibili da pianista che, quando sfioravano l'appiglio adatto, si bloccavano subito in presa.

Senza pause né rallentamenti fece il primo tratto e raggiunse il cornicione a una trentina di metri d'altezza.

Era più stretto di quanto avesse pensato osservandolo col binocolo, non più sporgente di una ventina di centimetri. Con lo zaino in spalla e il fucile che sporgeva dai due lati, gli era impossibile voltarsi e sedercisi sopra.

Era costretto a stare faccia alla montagna, coi talloni sporgenti sul vuoto, e il peso dello zaino e del fucile che tentava di tirarlo giù.

Stava più scomodo lì che in arrampicata sulla parete. Prese a spostarsi a braccia aperte come un crocifisso, tastando in cerca di asperità dell'arenaria che gli sfiorava il naso.

Si diresse a sinistra, cercando la crepa verticale che aveva visto col binocolo. Delle due vie possibili era quella che gli sembrava migliore. Sean nutriva la sfiducia dello scalatore per rami, radici e ciuffi d'erba. Erano troppo insidiosi per rischiarci la vita.

Contò i passi da gambero che fece lungo il cornicione. Quando arrivò a cento, lo spazio sotto i piedi si era ancor più ristretto, pericolosamente, e i muscoli delle cosce gli dolevano e cominciavano a tremare per lo sforzo innaturale di bilanciare il peso dello zaino e del fucile.

Altri venti passi di sghimbescio e la parete cominciò a tondeggiare convessa, spingendolo ancora più fuori e obbligandolo ad aderire col bacino per tenere il baricentro dentro il cornicione.

Era a un'altezza di soli trenta metri, ma bastavano e avanzavano per ridurlo come chi precipitasse dalla parete nord dell'Eiger, se cadeva.

Ormai il male alle cosce era diventato quasi intollerabile. Pensò di tornare indietro e provare con le radici del fico, ma dubitava di farcela. Aveva voglia di fermarsi un momento, per raccogliere le forze, ma non ignorava che se l'avesse fatto sarebbe stata la sua fine. Fermarsi in una posizione simile significava morte certa.

Si costrinse a fare un altro passo e poi ancora un altro. Adesso era curvo, con la schiena inarcata, gli tremavano le caviglie sotto le gambe intorpidite, presto avrebbero certo ceduto; poi di colpo le dita della mano sinistra trovarono la frattura e fu come un'iniezione di adrenalina nelle arterie.

Le gambe gli si rinsaldarono e riuscì a fare un altro passo. Le dita ispezionarono la frattura. Non era neanche tanto larga da incastrarci la spalla, e si restringeva in fretta.

Sean ci spinse dentro la mano, più che poteva, e poi la strinse a pugno in modo da gonfiare i muscoli e incastrarla nella fenditura. A quel cavicchio di carne e ossa si appese facendo riposare un po' le gambe e la schiena dolorante.

Il respiro gli sibilava crepitando nei polmoni e il sudore ruscellava dal suo corpo, bagnandogli tutta la camicia. Misto al nerofumo mimetico, gli finiva anche negli occhi, confondendogli la vista.

Batté le palpebre più volte e alzò la testa. Fu sorpreso di vedere la parete che lo sovrastava. La crepa procedeva verticalmente ininterrotta.

Girò la testa e si accorse che la luna era spuntata. Il suo chiarore illuminava l'oriente e inargentava la foresta ai suoi piedi.

Non poteva perdere altro tempo. Doveva continuare a muoversi. Alzò la mano libera e, ficcandola nella spaccatura sopra l'altra, le diede il cambio. Poi levò il piede dal cornicione e lo infilò dentro la crepa pochi centimetri sopra. Contrasse i muscoli e gli parve incastrato bene. Ci caricò sopra il peso e ripeté il procedimento con l'altro piede.

Una mano dopo l'altra, un piede dopo l'altro, risalì la fenditura nella roccia, di nuovo ben distante da essa e in equilibrio perfetto, col peso ben distribuito e non più da compensare coi muscoli della schiena e delle cosce.

Adesso vedeva il ciglio dell'altopiano, solo una trentina di metri sopra di lui. Ma la crepa si stava allargando e non poteva più incastrarci mani e piedi saldamente come prima. Un piede anzi gli scivolò qualche centimetro giù prima di bloccarsi di nuovo.

Si girò, cercando di infilare la spalla nella fenditura, ma la canna del fucile sbatteva contro la parete impedendoglielo. Restò lì appeso qualche secondo prima di riuscire a reinserire saldamente i piedi, dopo di che tastò con la mano in alto alla ricerca di un'asperità a cui aggrapparsi, ma trovò solo arenaria liscia e capì di essere bloccato.

Aveva circa quindici secondi di tempo, poi le gambe avrebbero ceduto. Comprendeva chiaramente cosa doveva fare, ma era contrario a tutti i suoi istinti.

« Fallo », gli gracchiò nelle orecchie la sua stessa voce. « Fallo o se no crepa. »

Abbassò la mano e sganciò la cinghia inferiore dello zaino. Poi stese un braccio, lo piegò all'indietro e sfilò lo spallaccio. Zaino e fucile scivolarono giù da una parte fermandosi bloccati dallo spallaccio nell'incavo del gomito. La spinta fece ruotare Sean su se stesso e riuscì per un pelo a stare attaccato alla parete. Ficcò la testa nella spaccatura, cercando di incastrarcela dentro, mentre lo zaino pendeva dall'unico braccio che faceva presa, dietro.

Raccolse tutte le sue forze, contrasse i muscoli del collo, incastrò dentro la testa il più possibile e stese entrambe le braccia dietro la schiena, restando attaccato alla parete solo in virtù dei piedi e del capo. Per un terribile istante la cinghia dello zaino si impigliò a un bottone del giubbotto, poi scivolò giù per il braccio.

Lo zaino precipitò nel buio. Libero da quel peso, Sean vacillò malfermo, roteò le braccia disperatamente e riuscì a infilarle nella fessura evitando per un pelo di seguire lo zaino nell'abisso.

Aggrappato alla roccia, ascoltò i colpi dello zaino che cadeva sbattendo come una campana la canna del fucile contro la roccia. Anche gli echi ci si misero, facendo rimbombare da una parete all'altra il frastuono, terrificante nella notte.

I tonfi continuarono a riecheggiare per un pezzo dopo l'arrivo a destinazione dello zaino.

Sean si girò e riuscì finalmente a infilare la spalla nella fenditura. Così riposò ansimando come un cane, momentaneamente vinto dal terrore di morire.

Poi pian piano si riprese e il panico lasciò spazio alla sensazione familiare dell'adrenalina in circolo. A un tratto si sentì molto bene, e contentissimo di essere ancora vivo.

« Stavolta l'hai scampata proprio bella, ragazzo mio », si disse con un bisbiglio rauco. « L'hai vista di nuovo in faccia. » Più grande il terrore, più grande l'emozione. Ormai non si stupiva più di se stesso: *era contento* quando rischiava la morte. Voleva vedere quanto poteva avvicinarsi a sfiorarla senza esserne falciato.

Ma anche quell'emozione era fuggevole. Nel giro di pochi secondi svanì, e Sean tornò a essere consapevole della sua situazione.

Non aveva più lo zaino. Fucile, borracce, sacco a pelo, razioni di cibo, tutto era perduto. Gli restava solo quello che aveva in tasca, più il coltello e il sacchettino d'emergenza alla cintura.

« Me ne preoccuperò quando sarò in cima », decise, e ricominciò la scalata. Con una spalla incastrata nella fenditura, poteva spingersi in su pian pianino, centimetro per centimetro, pagando l'ascesa con la pelle delle nocche e delle ginocchia.

La fenditura continuava ad allargarsi, finché diventò un vero e proprio camino, dove Sean potè entrare tutto e salire con la tecnica classica facendo leva con le gambe e le braccia sulle pareti. In questa maniera procedette con più rapidità.

In cima, però, il camino era stato smangiato dall'erosione. Una parete era mezzo crollata, restava solo un pinnacolo. Sean riuscì a rizzarsi in piedi su quella base precaria.

Il ciglio dell'altopiano era tre metri sopra. Stendendo il braccio, alzandosi in punta di piedi... non ci arrivava ancora, benché per pochissimo. La parete del camino si era staccata di netto, lasciando una superficie liscia e quasi lucida, priva del benché minimo appiglio.

Un bravo scalatore si sposta da una salda presa all'altra, senza mai restare privo di un punto d'appoggio. In una situazione del genere, avrebbe piantato un chiodo nella roccia per procurarsi l'appiglio che mancava.

« Bravo, ci vuole un chiodo... però non ce l'ho », imprecò Sean. « Dovrò saltare per forza. »

Aveva una sola possibilità. Se dopo essersi lanciato non fosse riuscito ad aggrapparsi all'orlo del tavoliere, la prossima fermata sarebbe stata di sotto.

Sean sistemò attentamente i piedi sul pinnacolo di roccia e si piegò sulle ginocchia, ma era così vicino alla parete che non poteva abbassarsi più di tanto senza sbatterci la faccia.

Fece un profondo respiro e si proiettò verso l'alto aprendo le braccia. Era un balzo veramente goffo e penoso, ma riuscì a mettere entrambe le mani sul ciglione. Per un attimo scivolarono via, poi con le unghie gli sembrò di uncinare la montagna. Aveva trovato quei minimi appigli che gli salvavano la pelle.

Scalciando con le gambe si issò a forza di braccia fino ad allineare il mento col ciglione. Al chiar di luna si rese conto che non era ancora il tavoliere, ma semplicemente un altro cornicione sotto il bordo dell'altopiano vero a proprio.

Quello spalto era chiaramente occupato da una colonia di procavie, inconfondibili per la puzza d'ammoniaca delle loro deiezioni, che riempì i polmoni di Sean impegnato nello sforzo di reggersi. La procavia è un buffo animaletto peloso. Benché abbia le dimensioni di uno scoiattolo, è parente sia pure alla lontana dell'elefante, e intenerisce come gli orsacchiotti di pezza. In quel momento le procavie erano ben rintanate e il cornicione sembrava deserto. Sean si issò pian piano e appoggiò il gomito sull'orlo, sforbiciando con le gambe. Poi si raccolse per lo sforzo finale e in quella restò gelato.

Ciò che al chiar di luna aveva scambiato per un mucchio di sassi proprio davanti alla sua faccia cambiò forma. Sembrava squagliarsi, fluido.

Sean capì subito che era un serpente. Solo un viperide poteva sibilare così forte, e solo uno dei viperidi africani diventava talvolta così grosso. Era raggomitolato su se stesso, con le infinite spire che luccicavano, e si era disposto con la testa e il collo a formare la minacciosa « S » che preannuncia lo scatto. Un occhio brillava sbattendo alla luna. La grossa testa piatta e triangolare era il connotato distintivo della vipera del Gabon, il maggiore dei viperidi esistenti e uno dei serpenti più velenosi dell'Africa.

Sean poteva anche provare a saltare indietro sull'esiguo pinnacolo di roccia, ma forse era meno pericoloso cercar di ammazzare il serpente a schiaffoni con una mano sola.

Per il momento restò appeso, cercando di controllare il respiro, guardando agghiacciato l'orrida creatura. Era già pronta a mordere, a cinquanta centimetri dalla sua faccia, e Sean sapeva bene che era pericolosa anche da due metri, perché poteva scattare quant'era lunga. Il più piccolo movimento l'avrebbe indotta a farlo.

Restò appeso per le braccia, con tutti i muscoli del corpo irrigiditi, fissando il serpente e cercando di dominarlo con la forza di volontà.

I secondi passavano, vischiosi come melassa versata, finché non gli parve di riscontrare un fremito di rilassamento nella compatta « S » del collo.

In quell'attimo gli scivolò la mano sinistra, le dita rasparono sulla roccia e il serpente scattò con la forza di una martellata da fabbro ferraio.

Sean spostò la testa di lato, schivando come un pugile, e il naso freddo della vipera gli sfregò la mascella. Il colpo gli arrivò tra capo e collo, così violento da scardinargli la presa della destra e farlo ruotare attaccato solo con l'altra mano.

Pensò che il serpente gli avesse affondato i dentoni nella spalla, o magari sul collo, e si aspettò che da un momento all'altro il veleno cominciasse a bruciargli dentro col suo fuoco mortale. La bestiaccia gli era rimasta appesa addosso. Pendeva davanti a lui come un enorme salame, dibattendosi e frustandolo, sibilandogli nell'orecchio come mille diavoli. La sua pelle viscida e fredda lo toccava sulla carne nuda.

Sean si mise quasi a urlare per l'orrore. Il peso del serpente che si dibatteva lo scuoteva di qua e di là, e i suoi sibili fortissimi l'assordavano. Sentì che gli sfuggiva l'appiglio della sinistra, ormai l'unico, ma l'abisso sottostante non lo spaventava più a paragone dell'atroce creatura agganciata al suo collo.

Un gelido schizzo di liquido gli colò lungo la gola e la mascella, giù per la scollatura del giubbotto, e con improvviso sollievo Sean capì che il serpente non gli aveva morsicato il collo ma il bavero. I denti erano lunghi cinque centimetri buoni, e malignamente ricurvi, fatti apposta per penetrare e trattenere la preda. Intrappolato nella tela pesante del giubbotto da caccia, il serpente si scuoteva schizzandogli tutto il veleno sulla pelle nuda della gola.

La consapevolezza di non essere stato morsicato lo spinse ad aggrapparsi con tutta la forza delle dita, fermando il lento scivolare nel vuoto.

Aveva la destra libera. Prese il serpente per il collo, proprio dietro la testa a ferro di lancia: le dita riuscivano appena a chiudersi intorno al corpo massiccio, e Sean ne sentì la gran forza muscolare sotto le scaglie vitree.

Cercò di strapparselo di dosso, ma i dentoni erano impigliati come ami nella tela pesante. Il serpente si mise a sibilare ancora più forte, attorcigliandoglisi intorno all'avambraccio. Dovette mettercela tutta. Appeso al cornicione solo con la sinistra, diede un fortissimo strattone al serpente con la destra, e gli sradicò i denti dal palato, da cui cominciò a piovere sangue misto a veleno. Poi scagliò lontano, nell'abisso, la bestiaccia che ancora si contorceva sibilando furibonda. Dopo di che si aggrappò alla roccia con due mani.

Ansimava come un mantice per la fatica e il terrore, e dovette aspettare un minuto buono prima di riprendersi e issarsi faticosamente sullo spalto.

Si inginocchiò sulla roccia e si sfilò attentamente il giubbotto.

Era zuppo di veleno. Uno dei denti del serpente si era spezzato ed era ancora impigliato nella tela del colletto. Lavorando con cura, attento a non tagliarsi con la punta aguzza del dente, lo tolse dall'indumento e lo gettò nel vuoto. Poi col fazzoletto si asciugò la pelle.

Rimettersi il giubbotto era pericoloso. Il veleno poteva essere assorbito dalla pelle delicata del collo, provocando ulcere o peggio, ma d'altra parte buttare il giubbotto avrebbe esposto il suo corpo al sole tropicale dell'indomani. Esitò e poi si infilò il giubbotto ripiegato nella cintura. Alla prima occasione l'avrebbe lavato.

Pensare all'acqua gli fece venire una gran sete. La scalata l'aveva disidratato, e la borraccia era in fondo alla parete rocciosa, con lo zaino. Doveva assolutamente trovare dell'acqua prima del mezzogiorno di domani: ma per ora la cosa più importante era togliersi da quella maledetta parete e nascondersi nella boscaglia sull'altopiano.

Si alzò in piedi e sentì la brezza notturna spirare fredda sul sudore del torso nudo. Da questo cornicione alla cresta non era più una scalata ma quasi una passeggiata. Comunque l'affrontò con serietà e quando arrivò in cima si fermò un bel po' a spiare affacciato solo con mezza testa.

Qualche nuvoletta velava la luna e Sean vedeva pochissimo. La boscaglia tanto fitta sulle prime pendici della valle lo era altrettanto in cima al tavoliere, cominciava come un muro nero poco più in là. Prima c'erano una quarantina di metri di terreno roccioso, senza vegetazione a parte un po' d'erba secca. Poi sarebbe stato al riparo.

Si alzò in piedi e corse avanti piegato in due per non stagliarsi contro il cielo stellato, ed era a metà del tratto scoperto quando la luce lo investì.

Si fermò di colpo, come se fosse andato a sbattere contro una montagna, e alzò istintivamente le mani a proteggere gli occhi dall'abbagliamento. Il gran fascio di luce lo colpiva proprio in faccia. Si tuffò nell'erba e si appiattì contro il duro terreno roccioso.

Il fascio di luce proiettava lunghe ombre nere dietro ogni masso e si rifletteva vividamente sull'erba giallastra invernale. Sean non osava alzar la testa. Schiacciò la faccia al suolo, esposto e vulnerabile e indifeso dentro quel fascio di luce abbacinante.

Aspettò che succedesse qualcosa, ma il silenzio non fu rotto. Tacevano anche gli uccelli notturni, non ronzavano gli insetti. Alla fine, quando la voce echeggiò rimbombando dal folto degli alberi, distorta da un megafono a pila, fu uno shock paragonabile a un pugno in faccia.

« Buona sera, colonnello Courteney. » Era stato detto in buon inglese, con un lievissimo accento africano. « Ha fatto un buon tempo, sa? Ventisette minuti e quindici secondi dalla base della parete a qui. »

Sean non si mosse, ma restò sdraiato ad assaporare l'amara umiliazione. Si erano divertiti con lui.

« Mi spiace di non poterle assegnare un punteggio altrettanto alto per silenziosità. Cos'è che ha buttato giù? Sembrava una batteria di pentole da cucina. » Un ghigno sardonico e poi la voce proseguì. « E adesso, colonnello, se ha riposato abbastanza, sia così gentile da alzarsi con le mani dietro la testa. »

Sean non si mosse.

« Andiamo, andiamo, non faccia perder tempo a tutti e due! »

Sean restò dov'era, considerando freneticamente la possibilità di scappare di nuovo oltre la cresta.

« Va bene, vedo che dovrò convincerla. » Ci fu una breve pausa durante la quale Sean sentì dare sommessamente un ordine in dialetto.

Una raffica devastò l'erba a tre passi di distanza da lui. Sean vide benissimo i lampi che uscivano dalla canna piazzata tra gli alberi e riconobbe l'arma, una mitragliatrice leggera RPD le cui raffiche facevano un rumore di telaccia strappata. Il fiotto di pallottole falciò l'erba e alzò una nuvoletta di polvere gialla illuminata dal riflettore.

Sean si sollevò lentamente in piedi. Il fascio di luce gli si fermò in faccia, ma lui rifiutò di distogliere la testa o ripararsi gli occhi.

« Mani ben alzate sopra la testa, colonnello. »

Obbedì. Il torso nudo splendeva candido alla luce del riflettore.

« Sono lieto di constatare che si è mantenuto in forma, colonnello. »

Due sagome nere sbucarono dalla linea degli alberi. Stando ben lontane dal fascio di luce, gli girarono attorno e vennero a prenderlo da dietro. Con la coda dell'occhio Sean vide che indossavano tute mimetiche e gli puntavano addosso il kalashnikov. Li ignorò finché non gli arrivò tra le scapole una mazzata inferta col mitra. Cadde in ginocchio.

La voce al megafono diede subito ordine di non colpirlo più, e i due gli si misero a fianco e lo rialzarono senza complimenti.

Uno di loro lo perquisì in fretta, togliendogli il coltello e le razioni d'emergenza e tastandogli le tasche. Quindi si allontanarono, lasciandolo nudo salvo i calzoncini corti e le calzature, tenendogli i mitra puntati alla pancia.

La luce si muoveva mentre l'uomo che reggeva il riflettore si faceva avanti, uscendo dagli alberi. Sean vide che era un riflettore portatile da combattimento alimentato da una serie di pile che l'operatore portava in spalla. Poco dietro di lui, mantenendosi nell'ombra, veniva l'uomo col megafono.

Benché abbagliato dal riflettore, Sean vide che era alto e magro, e si muoveva con grazia felina.

« Quanto tempo che non ci vediamo, colonnello Courteney. » Era abbastanza vicino, ormai, da non dover più usare il megafono, e Sean riconobbe la voce.

« Sette anni », disse.

« Dovrà parlare un po' più forte », lo esortò l'uomo, fermandosi a qualche passo di distanza da Sean e portandosi scherzosamente una mano a coppa all'orecchio. « Sa, sono mezzo sordo », disse, e Sean sogghignò sotto la nera crema mimetica.

« Avrei dovuto farle saltar via anche l'altro, già che c'ero, compagno Cina. »

« Sì », concordò Cina. « Dobbiamo veramente riparlare dei vecchi tempi io e lei. » Sorrise, ed era ancora più bello di come Sean lo ricordasse, rilassato, affabile, allegro. « Tuttavia, temo che mi abbia già fatto perdere fin troppo tempo, colonnello. Per quanto sia piacevole rivederla e far due chiacchiere con lei, mi tocca rientrare al più presto al quartier generale. Potremo parlare in qualche altra occasione: adesso debbo lasciarla. I miei uomini si occuperanno di lei. »

Si girò e scomparve nell'oscurità dietro il fascio di luce. Sean voleva gridargli dietro:

« E i miei uomini, la ragazza, sono sani e salvi? » ma se ne trattenne. Con un uomo del genere era meglio non mostrare nessuna debolezza, non dargli niente di cui in seguito potesse approfittare.

Sean si costrinse a star zitto quando le guardie lo spinsero avanti con esperti colpetti della canna del mitra fra le costole.

« Presto raggiungeremo la colonna », si consolò Sean. « E vedrò da me come stanno Claudia e Job. »

Il pensiero di Claudia era talmente consolante che desiderava rivederla più di quanto desiderasse un buon sorso d'acqua fresca.

La squadra incaricata di sorvegliarlo si componeva di dieci uomini comandati da un sergente.

Erano chiaramente truppe scelte, soldati addestrati e in perfetta forma fisica come i lupi del suo incubo. Ben presto imboccarono un sentiero battuto e gli si strinsero intorno costringendolo a procedere di corsa. Andavano a sud, nella notte nera.

Nessuno dei suoi catturatori parlava. Era un'esperienza strana e sinistra. Si sentiva solo il loro passo leggero e rapido, e il loro ansimare, il tintinnio dell'equipaggiamento. E sentiva la puzza ferina dei loro corpi accaldati.

Dopo un'ora, il sergente comandò una sosta, e si fermarono subito fuori dal sentiero. Sean si rivolse al guerrigliero più vicino e gli indicò la borraccia che aveva alla cintola.

L'uomo parlò col sergente. Le prime parole da quando erano partiti, e Sean lo capì. Parlava shangane. Questa tribù era stata fondata agli inizi del diciannovesimo secolo da uno degli *impi* che il re zulu Chaka mandava in giro a rubare donne e bestiame. Come gli *impi* di Angoni e Matabele avevano già fatto prima di lui, anche Shangane, sottrattosi al pur lungo braccio di quel tiranno sanguinario di Chaka, non ebbe alcuna voglia di tornare da lui, e continuò a dirigersi a nord. Shangane aveva fondato il proprio regno a cavallo dell'attuale frontiera tra Mozambico e Zimbabwe.

Sicché la lingua shangane era di origine zulu, e Sean la capiva perché da anni al campo di caccia di Chiwewe impiegava dipendenti shangane. Come gli antenati zulu, erano gente fiera e bella. Sean parlava benissimo la loro lingua, quasi identica al sindebele.

Tuttavia, non commise l'errore di farlo capire ai catturatori e non diede alcun segno di aver inteso che il guerrigliero aveva detto:

« Il *mabunu* vuole bere ».

« Lascialo bere », rispose il sergente. « Sai che lo *nkosi* lo vuole vivo. »

L'uomo passò la borraccia a Sean, e, benché l'acqua fosse viscida e melmosa, a Sean parve più buona di un bicchiere di Veuve Cliquot.

« Lo *nkosi* lo vuole vivo », aveva detto il sergente. Sean ci pensò, ridando la borraccia al guerrigliero. Lo *nkosi*, ovvero il capo, era evidentemente il compagno Cina, e loro avevano l'ordine di badare a lui. Questo lo consolò un tantino, ma non ebbe tempo di compiacersene troppo. Dopo pochi minuti il sergente diede l'ordine di rimettersi in moto e si avviarono di corsa come prima verso sud.

Mentre correvano spuntò l'alba e Sean si aspettò di raggiungere da un momento all'altro la colonna principale, che teneva prigionieri Claudia e Job, ma i chilometri passavano e di loro non si vedeva segno.

Adesso che c'era luce, Sean guardò se per caso erano sulle impronte della colonna principale, ma non ne scorse. Evidentemente avevano preso un'altra strada.

Il sergente che comandava la squadra era un veterano. Aveva mandato fuori i fiancheggiatori perché temeva un'imboscata del Frelimo, ma sembrava preoccuparlo di più qualche minaccia proveniente dal cielo.

Cercava sempre di mantenersi nella foresta, e ogni volta che erano costretti a varcare qualche tratto di terreno scoperto si fermavano prima a guardare in alto, tendendo l'orecchio al rumore, e poi si dirigevano a tutta velocità verso l'opposta linea di alberi.

Una volta, di prima mattina, avevano sentito il rumore di un turboelica, fievole e molto lontano, ma immediatamente il sergente aveva dato ordine di nascondersi, e tutti si erano gettati a terra. Due guerriglieri stesi al fianco di Sean gli tenevano giù la testa. Così rimasero fino a quando non si sentì più il minimo rumore.

Tutta questa preoccupazione di un attacco aereo rese perplesso Sean, a cui risultava che l'aviazione del Frelimo fosse così debole e sparpagliata da esser quasi inservibile. Gli apparecchi che avevano erano superati e inadatti a funzioni antiguerriglia, mentre la mancanza di tecnici esperti e pezzi di ricambio li teneva quasi sempre a terra. Eppure questi uomini prendevano la minaccia dal cielo molto sul serio.

A mezzogiorno il sergente diede l'alt. Uno dei guerriglieri preparò da mangiare su un piccolo fuoco, che spense subito dopo aver cucinato. Proseguirono per qualche chilometro prima di fermarsi a mangiare. A Sean fu data una normale razione. La polenta di mais era stata fatta solidificare ed era molto salata, la carne era rancida e sul punto di imputridire. Per il bianco medio era un cibo immangiabile, tale da far subito venire un attacco di gastroenterite, ma lo stomaco di Sean era corazzato come quello di tutti gli africani. Mangiò senza gusto, ma anche senza preoccupazioni.

« Il cibo è buono », disse il sergente a Sean in shangane, sedendosi accanto a lui. « Ne vuoi ancora? » Sean fece la mimica di chi non intende e disse in inglese: « Mi spiace ma non capisco niente ». Il sergente alzò le spalle e continuò a mangiare. Pochi minuti dopo si portò dietro Sean e all'improvviso disse: « C'è un serpente dietro di te, attento! » Sean resistette all'impulso naturale di schizzare in piedi e invece sorrise amabilmente ripetendo: « Mi spiace, non ti capisco ».

Il sergente si rilassò e uno dei suoi uomini disse: « Non capisce lo shangane, si può parlare davanti a lui ».

Per il resto del pasto lo ignorarono e chiacchierarono tra loro, ma appena finito il sergente tirò fuori dallo zaino un paio di manette leggere e si incatenò a lui.

Comandò due uomini di sentinella e si stese a dormire con gli altri.

Nonostante la grande stanchezza, Sean, che da giorni e giorni dormiva pochissimo, restò sveglio ancora e si mise a pensare a tutto quello che aveva appreso, cercando di completare il puzzle.

Non era ancora sicuro di essere in mano alla Renamo. Glielo indicava solo il bigliettino di Claudia, ma questo contrastava con la presenza del compagno Cina, già commissario nell'esercito marxista di Robert Mugabe, lo ZANLA. Possibile che si fosse unito alla Renamo, organizzazione visceralmente anticomunista che si proponeva di abbattere il governo marxista del Frelimo? La cosa non sembrava filare.

Inoltre Cina aveva combattuto contro l'esercito rhodesiano di Ian Smith. Cosa ci faceva oltre confine, impegnato in una guerra civile che riguardava un altro Paese?

Cos'era Cina? Un soldato di ventura, un voltagabbana, o un signore della guerra indipendente che cercava di trarre vantaggio a fini privati dal caos mozambicano? Sarebbe stato interessante scoprirlo.

Con tutte queste cose a cui pensare, passò qualche tempo prima che si addormentasse, dedicando a Claudia Monterro l'ultimissimo volo della mente. Se Cina lo voleva vivo, era molto probabile che volesse viva anche la ragazza. Così sperando, piombò in un sonno di piombo con un vago sorrisetto sulle labbra.

Si svegliò tutto pesto e dolorante, e subito il sergente lo fece ripartire di corsa verso sud nell'ombra fresca della sera.

Dopo un chilometro e mezzo i muscoli gli si scaldarono perdendo ogni rigidità. Teneva agevolmente il passo delle guardie. Guardava costantemente avanti, sperando sempre di vedere la coda della colonna principale emergere dal buio, e Job e Dedan che portavano la barella di Claudia.

Corsero tutta notte e quando si fermarono a mangiare la solita polentina e carne puzzolente, i suoi catturatori presero a parlare di lui.

« Dicono che nell'altra guerra è stato un leone, un mangiauomini », disse il sergente. « È stato lui a comandare l'attacco a Inhlozane, il campo d'addestramento alle Colline del Seno della Vergine. »

I guerriglieri lo guardarono con interesse e nuovo rispetto.

« Dicono che è stato lui in persona ad assordare il generale Cina da un orecchio. »

Ridacchiarono scuotendo la testa: ma che bello scherzetto!

« Ha il corpo di un guerriero », disse uno di loro, e tutti si misero a squadrarlo, discutendo del suo fisico come se fosse un oggetto inanimato.

« Perché il generale Cina ha ordinato questo? » chiese un altro, e il sergente ridacchiò cercando nei molari un pezzettino di carne con le dita.

« Bisogna fargli passare a furia di correre tutto l'orgoglio e la rabbia che ha in corpo », sogghignò. « Il generale Cina vuole che lo trasformiamo da leone in cane scodinzolante pronto a ubbidire. »

« Il corpo del guerriero ce l'ha », ripeté quello di prima. « Adesso vedremo se ha anche un cuore da guerriero. » E tutti si misero a ridere di nuovo.

« Sicché è una sfida », pensò Sean, mantenendo la faccia impassibile. « E va bene, bastardi, vedremo chi sarà il primo a scodinzolare. »

In maniera un po' curiosa, Sean cominciò a divertirsi. La sfida gli andava a genio. Loro erano dieci, e tutti sui vent'anni. Lui ne aveva quaranta, ma l'handicap lo stimolava ancora di più, lo avrebbe aiutato a sopportare la monotonia e la durezza dei giorni che seguirono.

Fece molta attenzione a non far capire che sapeva della « gara ». Si rendeva conto che umiliarli o deriderli era pericoloso: e a lui serviva più rispetto e buona volontà da parte loro che odio e risentimento.

Sean aveva passato tutta la sua vita adulta a stretto contatto coi negri. Li conosceva sia come servitori sia come uguali, come cacciatori e soldati, come bravi amici leali o crudeli e implacabili nemici. Conosceva le loro forze e debolezze e le sapeva sfruttare. Capiva i loro costumi tribali, la loro etichetta sociale, e sapeva come adulare, compiacere e impressionare quei soldati, e come guadagnarsi la loro stima e rendersi gradito.

Mostrò loro il giusto grado di rispetto, non troppo da renderli sprezzanti. Si preoccupò specialmente di non mettere in dubbio l'autorità del sergente né fargli perder la faccia davanti agli uomini.

Si servì al meglio del loro senso dell'umorismo e della voglia di divertirsi. Col linguaggio dei segni e un po' di buffoneria li faceva ridere, e quando avevano riso insieme a lui il rapporto cambiava sottilmente. Diventava più un compagno che un prigioniero, e smettevano di pungolarlo con la canna del kalashnikov nelle costole.

Cosa più importante ancora: ogni giorno riusciva a procurarsi brandelli di informazioni.

Due volte passarono da villaggi bruciati. Le coltivazioni circostanti erano andate in malora, soffocate dalle erbacce, e in aria turbinavano ancora fiocchi di cenere nera.

Sean indicò le rovine. « Renamo? » chiese, e i catturatori si offesero.

« No! No! » gli disse il sergente. « Frelimo! Frelimo! » Poi si picchiò sul petto.

« Io Renamo », si vantò, e poi, indicando gli uomini: « Tutti Renamo ».

« Renamo! » confermarono fieri i guerriglieri.

« Bene, la questione è risolta », rise Sean. « Frelimo, bang bang! » Fece il gesto di chi spari a qualche membro del Frelimo e quelli ne furono deliziati, partecipando subito alla pantomima di morte. Il loro atteggiamento nei suoi confronti migliorò ancora di più, e al pasto successivo il sergente gli passò un pezzo grossissimo di carne marcia. Mentre lo mangiava, parlarono apertamente della sua prestazione odierna, ammettendo che se la stava cavando proprio bene.

« Sì, ma... » disse il sergente. « Di correre è capace, e sappiamo che è capace anche di ammazzare soldati, ma sarà capace di ammazzare un *hensciò*? »

In shangane l'espressione voleva dire « falco », e Sean gliel'aveva sentita adoperare tantissime volte negli ultimi cinque giorni di cammino: e ogni volta che l'usavano, guardavano preoccupati il cielo. Ancora una volta, alla menzione di quell'uccello, si intristirono e guardarono pensosi in alto.

« Il generale Cina pensa di sì », continuò il sergente. « Ma chi lo sa poi, chi lo sa!? »

A questo punto Sean capì che la sua situazione era abbastanza sicura. I suoi rapporti con la banda gli avrebbero permesso di prendersi una prima libertà, ponendo fine a questa prova.

Fin dalla prima tappa successiva si mise ad accelerare il passo. Invece di tenere il posto in mezzo alla fila di uomini in corsa, due passi dietro il sergente che stava in testa, avanzò fino a stargli proprio alle calcagna, sfiorandolo a ogni passo ed esagerando l'ansito in modo che il sergente se lo sentisse sulla nuca. Istintivamente il sergente accelerava e Sean lo seguiva, mantenendosi sempre troppo vicino e pressandolo.

Il sergente si girava a guardarlo irritato e lui gli faceva dei gran sorrisi, ansimandogli in faccia; il sergente stringeva leggermente gli occhi, intuendo quello che stava succedendo, e poi restituiva il sorriso a Sean e accelerava il passo fino a una corsa trafelata.

« Ecco qua, amico mio », disse Sean in inglese. « Adesso vediamo chi scodinzola per primo. »

Il resto della fila era rimasto indietro. Il sergente gridò l'ordine di serrare alle sue spalle, e quelli accelerarono a un ritmo a lungo insostenibile. Nel giro di un'ora restarono solo in tre: gli altri si erano stesi a riprender fiato qua e là per la foresta. Il guaio era che adesso il sentiero affrontava una ripida salita, fino al tavoliere successivo.

Sean avanzò in modo da affiancarsi al sergente alto, ma quando cercò di staccarlo l'uomo gli rimase a fianco. La pendenza era tale che il sentiero faceva una serie di tornanti. Alla prima curva il sergente superò Sean, che però nel rettilineo lo raggiunse e superò di nuovo.

Ormai correvano a tutta forza, alternandosi alla testa e staccando il terzo a metà della salita. Correvano seri, in un bagno di sudore, ansimando come locomotive.

A un tratto Sean schizzò fuori dal tracciato, imboccando la salita per la via più diretta, tagliando il tornante e sbucando sul sentiero con trenta metri di vantaggio sul sergente shangane. Questi si mise a sbraitare arrabbiato per la scorrettezza e alla curva successiva gliela restituì. Entrambi abbandonarono il sentiero e si misero a salire di corsa per la ripida pendice, saltando su macigni e radici come un paio di cudù maschi in fuga.

Sean sbucò sul tavoliere con un metro di vantaggio sul sergente e si buttò per terra ansimando e gemendo per riprender fiato. Il sergente si coricò vicino a lui, altrettanto sfiatato.

Dopo un minuto, Sean si rizzò a sedere un po' incerto, e i due si guardarono sbigottiti. Poi Sean cominciò a ridere, una risata rauca e stenta, e quando il resto della squadra arrivò anfanando in cima alla collina piatta, li trovò ancora seduti nell'erba accanto al sentiero, che ridevano insieme a più non posso, anche se chiaramente ogni sghignazzata gli provocava un dolore tremendo ai polmoni.

Quando ripresero la marcia, un'ora dopo, il sergente abbandonò il sentiero senza fine e puntò dritto a ovest, guidando finalmente la colonna verso una destinazione precisa, come ben si capiva dal suo comportamento in testa. Sean si rese quindi conto che la prova era finita.

Prima di buio arrivarono a una linea difensiva permanente della Renamo.

Erano attestati lungo la riva di un fiume largo e lento, che scorreva verde tra sabbioni e grandi macigni arrotondati dall'acqua. Le trincee erano protette da ceppi e sacchetti di sabbia e meticolosamente camuffate contro l'individuazione dall'alto. C'erano mortai e mitragliatrici pesanti che dominavano il fiume e potevano spazzare la riva opposta, quella settentrionale.

Sean ebbe l'impressione che queste fortificazioni si estendessero parecchio, e indovinò che si trattava del perimetro di una grossa zona militare, difesa da una forza certo a livello di battaglione e magari addirittura di divisione. Attraversato il fiume e passate le difese, la presenza di Sean con la squadra creò qualche interesse. Soldati fuori servizio uscirono dai ripari e si fecero intorno al gruppo: i suoi catturatori godevano chiaramente del rango elevato che attribuiva la responsabilità di un prigioniero bianco.

Il gruppo di spettatori scherzosi e interessati si aprì, a un tratto, per lasciar passare un ufficiale grassoccio e occhialuto. La sua scorta lo salutò con teatrale impegno e lui rispose toccandosi la tesa del berretto bruno con la punta del frustino.

« Colonnello Courteney », salutò Sean in inglese passabile. « Ci avevano avvertito di aspettarla. »

Per Sean era già consolante apprendere che nella Renamo c'erano gradi basati sulle convenzioni dell'esercito portoghese. Quest'uomo portava mostrine rosse da ufficiale operativo e le spalline indicavano che era un maggiore. Durante la lotta per l'indipendenza, i guerriglieri avevano sradicato le tradizioni imperialistiche e capitalistiche, facendo a meno dei simboli elitari della casta degli ufficiali.

« Passerà la notte da noi », gli disse il maggiore, « e stasera spero di averla ospite a mensa. »

Era un trattamento veramente straordinario, e perfino i catturatori di Sean ne rimasero impressionati e si sentirono bizzarramente fieri di lui. Il sergente in persona accompagnò Sean al fiume e gli offrì addirittura un pezzo di sapone verde per lavare se stesso e gli indumenti sporchi.

Mentre questi asciugavano su una roccia rovente per il sole, Sean sguazzò nudo in una pozza e poi usò quel che restava del sapone per lavarsi i capelli e liberar la faccia dagli ultimi rimasugli della crema mimetica nera, tutta ingrommata di polvere. Erano due settimane che non si radeva e aveva la barba folta e lunga.

Si insaponò generosamente le ascelle e poi abbassò lo sguardo sul suo corpo. Non c'era un grammo di grasso. Sotto la pelle abbronzata dal sole ogni muscolo spiccava nettamente. Non era più stato tanto in forma dagli ultimi tempi della guerra: era come un purosangue che l'allenatore porta sapientemente al massimo della condizione prima di una corsa importante.

Il sergente gli prestò un pettine d'acciaio e Sean si pettinò. I capelli gli arrivavano quasi alle spalle, folti, ondulati e brillanti per l'acqua. Si infilò gli abiti umidicci e li lasciò asciugare addosso. Si sentiva benissimo, quasi euforico per la perfetta forma fisica.

La mensa degli ufficiali era in un bunker scavato nel terreno, privo di ogni ornamento o decorazione. I mobili erano rozzi e fatti a mano con dei vimini. Gli anfitrioni erano il maggiore, un capitano e due giovani subalterni.

Il cibo compensava con l'abbondanza la mancanza di una presentazione artistica. Era un pentolone fumante di stufato di pesci secchi e peperoncino, il piccantissimo piri-piri che costituiva un retaggio dei colonialisti portoghesi. C'erano anche vere e proprie montagne dell'immancabile polentina di mais.

Era il pasto migliore che a Sean capitava di fare da quando aveva lasciato Chiwewe, ma la cosa principale di quella sera fu il bere fornito dal maggiore: quantità illimitate di vera birra in lattine.

Le etichette dicevano CASTLE LAGER e scritto in piccolo in basso si leggeva: « Verwaardig in Suid Afrika – Made in South Africa ». Si capiva chi erano i buoni amici della Renamo.

Quale ospite, toccò a Sean proporre il primo brindisi. Si alzò levando alta la lattina. « Alla Renamo », disse, « e al popolo mozambicano. »

Il maggiore rispose: « Al presidente Botha, e al popolo sudafricano ».

Il che metteva le cose a posto. Sapevano che Sean era sudafricano ed era, dunque, un ospite onorato.

In loro compagnia si sentiva così sicuro e a suo agio che per la prima volta dopo mesi si concesse una moderata ebrezza.

Il maggiore aveva combattuto coi rhodesiani durante la guerra d'indipendenza. Disse a Sean che come Job Bekani era stato tenente nel RAR (Rhodesian African Rifles), il reggimento scelto negro che aveva combattuto con grande efficacia, sterminando innumerevoli guerriglieri dello ZANLA. Ben presto ritrovarono un cameratismo da vecchi compagni d'arme. Senza pungolarlo visibilmente, Sean riuscì a condurre la conversazione sugli argomenti che interessavano a lui raccogliendo qualche notizia utile fra quelle che il maggiore seminava altrettanto generosamente delle lattine di birra.

La valutazione di Sean era giusta: si trovava al confine settentrionale di un'ampia « zona liberata » dalla Renamo. Le fortificazioni erano disperse e mimetizzate contro gli attacchi aerei. Da questa base la Renamo faceva incursioni a sud, colpendo le guarnigioni del Frelimo, assaltando treni e sabotando la ferrovia Beira-Harare che univa la costa mozambicana alla capitale dello Zimbabwe.

Mentre stavano ancora dedicandosi alla prima cassetta di birra, Sean e il maggiore parlarono con serietà dell'importanza di quella linea ferroviaria. Lo Zimbabwe mancava di qualunque accesso al mare. Le sue uniche vie di comunicazione col resto del mondo erano due linee ferroviarie, di cui la principale era quella che andava a sud, verso il Sudafrica, raggiungendo via Johannesburg i grandi porti di Durban e Città del Capo.

Il governo marxista di Mugabe era furioso di dover dipendere dalla nazione che impersonava il male in Africa, il bastione del capitalismo e del libero mercato, il Paese che per gli undici lunghi anni della guerra d'indipendenza aveva aiutato e rifornito il regime di Ian Smith. L'isterica retorica di Mugabe contro il vicino meridionale era incessante, e tuttavia la mano dell'*apartheid* lo teneva per il collo. Il suo istinto era rivolgersi a oriente, verso il Mozambico, per cercarvi salvezza. Durante la guerra d'indipendenza Mugabe era stato nobilmente aiutato dal presidente del Mozambico, Samora Machel, appena giunto al potere col Frelimo dopo aver scacciato i portoghesi e posto termine al giogo coloniale.

I confratelli marxisti del Frelimo avevano fornito a Mugabe armi e soldati e pieno appoggio alla sua guerriglia. Senza riserve, gli era stato consentito di utilizzare basi in territorio mozambicano per lanciare i suoi attacchi in Rhodesia. Era quindi naturale che oggi si rivolgesse ancora al Mozambico per sfuggire all'amara umiliazione di esser considerato dal resto dell'Africa, dai fratelli dell'Organizzazione per l'Unità Africana, uno che trattava col mostro australe; e non solo trattava, ma ne dipendeva totalmente per ogni boccone di pane, ogni litro di benzina, ogni grammo di tutto ciò che serviva a campare quotidianamente.

La ferrovia per il porto di Beira, sul canale di Mozambico, costituiva la soluzione più naturale del suo problema. Naturalmente le attrezzature portuali e l'alimentazione elettrica, sotto il governo socialista africano, erano cadute nella disorganizzazione più totale. Il rimedio era molto semplice e sperimentato: chiedere ingenti aiuti alle nazioni industriali sviluppate dell'Occidente. Come sapeva ogni buon marxista africano, avevano tutto il diritto di pretendere quegli aiuti, e qualunque tentativo di negarli poteva essere stigmatizzato con un'altra accusa molto semplice e sperimentata, quella di razzismo. La temuta accusa era in grado di far cedere subito tutti. La stima del costo per riportare a piena efficienza le attrezzature portuali e ferroviarie del corridoio di Beira si aggirava sui quattro miliardi di dollari. Tuttavia, essendo noto che i veri costi in Africa di solito superano il preventivo del cento per cento, era più realistico considerare necessari almeno otto miliardi di dollari. Una quisquilia, niente più di quanto era loro dovuto. Un prezzo equo che l'Occidente poteva ben pagare per dare a Mugabe il piacere, e il prestigio, di fare gli sberleffi al mostro meridionale.

C'era solo un piccolo ostacolo: le forze della Renamo. Erano proprio sulla linea ferroviaria così vitale per lo Zimbabwe, e l'attaccavano tutti i giorni, facendo saltare ponti e gallerie, strappando i binari e sparando al materiale rotabile.

Il danno che provocavano era minimo a paragone della buona scusa che davano ai governi occidentali di congelare gli aiuti necessari a riattivare la linea fino al punto da poter sostenere il traffico di tutte le importazioni ed esportazioni dello Zimbabwe.

Gli sforzi del Frelimo di proteggere la linea ferroviaria erano così inetti che gli stessi vicini furono obbligati ad assisterli. Più di diecimila soldati di Mugabe furono mandati a dar man forte ai mozambicani del Frelimo contro le incursioni dei ribelli della Renamo, per difendere la ferrovia. Sean aveva sentito dire che il costo di queste operazioni per l'economia dello Zimbabwe, già allo stremo – era una delle più dissestate dell'area sub-sahariana – ammontava a ben un milione di dollari al giorno.

Era ironico che Mugabe, un tempo guerrigliero, si trovasse ora nei panni del passivo difensore di posizioni e attrezzature fisse. Stava godendosi le punture di spillo che prima aveva allegramente distribuito agli altri.

Sean e il maggiore della Renamo risero della sua sorte, e cominciarono l'altra cassa di buona birra dell'*apartheid*. Questo segnò il tramonto dei discorsi seri.

Si misero a rievocare lietamente i giorni della guerriglia, e ben presto scoprirono che erano stati insieme a Mavuradona il giorno in cui avevano fatto fuori 46 guerriglieri, una delle azioni più clamorose di quella guerra. Gli esploratori di Sean si erano appostati in agguato nei valloncelli e nelle rientranze delle colline, facendo da forza d'arresto, mentre il RAR aveva aperto il rastrellamento dall'altra parte gettandosi col paracadute e spingendo i guerriglieri in bocca agli scout.

« Ne avete snidati un'infinità quella volta, formicolavano come cinesi », ricordò Sean. « Non si sapeva a chi sparare prima! » E risero, parlando di altre pericolose imprese, di fatti memorabili, inseguimenti e massacri.

Bevvero alla salute di Ian Smith, degli Scout di Ballantyne e del Rhodesian African Rifles. C'era ancora tantissima birra, sicché brindarono anche a Ronald Reagan e Margaret Thatcher. Quando restarono senza leader conservatori, Sean suggerì: « Abbasso Gorbaciov! »

Il brindisi alla rovescia fu immediatamente accolto, e il maggiore ribatté con « Abbasso il Frelimo e Chissano ». La lista dei rivoluzionari era più lunga di quella dei conservatori, ma la percorsero bravamente senza ciondolare fino a Neil Kinnock, Ted Kennedy e Jesse Jackson.

Quando infine si separarono, Sean e il maggiore si abbracciarono come fratelli. Sean si riempì le tasche di lattine di birra per le guardie shangane, affinché lo accogliessero con gioia, e gliele distribuì generosamente.

La mattina dopo il sergente shangane lo svegliò che era ancora buio. Il mal di testa di Sean era tragico, e dal suo alito sembrava che una iena gli avesse dormito in bocca per tutta la notte. Era la pena che toccava a chi è troppo in forma fisicamente: la reazione del corpo all'abuso di alcool è molto più violenta, il cerchio alla testa terribile... e lui non aveva neanche un'aspirina per rimettersi un po'.

Tuttavia, verso metà mattinata aveva sudato fuori tutto, fino all'ultima goccia di birra stantia. Erano sempre diretti verso sud-ovest, e correndo videro tanti altri capisaldi e fortificazioni. Come il maggiore gli aveva detto, erano astutamente sparpagliati e camuffati. Vide artiglieria campale leggera in postazioni riparate da sacchetti di sabbia, mortai nelle trincee, e squadre dotate di lanciarazzi RPG, l'artiglieria vera della guerriglia. Tutti i soldati che vide gli parvero allegri e su di morale, ben nutriti ed equipaggiati. Quasi tutti indossavano la tuta mimetica a strisce tigrate e gli stivaletti da combattimento con suola di gomma e il resto in tela.

La squadra che lo teneva d'occhio aveva rifornito gli zaini agli spacci della guarnigione. Quando si fermarono a mangiare la sempiterna polentina, Sean vide la farina di mais nei sacchetti da due chili marcati PREMIER MILLS, e i fiammiferi con cui accesero il fuoco erano Lion Matches, prodotti sudafricani.

« È quasi come essere tornato a casa », ridacchiò Sean.

Le linee difensive della Renamo erano concentriche come le ondine su uno stagno, e ben presto Sean si rese conto che stavano avvicinandosi al centro della zona liberata. Superarono quelli che erano con tutta evidenza campi d'addestramento affollati di reclute: uomini e donne, alcuni giovanissimi, sedevano nelle aule dal tetto di paglia come bambini delle scuole elementari, seguendo attentamente l'istruzione senza degnare di più di uno sguardo il gruppetto di Sean.

Sulle lavagne Sean vide che gli argomenti insegnati andavano dalla tattica di combattimento della fanteria alle scienze politiche.

Oltre il campo d'addestramento entrarono in quella che sembrava una successione di *kopje* semideserti. Fu solo quando arrivarono a pochi metri da uno di questi rilievi che Sean si accorse degli ingressi dei rifugi.

Erano più elaborati e camuffati di quelli che avevano visto per via. Questi, dall'aria, sarebbero stati completamente invisibili e sicuri da ogni bombardamento. Inoltre, dal mutato comportamento delle guardie, diventate d'un tratto più severe, capì che avevano raggiunto il quartier generale di quella armata Renamo.

Pure, fu colto ancora una volta di sorpresa quando senza cerimonie svoltarono da una parte e lo portarono all'ingresso di uno dei bunker sotterranei. Ci fu uno scambio di battute tra il sergente shangane e le guardie all'ingresso, poi Sean fu fatto entrare nel labirinto di camminamenti e locali scavati nella terra. Il bunker era illuminato da lampadine elettriche nude, e si sentiva, abbastanza lontano, il rombo di un generatore. Le pareti verso l'esterno erano rinforzate da sacchetti di sabbia ordinatamente disposti, e i soffitti rinforzati da travoni di legno.

Entrarono in una sala radio. Sean vide subito che il materiale era sofisticato e ben tenuto. Una carta geografica su vasta scala delle province centrali mozambicane della Zambesia copriva una parete.

Sean sbirciò la carta di nascosto. Capì subito che il territorio montagnoso in cui questa armata Renamo era schierata era la Sierra Gorongosa, e che il fiume da loro attraversato, e che costituiva la linea difensiva della Renamo a nord, era il Pungwe. La linea ferroviaria correva cinquanta o sessanta chilometri più a sud di questa posizione, ma prima che potesse rubare alla carta qualche altra informazione fu spinto in un altro breve corridoio in fondo al quale c'era un'apertura schermata da una tenda.

La scorta chiese educatamente permesso e la risposta fu secca e autoritaria. Uno spinse dentro Sean, che spostò la tenda e si trovò in una stanzetta.

« Il compagno Cina! » Sean sorrise. « Che bella sorpresa! »

« Quello non sono più io, colonnello Courteney. D'ora in poi la prego di chiamarmi generale Cina o semplicemente 'Signore' », ridacchiò.

Sedeva alla scrivania in mezzo alla stanza. Indossava la solita tuta mimetica tigrata, adorna però di insegne da parà – le ali d'argento – e un sacco di nastrini colorati sul petto a sinistra. Intorno alla gola portava un fazzoletto giallo di seta. Berretto bruno e cinturone pendevano da un attaccapanni dietro di lui. Il calcio della pistola automatica che aveva nella fondina era d'avorio istoriato. Era evidente che il generale Cina prendeva molto sul serio la sua conversione dal marxismo al capitalismo.

« Mi dicono che negli ultimi giorni si è ambientato bene e che simpatizza per la Renamo, per i suoi alleati e per i suoi obiettivi », disse benevolmente, e Sean si sentì a disagio.

« Come fa a saperlo? » gli domandò.

« Sa, noi disponiamo di radio, colonnello, non siamo proprio trogloditi. » Gli indicò la ricetrasmittente VHF sulla panca contro la parete. « So che lei ha passato una bella serata col maggiore Takawira, anche perché è stato un mio suggerimento, fra l'altro. »

« Dunque spero che lei, generale, mi vorrà spiegare perché diavolo ha sequestrato dei cittadini di due nazioni amiche e potenti come il Sudafrica e gli Stati Uniti. »

Il generale Cina lo fermò con un gesto. « Per piacere, mi risparmi questo genere di scenate, colonnello. I nostri rappresentanti a Lisbona e altrove hanno già ricevuto i reclami sia degli americani sia dei sudafricani. Ma naturalmente noi abbiamo negato di avere sequestrato chicchessia. Ci siamo pure offesi della barbara insinuazione. » Si interruppe un po' per guardare Sean negli occhi. « Ha avuto una bella pensata a mandar subito un messaggio al consolato americano, ma da lei non mi aspettavo niente di meno. »

Prima che Sean potesse rispondere, alzò la cornetta del telefono da campo e parlò tranquillamente in una lingua che Sean riconobbe per portoghese, ma non capiva. Poi riappese e si mise a guardare verso la soglia schermata dalla tenda, e Sean istintivamente lo imitò.

Questa fu tirata, e tre persone entrarono chinandosi. Due erano donne negre in uniforme, con pistola alla fondina e mitra kalashnikov in spalla. L'altra era Claudia Monterro, con addosso gli stessi indumenti di prima, un po' sbiaditi ma ben lavati, che sembravano esserle diventati larghi.

Era dimagrita. Questa fu la prima cosa che colpì Sean. Aveva i capelli tirati indietro e raccolti a crocchia dietro il capo, ed era abbronzatissima.

Aveva gli occhi grandi nel viso sottile, e Sean notò per la prima volta la struttura fine degli zigomi e della mascella. Alla sua vista gli venne un gran batticuore.

« Claudia! » proruppe, e la sua testa si girò di scatto verso di lui. Il sangue le defluì dal volto, che divenne così color caffellatte chiaro.

« Oh, mio Dio », sussurrò. « Avevo paura che... » S'interruppe e si guardarono, senza muoversi per una dozzina di battiti del cuore, poi lei disse il suo nome. « Sean. » Suonò come un gemito. Si avviò vacillando verso di lui, a palme sollevate in un gesto supplice, con gli occhi pieni delle sofferenze, delle durezze e del desiderio di quegli ultimi giorni. Con due lunghi passi, Sean la raggiunse e lei gli si buttò al collo, stringendolo a occhi chiusi, la guancia contro la guancia. La forza dell'abbraccio di lei quasi gli toglieva il fiato.

« Tesoro », sussurrò Sean carezzandole la testa, dai capelli folti e come elastici sotto le sue dita. « Tesoro mio, va tutto bene, adesso. »

Lei alzò il viso e lo guardò con le labbra che tremavano, socchiuse. Il sangue era tornato a scorrere sotto la pelle liscia e abbronzata, che sembrava risplendere, come i suoi occhi, ora, simili a scuri topazi gialli.

« Mi hai chiamata tesoro », bisbigliò lei.

Sean abbassò la testa e la baciò. Le labbra di Claudia si aprirono subito a lui, e, dentro, la sua bocca era caldissima e lubrica... Ci frugò con la lingua fino in fondo, sapeva di linfa d'erbetta giovane.

Dalla scrivania, il generale Cina disse tranquillamente in shangane: « Molto bene. Adesso portatela via ».

Le guardie presero Claudia e la strapparono all'abbraccio. Lei emise una specie di pigolio disperato e cercò di resistere, ma erano donnoni capacissimi di sollevarla di peso e portarla fuori, come appunto fecero.

Sean gridò: « Lasciatela andare », e scattò verso di loro, ma una tirò fuori la pistola e gliela puntò nella pancia. La tenda si chiuse dietro il terzetto e anche le grida di protesta di Claudia poco dopo non si udirono più. Nel silenzio, Sean si rivolse pian piano all'uomo dietro la scrivania.

« Bastardo », gli ringhiò sottovoce. « Ha organizzato tutto apposta. »

« Ed è andata molto meglio di quanto sperassi », concordò il generale Cina. « Benché altre conversazioni precedenti con la signorina Monterro mi avessero già fatto capire che lei le interessava più come uomo che come cacciatore professionista. »

« Badi che io le stacco la testa. Se le fa qualcosa di male... »

« Ma andiamo, andiamo, colonnello Courteney! Io non intendo farle niente di male. È troppo preziosa! Lei si renderà ben conto che è solo una moneta di scambio. »

Pian piano l'ira lasciò Sean, che annuì rigido. « Okay, Cina. Cosa vuole che faccia? »

« Bravo, bravo », annuì il generale Cina. « Aspettavo giusto che mi facesse questa domanda. Si sieda », disse, indicandogli dove. « Faccio venire un po' di tè e ne parliamo. »

Mentre aspettavano il tè, il generale Cina si occupò delle carte che aveva sulla scrivania, leggendo e firmando una quantità di ordini. Ciò diede a Sean la possibilità di calmarsi. Quando un graduato portò il tè, il generale Cina gli ordinò di liberare la scrivania dalle carte.

Rimasti nuovamente soli, Cina bevve un sorso dalla tazza e guardò Sean negli occhi. « Mi ha chiesto cosa voglio. Be', colonnello, devo confessarle che sulle prime volevo solo vendicarmi. È stato lei a distruggere il mio campo d'addestramento, quel giorno a Inhlozane. È l'unica macchia della mia carriera professionale, e inoltre mi ha ferito infliggendomi un'invalidità permanente. » Si toccò l'orecchio offeso. « Ce n'è abbastanza per volersi vendicare. Sono sicuro che sarà d'accordo con me. »

Sean restò zitto. Benché non bevesse tè da giorni e giorni e lo desiderasse molto, non aveva neanche toccato la tazza che gli era stata offerta.

« Naturalmente sapevo che lei gestiva la riserva di Chiwewe. Quale ministro del governo Mugabe, anzi, sono stato uno di quelli che hanno votato a favore dell'assegnazione a lei. Pensavo già che poteva esser utile averla là, così vicino al confine. »

Sean si impose di rilassarsi. Capiva che era un'ottima occasione di apprendere qualcosa, e ottenere di più mostrando spirito di cooperazione anziché sfida. Era difficile riuscirci, perché aveva ancora in bocca il sapore di Claudia. Prese la tazza di tè e ne bevve un sorso. « Però, com'è cambiato! » sorrise. « Compagno ieri, oggi generale. Ministro di un governo marxista ieri, oggi signore della guerra della Renamo. »

Cina deprecò con un gesto le accuse di Sean. « La dialettica marxista non mi ha mai davvero interessato. Ripensandoci ora, mi rendo conto che mi sono arruolato nell'esercito rivoluzionario ZANU per ottime ragioni di carattere capitalistico. All'epoca era il miglior modo di far strada nella vita. La cosa le sembra ragionevole o no, colonnello? »

« Ragionevolissima », concordò Sean, stavolta con un sorriso vero. « È un fatto ben noto che l'unico modo di far funzionare il comunismo è far pagare il conto ai capitalisti. »

« Molto ben espresso », si complimentò Cina. « Ma io l'ho capito dopo la vittoria, e dopo la presa del potere del partito ZANU a Harare, una volta cacciato Ian Smith. Mi sono accorto che come ex capo partigiano ero temuto e non riscuotevo la fiducia dei furbi gattoni castrati che avevano evitato di combattere ma ora dirigevano la baracca. Mi sono accorto che, invece di riscuotere il giusto premio, era più facile che finissi in galera a Chikarubi, sicché mi son lasciato guidare da istinti capitalistici. Con qualche altro che la pensava come me mi son messo a organizzare un nuovo cambiamento di governo, riuscendo a convincere alcuni vecchi compagni d'arme, che ora occupano alte posizioni nell'esercito del Paese, che sarei stato un buon successore di Robert Mugabe. »

« Botta e risposta, la solita vecchia storia africana », interloquì Sean.

« È bello parlare con chi è così pronto a cogliere i ragionamenti », approvò Cina. « Ma del resto anche lei è africano, pur se della tinta meno di moda attualmente. »

« Mi fa piacere che qualcuno lo riconosca », disse Sean. « Ma per tornare al suo altruistico desiderio di mandare al potere 'il migliore'... »

« Ah, sì... Be' qualcuno ne accennò a una donna, per vantarsi, e quella lo disse a un altro suo amante, che guarda caso era il capo del servizio segreto di Mugabe. Dovetti quindi affrettarmi a passare il confine, dove trovai tanti altri ex compagni che si erano già uniti alla Renamo. »

« Ma perché proprio la Renamo? » chiese Sean.

« Perché è naturale. Politicamente è casa mia. Vede, io so fare molto bene il mio mestiere, e la Renamo mi ha accolto con gioia. Inoltre sono mezzo shangane, e come sa la nostra tribù risiede a cavallo del confine artificiale imposto dai colonialisti, che se ne fregavano delle realtà demografiche nello spartirsi l'Africa. »

« Se lei ora ha davvero abbracciato il capitalismo, come sostiene, generale Cina, questo non può bastare a determinare la sua scelta di campo. Quale altra ricompensa c'è in serbo per lei? »

« Lei non mi vuol proprio deludere, eh? » disse Cina. « È intuitivo e diffidente come tutti gli africani. Chiaro, ci guadagnerò ben altro. Quando avrò aiutato la Renamo a formare il nuovo governo del Mozambico, alleato del Sudafrica, i due Paesi saranno in grado di fare sullo Zimbabwe una pressione insostenibile. Potranno benissimo imporre un mutamento di governo a Harare... nominare un nuovo presidente al posto di Mugabe. »

« Da generale a presidente, sarebbe un bel colpo », convenne Sean. « Bisogna ammettere che lei sa pensare in grande, generale Cina. »

« La sua comprensione per le mie aspirazioni mi commuove. »

« Ma a che mi giova? Poco fa ha accennato alla sua voglia di vendicarsi per l'orecchio. Possibile che abbia deciso invece di perdonarmi? »

Cina si accigliò, portando la mano all'orecchio offeso. « A dir la verità mi sarei vendicato volentieri. Anzi, avevo già progettato un'incursione notturna al suo campo-base di Chiwewe. Ho un buon manipolo di uomini pronto vicino al confine, e aspettavo solo un momento di tranquillità per sottrarmi al dovere e farle una visitina personale: ma sono stato costretto a cambiare i miei piani. »

Sean alzò un sopracciglio per esprimere il suo attento interesse.

« Da poco l'equilibrio delle forze, qua nelle province centrali, si è drasticamente alterato. Noi della Renamo avevamo conquistato un bel vantaggio: in effetti controlliamo tutto il Paese tranne le città principali, abbiamo ridotto la produzione agricola al punto che il Frelimo deve affidarsi interamente agli aiuti stranieri, e virtualmente interrotto i trasporti interni. Assaltiamo a piacimento strade e ferrovie, e ci muoviamo liberamente nelle campagne reclutando nei villaggi. Abbiamo instaurato una vera e propria amministrazione alternativa. Tuttavia, da ultimo, le cose sono molto cambiate. »

« Cos'è successo? »

Cina non rispose subito, ma si alzò dalla sedia e andò a mettersi davanti alla carta geografica. « Dato che lei è un esperto dell'antiguerriglia, colonnello Courteney, non dovrò spiegarle la nostra strategia, né illustrarle l'armamento che impieghiamo per infliggere le classiche 'punture di spillo'. Noi non temiamo bombe atomiche, artiglieria pesante o cacciabombardieri. Ci siamo messi a ridere quando Robert Mugabe ha comprato dai suoi amici sovietici due squadroni di caccia, dei MIG 2 obsoleti di cui i russi erano felicissimi di liberarsi e che Mugabe non poteva neppure permettersi di far volare. Ci sono ben poche armi moderne di cui abbiamo paura, e si tratta sostanzialmente di... » Cina s'interruppe e si girò a guardare in faccia Sean. « Ma è lei l'esperto, colonnello. Non ne sa certo meno di qualunque altro specialista di operazioni antiguerriglia. Allora, cosa temiamo di più? »

Sean non esitò. « Elicotteri », rispose.

Cina andò a sedersi di nuovo alla scrivania. « Già, e tre settimane fa i sovietici hanno consegnato al Frelimo uno squadrone intero di elicotteri Hind. »

Sean fischiò tra i denti. « Gli Hind! » disse. « In Afghanistan li chiamano 'la morte volante'. »

« Qui li chiamiamo *hensciò*, 'falchi'. »

« Non c'è nessuna aviazione africana in grado di far volare uno squadrone di elicotteri Hind per più di qualche giorno: non potrebbe garantirne la manutenzione », affermò Sean scuotendo la testa, ma Cina lo contraddisse con calma.

« I russi hanno mandato tecnici, munizioni e pezzi di ricambio, oltre ai piloti. Intendono spazzar via la Renamo entro sei mesi. »

« Ci riusciranno? Possono riuscirci? »

« Sì », rispose deciso Cina. « Sono già riusciti a limitare gravemente la nostra mobilità. Senza mobilità, un esercito di guerriglieri è sconfitto. » Fece un gesto che indicava l'ambiente circostante. « Qua ci nascondiamo sottoterra come talpe, non come guerrieri. Il nostro morale, così alto fino a un mese fa, sta crollando. Invece di guardare fieramente avanti, i miei uomini stringono le chiappe e guardano il cielo. »

« La vita è dura, generale », disse Sean, compatendolo. « Ma sono sicuro che lei saprà escogitare qualcosa. »

« Difatti », annuì Cina. « Lei! »

« Io contro uno squadrone di Hind? » ridacchiò Sean. « Sono onorato e confuso, ma preferisco starne fuori. »

« Ecco, questo non è possibile, colonnello. Come si suol dire, lei ha una cosa mia », rispose toccandosi l'orecchio, « e io ho una cosa sua: la signorina Claudia Monterro. »

« Va bene », annuì Sean rassegnato. « Mi dica quello che vuole da me. »

« Il piano che ho in mente richiede una faccia bianca e un ufficiale addestrato, che conosca i soldati negri e ne parli la lingua. »

« Sicuramente, generale Cina, lei non sarà d'accordo col generale prussiano Von Lettow-Vorbeck, il quale riteneva che la migliore fanteria del mondo nella boscaglia sia costituita da soldati negri guidati da ufficiali bianchi. Perché non si occupa lei personalmente di questa faccenda, qualunque essa sia? »

« Conosco i miei limiti », disse Cina. « Sono più un organizzatore che un soldato. Inoltre, come le ho già detto, mi serve una faccia bianca. » Alzò una mano per impedire a Sean di interromperlo ancora. « Inizialmente lavorerà con una squadra di dieci uomini. »

« I miei guardiani shangane », lo precedette Sean. « Ecco perché mi ha spedito a fare tutte quelle passeggiate con loro. »

« Bravo, colonnello. Sì, la sua reputazione sembra ben fondata. In pochi giorni si è guadagnato il loro rispetto e addirittura la loro lealtà. Credo che la seguiranno in questo incarico molto pericoloso. »

« Avrò bisogno di più di dieci shangane, e ci sono altri due che vorrei con me. »

« Naturalmente, i suoi due matabele », accettò subito Cina. « Ci avevo già pensato. »

Era l'occasione che Sean aspettava per chiedergli notizie di Job e Dedan. « Son sani e salvi? » domandò.

« Certo, gliel'assicuro. »

« Non intendo parlare più di niente finché non li avrò visti e sentiti », disse in tono indifferente, e gli occhi di Cina si strinsero: « Le consiglio vivamente di non prendere quell'atteggiamento, colonnello. Non può che rendere i nostri rapporti più sgradevoli ».

« Dico sul serio », ripeté ostinato Sean. « Voglio parlare con loro. »

Il generale Cina guardò l'orologio e poi sospirò platealmente. « Benissimo. » Prese ancora il telefono e parlò brevemente, poi alzò gli occhi su Sean. « A quei due sarà chiesto di collaborare con lei; può spiegarglielo subito. C'è anche la possibilità che, se sarò soddisfatto della vostra condotta, io prenda in considerazione l'ipotesi di restituirvi la libertà: anche quella della piacente signorina Monterro. »

« Lei è molto generoso », disse ironico Sean.

« Aspetti di sentir tutto. Poi potrà anche cambiare idea. » Il generale Cina si rivolse al tenente che aveva chiamato per telefono e gli disse in shangane: « Porta quest'uomo a trovare i due prigionieri matabele », ordinò. « Lasciali parlare insieme per... » guardò ancora l'orologio, « dieci minuti. Poi riportalo qui. »

Tre soldati accompagnarono Sean per il dedalo dei cunicoli sotterranei e poi fuori, nel sole accecante. La prigione era un casotto di malta e paglia circondato da un reticolato, il tutto ricoperto di rete mimetica. Un secondino aprì il cancello del reticolato e Sean entrò. Andò fino alla porta del casotto.

In mezzo al pavimento c'era un tripode nerastro, e di fianco due stuoie. Questo era tutto l'arredamento. Su uno dei paglericci dormiva Dedan mentre sull'altro Job sedeva a gambe incrociate fissando le braci nel tripode.

« *Ti vedo*, caro amico », disse piano Sean in sindebele, e Job si alzò lentamente in piedi, e con altrettanta lentezza si mise a sorridere.

« Anch'io *ti vedo* », disse, e poi risero e si abbracciarono, battendosi forte sulle spalle. Dedan saltò su dall'altra stuoia ridendo tutto contento, e prese la mano di Sean, stringendola con vigore e scuotendola su e giù.

« Come mai ci hai messo tanto tempo, Sean? » gli chiese Job. « Hai trovato Tukutela? Dov'è l'americano? Come ti hanno preso? »

« Ti racconterò tutto dopo », tagliò corto Sean. « Perché adesso ho cose più importanti da dirti. Hai parlato con Cina? Ti sei accorto che è quello che avevamo catturato a Inhlozane? »

« Sì, quello dell'orecchio. Che possibilità abbiamo di cavarcela con lui, Sean? »

« Non si sa ancora », lo mise in guardia Sean, « ma lui parla di non so che accordo. »

« Cosa...!? » Job s'interruppe e tutti si girarono a guardar fuori dalla capanna di fango.

Suonavano i fischietti ed echeggiavano grida allarmate.

« Cosa succede? » domandò Sean e andò sulla soglia. Il cancello del recinto era ancora spalancato, ma le guardie non ci badavano, imbracciavano le armi e guardavano il cielo. Il tenente stava correndo e soffiava come un matto nel fischietto.

« Incursione aerea », disse Job alle spalle di Sean. « Gli elicotteri del Frelimo, come due giorni fa. »

Adesso Sean sentì il rombo ancora lontano dei motori, e il sibilo delle pale che diventava sempre più acuto e penetrante.

« Job », disse Sean afferrandogli il braccio. « Sai dov'è che tengono Claudia? »

« Da quella parte », indicò Job. « C'è una catapecchia recintata come questa. »

« A che distanza? »

« Mezzo chilometro. »

« Il cancello è aperto e le guardie sono scappate. Corriamo là. »

« Siamo in mezzo a un esercito, e non dimenticare che stanno arrivando gli elicotteri! » protestò Job. « Dove vuoi che andiamo? »

« Non discutere, vieni con me. »

Sean corse fuori dalla porta e dal cancello. Job gli stava alle calcagna.

« Da che parte andiamo? » borbottò Sean.

« Di là, dietro quegli alberi. »

I tre si misero a correre come lepri uno accanto all'altro. Il campo era quasi deserto: tutti i guerriglieri si erano infilati nei rifugi, ma Sean vide che ce n'erano altri ai pezzi della contraerea leggera, nelle postazioni fisse. Superarono anche una squadra armata di lanciarazzi RPG che andava a piazzarsi sul più vicino *kopje*. Dai rilievi infatti avrebbero avuto una visibilità migliore. Tuttavia il lanciarazzi RPG non sparava missili dotati di guida a infrarossi, e non aveva neppure una gran portata, se lanciato verso l'alto.

I guerriglieri Renamo erano così preoccupati che neanche uno lanciò un'occhiata alla faccia bianca di Sean mentre correvano a occupare le proprie posizioni. Adesso il fracasso dei motori era accompagnato dalle raffiche delle armi automatiche.

Sean non si guardò neanche intorno. Vedeva solo il recinto di filo spinato a cui era diretto. Anche lì era tutto sotto la rete mimetica, e anche lì sembrava che le guardie fossero scappate da un'altra parte. « Claudia! » gridò appena arrivò al reticolato, attaccandocisi. « Dove sei? »

« Qua, Sean, qua! » gli gridò lei. C'erano due casotti di malta dentro il reticolato. Le porte erano chiuse e non c'erano finestre. La voce di Claudia veniva dal più vicino: quasi inudibile nel frastuono dei motori, nel sibilo delle pale rotanti, e nelle raffiche.

« Datemi lo slancio », ordinò Sean, e arretrò per prendere la rincorsa. Il reticolato era alto poco più di due metri. Job e Dedan corsero lì e si piegarono in posizione. Sean scattò verso di loro e saltando centrò le loro mani unite con le dita intrecciate. Insieme, i due lo scaraventarono oltre il filo spinato: Sean fece una capriola in aria e atterrò a piedi uniti, smorzando l'impatto con un'altra capriola da paracadutista, dopo di che si rialzò di slancio e corse avanti.

« Via dalla porta! » gridò a Claudia, prendendo velocità e scagliandosi contro la rozza porta di assi inchiodate.

Era troppo solida e pesante per schiantarsi alla sua spallata, ma i cardini si smurarono dallo stipite di creta cruda e la porta si abbatté verso l'interno in una nuvola di polvere e fango seccato.

Claudia era accucciata contro la parete opposta, ma subito gli corse incontro. « Cosa sta succedendo? » gli chiese ansando.

« Ce la battiamo. » Correndo fuori, vide che Job e Dedan avevano afferrato il fondo del reticolato e lo stavano sollevando, con tutta la forza delle braccia, delle gambe e della schiena inarcata. Così erano riusciti a creare un piccolo spiraglio tra la terra cotta dal sole e il filo spinato. Anche Sean si mise ad aiutarli, da dentro, a sollevare il garbuglio puntuto.

Allo sforzo dei tre uomini muscolosi, il terreno ai piedi del più vicino palo di sostegno cedette, il palo si sollevò e finalmente il groviglio di fili si alzò quanto bastava.

« Striscia sulla pancia! » berciò Sean a Claudia. « Passaci sotto! »

Era magra e agile come un furetto, e passò sotto i fili senza farsi neanche un graffio.

« Forza adesso! » abbaiò Sean a Job e Dedan, e i due si inarcarono, tendendosi al massimo, con la faccia grottescamente contorta. Sean si gettò pancia a terra e si infilò sotto il filo spinato. A metà strada sentì una punta conficcarglisi nella carne e bloccarlo dov'era. « Tiratemi fuori », ordinò, e Job fece forza. Sean sentì la carne lacerarsi sulla schiena, e il sangue sprizzar fuori, poi fu libero.

Mentre si rialzava, Claudia sospirò: « Ma la tua schiena è tutta... » Lui la prese per il braccio e chiese a Job:

« Da che parte? » Sapeva che Job nei giorni di prigionia aveva osservato attentamente il campo, e si affidava al suo giudizio.

« Al fiume », rispose subito Job. « Se riusciamo a discenderlo... »

« Facci strada », disse Sean, e dovette gridare per farsi udire. Tutt'intorno a loro si alzavano raffiche di armi automatiche di ogni tipo. Le mitragliatrici pesanti facevano il rumore di una sbarra d'acciaio trascinata su lamiera ondulata: ma poi anche quel chiasso si perse in un fragore spaventoso, che sembrava quello delle cascate Vittoria in piena. Sean capì subito cos'era, anche se non l'aveva mai sentito. Era il rumore del cannoncino montato sul muso dell'elicottero Hind, a canne rotanti, che sparava un getto ininterrotto di micidiali proiettili.

Sentì Claudia vacillargli accanto al tremendo e agghiacciante frastuono, e le diede uno strattone. « Forza, corri! » le urlò nell'orecchio. La ragazza zoppicava ancora leggermente per la distorsione ai legamenti del ginocchio, ma si misero entrambi a seguire di corsa Job e Dedan verso il fiume. Benché fossero ancora al riparo della foresta, fra poco avrebbero dovuto passare per un tratto di terreno scoperto.

Una squadra della Renamo stava sbucando nella radura, venendo loro incontro: erano otto o nove uomini in fila indiana, tutti armati di lanciagranate RPG. Correvano guardando in alto, alla ricerca di bersagli per i loro razzi dirompenti.

Il gruppetto di guerriglieri era ancora a circa duecento metri quando a un tratto la terra intorno a loro sembrò eruttare.

Sean, che pure aveva molta esperienza di guerra, non aveva mai visto niente di simile. La terra si sgretolava, sembrava un liquido che bollisse in una nebbia di polvere sotto la tempesta di proiettili del cannoncino rotante. Lungo il solco dei colpi tutto veniva distrutto, persino gli alberi si schiantavano in una nuvola di schegge e foglie turbinanti, e ne restavano solo monconi bucherellati, quando la tempesta di piombo era finita. Il terreno, poi, sembrava tutto zappato. Sparsi qua e là, a brandelli, gli armati di lanciarazzi sembravano passati in qualche orrendo e gigantesco tritacarne.

Sean, che tirava ancora Claudia per il braccio, ora la spinse per terra insieme a lui, nell'erba accanto al sentiero. Un'ombra gigantesca passò sopra di loro. Ma per fortuna la volta di fronde li aveva nascosti alla vista del cannoniere.

Anche Job e Dedan si erano gettati nel folto, sfuggendo all'avvistamento.

Lo Hind incrociava lì sopra, a non più di venti metri d'altezza sopra la cima degli alberi, e all'improvviso lo videro bene, quando sorvolò la radura dove giacevano i cadaveri fatti a pezzi dei guerriglieri armati di lanciarazzi.

Vedendolo, Sean ricevette uno shock fisico. Non si aspettava qualcosa di così grande e brutto, grottescamente brutto. Era lungo una ventina di metri. Anche i russi lo chiamavano « il gobbo », *sturmovič*. Era un mostro deforme, aberrante e malfatto: le macchie verdi e brune della mimetizzazione tropicale facevano pensare a sintomi di orride malattie della pelle. La doppia protuberanza delle calotte di vetro antiproiettile sembravano occhi maligni, e il loro sguardo era così tremendo che Sean istintivamente si acquattò nell'erba passando un braccio protettivo sulla schiena di Claudia.

Sotto il corpaccione di quella bestia meccanica volante pendevano grappoli di razzi, e, mentre loro guardavano attoniti, la macchina ruotò sul proprio asse e puntò in basso il muso odioso, sparandone una serie. Partirono sibilando con una grossa scia di fumo, varcando il fiume e abbattendosi sui formicai delle trincee al riparo dei sacchetti di sabbia con fontane di fuoco, fumo e polvere.

Il fracasso era assordante e il sibilo delle pale rotanti tale da trapanare il cervello. Claudia si tappava le orecchie con le mani, singhiozzando: « Oh Dio! Oh mio Dio! »

Lo Hind si girò lentamente, in cerca di altri bersagli, e ancora una volta loro si nascosero meglio che potevano. L'elicottero si allontanò da lì, perlustrando la riva del fiume. Il cannoncino rotante sul muso spediva getti di metallo rovente nella foresta, trinciando e distruggendo tutto sulla sua strada.

« Andiamo via! » gridò Sean sovrastando il fragore, e tirò in piedi Claudia. Job e Dedan si avviarono di corsa davanti a loro, e il terreno arato dalle cannonate era molle e spugnoso sotto i piedi.

Superando i morti, Job si piegò senza rallentare e raccolse un lanciarazzi RPG ancora intatto, dopo due passi una borsa contenente tre granate coi tipici alettoni stabilizzatori, e proseguì chino, di corsa, verso la riva del fiume.

Col ginocchio che le faceva ancora male, Claudia non poteva tenere quel ritmo, e anche se Sean la tirava erano indietro di un centinaio di metri.

Job e Dedan raggiunsero la riva del fiume. Era ripida e rocciosa, di granito nero arrotondato dalla corrente. Una fila di alti alberi rivieraschi sporgeva i rami sulla corrente d'acqua verdemela, il cui filo turbinoso passava proprio lì sotto.

Job si voltò a cercarli ansiosamente, perché erano ancora allo scoperto. Con la faccia stravolta dal terrore, urlò un richiamo e si mise in spalla il lanciarazzi RPG, puntandolo in cielo alle spalle di Sean.

Sean non si girò nemmeno a guardare, sapeva che non c'era il tempo. Non aveva distinto il sibilo del secondo elicottero nel fragore del primo, ma ora aumentava alle sue spalle, incalzante, assordante fino al dolore.

Un angusto *donga* correva accanto a loro: un crepaccio scavato dall'acqua nella stagione delle piogge, ora asciutto e ripido. Sean prese Claudia in braccio e ci saltò dentro. Era profondo due metri e mezzo, e arrivarono sul fondo di terra con un impatto che fece sbattere i denti di Sean, proprio mentre il ciglione del *donga* si sbriciolava investito da una raffica di cannonate.

La terra su cui giacevano sussultava come una cosa viva, e loro si sentivano come insetti che un gigantesco cavallo cercava di scrollarsi di dosso. La terra sgretolata dal ciglio del *donga* dalle cannonate cadeva su di loro a grandi zolle, togliendogli il fiato, seppellendoli vivi, soffocandoli nel polverone.

Claudia gridò e cercò di uscire dalla coltre di terra, ma Sean la tenne sotto. « Sta' fermissima », le sibilò all'orecchio. « Non muoverti, papera. » Lo Hind virò e tornò a vedere, sulla perpendicolare della fossa. Li cercavano. Il cannoncino a canne rotanti sul grugno dell'elicottero brandeggiava qua e là, truce. Sean girò leggermente la testa, guardando in su con la coda dell'occhio. La polvere gli nascondeva il cielo, ma appena quella si diradò scorse il naso dello Hind proprio sopra di loro, fermo in aria a una quindicina di metri d'altezza.

Il cannoniere doveva essersi accorto che erano bianchi, il che li rendeva preferibili come vittime. Solo il sottile strato di terra che gli era caduta addosso li proteggeva dall'avvistamento nel mirino del cannone.

« Sparagli, Job », implorò ad alta voce Sean. « Tira giù 'sto bastardo. »

Sulla scogliera in riva al fiume Job si inginocchiò. Il lanciarazzi RPG7 era una delle sue armi preferite. L'elicottero incombeva sulla fossa a solo cinquanta metri di distanza. Job mirò una ventina di centimetri sotto la calotta del pilota. Il lanciarazzi era molto impreciso, e anche a quella breve distanza non si poteva mai sapere dove sarebbe andato a finire il razzo. Tenne fermo il tubo compensando i forti battiti del cuore e subito dopo premé il grilletto. Lo sbuffo di fumo bianco uscì da dietro il tubo e, davanti, partì il razzo, dritto come un fuso, andando a colpire poco più su del punto dove Job aveva mirato, all'attaccatura della calotta di vetro corazzato con la fusoliera di metallo a macchie mimetiche.

Il razzo scoppiò con una potenza che avrebbe divelto il motore di un camion, o forato la caldaia di una locomotiva. Per un attimo il muso dello Hind non si vide più, cancellato da fumo e fiamme, e Job lanciò un urlo di trionfo, saltando in piedi, aspettando di veder esplodere e precipitare il mostro in una nuvola di fuoco.

Invece, l'enorme elicottero si alzò di soprassalto, come seguendo il sussulto del pilota all'inopinato scoppio del razzo a un metro da lui, ma, quando il fumo si diradò, Job si accorse incredulo che la fusoliera era intatta. C'era solo una macchia nerastra sulla vernice mimetica dove era scoppiato il razzo.

Mentre guardava, il muso grifagno dello Hind si girò dalla sua parte, e anche i multipli occhi di volata delle canne del cannoncino lo cercarono.

Job buttò via il lanciarazzi RPG e saltò giù dalla sponda, tuffandosi in acqua da sei metri d'altezza, proprio mentre il terribile cannoncino a rotazione schiantava i rami del grosso albero sotto il quale Job si trovava un attimo prima. I proiettili trapassavano il tronco come una sega da boscaiolo, e l'albero vacillò e poi crollò nel fiume alzando enormi spruzzi.

Lo Hind se ne andò alzandosi e virando per proseguire la sua caccia all'uomo lungo il fiume. Assolutamente incolume dal razzo e minaccioso come prima, cercò qualche altro bersaglio.

Sean si rizzò in ginocchio, tossendo e sputacchiando. « Stai bene? » gracchiò, ma per un momento Claudia non fu in grado di rispondergli. Era accecata dalla sabbia, e le lacrime le scorrevano giù per le guance impolverate tracciando solchi.

« Bisogna che ci buttiamo in acqua », la spronò Sean tirandola in piedi, e, mezzo spingendola e mezzo tirandola, la fece uscire dalla fossa. Corsero insieme sulla riva scoscesa e guardarono il fiume. L'albero stroncato stava fluttuando giù con la corrente, gran montagna di fronde verdi.

« Salta! » ordinò Sean, e Claudia non esitò. Si buttò ben dentro il filo della corrente che lambiva la riva, cadendo a piedi avanti. Sean la seguì mentre era ancora per aria.

Riemerse accanto a Claudia. L'acqua le aveva lavato la faccia dalla polvere, e i capelli tutti lustri e ruscellanti le andavano negli occhi. Insieme nuotarono verso l'albero galleggiante. Lei non aveva nessun problema, anche con gli stivali ai piedi e tutti i vestiti addosso procedeva veloce battendo un ottimo crawl.

Quando raggiunse l'albero galleggiante, Job la prese per mano e la tirò al riparo delle fronde. Dedan era già lì, e Sean arrivò un attimo dopo. Ognuno si attaccò a un ramo e riposò, coperto dalle frasche.

« L'ho beccato », disse stizzito Job. « L'ho beccato proprio sul muso col razzo, ma è stato come colpire un bufalo con la fionda: si è girato e mi è venuto addosso. »

Sean si tolse l'acqua dagli occhi e dalla faccia con la mano. « Corazza al titanio », spiegò tranquillamente. « Sono quasi invulnerabili al fuoco normale, sia sulle calotte sia sulla fusoliera, e anche il motore è corazzato. L'unica cosa che si può fare quando arrivano è scappare a nascondersi. » Si tolse i capelli dagli occhi. « Comunque, sei riuscito a mandarlo via. Stava proprio per spararci con quel maledetto cannone. » Sean si avvicinò a nuoto a Claudia.

« Ehi, prima mi hai chiamato papera », l'accusò lei. « Come ti permetti, maleducato! »

« Meglio insultati che morti », sogghignò Sean, e Claudia gli restituì il sorriso.

« Devo ammettere che mi sento alquanto favorevole a qualche tua piccola libertà in questo momento, messere. »

Sott'acqua, Sean le passò un braccio intorno alla vita e la strinse a sé. « Buon Dio, quant'ho sentito la mancanza della tua faccia tosta e delle tue punzecchiature! »

Claudia si incollò a lui. « Me ne sono resa conto solo quando te ne sei andato... » gli sussurrò.

« Anch'io », confessò lui. « Fino ad allora pensavo di non poterti sopportare. Poi mi sono accorto che invece non potevo stare senza di te. »

« Mi sentivo svenire; dimmi che è proprio vero! »

« Più tardi. » Sean l'abbracciò forte. « Prima cerchiamo di uscire vivi da qui. » La lasciò e nuotò fino a Job.

« Riesci a vedere la riva? »

Job annuì. « L'incursione dev'essere finita. Stanno venendo fuori dai rifugi. »

Sean sbirciò attraverso le fronde che li celavano. Vide dei guerriglieri che si muovevano cauti sulla riva più vicina.

« Per un po' avranno altro da fare che pensare a noi, comunque tienili d'occhio. »

Si avvicinò a Dedan, aggrappato dall'altra parte dell'albero, a guardare la riva opposta.

« Cosa vedi? »

« Sono indaffaratissimi. » Indicò i barellieri che raccoglievano morti e feriti, mentre squadre di soldati stavano già cominciando a riparare le fortificazioni danneggiate e le reti mimetiche strappate via da quello che dovevano nascondere. Nessuno guardava il fiume.

Oltre al loro albero, altri detriti scorrevano a valle: rami stroncati, bidoni vuoti, cassette, abbastanza roba per non attirare sospetti proprio su loro.

« Se riusciamo a non farci scoprire fino a stasera, forse arriviamo fuori dal territorio controllato da Cina. Tieni gli occhi bene aperti, Dedan. »

« *Mambo* », ribatté lui, concentrandosi sulla vigilanza.

Sean tornò pian piano da Claudia e si aggrappò al suo ramo; lei subito lo abbracciò con una mano.

« Non mi piace star lontana da te, neanche per un minuto », gli sussurrò. « Pensavi davvero quello che mi hai detto? »

Lui la baciò, e Claudia gli restituì il bacio con tanta passione da addentargli il labbro inferiore. Un dolorino squisito.

Alla fine lei si sottrasse all'abbraccio e subito tornò a chiedergli: « Lo intendevi davvero? »

« Non posso stare senza di te », le rispose Sean.

« Andiamo, andiamo, sai fare di meglio. »

« Sei la donna più meravigliosa che abbia mai conosciuto. »

« Non male, ma non è ancora quello che voglio sentire. »

« Ti amo », ammise lui.

« Ecco, ecco! Oh, Sean! E anch'io ti amo! » Lo baciò di nuovo, e dimenticarono tutto il resto. Le bocche si unirono e i corpi si strinsero sott'acqua.

Sean non seppe quanto durò, finché Job non li interruppe. « Ehi, stiamo andando a riva! » gridò.

La corrente aveva spinto l'albero stroncato verso la sponda e alla curva successiva del fiume i rami di sotto strisciarono sulla sabbia del fondo. Anche Sean, allungando i piedi, toccò. « Spingiamolo di nuovo nell'acqua profonda », ordinò Sean, e, sempre nascosti sotto le fronde verdi, lo spinsero e trascinarono fuori dal banco di sabbia, di nuovo nel filo della corrente.

Sean ansimava per lo sforzo, appeso a un ramo appena fuori dell'acqua. Anche Claudia in breve lo raggiunse, aggrappandosi allo stesso ramo. « Sean », gli disse, con un tono diverso da prima. « Non te l'ho ancora chiesto perché ho paura di sentire la risposta. » Si interruppe per fare un respiro profondo. « E mio padre? » gli domandò.

Sean tacque, cercando le parole da dirle, ma fu Claudia a parlare di nuovo.

« Non è tornato con te, vero? »

Sean scosse la testa, e i capelli bagnati gli caddero sugli occhi.

« Ha trovato il suo elefante? » gli chiese piano.

« Sì », le rispose semplicemente Sean.

« Sono contenta », disse lei. « Lo consideravo il mio ultimo dono. »

Adesso lasciò andare il ramo e abbracciò Sean, con entrambe le mani intorno al collo, appoggiando la guancia alla sua in modo da non doverlo guardare in faccia nel porgli la domanda successiva.

« Mio papà è morto, Sean? Devo sentirtelo dire per poterci credere. »

Con il braccio libero Sean la strinse forte e si fece coraggio per rispondere. « Sì, tesoro mio. Il capo è morto, ma è morto da uomo, come avrebbe voluto, e Tukutela, il suo elefante, è morto con lui. Vuoi sapere anche i particolari? »

« No! » proruppe lei, scuotendo la testa e stringendolo fortissimo. « Adesso no, e forse mai. È morto, e una parte di me e della mia vita muore con lui. »

Sean non riuscì a trovar parole per consolarla, e la tenne abbracciata stretta mentre Claudia piangeva la morte di suo padre. Piangeva in silenzio, abbracciata a lui, scossa dal dolore. Le lacrime le scorrevano in faccia insieme alle gocce d'acqua, e Sean ne sentì il sapore salato sulle labbra quando tornò a baciarla e il suo cuore la raggiunse di slancio.

Così continuarono a fluire giù col fiume d'acqua verde, lasciandosi indietro il fumo e la puzza della battaglia, le rive bombardate, le grida dei feriti che li raggiungevano sempre più sommesse. Sean lasciò che sfogasse tutto il suo dolore, e pian piano i singhiozzi che la scuotevano diminuirono finché infine gli sussurrò, roca: « Non so come avrei fatto a sopportarlo senza di te. Siete molto simili voi due, sai? Penso sia stato questo ad attrarmi, di te, fin dall'inizio ».

« Lo prendo come un complimento. »

« Voleva esserlo. Mi ha dato il gusto degli uomini forti e potenti. »

Galleggiava accanto a loro, quasi a portata di mano, un cadavere. L'aria intrappolata nella tuta mimetica lo faceva galleggiare sul dorso. Era un ragazzo molto giovane, sui quindici anni forse, si capiva dalla faccia. Le ferite erano state dilavate dall'acqua. Solo una scia rosa ne usciva ancora, tingendo l'acqua verde come un fil di fumo: eppure bastò.

Sean vide le teste scagliose dei sauri sporgere dall'acqua come cortecce di quercia e filare lungo la corrente avvicinandosi al cadavere. Con rivoli d'acqua che scorrevano giù dalle fauci atroci, e la lunga coda guizzante a spingerli, due grossi coccodrilli facevano a gara per arrivare prima alla preda.

Uno dei rettili raggiunse il cadavere e sporse la testa dall'acqua, mostrando le file di dentoni aguzzi e gialli e azzannando il corpo. Le fauci si incontrarono attraverso la carne con un rumore agghiacciante di ossa stritolate, e Claudia si lasciò sfuggire un gemito, volgendo la testa altrove.

Prima che il coccodrillo potesse portarsi il cadavere sott'acqua, il secondo rettile, ancor più grosso, azzannò il ventre del morto dando inizio a un macabro tiro alla fune.

Le fauci del coccodrillo non son fatte per tranciare nettamente carne e ossa, sicché i due rettili tenevano stretta la preda e, sguazzando con la coda, cercavano di strapparne bocconi, facendo schiumare l'acqua e riuscendo infine a smembrare il cadavere con rumor d'ossa e cartilagini spezzate alla spalla e al bacino.

L'orrore dipinto in volto, Claudia non riusciva però a staccare lo sguardo da quel macello, e le venne un conato quando vide uno dei giganteschi rettili ergersi fuori dall'acqua con un braccio nelle fauci e cercar convulsamente di inghiottirlo. Le scaglie giallastre della gola si gonfiarono, quando l'arto andò giù, dopo di che il coccodrillo si curvò subito indietro a dare un altro fiero morso al cadavere.

Disputandosi quei patetici resti, i due animali si allontanarono sempre più dall'albero galleggiante, e Sean, ricordando la ferita alla schiena provocata dal filo spinato, provò un certo sollievo, perché certo anche il suo sangue aveva lasciato una ghiotta scia nel fiume verde pieno di coccodrilli.

« Mio Dio, che cosa tremenda », sussurrò Claudia. « Sta diventando veramente un incubo. Non avrei mai pensato che la vita potesse essere così selvaggia e crudele. »

« È l'Africa », disse Sean, stringendola a sé, per darle coraggio. « Ma adesso sono qua vicino a te, e vedrai che tutto andrà bene. »

« Tu credi, Sean? Pensi che ne usciremo vivi? »

« Be', non c'e nessuna garanzia 'soddisfatti o rimborsati', se è questo che intendevi », ammise lui.

Claudia sospirò, singhiozzò un'ultima volta e poi tornò a rifugiarsi tra le sue braccia, guardandolo dritto negli occhi. « Scusami », gli disse. « Mi stavo comportando da bambina. Mi ero lasciata andare, ma non succederà più. Sono contenta di averti conosciuto prima che fosse troppo tardi. » Gli sorrise con gaiezza forzata, fluttuando con l'acqua al mento. « Adesso viviamo, e forse arriveremo fino a stasera! »

« Brava la mia ragazza! » Sean le restituì il sorriso. « Qualunque cosa succeda, posso dire di aver amato Claudia Monterro. »

« Anch'io di te », l'assicurò lei, e si baciarono ancora, lungamente, teneramente, un bacio salato di lacrime, che non esprimeva lussuria ma brama di rassicurazione e certezza: l'aspirazione a qualcosa di vero e saldo in un mondo di pericolosa instabilità.

Sean non si accorse nemmeno di quanto fosse fisicamente eccitato, finché lei non interruppe il bacio dicendogli, senza fiato: « Ti voglio adesso, ti voglio subito. Non posso... non oso aspettare. Oh Dio, Sean, amore mio, adesso siamo vivi e innamorati, ma prima di sera potremmo essere morti! Prendimi subito ».

Lui si guardò rapidamente intorno nel rifugio fronzuto. Attraverso qualche spiraglio vedeva le rive. Sembravano aver superato le fortificazioni della Renamo. Non c'erano segni di vita lungo le sponde alberate, e il silenzio del meriggio africano incombeva sonnolento. Più vicino a loro, Job e Dedan galleggiavano attaccati a un ramo; ma si vedevano solo le teste voltate dall'altra parte, intente a scrutare le rive del fiume.

Sean guardò Claudia negli occhi dorati, e la desiderò. Sapeva di non aver mai desiderato nient'altro così tanto in vita sua.

« Dài, ridimmelo », gli sussurrò lei, roca.

« Ti amo. » Si baciarono ancora, ma stavolta era un altro tipo di bacio, duro laddove il primo era morbido, rovente laddove il primo era tiepido, selvaggio e impaziente laddove il primo era stato lungo e dolce.

« Presto », gli sussurrò in bocca lei. « Ogni secondo è prezioso. » E già le mani sott'acqua stavano strappando via gli indumenti. Sean doveva tenersi attaccato con una mano e con l'altra stringerla per evitare a entrambi di andar sotto, ma cercò di aiutarla come poteva.

Claudia gli sbottonò il giubbotto, poi si aprì la camicia e si incollò a lui. I suoi seni erano lubrificati dall'acqua fresca, i capezzoli duri dal desiderio: li sentiva chiaramente mentre scivolavano sul petto di Sean grossi come acini d'uva.

Lui le tenne fermi i calzoncini e gli slip per la cintura, mentre Claudia se ne liberava appoggiandosi al ramo e scalciando. Sean ci infilò dentro il braccio per non perderli, ed ecco che lei fu nuda dalla vita in giù. Frenetica, impaziente, la ragazza gli sbottonò i calzoni e gli infilò le mani nella patta per tirarlo fuori.

« Oh Sean », gorgogliò. « Oh Dio, amore, come sei grosso, come sei duro. Presto, ti prego, presto! »

Nell'acqua erano entrambi senza peso e agili come foche che si accoppino. Le gambe lunghe di lei si chiusero intorno al suo corpo avviluppandolo, le ginocchia sotto le ascelle di lui, le caviglie riunite dietro la schiena: lo cercava furiosamente, alla cieca.

Lui si inarcò per favorirla e quasi riuscirono a unirsi, ma poi il membro scivolò fuori, tra le pance nude e tese, innocuo. Claudia borbottò irritata e con la mano se lo puntò contro un'altra volta. Poi, con mirabile e lascivo inarcarsi del dorso, ne inserì solo la punta. Si strinsero l'un l'altra, il corpo di lei si irrigidì e i suoi occhi d'oro si spalancarono tanto che sembravano riempirle tutto il viso. Poi Sean entrò fino in fondo, e dopo l'acqua fredda lei gli parve così calda da risultare quasi intollerabile, sicché gridò senza volere.

Sia Job sia Dedan si voltarono sorpresi, poi distolsero lo sguardo imbarazzati, ma Sean e Claudia erano palesemente dimentichi del mondo.

Tutto finì quasi subito, e lei gli restò appesa al collo esausta come un maratoneta alla fine della gara.

Sean fu il primo a riprender fiato. « Scusami », le disse. « È durato pochissimo, non sono riuscito a trattenermi. Tu sei...? »

« Sono venuta molto prima di te », sorrise lei, un po' obliquamente, incerta. « È stato come un incidente d'auto... rapido, ma devastante! »

Restarono uniti e intrecciati nell'abbraccio per un bel po' di tempo, riposando tranquilli, finché lei lo sentì afflosciarsi e scivolar fuori. Solo allora aprì la stretta delle gambe e si protese a baciarlo teneramente sulla bocca.

« Adesso sei mio, e io sono tua. Anche se oggi morirò, non avrà molta importanza. Ti ho avuto dentro di me. »

« Non aver tanta fretta di lasciarmi », disse Sean sorridendole amorevolmente. « Adesso vestiti, tesoro mio. » Le diede gli indumenti. « Intanto io do un'occhiata a quello che sta succedendo nel mondo. »

Si allontanò a nuoto e raggiunse Job. « Cosa si vede? » gli chiese.

« Penso che siamo usciti dalle linee », rispose Job, evitando con tatto di guardare Sean negli occhi. Stranamente, Sean non fu imbarazzato dal fatto che Job sapesse cosa c'era appena stato tra lui e Claudia. Si sentiva ancora esaltato e trionfante per la consumazione del loro amore, che niente avrebbe potuto degradare.

« Appena sarà buio, spingeremo l'albero a riva e usciremo dall'acqua. » Sean guardò il suo Rolex Submariner. Non mancavano più di due ore al tramonto. « Tieni gli occhi aperti », disse e andò da Dedan a ripetere le stesse raccomandazioni. Guardando scorrere la riva cercò di stimare la velocità della corrente, e decise che non superava i quattro chilometri all'ora. Dunque al tramonto sarebbero stati ancora pericolosamente vicini alle linee Renamo, e poiché il fiume scorreva verso il mare, ossia a est, per tornare nello Zimbabwe dovevano riattraversare le linee del generale Cina, compito formidabile che però non preoccupava troppo Sean, ancora esaltato e con la sensazione di essere invulnerabile. Lasciò Dedan e tornò da Claudia.

« Mi fai sentir benissimo », le disse.

« Sarà il mio lavoro d'ora in poi », gli assicurò lei strizzando l'occhio. « Ma adesso cosa facciamo? »

« Niente fino a sera, salvo guidare 'sto bastimento giù per il fiume. »

Claudia si strinse a lui sott'acqua, e si abbracciarono guardando scorrere le rive per un po'.

Poi lei disse: « Mi sta venendo freddo ».

Erano in acqua da più di due ore, e Sean si rese conto che la temperatura, benché fosse solo di pochi gradi inferiore a quella del corpo umano, alla lunga poteva dar fastidio.

Ma la ragazza gli rivolse uno sguardo salace: « Non ti viene in mente niente per scongiurare l'ipotermia? » gli chiese. « O devo proprio suggerirtelo io? »

« Be' », disse lui fingendo di riflettere. « Accendere un fuoco non si può. »

« Ah no? » disse lei. « Vuoi scommetterci? » Abbassò la mano e dopo pochi secondi disse: « Hai visto? Non ci voleva niente. E senza fiammiferi! »

« È un miracolo! » concordò lui, e prese a slacciarle di nuovo la cintura.

« Stavolta vediamo se riusciamo a far durare il miracolo più di dieci secondi », suggerì lei.

Il sole calante trasformò la superficie del fiume in un serpente luminoso dalle scaglie incendiate di arancio e carminio.

« Cominciamo a puntare verso riva », disse Sean, e insieme

presero a spingere l'albero galleggiante in direzione della sponda sud. La cosa risultò piuttosto complicata. Era pesantissimo e squilibrato, gran parte era sommersa, e resisteva inerte al loro sforzo di avvicinarlo a riva. Ci si misero d'impegno tutti e quattro, e pian piano l'albero cominciò ad attraversare il largo fiume.

Il sole tramontò e le acque diventarono nere come petrolio greggio. Gli alberi si stagliavano, pure neri, contro gli ultimi bagliori del tramonto, e mancavano ancora trenta metri alla riva meridionale.

« Da qua andremo a riva a nuoto », decise Sean. « State tutti vicini, non perdetevi nel buio. Siamo pronti? »

Si radunarono, aggrappandosi allo stesso ramo. Sean prese la mano di Claudia e aprì la bocca per dar l'ordine, ma poi subito la richiuse, tendendo l'orecchio.

Si stupì di non aver udito prima il rumore. Forse era stato attutito dalle rive alte e folte di vegetazione, e dai tanti meandri del fiume. Però adesso si sentiva benissimo, ed era inconfondibile: il rumore di un fuoribordo che arrivava a tutta velocità.

« Oh merda », sussurrò amaramente, e guardò ancora la riva, che distava solo trenta metri. Equivalevano ormai però a trenta chilometri.

Il rumore del fuoribordo aumentava e calava all'improvviso per i soliti giochetti acustici dell'acqua e degli alberi, ma chiaramente veniva rapido giù per il fiume, certo dalle linee Renamo. Sean si mise a sbirciare da un pertugio nel fogliame, e vide una luce nel buio. Era il fascio luminoso di un riflettore che frugava nella notte, illuminando gli alberi prima dell'una e poi dell'altra riva.

« È una barca della Renamo », disse Sean « e cerca proprio noi. »

Claudia gli strinse la mano. Nessuno parlò. « Cercheremo di stare nascosti qui », disse Sean. « Anche se è quasi impensabile che non ci trovino. Comunque, preparatevi ad andar sotto quando il riflettore illumina l'albero. »

Il battello a motore rallentò, girò attorno a un gomito del fiume poco più a monte e poi puntò dritto su di loro sul filo della corrente.

Il fascio del riflettore scandagliava alternativamente le due rive, illuminandole a giorno. Era un riflettore potentissimo, probabilmente come quello che aveva inchiodato Sean sull'altopiano dopo la scalata.

Passando da una riva all'altra il fascio illuminò brevemente il battello e il suo equipaggio. Era un gommone Zodiac da sei metri, sospinto da un fuoribordo Yamaha da 55 cavalli. Anche se non riuscì a contare gli occupanti, erano almeno otto o nove, e avevano una mitragliatrice leggera montata a prua. A metà barca stava l'operatore col riflettore.

Il raggio di luce sfiorò il loro rifugio, abbagliandoli per un istante col lampo malevolo del suo occhio bianco, superandoli e poi tornando a posarsi su di loro, che ancora non ci vedevano bene, tenendoli prigionieri.

Sean sentì qualcuno dare un ordine in shangane che non riuscì a capire. Lo Zodiac virò decisamente verso di loro, continuando a inquadrarli col riflettore.

Si immersero nell'acqua tutti e quattro, lasciando fuori solo le narici, tremando dietro il ramo che li celava e li sosteneva.

Il timoniere del gommone mise il motore in folle. Il battello di gomma nera prese ad andare con la corrente, alla stessa velocità loro ma a sei o sette metri di distanza, frugando col fascio luminoso la massa del fogliame.

« Voltati dall'altra parte », disse Sean bisbigliando all'orecchio di Claudia, abbracciandola sott'acqua. La sua pelle bianca avrebbe riflettuto la luce come uno specchio. Anche lui si voltò dall'altra parte, riparandola con il proprio corpo.

« Non c'è mica nessuno lì », disse uno in shangane. Anche se non aveva certo gridato, ma parlato in tono normale, la sua voce li raggiunse chiarissima sull'acqua.

« Giragli intorno! » ordinò un'altra voce con autorità, e Sean riconobbe il sergente shangane che aveva comandato la squadra con cui era andato lungamente a spasso per la boscaglia. Un baffo di schiuma bianca nacque a prua del gommone, che cominciava a girare intorno all'albero galleggiante.

Il fascio di luce proiettava ombre nerissime dal groviglio di rami, e riflessi abbaglianti dall'acqua. Mentre lo Zodiac girava, Sean e i compagni si trasferirono quatti dall'altra parte del frondoso rifugio, e allorché il fascio li cercò scivolarono in silenzio sott'acqua, stando ben attenti a non respirare rumorosamente quando riaffioravano.

Quel terribile gioco di nascondino durò un bel pezzo, finché la voce a bordo dello Zodiac non ripeté: « Non c'è nessuno lì, stiamo perdendo tempo ».

« Continua a girargli intorno », ribatté la voce del sergente, e poi, dopo un altro minuto: « Mitragliere, spara una raffica nell'albero ».

A prua dello Zodiac, sulla canna della mitragliatrice leggera RPD, cominciarono a danzare fiammelle come fuochi fatui, mentre raffiche di proiettili si abbattevano sull'albero galleggiante, schiantando rami e foglie, che cadevano in testa al gruppetto nascosto, strappando lembi di corteccia, e facendo un sacco di schiuma. Pallottole di rimbalzo miagolavano come anime dannate prima di perdersi nella notte.

Sean tirò sotto Claudia, ma continuavano a sentire benissimo i proiettili grandinare nell'acqua sopra di loro, o schiantare il tronco. Restarono sotto finché i polmoni non si misero a bruciare come fossero pieni d'acido, e soltanto allora riaffiorarono a prender fiato.

Il mitragliere dello Zodiac sparava brevi raffiche, non una lunga mitragliata continua. Come gli operatori al tasto del telegrafo, anche i mitraglieri esperti si riconoscono dallo stile. Questo qua sparava serie doppie di cinque proiettili l'una, cosa che richiedeva un tocco da pianista sul grilletto dell'arma.

Quando Claudia e Sean riaffiorarono a respirare, lo fece anche Dedan, a non più d'un metro di distanza davanti a loro. Il riflettore illuminò chiaramente la sua testa. La barbetta lanosa ruscellava, gli occhi erano come palle da ping pong sulla pelle nera, e aveva la bocca aperta per respirare.

Un proiettile lo colpì alla tempia appena sopra l'orecchio. La testa sussultò e il cuoio capelluto si aprì di netto come per un colpo di spada.

Gli sfuggì un grido, un ruggito di gola come quello dei bufali colpiti al cuore: poi la testa cadde a faccia avanti nell'acqua nera.

Sean lo prese per il braccio, tirandolo fuori a respirare prima che la corrente lo portasse via: ma la testa gli ciondolava e gli occhi si erano arrovesciati nelle orbite, mostrando solo il bianco.

I guerriglieri sul gommone avevano sentito il grido, e il sergente shangane gridò a uno dei suoi uomini:

« Sta' pronto a tirare le bombe a mano ». Poi, rivolto a loro: « Venite fuori di lì. Vi do dieci secondi di tempo ».

« Rispondigli, Job », ordinò rassegnato Sean. « Digli che adesso veniamo. »

Matabele e shangane sono lingue molto simili, e Job gridò di non sparare più.

Claudia aiutò Sean a tener la testa di Dedan fuori dall'acqua e insieme lo spinsero verso lo Zodiac. Il riflettore li abbagliava, ma subito qualcuno li afferrò e a uno a uno li tirò a bordo. Tremando come cuccioli semiaffogati, si raccolsero al centro dell'imbarcazione, col corpo di Dedan sdraiato in mezzo e la testa in grembo a Sean. Era svenuto, respirava appena, e Sean delicatamente gli girò la faccia per esaminare la ferita alla tempia.

Per un attimo non capì cosa aveva sotto gli occhi. Dalla lunga ferita usciva qualcosa di bianco e splendente alla luce del riflettore.

Di fianco a lui, Claudia si mise a tremare forte e gli sussurrò: « Sean, è il... è il... » Non riusciva a dirlo però, e solo allora Sean si rese conto che il cervello di Dedan, sempre chiuso nella forte membrana bianca della *dura mater*, sporgeva dalla fessura nel cranio come una camera d'aria può protuberare da una gomma bucata.

Il sergente shangane diede un ordine e il timoniere inserì la marcia e spinse il gommone virando controcorrente. Filarono a tutta velocità verso le linee della Renamo.

Sean sedeva sul pagliolo con la testa di Dedan in grembo. Non poteva far niente, se non sentirgli il polso e rendersi conto che si indeboliva e diventava sempre più irregolare, fino a non batter più.

« È morto », disse. Job non commentò e Claudia girò la faccia dall'altra parte.

Sean tenne la testa del compagno in grembo per tutto il lungo viaggio di ritorno. Solo quando il timoniere spense il motore e accostò a riva, alzò lo sguardo.

Fanali e ombre nere li aspettavano sulla sponda.

Il sergente shangane diede un ordine brusco e due dei suoi uomini afferrarono il cadavere e lo gettarono nel fango della riva. Un altro soldato prese Claudia per un braccio e la tirò in piedi. La spinse rudemente a terra e, quando lei gli si rivoltò contro furiosa per protestare, alzò il kalashnikov e le diede un colpo in mezzo al petto col calcio di ferro.

Sean, che gli stava accanto, afferrò il braccio all'uomo e attutì la botta.

« Prova a rifarlo, figlio di una iena sifilitica », gli ringhiò all'orecchio in shangane, « che ti taglio via il *mtondo* con un'ascia non affilata e te lo faccio mangiare senza sale. »

Il guerrigliero lo guardò sbalordito più dal suo perfetto shangane che dalla minaccia, e sulla riva il sergente si mise a sghignazzare.

« Meglio fare come dice lui », avvertì il soldato, « a meno che tu non stia morendo di fame. Questo qua mantiene quello che dice. » Poi si rivolse ghignando a Sean. « Allora parli benissimo shangane! Hai sempre capito tutto quello che ci dicevamo! » Scosse la testa. « Non me la farai più! » gli promise.

Tutti bagnati, infreddoliti e mogi furono trascinati senza cerimonie alla presenza del generale Cina. Bastava veder la sua faccia per capire che l'uomo era in preda a una gelida collera.

Per quasi un minuto guardò Sean senza alzarsi dalla sedia, e poi disse:

« La donna sarà trasferita in un altro campo, ben lontano da qui. Lei non avrà più occasione di vederla finché non lo dirò io ».

Sean cercò di mantenersi imperturbabile, ma Claudia emise un gridolino di protesta e gli strinse il braccio come se volesse così scongiurare la separazione imminente. Il generale Cina annuì soddisfatto della sua reazione e continuò con tutta calma:

« Non merita più il trattamento speciale che ha avuto finora, per cui darò ordine che sia messa ai ferri per impedire altri tentativi di fuga. Sarà anche tenuta in isolamento ».

Le due carceriere aspettavano accanto alla parete, lui le guardò e fece un cenno del capo.

La più alta aveva i gradi di sergente. Diede un ordine all'altra secondina dalla faccia da rospo, che fece un passo avanti. Aveva già in mano le manette.

Claudia si strinse ancora più forte al braccio di Sean e fece un passo indietro. La donna esitò, e il sergente le impartì un altro secco ordine. La carceriera prese Claudia per il polso e senza alcuno sforzo apparente la strappò dal braccio di Sean.

Con l'esperienza della lunga pratica, fece girare Claudia e la spinse forte con la faccia contro i sacchetti di sabbia del bunker, chiudendo le manette intorno a un polso con lo stesso movimento, e quindi infilandoci anche l'altro per ammanettare Claudia dietro la schiena.

Poi indietreggiò per far posto al donnone coi gradi da sergente, che afferrò le mani di Claudia e gliele alzò di colpo fin quasi alle scapole. Claudia lanciò un urlo di dolore, sollevandosi in punta di piedi. Il sergente ispezionò le manette, che erano già ben strette intorno ai polsi, ma non se ne accontentò. Le strinse apposta di altre due tacche, e Claudia gemette ancora.

« Sono troppo strette, mi tagliano! »

« Dica a quella puttana di allargarle », sibilò Sean al generale Cina, che per la prima volta quella sera sorrise appoggiando la schiena alla sedia.

« Colonnello Courteney, ho dato ordine che quella donna non possa più riprovare a scappare. Il sergente Cara sta solo facendo il suo dovere. »

« Le sta fermando la circolazione, la signorina Monterro potrebbe perdere la mani per la cancrena. »

« Sarebbe una bella disgrazia », ammise il generale Cina. « Tuttavia non intendo interferire, a meno che... » Fece una pausa significativa.

« A meno che? » domandò quasi urlando Sean.

« A meno che lei non mi assicuri piena collaborazione e mi dia la sua parola che non tenterà più di scappare. »

Sean guardò le mani di Claudia. Stavano già cominciando a gonfiarsi e cambiare colore, diventando di un blu plumbeo. Le manette d'acciaio mordevano la carne gonfia, e le vene, sotto, sembravano sul punto di scoppiare.

« La cancrena è una malattia molto pericolosa, e purtroppo le nostre attrezzature per l'amputazione degli arti sono molto primitive », osservò il generale Cina.

« Va bene », cedette Sean. « Le do la mia parola. »

« E la sua collaborazione », suggerì Cina.

« Prometto di collaborare », disse Sean.

Il generale Cina diede un ordine e il sergente usò la chiave per allargare le manette di due tacche. Subito le mani di Claudia cominciarono a sgonfiarsi e il colore della pelle a tornare normale, mentre il sangue defluiva.

« Portatela via! » ordinò Cina in inglese, e il sergente fece un cenno alla secondina semplice. Presero Claudia tra loro e la trascinarono alla porta.

« Aspettate! » gridò Sean, ma lo ignorarono e, quando cercò di seguirle, il grosso sergente shangane gli prese le braccia da dietro con mossa da lottatore.

« Sean! » La voce di Claudia era leggermente isterica. « Non lasciare che mi portino via! » Ma la spinsero fuori dal bunker richiudendone la tenda.

« Sean! » arrivò un'altra volta il suo richiamo disperato.

« Ti amo! » le rispose lui, cercando di divincolarsi dal sergente. « Andrà tutto bene, amore mio! Ricordati che ti amo. Farò quello che vogliono per tirarti fuori di qui. »

La promessa suonò menzognera alle sue stesse orecchie. La voce di lei era diventata un uggiolio scorato: « Sean! » implorò, e poi ancora: « Sean! » Infine, più nulla.

Sean si accorse che ansimava per il turbamento, ma si impose di smettere di dibattersi e star tranquillo. Il sergente lasciò la presa e Sean si rivolse al generale Cina.

« Bastardo! » gli sibilò. « Marcio bastardo! »

« Vedo che non è in vena di discussioni ragionevoli », gli disse Cina guardando l'orologio. « Ed è mezzanotte passata. La lasceremo sbollire un tantino. » Guardò il sergente e gli parlò in shangane. « Prendeteveli voi », disse indicando Sean e Job. « Dategli da mangiare, indumenti asciutti e una coperta, fateli dormire e riportateli da me domani mattina all'alba. » Il sergente salutò e li spinse verso la porta.

« Ho del lavoro da dargli », l'avvertì Cina. « Bada che siano in condizioni di farlo. »

Sean e Job dormirono a fianco a fianco sul pavimento di un rifugio, sorvegliati da una guardia. Il pavimento era di terra battuta umida, e le coperte erano piene di pidocchi, ma né la scomodità né i parassiti né il pensiero di Claudia riuscirono a tener sveglio Sean.

Il sergente lo svegliò l'indomani che era ancora buio da un sonno profondo e senza sogni, gettando una manciata di indumenti sul suo corpo coricato.

« Vestiti », gli ordinò.

Sean si rizzò a sedere grattandosi il ricordino di una pulce.

« Come ti chiami? » chiese al sergente, contento di potergli infine parlare liberamente in shangane.

« Alfonso Henriques Mabasa », gli disse fiero lo shangane, e Sean sorrise di quella incongrua combinazione. Il nome di un imperatore portoghese, e un cognome shangane che significa più o meno « armato di mazza ».

« Una mazza di guerra per i nemici e una di carne per le loro mogli? » chiese Sean, e Alfonso ridacchiò, lusingato.

Anche Job si mise a sedere, salutando con una smorfia la battuta ribalda di Sean.

« Alle cinque del mattino, e prima di colazione! » protestò scuotendo la testa, ma Sean sentì Alfonso che ripeteva deliziato la battuta ai suoi soldati fuori della casamatta.

« Con gli shangane non ci vuol molto a farsi la reputazione dell'umorista », osservò Job in sindebele, mentre sceglievano qualcosa che andasse bene nella catasta di indumenti che Alfonso aveva portato. Erano tutti usati, ma abbastanza puliti. Sean trovò una specie di bustina militare e una tuta mimetica tigrata, e buttò via il giubbotto e i calzoncini che erano ormai a brandelli. Si tenne però le calzature, i vecchi e comodi *velskoen*.

La colazione fu a base di *kapenta*, pesciolini seccati fatti rinvenire in un sughetto piccantissimo, che gli avevano sempre fatto schifo, e la solita polentina. « Non c'è un po' di tè? » chiese Sean, e Alfonso si mise a ridere.

« Credi di essere al grand-hotel? »

Era l'alba quando Alfonso li accompagnò in riva al fiume, dove trovarono il generale Cina e i suoi ufficiali di stato maggiore intenti a valutare i danni fatti dagli elicotteri.

« Ieri abbiamo perso ventisei uomini fra morti e feriti », esordì Cina. « E stanotte quasi altrettanti hanno disertato. Il morale sta crollando. »

Parlava inglese ed era chiaro che nessuno dei suoi collaboratori capiva. Nonostante le circostanze, aveva l'aria impettita e competente nella divisa stirata, i nastrini, il berretto e le stelle da generale sulle spalline. La pistola dal calcio d'avorio gli pendeva dalla cintura e portava occhiali neri da pilota montati in oro.

« Se non riusciamo a far fuori 'sti elicotteri, non duriamo neanche fino alle piogge. »

Le piogge erano la stagione in cui i guerriglieri imperversavano, difesi dall'erba verde più alta di un uomo, dai fiumi in piena e dalle piste impraticabili, che li sottraevano ai colpi del nemico.

« Ieri ho visto in azione questi Hind », disse cauto Sean. « Il capitano Job qui presente ha preso in prestito uno dei vostri lanciarazzi RPG7 e ne ha colpito in pieno uno. »

Cina guardò Job con nuova stima. « Bravo », disse. « Finora nessuno dei miei uomini c'era riuscito. E cosa è successo? »

« Niente », rispose semplicemente Job.

« Non gli ha fatto neanche il solletico », confermò Sean.

« Sono tutti incassati in una corazza al titanio », annuì Cina alzando gli occhi al cielo, come temendo di veder comparire da un momento all'altro i terribili e mostruosi gobboni volanti. « I nostri amici del sud ci hanno offerto il loro sistema missilistico Darter, ma le rampe di lancio sono montate su autocarri pesanti che su queste piste sarebbero facile preda del Frelimo. » Scosse la testa. « Abbiamo bisogno di un missile terra-aria da fanteria, che sia possibile portarsi in spalla. »

« A quanto mi risulta, ce n'è uno solo efficace di quel genere. È lo Stinger americano, perfezionato in Afghanistan e reso capace di sfondare la corazza degli Hind. Non so però che trucco abbiano adottato, non conosco i particolari », aggiunse in fretta Sean. Sapeva che era imprudente atteggiarsi a esperto, ma il problema era interessante e s'era lasciato trasportare dall'istinto.

« È verissimo, colonnello. Lo Stinger modificato è l'unica arma che si sia dimostrata efficace in mano alla fanteria contro lo Hind. E questo è appunto il prezzo della sua libertà. Lei mi procurerà un carico di missili Stinger. »

Sean si fermò di colpo sulla riva del fiume e lo guardò sbalordito, poi si mise a sorridere. « Come no! » disse. « Cosa vuole che sia per me? Di che colore li vuole? Blu-palle di babbuino? E il gusto va bene alla menta? »

Per la prima volta Cina gli restituì il sorriso. « Gli Stinger ci sono già, basta andarli a prendere. »

Il sorriso morì in viso a Sean. « Spero vivamente che lei stia scherzando. So che gli yankee hanno dato gli Stinger a Savimbi, ma l'Angola è dall'altra parte del continente. »

« Ce ne sono anche molto più vicino », gli garantì Cina. « Si ricorda la vecchia base militare rhodesiana di Grand Reef? »

« Come no. Era la base di partenza delle operazioni dei miei scout, e lo fu per quasi un anno », annuì Sean.

« Me lo ricordo anch'io », disse Cina toccandosi l'orecchio sotto l'impeccabile berretto. « Per attaccare il mio campo di Inhlozane siete partiti di lì », disse con truce indifferenza.

« Si trattava di un'altra guerra », gli ricordò Sean.

L'espressione di Cina si ammorbidì un po'. « Infatti. Ma come le stavo dicendo gli Stinger sono a Grand Reef. »

« Non capisco proprio », scosse la testa Sean. « Gli americani non darebbero mai gli Stinger a Mugabe. È un comunista che non li ama affatto. Non ha senso. »

« Ma sì che ha senso », assicurò Cina. « In maniera tortuosa, tipicamente africana, si spiega benissimo. » Guardò l'orologio. « Andiamo a prendere il tè », disse. « Mi risulta che ne senta la mancanza. Pur se combattevo dall'altra parte, in guerra sono diventato un fanatico del tè anch'io. »

Cina li ricondusse tutti nel bunker-comando dove un graduato portò subito la teiera fumante.

« Agli americani non piace Mugabe, ma non piacciono neppure i sudafricani », spiegò Cina. « Ora, Mugabe ospita e assiste i guerriglieri dell'African National Congress, che vanno a colpire oltre confine obiettivi sudafricani. »

Sean annuì mestamente. Aveva visto delle foto raccapriccianti di una bomba al supermercato, scoppiata il mese prima nel giorno di paga degli operai, che aveva fatto una strage di donne e bambini bianchi e negri.

« I sudafricani hanno avvertito che colpiranno i guerriglieri dovunque si rifugino, e hanno già mantenuto più volte la promessa, sconfinando in tutti i paesi vicini. L'ANC ha annunciato che intensificherà le azioni terroristiche su bersagli civili, e Mugabe sa benissimo quali saranno le conseguenze, sicché ha cercato di procurarsi dei missili adatti a buttar giù gli elicotteri sudafricani Puma quando sconfineranno nel suo Paese inseguendo i terroristi. »

« Sì, ma continuo a non credere che gli yankee gli passino gli Stinger. »

« Non direttamente », ammise Cina. « Ma le forze armate di Mugabe sono addestrate dagli inglesi, e i mediatori sono loro. Hanno gli Stinger americani e stanno insegnando a usarli alla Terza Brigata d'Assalto di Mugabe a Grand Reef. »

« E come diavolo fa a sapere tutte queste belle cose? »

« Ma andiamo, si ricordi che ero ministro, anche se tra i più giovani, nel governo Mugabe! Ho ancora ottimi amici altolocati laggiù. »

Sean ci pensò un po'. « Ha ragione », riconobbe. « È una classica gabola africana. Gli Stinger sono a Grand Reef, allora. »

« Sono arrivati due settimane fa con un Hercules della Royal Air Force, e saranno schierati lungo il confine col Sudafrica ai primi del mese prossimo. Saranno puntati contro i suoi compatrioti, colonnello Courteney. »

Sean provò una fitta di risentimento nazionalistico, ma si mantenne esteriormente indifferente.

« L'addestramento viene condotto da personale dell'artiglieria britannica, un capitano e due consiglieri tecnici, sicché può cominciare a capire perché mi serve una faccia bianca per questa faccenda. »

« Comincio anche a capire che non sarà uno scherzo », borbottò Sean. « Mi dica cosa vuole esattamente da me. »

« Voglio che torni nello Zimbabwe e mi prenda quegli Stinger. »

Sean non mostrò alcuna emozione. Si limitò a chiedere: « E in cambio? »

« Quando avrò in mano i missili, toglierò le manette alla signorina Monterro e la trasferirò dove lei possa andare a trovarla regolarmente. » Fece una breve pausa e si concesse un sorrisetto. « E passare un po' di tempo con lei ogni giorno in privato. »

« E circa il nostro rilascio? »

« Sì », disse Cina. « Sarete rilasciati tutti e tre, quando mi avrete fatto un altro serviziretto, dopo aver preso gli Stinger. »

« E di che si tratta? »

Cina alzò le mani. « Una cosa alla volta, colonnello Courteney. Prima pensi a procurarmi i missili, poi parleremo dell'ultima fase della nostra collaborazione. »

Sean sorseggiò il tè pensando a quello che gli aveva appena detto Cina, cercando di vederci qualche lato favorevole, ma il generale lo interruppe.

« Colonnello, ogni minuto che perdiamo adesso non fa che prolungare il... » cercò la parola giusta « ... disagio della signorina Monterro. Finché non avrò quei missili, lei porterà le manette, notte e giorno, dormendo e vegliando, mangiando o svolgendo qualunque altra funzione corporale. Le suggerisco quindi di preparare subito il piano per impadronirsi degli Stinger. »

Sean si alzò e andò alla carta geografica appesa a una parete. In realtà non aveva nemmeno bisogno di consultarla, perché la sapeva a memoria. Chiudendo gli occhi, era in grado di richiamare alla mente ogni valle, ogni monte, ogni piega del terreno della zona tra Mozambico e Zimbabwe. La linea ferroviaria attraversava il confine vicino alla cittadina di Umtali, e venti chilometri prima, nello Zimbabwe, un aeroplanino rosso indicava la base aerea e militare di Grand Reef.

Sean toccò con l'indice l'aeroplanino rosso e Job si piazzò accanto a lui. Entrambi lo guardarono meditabondi. Quante volte erano partiti da quel campo sui Dakota, col paracadute in spalla e le armi e le munizioni. Entrambi conoscevano a menadito la posizione di ogni edificio, degli hangar, delle caserme e delle difese perimetrali.

« Venti chilometri dal confine », disse sottovoce Job. « Un quarto d'ora in camion, ma a piedi non ci arriviamo di sicuro. »

« Lei ha parlato di un piano, generale Cina. Cos'ha in mente? Può fornirci dei veicoli? » chiese Sean senza voltarsi.

« Qualche tempo fa i miei uomini hanno catturato tre camion Unimog con le insegne dell'esercito dello Zimbabwe. Li abbiamo nascosti », gli rispose Cina, e Sean fece un sorriso di sollievo. « Il mio piano prevede che varchiate il confine travestiti da soldati di Mugabe. »

« Scommetto che c'è un gran traffico militare per quel posto di confine. »

« Esatto », confermò Cina.

« Dunque ci sarà bisogno di divise dello Zimbabwe per tutti i soldati negri, e qualcos'altro per me. » Sean batté l'indice sulla carta. « Dovremo cercar di entrare dentro la base senza sparare un colpo. »

« Per lei c'è un'uniforme da consigliere militare inglese », disse sottovoce Cina. « È autentica e corredata dei relativi documenti. »

« E come diavolo se l'è procurata? »

« Tre mesi fa abbiamo attaccato una colonna di soldati di Mugabe vicino a Vila de Manica. C'era un osservatore britannico che è rimasto ucciso. Un maggiore della Guardia, aggregato all'Alto Commissariato di Harare col grado di addetto militare, come risulta dai suoi documenti. L'uniforme è stata lavata e accuratamente rammendata dei buchi provocati dalla bomba a mano: ci ha pensato il mio sarto personale », disse Cina lisciandosi la giacca sui fianchi con l'aria compiaciuta. « Gliela sistemerà su misura, colonnello. Il maggiore inglese era alto all'incirca come lei, ma con più pancia e... più chiappe. »

« Per forza, se era della Guardia », sorrise Sean. « Non sono convinto che il mio accento possa andare, però. Qualunque inglese mi identificherebbe per uno delle colonie appena apro bocca. »

« Lei avrà a che fare solo con le sentinelle della Terza Brigata al cancello della base, e le assicuro che non hanno l'orecchio così fino per certe cose. »

« Okay », disse Sean. « Allora diciamo che siamo già dentro, ma come diavolo facciamo a venir fuori? » Stava cominciando a divertirsi, tutto assorto nel problema.

« Non correre, Sean », gli disse Job studiando la carta. « Non possiamo certo presentarci al cancello senza una buona scusa e i documenti che la confermino. Con gli Stinger nella base, le misure di sicurezza saranno al massimo. »

« È vero », ammise Cina. « Tuttavia ho un'altra buona notizia per voi. Io dispongo di un uomo nella base. È un mio nipote; ho una famiglia numerosa io », disse compiaciuto, e poi continuò. « È delle Trasmissioni, vicecomandante della sala comunicazioni di Grand Reef. Potrà falsificare un fonogramma dello stato maggiore che autorizza un'ispezione del programma Stinger con l'addetto militare inglese. Sicché le guardie della base vi aspetteranno, e non studieranno troppo i vostri lasciapassare. »

« Se ha un uomo dentro la base, saprà esattamente dove tengono gli Stinger », disse Job, contentissimo.

« Già. Sono nell'hangar numero tre, il secondo da sinistra », annuì Cina.

« Sappiamo benissimo dov'è l'hangar numero tre », gli garantì Sean, pensando accigliato ai prossimi problemi da risolvere.

« Devo conoscere l'imballaggio dei missili, dimensioni e peso delle casse. » Cina prese un appunto sul taccuino. « Poi devono esserci manuali d'istruzioni per l'uso. Saranno sicuramente nell'ufficio del capitano dell'artiglieria inglese. Devo sapere esattamente dov'è. » Enumerò le esigenze sulle dita della mano, e Job ci aggiunse il suo contributo.

« Avremo bisogno di un diversivo », suggerì. « Una seconda unità che insceni un attacco al perimetro della base nel punto più lontano all'hangar e al centro d'addestramento, con un sacco di traccianti, razzi RPG e granate al fosforo... Poi ci servirà un'altra squadra che pensi a... »

Era come ai vecchi tempi. Quante volte avevano collaborato così, stimolandosi a vicenda, tenendo a freno l'eccitazione, ma con gli occhi brillanti...

A un certo punto Job notò: « Sono contento che sia la Terza Brigata che attacchiamo. Sono un branco di violentatori di bambine e sgozzatori di monache, hanno condotto loro la repressione nella terra dei matabele ». I massacri e le atrocità che avevano accompagnato le scorrerie della brigata nelle zone tribali in cui operavano i dissidenti politici matabele erano ancora freschi nella memoria di entrambi.

« Due miei fratelli, mio nonno... » Job abbassò la voce a un sussurro. « La Terza Brigata ha gettato il loro corpo nei pozzi della vecchia miniera di Antelope. »

« Non è una vendetta personale », lo ammonì Sean. « Vogliamo solo quegli Stinger, Job. » Gli odi fra le tribù dell'Africa erano implacabili come faide corse, e Job dovette scuotersi per sfuggire al fatale incantesimo.

« Tu hai ragione, ma qualche scalpo della Terza Brigata costituirà un bell'incentivo. »

Sean sogghignò. Nonostante l'ammonizione, l'idea di tornare a sparare addosso allo ZANLA gli dava la stessa soddisfazione. Quanti bravi uomini e donne, quanti cari amici aveva perduto per mano loro negli undici lunghi anni della guerra di liberazione! E quant'erano complicate le trame di odio e fedeltà che tenevano insieme il tessuto stesso dell'Africa. Solo un africano poteva capirlo.

« Okay », Sean tornò alla realtà attuale. « Siamo entrati. Abbiamo preso gli Stinger, diciamo due camion carichi. Io ho trovato i manuali di istruzioni. Siamo pronti a sganciarci. La diversione ha attirato la maggior parte dei difensori sul lato sud del perimetro, dalla parte opposta alla pista d'atterraggio. Adesso bisogna ritirarsi, ma quelli non avranno nessuna intenzione di lasciarcelo fare. »

« Sfondiamo il cancello », disse Job. « Usiamo uno dei camion per buttar giù il blocco. »

« Sì », annuì Sean. « E poi? Non potremo certo uscire dal Paese dalla frontiera di Umtali, perché avremo addosso tutto l'esercito dello Zimbabwe, e il Frelimo, prima ancora di arrivarci. »

Tornarono a studiare la carta geografica. Sean seguì col dito la strada che si diramava verso nord poco prima di raggiungere la cittadina di Umtali, e poi proseguiva parallela al confine, superava gli altipiani orientali verso il Parco Nazionale di Inyanga, attraversando una regione accidentata, montagnosa e coperta di foreste.

Sean mise il dito su una delle valli, un cuneo verde che si spingeva ben dentro la barriera delle montagne.

« La valle di Honde », lesse. La strada ne attraversava lo sbocco. La valle poi andava dritta al confine mozambicano, sull'altopiano. Era un accesso naturale al cuore degli altipiani, una via seguita spessissimo dai guerriglieri dello ZANLA per le loro incursioni nell'allora Rhodesia dalle basi del Mozambico.

Sean e Job avevano imparato a loro spese tutti i suoi segreti, le piste nascoste, i capisaldi, i falsi valichi e quelli veri, impensati.

« La pista che scende alla missione di Santa Maria », disse Sean, e la cercarono sulla carta. « Credo che fin lì riusciamo ad arrivare, coi camion. »

« Da lì al confine ci sono solo sei chilometri », mormorò Job.

« Ma durissimi », precisò Sean. « E non basterà certo trovarsi in Mozambico per salvarci dagli inseguitori. Bisognerà arrivare fino alla zona controllata dalla Renamo. »

Sean si rivolse al generale Cina. « Voglio dei portatori pronti alla missione di Santa Maria. Fin dove arriva il territorio che controllate? »

« I portatori non sono un problema », disse Cina piazzandosi fra loro davanti alla carta, dove indicò un punto chiamato Mavonela. « Posso mandarvi dei camion ad aspettare lì. Se raggiungerete questo villaggio, considererò consegnati i missili. »

« Suggerisco di non cercare di portare quaranta Stinger con la stessa colonna di portatori », intervenne Job. « Sarebbe un bersaglio ideale per i Mig di Mugabe. Gli basterebbe un po' di napalm. »

« E naturalmente il Frelimo potrebbe mandare i suoi elicotteri », aggiunse Sean. « Hai ragione, Job. Appena c'è abbastanza luce per aspettarsi un attacco dal cielo, sarà meglio frazionare la colonna. » Era un vecchio trucco della guerriglia, per offrire numerosi bersagli elusivi al posto di uno solo poco mobile. « È in grado di organizzare una serie di punti di carico sparpagliati, invece che caricare tutto a Mavonela? »

« Sì », annuì Cina. « Disperderemo la colonna di camion lungo la strada di Mavonela. » Fece vedere dove. « Un autocarro per chilometro, nascosto sotto reti mimetiche, e ci porteremo gli Stinger ancora col buio. »

« Va bene, stiliamo un orario », disse Sean. « Mettiamo tutto sulla carta. Ho bisogno del necessario per scrivere. »

Cina aprì un cassetto della scrivania e tirò fuori un taccuino e una biro dozzinale. Mentre lavoravano, Cina mandò a chiamare il suo attendente, un ometto rubicondo che a Beira aveva fatto il sarto prima che la crisi economica, più che una scelta ideologica, lo costringesse a lasciare la città per cercar lavoro nelle file della Renamo.

Arrivò con in mano un'uniforme da campo da ufficiale di stato maggiore della Guardia Irlandese, con tanto di nastrini, berretto e stivali.

Sean provò l'uniforme per farsela sistemare senza interrompere la preparazione del piano. Giacca e pantaloni erano da stringere, e anche gli anfibi erano un numero in più.

« Meglio larghi che stretti », disse Sean. « Metterò due paia di calze. »

Il sarto cominciò ad aggirarsi intorno a Sean col metro in mano, inginocchiandosi a scucire l'orlo dei pantaloni per allungarli di qualche centimetro.

« Molto bene », disse Sean esaminando i documenti del maggiore della Guardia che Cina gli aveva sciorinato davanti. Dalla foto Sean vide che il maggiore era stato un biondo corpulento sui cinquanta.

« Gavin Duffy », lesse il nome ad alta voce. « Bisognerà sostituire la foto. »

« Ci penserà il mio addetto alla propaganda » gli disse Cina.

Questo addetto alla propaganda era un mulatto, mezzo portoghese e mezzo shangane, armato di Polaroid. Fece quattro foto a Sean e se ne andò con il tesserino del maggiore per sostituire la foto.

« Va bene », disse Sean tornando a rivolgersi a Cina. « Adesso voglio prendere subito il comando degli uomini che eseguiranno l'incursione, sovrintendendo alla scelta. Lei dovrà spiegargli che in futuro prenderanno ordini da me. »

Cina sorrise e si alzò in piedi. « Mi segua, colonnello. La condurrò a vedere la sua nuova forza. »

Fece strada fuori dal bunker, ma appena sul sentiero che per la foresta conduceva al fiume, Sean l'affiancò e continuarono a parlare dell'incursione.

« È chiaro che avrò bisogno di più uomini che la squadra del sergente Alfonso, perché dovremo fare anche il finto attacco sul lato sud. » Sean si interruppe. Da tutti gli angoli del campo si alzava il suono lacerante delle sirene a manovella. Immediatamente attorno a loro si creò una grandissima confusione.

« Gli elicotteri! » gridò Cina. « Al riparo! » e scattò verso una trincea protetta da sacchetti di sabbia tra gli alberi più vicini. Ma lì c'era una mitragliatrice binata antiaerea che sarebbe stata un ghiotto bersaglio per lo Hind, sicché Sean preferì guardarsi intorno in cerca di qualche altro riparo.

Nell'erba alta dalla parte opposta del sentiero individuò un altro rifugio antiaereo meno visibile e corse a saltarci dentro.

Mentre ci si tuffava, sentì il rombo degli Hind che venivano e il frastuono delle raffiche da terra. Anche Job si lanciò nel rifugio, e poi un'altra figurina agile che ci si infilò come una lepre.

Per un attimo Sean non si capacitò di ciò che vedeva, finché la faccia tutta grinzosa non si illuminò di un gran sorriso e l'uomo disse, tutto contento:

« *Ti vedo*, buana! »

« Tu! Grandissimo coglione! » esclamò Sean guardandolo incredulo. « T'avevo rimandato a Chiwewe! Cosa diavolo fai qua? »

« Sono andato a Chiwewe, come mi avevi detto », rispose virtuosamente Matatu. « Ma poi sono tornato a cercarti. »

Sean guardava Matatu a occhi sbarrati, comprendendo cosa significava ciò che gli aveva appena detto. Poi scosse la testa e si mise a sorridere, e il sorriso dell'ometto a questa reazione diventò larghissimo.

« Non ti ha visto nessuno? » domandò Sean in swahili. « Hai attraversato le linee e sei arrivato al quartier generale di un'armata senza farti vedere da nessuno? »

« Nessuno vede Matatu, se Matatu non vuol farsi vedere. »

Sotto di loro la terra tremò, e il fragore di razzi e raffiche e cannonate li costrinse ad avvicinar le teste e gridarsi nelle orecchie per sentire.

« Quanto tempo è che sei arrivato? »

« Da ieri », rispose in tono di scusa Matatu. Indicò il cielo dove volteggiavano gli Hind. « Quando quelle macchine sono venute all'attacco. Vi ho visto saltare nel fiume. Vi ho seguito lungo la riva quando avete adoperato quell'albero come barca. Volevo raggiungervi subito, ma ho visto che c'erano i coccodrilli. Poi di notte sono arrivati quegli uomini cattivi, gli *shifta*, e vi hanno riportato qui. Io aspettavo e guardavo... »

« Hai visto dove hanno portato la donna bianca? » domandò Sean.

« Ho visto che l'hanno portata via ieri notte », rispose Matatu, che non nutriva molto interesse per Claudia. « Ma io aspettavo te. »

« Puoi scoprire dove la tengono? » gli chiese Sean.

« Ma certo. » Matatu smise di ridere e assunse una espressione indignata. « Posso seguirli fin dove l'hanno portata! »

Sean aprì il taschino della tuta mimetica e tirò fuori il taccuino nuovo. Piegato in fondo a un rifugio antigranate, con un'incursione aerea imperversante sopra la testa, compose la prima lettera d'amore che gli capitasse di scrivere da anni e anni, riempiendo il foglietto di carta dozzinale di tutte le rassicurazioni, le consolazioni e le promesse che riusciva a pensare. E la concluse così:

« Sii forte, tra non molto tutto sarà finito, e ricordati che ti amo, qualunque cosa accada, io ti amo ».

Strappò la pagina del taccuino e la piegò con cura. « Portaglielo », disse, dando il biglietto a Matatu. « Assicurati che lo riceva e poi torna da me. »

Matatu infilò il biglietto in un recesso del perizoma e poi rimase ad aspettare altri incarichi.

« Hai visto il buco dove ho dormito stanotte? » gli chiese Sean.

« Sì, ti ho visto uscire stamattina », gli disse Matatu.

« Ci incontreremo lì », stabilì Sean. « Vieni a trovarmi quando gli *shifta* dormono. » Sean alzò gli occhi al cielo. Il raid era stato breve e violento: già i rombi degli Hind si allontanavano e anche le raffiche diminuivano, ma fumo e polverone continuavano ad aleggiare sopra la buca.

« Adesso va' », ordinò Sean, e Matatu saltò in piedi impaziente di ubbidire, ma Sean lo prese per il braccio. Era secco secco, come quello di un bambino, e Sean lo scosse con grande affetto. « Non farti prendere, mi raccomando, vecchio amico mio », disse in swahili.

Matatu scosse la testa divertito dall'assurdità di tale preoccupazione e poi scomparve in uno sbuffo di polvere come il genio della lampada. Aspettarono qualche minuto per consentirgli di allontanarsi e poi uscirono dal rifugio. Gli alberi circostanti erano bruciacchiati e sbrindellati dal fuoco e dai razzi, dall'altra parte del fiume stava bruciando un deposito di munizioni. Razzi RPG e granate al fosforo esplodevano mandando in cielo lunghi sbuffi di denso fumo bianco.

Il generale Cina scese a incontrarli lungo il sentiero. Aveva l'uniforme macchiata e impolverata, e l'espressione furiosa.

« La nostra posizione è totalmente compromessa », berciò. « Verranno a bombardarci tutti i giorni e non abbiamo difesa. »

« Le toccherà ritirare il grosso delle sue forze oltre la portata degli Hind », alzò le spalle Sean.

« Non posso farlo », scosse la testa Cina. « Vorrebbe dire rinunciare al blocco della ferrovia. Vorrebbe dire restituire le strade al Frelimo, e invitarlo alla controffensiva. »

« Be', se resta qua, dovrà subire una batosta al giorno. »

« Lei mi procuri quegli Stinger », sibilò Cina. « Vada a prenderli! Vada a prenderli al più presto! » E gli girò le spalle.

Sean e Job lo seguirono fino al complesso di bunker sulla riva del fiume, dove una compagnia di guerriglieri, quaranta uomini, evidentemente informati dell'arrivo del generale, lo aspettavano su una specie di campo di Marte di fortuna come per una parata. Sembravano indifferenti ai guasti del bombardamento, al fumo e alle macerie, e non facevano caso all'andirivieni dei barellieri e delle squadre incaricate di ripristinare le fortificazioni.

Sean riconobbe in prima fila il sergente Alfonso e i suoi shangane. Il sergente fece qualche passo avanti e salutò il generale, poi diede il riposo alla compagnia.

Il generale Cina sprecò poche parole e poco tempo. Alzò la voce e parlò loro bruscamente in shangane.

« Vi è stato affidato un compito speciale. In futuro prenderete ordini da questo ufficiale bianco », disse indicando Sean al suo fianco. « Li eseguirete alla lettera. Conoscete benissimo le conseguenze a cui andreste incontro in caso contrario. » Si rivolse a Sean.

« Continui lei, colonnello Courteney », disse, e se ne andò rapidamente verso il bunker-comando. Istintivamente, Sean gli aveva fatto uno scattante saluto militare...

« Ma vaffanculo, Cina! » imprecò tra i denti, poi si dedicò al suo nuovo reparto.

Chiaramente, conosceva già bene il sergente Alfonso e i suoi uomini, ma anche gli altri che Cina gli aveva affidato sembravano soldati di prima scelta. Sean li passò lentamente in rivista. Erano tutti armati di kalashnikov, ma di questo venerabile ordigno di guerra avevano l'ultima versione. La brunitura del mitra per il grande uso era qua e là partita, però le armi erano tutte oliate e in perfette condizioni. Gli indumenti, benché logori e usatissimi, erano tenuti con patetica cura, pieni di toppe e rammendi.

« Bisogna sempre giudicare l'operaio dallo stato dei suoi attrezzi », pensò Sean; dunque questi erano bravi combattenti, orgogliosi e risoluti. Li guardò negli occhi uno per uno e tanto ci lesse. Di tutti i popoli d'Africa, Sean apprezzava di più quelli che discendevano dalle tribù zulu, ossia angoni, matabele e shangane. Se avesse potuto scegliere i soldati per un'azione del genere, avrebbe scelto proprio quelli.

Terminata l'ispezione, tornò davanti a loro e gli fece la prima allocuzione in shangane. « Andremo insieme a tagliare le palle ai mangiamerda del Frelimo », disse tranquillamente, e in prima fila il sergente Alfonso fece un ghigno da lupo.

Con le mani sempre ammanettate dietro, Claudia Monterro fu condotta dalle due carceriere e una scorta di cinque soldati in una lunga marcia notturna su un sentiero molto duro. Spesso inciampava e cadeva lunga distesa, non potendo nemmeno ripararsi con le braccia dall'impatto contro il terreno pieno di sassi. Ben presto le sue ginocchia si coprirono di sbucciature e lividi, e la marcia divenne una tortura da incubo.

Sembrava non finire mai, andava avanti un'ora dopo l'altra, mentre il sergente, la donna alta e grossa, la copriva d'insulti in una lingua che non capiva. Tutte le volte che cadeva le ci voleva un po' più tempo a rialzarsi, perché non poteva mantener l'equilibrio con le braccia.

Aveva così sete che la saliva in bocca le era diventata una poltiglia viscida, le gambe le facevano male, e braccia e mani, costrette in posizione innaturale, erano fredde e intorpidite.

Talvolta udiva voci nel buio circostante, e un paio di volte sentì odore di fumo e vide bagliori di fuochi da campo o lampade a petrolio, capendo quindi di trovarsi ancora tra le linee della Renamo.

Improvvisamente la marcia finì. Indovinò che erano sempre nei pressi del fiume: sentiva nell'aria la frescura portata dalle sue acque e vedeva stagliarsi contro le stelle gli alberi rivieraschi, più alti degli altri. Intorno, giudicò dall'odore che si affollava umanità. Colse zaffate di guerriero non lavato, di cenere e fuochi da cucina, di spazzatura. Infine la fecero entrare in un altro reticolato e la spinsero verso una fila di rifugi scavati nel terreno.

Le due carceriere la presero per le braccia e la fecero scendere per degli scalini di terra, spingendola al buio, sicché Claudia tornò a cadere sulle ginocchia sbucciate.

Dietro di lei sentì chiudersi una porta e un catenaccio. Non vedeva proprio niente.

Riuscì in qualche modo a rialzarsi, ma quando lo fece capì che in quella cella non poteva star dritta perché picchiava la testa contro il soffitto basso. Sembrava fatto di rami rozzamente commessi, ancora con la loro brava corteccia.

Camminò all'indietro tendendo le dita finché non ritrovò la porta. Era di assi tutte piene di schegge. La spinse forte ma non si mosse minimamente.

Chinandosi per non picchiar la testa, esplorò la sua prigione. Le pareti erano di terra umida. La cella era piccolissima, due metri per due circa, e in un angolo andò a sbattere contro l'unico arredo, che esplorò col piede. Si trattava di un secchio di lamiera, e la puzza non lasciava dubbi sulla sua funzione. Fatto il breve giro della cella, tornò alla porta.

Aveva una gran sete e si mise a gridare.

« Per favore, acqua, acqua! » La sua voce era un gracchiare di cornacchia e Claudia sentiva le labbra così secche da esser prossime a screpolarsi di botto. « Acqua! » gridava. Poi si ricordò come si diceva in spagnolo e sperò tanto che in portoghese fosse lo stesso. « Agua! »

Inutile. Le pareti di terra sembravano inghiottire e smorzare le sue urla. Si trascinò nell'angolo opposto al bugliolo e si lasciò cadere per terra. Soltanto allora si rese conto di quant'era esausta. Però le manette dietro la schiena le impedivano di stare supina e anche coricata sui fianchi, sicché dové cercare una posizione adatta a riposare. Riuscì infine a trovarla appoggiandosi con le spalle incastrate nell'angolo.

Il freddo e qualcos'altro la svegliarono, e si ritrovò confusa e disorientata. Per un attimo pensò di essere nella casa paterna ad Anchorage, e chiamò forte suo papà.

« Papà! Ci sei? »

Poi sentì l'odore di umido e quello del bugliolo, si accorse del freddo che le indolenziva le giunture e le braccia bloccate, e ricordò. La disperazione calò su di lei come un'onda nera, e pensò di affogarci. Poi tornò a percepire il rumore che l'aveva svegliata, si irrigidì e sentì che in fronte e sulla nuca le spuntavano sudori freddi.

Capì subito cos'era. Claudia non soffriva delle più comuni fobie femminili: non temeva ragni né serpenti: ma una cosa, una sola, non poteva assolutamente sopportare.

Si irrigidì ascoltando lo zampettare della creatura che coabitava con lei. Era un rumore che conosceva già dai suoi incubi.

Fissò il buio con gli occhi sbarrati, ordinandogli con la mente di star lontano da lei.

Invece se lo sentì addosso: le unghiette che le pizzicavano la pelle, i pannicoli freddi delle zampine.

Era un topo, si capiva dal peso che era grosso almeno come uno scoiattolo. A Claudia sfuggì uno strillo sovracuto e si mise a scalciare impazzita, cercando di rialzarsi.

Quando dopo un bel po' smise di strillare, si strinse nell'angolo e si accorse che tremava come una foglia, incontrollabilmente.

« Basta! » si disse. « Smettila, smettila! » E con un titanico sforzo di volontà riuscì a riprendere il controllo di sé. Nell'oscurità non si sentiva più niente. I suoi strilli avevano spaventato la bestiola, almeno per il momento, ma non riusciva ancora a decidersi a rimettersi seduta contro il muro. Aveva troppa paura che tornasse.

Nonostante la stanchezza restò quindi in piedi nell'angolino, con la testa piegata da una parte. Ogni tanto stava per addormentarsi, ma come cominciava a scivolare giù si svegliava di soprassalto, atterrita. Questo le successe diverse volte, e l'ultima s'accorse che si cominciava a vedere qualcosa.

Un po' di luce filtrava nella cella. Sbatté gli occhi e individuò da dove. Tra i rami del basso soffitto c'erano delle fessure. Erano state tappate con creta mista a paglia, ma in uno o due punti quell'intonaco rudimentale aveva ceduto e adesso entravano spiragli di luce. Tra un ramo e l'altro uscivano spuntoni di paglia, chiaramente di erba degli elefanti.

Con paura ispezionò la cella, ma il ratto era svanito. Doveva essere scappato da una delle fessure del soffitto da cui ora entrava la luce.

Claudia andò barcollando al puzzolente bugliolo di lamiera, e solo quando ci arrivò capì che aveva un bel problema. Era ammanettata dietro la schiena. Accorgersene servì solo a far diventare il bisogno irresistibile.

Le dita intorpidite avevano perso quasi ogni sensibilità, ma data la gran fretta riuscì ad afferrare la cintura e si mise a farla scorrere nei passanti per mettere le mani sulla fibbia. Gemeva per lo sforzo di resistere all'impulso quando la sentì sotto le dita e riuscì goffamente a slacciarla.

Era così dimagrita che appena slacciò la cintura i calzoncini corti le caddero alle caviglie. Riuscì poi a ficcare il pollice sotto l'elastico delle mutandine e abbassarle fino alle ginocchia.

Un po' schifiltosa da sempre, Claudia sperimentò la peggior prova della sua prigionia quando le toccò rassegnarsi a non pulirsi. Nel rivestirsi piangeva di umiliazione. I polsi sfregati dall'acciaio erano tutti rossi e le facevano male: tanto era costato quel banale esercizio.

Si raggomitolò nell'angolo della cella e la puzza del bugliolo sembrò invaderle intera l'anima.

Un raggio di sole entrò da una fessura e proiettò una monetina di luce contro la parete di fronte. Claudia la guardò spostarsi pian piano per il muro di terra, abbassandosi sempre più, e in qualche modo bastò a risollevarla un pochino dall'abisso di disperazione in cui era caduta.

Prima che il punto luminoso raggiungesse il pavimento della cella, la giovane sentì raspare alla porta. Stavano aprendo il catenaccio. Poco dopo la porta si dischiuse cigolando sui cardini primitivi.

Il donnone con i gradi da sergente entrò nella cella piegando la testa e Claudia si alzò in piedi.

« Per piacere » sussurrò. « Dovete lasciarmi lavare », disse nel suo spagnolo da studente, ma la carceriera non diede segno d'aver inteso. In una mano aveva una gavetta di latta piena d'acqua, nell'altra una ciotola contenente una piadina di mais.

Appoggiò la gavetta sul pavimento e poi rovesciò per terra la piadina, lì vicino.

La sete che Claudia era riuscita a domare temporaneamente le tornò addosso con ferocia, e quasi si mise a guaire di voglia alla vista del recipiente. Conteneva almeno due litri di acqua dolce.

Cadde in ginocchio davanti alla gavetta come un'adoratrice, alzando lo sguardo implorante alla carceriera.

« Per piacere », disse in spagnolo. « Devo adoperare le mani, per piacere. » La carceriera ridacchiò, primo sentimento che esprimeva, urtando pericolosamente la gavetta con un piede. Un po' d'acqua si versò per terra.

« No », gemé Claudia. « Non la rovesci! »

Sulle ginocchia, si sporse in avanti e cercò di raggiungere l'acqua con la lingua, tirandola fuori più che poteva, e riuscì a sentirne la benedetta freschezza sulla punta, ma l'orlo di latta del recipiente le tagliava la faccia.

Alzò di nuovo lo sguardo. « Per favore, mi aiuti! »

La carceriera rise ancora e si appoggiò al muro per godersi i suoi sforzi, che la divertivano.

Claudia si chinò un'altra volta e afferrò l'orlo della gavetta tra i denti, poi la tirò su con cautela. Qualche goccia le colò in bocca. Il piacere era così intenso che le si annebbiò la vista. Bevve a piccoli sorsi finché l'acqua arrivò a un livello tale che bere così non fu più possibile. Tuttavia la gavetta era ancora mezzo piena, e la sete sembrava soltanto aggravata da quello che era riuscita a bere.

Sempre con la gavetta tra i denti, alzò la testa con grandissima attenzione, abbassando la nuca. Troppa acqua le arrivò in bocca e il recipiente le scivolò tra i denti, l'acqua le si riversò addosso e finì per terra, rapidamente assorbita dal terreno.

La carceriera si mise a ridere forte, acutamente, mentre Claudia sentiva gli occhi riempirsi di lacrime di disperazione. Riuscì appena appena a impedirsi di singhiozzare.

La carceriera calpestò apposta la piadina di mais schiacciandola sulla terra battuta, poi con un'altra stridula risata raccolse la gavetta vuota e uscì dalla cella. Claudia la sentì chiudere ridacchiando la porta e allontanarsi ancora tutta allegra.

Dall'inclinazione dei raggi che entravano dalle fessure del soffitto, Claudia riusciva a giudicare il trascorrere del tempo. La prima giornata le parve interminabile. Nonostante la scomodità delle manette, riuscì a dormire un po', ma da sveglia si mise seriamente a pensare come doveva fare per avere qualche probabilità di sopravvivere.

L'acqua era la sua necessità principale. Il poco che era riuscita a berne poteva farla resistere forse un altro giorno, ma si accorgeva di soffrire già di disidratazione.

« Devo trovare il sistema per bere da quella gavetta », disse a se stessa, e passò buona parte del pomeriggio a escogitare il modo. Quando trovò la soluzione, schizzò in piedi così in fretta da sbatter la testa contro un ramo del soffitto. Non ci badò minimamente, ma andò a guardare un po' da vicino gli steli secchi d'erba degli elefanti che pendevano dalla creta che coibentava il soffitto. Ne scelse uno e lo prese cautamente tra i denti. Lo strappò dalla creta e lo sputò per terra. Ci si inginocchiò sopra e protendendosi indietro riuscì ad afferrarlo con la mano. Era secchissimo e si rompeva facilmente tra le dita. Lo spezzò in quattro parti uguali, lunghe una ventina di centimetri l'una, e con un altro numero da contorsionista le piantò nel terriccio. Poi si girò e prese la prima tra le labbra. Cercò di soffiarci dentro, ma non passava aria, era bloccata da palta o terra. Scartò la prima cannuccia e provò con la successiva.

Quando ci soffiò dentro, un tappino di sporcizia fu sparato fuori dall'estremità, e la cannuccia fu libera. Claudia si lasciò cadere seduta nel solito angolo e prese a ridere contenta come una pasqua, veramente trionfante. Questo grande successo attenuò un poco la disperazione in cui era caduta, che rischiava di distruggere addirittura la sua volontà di vivere.

I raggi del sole non entravano più nella cella, e la sera era già lì quando sentì la carceriera presentarsi alla porta. Si rannicchiò nell'angolino mentre il sergente entrava sbattendo la polentina solida in terra e la gavetta di latta lì vicino.

Poi si appoggiò di nuovo al muro, aspettandosi di vedere un altro numero da contorsionista: un essere umano che lecca il cibo da terra e beve lambendo come un animale. Invece Claudia restò immobile nel suo angolino, cercando di mantenere un'espressione impenetrabile. Ma la gola le si contraeva involontariamente nel riflesso della deglutizione, e la sete era una belva scatenata dentro di lei.

Dopo averla contemplata immobile per qualche minuto, il sergente disse qualcosa in portoghese, con irritazione, indicando la gavetta. Con un immenso sforzo, Claudia si impedì di abbassare lo sguardo e la donna alzò le spalle. Ancora una volta calpestò la polentina con lo stivale, spiaccicandola a terra.

Fece una risataccia dimostrativa e uscì chiudendosi la porta alle spalle, ma aveva lasciato lì la gavetta.

Claudia si impose di aspettare finché fu certa che la carceriera se ne fosse andata per davvero, e non stesse guardandola da qualche spioncino.

Quando fu sicura di non essere osservata, Claudia strisciò frenetica all'angolo dove aveva lasciato la cannuccia e la prese tra le labbra, poi, sempre in ginocchio, andò alla caraffa e ci si chinò sopra.

Bevve il primo sorso con la cannuccia lasciandoselo scorrere con abbandono giù per la gola, gli occhi chiusi dal piacere. Le sembrava di bere una pozione magica. Sentì fluire nelle vene nuova forza e nuova risolutezza.

Bevve gran parte dell'acqua contenuta nella caraffa, tirando in lungo il piacere finché nella cella non fu quasi completamente buio: ma non riuscì a indursi a mangiare la polentina spiaccicata sul pavimento di terra.

Coi denti si portò la gavetta vicino, per godersi l'acqua che restava nelle lunghe ore che l'aspettavano, e si sistemò per la notte sentendosi quasi allegra, come se avesse bevuto champagne invece che acqua di fiume nemmeno bollita.

« Saprò resistere », si sussurrò. « Non mi domeranno. Non cederò. »

Ma questo umore non durò. Appena nella cella fu buio pesto, si rese conto che aveva commesso un terribile sbaglio a lasciare sul pavimento la polentina di mais.

La notte prima era venuto un topo solo, e quando lei aveva strillato era scappato. Stavolta l'odore del cibo ne attirò decine, che si lasciavano cadere dai buchi nel soffitto. All'immaginazione atterrita di Claudia sembrò di vederli pullulare, formicolare pelosi sul pavimento di terra battuta. La loro puzza le riempiva le nari, orrida, come di zoccoli e corna bollite per fare la colla, nauseabonda quant'altra mai. La giovane si raggomitolò nel suo angolo, tremando dal freddo e dal terrore, e i topi le strusciavano contro le gambe, le zampettavano sui piedi, squittendo e disputandosi i bocconi.

Alla fine Claudia soccombette al panico. Urlando, sull'orlo di un attacco isterico, si mise a scalciare follemente; un topo si rivoltò e le morsicò la caviglia nuda coi dentini affilati come rasoi. Lei strillò ancora, scalciò cercando di staccarlo; ma per qualche tremendo secondo le restò attaccato, finché non riuscì a scagliarlo nel buio.

Il topo andò a sbattere contro la gavetta e la rovesciò, come si capì benissimo dal rimbombo metallico e dallo scroscio del liquido avanzato. Claudia strisciò fin lì piangendo di disperazione.

Dopo lunghe ore di terrore nero, i topi finirono gli ultimi rimasugli di polentina e filarono via dal tetto. Claudia cadde in ginocchio stremata sia emotivamente sia fisicamente.

« Ti prego, Dio, fa' che finisca. Non ce la faccio più. »

Si gettò sul fianco e giacque per terra tremando e piangendo, finché l'oscuro abisso dell'oblio non l'inghiottì.

Si svegliò che qualcosa le tirava i capelli, producendo uno strano digrignare proprio vicino all'orecchio. Ancora mezzo addormentata, le occorsero parecchi secondi per capire cosa le stava succedendo.

Aveva dormito con una guancia a terra. Rimase lì un momento, sopportando gli strattoncelli ai capelli e il digrignare all'orecchio, finché all'improvviso il terrore non l'aggredì di nuovo. Un topo le stava rosicchiando i capelli per procurarsi l'imbottitura del nido.

Il suo orrore fu tale da paralizzarla. Non riusciva più a muoversi. Era tutta irrigidita, con lo stomaco pieno di crampi e le dita delle mani e dei piedi serrate spasmodicamente per lo schifo.

A un tratto ogni paura le passò, trasformandosi in ira. Con uno slancio agilissimo saltò in piedi e cominciò a dar la caccia all'odiosa creatura.

Senza tregua la cercò in ogni dove, seguendo il rumore che faceva, lo zampettio, gli squittii. Né tirò più calcioni a caso, ma sul rumore.

Due volte la creatura cercò di arrampicarsi verso la salvezza, ma ogni volta Claudia la sentì e usò il proprio corpo per farla rotolare giù dal muro.

Questa furia di uccidere era un'emozione che Claudia non aveva mai provato prima. Le aguzzava tutti i sensi, rendeva il suo udito così acuto che riusciva a visualizzare tutti i movimenti della preda, le accelerava i riflessi al punto da render rapidi e potenti i suoi calcioni, e quando uno arrivò a segno sul corpo caldo e peloso, l'alto squittio di panico e dolore del topo l'infiammò.

Lo inchiodò contro la porta della cella e ancora una volta lo calpestò. Sentì rompersi gli ossicini, e ancora lo calpestò, ansimando per lo sforzo, senza smettere finché la carcassa non fu soffice e spugnosa sotto il piede.

Quando infine tornò a sedersi nel suo angolino, tremava ancora, ma non più di terrore.

« Non avevo mai ammazzato prima d'ora », pensò, sbalordita di sé e di questo lato segreto e selvaggio della sua natura di cui non aveva mai sospettato l'esistenza.

Si aspettò che la cogliesse il solito senso di colpa e disgusto. Invece si sentiva sempre più forte, come se avesse superato una prova che l'armasse ed equipaggiasse per affrontare con successo qualunque pericolo o scherzo del destino.

« Non cederò, non cederò mai più », si sussurrò. « Combatterò e ucciderò se necessario. Devo sopravvivere. »

Al mattino, quando arrivò la carceriera a prender la gavetta, Claudia l'affrontò risolutamente, avvicinando la faccia a pochi centimetri da quella della donna negra, e parlando con voce controllata ma ferma.

« Portalo via », disse indicando col piede il topo morto. La donna esitava, e Claudia disse: « Via, subito! » E la carceriera prese la carcassa sfracellata per la coda, guardando Claudia con un certo rispetto negli occhi scuri.

Portando via la gavetta vuota e il topo morto, uscì dalla cella. Quando tornò qualche minuto dopo con l'acqua e la polentina, Claudia controllò la sete e mantenne il nuovo atteggiamento di calma autorità indicando il bugliolo.

« Bisogna vuotarlo », disse e la donna rispose irosamente in portoghese.

« Ci penserò io », dichiarò Claudia guardandola inflessibilmente negli occhi finché non fu l'altra a distoglierli. Solo allora le voltò la schiena e le porse i polsi ammanettati.

« Apra qua », ordinò, e ubbidiente la carceriera prese la chiave dal cinturone.

Claudia quasi urlò di sollievo quando le manette vennero via. Il sangue tornò a circolare, e la giovane portò le mani al petto e se le massaggiò teneramente, mordendosi le labbra per non cedere al dolore, orripilata dalle condizioni dei polsi escoriati e delle mani gonfie.

La carceriera la spinse sulla schiena e le diede un ordine in portoghese. Claudia prese il manico del secchio e superando il sergente salì le scale.

La luce del sole, il caldo e l'aria secca furono come una benedizione.

Claudia si guardò intorno con una rapida occhiata. Era chiaramente una prigione femminile. Poche detenute dall'aria scoraggiata ciondolavano nella polvere sotto l'unico albero del cortile cintato, un ebano. I loro perizoma erano stracciati, i torsi nudi così magri che le costole spiccavano chiaramente sotto la pelle scura polverosa. I seni, anche quelli delle giovani, erano vuoti e pendevano flaccidi come orecchie di spaniel. Claudia si chiese quali crimini avessero mai commesso, o se era la loro stessa esistenza a dar fastidio ai catturatori.

Vide anche che la sua cella faceva parte di una fila di una dozzina di bunker. Era evidente che erano riservati alle prigioniere più importanti o pericolose.

Il reticolato era sorvegliato da un paio di donnoni in tuta mimetica e kalashnikov. Guardarono Claudia con curiosità, parlandone animatamente. Oltre il cancello Claudia vide scorrere, verde, il fiume Pungwe, e per un attimo sognò di potercisi bagnare e lavare: ma la carceriera la spinse dolorosamente alle spalle e la guidò in fretta verso la latrina dietro i bunker.

Quando la raggiunsero, il sergente le indicò a gesti di rovesciare il bugliolo nel pozzo nero, e poi si mise a chiacchierare con un'altra carceriera che era venuta a raggiungerla col mitra in spalla.

Il muro dietro le latrine era anche quello del recinto, ma non offriva nessuna via di fuga. Era una palizzata, lì, alta e ben commessa con strisce di corteccia. Impossibile arrampicarsi.

Claudia abbandonò l'idea di scappare ancor prima di formularla chiaramente e versò il contenuto del secchio nella fossa. Immediatamente un ronzante nugolo di mosche si alzò da quelle rivoltanti profondità e incominciò a svolazzarle intorno alla testa.

Arricciando il naso per il disgusto, Claudia si mise ad arretrare verso l'uscita delle latrine quando un fischio sommesso la fermò.

Era una nota bassa e malinconica, così discreta che non ci avrebbe neanche fatto caso, se non l'avesse già sentita molte volte. Era uno dei segnali segreti di Sean e dei suoi battitori. Sean le aveva spiegato una volta che era il richiamo di un uccello chiamato *bubù*.

Si guardò rapidamente intorno. Nessuna carceriera in vista. Sentiva la voce di quelle due sempre intente a chiacchierare dietro l'angolo. Allora si decise a tentare una pallida imitazione del richiamo.

Immediatamente le rispose un altro fischio da subito oltre la palizzata delle latrine, e Claudia si sentì pervadere dalla speranza. Lasciò il secchio e corse a guardare fuori da un buco fra i pali, e a momenti gridava quando ci vide un altro occhio e sentì una voce ben nota sussurrare:

« *Jambo, memsahib.* »

« Matatu », ansimò lei.

« Grandissimo coglione » disse Matatu, le uniche parole che sapeva nella sua lingua, e lei dovette dominarsi per non scoppiare a ridere di sollievo, gioia e divertimento per quel saluto incongruo.

« Oh Matatu, ti amo! » sbottò, e un bigliettino le fu passato quasi nell'occhio. Appena le sue dita gli si chiusero intorno, l'occhio di Matatu sparì dal buco come un galleggiante quando abbocca il pesce grosso.

« Matatu! » sussurrò lei desolata, ma se ne era andato. Aveva parlato troppo forte, e si sentì chiamare dalla carceriera, che si fece sulla soglia delle latrine. Claudia si girò e con lo stesso movimento si accucciò sopra la fossa puzzolente.

La carceriera si affacciò a guardare e Claudia le disse in tono furioso:

« Se ne vada, non vede che ho da fare? »

E la donna, involontariamente, si ritirò all'istante. Claudia tremava dall'eccitazione mentre apriva il bigliettino e riconosceva la scrittura. Nello stesso tempo le venne il terrore che glielo sequestrassero prima che potesse leggerlo.

Lo ripiegò in fretta e lo infilò in fondo alla tasca posteriore dei calzoncini, dove avrebbe potuto riprenderlo anche con le mani ammanettate dietro la schiena.

Adesso non vedeva l'ora di tornare nella solitudine della sua cella. La carceriera la spinse ancora giù per le scale, ma senza la cattiveria di prima.

Claudia rimise il bugliolo nel suo angolo e quando il sergente le indicò i polsi glieli porse subito. Il contatto del metallo sulla pelle escoriata e contusa sembrava ancora più doloroso di prima. Muscoli e tendini delle braccia e delle spalle sembrarono aggrovigliarsi per protesta.

Una volta ammanettata Claudia, la carceriera parve ricuperare i suoi modi duri e autoritari. Tornò a versarle la polentina per terra e a calpestarla con lo stivale.

Claudia le si scagliò contro. « Non osare! » le sibilò in faccia, fulminandola con uno sguardo talmente omicida che quella arretrò senza volere.

« Fuori! » le disse Claudia. « Allez! Vamos! Raus! » E quella rinculò fuori dalla cella farfugliando minacce non convincenti, e poi chiuse la porta.

Claudia si stupì del suo stesso coraggio. Si appoggiò alla porta tremando per lo sforzo di quel duello di volontà, misurando solo allora il rischio che aveva corso: avrebbe potuto picchiarla a sangue, o privarla della sua preziosa acqua.

Era la lettera di Sean che le dava tanta forza e il bullesco ardimento di sfidare la carceriera. Appoggiata alla porta, si frugò nella tasca posteriore e toccò il biglietto, solo per accertarsi che c'era ancora.

Non l'avrebbe letto subito. Preferiva rimandare e assaporare questo piacere. Si dedicò a ricuperare la cannuccia per bere dal suo nascondiglio.

Bevuto che ebbe dalla gavetta, mangiò la polentina, raccogliendola delicatamente da terra con le labbra e cercando di pulirla in qualche modo dallo sporco, soffiandoci sopra. Era ben decisa a non lasciarne neanche una briciola, non solo perché era affamatissima, ma anche perché sapeva che nei prossimi giorni avrebbe avuto bisogno di tutto il suo coraggio e la sua energia: per non parlare dei topi, che sarebbero certo tornati. Solo quando ebbe mangiato e bevuto si concesse il lussurioso piacere di leggere la lettera di Sean.

La tirò fuori dalla tasca posteriore e la lisciò accuratamente con le dita. Poi si inginocchiò e la piazzò nel raggio di sole che illuminava un angolo della cella, infine si voltò e si accucciò a leggerla.

La lesse piano piano, muovendo le labbra come una semianalfabeta, formando ogni parola che aveva scritto lui come per assaporarla sulla lingua.

« Sii forte, tra non molto tutto sarà finito, e ricordati che ti amo, qualunque cosa accada io ti amo. » Gli occhi le si riempirono di lacrime nel leggere le ultime parole, poi si mise a sedere e sussurrò piano:

« Sarò forte. Ti prometto che sarò forte per te... Anch'io ti amo, con tutta me stessa ti amo ».

« Potranno anche combattere come donne », disse il sergente Alfonso guardando il mucchio di divise catturate all'esercito dello Zimbabwe, « ma non c'è dubbio che si vestono da guerrieri. »

Le uniformi erano fornite dalla Gran Bretagna nel quadro degli aiuti a Mugabe dopo la capitolazione del regime bianco di Ian Smith. Erano di ottima qualità, e Alfonso e i suoi uomini di tolsero volentieri le tute mimetiche tigrate, vecchie e rattoppate. In particolare erano contentissimi degli stivaletti di cuoio neri e lustri da paracadutista, che sostituirono con vantaggio il coacervo di scarpe sbrindellate da tennis che avevano ai piedi.

Quando si furono rivestiti tutti con le divise catturate, e schierati sulla piazzetta di terra battuta, Sean e Job li passarono in rivista controllandoli e istruendoli sul modo corretto di portare ogni indumento. Li seguiva il sarto per rimediare ai difetti più vistosi quanto a misure.

« Non devono mica esser perfetti », disse Sean. « Non sarà una parata, basta che superino un'occhiata distratta. Non c'è tempo da perdere in raffinatezze. »

Quando tutti furono equipaggiati, Sean e Job si misero insieme per schizzare a memoria la pianta più perfetta che potessero della base militare di Grand Reef. Prima si misero a una scrivania in sala radio, tirando fuori tutti i particolari che ricordavano della vita della base: e andarono avanti a rievocare un bel pezzo, fino a notte inoltrata. Tuttavia Sean, per quanto soddisfatto della pianta che avevano ottenuto, sapeva per esperienza che gli analfabeti fanno fatica a visualizzare la realtà fisica da un disegno a due dimensioni: e da un discreto sondaggio era emerso che tutti quei veterani sapevano sparare, ma quasi nessuno leggere e scrivere.

Allora impiegarono il resto della notte a costruire un bel plastico della base sulla piazzetta delle parate, lavorando alla luce delle lampade.

Job aveva gusto e capacità artistiche, e col legno di baobab, simile alla balsa, costruì gli edifici. Poi con sassolini di fiume di diversi colori fece la pista di decollo e atterraggio, le varie strade, il reticolato perimetrale.

La mattina dopo la forza che doveva eseguire l'incursione si riunì lì per l'ispezione del capitano Job e del sergente Alfonso: poi tutti sedettero intorno al plastico.

Il modello riscosse un gran successo, suscitando un sacco di commenti e di battute, oltre che di domande.

Dapprima Sean descrisse l'incursione muovendo lungo i sassolini tre scatole di fiammiferi a rappresentare i camion Unimog, illustrando l'attacco diversivo al perimetro, la ritirata dei camion carichi fino all'appuntamento sulla strada di Umtali. Quando ebbe finito, puntò la bacchetta che aveva in mano contro il sergente Alfonso.

« Bene, sergente, adesso spiegacelo tu il piano d'attacco. » Il cerchio di soldati attentissimi si divertì un sacco a correggere le dimenticanze e i piccoli errori che faceva il sergente. Alla fine toccò al caporale più anziano ripetere la lezione. Dopo cinque ripetizioni, tutti sapevano a memoria il piano d'attacco, e perfino il generale Cina rimase impressionato.

« Resta a vedersi solo se riuscirete a realizzarlo altrettanto bene », disse a Sean.

« Basta che lei mi dia i camion », gli assicurò Sean.

« Il sergente Alfonso era con il reparto che li ha catturati. Sa dove sono nascosti. Si dà il caso che il maggiore di cui lei indossa l'uniforme sia rimasto ucciso nella stessa azione. »

« Quanto tempo fa è accaduto? » chiese Sean.

« Circa due mesi. »

« Che bello », imprecò Sean. « Vuol dire che quei camion sono rimasti nascosti nella foresta per tutto 'sto tempo? Cosa le fa pensare che andranno ancora, o anche che siano ancora dove li ha lasciati? »

« Colonnello... » Cina gli impartì il gelido sorriso che Sean stava imparando a conoscere e a odiare con tutto il cuore. « Per il bene della signorina Monterro, le conviene sperare che ci siano e che vadano ancora. » Il sorriso svanì. « Ora, mentre gli uomini preparano armi e munizioni, lei e io faremo un ultimo discorsetto. Venga con me, colonnello. »

Una volta chiusi in sala trasmissioni, nel bunker del comando, Cina si rivolse a Sean con espressione impenetrabile. « Stanotte ho ricevuto un messaggio radio dal mio agente nella base di Grand Reef. Trasmette solo in casi d'emergenza, altrimenti non rischia. E questo è un caso di emergenza. Hanno completato l'addestramento sugli Stinger. Entro le prossime settantadue ore li trasferiranno a destinazione operativa, secondo la disponibilità dell'aereo da trasporto. »

Sean fischiò tra i denti. « Settantadue ore. In questo caso, non ce la facciamo. »

« Colonnello, tutto quello che le dico è che è meglio che ce la faccia. Perché se no non avrà per me più alcun valore, e mi verranno in mente i vecchi tempi », disse toccandosi l'orecchio offeso. Sean lo guardò in silenzio finché Cina non proseguì. « C'è da dire anche che non tutte le notizie sono così cattive, colonnello. Il mio agente verrà a incontrarvi a Umtali e vi darà tutte le informazioni necessarie sul luogo dove tengono gli Stinger, i manuali d'istruzione e l'aula dove fanno il corso. Vi accompagnerà alla base. È ben conosciuto dalle guardie ai cancelli. Vi assisterà all'ingresso e vi guiderà al centro d'addestramento. »

« È già qualcosa », grugnì Sean. « E dove lo incontrerò? »

« A Umtali c'è un night club, lo Stardust, punto di raccolta di puttane e magnaccia. Sarà là tutte le sere dalle otto a mezzanotte. Alfonso sa dov'è questo posto e l'accompagnerà. »

« Come farò a riconoscere il suo agente? »

« Avrà una maglietta col ritratto di Batman sul petto », disse Cina, e Sean chiuse gli occhi con aria afflitta. « Si chiama Robin. »

Sean scosse la testa sussurrando incredulo: « Non è possibile. Batman! Robin! » Scosse ancora la testa come a schiarirsela. « Ora mi parli un po' dell'appuntamento coi portatori alla missione di Santa Maria. »

« È già fissato », l'assicurò Cina. « Traverseranno il confine domani sera appena sarà buio, e si nasconderanno nelle caverne sui monti sopra la missione finché non arriverete voi. »

Sean annuì e cambiò discorso. « Se partiamo subito, quanto ci mettiamo ad arrivare al posto dove sono nascosti i camion Unimog? »

« Dovreste arrivarci domani prima di mezzogiorno. »

« C'è altro di cui dobbiamo parlare? » chiese Sean e quando Cina scosse la testa Sean si alzò, si mise in spalla il kalashnikov e con l'altra mano prese lo zainetto che conteneva l'uniforme del maggiore della Guardia ucciso e i suoi effetti personali.

« Arrivederci allora, generale Cina. »

« Non si preoccupi della signorina Monterro. Per il momento le baderò io. Non tema, colonnello. »

La colonna era sovraccarica. Ciascuno portava cibo e acqua per due giorni, munizioni per l'AK personale e per le mitragliatrici leggere RPD, bombe a mano e razzi per il lanciagranate RPG7.

Benché con quella soma non potessero certo correre, il sergente Alfonso, in testa, dava un ritmo tagliagambe. Prima di sera uscirono dalla zona controllata dalla Renamo per entrare in quella che chiamavano « Destruction Area », una terra di nessuno dove c'era la possibilità di incontrare pattuglie del Frelimo, devastata dai combattimenti, e Sean ordinò un cambio di formazione.

Spezzarono la colonna ogni dieci metri e mandarono fuori i fiancheggiatori, l'avanguardia e la retroguardia per scongiurare attacchi di sorpresa.

Di notte continuarono a macinare chilometri con dieci minuti di sosta ogni due ore, e all'alba avevano percorso quasi sessanta chilometri.

Durante la sosta del mattino presto, Sean andò in testa a parlare con Alfonso e Job.

« Quanto distano ora i camion? » domandò Sean.

« Ormai sono vicini, abbiamo marciato bene. Sono in quella valle là », disse Alfonso indicandola.

Stavano discendendo l'ennesimo altopiano coperto di foresta fitta, e sotto di loro il terreno era accidentato e cattivo. Sean capì bene perché il generale Cina aveva scelto di difendere questa parte della Sierra Gorongosa. Non c'erano strade lì, e un esercito attaccante avrebbe dovuto superare tutta una serie di fortezze e capisaldi naturali.

La valle che indicava Alfonso era qualche chilometro davanti a loro, e più in là il territorio diventava meno aspro e selvaggio, aprendosi in una vasta e gentile pianura. Laggiù la foresta era interrotta da chiare praterie.

Alfonso indicò l'orizzonte. « Là in fondo c'è il corridoio di Beira, dove passa la strada e la ferrovia per il mare. »

Stava per aggiungere qualcosa ma Sean gli prese il braccio per farlo tacere e tese l'orecchio.

Ci volle qualche secondo prima che il rumore si staccasse nettamente dallo stormire delle fronde della foresta sottostante alla brezza mattutina, ma poi si cominciò a distinguere il sibilo dei rotori e l'urlo delle turbine.

« Eccoli là », disse Job. La sua vista fenomenale aveva individuato i puntini che si avvicinavano anche contro lo sfondo scuro di colline e foreste.

« Gli Hind. » Anche Sean li aveva visti ora, e Alfonso urlò agli uomini di nascondersi. La colonna si sparpagliò al coperto e loro rimasero a guardare gli elicotteri che venivano scavalcando le colline, tenendosi sempre a bassa quota, diretti a nord verso le linee della Renamo in ordine sparso.

Sean li osservò col binocolo di fabbricazione sovietica che aveva trovato nei magazzini Renamo.

Era la prima occasione che avevano di studiare con agio un Hind.

Ce n'erano quattro, e Sean capì che lo squadrone, di dodici, consentiva tre diversi attacchi contemporanei o uno a ondate successive.

« Dio mio, sono veramente grotteschi », mormorò. Sembrava impossibile che attrezzi così grevi e deformi riuscissero a vincere la forza di gravità. I motori erano alloggiati in cima alla fusoliera, sotto il rotore principale, e formavano la gobba distintiva che aveva suggerito il soprannome di quella macchina. Le prese d'aria delle turbine erano sopra la calotta del pilota. La fusoliera era rigonfia come la pancia di una scrofa incinta. Il muso era deformato dalla protuberanza della torretta del cannoncino a canne rotanti; alle alette tozze e al ventre gonfio erano appesi grappoli asimmetrici di missili, antenne, radar.

Dietro la gobba del motore le linee disarmoniche della macchina erano ulteriormente turbate da un'altra struttura estranea, che sembrava essere stata applicata dopo, per qualche ripensamento.

« La mascheratura dello scappamento. » Sean pensò a un articolo che aveva letto una volta su una rivista d'aeronautica a cui era abbonato. Serviva a schermare le emissioni del motore, per far sfuggire l'elicottero ai sensori a infrarossi dei missili che seguono le fonti di calore. L'autore dell'articolo ne lodava l'efficacia, ma benché il congegno servisse a render la macchina praticamente invulnerabile a questi missili, il suo peso, insieme a quello della blindatura al titanio, riduceva molto la velocità e l'autonomia degli Hind. Sean desiderò aver letto con più attenzione quell'articolo, perché non ricordava affatto le cifre relative, che pure l'autore aveva riportato.

La formazione di elicotteri passò a circa due chilometri da loro, diretta a nord.

« Il generale Cina li avrà ospiti a colazione », disse Job alzandosi per rimetter la colonna in ordine di marcia.

Sebbene avessero camminato tutta la notte, non rallentarono il passo, e Sean rimase sinceramente colpito dalla condizione fisica e dall'addestramento degli uomini del sergente Alfonso. « Son quasi buoni come i miei scout », si disse, e poi, sogghignando: « *Quasi.* Quelli erano inarrivabili ».

Più d'una volta Sean si portò in retroguardia a controllare il lavoro di quelli che cancellavano le tracce. Adesso infatti c'era pericolo di incontrare le truppe del Frelimo.

Sean era rimasto indietro qualche centinaio di metri e stava studiando attentamente il terreno quando di colpo si sentì osservato.

Subito si tuffò pancia a terra, prendendo in mano il mitra, e rotolò due volte su se stesso andando a ripararsi dietro il tronco di un albero caduto. Lì si immobilizzò col dito sul grilletto, scrutando la foresta circostante dove gli era sembrato di vedere un piccolo movimento.

Era più vicino di quanto immaginasse. Da un ciuffo d'erba proprio accanto al suo gomito si alzò una risatina beffarda, e Sean alzò la testa e berciò, furibondo: « T'ho detto cento volte di non farmi 'sti scherzi del cavolo ».

La testa di Matatu spuntò dal ciuffo d'erba. Sorrideva tutto contento. « Stai invecchiando, buana. Avrei potuto fregarti calze e stivali senza che te ne accorgessi. »

« E io bucherellarti le chiappe con una raffica. Hai trovato la *memsahib*? »

Matatu annuì e il sorriso gli svanì dal volto.

« Dov'è? »

« A mezza giornata di cammino su per il fiume, in un campo con tante altre donne. »

« Sta bene? »

Matatu esitò, combattuto fra il dire la verità e quello che avrebbe fatto piacere al padrone. Poi sospirò e scosse la testa. « La tengono in un buco sottoterra, ed è piena di segni sulle braccia e sulle gambe. La costringono a vuotare i buglioli... »

S'interruppe vedendo la faccia di Sean, poi proseguì in fretta. « Ma quando mi ha visto si è messa a ridere. »

« Le hai dato il pezzo di carta? »

« *Ndio*. L'ha nascosto tra i vestiti. »

« T'ha visto nessuno? »

Rispondere a una simile domanda era al di sotto della dignità di Matatu, e Sean sorrise. « Lo so, lo so, nessuno vede Matatu se non è lui che vuol farsi vedere... » S'interruppe e alzò gli occhi insieme all'omino.

Da lontano giungeva l'ormai familiare sibilo dei turboelica.

« Gli Hind, che tornano dal bombardamento delle linee Renamo », mormorò Sean. Le macchine erano fuori vista, per la volta degli alberi, ma il rumore indicava che andavano a sud.

« Avendo poca autonomia, la base sarà qua intorno », pensò Sean, e guardò Matatu con aria interrogativa. « Matatu, sei buono a trovare il nido di quegli *ndeki*? »

La guida fu attraversata da un lampo di dubbio, ma poi sogghignò ancora bullescamente.

« Matatu è buono a seguire qualunque cosa, animale o *ndeki*, dovunque vanno », si vantò pieno di fiducia in sé.

« Allora va'! » ordinò Sean. « Trova la base degli elicotteri. Sta' attento che ci saranno tanti camion e tanti uomini bianchi, non farti beccare. »

Matatu fece la faccia offesa e Sean gli prese la spalla con affetto. « Quando avrai trovato il posto, torna all'accampamento del generale Cina al fiume Pungwe. Ci vediamo là. »

Senza far domande, come un cane da caccia mandato a ricuperare un fagiano, Matatu si alzò in piedi e tirò su il perizoma alle cosce.

« Fino ad allora *va' in pace*, buana. »

« *Va' in pace*, Matatu », gli augurò a bassa voce Sean quando l'ometto si avviò trotterellando verso sud. Sean aspettò che scomparisse alla vista e poi si affrettò a raggiungere la colonna di Alfonso.

« La tengono in un buco per terra, ed è piena di lividi. » Continuava a ripensare alle parole di Matatu, alimentando ira e risolutezza in sé.

« Resisti, amore mio. Metticela tutta. Verrò a prenderti... presto », promise a lei e a se stesso.

Attraversarono un'altra catena di *kopje*, scollinando al riparo di un folto boschetto di alberi di Jesse per non stagliarsi in cresta, e sul pendio discendente Alfonso indicò un punto della vallata sottostante.

« Ecco come abbiamo fatto a portarci i camion », spiegò, e Sean vide il corso del fiume asciutto che costituiva l'unico possibile accesso a questa zona accidentata per i veicoli. Anche di lì non doveva essere stato uno scherzo farli passare, dati i numerosi macigni e altri ostacoli che ingombravano il letto sabbioso in fondo all'angusta gola.

« Dove hai nascosto i camion? » chiese Sean senza abbassare il binocolo, e Alfonso ridacchiò.

« Se il Frelimo non è più furbo di quel che credo io, lo vedrai tu stesso. »

Lasciarono delle sentinelle in cresta a vedere se per caso erano seguiti dal nemico, poi Alfonso guidò il resto della colonna giù nella valle. Più scendevano e più le pendici si facevano ripide, finché si trovarono in un canyon verticale che li costrinse a seguire un difficile sentiero di animali per raggiungere, dopo una lunga traversata, il letto del fiume.

Lì in quella gola profonda faceva un caldo soffocante, e la roccia arroventata dal sole glielo rifletteva addosso.

« Allora, dove sono 'sti camion? » domandò Sean, impaziente, e Alfonso indicò il versante opposto.

« Sono là dentro », disse, e Sean stava per mandarlo al diavolo quando si accorse che nel corso delle ere geologiche la parete era stata frastagliata dall'erosione del vento e delle acque.

« Ci sono delle caverne? » chiese, e Alfonso lo condusse sulla sabbia che arrivava alle caviglie fino alla base dell'opposto versante roccioso.

Certe caverne erano mere rientranze della roccia rossa, altre erano crollate e ingombre di detriti portati dalle piene.

Alfonso gliene indicò una, e diede un ordine agli uomini, che misero giù i fucili e cominciarono a liberare l'imboccatura della caverna dai massi e dai tronchi.

Nel giro di un'ora avevano creato un passaggio sufficiente per andar dentro a vedere. Sean e Alfonso entrarono, e nella penombra subito distinsero la sagoma del primo camion.

Poco dopo, abituati gli occhi, videro anche gli altri.

« Come diavolo hai fatto a farceli entrare? » chiese Sean, incredulo.

« A furia di spinte », gli spiegò Alfonso.

« Spero che si riesca a tirarli fuori, adesso », borbottò Sean, e salì sul camion più vicino.

Era tutto coperto di uno spesso strato di polvere rossa. Sean aprì la portiera e si sedette al volante starnutendo: vide però, con sollievo, che le chiavi erano nel quadro.

Girò la chiave. Non successe niente. Le luci restarono spente e le lancette degli indicatori non si mossero neanche.

« E be', ho staccato la batteria », gli disse Alfonso, e Sean grugnì.

« Bravissimo. Dov'è che hai imparato 'sti trucchi? »

« Prima della guerra facevo il conducente di autobus a Vila de Manica », gli spiegò Alfonso. Era strano pensare quel bravo soldato in vesti tanto prosaiche.

« E va bene », disse Sean. « Allora puoi aiutarmi a far partire questo qua. C'è la cassetta degli attrezzi? »

Ogni camion era fornito di due gomme di scorta, pompe a mano per gonfiarle, teloni, cassetta di attrezzi e grosse taniche per aumentare l'autonomia del mezzo. Una volta ricollegata la batteria del primo camion, la carica si rivelò sufficiente ad accendere la spia rossa del pre-riscaldamento e a far alzare quella del serbatoio fino a metà corsa, ma non a mettere in moto.

« Cerca un po' la manovella d'avviamento », ordinò Sean. Era fissata in cabina dietro il sedile del passeggero. Due forzuti shangane si misero a girarla con tanta lena che ben presto il motore si mise a sputacchiare, spernacchiare, e quindi rombare a regime. Un denso fumo azzurro riempì la caverna e Sean levò il piede dall'acceleratore. Due gomme erano a terra e dovettero essere gonfiate con la pompa a mano. Intanto i soldati liberavano delle ultime rocce e piante stroncate dalla piena l'accesso alla caverna. Fatto tutto ciò, Sean inserì la trazione integrale e la ridotta e, traballando sul terreno sconnesso e accidentato, fece affacciare il camion all'ultimo tratto di rocce. Ben presto però l'automezzo si bloccò, sospeso sui macigni sparsi, con tutte le ruote motrici che giravano a vuoto. Allora venti uomini si misero a spingerlo tutti insieme e il camion fu convinto a tuffarsi sul letto sabbioso da dove Sean riuscì a smuoverlo e parcheggiarlo sotto l'opposto versante roccioso. Lo lasciò lì con il motore acceso per ricaricare la batteria esaurita e tornò a piedi alla caverna per occuparsi del secondo autocarro.

A parte gomme a terra e batterie scariche, non trovarono guasto nessuno dei camion. Uno dopo l'altro risuscitarono i motori e gli fecero guadagnare a strattoni il letto del fiume. A metà del pomeriggio i tre camion erano allineati sulla sabbia bianca, pronti a partire.

« Che gli uomini si cambino uniforme », ordinò Sean. « Lasciamo nella caverna quelle vecchie. »

Ridendo e scherzando, tutti si tolsero le tute mimetiche tigrate della Renamo e indossarono la divisa dell'esercito dello Zimbabwe prodotta in Inghilterra. Mentre così si travestivano, Sean tornò ai camion.

Trovò i loro documenti in uno scomparto del cruscotto, dentro bustine di plastica.

« Spero che non dovremo esibirli », disse a Job. « Saranno certo registrati come rubati o distrutti. »

Aprì i tappi dei serbatoi e controllò visivamente il livello del gasolio.

« Dovrebbe bastare per arrivare a Grand Reef e poi alla missione di Santa Maria », stimò. « Ma appena appena. »

Ordinò di pulire fari, finestrini e parabrezza dei camion, ma lasciare tutto il resto come si trovava, inzaccherato e impolverato.

Ciò avrebbe lasciato intendere che erano un'autocolonna che tornava da un giro di pattuglia, e – più importante – avrebbe reso difficile leggere le insegne militari e i numeri di targa.

Una volta che gli uomini furono pronti e le tute Renamo ben nascoste, Sean e Job li passarono tutti in rivista, uno per uno, prima di consentirgli di montare sui camion.

Erano quasi le cinque quando furono finalmente pronti a partire. Sia Job sia Alfonso avevano la patente per i veicoli pesanti, e anche un guerrigliero della Renamo dal nome augusto di Ferdinand Da Costa millantava qualche esperienza di guida. Sean si sedette accanto a lui per vedere come se la cavava.

Job guidava il primo camion, Alfonso quello di mezzo e l'inclito principiante il terzo.

In fila indiana macinarono la sabbia del letto del fiume, seguendo i solchi del camion di Job per quasi un chilometro prima di raggiungere il primo ostacolo.

Ferdinand Da Costa si dimostrò abbastanza all'altezza della situazione, anche se aveva la tendenza ad andare un po' troppo forte. Ma Sean lo sostituì al volante nei punti più difficili.

Per far superare ai tre automezzi una breve rapida costellata di massi i quaranta soldati dovettero mettercela tutta, spingendo i camion e sollevandoli con l'aiuto di tronchi di *mopani* tagliati per far leva sotto il pianale.

I potenti motori rombavano fuori giri, sparando nuvoloni di fumo azzurro dallo scappamento. Sean fece notare a Job che tutto quel fracasso poteva attirare l'attenzione del Frelimo, e che erano già in ritardo sulla tabella di marcia.

Cercarono di ricuperare il tempo perso sui tratti più facili del fiume, ma il tramonto li colse che mancavano ancora quasi venti chilometri allo stradone tra il mare e il posto di confine a Umtali.

Viaggiare di notte era ancora più arduo. Sean non osava accendere i fari, sicché dovevano procedere al buio, con il solo aiuto delle stelle e una falce di luna.

Era mezzanotte passata quando poterono infine uscire dal letto del torrente in un punto dove la riva era bassa. Guidati da quattro uomini mandati avanti a segnalare formicai e altre insidie, puntarono direttamente a sud e nel giro di due ore sboccarono sulla pista abbandonata, ormai piena di erbacce, di cui Alfonso aveva parlato a Sean.

Sean diede l'alt e si misero a studiare la carta topografica sul cofano del primo camion, alla luce delle torce elettriche.

« Siamo qui », gli disse Alfonso. « La pista va a una vecchia miniera di amianto abbandonata dai portoghesi all'inizio della guerra di liberazione del Frelimo. »

« Dormiamo qua », decise Sean. « Togliete i camion dalla pista e mimetizzateli bene, perché domani è sicuro che gli elicotteri ci sorvoleranno. Non si fuma, non si accendono fuochi. »

Verso le quattro del pomeriggio seguente si svegliarono tutti quanti e mangiarono in fretta un po' di roba in scatola. Sean ordinò di rimettersi in moto dopo aver tolto le reti mimetiche dagli automezzi, lasciando i soliti quattro uomini davanti al primo camion per ispezionare le condizioni della pista abbandonata da anni e non perderla, oltre che ficcare con abnegazione la baionetta nei monticelli sospetti di celare mine anticarro del Frelimo.

Il sole stava tramontando quando finalmente avvistarono lo stradone. Il nastro di macadam serpeggiava nella foresta e tra i *kopje* sparsi. Sean bloccò l'autocolonna ben lontano dalla strada e andò avanti con Job, lasciando il comando ad Alfonso.

Dalla cima di una collinetta sorvegliarono lo stradone fino a buio. In quel periodo passarono due autocolonne, entrambe dirette verso il mare, composte di tre o quattro polverosi Unimog carichi di soldati dello Zimbabwe in tenuta da combattimento, con una mitragliatrice leggera RPD montata sopra la cabina di guida.

I camion passavano rombando, a distanza di cento metri uno dall'altro. Guardandoli col binocolo, Sean commentò: « Be', almeno sembriamo veri ».

« Eh no, viso pallido », precisò Job.

« È un difetto di nascita », si scusò Sean. « Ma lo terrò nascosto fino al momento buono. »

Scesero dalla collina e tornarono lungo la pista fino ai camion nascosti.

« Da qui in avanti te la devi cavare da solo », disse Sean a Ferdinand, l'autista in erba. « Se ti ricordi di schiacciare la frizione quando cambi, vedrai che è tutta un'altra cosa. »

Con indosso l'uniforme del maggiore caduto, Sean si infilò nella cabina del primo camion, nascondendosi dietro il sedile di Job. Lo spazio era appena sufficiente, doveva torcere le spalle e sedere sul pianale metallico: scomoda fin dall'inizio, la posizione sarebbe diventata una vera tortura nel giro di poche ore, Sean lo sapeva bene. Tuttavia lo celava e gli permetteva di comunicare facilmente con Job, solo alzando un po' la voce.

Senza fari, la colonna proseguì per l'ultimo breve tratto fino allo stradone, dove sboccò previo segnale di via libera fischiato dagli esploratori mandati avanti a piedi. Sul macadam i camion girarono verso occidente, filando in direzione del confine.

Adesso sì che si potevano accendere i fari. Tenendo il prescritto intervallo di cento metri tra un camion e l'altro, e la velocità regolamentare di cinquanta chilometri all'ora, sembravano una normale autocolonna dello Zimbabwe di pattuglia.

« Fin qui è andato tutto bene », disse Job a Sean. « Speriamo continui così. »

« Che ore sono? »

« Le otto e sette. »

« Perfetto, arriveremo al posto di frontiera poco dopo le dieci, quando le guardie pensano a smontare. »

I cento chilometri che mancavano al confine sembrarono molti di più a Sean. Il pianale dell'autocarro non era liscio e gli incideva le chiappe a losanghe fitte, scaricandogli nel cranio via colonna vertebrale tutti gli accidenti di quello stradone negletto.

« Nasconditi bene! C'è il confine! » gli gridò infine Job.

« Meno male, era ora », disse Sean mentre il camion rallentava e le luci della frontiera illuminavano la cabina di guida. Sean si tirò un telone sulla testa e si stese più che poteva dietro il sedile.

Sentì il camion fermarsi con un sobbalzo. Job spense il motore e aprì la portiera.

« Incrocia le dita », mormorò e scese dal camion.

Nessuno di loro sapeva cosa attendersi. Certo le formalità dovevano esser scarse, per non intralciare la rotazione delle pattuglie che sorvegliavano la linea ferroviaria. Job era vestito in armonia con la parte, col suo bravo tesserino e ruolino della forza. Anche i documenti dei camion erano genuini, nondimeno qualche piccolo dettaglio imprevisto poteva sempre compromettere tutto se veniva notato da una guardia particolarmente attenta.

Se qualcosa fosse andato storto, Job avrebbe dato un colpo di fischietto e si sarebbero aperti la strada con le armi.

Tutti i mitra e i lanciagranate erano carichi, e stavano pronti anche i mitraglieri alla RPD in cima alle cabine.

I secondi passavano e i nervi di Sean si tendevano. S'aspettava da un momento all'altro il fischio di Job, le grida, gli spari.

Poi ecco dei passi sulla ghiaia, ecco la voce di Job che si avvicinava al camion con uno sconosciuto. Entrambe le portiere si aprirono e Sean cercò di farsi ancora più piccolo, mentre l'autocarro sobbalzava al peso di due uomini che si sedevano davanti.

« Dove ti devo lasciare? » chiese Job con indifferenza in lingua shona, e una voce che Sean non aveva mai sentito prima gli rispose:

« Alla periferia della città, te lo dirò io ». Sean girò la testa appena appena, e nel varco tra i sedili distinse la tela blu dell'uniforme dei doganieri. Con orrore si rese conto che Job aveva dato un passaggio fino a Umtali a un ispettore.

Il camion si avviò e il doganiere abbassò il finestrino e gridò alle guardie alla barriera:

« Tutto a posto, aprite! » Sean vide attraverso il finestrino che varcavano la frontiera, e dovette tapparsi la bocca per non scoppiare a ridere di sollievo e di trionfo.

Sul cassone dell'Unimog frattanto i soldati esprimevano liberamente il loro sollievo intonando una canzone di guerra. La stavano ancora cantando quando la colonna di camion imboccò i lunghi tornanti della discesa fino a Umtali. Job stava parlando col doganiere delle attrazioni del night club Stardust, e del prezzo di una scopata con le ragazze che ci si trovavano.

« Di' a Bodo, il barman, che sei amico mio », gli consigliò il doganiere prima di farsi lasciare a un incrocio in periferia. « Ti farà fare un prezzo speciale, e ti dirà quali sono quelle impestate. »

Ripartendo, Sean poté finalmente strisciar fuori dal suo buco e mettersi a sedere accanto a Job.

« Cosa diavolo ti è saltato in mente? » si lagnò. « A momenti mi facevi venire l'ernia. »

« Quale miglior modo di ottenere un trattamento da VIP... » ridacchiò Job « ... che farsi amico del capo dei doganieri? Dovevi vedere come ci salutavano le guardie alla sbarra! »

« Dov'è 'sto night club?

« Non è lontano, ci arriviamo prima delle undici. »

Guidarono in silenzio per qualche minuto, mentre Sean provava nella mente gli ordini che successivamente doveva dare. Attese che Job portasse il camion in una stradina poco illuminata e spegnesse il motore. Poco dopo, gli altri due autocarri sopraggiunsero, spegnendo pure fari e motori.

« Rieccoci a casa », ridacchiò Job. « Come niente! »

« Già, eccoci a casa », confermò Sean. « Dove tu rimarrai. »

Ci fu un lungo silenzio e poi Job girò la testa e guardò pensoso Sean.

« Cosa intendi dire con ciò? »

« Che sei congedato. Job tu non vieni a Grand Reef, tu non freghi gli Stinger, e soprattutto non torni in Mozambico con me. »

« Mi stai licenziando? » chiese Job.

« Proprio così, mio caro amico. Non mi servi più. »

Sean prese un rotolino di dollari dello Zimbabwe, affidatigli dal generale Cina per eventuali spese, e ne offrì una parte a Job. « Liberati di quell'uniforme appena puoi. Se ti beccano con la divisa addosso, ti fucilano. Prendi il primo treno per Harare e va' a trovare Reema in ufficio: ti deve quattromila dollari circa di stipendi arretrati e premi. Ti basteranno per vivere finché l'avvocato non riscuote i soldi dall'amministratore del patrimonio di Monterro, di cui ti spetta la metà. »

Job ignorò la mazzetta di banconote. « Ti ricordi quel giorno sulla collina numero 31? » chiese con calma.

« Cazzo, Job, non cercare di commuovermi adesso. »

« Eri tornato a prendermi », disse Job.

« Perché ogni tanto mi comporto da scemo. »

« Anch'io », rise Job. « Certe volte sono proprio uno scemo! »

« Senti un po', Job, questa faccenda non ti riguarda, non può venirtene niente di buono, e quindi fila via. Torna al paesello, comprati un altro paio di mogli giovani e carine coi soldi del capo. Siediti al sole e bevi tanta birra. »

« Bel tentativo, Sean, peccato che non funziona. Io resto con te. »

« Veramente io ti stavo dando un ordine. »

« E io non ubbidisco, sicché mandami pure davanti alla corte marziale. »

« Senti un po', è la mia donna, quindi io posso anche rischiare la pelle per lei. Ma tu perché? » insisté Sean, scuotendo la testa.

« Sono vent'anni che ti faccio da balia e non intendo smettere proprio adesso », disse Job aprendo la portiera della cabina. « Dài, andiamo a cercare Robin con la maglietta di Batman. »

Sean lasciò berretto e giacca sul sedile: le insegne di un reggimento famoso sarebbero state fuori posto in uno squallido night. Lo Stardust era alla fine della vietta, in una vecchia fabbrica di mobili trasformata in discoteca. Era un edificio che sembrava un granaio, con tutte le finestre murate. Sentivano la musica a cento passi di distanza, il ritmo ipnotico e ripetitivo del jazz africano *new wave*.

Davanti all'ingresso si affollavano le donne. Alla luce che pioveva dall'alto, coi vestiti coloratissimi, sembravano tante farfalle. I capelli erano a ricci afro, o treccine reggae con perline: la faccia truccatissima pareva la maschera della morte, per via dei rossetti porpora e le palpebre dipinte di verde iridescente, tipo iguana.

Vennero a strofinarsi contro Sean e Job come gatte.

« Ehi, fammi entrare! » invocavano. « Dammi cinque dollari per entrare, tesoro, ballerò con te e poi faremo *jig-jig*, caro, tutto quello che vorrai. »

« Vieni, biancolino » disse una bimba dal volto di Madonna nera e il corpo ancora tenero e immaturo, ma con occhi di stanchezza antica, prendendo Sean per il braccio. Indossava un vestito tutto lucido di nailon. « Portami con te e ti darò quello che nessuna ti ha mai dato. » Gli mise la mano sulla patta e prese a carezzarlo. Sean le afferrò il polso e la fermò.

« Che cosa, l'AIDS, bellezza? »

Si fecero largo tra gonne di plastica frusciante e nuvole di profumo dozzinale e alla porta pagarono i loro cinque dollari. Il cassiere, invece di dargli un biglietto gli stampigliò sul polso un timbro indelebile, dopo di che entrarono spostando i tendoni neri.

La musica era un'aggressione frastornante e dolorosa, le luci erano stroboscopiche rotanti e ultraviolette. La pista pullulava di umanità trasformata in un singolo organismo primitivo, una specie di ameba gigante.

« Dov'è il bar? » urlò Sean nell'orecchio a Job.

« Mah!? non ci sono mai stato neanch'io. » Job lo prese per il braccio e lo tirò nel procelloso mare di suoni, luci e corpi vorticanti.

Le facce attorno a loro erano come in preda a fervore religioso. Gli occhi roteavano mostrando cornee bianche che le luci ultraviolette facevano lampeggiare, il sudore scintillava sulle braccia levate e scorreva a rivoli su guance nere come il carbone.

Trovarono il bar. « Non ordinare whisky, e fatti aprire la birra sotto gli occhi », gli gridò Job.

Bevvero direttamente dalla lattina, schiacciati in un angolo del banco dal mare di umanità sculettante.

C'erano pochissime facce bianche, tutti maschi, turisti, cooperanti e consiglieri militari, ma la maggior parte della clientela era costituita da soldati negri in uniforme, sicché Sean e Job si confondevano tra loro.

« Dove sei, Robin, con la maglietta di Batman? » Sean spinse via una delle ragazze più insistenti, e si mise a guardare sopra la testa dei ballerini. « Qua dentro non lo troveremo mai. »

« Chiedi al barista », suggerì Job.

« Buona idea. » Sean si sporse sopra il banco e per attirare l'attenzione del barista lo prese per la camicia. Poi gli infilò una banconota da cinque dollari nel taschino e gli gridò nell'orecchio la domanda.

Il barista sogghignò e rispose, sempre urlando: « Aspetta! Te lo trovo io ».

Dieci minuti dopo videro Robin fendere la folla diretto verso di loro. Era un ometto smilzo, e la maglietta di Batman era troppo larga di almeno due misure.

« Ehi, Robin, t'hanno mai detto che assomigli a Sammy Davis junior? » lo salutò Sean.

« Me lo dicono continuamente, caro mio ». Robin sembrava contento: evidentemente Sean aveva azzeccato una sua piccola vanità.

« Tuo zio ti saluta tanto. Possiamo andare da qualche parte a far due chiacchiere? » suggerì Sean, subito dopo la stretta di mano.

« Il posto migliore per parlare è qua », rispose Robin. « Nessuno sente niente di sicuro. Ordinami una birra, non riesco a parlare con la gola secca. »

La mandò giù in due sorsi e poi disse a Sean: « Dovevi arrivare ieri sera. Come mai non sei venuto? »

« Abbiamo avuto dei contrattempi. »

« Era meglio se arrivavi ieri. Sarebbe stato tutto più facile. Invece stasera, be', stasera è diverso. »

« Cos'è che è cambiato? » chiese Sean con un brivido di paura in petto.

« Tutto », risposte Robin. « L'Hercules è arrivato alle 17 per prendere la roba. »

« È già partito? » domandò ansioso Sean.

« Non saprei. Quando sono uscito dalla base alle otto di sera era ancora lì, davanti all'hangar numero tre. Forse c'è ancora, forse è già decollato da un pezzo. Chi lo sa? »

« Grazie mille », disse Sean. « Bell'aiuto che mi dai. »

« E non è tutto! » Robin evidentemente ci godeva a dar brutte notizie.

« Forza allora, dicci tutto, Robin. »

Scolò l'ultimo sorso di birra e agitò la lattina ormai vuota. Sean ne ordinò un'altra e Robin si mise ad aspettarla, governando la suspense con abilità estrema.

« Con l'Hercules sono arrivati due commando di parà della Quinta Brigata. Questi sono dei duri davvero, amico », disse Robin con soddisfazione. « Non si scherza. »

« Robin, tu devi aver visto troppi telefilm americani », l'accusò Sean, ma era preoccupato. La Quinta Brigata era l'élite dell'esercito dello Zimbabwe, trasformata in una spietata macchina da guerra dagli istruttori nordcoreani. Due commando di cento uomini l'uno aggiunti alla guarnigione della base facevano mille uomini da battere.

« Tuo zio dice che ci porti dentro tu, Robin. Che pensi tu a farci passare i cancelli. »

« Impensabile, caro mio! » rispose Robin con somma decisione. « I parà mi fan fuori come niente. »

« Tuo zio si scoccerà da matti con te, Robin. E anche lui non è uno che scherzi tanto, sai, lo zio Cina... » Sean imitò il gergo da malavitoso di Robin.

« Senti un po', ti ho preparato il lasciapassare falso », ribatté lui in fretta. « Non avrai nessun problema a entrare. Le sentinelle ti aspettano. Non hai bisogno di me e non ha senso che io mi comprometta. »

« Ce l'hai qui il lasciapassare? »

« Ma certo. E anche la parola d'ordine. Non avrai problemi. »

« Allora andiamo. » Sean prese Job per il braccio e lo accompagnò verso la porta. « Quell'Hercules può decollare in ogni momento. »

Robin sgambettò fra loro due fino al vicolo dove erano parcheggiati gli Unimog.

« Ecco qua il lasciapassare », disse porgendo una carta in una busta di plastica a Sean. Era contrassegnata da una diagonale rossa con su stampigliato PRECEDENZA ASSOLUTA.

« La parola d'ordine è un numero, 57, e tu dovrai rispondere: 'Samora Machel'. Poi fai vedere il lasciapassare e firmi il registro. Semplicissimo. »

« Dirò a tuo zio che non hai voluto assolutamente venire con noi. »

« Ma la vuoi piantare con 'ste menate? Non ha senso che io mi faccia cuccare. Servo di più a mio zio vivo e sgambettante che morto. »

« Robin, sei sprecato alla radio, come minimo dovresti lavorare alla tele. » Sean gli strinse la mano e lo guardò tornare allo Stardust.

Dietro ognuno dei camion c'erano grappoli di donne che ridevano e scherzavano con la truppa. Una ragazza stava arrampicandosi a bordo, aiutata da mani avide, con la minigonna arrotolata su per le cosce sottili.

« Fa' scendere quelle puttane dai camion, sergente! » disse seccamente Job ad Alfonso, e le donne si dispersero, mentre altre tre o quattro scendevano in fretta dal retro dei camion aggiustandosi i vestiti variamente scomposti.

Sean e Job salirono sulla cabina del primo camion e, mentre partivano, Sean si infilò la giacca della divisa e mise il berretto a un'angolazione da bullo.

« Cosa facciamo? » chiese Job.

« L'hangar numero tre si vede benissimo dalla strada. Ci passiamo, se vediamo l'Hercules entriamo, se no torniamo indietro da dove siamo venuti. »

« E la Quinta Brigata? »

« Chi se ne frega? Mi pare che non abbiamo mai avuto paura di loro, o sbaglio? » disse Sean.

« Dicevo tanto per dire », sogghignò Job. « Hai intenzione di parlarne ad Alfonso? »

« Meno cose sa, meno preoccupazioni ha », disse Sean. « Dài, va' avanti. »

La colonna di tre camion attraversò a bassa velocità la cittadina addormentata di Umtali. Le strade erano deserte, ma Job rispettò tutti i semafori coscienziosamente: e a un certo punto si trovarono fuori, sullo stradone.

« Le undici e dieci », disse Sean guardando l'orologio. Subito dopo videro il cartello alla luce dei fari.

« Base militare di Grand Reef, quindici chilometri. »

Sean sentì contrarsi i muscoli della pancia, come gli capitava sempre prima del combattimento. Aveva anche il fiato un po' corto: cercò di regolare consapevolmente il ritmo del respiro.

« Eccola là », disse Job in cima a una breve salita.

Il campo d'aviazione era tutto illuminato. I fari di posizione erano arancioni, e oltre questi si stendevano le lucine verdi e azzurre di bordo pista.

Alla luce dei lampioni che illuminavano a giorno l'aeroporto militare, anche a una distanza di più di tre chilometri l'Hercules sembrava gigantesco. Il timone superava in altezza l'hangar numero tre.

Sean vide subito che era la versione particolarmente capiente dell'Hercules in dotazione all'aviazione britannica.

Le insegne della RAF spiccavano sulla mostruosa fusoliera argentea e sui piani di coda.

« Fermati », ordinò Sean, e Job mise la freccia e accostò al ciglio della strada. Poi spense le luci e gli altri due camion lo imitarono.

Nel silenzio Sean disse piano: « L'Hercules c'è ancora. Allora entriamo ».

« Ma sì », concordò Job.

Sean saltò giù dal camion e corse verso il secondo, mentre anche Alfonso scendeva.

« Sergente, tu sai già cosa devi fare. Ti do quarantacinque minuti per prender posizione. Poi voglio dieci minuti giusti di fuoco diversivo, sparate tutte le munizioni che avete. »

« Il piano originale prevedeva venti minuti di fuoco. »

« Le cose sono cambiate, ci aspettiamo una reazione molto più violenta del previsto », gli spiegò Sean. « Quindi dieci minuti di attacco, poi vi sganciate e filate alla missione di Santa Maria. Colpite duro e via, capito? »

« Sì. »

« Andate! » disse Sean, e Alfonso saltò sul camion. Dal finestrino salutò Sean con un'allegra risata.

« In bocca al lupo », disse sottovoce Sean, e l'Unimog ripartì verso la base illuminata a giorno.

Sean lo osservò mentre svoltava nella stradina secondaria che girava attorno al perimetro della base recintata. Dopo un po' il camion scomparve tra gli alberi. Sean segnò l'orario d'inizio dell'attacco di Alfonso sulla corona esterna del Rolex e tornò sull'automezzo accanto a Job.

Seduto in cabina si mise a scrutare col binocolo il grosso apparecchio in sosta vicino all'hangar, sotto le luci.

Aveva la rampa di carico abbassata come un ponte levatoio. Sean riusciva a vedere anche dentro la fusoliera del cargo, vasta come una caverna.

C'erano quattro o cinque persone che si muovevano all'interno e altre due ai piedi della rampa. Mentre Sean osservava, un muletto uscì dall'hangar numero tre portando sui bracci una pila di casse di legno lunghe e strette. Erano quattro, una sull'altra. Fatte di assi appena levigate, recavano scritte e numeri in nero, che non riuscì a decifrare. Tuttavia non c'era da sbagliarsi, bastava la forma delle casse a garantire che lì dentro c'erano i missili.

« Stanno caricando gli Stinger », disse Sean, e Job si raddrizzò sul sedile.

Il muletto girò intorno alla coda dell'Hercules e poi salì sulla rampa e scomparve nella stiva dell'apparecchio. Pochi minuti dopo riapparve scarico e tornò nell'hangar. Sean guardò l'orologio. Erano passati solo cinque minuti dalla partenza di Alfonso per andare a preparare l'attacco diversivo.

« Dài, forza, andiamo », brontolò Sean, scuotendo il Rolex come per accelerare il tempo.

Assistettero ad altri due viaggi del muletto carico, che poi non tornò più nell'hangar e parcheggiò da parte. Il manovratore in tuta arancione saltò giù dall'attrezzo e andò a chiacchierare con i due stivatori fermi ai piedi della rampa.

« Hanno completato il carico », sussurrò Sean controllando ancora l'orologio. « Mancano sette minuti. »

Job sbottonò la fondina e tirò fuori la pistola Tokarev calibro 7,62. Estrasse il caricatore controllando se c'erano dentro i proiettili. Poi lo rimise a posto e ripose la pistola nella fondina.

Col binocolo Sean vide scendere dal cargo gli stivatori.

Tre di loro erano bianchi, due in tuta da aviatori e l'altro in uniforme da campo britannica. Evidentemente erano due piloti e un istruttore dell'artiglieria.

« Accendi il motore », disse, e Job lo fece subito.

« Dovremo cercar di spegnere i riflettori che illuminano a giorno l'aereo », brontolò Sean. « Non è possibile caricare i camion sotto gli occhi dei mastini della Quinta Brigata. »

Stava guardando per l'ennesima volta l'orologio, alla luce del cruscotto.

« Dài Job, è ora, partiamo! » L'Unimog si avviò, e nello specchietto retrovisivo Sean vide che anche il camion di Ferdinand seguiva.

Stavano percorrendo una strada parallela alla pista principale dell'aeroporto, e Sean fu assalito da un'infinità di ricordi. Sembrava tutto esattamente come dieci anni prima. Non era stato aggiunto né un hangar né un edificio. Vide le finestre del suo vecchio ufficio nel palazzetto dell'amministrazione, sotto la torre di controllo, e quando Job rallentò per svoltare nella breve strada d'accesso ai cancelli della base, Sean si aspettò di vedere da un momento all'altro le insegne degli Scout di Ballantyne tra quelle dei reggimenti della fanteria rhodesiana.

Job fermò il camion sotto le luci davanti all'ingresso, un cancello nel reticolato, mentre due sentinelle si avvicinavano a entrambi i finestrini del camion. Portavano il kalashnikov in spalla e guardarono sia Job sia Sean.

Job abbassò il finestrino dalla sua parte e scambiò le parole d'ordine col comandante delle guardie, porgendogli il lasciapassare nella busta di plastica. L'uomo lo portò nel casotto delle sentinelle e prese nota del numero d'ordine, poi due dei suoi aprirono il cancello e fecero segno ai camion di passare.

Sean restituì un distratto saluto alle guardie e disse tranquillamente a Job:

« Aveva ragione Robin. È stato facilissimo. Adesso punta dritto verso gli uffici, ma poi gira dietro la torre di controllo ».

Job andava piano, obbedendo ai cartelli che imponevano il limite dei venti all'ora. Sean sbottonò la fondina e tirò fuori la pistola. Invertì la posizione di due pallottole nel caricatore e lo rimise a posto.

« Perché lo fai sempre? » gli chiese Job.

« Scaramanzia », rispose Sean alla curiosità dell'amico.

« E funziona? » gli chiese Job.

« Be', sono ancora vivo, no? » rise tra i denti Sean. Inserì il colpo in canna, la sicura e tornò a metter la pistola nella fondina.

« Portati dietro l'hangar numero tre », disse a Job. Attraversarono in piena luce il piazzale retrostante e si fermarono nella zona d'ombra dov'erano schermati dall'edificio dell'amministrazione rispetto alla torre di controllo.

Mentre il camion si fermava, Sean saltò giù e si guardò rapidamente intorno. Il secondo Unimog si mise accanto al primo e gli armati in divisa scesero in fretta dal retro dei camion.

Con tre passi veloci Sean raggiunse la porta posteriore dell'hangar in lamiera ondulata. Era aperta, ed entrò. Job lo seguì subito.

L'hangar era vuoto, salvo un aeroplanino in un angolo lontano. Il pavimento di cemento ampio come metà di un campo di calcio era tutto macchiato di vecchie pozzanghere oleose. In alto strutture ricurve in ferro tenevano su il tetto. L'hangar era illuminatissimo.

Il manovratore del muletto e gli stivatori in tuta arancione luccicante erano in mezzo all'hangar, e stavano venendo incontro a Sean chiacchierando e fumando alla faccia delle enormi scritte rosse che lo proibivano.

Si fermarono confusi quando videro Sean entrare dalla porta seguito dai soldati.

« Bloccateli », ordinò Sean. Mentre Job procedeva rapidamente a questa incombenza, Sean guardò oltre il gruppetto.

Alla parete opposta dell'hangar c'erano dei piccoli box per uffici in vetro e compensato. In uno di questi, dove la luce era accesa, Sean vide di spalle il busto di uno dei due piloti della RAF. Parlava gesticolando con una persona che non si vedeva.

Ormai gli stivatori erano stesi sul pavimento dell'hangar, faccia a terra e braccia allargate, tenuti sotto controllo ciascuno da un soldato che gli puntava il kalashnikov alla nuca. Tutto era stato risolto rapidamente e silenziosamente.

Con la pistola in mano Sean corse alla porta del cubicolo illuminato e l'aprì con un calcio.

Due uomini, un pilota e il capitano dell'Artiglieria britannica oziavano stravaccati su due vecchie poltrone, sotto una parete tappezzata da foto di ragazze nude probabilmente risalenti alla guerra d'indipendenza. Il pilota più anziano era seduto sulla scrivania, davanti al finestrino illuminato. Tutti e tre guardarono Sean sbalorditi.

« Questa è un'azione di guerra », dichiarò tranquillamente Sean. « State fermi dove siete. »

Sul pavimento, tra i piedi del capitano d'artiglieria, c'era una valigetta rigida nera piena di lucchetti con le insegne dell'artiglieria.

L'ufficiale ci posò la mano come per proteggerla, e Sean capì subito cosa conteneva. L'uomo era sui venticinque anni, ben piazzato e dall'aria competente. Sul petto un'etichetta denunciava il suo nome: CARLYLE. Aveva gli occhi azzurri e i capelli biondo cenere.

Il pilota era un pancione sui quaranta. Il suo ufficiale di rotta era calvo e anonimo, con gli occhi pieni di paura davanti alla pistola spianata di Sean. Sean capì che da questi due non avrebbe avuto fastidi e tornò subito a guardare l'artigliere. Sapeva per istinto che era il più pericoloso.

Aveva spalle da pugile che ora contrasse minacciosamente, fissando Sean. Era abbastanza giovane da far delle sciocchezze e Sean resse il suo sguardo avvertendolo:

« Non provarci neanche, Carlyle. Gli eroi sono fuori moda. »

« Lei è sudafricano », ringhiò Carlyle riconoscendo l'accento. « Da che parte sta? »

« Dalla mia », gli rispose Sean. « Sempre lavorato in proprio. » Abbassò lo sguardo sulla valigia nera e Carlyle se la tirò vicino di qualche centimetro.

« Capitano Carlyle, lei è colpevole di violazione della consegna », gli disse freddamente Sean, e l'artigliere reagì all'accusa con tutta l'indignazione del militare di carriera.

« Cosa intende dire? »

« Che nel caricare i missili avrebbe dovuto piazzare delle sentinelle. Invece ci ha lasciati arrivare indisturbati fin qui... » Ciò distrasse Carlyle, come voleva Sean, e diede a Job i pochi secondi necessari ad arrivare coi soldati nell'ufficio.

« In piedi », ordinò Sean agli aviatori, che ubbidirono subito alzando le mani. Job li spinse in fretta fuori dal bugigattolo. Carlyle rimase in poltrona con la valigetta tra le gambe.

« In piedi! » ripeté l'ordine Sean.

« Vaffanculo, boero! »

Sean fece due passi verso di lui e tese il braccio verso il manico della valigia. Carlyle l'afferrò prima, per impedirglielo, e Sean gli diede un colpo sulle dita con la canna della pistola. La pelle si lacerò sulle nocche e Sean sentì anche il rumore secco di un dito che si rompeva. Non aveva avuto intenzione di fargli così male, ma mantenne l'espressione dura.

« Questo è l'avvertimento: la mia prossima offerta sarà una pallottola in testa. » Carlyle stringeva al petto la mano ferita, ma guardò Sean con viso cupo e furente mentre questi poneva la valigia sulla scrivania.

« Le chiavi! » disse Sean.

« Va' a pigliartelo in culo », disse Carlyle. Aveva la voce tesa e sofferente, e Sean vide il dito rotto sporgere a un angolo inopinato tra gli altri gonfiandosi come un palloncino rosso.

Job riapparve sulla porta del cubicolo in compensato. « Tutto sotto controllo », disse e guardò l'orologio. « Mancano quattro minuti al diversivo. »

« Dammi il tuo coltello », ordinò Sean, e Job glielo passò. In pochi secondi Sean tagliò via il cuoio intorno alla struttura d'acciaio della valigetta e ne fece saltare i cardini.

Dentro c'era una mezza dozzina di portaschede a spirale e Sean ne prese uno qualsiasi. Sulla copertina, in rosso, c'era scritto TOP SECRET. Guardò la prima pagina.

ISTRUZIONI PER L'USO DEL MISSILE « STINGER »
MODELLO G4X
TERRA-ARIA PORTATILE PER FANTERIA

« Abbiamo fatto tredici », disse Sean facendo vedere il manuale a Job. Era una stupidaggine: in quel modo si erano distratti tutti e due.

Carlyle si lanciò dalla poltrona. Era giovane e rapido: la ferita alla mano non lo rallentava affatto, e in un secondo si era già tuffato a capofitto nel finestrino del bugigattolo, facendo una capriola in aria e atterrando in piedi fuori dell'hangar senza che nessuno riuscisse a fermarlo.

Sean corse alla finestra e lo vide scappar via.

Job spinse Sean da parte e puntò con cura il kalashnikov alla schiena del capitano inglese che correva verso la torre di controllo.

Sean gli abbassò l'arma prima che potesse far fuoco.

« Ma cosa cazzo fai! » gridò Job.

« Non puoi spararg1i! »

« E perché no? »

« È un inglese! »

Non era una spiegazione che filasse tanto e per qualche istante Job lo guardò senza capire. Intanto Carlyle guadagnava l'ingresso alla torre di controllo.

« Inglese o eschimese, ci sguinzaglierà addosso tutti i parà della Quinta Brigata nel giro di cinque secondi. »

Job stava evidentemente sforzandosi di controllare la gran rabbia. « Allora adesso cosa facciamo? »

« Quanto manca all'azione diversiva? » gli chiese Sean per guadagnar tempo. Non sapeva cosa rispondere a Job.

« Ancora quattro minuti », gli disse Job. « Ma per noi contano come quattro ore. »

Appena l'ebbe detto, le sirene cominciarono a ululare come tanti lupi, dando l'allarme alla base. Evidentemente Carlyle aveva raggiunto la sala operativa della torre di controllo. Sean guardò fuori dalla finestra rotta e vide accorrere le guardie dall'ingresso della base, in fondo alla pista. Altre piazzavano cavalli di frisia sulla strada d'accesso e bande chiodate per forare le gomme agli automezzi. Altre ancora piazzavano le mitragliatrici leggere in modo da prender d'infilata il viale. Ormai era impossibile scappare coi camion da quella parte.

« Dovevi lasciarmelo stecchire », berciò Job, sempre più adirato. Come poteva spiegarglielo Sean? Questo Carlyle era un valoroso che faceva il suo dovere, e benché la fedeltà di Sean alla terra d'origine fosse ormai ben diluita, nelle sue vene circolava lo stesso sangue. Sarebbe stato più che un delitto lasciare che Job gli sparasse: una specie di fratricidio.

Fuori dell'hangar, di colpo si accesero riflettori che illuminavano a giorno la rete perimetrale e quella interna di sicurezza intorno alla pista di decollo e a quella di rullaggio. Tutta la base risplendeva di luci potentissime.

Se i parà della Quinta Brigata erano a dormire in caserma, quanto tempo gli ci sarebbe voluto per entrare in azione? Sean cercò di stimarlo, e poi, disgustato di sé, capì che stava solo cercando di sfuggire alle sue responsabilità. Non stava dimostrandosi in grado di prendere rapide ed efficaci decisioni: aveva perso il controllo dell'azione, che stava andando a monte.

Nel giro di pochi minuti lui, Job e tutti i loro shangane sarebbero stati sopraffatti. I più fortunati sarebbero morti subito: gli altri potevano aspettarsi interrogatori e torture del servizio segreto dello Zimbabwe.

« Pensa », si impose disperatamente, mentre Job aspettava fiducioso i suoi ordini. Non aveva mai visto Sean senza risorse in precedenza: e questa fiducia inconsulta irritò Sean rendendogli ancora più difficile prendere una decisione qualsiasi.

« Cosa diavolo devo dire agli uomini? » lo pungolò Job.

« Falli andare... » Sean s'interruppe. Da sud, ossia dall'altra parte dell'hangar, fuori del loro campo visivo, ecco venire una gran sparatoria, raffiche di armi automatiche e bombe. Alfonso aveva intuito che il piano era saltato e che conveniva attaccare subito.

Sentirono il sibilo dei razzi RPG7 che volavano per la base, il più sordo fruscio dei proiettili dei mortai, e gli schianti delle bombe che arrivavano a destinazione. Le mitragliatrici delle guardie aprirono il fuoco inviando nel cielo buio le graziose parabole verdi dei proiettili traccianti.

« Come cazzo facciamo a sganciarci adesso? » gli chiese Job.

Sean lo fissò istupidito. Si sentiva confuso e incerto. Il panico stava cominciando a impadronirsi di lui dal profondo, come sgorgando da una fonte insospettata. Non sapeva che ordini dare.

« Lascia perdere gli Stinger, tiraci fuori di qui! » gli gridò in faccia Job, scuotendolo per le braccia. « Dài Sean, svegliati! Dimmi cosa bisogna fare! »

« Lascia perdere gli Stinger! » Quelle parole furono come uno schiaffo in faccia. Sean batté le ciglia e scosse la testa. Lasciar perdere gli Stinger era come dire addio a Claudia Monterro. Senza missili, Claudia sarebbe rimasta per sempre dove l'aveva vista Matatu.

Sean guardò fuori dalla finestra un'altra volta. Vide i giganteschi piani di coda dell'Hercules e parte della fusoliera: tutto il resto dell'apparecchio era nascosto dall'angolo dell'hangar. Il metallo della fusoliera dell'Hercules scintillava inondato dai riflettori.

Sean lottò contro il panico che ribolliva rovente in lui, e riuscì a dominarlo.

« Le luci », disse, e si guardò rapidamente intorno. Trovò la cassetta delle valvole vicino alla porta dell'ufficio, la raggiunse in due salti e l'aprì.

L'hangar era stato costruito durante la seconda guerra mondiale, quando la RAF si era servita anche della Rhodesia per istituire delle basi di addestramento oltremare. L'impianto elettrico risaliva a quell'epoca, e utilizzava i superati portafusibili in ceramica.

« Dammi un proiettile dell'AK », disse a Job. Il suo tono era di nuovo sicuro e deciso, e Job ubbidì all'istante. Tirò fuori un proiettile da uno dei caricatori di scorta e lo diede a Sean.

Sean individuò il cavo dell'alimentazione. La corrente in arrivo doveva esser distribuita direttamente dal trasformatore: se riusciva a sovraccaricarlo, ne avrebbe fatto saltare le valvole.

Estrasse il portafusibile in ceramica della valvola e l'hangar cadde nel buio. Ma le luci dei riflettori esterni gli consentivano di vedere cosa stava facendo. Inserì la cartuccia del kalashnikov al posto del fusibile e gridò a Job di farsi da parte.

Ormai il panico di prima era scomparso del tutto. Si sentiva freddo e affilato come la lama di un coltello. La sua mente era lucida e sapeva perfettamente cosa stava per fare.

Reinserì il portafusibile e un lampo azzurrino, simile a un flash da fotografi, illuminò per un istante la stanzetta buia. Sean fu proiettato all'indietro. Urtò contro la parete in compensato, barcollando con gli occhi ancora pieni del lampo azzurro.

Gli ci volle qualche istante per accorgersi che fuori era andata via la luce. Solo le fontane di traccianti continuavano a descrivere parabole verdi nel cielo nero, mentre qua e là scoppiavano lampeggiando le bombe. La base era piombata nell'oscurità.

« Fa' entrare gli uomini nell'Hercules », gridò a Job.

Job era un'ombra nera che intravedeva tra i fuochi artificiali che ancora gli turbavano la vista.

« Cosa? Non ho capito! » ribatté Job.

« Ce ne andiamo con l'apparecchio. » Sean lo prese per la spalla e lo spinse verso la porta. « Fa' salire a bordo Ferdinand e i ragazzi e muovi le chiappe! »

Job corse via, e Sean lo seguì barcollando. Per fortuna la vista gli stava tornando abbastanza in fretta. Si voltò verso il vago chiarore che rappresentava la porta dell'hangar.

« E i prigionieri? » gridò Job da nere oscurità.

« Lasciali andare », ribatté Sean, già correndo verso la porta. Stava cercando di ricordare tutto quello che sapeva dell'Hercules. Benché Sean avesse quasi cinquemila ore di volo su apparecchi a più motori, non aveva mai pilotato un Hercules, né altri quadrimotori. Però c'era stato a bordo, e anche in cabina di pilotaggio, quando – nel 1983 – aveva operato da consigliere per le forze sudafricane impegnate in Angola e Namibia nel cosiddetto antiterrorismo.

Con l'occhio interessato e competente del pilota, aveva osservato le operazioni eseguite da chi portava quell'apparecchio, parlandone con lui nei dettagli. E ricordava ciò che gli aveva detto il pilota:

« È molto maneggevole. Vorrei che mia moglie fosse così docile! »

Sulla porta dell'hangar Sean si fermò di colpo.

« Matatu ha ragione, stai invecchiando, Courteney », si disse e tornò di corsa all'ufficetto, dove quasi si scontrò con Job.

« Dove stai andando? »

« Ho dimenticato la valigetta », gli gridò Sean. « Fa' salire tutti a bordo. »

Prese la valigetta dell'artigliere sulla scrivania dove l'aveva lasciata e se la mise sottobraccio.

Job lo stava aspettando ai piedi della rampa di carico dell'Hercules.

« Tutti gli uomini sono già a bordo », disse subito a Sean. « Dovevi lasciarmi trattenere il pilota. »

« Non avevamo tempo di convincerlo a collaborare », disse Sean. « Quel poveraccio stava facendosela addosso. »

« Piloterai tu? »

« Sì, se non vuoi provarci tu stesso. »

« Ehi, Sean, hai mai pilotato un apparecchio del genere? »

« C'è una prima volta per tutto », rispose Sean andando avanti. « Forza, vieni ad aiutarmi a togliere i fermi alle ruote. »

Schizzarono a fare questa operazione, e poi Sean salì di corsa sulla rampa, fermandosi in cima.

« Questo è il comando della rampa », disse indicando a Job la leva sulla parete della fusoliera. « Spostala sulla posizione 'up' quando ho avviato il primo motore e qui si accende la luce rossa. Quando la rampa sarà ritirata e chiusa, la luce diventerà verde. »

Sean lo lasciò e corse in fondo all'Hercules. Gli shangane ciondolavano incerti nel buio dell'apparecchio da carico.

« Ferdinand! » gridò Sean. « Falli sedere sulle panche laterali e fagli vedere come ci si assicura con le cinghie. »

Sean proseguì a tastoni verso la cabina di pilotaggio. Trovò le casse di legno dei missili caricate sul baricentro dell'Hercules, tra le ali. Erano state impilate e fissate con reti. Passò oltre e raggiunse la porta della cabina di pilotaggio. Era aperta. Buttò la valigetta dei manuali nel cassetto delle carte sotto il tavolino dell'ufficiale di rotta. Dalla calotta vide che il falso attacco sul lato sud del perimetro era ancora in corso, ma che adesso la reazione dei difensori della base superava in volume di fuoco l'azione degli attaccanti nascosti tra gli alberi ai bordi della base.

« I parà della Quinta Brigata si sono svegliati », brontolò Sean sedendosi a sinistra e accendendo le luci del quadro di controllo dell'Hercules.

La profusione delle lancette, dei quadranti, delle spie e dei pulsanti era tale da scoraggiare qualunque inesperto, ma Sean cercò di non badarci troppo.

« Che sarà mai, è un aereo anche questo, no? Va be', un po' più complicato del mio », mormorò. Poi predispose la batteria all'avviamento del primo motore di dritta. Arricchì la miscela e cercò lo starter. Non c'era tempo di fare alcun controllo. « Basterà una preghierina? » si chiese.

Il motore girò. Le pale dell'elica si mossero a scatti, che egli osservò ansiosamente dal finestrino.

« Dài! E dài! » implorò, dando due colpetti di gas. Il motore si avviò. Tolse gas e lo lasciò girare regolarmente.

Sean prese la cuffia della radio e se la infilò. Poi accese l'interfono e parlò nel microfono che aveva davanti alla bocca.

« Job mi senti? »

« Forte e chiaro. »

« Tira su la rampa. »

« Sta già venendo su. »

Sean aspettò con impazienza che la spia di chiusura del portello diventasse verde e nell'attimo in cui lo divenne tolse i freni alle ruote. L'Hercules mosse pesantemente avanti.

Stava rullando con un motore solo, e doveva compensare col timone lo sbandamento della spinta asimmetrica.

Tuttavia, mentre percorreva la pista di rullaggio, pensò agli altri motori, e uno dopo l'altro riuscì ad accenderli tutti, regolando man mano la correzione del timone.

« Non c'è vento », pensò. « Dunque non importa da che parte si decolla. »

La pista era stata allungata per adattarsi agli spazi di cui hanno bisogno i moderni caccia supersonici. Però all'Hercules ne serviva ben poco per decollare e atterrare. Sean puntò quindi alla prima intersezione, che conduceva alla pista proprio davanti alla torre di controllo.

Finora nessuno aveva sparato contro l'Hercules. Le mitragliatrici pesanti ai cancelli sparavano ancora in cielo. L'imprecisione del tiro è un vecchio problema delle truppe africane, che sotto tutti gli altri aspetti sono di buona qualità.

Invece al lato sud del perimetro della base i parà della Quinta e quelli della Terza Brigata stavano mostrando cosa sono capaci di fare i soldati africani ben addestrati. Il loro fuoco controllato e mortalmente preciso aveva già quasi estinto l'impeto dell'attacco di Alfonso, che non rispondeva più che con qualche prudente colpo di mortaio dal folto degli alberi.

Era solo questione di tempo prima che Carlyle riuscisse ad avvertire tutti del nemico all'interno della base, e i controllori di volo capissero che stava svolgendosi un decollo non autorizzato.

Sean aveva lanciato l'Hercules a velocità pazzesca, talché già avvertiva la portanza. Sapeva che uscendo dalla pista di cemento e finendo sul prato c'era rischio di perdere il carrello: ma, se ritardava il decollo, più grave ancora era il rischio di prendersi qualche raffica di mitragliatrice nella pancia.

« Job », parlò di nuovo all'interfono. « Decollo fra trenta secondi. Ti do la luce in carlinga per vedere che gli uomini siano tutti seduti e assicurati. »

Accese le luci per evitare il caos in carlinga e poi si collegò con la torre di controllo sulla frequenza 118,6.

Lo stavano chiamando disperatamente. « Hercules militare Victor Sierra Whisky. Dite le vostre intenzioni. Ripeto. Hercules militare... »

« Qui Hercules militare Victor Sierra Whisky », rispose Sean. « Chiedo autorizzazione decollo per evitare fuoco nemico. »

« Sierra Whisky. Che intenzioni avete? Ripeto. Che intenzioni avete? »

« Torre, qui Sierra Whisky. Chiedo... » Sean farfugliò qualcosa di indistinto nel microfono, costringendo la torre a chiedere delucidazioni. Stava controllando con ansia la spia della temperatura di regime dei motori, aspettando che diventasse verde. La lancetta si spostava con infinita lentezza verso quel settore.

« Torre, vi riceviamo male », disse per tenerli a bada un altro po'. « Prego ripetere autorizzazione decollo. »

Dietro di lui Job aprì la porta della cabina. « Tutti seduti e assicurati », gridò.

« Siediti qua vicino e assicurati anche tu », gli rispose senza voltarsi. Adesso le lancette stavano toccando il verde. La pista era vicina. Sean frenò per poter far la curva e allinearsi per il decollo.

« Hercules militare, autorizzazione negata, ripeto autorizzazione negata. Rullate all'hangar per la prima a sinistra. Tornate all'hangar, ripeto tornate all'hangar. »

« Va' a cagare », brontolò Sean, ruotando i flaps di dieci gradi e agendo sui piani di coda per impartire all'apparecchio un assetto più favorevole al decollo rapido, caricando un po' di peso a poppavia.

« Hercules militare, ferma subito o apriamo il fuoco », gracchiava la torre di controllo.

Sean accese i fari di atterraggio e lanciò il grosso apparecchio sulla pista principale. Era docile ai comandi come il suo piccolo bimotore.

« Sei fantastica, dolcezza. » Sapeva che gli aerei, come le donne, sono suscettibili ai complimenti affettuosi. Avanzò delicatamente la cloche, e proprio in quella la mitragliatrice pesante oltre la torre di controllo aprì il fuoco su di loro.

Però ormai l'Hercules filava forte e il mitragliere ignorava l'arte di puntar l'arma dove l'aereo non era ancora. Così colpiva dove non si trovava già più, e forse era anche un po' nervoso, perché tirava leggermente alto.

La prima raffica di traccianti superò gli alti piani di coda.

« Quello ha bisogno di fare esercizio », osservò Job con calma. Sean si chiedeva sempre se la flemma di Job sotto il fuoco nemico fosse genuina o artefatta con grande abilità.

La raffica successiva, troppo bassa, investì il cemento della pista davanti al muso dell'Hercules.

« Però impara in fretta », ammise Job con un grugnito di riluttanza.

Sean era leggermente chino in avanti, con la destra sulla quadrupla manetta del gas e la sinistra sulla cloche in attesa di sentirci qualche segno di vita. Guardava la lancetta dell'indicatore della velocità relativa girare lentamente sul quadrante.

« Arriva il tuo amico », disse Job, indicando fuori da un finestrino. Sean guardò subito da quella parte.

Una Land Rover scoperta stava filando sul prato parallelamente alla pista. I fari saettavano nel buio a ogni sobbalzo del veicolo sul terreno ineguale. Intendeva tagliar loro la strada. Sean intravide i lineamenti dell'uomo in piedi nella parte posteriore del veicolo lanciato a tutta velocità.

« Non è uno che si arrenda facilmente, eh? » disse Sean, prima di tornare a dedicarsi al pilotaggio dell'Hercules.

Carlyle doveva aver sequestrato uno dei veicoli delle guardie. In piedi dietro, era aggrappato alla mitragliatrice RPD, con la faccia pallida e contorta illuminata dalle luci d'atterraggio dell'Hercules mentre incitava il guidatore negro ad accelerare.

« Se la prende a cuore », disse Job sporgendosi a guardare con interesse Carlyle che brandeggiava la mitragliatrice verso la cabina dell'apparecchio.

Il guidatore fece una curva su due ruote, affiancandosi al grosso aereo a non più di cinquanta metri di distanza, quasi all'altezza della punta dell'ala.

« Ehi, la sta puntando proprio addosso a noi! » deplorò Job scuotendo la testa.

Carlyle sparò. Lampi guizzarono dalla canna dell'arma, proiettili investirono la calotta di perspex come una pioggia di dollari d'argento, mentre i due in cabina si chinavano istintivamente più che potevano e le pallottole passavano poco più su delle teste.

« Questo spara meglio dell'altro », mormorò Job, pulendosi con l'indice una goccia di sangue che una scheggia gli aveva spillato in faccia.

Sean sentì animarsi la cloche sotto la mano sinistra. L'Hercules stava raggiungendo la velocità di decollo e le ali cominciavano a esercitare portanza.

« Dài, bellezza! » mormorò. Carlyle sparò un'altra raffica proprio nel momento in cui la Land Rover sobbalzava su una cunetta. I proiettili si persero alti. Si rimise in equilibrio e si preparò a puntare di nuovo l'arma contro di loro.

« Sta diventando sempre più fastidioso quello stronzo », disse Job, guardandolo prender la mira senza batter ciglio. « Occhio che adesso spara! »

Da lontano, il mitragliere al cancello riuscì finalmente a spedire una raffica nella pancia dell'Hercules. Ma poi la grandinata investì la Land Rover, lasciata sempre più indietro dall'aereo, strappandole letteralmente le ruote anteriori e facendola rotolare in una nuvola di polvere. Con la coda dell'occhio Sean vide il corpo di Carlyle scagliato in alto.

« Diciamo addio a uno degli ultimi veri eroi », intonò con gravità da epigrafe, e tirò a sé la cloche. Il grande apparecchio puntò subito il muso in su.

Sean spense tutte le luci, piombando l'aereo nell'oscurità. Così non era più un bersaglio facile per i mitraglieri che sparavano da terra. Fece rientrare il carrello e tolse i flap. Subito la velocità dell'apparecchio aumentò e Sean intraprese una virata ascendente.

Un'altra raffica di traccianti li inseguì. I proiettili sembravano quasi immobili, dopo averli superati accanto alla punta dell'ala. Sean virò dall'altra parte e se li lasciò indietro, uscendo dalla portata di tiro.

« Vuoi farmi venire il mal d'aria? » gli chiese Job, e Sean lo ignorò perché stava controllando sul quadro se c'era qualche danno ai motori.

Sembrava impossibile che un bersaglio enorme come quello offerto dall'Hercules avesse preso una sola raffica con le centinaia di colpi che gli avevano sparato addosso, ma tutte le lancette degli indicatori sembravano normali e risposero subito quando tirò ancora più a sé la cloche accelerando per salire di duecento metri al minuto.

L'aria fischiava dai buchi dei proiettili nella calotta, scompigliando i capelli a Sean e rendendo difficile parlare. Dovette urlare per farsi sentire da Job.

« Va' dietro a vedere se qualcuno è ferito, poi da' un'occhiata alle casse dei missili, se sono sforacchiate. »

Le luci della cittadina di Umtali erano in vista poco più a sud. Oltre quelle si intravedevano le montagne nereggiare in cielo. Sean sapeva che la cima più alta di quella catena non raggiungeva i duemila metri, così stabilì di incrociare a tremilacinquecento, quota di sicurezza. Poi pensò alla rotta.

Finora non ci aveva badato affatto, e ignorava i riferimenti per tornare alla Serra Gorongosa.

« Tanto non sono segnati su nessuna carta », ridacchiò tra sé e sé. « Va be', proveremo a far rotta per trenta gradi. » E virò in quella direzione.

Aveva ancora il sangue pieno di adrenalina, la paura lo faceva volare sulle sue ali d'aquila e Sean rise un'altra volta, un po' nervosamente, assaporando la gloriosa emozione finché durava.

Le nere vette delle montagne scivolavano sotto di lui, appena visibili alla luce delle stelle, come balene immerse nell'Oceano Artico. Ogni tanto vedeva una lucina in qualche valle, fattoria isolata o missione o capanne di contadini. Ma, quando varcarono la frontiera del Mozambico, di lucine non se ne videro più.

« Nient'altro che tenebre », disse ad alta voce Sean, e gli sembrò un'affermazione profetica e simbolica. Stavano tornando nella « terra desolata ».

Sean si abbassò un po' sulla foresta, gradualmente. Ora che avevano superato le montagne non conveniva stare in quota, dove i radar potevano beccarlo e mandare un Mig o un elicottero Hind a intercettarlo.

Job tornò e si chiuse alle spalle la porta della cabina di pilotaggio.

« Qualche danno? » chiese Sean, e Job ridacchiò.

« Il pavimento della stiva è pieno di vomito. Questi shangane non apprezzano la tua tecnica di pilotaggio, stanno rigettando dappertutto. »

« Ma che bello. » Sean frugò nel tascone del sedile e tirò fuori un pacchetto di sigari olandesi, di proprietà del suo collega della RAF.

« Guarda un po' cosa c'è qua », disse tutto contento. Ne diede uno a Job e fumarono soddisfatti per qualche minuto prima che Job gli chiedesse:

« Quanto tempo ci vorrà prima che i Mig ci raggiungano? »

Sean scosse la testa. « Hanno la base a Harare, non credo possano raggiungerci neanche se decollano subito. No, non mi preoccupano i Mig, ma gli Hind. »

Tacquero di nuovo, guardando il maturo e celestiale frutteto delle stelle che sembravano lì da cogliere.

« Sei pronto a rispondere a una domanda un po' imbarazzante? » ruppe il silenzio Job.

« Forza, di' pure. »

« Fin quassù ci hai portato, ma come diavolo intendi riportarci a terra? »

Sean fece un anello di fumo, immediatamente distrutto dai vortici dell'aria che entrava dai buchi dei proiettili sulla calotta.

« Domanda interessante », concesse. « Te lo farò sapere quando ne avrò un'idea anch'io. Nel frattempo mi basterebbe trovare le linee della Renamo e quelle del generale Cina in particolare. »

Centocinquanta metri sopra la foresta Sean raddrizzò l'Hercules e, seguendo le istruzioni stampate sul pannello degli strumenti, si mise alla velocità di crociera con cui l'apparecchio aveva più autonomia.

« Mancano ancora due ore all'alba, quando si potrà cominciare a guardar dove atterrare », disse a Job. « Nel frattempo potremmo cercare il fiume Pungwe. »

Un'ora dopo individuarono un corso d'acqua grazie ai riflessi delle stelle e si portarono sopra l'ampia distesa piatta e nera.

« Torno indietro a vedere se è lui », avvertì Sean, ed effettuò un'ampia virata, seguendo la bussola e stabilizzando l'apparecchio quando ebbe girato di 180 gradi.

« Accendiamo un po' i fari d'atterraggio », si disse, e lo fece. Un potente fascio di luce illuminò gli alberi sottostanti e videro il fiume, un serpente scuro dai meandri che si perdevano nella notte.

Sean fece fare all'Hercules una virata stretta e poi lo raddrizzò sopra il corso del fiume.

« Sembra lui », disse, e spense i fari. « Ma anche se è il nostro fiume, non potremo capire se siamo a monte o a valle delle linee Renamo fino al sorgere del sole. »

« Allora cosa si fa? »

« Degli 'otto' fino a domattina. » E cominciò la lunga serie delle virate simmetriche per sorvolare sempre la stessa zona.

E così continuarono a incrociare a centocinquanta metri di quota, attraversando e riattraversando il fiume buio sempre nello stesso punto, annotando il tempo che ci mettevano, aspettando il mattino.

« Uno Hind potrebbe aspettarci al passo come le anatre », osservò a un certo punto Job.

« E non menar gramo », si accigliò Sean. « Se non hai niente di più utile da fare, prendi la valigetta dei manuali, è sotto il tavolino dell'ufficiale di rotta. »

Job la prese e la mise accanto al sedile, poi si allungò comodo.

« Leggimeli un po' », gli disse Sean. « Trova qualcosa di interessante per passare un po' il tempo. »

Job tirò fuori i quaderni a spirale marcati TOP SECRET e si mise a guardarci dentro, leggiucchiando gli indici.

I primi tre erano generici e riguardavano il possibile uso degli Stinger in tutte le situazioni immaginabili: dalle navi, in montagna, in ogni zona climatica del globo. Le tabelle e i grafici fornivano l'efficacia relativa dell'arma dai poli all'equatore.

« Tutto quello che volevate sapere, ma avevate paura di chiedere », disse Job pigliando in mano il quarto manuale.

SISTEMA DI MISSILI GUIDATI STINGER

Selezione bersagli e norme operative
dall'esperienza sul campo nei vari teatri

Job si mise a leggere ad alta voce l'indice dei capitoli.

1. Isole Falkland
2. Golfo Persico. Stretto di Hormuz.
3. Approdi di Grenada.
4. Angola Unita.
5. Afghanistan.

A un tratto, Sean lanciò un'esclamazione.

« Afghanistan! Vedi un po' se parlano degli Hind. »

Job mise in grembo il voluminoso manuale e aggiustò la lampadina di lettura sopra la testa. Si mise poi a sfogliare le pagine.

« Ecco qua. Afghanistan. » Lesse.

TIPI DI ELICOTTERI

« Cerca gli Hind! » ordinò Sean, impaziente.

ELICOTTERI MILITARI SOVIETICI STANDARD
DESIGNAZIONE NATO « H »

« Eccoci qua », l'incoraggiò Sean. « Cerca lo Hind. »

« Hare » disse Job. « Hoplite. Hound. Hook. Hip. Haze. Havoc... Eccolo qua. *Hind.* »

« Leggi la descrizione. »

Job si mise a leggere. « Questo pezzo d'artiglieria volante soprannominato dai sovietici *Sturmovič* (Gobbo) è noto alle forze NATO come Hind. I ribelli afghani e tanti altri che se lo sono trovato di fronte sul campo lo chiamano 'Morte volante'. La sua formidabile reputazione, peraltro non è forse pienamente giustificata. »

Sean interruppe animosamente l'anonimo estensore. « Spero tu sappia di che cosa stai parlando, fratello. »

Job proseguì la lettura. « 1. Manovrabilità limitata e ascensione lenta a causa del peso della blindatura. 2. Autonomia scarsa per lo stesso motivo. Si stima che a pieno carico non superi le 240 miglia nautiche. 3. Bassa velocità massima (157 nodi) e di crociera (147). 4. Manutenzione complessa e onerosa. »

« Questo è interessante », interloquì Sean. « Perfino 'sto bamboccione è più veloce degli Hind », disse accarezzando la cloche. « Se ne incontriamo uno, me lo ricorderò. »

« Allora vuoi che legga o no? » chiese Job. « Se vuoi che legga, sta' zitto! »

« Scusami tanto e continua pure. »

« Si stima che queste macchine siano state impiegate a centinaia in Afghanistan. Generalmente hanno avuto un grande successo contro i ribelli, sebbene oltre centocinquanta siano state abbattute per mezzo dei missili Stinger. Un tal numero basta a far concludere che quest'arma può essere utilmente impiegata contro lo Hind seguendo le norme operative qui descritte. »

Job continuò a leggere, fornendo il tipo e le prestazioni dei motori, l'armamento e altre statistiche finché Sean non lo fermò.

« Basta, basta, Job. » Indicò l'oriente. « Vedi, sta facendo giorno. »

Il cielo era abbastanza chiaro da formare un orizzonte oltre la terra nera.

« Metti via il manuale e chiama qua Ferdinand. Vediamo se capisce dove ci troviamo e ci fa vedere come si torna a casa. »

Arrivò Ferdinand insieme a una gran puzza di vomito. Aveva la divisa tutta piena di macchie. Si aggrappò al sedile di Sean, che si spostò più che poté.

« Guarda un po' laggiù, Ferdinand », l'invitò Sean, indicando i finestrini bucherellati. « Vedi qualcosa che riconosci? »

Lo shangane si affacciò dubbioso al finestrino, brontolando tristemente, poi di colpo la sua espressione cambiò, rallegrandosi alquanto.

« Quelle colline », disse indicandole. « Le riconosco. Il fiume esce di lì con una cascata. »

« Da che parte è il campo? »

« Da quella parte, ma lontano. »

« Quanto lontano? »

« Due giornate di marcia. »

« Settanta miglia marine », tradusse Sean. « Non siamo poi tanto lontani. Grazie, Ferdinand. » Sean interruppe l'infinita serie degli otto e raddrizzò le gigantesche ali dell'Hercules.

Sempre basso sopra la foresta, puntò a ovest, la direzione indicata da Ferdinand, mentre alle spalle l'alba spuntava in fretta arrossando il cielo orientale sparso di foschia. L'apparecchio inseguiva la notte che scappava attardandosi ombrosa nelle valli.

Sean puntò al valico indicato da Ferdinand e controllò l'orologio.

« Sentiamo un po' la radio. Chissà cosa dice di noi l'Africa Service della BBC. » Sintonizzò la manopola sui 15.400 megahertz arrivandoci in tempo per sentire la ben nota sigla.

« Notiziario della BBC. Ecco i titoli di oggi. In America il governatore Michael Dukakis ha battuto nettamente Jesse Jackson per la nomination presidenziale democratica nello Stato di New York. Truppe israeliane hanno ucciso altri due dimostranti arabi nella Striscia di Gaza. Centoventi passeggeri sono morti in una sciagura aerea nelle Filippine. Ribelli della Renamo hanno sottratto un Hercules della RAF da una base aerea dello Zimbabwe vicino alla cittadina di Umtali, volando poi in Mozambico, inseguiti dalla caccia dello Zimbabwe e del Mozambico. Un portavoce ha dichiarato che sia il presidente Mugabe sia il presidente Chissano hanno ordinato che l'apparecchio, su cui non vi sarebbero ostaggi, ma sofisticati armamenti che dovevano essere impiegati nella lotta contro i terroristi, venga abbattuto a ogni costo. »

Sean spense la radio e sorrise a Job.

« Non avevi mai pensato di finire sul giornale-radio, eh?

« Avrei preferito non andarci », ammise Job. « Hai afferrato quella di abbatterci a ogni costo? »

L'Hercules stava rapidamente avvicinandosi al valico nella serie di colline. La luce era aumentata, e Sean cominciava a distinguere la cascata tra le rocce nere della sella.

« Nemici! » gridò a un tratto Job. « A ore una! »

Con la sua vista straordinaria l'aveva individuato un attimo prima di Sean.

Lo Hind li aspettava in agguato su una radura riparata, mostruoso insetto a guardia della gola della cascata.

Appena Sean lo vide capì la tattica del Frelimo per tagliarlo fuori dalle linee Renamo.

Avevano certo mandato fuori tutto lo squadrone di Hind nella notte, appena avevano capito dove si dirigevano loro.

Operando ai limiti estremi dell'autonomia che avevano, gli Hind avevano creato una linea difensiva, atterrando per risparmiare carburante e nascondersi nella foresta, perlustrando però il cielo col radar e tendendo l'orecchio al rumore dei motori dell'Hercules.

Probabilmente avevano anche capito che il pilota si sarebbe servito del fiume come punto di riferimento. Quindi c'era da scommettere che altri Hind aspettassero nascosti più a monte, formando una specie di fronte d'intercettazione lungo le linee della Renamo; ma, avendo deviato troppo a sud, Sean si era imbattuto in questo soltanto.

Lo Hind saltò su dalla foresta, alzandosi verticalmente sotto il barlume argenteo del rotore, chinando la testa come il Minotauro che si prepari a incornare, chiazzato di lebbrose macchie mimetiche, oscenamente brutto e letale.

Era ancora sotto di loro, ma saliva in fretta, ingrossandosi ogni secondo che passava. Entro pochi istanti il cannone rotante sarebbe stato a portata di tiro: già brandeggiava per puntarli. Sean reagì senza riflettere.

Diede tutto gas e picchiò, caricando letteralmente l'elicottero, nell'urlo dei grandi motori turboelica.

Vide i razzi sotto le alette striminzite partire con uno sbuffo di fumo, puntini neri al centro della nuvoletta bianca. Ricordò le statistiche che Job gli aveva appena letto. Lo Hind portava due AT-2, grossi missili, e quattro lanciarazzi da 57 mm.

Picchiò con l'Hercules attraverso il fuoco di sbarramento di razzi, che gli sfrecciavano intorno in una tempesta di morte, e lo Hind era solo a duecento metri ormai, sempre in salita per venirgli incontro, e sparava razzi a bruciapelo ma senza colpirlo grazie alla sua violenta picchiata.

« Reggiti forte! » gridò Sean a Job. « Lo sperono, 'sto bastardo! »

La furia del combattimento era entrata in lui, dolce e rovente nel sangue: non pensava alla morte, non aveva affatto paura, sentiva solo un mirabile impulso a distruggere.

All'ultimo momento il pilota dell'elicottero capì le sue intenzioni. Erano così vicini che dalle calotte si guardavano in faccia. Il russo era pallidissimo, con la bocca rossa come un baffo di sciroppo d'amarene sul gelato.

Si ribaltò sul fianco per scendere quasi a piombo togliendo aria al rotore, cercando di sfuggire alle ali protese dell'Hercules.

« T'ho beccato, figlio di puttana! » esultò Sean, e l'ala dell'Hercules cozzò contro la coda dell'elicottero. Il colpo sballottò Sean nelle cinghie, e l'Hercules sussultò, rallentando fin quasi allo stallo a soli sessanta metri di quota sulla foresta.

« Sta su, bellezza », sussurrò Sean come un amante.

Stava accarezzando i comandi, vezzeggiandoli con dita delicate.

L'ala danneggiata era ora la più bassa. Brandelli di metallo strappato sbattevano nel vento relativo, mentre gli alberi della foresta sembravano pronti a ghermire l'aereo e svellerlo dal cielo.

« Vola, vola, fallo per me, piccola », sussurrò Sean mentre i quattro motori, rombando per lo sforzo, riuscivano a tener l'aereo in aria e poi gradualmente a cabrare.

La lancetta indicava che stavano salendo a ritmo di sessanta metri al minuto.

« Dov'è lo Hind? » gridò Sean a Job.

« Dev'essere caduto », gli rispose sempre gridando Job. Erano entrambi ancora pieni di terrore e di entusiasmo guerresco. « Nessuno poteva resistere a un urto del genere. » Poi il suo tono cambiò. « Ma no, guarda che è ancora là! Vola sempre! Buon Dio, che attrezzo! »

Lo Hind era malconcio, sbandava e sfarfallava a più non posso. Rotore di coda e timone erano quasi del tutto divelti.

Chiaramente il pilota stava facendo il possibile per non precipitare, sballottato in cielo da un rullio e un beccheggio ebbri, quasi incontrollabili.

« Non ci credo! Ci sta ancora sparando! » gridò Job mentre un razzo sfilava davanti al muso dell'Hercules col suo bravo pennacchio bianco.

« Si sta stabilizzando », disse Job guardando l'elicottero dal finestrino laterale. « Gira, continua a inseguirci! »

Sean, mentre l'Hercules continuava a salire, puntò la sella della cascata tra le colline. Le pareti rocciose si chiusero attorno alle ali dell'apparecchio; la schiuma bianca brillava di sotto.

« Ci ha sparato un missile. » Mentre Job dava questo avvertimento, il valico tra le colline si spalancò davanti a loro, e Sean virò in fretta sollevando l'ala menomata dell'Hercules.

Il grosso aereo sfiorò la parete di roccia, girando l'angolo proprio mentre il missile a infrarossi avvertiva l'irradiazione degli scarichi e si lanciava su per la gola.

L'Hercules virò così stretto che Sean dovette dar tutto gas per tenerlo in assetto di volo. Guardando in su, al posto del cielo vide la calotta oscurata dal roccione e si sentì come se ci fosse andato a sbattere, mentre l'apparecchio si reggeva sulla punta di un'ala come una ballerina.

Il missile cercò di seguirlo intorno all'angolo, ma il bersaglio era sparito nel momento critico e le rocce bloccavano l'irradiazione di infrarossi.

Il missile esplose sulla parete di roccia, facendone crollare gran parte e riempiendo la gola sottostante di fumo e polvere.

Sean rimise l'Hercules in linea, sempre con la massima delicatezza, tenendo conto dell'ala ammaccata e sbrindellata.

« Si vede ancora lo Hind? »

« No », disse Job, proprio mentre l'orrida macchina si materializzava nel polverone. « Ma sì, è ancora lì, ci segue ancora! »

Tutta la coda dello Hind era torta, e gli restava solo metà del timone.

Barcollava sussultando per aria, volando a stento e perdendo rapidamente terreno nei confronti dell'Hercules. Il pilota era un coraggioso che si riteneva al servizio della macchina e voleva tenerla in azione fino all'ultimo.

« Ha sparato ancora! » gridò Job vedendo il missile cadere sotto gli alettoni tozzi e partire verso di loro con uno sbuffo di fumo.

« Cade! » Job vide il rotore di coda staccarsi e sprizzare verso l'alto come un tappo di champagne, mentre l'elicottero si abbatteva come un bufalo colpito alla spina dorsale sugli alberi, formando una gran palla di fuoco e fumo nero.

« Schiva a destra! » gridò disperatamente Job: benché lo Hind fosse defunto, la sua tremenda prole ancora li inseguiva brillando letale in cielo.

Sean virò più che poteva l'apparecchio. Il missile se lo lasciò quasi sfuggire, curvò sbandando clamorosamente ma si rimise in linea e guadagnò parecchio terreno sprintando in dirittura e puntando visibilmente sul motore esterno di sinistra.

Per un attimo furono accecati dal fumo dell'esplosione sulla calotta, che poi istantaneamente si diradò.

L'Hercules sussultava squassato da una specie di agonia. Lo scoppio del missile aveva sollevato l'ala, ma poi miracolosamente era tornata in linea e Sean era riuscito in qualche modo a rimediare, per il momento. Guardò atterrito il danno. Il secondo motore era sparito: al suo posto c'era un orrendo squarcio a « V » nell'ala.

Era un colpo mortale. L'Hercules sbandava scivolando d'ala per la spinta squilibrata dei motori: l'ala più danneggiata ora si stava torcendo, cominciava a piegarsi all'indietro.

Sean tolse un po' di gas ai motori di destra cercando di riequilibrare la propulsione.

Guardò avanti e vide il fiume, ampio e basso e tranquillo a monte della cascata. I primi raggi del sole accendevano la cima degli alberi delle rive, mentre sui sabbioni bianchi i coccodrilli spiccavano neri come lucertole.

Sean accese l'interfono e parlò in carlinga. « Attaccatevi, perché adesso prendiamo un gran colpo! » disse in shangane, e si strinse anche lui la cintura.

L'Hercules s'inchinò, pesantemente. Entrambe le ali erano così malridotte che c'era da stupirsi che volasse ancora.

« Troppo forte », imprecò tra i denti Sean. Precipitavano come un ascensore velocissimo. Così, avrebbero urtato gli alberi prima dei banchi di sabbia. Sean si irrigidì, preparandosi alla perdita di un'ala stroncata dal vento relativo, e poi baldanzosamente mise i flap per rallentare la caduta.

Invece di andare a pezzi, l'Hercules rispose grato all'aumento della portanza e si mise a planare con alcune vestigia dell'antica eleganza.

Fece la barba agli alberi della riva e Sean chiuse i contatti per evitare incendi dopo l'urto. Tenne alto il muso, decelerando in fretta come attestava, vorticando sul quadrante, la lancetta dell'indicatore della velocità relativa. L'allarme-stallo si mise a gracchiare, sovrastato subito dopo dal clacson assordante che gli ricordava di abbassare il carrello!

La cloche diventava sempre più inerte, mentre l'Hercules si approssimava allo stallo, ma ormai erano in mezzo al fiume, a dieci metri d'altezza, perdendo quota in fretta.

I coccodrilli scapparono atterriti dal sabbione antistante rifugiandosi in acqua fra alti spruzzi, mentre Sean continuava ad aggrapparsi alla cloche, tirandola indietro fino all'ultimo momento per non sbattere il muso.

Sentì la coda toccar l'acqua e lanciò uno sguardo all'indicatore che segnava quaranta nodi.

L'Hercules finì nel fiume con una spanciata. Un'onda verde coprì la calotta del pilota e l'acqua entrò dai buchi della mitragliata.

Sia Sean che Job furono proiettati in avanti, ma trattenuti fedelmente dalle cinghie; poi l'Hercules riemerse e si mise a galleggiare sulla pancia, rallentando e mettendosi di traverso spinto dalla corrente.

« Stai bene? » abbaiò Sean rivolto a Job. Per tutta risposta l'altro si sganciò la cintura e saltò su dal sedile del copilota. Quando anche Sean si alzò in piedi, ebbe la sensazione di fluttuare. E dalla calotta vide bene che l'Hercules galleggiava seguendo pigro la corrente. I serbatoi vuoti e l'aria intrappolata nella fusoliera lo tenevano a galla.

« Andiamo! » Spinse Job nella carlinga e vide subito che le casse di missili erano ancora bloccate dalle reti.

Gli shangane erano in preda al panico. Almeno due erano feriti e si contorcevano sul pavimento in mezzo al vomito, gemendo. A uno dal braccio rotto spuntava fuori l'osso scheggiato.

Sean girò la manovella dell'uscita di emergenza e diede un calcio al portello. Immediatamente si gonfiò lo scivolo di plastica, sbattendo sulla superficie del fiume sottostante. Sembrava proprio la lingua giallastra di un ubriaco disgustato dall'acqua.

Sean si sporse dal portello aperto. Stavano andando ad arenarsi su un altro sabbione. Giudicò che si toccava, perché vedeva chiaramente il fondo.

« Ferdinand », gridò Sean scorgendolo in mezzo alla confusione degli shangane. « Da questa parte! Falli uscire! » Vide che si rinfrancava e si metteva subito a rianimare e spingere all'uscita i soldati.

« Fagli vedere come si fa », ordinò Sean a Job. « E quando sei giù digli di tirare l'apparecchio sul sabbione. »

Job incrociò le braccia sul torace e saltò a piedi uniti sullo scivolo. Rimbalzò in acqua e si rimise subito dritto: gli arrivava al petto. Senza perdere un attimo si avvicinò alla fusoliera dell'Hercules appoggiandovi contro tutto il proprio peso.

Uno alla volta gli shangane incolumi lo imitarono. In fondo allo scivolo Job li aiutava a rimettersi in piedi.

Sean spinse giù l'ultimo e poi saltò anche lui.

L'acqua era leggermente più fresca della temperatura corporea. Appena riemerse vide che tutti gli uomini s'erano già impegnati a spingere l'apparecchio contro il sabbione, aiutati anche dalla corrente. Diede loro una mano e ben presto l'acqua cominciò ad arrivare alla vita. Il centro dell'Hercules toccò il fondo e il cargo si arenò pesantemente, mentre la stiva si allagava.

Gli uomini si trascinarono sul sabbione dove si stesero infradiciati a mucchi, con gli occhi vuoti e bovini di chi sia in preda a grande stanchezza e paura retrospettiva.

Sean si guardò intorno cercando di valutare la situazione e le prospettive.

L'Hercules si era arenato in maniera abbastanza favorevole. Nella stiva i missili non erano sommersi, cosa che avrebbe danneggiato irreparabilmente i loro delicati circuiti elettronici.

La corrente l'aveva spinto sotto il rivone ingombro di alberi sradicati dalle piene estive.

La spiaggia era stretta.

« Bisogna sbrigarsi », disse Sean a Job. « Possiamo star certi che lo Hind ha trasmesso agli altri la nostra posizione, e verranno subito a vedere. »

« Cosa facciamo per prima cosa? »

« Scarichiamo gli Stinger », rispose subito Sean. « Forza, mettili al lavoro! »

Risalito nella carlinga, Sean vide che il martinetto del portellone funzionava ancora, alimentato dalle batterie, e abbassò la rampa.

Il peso di ogni cassa era stampigliato chiaramente sulle assi di legno: *61 kg*.

« Sono leggere, due uomini per cassa », ordinò Sean, e lui

con Job pensò a mettergliele in spalla. Appena carichi, i due, trotterellavano giù dalla rampa sul sabbione, poi salivano la riva e si infilavano tra gli alberi. Ferdinand aveva trovato un buon nascondiglio in una forra che poi avrebbero celato con delle frasche.

A scaricare l'apparecchio non ci vollero più di venti minuti, ma furono minuti di angoscia per Sean. Quando l'ultima cassa scomparve nella macchia, salì sulla rampa e si mise a scrutare il cielo, aspettandosi di veder apparire qualche elicottero o sentirne il rumore.

« Una fortuna così non può durare », disse a Job. « Bisogna liberarsi dell'Hercules. »

« E come intendi fare? Inghiottirlo o seppellirlo? » chiese sarcastico Job.

In fondo alla stiva dell'apparecchio c'era un argano della portata di 120 tonnellate, usato per tirare a bordo carichi pesanti.

Su istruzioni di Sean, quattro shangane srotolarono il cavo dell'argano e servendosi del battellino gonfiabile di salvataggio in dotazione all'apparecchio attraversarono il fiume e l'agganciarono a un albero sull'altra riva.

Mentre facevano ciò, Sean e Job frugarono l'Hercules e tirarono via tutto quello che poteva risultare utile, dalla cassetta del pronto soccorso alle riserve di zucchero e caffè nel ripostiglio. Con soddisfazione Sean vide che la cassetta di pronto soccorso era ben attrezzata anche per i climi tropicali: conteneva infatti una bella scorta di antimalarici e antibiotici. Mandò tutto a terra con uno shangane e poi corse ancora sulla rampa.

Il battellino stava tornando e ancora non si sentivano arrivare elicotteri. Era troppo bello per osare sperar che durasse.

« Fa' scendere tutti dall'aereo », disse Sean a Job, e andò ai comandi dell'argano.

Appena l'avviò, il cavo d'acciaio si tese e la fusoliera dell'Hercules, pesantemente arenata, si mosse e cominciò a dondolare. Sean continuò a far andare l'argano e la sabbia prese a scricchiolare sotto il ventre dell'apparecchio che il cavo d'acciaio tirava in acque sempre più profonde.

Appena galleggiò, Sean chiuse a metà la rampa per evitare che entrasse troppa acqua e tenne l'argano in moto finché l'aereo non fu in mezzo al fiume, dove la corrente era più vivace. Appena sentì che agiva sull'aereo, prese il tagliabulloni dalla rastrelliera degli attrezzi e tranciò il cavo. L'Hercules si mise a fluttuare liberamente.

Per un impulso improvviso, Sean si tagliò un pezzo di cavo da un metro e venti dal troncone rimasto appeso all'argano. Subito i fili d'acciaio inossidabile cominciarono a svolgersi da soli. Ne prese tre, li arrotolò ben stretti e se li mise in tasca. Job avrebbe poi trovato le giuste impugnature di legno duro. Il filo d'acciaio per strangolare era una delle armi preferite degli scout, benché non certo regolamentare e anzi clandestina: e Sean si sentiva nudo da quando l'aveva perso nello zaino caduto durante la scalata. Adesso però tornò a dedicarsi all'Hercules.

« I serbatoi del carburante sono quasi vuoti », mormorò vedendolo seguire la corrente del fiume. « Dovrebbe stare a galla fino alla cascata. »

Rimase a bordo per due o tre chilometri, andando alla deriva.

Nel frattempo tranciò col tagliabulloni i tubi di alimentazione che portavano olio e carburante ai motori, e che correvano sul soffitto della stiva. La miscela di avio e olio minerale prese a riversarsi sul pavimento, creando delle belle pozzanghere. Convinto infine d'aver fatto tutto il possibile per ritardare l'inseguimento, si mise sull'orlo del portello d'emergenza e tolse la linguetta della bomba incendiaria che si era fatto dare da Ferdinand.

« Grazie, vecchia mia », disse ad alta voce all'Hercules. « Sei stata bravissima. Il meno che ti possa offrire è una pira vichinga. » Fece rotolare la bomba lungo la carlinga e si tuffò nel fiume.

Riemerse che già nuotava ben vispo, con la mente che riandava ai coccodrilli già visti su questi sabbioni.

Dietro, sentì lo scoppio attutito della granata al fosforo, ma non si fermò a guardare finché non sentì il fondo sotto i piedi.

Ormai l'Hercules era a mezzo chilometro. Bruciava furiosamente ma galleggiava ancora. Un gran pennacchio di fumo nero saliva sobbollendo nel cielo luminoso del mattino.

Sean guadagnò la riva e ci si arrampicò a quattro zampe. Mentre riprendeva fiato seduto sul ciglione, udì l'ormai ben noto e odiatissimo rombo del turbo degli Hind che si avvicinavano in fretta.

Il pennacchio nero dell'Hercules che bruciava era visibile a cento chilometri di distanza e non poteva certo sfuggire ai piloti nemici.

Sean prese una manciata di fango nerastro e se lo passò in faccia e sulle braccia nude.

Si infrattò in un cespuglio della riva e si mise a guardare lo Hind che veniva sfiorando gli alberi e girava intorno alla carcassa incendiata dell'Hercules, alzandosi poi come un maligno vampiro sessanta metri sopra l'apparecchio.

Le fiamme raggiunsero i serbatoi del carburante e l'Hercules esplose sfiatando fuoco come un drago, mandando pezzi fin sulle rive e facendo friggere ed evaporare l'acqua del fiume.

Lo Hind si trattenne quasi cinque minuti a vedere se per caso c'erano dei sopravvissuti, poi di colpo si alzò in cielo, puntò a meridione e in breve divenne un puntino e sparì.

« Autonomia limitata, come dice il manuale », commentò Sean alzandosi dal nascondiglio. « Bravo, adesso va' a casa e di' ai compagnucci che l'obiettivo è distrutto. E a Mugabe di non preoccuparsi, che i suoi preziosi Stinger non sono caduti nelle mani sbagliate. »

Si frugò in tasca e tirò fuori i sigari olandesi. Erano diventati una pappetta marrone e li scagliò nel fiume.

« Tanto era ora di smettere di fumare », sospirò incamminandosi lungo la riva.

Job stava curando i due feriti.

« Questo qua si è rotto un po' di costole e anche l'osso del collo, temo », disse Job finendo di fasciarlo e indicandogli l'altro paziente. « Quest'altro te l'ho lasciato. »

« Oh, tante grazie », grugnì Sean, e si mise a esaminare il braccio rotto. « È un bel guaio. »

« Mi pareva, infatti », concordò Job. Tre centimetri di spuntone osseo foravano la pelle lacera, contusa e insanguinata. Un nugolo di mosche blu metallico volava attorno alla ferita, e Sean le allontanò con la mano.

« Cosa gli hai dato finora? »

« Gli ho fatto mangiare una manciata di *cachet*. »

« Bravo, quelli stendono un bue », annuì Sean. « Procurami un po' di corda di nailon e due shangane forzuti. »

Il braccio si era accorciato notevolmente e Sean doveva tirarlo per rimettere a contatto i tronconi dell'osso rotto.

Fece un cappio alla corda di nailon, l'infilò al polso del braccio rotto e ne diede i capi ai due forzuti.

« Quando dico di tirare, tirate; capito? » ordinò. « Okay, Job, tienilo fermo. »

Era una cosa che avevano già fatto spesso. Job si mise seduto dietro il malcapitato e gli infilò le braccia sotto le ascelle, bloccandole poi incrociate sul torace.

« Guarda che adesso ti farò male », disse Sean al ferito, che lo guardò impassibile.

« Pronto? » Job annuì, e Sean guardò la corda di nailon. « Tirate! » I due colossi eseguirono di buona lena.

Il ferito strabuzzò gli occhi ancor di più. Una fila di goccioline di sudore gli spuntarono tutte insieme sulla fronte.

« Più forte! » berciò Sean a Ferdinand, e il braccio cominciò ad allungarsi. La punta dell'osso rotto rientrò piano piano nella carne.

Lo shangane digrignava i denti sforzandosi di non mettersi a urlare. Era come uno scricchiolio di vetro rotto su vetro rotto il rumore che faceva l'osso nel tornare a posto, ed era quanto mai snervante.

La punta scheggiata fu inghiottita dalla ferita gonfia e rossa, e Sean sentì i due spuntoni stridere l'uno contro l'altro nella carne.

« Ci siamo! Tenete duro! » disse a Ferdinand, e in fretta piazzò due stecche apposite, trovate nella cassetta del pronto soccorso, ai due lati del braccio. Le fissò con il cerotto, più stretto che poteva, badando però a non interrompere la circolazione, e poi fece un cenno a Ferdinand.

« Piano adesso. Lasciate andare. » Ferdinand smise di tirare e le stecche tennero dritto il braccio.

« Un'altra grande conquista della scienza medica », mormorò Job. « Complimenti per l'operazione, dottore. »

« Sei in grado di camminare? » chiese Sean a quel poveraccio. « O dobbiamo portarti a casa in spalla? »

« Ma certo che posso camminare », rispose indignato il soldato. « Credi forse che sia una donnetta? »

« Se lo fossi, chiederemmo un alto prezzo per darti in sposa », sogghignò Sean e si alzò.

« Diamo un'occhiata al bottino, adesso. » Era la prima occasione di esaminare le casse scaricate dall'Hercules.

Erano trentacinque, ammucchiate in qualche modo sotto i rami a ombrello di un mogano africano. Con Ferdinand e quattro dei suoi le fecero passare di nuovo a una a una, impilandole ordinatamente dopo aver annotato la scritta sul coperchio.

Le 33 che pesavano 61 kg recavano la scritta:

SISTEMA GUIDATO DI MISSILI STINGER
1 x IMPUGNATURA CON SENSORE
1 x CONGEGNO SPIA PUNTAMENTO
5 x TUBI LANCIO CARICHI

« Ciò vuol dire che Cina avrà a disposizione 165 colpi per buttar giù gli undici Hind che restano dopo quello che hai abbattuto tu », calcolò Job. « Mi sembrano abbastanza. »

« Eh mica tanto! Visto come sparano questi qua sarà un miracolo se bastano », grugnì Sean. Poi la sua espressione di voluto pessimismo si spianò. « Meno male! Guarda cosa c'è qui. » Una delle due casse diverse che restavano portava la scritta:

SISTEMA GUIDATO DI MISSILI STINGER
CONGEGNO ADDESTRAMENTO PUNTATORI M.134

« Questo renderà la vita più facile a non so chi », ammise Job, che aveva letto sui manuali ricuperati il sistema di addestramento al computer che simulava su video i voli nemici. Quella specie di videogioco sarebbe certo riuscita utilissima per chi fosse stato incaricato di insegnare ai militanti della Renamo a usare i missili.

Tuttavia fu soltanto quando ebbe letto l'ultima dicitura, della cassa più piccola, che Sean comprese tutto il valore del bottino. Infatti lì c'era scritto:

SISTEMA GUIDATO DI MISSILI STINGER
SOFTWARE PERFEZIONATO USO TATTICO

« Perdio! » fischiò tra i denti. « Qua mica abbiamo il videogioco a manovella! Software perfezionato uso tattico, nientepopodimeno! »

« Diamoci un'occhiata. » Job era eccitato quanto lui.

Sean esitò, come il bambino tentato di aprire il regalo prima del compleanno. Guardò il cielo, temendo l'arrivo degli Hind: strano come avesse preso la stessa abitudine dei suoi shangane.

« Prima di buio non possiamo muoverci, abbiamo un sacco di tempo da ammazzare », capitolò. Prese la baionetta di Ferdinand.

Delicatamente aprì il coperchio della cassa rimuovendo l'imballaggio di granuli di poliuretano.

Il software era dentro una solida borsa di plastica. Sean ne sciorinò il contenuto sul coperchio della cassa. Si trattava di dozzine di cassette di software in scatole di plastica trasparente contrassegnate da vari colori.

Ne avevano letto l'impiego su uno dei manuali sottratti a Carlyle, l'ufficiale dell'artiglieria britannica.

« Va' a prendere quel volume », disse Sean a Job. Quando lo portò, si accucciarono vicino alla cassa aperta e lo sfogliarono con cura.

« Ecco qua. SISTEMA ATTACCO HIND. COLORE ROSSO. CODICE NUMERICO CASSETTA S.42.A. »

Con il loro sistema di puntamento i missili Stinger potevano attaccare utilizzando tattiche e frequenze specifiche per quel tipo di aeromobili. Bastava inserire la microcassetta nel congegno di puntamento e il missile eseguiva le correzioni di rotta più convenienti per abbattere gli Hind.

« Cassetta sistema software S.42.A. », lesse forte Job, segnando la riga col dito sul manuale. « Speciale per gli elicotteri di tipo Hind. Utilizza sensori 'a due colori' che registrano alternatamente le emissioni infrarosse e ultraviolette dell'elicottero. All'inizio il puntamento avviene sull'emissione infrarossa dello scappamento.

« Il dispositivo di soppressione dei gas di scarico dello Hind emette raggi infrarossi attraverso una serie di feritoie blindate poste sotto la fusoliera dell'elicottero. Ma l'esperienza ha dimostrato che se il missile esplode in quel punto non arreca danni all'aeromobile.

« Grazie al software della cassetta S.42.A, il sistema di guida dello Stinger, a una distanza di cento metri dal bersaglio, abbandona l'irradiazione infrarossa e segue quella ultravioletta che proviene principalmente dalle prese d'aria dei turbo TV3-117 che azionano il rotore. Questa è l'unica parte della fusoliera non blindata al titanio e quando il missile esplode sulle prese d'aria dei turbo l'elicottero precipita nel 100% dei casi.

« Per ottenere un efficace aggancio dell'irradiazione ultravioletta occorre lanciare il missile da *sotto* e *davanti* all'elicottero. La distanza non deve essere superiore a mille metri né inferiore a centocinquanta. »

Job chiuse il manuale con uno schiocco.

« Che culo! » esclamò. « Cina si trova la pappa fatta. »

C'erano trenta pesanti casse da portare e solo venti soldati incolumi, fra cui Sean e Job.

Sean nascose quelle che furono obbligati a lasciare lì. Le avrebbe mandate a prendere da qualcuno una volta riguadagnate le linee della Renamo.

Portarono quello che poterono, compresi naturalmente i manuali, le cassette del software e il « videogioco » da addestramento. Al calar del sole si avviarono lungo il fiume Pungwe sperando di imbattersi quanto prima nella Renamo. Però gli toccò marciare tutta notte senza giungere alle linee.

Il fatto è che, rallentati dal pur ridotto carico, avevano percorso non più di una ventina di chilometri. Al mattino il tempo cambiò. Il cielo coperto e qualche rovescio di pioggia promettevano di celarli alle ricerche degli Hind. Così proseguirono la marcia per tutto il giorno.

Quando fu buio Sean li lasciò riposare per qualche ora, e i soldati si sdraiarono miseramente nel fango, sotto l'acqua, prima che Sean li risuscitasse e li facesse proseguire bestemmiando sotto il carico, nella guazza.

Un'ora dopo l'alba le nuvole si aprirono e le divise asciugarono fumando sulla schiena degli uomini.

Due ore dopo caddero nell'imboscata.

Avanzavano per una specie di savana lungo la riva del fiume. Rade acacie a ombrello separavano tratti aridi dove cresceva soltanto, a cespi, la dura erba degli elefanti.

Sean sentì benissimo lo scatto metallico dell'otturatore che precede la raffica della mitragliatrice e prima ancora di capire cos'era si buttò a terra urlando un avvertimento ai suoi shangane. Sbattendo contro il suolo sabbioso con la pancia e i gomiti, vide danzare le fiammelle degli spari tra l'erba a non più di trenta passi di distanza e subito dopo sentì un frastuono e uno spostamento d'aria tali che gli si rizzarono i capelli in testa.

Rotolò a sinistra per disorientare il mitragliere spostandosi contromano e sparò qualche raffica col kalashnikov impugnato a pistola, alla cieca, sempre per confondere gli attaccanti: frattanto con la mano libera cercava le bombe agganciate alla cintura.

Stava per lanciarne una, quando dietro di lui Ferdinand gridò qualcosa in portoghese e il fuoco si interruppe quasi subito. Dal ciuffo d'erba degli elefanti proprio di fronte a Sean una voce rispose in portoghese, e subito dopo Ferdinand si mise a gridare come un forsennato in shangane.

« Non sparate! Non sparate! Siamo della Renamo! » Ci fu un lungo silenzio diffidente durante il quale Sean tenne la bomba pronta in mano da lanciare. Aveva visto troppi uomini coraggiosi morire traditi da trucchetti del genere.

« Renamo! » gridò un'altra voce di fronte. « Siamo amici! »

« Va bene », gridò in risposta Sean in shangane. « Allora alzati e facci vedere la tua bella faccia da amico della Renamo. »

Qualcuno si mise a ridere, e una faccia nera sotto un cappellino mimetico tigrato saltò su un momento dall'erba, ghignando, per sparire immediatamente.

Dopo pochi secondi, visto che nessuno sparava, un altro uomo si alzò cautamente, e poi un altro ancora. Anche gli shangane di Sean si alzarono e avanzarono, dapprima lentamente e col mitra pronto; ma poi i combattenti si riconobbero e si misero a sghignazzare stringendosi la mano e tirandosi grandi pacche sulle spalle. Erano incappati proprio nel settore affidato al battaglione del maggiore Takawira. Riconobbe subito Sean e si strinsero la mano con piacere reciproco.

« Colonnello Courteney! Che piacere vederti ancora vivo! Abbiamo sentito la BBC e Radio Zimbabwe dar la notizia che eri stato abbattuto ed eri bruciato con tutti i tuoi uomini. »

« Ho bisogno del tuo aiuto, maggiore », gli disse Sean. « Ho lasciato venti casse di missili nascoste nella boscaglia, dovresti mandare un centinaio di uomini a prenderle. Può accompagnarli uno dei miei per fargli vedere dove sono. »

« Ma certo, manderò gli uomini migliori, li sceglierò io stesso », gli assicurò Takawira.

« Quanto siamo lontani dal quartier generale di Cina? » chiese Sean.

« Gli elicotteri del Frelimo l'hanno costretto a ripiegare. Il nuovo quartier generale è a una decina di chilometri soltanto. Gli ho appena parlato per radio ed è molto ansioso di conoscere la tua sorte. »

Il loro ritorno fu una marcia trionfale. La notizia del successo li precedeva e da tutti i cespugli uscivano i commilitoni della Renamo a complimentarsi.

I portatori reggevano le casse di missili come l'arca di Geova, ieraticamente. Cantavano gli inni della Renamo trottando contenti e fieri sotto il carico.

Il generale Cina li aspettava all'entrata del suo nuovo bunker-comando. Con la divisa pulitissima e stirata, le decorazioni e il basco sgherro sui tre quarti.

« Ero sicuro che non mi avrebbe deluso, colonnello. » Per la prima volta dacché si conoscevano Sean ebbe l'impressione che il suo sorriso fosse sincero.

« Abbiamo dovuto abbandonare il sergente Alfonso con trenta uomini », gli rispose brusco Sean. « Avranno fatto una brutta fine. »

« No! No, colonnello! » il generale Cina lo prese per la spalla con gesto di affettuosa, inaudita confidenza. « Alfonso è riuscito a sganciarsi perdendo solo tre uomini. È alla missione di Santa Maria e gli ho appena parlato per radio. Domani sera al massimo saranno qui. Tutta l'operazione è stata un brillante successo, colonnello. » Gli lasciò andare la spalla. « E adesso vediamo un po' cosa mi avete portato. »

I portatori posarono le casse ai suoi piedi. Ecco un Cesare nero che riceve il bottino di guerra, pensò ironico Sean.

« Apritele! » Cina era raggiante. Sean non si sarebbe mai aspettato un'eccitazione così puerile da parte di un uomo solitamente tanto freddo e riservato. Cina stava letteralmente ballando di gioia, si fregava le mani e guardava i suoi ufficiali di stato maggiore affaccendarsi intorno alle casse infilando la baionetta sotto il coperchio per schiodarlo. Ma il nastro d'acciaio rendeva la faccenda piuttosto complicata. Dopo un po' Cina non riuscì più a trattenersi, strappò un piede di porco di mano a un ufficiale e affrontò lui stesso la cassa.

Sudava per la fatica e l'eccitazione quando finalmente riuscì a togliere il coperchio e scoprire il contenuto, fra grandi urla di congratulazioni dei subalterni.

Il lanciarazzi Stinger era già montato, col tubo carico. Mancava solo il congegno di puntamento, un computerino collegato a un'antenna, il sensore, da collegare all'impugnatura inserendo due spinotti. Altri quattro tubi carichi erano imballati tra i granuli di poliuretano nella stessa cassa. Dopo aver sparato il missile, il tubo vuoto si gettava sostituendolo con un altro carico, che pesava in tutto neanche dieci chili.

Risate e congratulazioni gradualmente si spensero e lo stato maggiore si avvicinò a esaminare il contenuto della cassa, con qualche diffidenza, come chi abbia alzato una pietra scoprendo un nido di scorpioni pronti a pungergli l'alluce.

Il generale Cina appoggiò lentamente un ginocchio a terra e con reverenza tirò fuori il lanciamissili montato dalla schiuma di poliuretano.

I collaboratori lo guardarono sbigottiti mentre si appoggiava alla spalla il goffo attrezzo tipo bazooka. Il tubo del missile si estendeva dietro l'impugnatura coi comandi e l'antenna che nascondeva quasi del tutto i lineamenti del generale Cina. Questi si mise a scrutare attentamente lo schermo del puntamento computerizzato stringendo l'impugnatura a pistola.

Puntò lo Stinger al cielo e i suoi ufficiali emisero gridolini di incoraggiamento e ammirazione.

« Che vengano adesso gli *bensciò* del Frelimo! » tuonò Cina. « Li vedremo bruciare! » E cominciò a far pernacchiette da bambino che gioca alla guerra imitando elicotteri e raffiche di mitragliatrice, puntando il missile a stormi immaginari di Hind che abbatteva a mille a mille.

« Tatatatatà! Tatatà! » gridava. « Vrùm! Zip! BOOM! Vavavùm! »

« Patapìm pum pam! » si unì Sean con la faccia serissima, e tutto lo stato maggiore si mise a strepitare deliziato evocando futuristiche stragi di elicotteri.

Qualcuno si mise a cantare e poco dopo tutti intonarono a squarciagola l'inno di guerra della Renamo, battendo le mani, dondolandosi e pestando i piedi.

Era un coro di duecento uomini che levò al cielo il sempre commovente canto dell'Africa, bello, melodioso, che non mancò di far venir la pelle d'oca a Sean dappertutto.

Il generale Cina, col lanciamissili in spalla, in mezzo ai suoi uomini, guidava il coro. La sua voce si alzava sopra tutte le altre, stupendo Sean per la sua estensione e il suo timbro squillante, da tenore che non avrebbe sfigurato in nessun grande teatro d'opera del mondo.

L'inno finì col consueto urlo di sfida: « Renamo! » e le facce nere si illuminarono di fiero ardore patriottico.

« Quando sono di questo umore, sarebbe molto difficile per chiunque sconfiggerli », pensò Sean, e il generale Cina passò il lanciamissili a uno dei suoi e venne a stringere la mano a Sean.

« Congratulazioni, colonnello. » Era franco e felice allo stesso tempo. « Credo che lei abbia salvato la situazione. Le sono grato. »

« Questo è molto bello, Cina », disse ironico Sean. « Ma non si limiti a dirmelo, me lo dimostri! »

« Ma certo, mi scusi! » Cina inscenò una manfrina di pentimento. « Nell'eccitazione mi ero quasi dimenticato che c'è una persona ansiosissima di vederla. »

Sean sentì che gli mancava il fiato, e gli si stringeva il cuore. « Dov'è? »

« Nel mio bunker, colonnello. » Il generale Cina indicò l'ingresso accuratamente mimetizzato del bunker scavato nel terreno, fra gli alberi.

Sean si fece largo a gomitate tra i soldati eccitati e raggiungendo l'ingresso del bunker non riuscì più a trattenersi e scese i gradini a tre a tre.

Claudia era nella stanzetta della radio, seduta su una panchina con le due carceriere ai lati.

Quando la vide, la chiamò e lei si alzò lentamente in piedi, fissandolo pallida e incredula. Gli zigomi sembravano volerle bucare il viso: la pelle era quasi trasparente e gli occhi grandi e scuri come la mezzanotte.

Mentre la raggiungeva, Sean vide i segni che aveva sui polsi, lividi blu e croste, e alla gioia si unì la rabbia. La prese tra le braccia e sentì che era magra e fragile come una bimba. Per un attimo lei rimase inerte nel suo abbraccio, poi fieramente gli gettò le braccia al collo e lo strinse. Sean restò sorpreso dalla sua forza: gli premeva la faccia contro il collo ed era agitata da spasmi convulsi.

Restarono stretti stretti senza muoversi né parlare per un bel po', finché Sean sentì le lacrime di lei bagnargli la camicia.

« Ti prego, non piangere, mia cara. »

Delicatamente le alzò il volto tra le mani, e coi pollici le asciugò le lacrime.

« Piango di gioia », gli sorrise lei tra le ultime lacrime. « Nient'altro importa più, ora che sei tornato. »

Sean le prese le mani e le portò alla bocca, baciando la pelle livida ed escoriata dei polsi.

« Adesso non possono più farmi niente di male », gli disse, e Sean girò la testa e guardò le due carceriere in divisa ancora sedute sulla panca.

« Figlie di madre puttana e fetenti iene mangiamerda », disse sottovoce in shangane, e quelle sussultarono all'insulto. « Fuori! Fuori! Prima che vi strappi le ovaie e le dia agli avvoltoi! »

Restarono lì a friggere senza chinar la testa finché Sean non mise la mano sul calcio della pistola: allora si mossero in fretta, saltando giù dalla panca e filando verso i gradini.

Sean tornò a rivolgersi a Claudia, e per la prima volta la baciò sulla bocca. Questo bacio durò un bel pezzo e quando malvolentieri si separarono Claudia gli sussurrò:

« Quando mi hanno levato le manette e mi hanno lasciata lavare ho capito che saresti tornato. »

Queste parole gli fecero intuire la degradazione e le brutalità a cui era stata sottoposta e la risposta di Sean fu amara.

« Che bastardo. Gliela farò pagare in qualche modo, te lo giuro, per quello che ti ha fatto. »

« No, Sean. Non ha più importanza. È tutto finito adesso, siamo tornati insieme. È l'unica cosa che conta. »

Restarono soli ancora pochi minuti, poi il generale Cina irruppe nella stanza della radio, circondato dai suoi ufficiali, ancora tutto contento e sorridente.

Spinse Sean e Claudia nel suo ufficio privato e fece finta di non accorgersi che entrambi rispondevano con freddezza alla sua affabile ospitalità. Sedettero vicini davanti alla sua scrivania, tenendosi per mano, senza rispondere ai suoi scherzi.

« Vi ho fatto preparare un alloggio », disse il generale Cina. « In verità ho mandato via uno dei miei comandanti per alloggiare voi, e spero che ci starete bene. »

« Sa, generale, non abbiamo intenzione di trattenerci », disse Sean. « Domattina voglio già essere in viaggio per il confine insieme alla signorina Monterro. »

« Ah, colonnello, l'accontenterei molto volentieri, perché d'ora in poi lei sarà un ospite onorato e privilegiato. Si è certo guadagnato il rilascio! Purtroppo, per ragioni di carattere operativo quel felice momento dovrà essere rimandato di qualche giorno. Il Frelimo sta concentrando numerose truppe nella zona. »

Sean accondiscese con riluttanza. « In tal caso aspettiamo, ma contiamo su un trattamento da cinque stelle. La signorina Monterro avrà bisogno di vestiti per sostituire gli stracci che ha su. »

« Le farò procurare dallo spaccio il meglio che abbiamo. Tuttavia, non posso certo prometterle Gucci. »

« Già che ci siamo: ci serviranno anche dei servitori per lavare, cucinare e fare le pulizie. »

« Non ho dimenticato le sue origini coloniali, colonnello », rispose sornione Cina. « Uno dei miei uomini faceva il cuoco al President Hotel di Johannesburg. Conosce i gusti europei. »

Sean si alzò in piedi. « Andiamo subito a vedere questo alloggio. »

« Vi accompagnerà uno dei miei ufficiali subalterni », disse il generale Cina. « Se c'è qualcos'altro di cui avete bisogno, fateglielo sapere, mi raccomando. Ha avuto l'ordine di darvi tutto ciò che possa rendere più comodo il vostro soggiorno. Come ripeto, siete ospiti onorati. »

« Mi fa venire i brividi », gli disse all'orecchio Claudia, mentre il subalterno li accompagnava all'alloggio. « Non so quando mi spaventa di più, se quando fa l'affascinante o quando minaccia. »

« Tanto ne abbiamo ancora per poco », disse Sean abbracciandola e portandola fuori all'aria aperta. Ma anche lì, al sole, e nonostante tutte le rassicurazioni che propinava a Claudia, qualcosa del gelo del generale Cina restava.

L'alloggio scavato nel terreno dove li accompagnò il subalterno era nella macchia sopra la riva del fiume a non più di trecento metri di distanza dal quartier generale di Cina. L'entrata era celata da un brandello di rete mimetica e si vedeva che l'interno era stato appena scavato nell'argilla rossa della riva del fiume.

« È così nuovo che non avrà ancora la sua brava popolazione stanziale di pulci, pidocchi e altra selvaggina del genere », scherzò Sean.

Le pareti di argilla erano fresche e umide e dagli interstizi fra i pali del tetto entrava un po' d'aria.

Gli unici mobili erano un tavolo e due sedie, rozzamente costruiti con pali di *mopani* e appoggiati a una parete di terra, e dall'altra parte un letto pure di legno grezzo con su un materasso di erba degli elefanti sminuzzata coperto di un lenzuolo di tela sbiadita. C'era però, lusso straordinario, una zanzariera appesa sopra il letto.

Il subalterno che li accompagnava convocò i servitori, tre, che si allinearono davanti a Sean e Claudia. I due giovani attendenti si sarebbero occupati del bucato e delle pulizie sotto la supervisione dello chef.

Costui era un anziano shangane dalla bella faccia piena di rughe e capelli e barba inargentati. A Claudia faceva pensare a una specie di Babbo Natale negro. A entrambi piacque subito.

« Mi chiamo Joyful, Sir. »

« Allora parli inglese, Joyful? »

« E afrikaans e portoghese e shona e... »

« Ullallà », disse Sean, alzando la mano a bloccarlo. « Ma sai cucinare? »

« Sono il miglior cuoco del Mozambico! »

« Anche modesto! » rise Claudia.

« Va bene, Joyful, stasera vogliamo un bello Chateaubriand », sfotté Sean e Joyful fece il muso.

« Mi spiace, signore, non c'è proprio filetto. »

« Be', allora facci il meglio che puoi », cedette Sean.

« Avvertirò i signori quand'è pronto. »

« Non c'è fretta », disse Claudia e tirò la tendina, congedandoli sbrigativamente.

Sean e Claudia restarono lì tenendosi per mano e guardarono meditabondi il letto. Fu lei a rompere il silenzio.

« Stai pensando quello che penso io? »

« Prima o dopo cena? » chiese Sean.

« Tutt'e due », rispose lei tirandolo nel letto.

Si spogliarono con tesa emozione, tirando in lungo il piacere di vedersi nudi per la prima volta.

Benché fossero già amanti, lui l'aveva scorta fuggevolmente una volta sola, mentre lei non l'aveva ancora visto nudo. Lo studiò con gli occhioni sbarrati, solennemente, senza sorridere, indugiando finché lui non fu obbligato a chiederle:

« Allora, ho il sigillo d'approvazione dei Monterro? »

« Ohhh-h! » disse lei svenevole ma ancora serissima, e lui la prese in braccio e la depositò sul letto.

Ormai fuori dal bunker scendeva la sera quando Joyful tossì educatamente di là dalla tendina d'ingresso.

« La cena è pronta, signori. »

Mangiarono sul tavolo di pali di *mopani* alla luce di una lampada a petrolio che Joyful era riuscito a procurarsi da qualche parte.

« Oh, mio Dio! » esclamò Claudia, quando vide cos'era riuscito a fare Joyful. « Non mi rendevo neanche conto di tutta la fame che avevo! »

Era una casseruola di piccioni in umido ai funghi, con contorno di banane fritte, purea di manioca e patate dolci fumanti.

« E questa da parte del generale Cina », spiegò Joyful, piazzando sul tavolo diverse lattine di birra sudafricana.

« Joyful, sei un fenomeno! »

Mangiarono in silenzio, concentratissimi, sorridendosi a ogni boccone. Alla fine Claudia emise un gemito languido.

« Credi di riuscire a trascinarmi fino al letto... Ma assolutamente non più lontano! »

« Mi va benissimo », disse Sean, e si alzò a prenderla per mano.

La zanzariera era una tenda sopra di loro, e creava per il loro amore un tempio intimo e segreto. La luce della lanterna era morbida e dorata. Mandava una luminosità soffusa sul bel viso di Claudia e sulle curve del suo corpo dolce.

Il tessuto della sua carnagione lo affascinava. I pori erano così piccoli che la pelle sembrava di cera tiepida. Le carezzò le spalle, le braccia e il ventre, meravigliandosi di quant'erano lisci.

Lei gli passò le unghie sulla barba ispida, premendo il viso sui peli ricci che gli coprivano il petto.

« Sei duro e peloso come una belva », gli sussurrò. « E altrettanto pericoloso. Dovrei essere atterrita da te. »

« Perché, non lo sei? »

« Un pochino sì. È proprio questo che rende tutto così divertente! »

Era magra al punto che si potevano distinguer chiaramente lo costole sottopelle. Le membra erano allungate e infantili, e i segni delle sue sofferenze spezzavano il cuore a Sean. Anche i seni sembravano ridotti: ma questa diminuzione non faceva che sottolinearne la forma così tenera e dolce. Claudia lo guardò prendere tra le labbra un capezzolo, passandogli le dita tra i ricci della nuca.

« Che bello », sussurrò lei. « Ma, sai, ce ne sono due! » E tirandogli i capelli lo guidò all'altro.

Mentre lei stava sopra, Sean la guardò e alzò la mano a carezzarle la pelle morbida della gola e delle spalle, dicendo:

« Con questa luce sembri una ragazzina ».

« Credevo di starti dimostrando che sono grande! » disse facendogli la lingua e poi porgendogli la bocca da baciare.

Dormirono così abbracciati da mischiare il respiro, il battito dei cuori: e si svegliarono scoprendo che nel sonno avevano già ricominciato.

« Ma senti che furbo! » mormorò lei, mezzo addormentata. « È capace di trovare la strada anche da solo. »

« Vuoi rimetterti a dormire? »

« No davvero! »

Molto tempo dopo gli chiese: « Pensi che sia possibile farlo durare per sempre così? »

« Possiamo provare. » Ma alla fine le dita aranciate dell'alba penetrarono dagli spiragli del soffitto e Claudia emise un gridolino.

« No! Non voglio che finisca! Voglio tenerti dentro di me per sempre! »

Quando arrivò Joyful col tè, sul vassoio delle tazze c'era un invito del generale Cina a cena in mensa quella sera.

La cena con Cina fu per Sean e Claudia una sofferenza, nonostante i continui sforzi del generale per affascinarli.

La carne di bufalo che servirono era dura e mezzo marcia, e la birra scioglieva la lingua agli ufficiali, rendendoli anche piuttosto propensi a discutere clamorosamente.

Il tempo era cambiato, diventando caldo e umido anche di notte, e il bunker che serviva da mensa era pieno di fumo di tabacco greggio che non riusciva a cancellare la puzza di sudore maschile.

Il generale Cina non assaggiò nemmeno la birra, ma restò seduto a capotavola ignorando le grida e i modi voraci dei suoi ufficiali. Si mise invece a fare il galante con Claudia, attaccandole un bottone che invano lei cercò di stornare.

Claudia non era abituata alle maniere dell'Africa a tavola. Guardava affascinata la dura polentina che molte mani prendevano dal gran piatto comune in mezzo al tavolo, appallottolavano tra le dita e intingevano poi nel ragù di bufalo stantio.

Pezzettini di carne colavano sui menti, ma nessuno ci badava, come non si cercava affatto di moderare la conversazione nel masticare, sicché a ogni risata o esclamazione spruzzi di ragù innaffiavano l'interlocutore.

Benché fosse ancora affamatissima, Claudia non si sentì troppo allettata da quel pasto, e dové fare uno sforzo per concentrarsi sulla dissertazione del generale Cina.

« Abbiamo suddiviso il paese in tre zone di guerra », le spiegava. « Il generale Takawira Dos Alves comanda il settore nord, ossia le province di Niassa e Cabo Delgado. A sud il comandante è il generale Tippoo Tip, e naturalmente io comando le forze Renamo delle province centrali di Manica e Sofala. Fra tutti controlliamo quasi il cinquanta per cento del territorio mozambicano, di cui un altro quaranta per cento è zona devastata perché non possiamo permettere al Frelimo di coltivarla per sfamare le truppe o finanziare la guerra contro di noi. »

« Dunque i rapporti sulle atrocità che sono arrivati negli Stati Uniti erano veritieri. » Finalmente era riuscito a destare l'interesse di Claudia. Il suo tono era pungente e accusatorio. « Le vostre truppe attaccano e sterminano la popolazione civile in queste zone di terra bruciata. »

« No, signorina Monterro », rispose Cina con un gelido sorriso. « È vero quanto inevitabile che abbiamo mandato via da quelle zone la popolazione civile, ma tutte le atrocità, tutti i massacri e tutte le torture sono stati commessi dai soldati del Frelimo. »

« Ma quelli rappresentano il governo mozambicano, perché dovrebbero massacrare il loro popolo? » protestò Claudia.

« Sono d'accordo con lei, signorina Monterro: talvolta è piuttosto difficile comprendere la contorta mentalità marxista. La verità è che il Frelimo è incapace di governare. Non è in grado di fornire la minima protezione alla popolazione civile fuori dalle città, per non parlare dei servizi sanitari, della pubblica istruzione, dei trasporti e delle comunicazioni. Per distogliere l'attenzione mondiale dal fallimento totale della loro politica economica e dalla mancanza di appoggio popolare, hanno fornito ai mass-media internazionali questi sanguinosi spettacoli di torture e massacri che attribuiscono alla Renamo e al Sudafrica. È più facile ammazzare la gente che nutrirla e istruirla, e per un marxista la propaganda anti-Renamo vale bene un milione di morti. »

« Sta insinuando che qui in Mozambico è in corso un massacro tipo khmer rossi da parte dell'esercito governativo? » Claudia era sconvolta, tutta pallida e sudata in quel caldo buco sotterraneo della mensa, e piena d'orrore per la conferenza del generale Cina.

« Io non sto insinuando niente, signorina Monterro, le sto solo esponendo la semplice realtà. »

« Ma, ma... il mondo farà ben qualcosa! »

« Il mondo se ne frega altamente, signorina Monterro. Tocca

a noi della Renamo cercar di abbattere il disumano regime marxista. »

« Ma il Frelimo governa eletto dal popolo », osservò Claudia, e il generale Cina si mise a scuotere la testa.

« No, signorina Monterro, ben pochi governi in Africa sono elettivi. Non c'è mai stata un'elezione in Mozambico, Angola, Tanzania o qualunque altra gemma del socialismo africano. In Africa il trucco è prendere il potere e restarci aggrappati a ogni costo. Il classico governo africano s'impone nel vuoto lasciato dall'esodo dei colonialisti e si trincera dietro barricate di kalashnikov: poi instaura il partito unico e un regime tale da impedire qualunque opposizione, sotto la dittatura a vita di qualcuno. »

« Mi dica, generale Cina », alzò la voce Claudia per farsi sentire nella gran confusione. « Se un giorno vinceste, e la Renamo abbattesse il governo del Frelimo diventando la nuova forza determinante del Paese, voialtri generali indireste libere elezioni in modo da incoraggiare un'evoluzione veramente democratica? »

Per un istante il generale Cina la guardò sbalordito, poi scoppiò a ridere come un matto.

« Mia carissima signorina Monterro, la sua puerile fiducia nel mito della bontà fondamentale dell'umanità è davvero piuttosto commovente. Io non ho certo combattuto così duramente e così a lungo per conquistare il potere e passarlo poi a un branco di contadini analfabeti. No, signorina Monterro: una volta che avremo il potere, lo terremo ben stretto, e sarà nelle mani giuste. » Gliele fece vedere: mani belle, eleganti, dai palmi rosa. « Eccole qua! » disse.

« Dunque lei non è affatto migliore di quelli che critica e combatte », disse Claudia con le guance rosse di rabbia. Questo era l'uomo che l'aveva incatenata e gettata in un lurido sotterraneo: l'odiava con tutta l'anima.

« Credo che finalmente lei stia cominciando a capire, benché brancoli ancora e sempre nella nebbia dei suoi sentimenti progressisti. In Africa non ci sono buoni o cattivi, ci sono solo vincenti o perdenti. » Sorrise ancora. « E io le assicuro, signorina Monterro, che intendo essere uno dei vincitori. »

Il generale Cina si voltò dall'altra parte, perché era entrato un suo ufficiale che s'affrettava verso di lui. Con una parola di scusa, tese al generale un messaggio su carta gialla. Cina lo lesse senza cambiare espressione e poi guardò gli ospiti.

« Per favore, scusatemi qualche minuto. » Si aggiustò il basco in testa (la solita inclinazione sgherra), poi si alzò e seguì il messaggero fuori.

Appena fu uscito, Claudia si voltò verso Sean. « Non possiamo andarcene via subito? Non credo di poter sopportare altro. Mio Dio, come detesto quell'uomo! »

« La mensa ufficiali non sembra avere regole troppo rigide », mormorò Sean. « Se ce la filiamo, credo che nessuno si offenderà. »

Mentre varcavano la soglia si levò un coro avvinazzato dalla tavola: chi fischiava, chi chiamava il micio. Salirono gli scalini con sollievo.

L'aria della notte si era un po' rinfrescata e Claudia l'inspirò profondamente, felice di essere uscita da là. « Non so cos'era più soffocante tra la puzza e la dialettica », disse sospirando. « Non credevo che l'Africa fosse così. È tutto talmente confuso, illogico... manda a gambe all'aria tutto quello che credevo vero. »

« Però è interessante, eh? » disse Sean.

« Sì, ma come può esserlo un incubo. Andiamo a letto. Almeno lì c'è qualcosa in cui si può sempre credere convinti. »

Si girarono verso l'alloggio, ma la voce del generale Cina li fermò.

« Non ve ne andrete mica così presto! » La sua figura alta e snella si avvicinò a passo vispo nel buio. « Temo di avere brutte notizie per voi. »

« Non ci lascia andare. Sta violando l'accordo, » disse piatto piatto Sean. « Lo sapevo che finiva così. »

« Si tratta di circostanze che non dipendono da me », dichiarò con calma Cina. « Ho appena ricevuto un messaggio radio dal sergente Alfonso. Come sa, l'aspettavo qui stasera: coi suoi uomini vi avrebbe riaccompagnati sani e salvi al confine. Però purtroppo... »

« E va bene, ce lo dica, Cina », berciò irritatissimo Sean. « Che altro piano ha escogitato per fregarci? »

Il generale Cina ignorò l'accusa e il tono con cui era stata proferita. « Il sergente Alfonso informa che a occidente delle nostre linee si sta concentrando massicciamente il nemico. Pare che, ringalluzziti dagli elicotteri, contingenti del Frelimo, spalleggiati da forze dello Zimbabwe, stiano per lanciare una controffensiva su vasta scala. È molto probabile che siamo già tagliati fuori dal confine dello Zimbabwe. Il territorio che una volta controllavamo è ora sicuramente già in mano al nemico. È questione di ore e poi ci sarà battaglia: il sergente Alfonso ha dovuto farsi largo sparando e ha subìto delle perdite. Ho paura che lei non durerebbe a lungo là fuori, colonnello. Cercar di raggiungere il confine adesso per voi due sarebbe un suicidio. Vi conviene restare sotto la mia protezione personale. »

« Si può sapere cosa diavolo vuole ancora da noi? » domandò Sean. « Lei ha in mente qualcosa, ne sento la puzza! Di che cosa si tratta? »

« La sua mancanza di fiducia nei miei confronti è veramente irritante », disse Cina con un sorrisetto gelido. « Tuttavia è evidente che l'offensiva del Frelimo potrà esaurirsi soltanto con la distruzione degli elicotteri Hind. Prima questo accadrà, e prima lei potrà tornarsene nel mondo civile con la signorina Monterro. »

« Continui, la sto seguendo », gli disse Sean.

« Lei è l'unico, col capitano Job, che capisca questi Stinger. Qui i nostri interessi coincidono, non le pare? Voglio che lei addestri un gruppo selezionato dei miei uomini all'uso degli Stinger. »

« È tutto ciò che vuole? » disse Sean guardandolo in faccia. « Noi addestriamo gli uomini all'uso degli Stinger, e poi lei ci lascia andare? »

« Esatto. »

« E come faccio a credere che non sposterà il traguardo ancora più in là? »

« Lei mi addolora, colonnello. »

« Molto meno di quel che mi piacerebbe fare! »

« Dunque siamo d'accordo. Lei addestrerà i soldati e in cambio io la farò accompagnare al confine alla primissima occasione. »

« Che scelta abbiamo? »

« Sono lietissimo che lei si dimostri così ragionevole, colonnello. Questo ci rende la vita molto più facile. » Il suo tono divenne vivace e sbrigativo. « Bisogna cominciare al più presto. »

« Direi che prima è il caso di far smaltire la sbronza ai suoi ufficiali », gli rispose Sean. « Comincerò domattina, e addestrerò gli shangane di Alfonso e Ferdinand, se Alfonso ce la farà a insinuarsi tra le maglie dell'offensiva Frelimo. »

« Quanto tempo ci vorrà? » volle sapere Cina. « D'ora in

avanti, anche un'ora può essere determinante per la nostra sopravvivenza. »

« Sono soldati in gamba, intelligenti e volonterosi. Penso di riuscire a far qualcosa in una settimana. »

« Non l'avremo, forse. »

« Insomma, cercherò di farle avere gli Stinger in azione al più presto », rispose irritato Sean. « La prego di credermi, generale, non ho nessuna voglia di trattenermi qui più del necessario. E ora le auguro la buonanotte. » Prese Claudia sottobraccio e girarono sui tacchi.

« Oh, Sean », gli sussurrò lei. « Ho il tragico presentimento che siamo rimasti impelagati in una storia da cui non usciremo mai », e Sean le strinse il braccio per farla smettere.

« Guarda lassù », le ordinò sottovoce, e lei alzò il viso.

« Le stelle? » gli chiese. « Sono loro che vuoi che guardi? »

« Sì, le stelle. » Rischiaravano la notte come una lucciola gigantesca spiaccicata sulla volta celeste in un pulviscolo di materia luminosa.

« Calmano l'anima », le spiegò Sean.

Lei sospirò sommessamente, profondamente. « Sì, hai ragione, tesoro mio. Stanotte abbiamo il nostro amore, godiamocelo in pieno, e domani succeda quel che vuole. »

Sotto la zanzariera si sentì sicura e invulnerabile. Il rozzo materasso d'erba aveva preso la forma dei loro corpi, e non notava più la rude consistenza della telaccia sulla pelle delicata.

« Se facessimo l'amore diecimila volte, non mi passerebbero la voglia e il bisogno di te », gli sussurrò scivolando oltre la soglia del sonno.

Si svegliò di colpo, sentendo la tensione del suo corpo contro di lei, e subito Sean le mise la mano sulle labbra per indurla a tacere. Claudia giacque immobile nel buio, senza osar fiatare o muoversi, e poi lo sentì. Un leggero raspare all'ingresso del rifugio, poi la tenda scostata, e come l'irrompere di un animale.

Il suo cuore si mise a battere all'impazzata, e si morse il labbro per non gridare, mentre sentiva la bestia attraversare il pavimento di terra battuta e venir verso il letto. Le sue zampe non facevano il minimo rumore. Sentì l'odore del carnivoro selvatico, e fu proprio sul punto di mettersi a urlare.

Di fianco a lei Sean si mosse svelto come un serpente che morde. Scostò la zanzariera e ghermì l'intruso, che scalpitò squittendo mentre lei cercava di sfuggire alla belva filando dietro le spalle di Sean.

« Stavolta ti ho beccato, grandissimo coglione! » imprecò tra i denti Sean. « Non me la puoi fare due volte di fila. Adesso prova a dirmi che sono invecchiato, e ti tiro il collo! »

« Sarai giovane e bello in eterno, mio buana », ridacchiò Matatu contorcendosi come un cucciolo preso per la collottola.

« Dove sei stato, Matatu? » gli domandò Sean severamente. « Come mai ci hai messo tanto tempo? Hai incontrato qualche bella ragazza per strada? »

Matatu si rimise a ridacchiare. Era contentissimo quando Sean lo accusava di ribalderie e avventure galanti.

« Ho trovato il nido dei falconi », si gloriò. « Ho fatto come quando seguo le api per prendere il miele. Ho osservato il volo controsole e li ho seguiti fino al loro nascondiglio segreto. »

Sean lo tirò più vicino scuotendogli dolcemente il braccio. « Dimmi tutto. » Nel buio, Matatu si accucciò accanto al letto, si aggiustò il perizoma e si raschiò solennemente la gola come un notabile che si accinga all'oratoria.

« C'è una collina rotonda come la testa di un uomo pelato », cominciò Matatu. « Da una parte della collina passa l'*insimbi*, la ferrovia, e dall'altra parte la strada. »

Sean si tirò su sul gomito per ascoltare. Con l'altro braccio attirava a sé Claudia, che gli si premette contro ascoltando la vocina soddisfatta di Matatu cinguettar nel buio.

« Intorno alla collina ci sono tanti ascari con grossi *banduki* nascosti nelle buche per terra. » Sean si fece subito l'idea della collina munitissima che Matatu gli descriveva. Oltre la linea difensiva esterna, gli elicotteri erano alloggiati in grandi buche protette da sacchetti di sabbia. Così risultavano assolutamente imprendibili. A un attacco, bastava che si alzassero di qualche metro per innaffiare gli assalitori con le loro armi mortali.

« Tra i nidi degli *hensciò* ci sono trincee e camminamenti e macchine parcheggiate e soldati in divisa verde che salgono sui falconi e ci guardano continuamente dentro. » Matatu descriveva alla sua maniera i furgoni delle officine mobili, le autobotti del rifornimento e le squadre di meccanici e tecnici russi addetti alla manutenzione degli elicotteri. Il manuale d'addestramento aveva sottolineato la necessità di assidue cure che avevano gli Hind, i cui grossi motori turbo Isotov bevevano autobotti e autobotti di carburante avio.

« Matatu, hai visto sulla ferrovia vicino alla collina i barili grossi grossi con le ruote sul binario? » chiese Sean.

« Li ho visti », confermò Matatu. « Devono avere una gran sete di birra gli uomini che salgono sugli *hensciò*! » Tanti anni prima, in una delle sue rare visite in città con Sean, Matatu aveva visto un'autobotte di birra che alimentava il serbatoio della principale birreria di Harare. Era rimasto così impressionato che da quel giorno si era convinto che tutte le autobotti trasportassero sempre e soltanto birra. Sean non riusciva assolutamente a disilluderlo su questo: Matatu considerava immorale e inammissibile che alcune autobotti in realtà trasportassero liquidi meno nobili, tipo la benzina, e tutte le volte che vedeva passare un'autobotte la guardava con occhi che brillavano.

Ora Sean sorrise nel buio di questa fissazione dell'omino. Era evidente che il carburante per gli elicotteri veniva trasportato da Harare per ferrovia fino ai piedi della collina, dove era travasato nelle autobotti più piccole. L'ironia di tutto ciò stava nel fatto che molto probabilmente tutto quel carburante veniva dal Sudafrica. Comunque era improbabile che fosse immagazzinato in serbatoi vicini alle buche fortificate degli elicotteri. Sarebbe stata un'imprudenza: bisognava ricordarselo.

Matatu rimase a parlare accanto al letto per circa un'ora, mentre Sean cercava di memorizzare il più possibile del suo rapporto sulla base degli elicotteri Hind.

Matatu era sicuro che ce ne fossero undici. Questo concordava con la sua stima. Originariamente erano dodici, uno squadrone: meno quello che aveva abbattuto con l'Hercules.

Matatu era ugualmente certo che solo nove degli Hind volavano davvero. Nascosto su una collina vicina, aveva visto decollare gli elicotteri all'alba, tornare a far rifornimento verso metà giornata e rientrare alla sera dalle operazioni. Sean sapeva che Matatu era in grado di contare benissimo fino a venti, dopo di che diventava alquanto vago e parlava di « tanti », « tantissimi » o addirittura « come l'erba sulla pianura del Serengeti. »

Dunque Sean non poteva esser proprio sicuro che i due elicotteri fossero irreparabilmente guasti, magari aspettavano solo qualche pezzo di ricambio; però non dubitava che almeno per ora fossero solo nove quelli operativi. Era sempre una forza formidabile, più che sufficiente a far pendere il piatto della bilancia dalla parte del Frelimo nella controffensiva che si preparava. A meno che non fossero rapidamente messi fuori combattimento.

Quando Matatu terminò finalmente il suo rapporto, gli chiese soltanto: « E adesso, buana, cosa vuoi che faccia? »

Sean ci pensò un attimo in silenzio. Forse non c'era motivo di far stare nascosto Matatu nella boscaglia: poteva benissimo farlo aggregare come guida al suo reparto di shangane. Però subodorava che potesse convenirgli tenerlo ancora fuori dallo sguardo da rettile del generale Cina.

« Matatu, tu sarai la mia briscola segreta », gli disse in swahili. « Voglio che non ti fai vedere da nessuno tranne me e Job. »

« Ti sento, buana. »

« Vieni a trovarmi tutte le notti come stavolta. Ti darò da mangiare e ti dirò cosa fare. Nel frattempo tu tieni gli occhi bene aperti e dimmi tutto quello che vedi. »

Matatu uscì silenziosamente com'era arrivato.

« Sarà al sicuro? » gli chiese sottovoce Claudia. « Sono in pensiero per lui. Mi è molto simpatico. »

« È il più atto a sopravvivere di tutti noi », le rispose sorridendo Sean, che era molto affezionato all'ometto.

« Non ho più sonno », disse Claudia strofinandosi nuda contro di lui come una gatta. Poi, molto tempo dopo, gli sussurrò: « Sono contentissima che Matatu ci abbia svegliati. Pensa cosa avremmo perso! È proprio simpatico ».

Era ancora buio quando Sean andò a svegliare Job, quella mattina. « Abbiamo da fare », gli disse, e mentre lui si allacciava gli stivali gli raccontò il discorso del generale Cina la sera prima.

« Allora siamo diventati caporali istruttori », rise Job. « E pensare che tutto quel che sappiamo sugli Stinger l'abbiamo letto ieri sul manuale! »

« Dobbiamo darci da fare in tutti i modi », gli disse Sean. « Prima riusciamo a preparare all'azione gli shangane, e prima leviamo le chiappe da qui. »

« È quel che ti ha promesso Cina? » chiese Job alzando un sopracciglio.

« Adesso pensiamo a Ferdinand e ai suoi », tagliò corto Sean per cambiar discorso. « Li divideremo in due squadre, una di portatori e l'altra di sparatori dei missili. Naturalmente anche il portatore, al bisogno, deve saper sparare lo Stinger. »

Sean tirò fuori il taccuino d'appunti e ci avvicinò il mozzicone della candela, scrivendo alla sua luce tremula.

« Quando pensi che arriverà Alfonso? » disse Job infilando la camicia nei calzoni mimetici tigrati.

« Se arriva, oggi », rispose Sean.

« È il migliore del mazzo », borbottò Job.

« Anche Ferdinand non è male », osservò Sean, scrivendo i due nomi come capisquadra. « Va be', adesso ci servono trenta sparatori. Fammi un po' di nomi. »

Era come ai vecchi tempi, lavorare insieme così, e Sean scoprì che stava cominciando a divertirsi.

Appena ci fu un po' di luce, schierarono gli uomini tornati con l'Hercules dall'incursione a Grand Reef. Tolti i due feriti, erano diciotto, al comando di Ferdinand. Sean lo promosse subito sergente, da caporale che era, e Ferdinand gli fece un gran sorriso e un saluto fiorito che quasi quasi lo sollevò da terra. Sean doveva trovare qualcosa per tenerli occupati e fuori dai piedi mentre lui e Job imparavano ad adoperare i missili.

« Sergente », disse Sean a Ferdinand usando il nuovo grado per la prima volta. « Vedi quella collina là? » Azzurrina per la lontananza, si distingueva appena in mezzo agli alberi. « Facci una corsetta intorno con gli uomini in tenuta da combattimento e vedi di esser di ritorno tra non più di due ore! »

Mentre assistevano alla partenza della squadra per l'esercitazione, Sean disse: « Se Alfonso e i suoi non arrivano entro stasera, dovremo sostituirli. Non sarà un problema, perché Cina ci darà volentieri i suoi uomini migliori. Attualmente siamo i suoi cocchi ».

« Intanto cominciamo a studiarci 'sti manuali » disse Job. « È dall'università che non sgobbo sui libri di testo, e a dir la verità non ne ho tanta voglia. »

Claudia li raggiunse nel rifugio, aiutandoli a orientarsi in quel mare di manuali rilegati a spirale dalla copertina di plastica rossa. Cercava le informazioni rilevanti per i loro problemi tattici specifici e scartava le minuzie tecniche che non servivano, come i dati che si riferivano ad altri teatri di guerra e altri bersagli. In questo modo tantissime pagine vennero scartate, e il risultato fu uno smilzo manualetto che conteneva soltanto quel che interessava a loro.

« Va bene », disse Sean alzandosi. « E adesso andiamo a cercare un bel campo d'addestramento. »

Lo trovarono qualche centinaio di metri a valle del fiume, dove un basso *kopje* formava un anfiteatro naturale adattissimo a tener lezioni. Alti mogani d'acqua dai rami a ombrello li avrebbero celati agli elicotteri. Quando Ferdinand e gli altri tornarono tutti sudati dalla gitarella, Sean li mise al lavoro per liberare il terreno dai cespugli e scavare buche in cui gettarsi in caso di incursione degli Hind.

« Benissimo », disse Sean a Job e Claudia. « Adesso possiamo sballare il videogioco d'addestramento e un lanciamissili. D'ora in poi la parola d'ordine è *Impara e insegna.* »

Quando aprirono la prima cassa, Sean scoprì che le batterie erano scariche. Però erano ricaricabili: in ogni cassa c'era il materiale elettrico necessario.

Ferdinand e i suoi uomini, sotto la supervisione di Job, portarono le batterie al centro comunicazioni del quartier generale e per ordine del generale Cina ebbero la precedenza assoluta su tutto il resto degli utilizzi per collegarsi al generatore portatile da 220 volt e 15 kilowatt. Sean collegò a cinque a cinque le batterie, ma anche così ci sarebbero volute ventiquattr'ore per aver l'energia per azionare tutti i lanciamissili.

Mentre le batterie si caricavano, disposero su un tavolaccio costruito in fretta da Ferdinand nell'anfiteatro naturale delle lezioni il materiale da addestramento e un lanciamissili. Mentre Claudia leggeva ad alta voce dal manuale delle istruzioni, Sean e Job smontarono e rimontarono l'equipaggiamento fino a prenderci confidenza.

Sean fu compiaciuto e sollevato nello scoprire che, salvo il dispositivo IFF, il funzionamento del lanciamissili non era molto più complicato di quello di un normale RPG7. Il lanciarazzi RPG7 era un'arma della guerriglia così normale che tutti gli uomini del generale Cina, osservò Job, avrebbero saputo caricare e sparare al buio in una notte di tempesta.

« Meno male che non ci serve il dispositivo IFF », osservò Sean. « Tutto quello che vola in questi cieli, se non è un uccellino, è un nemico. » L'IFF, « Identification Friend or Foe », è un aggeggio che serve a identificare gli apparecchi alleati impedendo che il missile li prenda di mira.

Claudia trovò la sezione del manuale che parlava di questo sistema e sotto la sua direzione Sean e Job lo eliminarono dal circuito, trasformando lo Stinger in un indiscriminato eversore dei cieli, pronto ad abbattere qualunque aereo contro cui fosse puntato.

Senza l'IFF il procedimento d'attacco del lanciamissili è semplicissimo. Il bersaglio è inquadrato nel piccolo schermo del mirino; col pollice si toglie la sicura. Il dispositivo cercabersaglio è attivato premendo un bottone situato nella parte posteriore dell'impugnatura. In tal modo si attiva il giroscopio del missile che ne guiderà la navigazione e viene liberato nel tubo sigillato del gas freon che raffredda i sensori di infrarossi che entrano in azione. Quando il bersaglio è inquadrato nel mirino, i raggi infrarossi arrivano e vengono amplificati e concentrati sulla cellula rivelatrice in testa al missile. Appena la radiazione è sufficientemente concentrata da consentire al missile di risalire alla fonte, lo stabilizzatore giroscopico si attiva e il missile emette un fischio acuto.

Per sparare il missile, l'operatore schiaccia il grilletto dell'impugnatura con l'indice. In tal modo avvia il motorino elettrico dell'eiettore. Il missile sfonda il sigillo anteriore del tubo e vola a una distanza di sicurezza, circa otto metri dall'operatore, per non bruciarlo col getto degli ugelli, che a questo punto si accendono. Il motore a razzo, che impiega carburante solido, fa accelerare il missile fino a quattro volte la velocità del suono. Quando raggiunge una forza d'inerzia pari a ventotto volte la gravità, perde lo scudo di sicurezza ed è pronto a esplodere. Insegue il bersaglio come un kamikaze automatico, senza bisogno di altri interventi dell'operatore, guidato solo dal programma.

Con la cassetta di software speciale per gli Hind inserita nel computerino dell'impugnatura RMP – Reprogrammable micro processor –, il sistema diventa automaticamente « a due colori » a cento metri dalla sorgente infrarossa. Il missile non persegue più gli scappamenti della marmitta blindata, e punta invece le emissioni ultraviolette delle molto più deboli prese d'aria del motore. Su questo bersaglio la testata altamente esplosiva scoppia e distrugge.

« Perfino uno shangane può imparare ad adoperarli », disse Job, e Sean sogghignò.

« Ecco che salta fuori il tuo razzismo tribale matabele. »

« Quando si è geneticamente superiori non serve negarlo. »

Entrambi guardarono Claudia, aspettandosi una reazione, ma lei non alzò nemmeno gli occhi dal manuale. « State perdendo tempo, faziosi! Stavolta non vi do soddisfazione. »

« Fazioso! » Job assaporò la parola. « È la prima volta che mi chiamano così. Mi piace. »

« Basta scherzare », decretò Sean. « Diamo un'occhiata al dispositivo per l'addestramento. »

Montatolo e collegatolo a una delle batterie già cariche, Sean espresse la sua opinione.

« Con questo affare possiamo addestrare i ragazzi all'azione nel giro di giorni e non di settimane. »

Inserita una microcassetta nel monitor, lo schermo simulò la sagoma di un Hind che l'istruttore poteva manovrare a piacimento, salendo, scendendo, scivolando di fianco, restando fermo sul posto, come un elicottero vero. Mentre faceva ciò poteva osservare le reazioni degli addestrandi, che si accingevano ad abbattere l'elicottero fantasma visibile sul loro schermo con un missile altrettanto fantomatico.

Sean e Job si misero a giocare con il dispositivo come due ragazzini, facendo descrivere all'elicottero complicate evoluzioni. « Sembra d'essere in una sala-giochi! » disse entusiasta Job. « Ma adesso ci servirebbe uno pseudoshangane gonzo per vedere se riusciamo a insegnargli ad adoperarlo. »

Ancora una volta i due guardarono Claudia, che seduta a gambe incrociate sul tavolaccio, stava ancora leggendo il manuale.

Sentendosi osservata alzò gli occhi. « Vi serve un gonzo di prova? Lo faccio io! Qua il lanciamissili! »

Si piazzò al centro dell'anfiteatro col lanciamissili in spalla, guardando nel mirino. Il grosso equipaggiamento sembrava schiacciarla. Si era girata il berrettino con la visiera sulla nuca, sicché sembrava un giovane giocatore di baseball.

« Sei pronta? » chiese Sean.

« Via! » disse lei, concentrandosi ferocemente sul suo piccolo schermo, mentre Sean e Job si scambiavano sorrisetti scettici.

« Arriva! » gridò Sean. « Dritto contro di te, a ore dodici. Carica e punta. »

Condusse lo Hind fantasma all'attacco diretto a 150 nodi.

« Caricato e puntato », affermò Claudia, e nel loro schermo videro la simulazione del mirino del lanciamissili salire rapidamente e inquadrare lo Hind che si ingrandiva ogni momento.

« Sensori accesi » disse Claudia con calma: dopo un secondo, sentirono il tubo di lancio animarsi, digrignare e gemere, per poi stabilizzarsi in un sibilo come di zanzara infuriata.

« Bersaglio agganciato » comunicò Claudia. Lo Hind era a seicento metri e arrivava in fretta, ondeggiando drammaticamente nel mirino, sempre più grosso.

« Fuoco! » dichiarò lei, e videro partire sullo schermo del videogioco un raggio rosso, che poco dopo diventò verde a significare che si era acceso il razzo. Quasi istantaneamente la sagoma dello Hind sparì dallo schermo, sostituita dalla scritta lampeggiante

BERSAGLIO DISTRUTTO! BERSAGLIO DISTRUTTO!

Seguì un profondo silenzio. Job tossicchiò nervosamente.
« Un colpo di fortuna, càpita », disse Sean. « Riproviamo? »
« Via! » disse Claudia, impugnando di nuovo il lanciamissili.
« Arriva! » gridò Sean. « A ore sei. Carica e punta. »
Fece apparire il secondo Hind da dietro, all'altezza degli alberi, lanciato a velocità d'attacco. La ragazza aveva solo tre secondi per reagire.
« Caricato e puntato » disse Claudia dopo una piroetta da ballerina, inquadrando subito lo Hind. « Sensori accesi. » Mentre così diceva, Sean manovrò l'elicottero in una cabrata di traverso proponendole una deviazione su tre piani. Colpirlo era come centrare al volo una folaga alta in una bufera.
Nello schermo dell'istruttore guardarono increduli Claudia riguadagnare elasticamente il bersaglio col mirino, fino al gemito e al fischio del missile nel tubo.
« Bersaglio inquadrato. Fuoco! »

BERSAGLIO DISTRUTTO! BERSAGLIO DISTRUTTO!

li sfotteva lampeggiando il video. Entrambi si misero a tamburellare le dita, a disagio.
Job mormorò: « Due centri al volo. Non era un colpo di fortuna ».
Claudia posò il lanciamissili sul tavolaccio, si rimise a posto il berrettino, poi puntò i pugni ai fianchi e sorrise dolcemente.
« Pensavo mi avessi detto che non sapevi sparare », l'accusò Sean, indignato.
« Vuoi che la figlia di Riccardo Enrico Monterro non sappia sparare? »
« Ma non eri contraria alla caccia? »
« Sicuro », disse lei. « Non ho mai sparato a creature vive, ma stermino le ochette di gesso. Mi ha insegnato mio papà. »
« Avrei dovuto capirlo quando hai detto 'via!' » mugugnò Sean.
« Se ti interessa », disse Claudia guardandosi le unghie della destra, modestamente, « sono stata tre volte campionessa di tiro

al piattello dell'Alaska, e a momenti mi qualificavo per le Olimpiadi. »

I due si scambiarono uno sguardo imbarazzato. « Ti ha proprio fregato bene », scosse la testa Job. « Ci sei cascato a occhi chiusi. »

« D'accordo, Miss Alaska », le disse severo Sean. « Ti sei guadagnata il ruolo di istruttore. D'ora in poi sei responsabile di questo equipaggiamento. Job e io divideremo gli shangane in due gruppi e gli daremo le prime spiegazioni, poi te li porteremo per l'addestramento al simulatore. Questo sveltirà la faccenda. »

Il generale Cina li interruppe entrando nell'anfiteatro, col basco di traverso e il frustino impaziente contro la coscia. Osservò con sguardo rapido e inquisitorio i preparativi.

« Quando cominciate l'addestramento? Mi aspettavo che foste già più avanti! »

Sean riconobbe l'inutilità di accampar spiegazioni. « Senza interferenze faremmo più in fretta. »

« Sono venuto per avvertirvi che il Frelimo ha scatenato l'offensiva. Ci attaccano in forze da sud e da ovest, a tenaglia, mirando ovviamente a snidarci da queste colline al riparo del fiume e a spingerci in terreno aperto dove possono utilizzare con vantaggio blindati ed elicotteri. »

« Dunque le stanno facendo un gran mazzo », lo punzecchiò Sean con malizia.

« Ci ritiriamo », disse Cina accusando il colpo con un semplice lampo degli occhi. « Ma, appena i miei uomini cercano di attestarsi su qualche caposaldo naturale, il Frelimo si limita a chiamare gli Hind. I piloti russi ci stanno facendo vedere come son diventati bravi in Afghanistan. Ci spazzano via. Non è bello sentire i comandanti implorare aiuto per radio. Quando gli potrò mandare gli Stinger? »

« Tra due giorni », disse Sean.

« Così tanto? Non c'è modo di fare più in fretta? » chiese Cina, vibrandosi il frustino sul palmo della mano. « Voglio immediatamente almeno una squadra addestrata. Qualunque cosa, per poter restituire il colpo! »

« Questa, generale Cina, sarebbe crassa stupidità », gli disse Sean. « Col dovuto rispetto », proseguì non dimostrandone alcuno, a giudicare dal tono della voce, « se lei impiega gli Stinger col contagocce va incontro a delle fregature. »

« Cosa intende dire? » chiese Cina con la voce gracchiante come ghiaccio che s'infranga.

« Questi piloti russi hanno già avuto a che fare con gli Stinger in Afghanistan. Sapranno tutte le contromisure da manuale e no. Finora per fortuna sono convinti di dominare il cielo, e non stanno in guardia. Ma se lei fionda uno Stinger, tutto cambierà. Potrà abbattere un elicottero, ma il resto dello squadrone sarà pronto a correre ai ripari. » L'espressione di Cina si ammorbidì un tantino. Si mise a riflettere.

« Lei cosa suggerisce di fare, colonnello? »

« Di spararglieli addosso tutti insieme. »

« Dove? Quando? »

« Quando meno se lo aspettano. Un attacco di sorpresa alla base degli elicotteri, all'alba. »

« Un attacco alla base? » Cina scosse la testa irritato. « Non sappiamo neanche dov'è! »

« Sì che lo sappiamo », lo contraddisse Sean. « Io l'ho già individuata. Addestrerò Alfonso e Ferdinand e farò il piano dell'incursione. Ma mi servono due giorni. »

Cina ci pensò su un momento, con le mani unite dietro la schiena, guardando l'azzurro cielo africano come se si aspettasse di veder comparire da un momento all'altro le temute sagome dei gobboni volanti.

« Due giorni », concesse alla fine.

« Due giorni, e quando avrò addestrato i lanciatori e preparato il piano d'attacco alla base degli elicotteri, lei mi lascerà andare via coi miei amici. Questa è la mia condizione. »

« C'è una colonna del Frelimo tra qui e il confine dello Zimbabwe », gli ricordò Cina.

« Correremo il rischio! » berciò Sean. « Questo è l'accordo, accetta o no? »

« Ha la mia parola, colonnello. »

« Molto bene. Adesso mi dica, quando arriva Alfonso coi suoi? »

« Sono già entro le nostre linee. Penso che saranno qui fra un'ora, ma non dimentichi che combattono da giorni senza interruzione, saranno esausti. »

« Chi se ne frega, questo non è un picnic », disse cinicamente Sean. « Me li mandi appena arrivano. »

E infine arrivarono, barcollanti come un peso massimo dopo dodici dure riprese. Le loro tute mimetiche erano tutte sporche della battaglia, e avevano la faccia grigia di stanchezza.

Mentre i suoi uomini si stendevano sull'anfiteatro cadendo immediatamente addormentati, Alfonso raccontò a Sean in poche parole prosaiche la ritirata dalla base di Grand Reef e la fuga alla missione in fondo alla valle di Honde, dove avevano lasciato il camion Unimog e varcato a piedi il confine mozambicano.

« La boscaglia era piena di soldati del Frelimo e il cielo di *hensciò*. » Fece una pausa per asciugarsi il viso con un fazzoletto che era diventato ormai uno straccio. « È stregoneria, ma gli *hensciò* sanno anche parlare dal cielo. Ci insultano in shangane. Ci raccontano che hanno magie che trasformano i nostri proiettili e razzi in acqua. »

Sean annuì debolmente. Evidentemente i russi si servivano degli altoparlanti per demoralizzare gli shangane della Renamo. Era un altro trucchetto che avevano imparato in Afghanistan.

« Su tutto il fronte i nostri sono fatti a pezzi oppure scappano. Non si può combattere contro gli *hensciò*. »

« Sì che si può! » disse Sean prendendolo per la tuta. « Ti farò vedere come! Fa' saltare in piedi i tuoi uomini. Ci sarà un sacco di tempo per dormire dopo, quando avremo tirato giù dal cielo quei bastardi dei russi. »

Sean e Job avevano lavorato e combattuto con questi uomini, sicché ora li conoscevano a uno a uno e avevano un'idea chiara delle loro capacità.

Sapevano che fra loro non c'erano codardi né lavativi. Alfonso se n'era liberato da un pezzo. Però c'erano quelli che Job chiamava « buoi », forti ma stupidi, muscolosa carne da cannone. Gli altri avevano una certa intelligenza e adattabilità. In cima al mucchio stavano Alfonso e Ferdinand.

Sean e Job li divisero in due gruppi e concentrarono gli sforzi sui più promettenti di ciascun gruppo, scegliendo quelli più pronti a capire distanze e traiettorie dell'elicottero dall'immagine sullo schermo del mirino.

Dopo quasi tre ore avevano selezionato venti uomini che avevano il potenziale per assimilare in fretta l'addestramento e diventar numeri uno delle squadre di lancio, e altrettanti in grado di formar buone riserve.

Quelli che non mostravano attitudine venivano assegnati alle squadre di incursori che, alla base degli elicotteri, si sarebbero serviti di armi convenzionali. Degli addestrandi al missile Sean prese un gruppo e Job l'altro, e cominciò il monotono lavoro di familiarizzarli con l'arma. Si servirono ancora una volta della tecnica della ripetizione. Tutti gli allievi dovettero smontare e rimontare, impugnare, caricare e puntare il lanciamissili. Mentre così faceva, il soldato di turno doveva raccontare agli altri lo scopo dei gesti, e Sean e Job correggevano gli errori tra risate e schiamazzi della « classe ».

Era tardo pomeriggio quando Sean mandò il primo gruppo di cinque uomini da Claudia al simulatore. C'erano Alfonso, Ferdinand e altri tre.

Alfonso fece tre centri consecutivi, e fu subito comandato aiutante e interprete di Claudia. Prima di sera tutti i membri del primo gruppo avevano fatto i tre centri consecutivi che Claudia arbitrariamente aveva preso a norma di eccellenza: intanto Sean e Job avevano dirozzato altri dieci uomini, preparandoli per il lavoro al simulatore l'indomani mattina alle prime luci. Quando non si vide più niente, Sean li congedò e Alfonso e i suoi tornarono stravolti ai giacigli, ubriachi di stanchezza e dello sforzo di imparare.

Joyful, il cuoco, aveva rubato la trippa del bufalo servito in ragù agli ufficiali la sera prima. Dopo il caldo della giornata cominciava a non essere più tanto fresca, ma il cuoco rimediò con abbondante cipolla e piri-piri. Claudia impallidì quando Joyful le piazzò una ciotola fumante di trippa sotto il naso. Ma alla fine la fame sconfisse lo schifo.

« Brava, fatti un po' di pelo sullo stomaco », l'incoraggiò Sean.

« Caro mio, non rientra nella mia concezione di bellezza. »

« Ah sì? » le sorrise lui. « E quelle tettine striminzite ci rientrano? »

« Non ti piacciono forse? »

« Anzi le adoro, ma le vorrei più grassocce. Metti su un po' di ciccia! »

Quando Matatu scivolò nel rifugio a notte alta, Sean gli diede da mangiare un piattone di trippa che l'omino fece fuori tutto contento, finché la sua pancia nera e lustra non somigliò a un pallone da spiaggia.

« Bene, vecchio mio, e ora è tempo che ti guadagni da campare », gli disse Sean.

Lo accompagnarono all'anfiteatro, dove trovarono Job in

piedi ad aspettarli nel buio. Aveva già preparato la materia prima per costruire il plastico della base degli Hind. Alla luce di due lampade a petrolio cominciarono a farlo. Matatu durante la guerra civile aveva partecipato a molte di queste sedute, sicché capiva bene cosa gli si chiedeva. Inoltre, come tanti analfabeti, aveva una memoria fotografica assai sviluppata.

Si dava un sacco d'arie, fornendo esigentissime istruzioni a Sean e Job, girando attorno al plastico per correggere particolari, illustrare i rapporti della collina con la strada e la ferrovia, le particolarità della vegetazione e del terreno.

Claudia mostrò un altro talento insospettato. Usando il legno dolce del baobab, intagliò undici modellini in scala degli Hind. Erano riconoscibilissimi: e, una volta piazzati nelle buche trincerate del plastico sulla cima della collina, aggiunsero un tocco di autenticità.

Era passata da un pezzo la mezzanotte quando Claudia e Sean tornarono a infilarsi nudi sotto la zanzariera del letto. Erano tutti e due stanchi da morire, ma anche dopo aver fatto l'amore in maniera lenta e languida non riuscirono a dormire, e allora giacquero abbracciati stretti a parlare. Aver nominato il padre, quel giorno, indusse Claudia a rievocare la sua infanzia. Ascoltandola, Sean fu lieto di sentire che era in grado di parlare con facilità e naturalezza di suo padre. Aveva superato lo shock iniziale e il dolore più violento, e adesso lo ricordava con quella malinconia nostalgica che era quasi un piacere, in confronto alla sofferenza dei primi giorni.

Raccontò a Sean come all'età di quattordici anni, proprio quando la sua femminilità era sbocciata, il nucleo di sicurezza della sua vita fosse esploso col traumatico divorzio dei genitori. Gli descrisse gli anni seguenti, molto vividamente: gli attacchi di solitudine alla separazione dal padre, seguiti dai torrenti di odio-amore quando erano tornati insieme.

« Ora puoi capire perché io sono una ragazza mezza matta e contraddittoria », gli disse. « Sono costretta a impegnarmi al meglio in tutto ciò che faccio, eppure sempre indotta a proteggere l'emarginato. Per metà del tempo cerco di meritarmi l'approvazione di mio padre, e per l'altra metà rifiuto la sua concezione élitaria e materialistica della vita. » Si strinse ancora di più a Sean. « Non so davvero come farai con me. »

« Sarà sempre un piacere », la rassicurò lui. « Ma farti stare al tuo posto sembra proprio che sarà un lavoro *full time.* »

« È proprio il tipo di cosa che poteva dire mio papà. Prevedo litigate tremende, mister. »

« E poi pensa che belle riconciliazioni! »

Alla fine riuscirono a dormire qualche ora, svegliandosi sorprendentemente freschi e riposati per riprendere l'addestramento dove l'avevano lasciato il giorno prima.

Mentre Claudia al simulatore iniziava altri shangane terra terra a belliche raffinatezze terra-aria, Sean e Job si accucciarono vicino al plastico per preparare il piano d'attacco. Job ascoltava attentamente, facendo qualche obiezione qua e là, finché alla fine ebbero tutto chiaro in mente: la marcia d'avvicinamento, l'attacco e la ritirata, e le azioni alternative se trovavano qualche intralcio. Alla fine Sean si alzò.

« Okay », disse. « Diciamolo ai ragazzi. »

I guerriglieri shangane assistettero attentissimi alla spiegazione dal pendio dell'anfiteatro naturale, mentre Sean e Job spiegavano il piano d'attacco sul plastico sopra il tavolaccio, servendosi di ciottoli di fiume per rappresentare le varie unità degli incursori, spostandoli sugli obiettivi di ciascun gruppo. Quando l'attacco cominciò, Claudia fece decollare i modellini degli Hind, e gli spettatori shangane emisero grida di entusiasmo man mano che tutti venivano abbattuti da precisi Stinger.

« Bene, sergente Alfonso », disse Sean rimettendo a posto i sassolini nelle posizioni di partenza. « Facci vedere tu l'attacco, adesso. »

Lo ripeterono cinque volte. A turno i capisquadra lo descrissero, e sempre la distruzione simbolica degli Hind generava applausi e schiamazzi. Alla fine della quinta replica il sergente Alfonso si alzò in piedi e parlò a nome dell'intera unità:

« *Nkosi Kakulu* », esordì. Non aveva mai usato questo titolo rivolgendosi a Sean in precedenza: era generalmente riservato ai capitribù di altissimo lignaggio.

Sean era consapevole dell'onore che rappresentava il riconoscimento tributato al suo valore da questi fieri e sperimentati guerrieri.

« Grande Capo », diceva Alfonso, « i tuoi bambini sono preoccupati. » Ci fu un mormorio d'assenso tra gli shangane. « In tutto quello che ci hai detto sul piano di battaglia, manca la garanzia che ci comanderai tu e ci metterai il fuoco nelle viscere come a Grand Reef. Di' ai tuoi bambini, *Nkosi Kakulu*, che sarai con noi nella battaglia, che ti sentiremo ruggire come un leone quando gli *hensciò* cadranno bruciando dal cielo, e i babbuini del Frelimo scapperanno urlando come vergini che sentono il duro del pungolo per la primissima volta. »

Sean aprì le braccia. « Non siete i miei bambini », disse. « Siete uomini forti, come i vostri padri prima di voi. » Non c'era complimento maggiore che potesse fargli. « Non avete bisogno del mio aiuto per fare questa cosa. Vi ho insegnato tutto quello che so. Le fiamme nelle viscere bruceranno lo stesso come l'erba secca d'inverno. È ormai tempo che io vi lasci: questa battaglia sarà soltanto vostra. Io devo andare, ma sarò sempre orgoglioso del fatto che siamo stati amici e abbiamo combattuto a fianco a fianco da bravi fratelli. »

Ci fu un sommesso coro di dissenso. Gli shangane scuotevano la testa e parlottavano scontenti.

Sean si voltò dall'altra parte, e vide che mentre parlava era arrivato il generale Cina, che ora se ne stava tranquillo fra gli alberi in riva al fiume, e lo guardava. Con lui c'erano una dozzina di ufficiali e guardie del corpo, tutti con lo stesso basco bruno: ma parvero scomparire quando Cina fece un passo avanti monopolizzando immediatamente l'attenzione di tutti i presenti.

« Vedo che i preparativi sono terminati, colonnello Courteney », salutò Sean.

« Sì, sono pronti, generale. »

« La prego di espormi il piano d'attacco, che non ho fatto in tempo a sentire. »

Sean guardò il sergente Alfonso. « Raccontacelo tu », ordinò, e il generale Cina si avvicinò al plastico, con le mani allacciate e il frustino dietro la schiena, interrompendo più volte per far domande e studiando il plastico con gli occhi vivaci e intelligenti.

« Perché intendete usare solo metà dei missili disponibili? »

« La colonna deve raggiungere l'obiettivo in territorio controllato dal Frelimo. I missili sono pesanti e ingombranti: portarne di più sarebbe superfluo e renderebbe molto più probabile essere scoperti. »

Cina annuì e Sean proseguì. « Bisogna anche considerare la possibilità di un fallimento dell'attacco. Se questo dovesse succedere e lei perdesse tutti gli Stinger in un sol colpo... » Sean alzò le spalle.

« Sì, certo, è saggio tenere di riserva metà dei missili. Anche se l'incursione fallisse, non resteremmo completamente indifesi. Continui. »

Alfonso illustrò il piano passo passo, mostrando coi ciottoli come le squadre di lanciatori prendessero posizione mezzo chilometro prima del reticolato, in vari posti: due squadre per ogni buca-elicottero.

Al segnale, un razzo rosso sparato da Sean, gli assaltatori avrebbero attaccato in massa da sud, facendo saltare tutte le autobotti o i vagoni di carburante che avessero incontrato coi lanciagranate RPG7, bombardando la base cintata coi mortai per poi lanciarsi all'assalto del reticolato nel lato meridionale.

« Gli *bensciò* si spaventeranno, quando si scatenerà l'attacco », spiegò Alfonso. « Cercheranno di volar via, ma al principio staranno bassi, fermi in aria, come quando il falco si prepara alla picchiata. In quel momento li colpiremo. »

Sean e Cina discussero ogni aspetto del piano d'attacco, finché Cina non fu soddisfatto.

« Allora quando lo attuate? »

« Lei continua a dire *voi* », protestò subito Sean. « Ma io non c'entro più niente. Sarà il sergente Alfonso a comandare l'azione. Partiranno stasera due ore prima del buio, passeranno le linee del Frelimo durante la notte, domani staranno nascosti e al tramonto attaccheranno. »

« Molto bene », disse Cina. « Parlerò subito agli uomini. »

Era un grande oratore, Sean dovette convenire. L'ascoltò rammentar loro le conseguenze di una vittoria del Frelimo, esortarli ad atti di eroismo e sacrificio, e in breve condurli a uno stato di esaltazione patriottica e guerresca. Il generale Cina alzò la voce: « Voi siete guerrieri! Fatemi sentire l'inno di battaglia della Renamo ».

La foresta echeggiò della grande bellezza di quel coro, e Sean restò anche lui vittima dell'emozione, e gli si velò la vista. Non si era reso conto di quanto questi uomini avevano finito per significare anche per lui: ma adesso che stava per lasciarli lo capiva.

« Colonnello, vorrei parlarle in privato », gli disse il generale Cina interrompendo la sua rêverie sentimentale. « Venga con me, per favore. »

Sean si scusò un attimo con Claudia e Job. « Falli esercitare ancora col simulatore. »

A fianco del generale Cina, andò verso il bunker-comando. Sean non si era accorto che il generale Cina era solo, perché la sua guardia del corpo era rimasta all'anfiteatro delle lezioni, comportandosi in maniera alquanto arrogante.

Quando raggiunsero il comando, il generale Cina lo fece entrare nel suo ufficio sotterraneo. Il tè era pronto per loro, e Sean ci mise un bel po' di zucchero di canna e sorseggiò la bevanda fumante.

« Allora, cosa aveva da dirmi? » chiese.

Cina gli voltava le spalle, intento a studiare la carta topografica appesa alla parete, su cui aveva messo bandierine che segnavano le direttrici d'attacco del Frelimo. Non rispose alla domanda di Sean, che rinunciò a rifargliela per non irritarlo. Sorseggiò il tè e attese.

Arrivò un addetto alle trasmissioni e consegnò a Cina un messaggio radio. Nel leggerlo il generale imprecò con disgusto misto a preoccupazione, e spostò tutta una serie di bandierine sulla carta. Il Frelimo aveva sfondato sul fronte occidentale e stava avanzando senza ostacoli.

« Non riusciamo a fermarli », disse Cina a Sean, senza guardarlo. Un altro messaggero entrò nel bunker. Era una delle guardie del corpo del generale, riconoscibile dal basco bruno. Sussurrò qualcosa a Cina, e Sean credette di distinguere la parola « americana ». Allora tese l'orecchio, attentissimo.

Cina sorrise brevemente e congedò l'uomo con un cenno prima di rivolgersi di nuovo a Sean.

« Non funzionerà », disse.

« Cosa, non funzionerà? »

« L'attacco che ha pianificato lei. »

« Niente è mai sicuro in guerra, come lei dovrebbe ben sapere, generale. Ma non sono d'accordo: per me il piano ha un sessanta per cento di probabilità di riuscita. Mi sembra una buona percentuale. »

« Sarebbe dell'ottanta per cento, se fosse lei a guidare l'attacco, colonnello Courteney. »

« Sono commosso della sua stima, che tuttavia resta ipotetica. Io non guiderò l'attacco, tornerò a casa. »

« No, colonnello. Lei guiderà l'attacco. »

« Avevamo un accordo preciso. »

« Un accordo? » Cina sorrise. « Non sia ingenuo. Io li faccio e li straccio quando serve. E adesso temo che serva. »

Sean saltò in piedi, con la faccia livida e cerea nonostante l'abbronzatura. « Io me ne vado! » dichiarò.

Nell'ira riuscì a mantenere il controllo della voce, bassa e tagliente. « Prendo i miei amici e vado via subito. Dovrà ammazzarmi per fermarmi. »

Cina si toccò l'orecchio sordo e sorrise di nuovo. « La cosa non è priva di attrattive per me, sa colonnello? Comunque non penso che bisognerà arrivare a tanto. »

« Vedremo. » Sean allontanò la sedia con un calcio spedendola a sbattere contro la parete. Girò sui tacchi e uscì dal rifugio.

« Tornerà presto », gli garantì sottovoce Cina, ma Sean non diede segno d'averlo sentito. Sbucò alla luce e si incamminò verso il fiume.

Quando arrivò all'anfiteatro, si rese conto che c'era qualcosa che non andava.

Gli shangane sedevano impalati al posto di prima, pareva proprio che non si fossero mai mossi. L'espressione di Alfonso era come intagliata nel marmo: ottusa e indifferente, la maschera di stupidità che gli africani sogliono indossare quando debbono prender le distanze da potenze irresistibili.

Job era riverso sul tavolaccio, con la divisa tutta sporca di terra e il berretto nella polvere. La testa gli ciondolava, e perdeva sangue dal naso.

« Cos'è successo? » Sean corse da lui e Job lo guardò, facendo fatica a tener fermo lo sguardo. Era stato brutalmente picchiato. Aveva le labbra gonfie e spaccate, la bocca piena di sangue che gli arrossava i denti. Anche una palpebra era ferita, e da quella il sangue gli colava sul naso. Respirando, faceva bolle rosate dalle narici. Sulla fronte aveva bernoccoli come acini d'uva ben grossi, e il lobo di un orecchio era strappato. Il sangue gli gocciolava sulla tuta mimetica.

« Job, cosa diavolo è...? » Sean lo prese per la spalla. « Chi è stato? »

« Ho cercato di fermarli! » sbottò Job, guardando fissamente Sean. « Ho provato! »

« Sta' calmo. »

Sean lo portò verso una sedia, ma Job si sottrasse e gli disse: « Claudia! »

Una morsa di ghiaccio rinserrò le viscere di Sean. « Claudia! » ripeté, guardandosi attorno atterrito. « Dov'è, Job? Cos'è successo? »

« L'hanno portata via. I gorilla di Cina. Ho cercato di fermarli. »

Sean cercò la pistola nella fondina. « Dove, Job? »

« Non lo so. » Job si passò la mano sulla faccia e poi guardò il sangue che c'era rimasto su. « Ero fuori combattimento. Non so quanto tempo ho dormito. »

« Cina, bastardo mangiamerda, ti farò la pelle! » ringhiò Sean, pronto a tornar di corsa al quartier generale.

« Sean, pensaci, prima! » gli gridò Job, e Sean si fermò. Molte volte con quelle due paroline Job gli aveva salvato la vita. « Pensaci, prima! »

Gli occorse un enorme sforzo di volontà, ma alla fine riuscì a dominarsi e ragionare reprimendo l'accesso di furia omicida.

« I manuali, Job! » sputò fuori con voce strozzata. « Bruciamoli! »

Job lo guardò con gli occhi tutti insanguinati. « Brucia i manuali! » ripeté Sean. « È la nostra assicurazione. Saremo gli unici a sapere usare gli Stinger. »

L'espressione di Job si illuminò. « E le cassette del software! » esclamò.

« Giusto! » disse Sean. « Le cassette! Dammele. »

Mentre Job rimetteva in fretta le cassette nel loro contenitore, Sean andò da Alfonso, che sedeva in prima fila, e gli staccò una bomba incendiaria al fosforo dalla cintura.

Lavorando in fretta collegò la catenella che assicurava la pistola alla fondina con la granata al fosforo, preparando un congegno rudimentale di autodistruzione che mise dentro al contenitore del software degli Stinger. Fece passare la catenella della pistola nell'anello della linguetta della bomba, con la baionetta praticò un buco nella valigetta di plastica delle cassette, ci mise dentro la bomba, fece passar la catenella dal buco, e se la legò intorno al polso. Chiusa la valigetta disse:

« E adesso provi a riprendersele, il generale Cina ». Se gli strappavano la valigetta di mano sarebbero morti tutti, e le cassette bruciate. Aspettò finché Job non diede fuoco con un fiammifero ai manuali ammucchiati.

Quando cominciarono a bruciare, ordinò a Job: « Sta' qui, accertati che vadano completamente in cenere ».

Poi, portando la valigetta delle cassette, si incamminò verso il quartier generale.

« L'avevo detto che tornava », l'accolse Cina col suo solito sorrisetto gelido e sardonico, che però svanì di colpo quando si accorse della valigetta e della catenella che Sean aveva al polso.

Sean gliela sventolò sotto il naso.

« Ecco qua il suo squadrone di Hind, Cina », disse sforzandosi di tener la voce sotto controllo. « Senza queste cassette, i suoi Stinger sono inservibili. » Cina lanciò un'occhiata all'ingresso del rifugio.

« Non ci pensi nemmeno », l'avvertì Sean. « C'è un bomba incendiaria nella valigetta. La catenella è collegata alla linguetta. Se mi cadesse di mano, o qualcuno me la strappasse, si accenderebbe subito un bel falò. »

Si fissarono attraverso la scrivania.

« Mi sembra una situazione di stallo, colonnello. » Cina ritrovò il sorriso, ancora più gelido e minaccioso di prima.

« Dov'è Claudia Monterro? » chiese Sean, e Cina alzò la voce, chiamando il piantone in sala radio. « Portate qui la donna », ordinò. Poi aspettarono, entrambi all'erta, guardandosi negli occhi.

« Avrei dovuto pensarci prima, alle cassette », disse Cina in tono colloquiale. « Buona idea, colonnello. Ottima, anzi. Capirà perché voglio che sia lei a condurre l'attacco. »

« Già che siamo in argomento », rispose Sean, « sappia che ho anche bruciato i manuali d'istruzioni. Siamo solo noi tre – Job, Claudia e io – a capire gli Stinger. »

« E gli shangane? Alfonso e Ferdinand? » lo sfidò Cina, e Sean gli fece un sorriso da teschio.

« Peccato, Cina, sanno spararli, ma non hanno idea di quale cassetta inserire nei microcomputer. Ha bisogno di noi, Cina. Senza di noi gli Hind la distruggeranno, e lei non potrà farci proprio niente. Dunque non scherzi con me, ho in mano la sua sopravvivenza. »

Si sentì uno scalpiccio fuori, e poco dopo spinsero dentro Claudia.

Di nuovo aveva le mani ammanettate dietro la schiena, aveva perso il berretto e i capelli le ricadevano sulla faccia.

« Sean! » proruppe al vederlo, cercando di sfuggire alle guardie per raggiungerlo. La trattennero e la spinsero contro una parete dell'ufficio di Cina.

« Dica ai suoi babbuini di piantarla! » ringhiò Sean, e quando costoro diedero segno di volersela prendere con lui Cina li fermò con un ordine secco.

« Mettetela seduta. »

Fecero sedere Claudia in una solida sedia di mogano, ammanettandole le mani ai braccioli.

« Lei ha qualcosa di mio, colonnello, ma anch'io ho qualcosa di suo. Vogliamo giungere a un accordo? » suggerì il generale Cina.

« Partiamo subito », disse Sean. « Al confine le rendo le cassette. » Cina scosse la testa con rammarico.

« Inaccettabile. Ecco la mia controproposta. Lei conduce l'attacco alla base degli Hind. Quando si sarà vittoriosamente concluso, Alfonso l'accompagnerà al confine. »

Sean sollevò all'altezza del volto di Cina la valigetta minata, e Cina sorrise. Per rappresaglia quest'ultimo tirò fuori il pugnale: aveva il manico d'avorio e la lama lunga una ventina di centimetri.

Sempre sorridendo, prese tra due dita un capello di Claudia, e con un colpo secco lo strappò. Poi lo toccò con la lama. Il capello si divise in due e metà cadde fluttuando a terra.

« Visto com'è affilato? » disse sottovoce Cina.

« Se l'ammazza non avrà più niente da scambiare », gli fece presente Sean con voce tesa e rauca. Sudava freddo.

« Avevo pensato un'altra cosa », rispose Cina facendo un cenno ai suoi uomini.

Portarono dentro un essere che Sean non aveva mai visto prima. Sembrava un'apparizione della morte. I capelli erano caduti a ciuffi, lasciando sul cuoio capelluto poche macchie nere. Le labbra si erano ritirate scoprendo denti troppo grandi e bianchi per quella testa martoriata.

A un cenno di Cina le guardie strapparono via l'unico straccio che copriva quel corpo, lasciandolo completamente nudo: e per la prima volta Sean capì che era una donna.

Gli ricordò i documentari sui campi di concentramento nazisti. Era uno scheletro coperto di pelle floscia e grinzosa. Seni vizzi pendevano sulle costole che si potevano facilmente contare, il ventre era addirittura scavato. Le membra non avevano carne, e ginocchia e gomiti sporgevano grottescamente.

Sean e Claudia la guardarono con orrore, incapaci di spiccicar parola.

« Osservate le lesioni sull'addome », li invitò Cina in tono colloquiale, e istintivamente loro lo fecero.

C'erano dei bugnoni duri e lucidi come acini d'uva nera che le coprivano il ventre sparendo poi tra il pelo pubico.

Mentre l'attenzione di tutti era concentrata su questa figura patetica, Cina abbassò rapidamente il pugnale bucando il dorso della mano di Claudia con la punta. Claudia emise un gemito e cercò di tirare via la mano, ma la manetta glielo impedì. Un rivolo di sangue scarlatto prese a gocciolare per terra.

« Perché l'hai fatto, bastardo mangiamerda? » l'investì Sean.

Cina sorrise. « È un graffietto », disse.

Si avvicinò lentamente alla nuda e scheletrica figura, col pugnale puntato contro il suo ventre incavato.

« L'estrema magrezza e quelle caratteristiche lesioni sono sintomi precisi », spiegò. « Questa donna ha quella che noi africani chiamiamo *slim sickness*, la malattia della magrezza. »

« L'AIDS », sussurrò Claudia con la voce atterrita. Era una parola che da sola ingenerava spavento.

Involontariamente Sean fece un passo indietro allontanandosi dalla povera donna negra che gli stava davanti.

« Sì, signorina Monterro. È proprio AIDS, all'ultimo stadio. »

Toccò con la punta del pugnale uno dei bugnoni duri sul ventre della donna negra, che non reagì in nessun modo quando si aprì perdendo un siero purulento che le colò sul pelo pubico.

« Sangue », sussurrò Cina, raccogliendolo delicatamente sulla lama lampeggiante. « Sangue caldo, vivo, virulento. »

Fece vedere il pugnale a Sean che senza volerlo fece un altro passo indietro. Il sangue gocciolava dalla punta.

« Sì », annuì Cina. « È un male che anche i più coraggiosi hanno ragione di temere: la più certa, la più lenta, la più odiosa morte che ci sia mai stata al mondo. »

Con l'altra mano afferrò il polso di Claudia.

« E considerate un po' quest'altro sangue. Il sangue chiaro e fresco di una bella e animosa giovane. »

Il taglietto sul dorso della mano di Claudia aveva già quasi smesso di sanguinare: ma non del tutto.

« Sangue e sangue », sussurrò Cina. « Sangue malato e sangue sano. »

Avvicinò la lama infetta alla mano di Claudia che si irrigidì sulla sedia, agitandosi senza parlare per divincolarsi dalle manette, con la faccia bianca come un lenzuolo.

« Sangue e sangue », ripeté Cina. « Vogliamo mischiarli? »

Sean si accorse che non riusciva a parlare. Scuoteva la testa sbigottito, fissando il coltello.

« Allora, colonnello, dobbiamo farlo? » chiese Cina. « Dipende da lei. » Avvicinò la lama al taglio aperto sulla pelle abbronzata di Claudia.

« Mancano due centimetri, colonnello », sussurrò Cina, e a un tratto Claudia si mise a urlare, un urlo raccapricciante di orrore e terrore, ma Cina non fece una piega. Non la guardò in faccia e continuò a impugnare il pugnale con mano salda, che non tremava.

« Allora cosa facciamo, colonnello Courteney? » chiese.

Abbassò ancora il coltello e le toccò il polso con la costa della lama, lasciando un segno di sangue infetto sulla pelle impeccabilmente liscia, a poca distanza dal taglio. Poi lentamente avvicinò il coltello alla ferita aperta.

« Basta! La smetta! » urlò Sean.

Cina allontanò subito il coltello e lo guardò in attesa. « Intende dire che siamo d'accordo? »

« Sì, maledetto! Lo farò! »

Cina buttò il coltello contaminato in un angolo, poi andò a prendere in un cassetto della scrivania una bottiglia di disinfettante. Intrise il fazzoletto nel liquido concentrato e andò a pulire con cura la macchia di sangue infetto sulla pelle di Claudia.

La tensione abbandonò il suo corpo, che si accasciò sulla sedia. Ansimava e tremava come un gattino lasciato all'aperto sotto la pioggia.

« La faccia liberare », gracchiò Sean, ma Cina scosse la testa.

« No, finché non avremo chiarito bene i termini del nostro accordo. »

« E va bene », disse Sean. « La prima condizione è che la mia donna mi segua in combattimento. Basta con i sotterranei pieni di topi. »

Cina fece finta di pensarci un po' su e poi annuì. « Molto bene. Ma la seconda condizione è che, se lei cerca di farmi qualche brutto scherzo, Alfonso ammazzerà subito la donna. »

« Faccia venire qui Alfonso », chiese Sean. Il sudore gli imperlava il volto, e la voce era ancora roca e incerta. « Voglio sentire che ordini gli dà. »

Alfonso ascoltò impassibile sull'attenti gli ordini del generale Cina. « Se però l'attacco fallisce, se siete intercettati dal Frelimo prima di arrivare alla base, o se qualche *hensciò* si salva... »

Sean l'interruppe. « No, generale, un successo completo è insperabile. Siamo ragionevoli e realistici. Se riesco a distruggere quattro o cinque Hind, ho già svolto con successo la missione. »

Cina si accigliò e scosse la testa. « Se restano sei Hind, sono più che sufficienti per portarci alla sconfitta. Gliene concedo due. Se più di due elicotteri scamperanno all'attacco, la missione sarà considerata fallita e lei ne sopporterà le conseguenze. » Tornò a rivolgersi ad Alfonso. « Dunque, sergente, obbedirai a tutti gli ordini del colonnello, eseguendo l'attacco esattamente come è stato ideato: ma se fallisce, se più di due falconi scappano, prenderai tu il comando, e per prima cosa fucilerai i due bianchi e il loro servo negro. Li farai fuori subito sul posto. »

Alfonso sbatté le palpebre come un sonnambulo. Non guardò Sean, e Sean si chiese se nonostante i loro rapporti, l'amicizia che era nata e cresciuta fra loro, nonostante Alfonso l'avesse chiamato *Nkosi Kakulu* e *Baba*, e l'avesse esortato a comandare l'incursione... si chiese se, nonostante tutto ciò, avrebbe eseguito l'ordine di Cina.

Alfonso era un guerriero shangane, un africano con un profondo senso di lealtà tribale e una tradizione di obbedienza assoluta ai capi e agli anziani della tribù.

« Sì », concluse Sean. « Magari gli dispiacerà, ma ci farà la pelle senza esitare. »

Alzò la voce. « Va bene, Cina, a questo punto sappiamo come stanno le cose. Faccia venire da me la signorina Monterro. »

Le guardie del corpo le tolsero le manette e il generale Cina l'aiutò compitamente ad alzarsi dalla sedia. « Mi scuso della mala creanza, ma capirà che era inevitabile, signorina Monterro. »

Claudia si reggeva a stento. Barcollò fino alle braccia di Sean.

« E adesso vi dirò addio e buona caccia », disse Cina con un ironico saluto militare. « Perché temo che comunque vada noi non ci vedremo più. »

Sean non si degnò di rispondere. Con la valigetta sempre in mano e l'altro braccio attorno alla vita di Claudia, uscirono dal bunker.

Partirono per la missione due ore prima di buio. Erano una colonna troppo numerosa e troppo carica. Oltretutto i missili erano ingombranti e non consentivano di muoversi agevolmente nel folto. Questo li rallentava sugli stretti sentieri e rendeva la colonna meno capace di difendersi da eventuali agguati.

Dapprima Sean la tenne serrata e compatta. Erano ancora in

territorio controllato dalla Renamo, e non correvano gravi pericoli: ma li avrebbero incontrati in seguito.

Tuttavia, per prudenza, Sean mandò all'avanguardia e in retroguardia gli incursori senza missili. Se li avessero sentiti sparare, gli altri avrebbero potuto cercare di sganciarsi col carico. Per organizzare ciò, mandò Job in testa alla colonna, mentre lui stava al centro accanto a Claudia.

« Dov'è Matatu? » gli chiese. « L'abbiamo lasciato là! Sono preoccupatissima per lui. »

« Non ti preoccupare. È impossibile seminarlo anche volendo. Scommetto che in questo momento ci sta guardando da qualche cespuglio. »

E così era, perché appena scesero le tenebre un'ombra si materializzò al fianco di Sean.

« *Ti vedo*, buana », ammiccò Matatu.

« Anch'io *ti vedo*, amico mio. » Sean gli fece una carezza sulla testa lanosa come al cane da caccia preferito.

« Aspettavamo solo te per farci guidare oltre le linee del Frelimo, al nido dei terribili falconi. » Matatu si gonfiò d'importanza.

« Seguimi, mio buana », disse.

Adesso che c'era Matatu a guidarli, Sean poteva ridisporre la colonna in formazione più corretta per attraversare le linee nemiche.

I combattimenti in corso più avanti giocarono a loro favore. I soldati del Frelimo e dello Zimbabwe che avanzavano erano appena seimila, contro tremila guerriglieri Renamo, e il campo di battaglia era vasto migliaia di chilometri quadri. I combattimenti interessavano sacche isolate, generalmente su terreno molto accidentato e deserto.

Sean mandò in testa Job e Matatu con un gruppetto di incursori, perché trovassero i varchi nello schieramento nemico e ce li guidassero. Il resto della colonna seguiva a qualche distanza, protetta da altri shangane dotati di armamento normale.

Per tutta la notte continuarono a camminare spediti. Job e Matatu mandavano messaggeri ad avvertirli ogni volta che si rendeva necessario qualche mutamento di direzione.

Di tanto in tanto durante la lunga marcia al freddo sentirono cannonate lontane, colpi di mortaio, raffiche di mitragliatrice. Erano le avanguardie del Frelimo che incappavano nelle difese della Renamo. A volte vedevano innalzarsi sopra la foresta dei razzi di segnalazione, ma non si sentivano volare gli elicotteri. Era evidente che gli Hind si limitavano a operare di giorno, quando potevano distinguere amici e nemici e collaborare strettamente con la fanteria.

Un'ora prima dell'alba Job risalì la colonna per incontrare Sean.

« Dovremo far tappa in pieno giorno », gli disse. « Il ritmo è stato più lento del previsto. Cosa vuoi fare? Corriamo il rischio che ci vedano gli Hind? »

Sean guardò un momento il cielo prima di rispondere. Il primo lucore dell'alba stava facendo sbiadire le stelle a oriente. « La foresta non è abbastanza fitta da celare tanti uomini così carichi », decise. « Bisogna andare avanti fino a un posto adatto per nascondersi. Di' a Matatu di accelerare il passo. »

« E gli Hind? »

« I combattimenti principali li abbiamo già lasciati molto indietro, gli elicotteri andranno là. Bisogna correre il rischio, ma sbrighiamoci. »

La luce aumentava e le facce degli uomini si voltavano sempre più spesso e più preoccupate verso il cielo. Il passo era rapido, quasi una corsa. Benché fossero andati avanti tutta la notte, gli shangane portavano ancora i loro pesanti fardelli con tutta la resistenza e la costanza tipica degli africani: erano carichi che avrebbero disanimato e stroncato il più forte dei bianchi.

C'era abbastanza luce da distinguere la cima degli alberi contro il rosa aranciato dell'alba quando Sean udì il temuto sibilo delle turbine, debole e lontano, diretto a est. Gli Hind eseguivano la prima sortita della giornata. Per la colonna si diffuse un allarme istantaneo. I portatori si gettarono fuori dal sentiero, cercando la copertura più vicina, mentre i capisquadra preparavano le bandiere del Frelimo catturate da sventolare qualora gli Hind li avessero individuati e attaccati.

L'inganno non fu necessario, perché i due Hind passarono quattro chilometri a est. Sean ne scorse le sagome nere deformi contro l'aurora, e poco dopo udì il tuono dei cannoncini rotanti e dei razzi con cui bombardavano un altro caposaldo della Renamo tra le colline ferrose che avevano superato da un pezzo.

Sean comandò alla colonna di muoversi. L'occhiata che avevano potuto dare ai dispensatori di morte volanti mise loro le ali ai piedi. Un'ora dopo arrivarono finalmente nella stretta valle delle caverne dove avevano nascosto gli Unimog.

Era quasi una rimpatriata, e tutti i guerriglieri si infilarono lieti nel buio delle grotte scaricando i grevi fardelli.

« Niente fuochi, niente sigarette », ordinò Sean.

Mangiarono le razioni di polentina dura e pesce secco e poi si stesero sul pavimento delle caverne cadendo addormentati come una muta di cani esausti dopo una giornata di caccia.

Sean trovò un posto al riparo per Claudia in fondo alla grotta, dietro uno schermo naturale di macigni crollati di arenaria. Stese una coperta sul suolo pietroso e lei ci si sedette a gambe incrociate a consumare le ben poco appetitose razioni. Ma non era arrivata a metà del pasto che già crollava riversa, addormentata prima ancora di toccar terra. Sean la coprì con un'altra coperta, perché faceva freschino in fondo alla caverna: poi andò all'ingresso.

Alfonso aveva rizzato l'antenna di una radio. Se ne stava accucciato a sentire i rapporti dei vari comandanti della Renamo che riferivano la situazione al generale Cina.

« Va molto male », disse mesto Alfonso a Sean. « Il Frelimo arriverà al fiume domani verso mezzogiorno, e se il generale non riesce a fermarli saranno guai. » Alfonso si interruppe sentendo il segnale che, tra le scariche elettrostatiche, chiamava a rapporto proprio lui. Era Cina.

« Cinghiale a Banano, Cinghiale a Banano », rispose nel microfono, e poi diede la parola d'ordine che significava « primo obiettivo raggiunto »: « Coca Cola! » Sean sorrise a questo sottile commentario all'Africa moderna, e « Banano » disse: « Passo e chiudo ». La prossima trasmissione doveva svolgersi l'indomani all'alba, quando la sorte della missione di guerra fosse stata decisa, in un modo o nell'altro.

Sean lasciò Alfonso a rimettere a posto la radio e dalla soglia della caverna guardò la squadra di cinque guerriglieri che sotto la guida di Job stavano ramazzando il letto del fiume asciutto per cancellare ogni traccia.

Job salì fino all'imbocco della caverna e Sean gli chiese se aveva piazzato le sentinelle.

« Sì, su tutti i rilievi », disse Job indicandoli. « Controllano tutte le vie d'accesso. »

« Molto bene », disse Sean invitandolo a seguirlo nella caverna. « È ora di armare e programmare gli Stinger. »

Ci volle almeno un'ora per montare tutti i lanciamissili, collegare le batterie e infilare le cassette nei microcomputer. Finalmente furono tutti pronti all'uso e programmati su « ricerca a due colori », infrarossa e ultravioletta, degli elicotteri armati Hind. Riaffidarono le armi ai capisquadra shangane.

Sean guardò l'orologio, abbastanza stupito che funzionasse ancora dopo gli strapazzi degli ultimi tempi.

« Dài, che ce la facciamo a dormire un po' », disse a Job, ma né l'uno né l'altro si mosse per andare a coricarsi.

Invece, come per un tacito accordo, tornarono all'ingresso della caverna, in disparte dagli altri, e si appoggiarono alla roccia a spalla a spalla, guardando meditabondi il letto del fiume dove il sole sorto da poco faceva brillare la sabbia come neve in polvere.

« Se seguivi il mio consiglio, a quest'ora potevi essere a Harare a spassartela », mormorò Sean.

« E non provar l'emozione di buttar giù uno Hind? » disse Job con un sorriso cauto per non spaccare il labbro appena rimarginato, dove apparve una goccia di sangue sulla crosta sottile. Se l'asciugò col fazzoletto e continuò: « Abbiamo cacciato insieme tutte le bestie più pericolose, Sean, e nei posti peggiori. Il bufalo tra i rovi, l'elefante nel Kasagasaga. Questo sarà un altro trofeo, il più grande e il migliore ».

Sean si girò a guardarlo in faccia. Era tipico della loro amicizia condividere sempre gli stessi sentimenti. Durante la lunga marcia notturna, la furia di Sean e l'odio per il generale Cina erano molto diminuiti, dando luogo proprio all'emozione che Job aveva appena espresso, l'eccitazione del cacciatore. Lo erano entrambi: la caccia era un fuoco inestinguibile, una passione che avevano nel sangue. Si capivano a vicenda: riconoscevano e accettavano questo legame esistente tra loro, che in venti anni di amicizia si era molto rafforzato. Tuttavia Sean si rese conto che ben raramente avevano parlato dei loro sentimenti reciproci.

« Forse adesso è il caso di farlo », pensò, e disse ad alta voce: « Tu e io siamo più che fratelli ».

« Sì », rispose con semplicità Job. « Siamo al di là dell'amore fraterno. »

Poi tacquero, non imbarazzati da quel colloquio, ma piuttosto contenti e rincuorati.

« Quale fratello », ruppe il silenzio Sean, « posso chiederti un favore? »

Job annuì, e Sean continuò a bassa voce. « Alla base dei falconi si combatterà duramente. Non vorrei che Claudia cadesse nelle mani del Frelimo, se io non sarò lì a poterlo impedire. Ecco il favore che ti chiedo. »

Un'ombra passò negli occhi di Job. « Non mi va di pensare a certe eventualità. »

« Se non ci sarò più, lo farai tu al mio posto? »

Job annuì. « Ti do la mia parola. »

« Se dovrai farlo, non avvertirla, non parlare, ma fallo all'improvviso. »

« Non se ne accorgerà nemmeno », promise Job. « Sarà una cosa rapida. »

« Grazie », disse Sean, mettendogli la mano sulla spalla. « Adesso bisogna che riposiamo un po'. »

Claudia dormiva ancora. Il suo respiro era così leggero che per un attimo Sean ne fu allarmato. Avvicinò la faccia alla sua e sentì sulla guancia il suo alito caldo. La baciò e lei mormorò qualcosa nel sonno, abbracciandolo a tentoni e poi abbandonandosi con un sospiro di gioia alla stretta.

A Sean parve di aver dormito solo un attimo, quando un tocco leggero sulla guancia lo svegliò di nuovo, e vide Job chino su di sé.

« È ora », disse Job in un sussurro, e Sean dolcemente si divincolò dall'abbraccio di Claudia.

« Dormi bene, amor mio », mormorò, lasciandola avvolta nella coperta.

Gli altri lo stavano già aspettando all'ingresso della caverna. Matatu, Alfonso e i capisquadra portavano solo armi leggere, così da potersi muovere in fretta.

« Sono le quattro », disse Job a Sean, che infatti vide più morbida la luce nella valle, dove le ombre si allungavano.

Non c'era altro da dire. C'erano già passati cento volte.

« Ci vediamo », disse Job, e Sean annuì, mettendosi lo zaino in spalla.

Con Matatu che danzava in testa come un folletto dei boschi, uscirono dalla grotta e appena furono tra gli alberi puntarono a sud in formazione di corsa.

Due volte sentirono gli Hind passare lontano, e una volta furono proprio sorvolati, sicché dovettero nascondersi in fretta.

Volava molto alto però, forse milleduecento metri, stimò Sean. Studiandolo col binocolo, indovinò che tornava da una missione e andava alla base a rifornirsi e riarmarsi. A conferma di ciò vide che sotto la pancia dell'elicottero non c'erano più missili, ma gli sbuffi neri lasciati dai razzi in partenza sulla fusoliera.

Lo Hind andava nella stessa direzione in cui li stava portando Matatu, e mentre Sean lo seguiva col binocolo cominciò a discendere sopra la base.

« Non mancano più di sette o otto chilometri », pensò Sean, e guardò Matatu, che aspettava i complimenti.

« Come le api al favo », ridacchiò Matatu.

« Hai occhi da avvoltoio », gli diede atto Sean. « Vedono tutto. » E Matatu si crogiolò nella contentezza, ruotando sui talloni. Le lodi di Sean erano l'unica ricompensa che desiderava.

Mezz'ora dopo si affacciarono sdraiati al ciglio di un basso *kopje* roccioso per non stagliarsi in cresta, scesero un po' e poi Sean tirò fuori il binocolo. Usò il berretto per riparare le lenti. Un raggio di sole riflesso avrebbe segnalato la loro posizione con infallibile efficacia.

Vide subito la linea ferroviaria, a meno di tre chilometri. La massicciata era di granito scuro, e il binario unico brillava al sole del tramonto, lucidato dalle ruote.

Seguì la ferrovia con lo sguardo per un altro chilometro e mezzo e trovò il binario morto su cui erano stati lasciati due vagoni-cisterna. Erano seminascosti dalla vegetazione, ma qualche minuto dopo un polverone si alzò dalla foresta e un'autobotte comparve su una stradina di terra battuta. Si fermò accanto ai vagoni-cisterna e degli uomini in tuta scesero a collegare le pompe.

Mentre accadeva questo, uno Hind si librò con drammatica repentinità dal ventre della collina subito oltre il binario morto, e finalmente Sean riuscì a localizzare la base.

Lo Hind si alzò cento metri sopra la collina e poi virò e si allontanò inclinato, gobbo e pendulo in avanti per un'ultima missione sui campi di battaglia del nord prima che la luce svanisse e i combattimenti cessassero.

Adesso che sapeva dove guardare, Sean riuscì a distinguere quella e tante altre postazioni mimetizzate sul declivio della collina. Ne contò sei e lo disse a Matatu.

« Te ne sono sfuggite due », ridacchiò con aria di superiorità Matatu indicandogli le buche che non era riuscito a vedere da solo. « E ce ne sono altre tre dall'altra parte della collina, che di qui non si vedono. »

La saggezza di effettuare la ricognizione alla luce del giorno si rivelò chiaramente poco dopo, quando Sean colse tutte le differenze tra il plastico che avevano fatto in riva al fiume e la collina fortificata che ora vedeva.

Sean ne prese nota sul taccuino, riposizionando le varie squadre coi missili in funzione delle postazioni di Hind che dovevano colpire. Chiamò i capisquadra a uno a uno e fece vedere quale posizione avrebbero dovuto occupare non appena fosse venuta notte e le squadre di guerriglieri coi lanciamissili li avessero raggiunti.

Convinto infine che Matatu non avesse altre informazioni da dargli, Sean lo mandò via. « Torna da Job. Quando farà buio, guidalo qui con tutti gli uomini. »

Andato Matatu, Sean dedicò l'ultima ora di luce a osservare gli elicotteri che tornavano da nord. Ce n'erano undici, il che dimostrava l'efficienza delle squadre di meccanici russi che in quel frattempo erano riusciti a rimettere in condizione di volare i due apparecchi fermi a terra che aveva notato Matatu. L'intero squadrone, a parte lo Hind abbattuto da Sean speronandolo con l'Hercules, era di nuovo operativo, e infliggeva terribili perdite ai guerriglieri della Renamo.

Mentre uno dopo l'altro gli elicotteri si calavano nelle loro buche sulla collina, Sean indicò ai capisquadra le particolarità di volo di ciascuno, esortandoli a ricordarsi bene dove erano andati a terra.

« Quello là è tuo, Tendela », ripeté per fargliela ricordare bene. « Guarda come se ne sta fermo in cielo. Gli sparerai da quel boschetto scuro ai margini del *vlei*. Te lo ricorderai? »

« Me ne ricorderò, *Nkosi Kakulu* », affermarono tutti. Il cielo era arrossato dal sangue del giorno morente, e guardando il globo rosso calar sotto gli alberi Sean si chiese quant'altro sangue avrebbe portato la giornata successiva.

Seguì poi il breve crepuscolo africano, quando ancora non era abbastanza buio per spostarsi di lì. Altro non c'era da dire, e Sean e Alfonso restarono seduti vicino, in silenzio. Le emozioni che si provano in tali vigilie sono sempre le stesse. Sean, come al solito, riusciva a controllare, ma non certo a ignorare, la paura che gli attanagliava le viscere. La temeva, ma ne aveva bisogno, come il drogato ha bisogno del buco.

« Ne ammazzeremo tanti », disse con calma Alfonso. « Sarà un combattimento da uomini veri. »

Sean annuì. « Sì, amico mio, sarà un bel combattimento, e se perdiamo dovrai tentare di uccidermi. Anche questo sarà un bel match. »

« Vedremo », grugnì Alfonso, con gli occhi arrossati dal tramonto. « Sì, vedremo. »

La sagoma della collina degli Hind scomparve nel buio della notte. Poi apparve Venere, l'astro della sera, proprio sopra quella collina, come a segnalarla.

Durante la prima ora di buio, i primi guerriglieri del manipolo di incursori emersero dagli alberi dietro di loro. Job era in testa alla colonna, guidato da Matatu: Claudia era accanto a loro. Sean li salutò a bassa voce e poi cominciò subito a distribuire i guerriglieri fra le varie unità. I capisquadra presero il comando dei loro lanciatori di Stinger, distribuendo il carico dei tubi di riserva.

Sean, Job e Claudia passavano da una squadra all'altra, facendo i controlli finali, accertandosi che tutte le batterie fossero cariche e correttamente collegate, che la valvola del freon fosse aperta, che gli schermi del mirino si accendessero.

Alla fine Sean si sentì pronto a dare il via alle squadre lanciamissili perché raggiungessero le loro destinazioni. Ma prima convocò ancora una volta i capisquadra e fece loro ripetere il piano. Finalmente soddisfatto, li mandò a raggiungere le posizioni, a cinque minuti di intervallo l'uno dall'altro.

Alfonso era incaricato dell'attacco coi missili da est, e siccome doveva andare a piazzarsi più lontano partì per primo.

Quando fu ora che andasse Job, destinato a comandare l'attacco sul lato ovest, lui e Sean si strinsero rapidamente la mano. Non vi furono scambi di auguri, perché entrambi avevano le loro superstizioni su questo. Invece Job disse scherzando: « Senti, Sean, per quegli arretrati di quattromila dollari che mi devi, ti spiace pagarmi subito? »

« Accetteresti un assegno? » sogghignò Sean, già nero di crema mimetica. Job gli restituì il sorriso, gli diede un pugno scherzoso sulla spalla e andò un po' più lontano perché Sean e Claudia potessero parlare in privato.

« Non voglio lasciarti », gli sussurrò lei, e Sean l'abbracciò forte.

« Sta' vicina a Job », le ordinò.

« Torna da me sano e salvo! »

« Sì. »

« Promettimelo. »

« Te lo prometto », disse, e lei si staccò dall'abbraccio e scomparve nel buio dietro a Job.

Sean rimase a guardarla, accorgendosi che gli tremavano le mani. Se le mise in tasca e strinse i pugni.

« Certo l'amore non giova alla combattività », si disse, e cercò di non pensare più a lei. « Con Job sarà al sicuro. »

Il gruppo degli incursori l'aspettava con pazienza, accucciato sotto gli alberi. Erano ventiquattro uomini, la carne da cannone, i bersagli viventi, pensò Sean accigliato, quelli che non avevano superato la prova per diventare lanciatori di Stinger. Mentre questi ultimi avrebbero combattuto in retrovia, a mezzo chilometro dal perimetro della base, a loro toccava prenderla d'assalto a testa bassa, attirando deliberatamente su di sé il fuoco nemico e cercando di far involare gli Hind per consentire ai lanciatori di missili di abbatterli. Era questo gruppo che doveva vedersela con le mitragliatrici e i cannoncini e tutti gli altri ostacoli e pericoli di cui certo era disseminato il perimetro della base.

Il loro era il compito più pericoloso, e solo per quella ragione Sean non poteva delegare il comando a nessun altro. Avrebbe guidato lui l'assalto.

« Vieni, Matatu », disse con calma. Quando il pericolo si avvicinava – belve ferite nel folto, o una postazione nemica da prendere –, il posto che sceglieva Matatu era al fianco di Sean. Niente poteva distoglierlo da lì.

In segno di stima Alfonso aveva regalato a Sean un kalashnikov AKM, la versione più moderna e sofisticata di questa onnipresente arma da guerra, che tutti i guerriglieri Renamo apprezzavano e sognavano di avere. Sean con quest'arma in mano guidò il gruppo d'assalto giù dalla collina e, seguendo i sentieri indicati da Matatu, fece un largo giro che li condusse tra la linea ferroviaria e la base degli elicotteri, il più vicino possibile, compatibilmente con la prudenza, al binario morto dove stavano i vagoni-cisterna pieni di carburante avio.

Non c'era fretta. Avevano tutta la notte per arrivare alle posizioni, così si mossero con grandissima cautela, che aumentava a mano a mano che si avvicinavano ai nemici.

Erano le due passate e la falce di luna era già tramontata quando Sean li piazzò nelle posizioni di partenza, a intervalli regolari l'uno dall'altro, così che al suo comando potessero scattare avanti in ordine sparso.

Fece un'ispezione finale allo schieramento, strisciando silenziosamente dall'uno all'altro, puntando personalmente i mortai M4 sugli obiettivi, controllando l'equipaggiamento a tastoni, e accertandosi che ciascuno avesse ben capito quello che doveva fare, per poi passar oltre con qualche parola di incoraggiamento e una stretta di mano. Solo quando ebbe fatto tutto quello che era possibile fare si stese ad aspettare.

Questa era sempre stata la parte peggiore, e la migliore, di ogni caccia. Giacendo in silenzio, si chiese quanto tempo della sua vita aveva passato così, aspettando che ci fosse abbastanza luce per sparare, guatando il buio in attesa del momento magico in cui appare il leopardo, d'improvviso accanto all'esca, nel primo vago chiarore del mattino.

Riandò con la mente agli anni delle pazze avventure, dei rischi terribili, degli azzardi quasi intollerabili: e a un tratto gli venne il pensiero che quella era forse l'ultima volta che gli capitava. Aveva più di quarant'anni e Claudia Monterro era entrata nella sua vita: era tempo di cambiare. In quel pensiero la soddisfazione era pari alla malinconia.

« Speriamo che l'ultima volta sia la migliore », pensò, e nel buio pesto che precede l'aurora udì un rumore a un tempo emozionante e tremendo, il sibilo acuto di un potente motore a turbina, che ululava come un lupo mangiauomini nella notte. Fu subito accompagnato da un altro, e poi un altro ancora. Lo squadrone di elicotteri accendeva i motori per scaldarli e prepararli alla prima missione della giornata.

Sean guardò l'ora. Mancavano dieci minuti alle cinque. Era quasi tempo. Senza pensare, sfilò il caricatore a banana dal kalashnikov e lo sostituì con un altro. Il gesto abituale lo confortò, come sempre, e Matatu, notandolo, si dimenò tutto eccitato. Il vento dell'alba si levò, carezzando la guancia a Sean come un'amante.

Girò la testa verso oriente alzando la mano con le dita aperte. Riusciva appena a distinguerle. Era l'ora che i matabele chiamano « delle corna », il primo momento in cui il pastore riesce a vedere il bestiame stagliarsi contro il cielo.

« Tra dieci minuti ci si vedrà abbastanza per sparare », si rammentò Sean, sapendo già quanto gli sarebbero sembrati lunghi quei dieci minuti.

Uno dopo l'altro, gli Hind tolsero gas, facendo girare i motori al minimo. I meccanici stavano probabilmente completando i rifornimenti e l'armamento: l'equipaggio saliva a bordo.

Sean cercò di giudicare esattamente la luminosità: doveva bastare davvero per vedere gli elicotteri stagliarsi contro il cielo, perché ben difficilmente avrebbero avuto le luci accese.

Ma il giorno avanzava in fretta. Sean chiuse gli occhi e contò lentamente fino a dieci prima di riaprirli. In quel breve frattempo era diventata visibile la cima della collina, come una sagoma di cartone nero col ricamo traforato degli alberi *msasa* contro il rosa del cielo che stormivano dolcemente alla brezza.

« Fuoco! » disse battendo sulla spalla del guerrigliero al mortaio accanto a lui. Questi prese un razzo con due mani e lo inserì nella canna. La carica in coda deflagrò e con un botto gentile lo spedì alto a parabola sopra la cresta della collina. Esplose con una vampata rosso fuoco.

Claudia Monterro seguì Job giù per la discesa, standogli così vicina da poterlo toccare avanzando una mano. Job portava in spalla un lanciamissili, e dietro Claudia il suo aiutante era chino sotto il peso dei tubi di scorta.

La discesa era abbastanza difficile, perché sotto i piedi le scaglie di quarzo facevano scivolare. Ma lei fu contenta di dimostrare su quel terreno la stessa sicurezza e agilità degli altri. Quando però raggiunsero il fondovalle e si diressero cauti verso il perimetro della base, nonostante il fresco della notte sudava. Solo poche settimane prima in circostanze del genere si sarebbe sentita incerta e inetta, ma adesso si orientava benissimo con Venere e rispondeva all'istante ai segnali di Job, mettendo i piedi dove li metteva lui e stando attenta a non lasciar tracce. Era diventato quasi un istinto.

Raggiunsero il folto boschetto da cui dovevano sparare i missili e ci si nascosero dentro. Claudia aiutò Job a preparare lo Stinger per l'azione, poi si trovò una comoda cuccia ai piedi di un albero e ci si raggomitolò a passar la notte.

Job la lasciò lì con il suo aiutante shangane e scomparve nel buio come un leopardo in caccia. Non fu contenta di vederlo andarsene: ma solo poco tempo prima sarebbe caduta in preda al panico. Si rese conto di quanta fiducia in sé e quanta fortezza avesse acquistato negli ultimi tempi, poche settimane.

« Papà sarà orgoglioso di me », sorrise tra sé, usando il futuro come se fosse ancora vivo. « Ma certo », si rincuorò rendendosene conto. « È ancora lassù, da qualche parte, a vegliare su di me. Se no come avrei fatto a resistere fin qui? » Il suo ricordo era una consolazione, e mentre pensava a lui nella sua mente si confuse con Sean, formando una sola entità, come se in qualche modo il padre rivivesse nel suo uomo. Era una bella sensazione, che alleviava la sua solitudine: finché a un tratto Job ritornò silenziosamente e improvvisamente com'era partito.

« Tutte le altre squadre sono in posizione », sussurrò sedendosi vicino a lei. « Ma la notte sarà lunga. Cerchi di dormire un po', se ce la fa. »

« Non ci riuscirei », gli rispose, tenendo la voce così bassa che lui doveva chinarsi per sentirla. « Mi parli un po' di Sean Courteney. Voglio sapere di lui tutto quello che ne sa lei. »

« A volte è un eroe, altre un gran bastardo », rispose Job dopo averci pensato un po'. « Ma il più delle volte è a metà strada. »

« E allora come mai sta con lui da tanto tempo? »

« È mio amico », rispose semplicemente Job, e poi lentamente, interrompendosi spesso, prese a parlarle di Sean.

Claudia ascoltava avidamente, incoraggiandolo con qualche domanda pacata: « È stato sposato, vero? » oppure: « Perché se n'è andato di casa? Ho sentito dire che la sua famiglia è ricchissima. Perché ha scelto questa vita? »

Così passò la notte, e in quelle ore diventarono amici; lui era il primo vero amico che Claudia avesse trovato in Africa; e alla fine lui le disse, con la sua bella voce profonda africana: « Sentirò moltissimo la sua mancanza, più di quanto io possa dire ».

« Parli come se doveste separarvi, ma non è così. Tutto resterà come prima. »

« No », la contraddisse Job. « Non sarà mai più lo stesso. Adesso andrà con te. Il nostro tempo insieme è finito: il vostro sta cominciando. »

« Non odiarmi per questo, Job », gli disse toccandogli il braccio.

« Voi due starete bene insieme », disse lui. « Credo che il tuo viaggio con lui sarà buono com'è stato il mio. I miei pensieri saranno con voi, e auguro a entrambi una gran gioia reciproca. »

« Grazie, Job », gli sussurrò lei. « Sarai sempre nostro amico. »

Job alzò il braccio tendendo le dita della mano contro l'alba. « L'ora delle corna », sussurrò. « Manca poco. » E, mentre lo diceva, una vampa arancione fioriva in cielo sopra la collina.

A questo segnale « nacque » la battaglia. Sean infatti giudicava le azioni di guerra esseri viventi che nascevano: mostri, che si poteva solo cercar di governare, ma che avevano volontà e vita propria: draghi che inghiottivano tutti e li trascinavano volenti o nolenti al proprio destino.

I due migliori tiratori rimanenti avevano avuto i lanciarazzi RPG7: ma quelli veramente bravi erano agli Stinger. Il primo razzo andò basso, strinando il terreno a dieci metri dal più vicino vagone-cisterna: esplose con un gran lampo giallo, e Sean vide una delle sentinelle del Frelimo volare in aria. Il secondo razzo andò alto sopra il vagone e scoppiò tra gli alberi della collina.

« E mira bene, bue di uno shangane! » urlò Sean, lanciandosi di corsa e comprendendo di aver sbagliato a non aver sparato lui il primo tiro, cruciale.

Le sentinelle del Frelimo stavano gridando e scappando da tutte le parti, mentre dal perimetro della base un cannoncino da 12,7 mm apriva il fuoco, rigando il cielo di traccianti.

Uno dei lanciatori di granate stava armeggiando per ricaricare l'arma, ma era in preda al panico e molto incerto nel buio. Sean gli strappò il lanciagranate, poi con due esperti movimenti tolse la sicura al razzo e caricò. Quindi mise un ginocchio a terra e mirò al vagone-cisterna più vicino.

« Ho tutto il tempo che voglio », si rammentò, e aspettò di non sentire più la brezza del mattino spirargli sulla guancia. L'RPG7 era molto impreciso se c'era vento, perché gli alettoni della bomba deviavano il razzo.

Il vento cadde e Sean inquadrò il vagone nel mirino. La distanza era trecento metri circa, limite di precisione dell'arma: sparò. Il razzo partì e colse il bersaglio. La fiancata del vagone-cisterna esplose in un enorme sbuffo di carburante avio incendiato. Il cielo si riempì di fiamme.

Sean ringhiò qualcosa al soldato che aveva accanto, che tirò fuori un'altra granata dal suo zaino, col suo bravo tubo in cartone del combustibile già applicato.

L'avio che bruciava illuminava il pendio sud della collina come il sole a mezzogiorno. Sean era inginocchiato allo scoperto, e l'addetto al cannoncino lo puntò.

Il terreno intorno a Sean si dissolse in fontanelle di polvere, e l'uomo al suo fianco si rannicchiò.

« E sta' qua, bastardo, non aver paura! » Sean completò da solo il processo di caricamento e non fece neanche il tentativo di sottrarsi alla mira del mitragliere.

Imbracciò il lanciarazzi e mirò al secondo vagone-cisterna. Era illuminato dalle fiamme, con effetto teatrale, ma proprio quando Sean stava per sparare venne nascosto da una fontana di terriccio giallo e la raffica del cannoncino passò così vicino alla sua testa che i timpani gli schioccarono come in camera di decompressione.

Trattenne il fiato per tre secondi e poi, quando il polverone si diradò, sparò. Il secondo vagone-cisterna esplose e fu proiettato via dalle rotaie dal suo carico letale.

L'avio incendiato scorreva giù per la discesa come da un vulcano in miniatura, e Sean tirò il bazooka sul petto del servente incapace. « Daglielo in testa al nemico, gli farai più male! » gli gridò.

Invece era migliore la mira dei mortai. Sean li aveva puntati di persona, e ora i guerriglieri li alimentavano in continuazione di bombe che partivano a campanile e poi piovevano sulla base, in cima alla collina.

Sean scrutò gli effetti del bombardamento con occhio spassionato, professionale.

« Bene », mormorò. « Bene. » Ma avevano potuto portare solo trenta bombe per ciascun mortaio; pesavano quasi due chili l'una e sarebbero state consumate tutte in pochi minuti. Bisognava assaltare il perimetro mentre il bombardamento distraeva i mitraglieri del Frelimo. Sean imbracciò il kalashnikov e tolse la sicura.

« Via! Via! » gridò, e fece una serie di fischi.

Gli shangane balzarono in piedi tutti insieme e si misero a correre in discesa, ma erano solo in venti, una linea striminzita di uomini in corsa potentemente illuminati dalle fiamme. I mitraglieri attestati in vetta li presero di mira coi traccianti, che si abbattevano su di loro come locuste incandescenti.

« Merda! » ghignò atterrito Sean. « Che modo di crepare! »

Un tiratore del Frelimo aveva individuato Sean e lo stava prendendo di mira: ma Sean correva giù dalla collina a saltoni, e il mitragliere non riusciva a coglierlo: i suoi colpi o erano alti o erano corti. Ma, quando lo sfioravano, lo spostamento d'aria gli faceva sbattere le falde della tuta mimetica. Riuscì addirittura ad accelerare la corsa a capofitto in discesa, mentre vicino a lui Matatu teneva il passo lanciando stridule risate.

« Cosa cazzo avrai da ridere, grandissimo coglione, lo sai solo tu! » gli gridò Sean furioso, e arrivarono in piano, vicino alle cisterne incendiate. Il fumo nero adesso li nascondeva al mitragliere, e Sean ne approfittò per riunire gli shangane e indirizzarli verso il perimetro della base a grandi gesti.

Per i duecento metri successivi dell'assalto furono coperti dal fumo. La brezza del mattino lo stava spargendo, nero e puzzolente, da tutte le parti.

Una sentinella del Frelimo apparve barcollando davanti a Sean. Indossava jeans sbrindellati e scarpe da tennis, aveva perso l'arma e doveva essersi preso una scheggia di granata nell'occhio. Questo era uscito dall'orbita e pendeva sullo zigomo come un acino d'uva matura, rimbalzando sulla faccia a ogni movimento, trattenuto solo dal grosso fascio del nervo ottico.

Senza cambiar passo Sean gli sparò nella pancia una raffica di tre proiettili dall'anca. Gli cadde davanti ai piedi e lui lo superò con un salto.

Uscirono dal fumo ancora in linea d'attacco. Sean diede un'occhiata allo schieramento e si rese conto con incredulità che non avevano ancora subito alcuna perdita. I venti shangane erano sparpagliati bene e avanzavano in fretta, offrendo solo brevi lampi tra fuoco e fumo ai disorientati mitraglieri del Frelimo per mirare.

Proprio in quel momento Sean intravide a una dozzina di passi da lui un filo d'acciaio, teso da bassi paletti, cui erano appese piattine di lamiera col simbolo della morte e quello degli esplosivi. Prima che se ne rendessero conto, erano tutti nel campo minato. Due secondi dopo, lo shangane che correva a destra di Sean saltò in aria su una mina antiuomo. Cadde a terra con una gamba ridotta a brandelli sanguinolenti.

« Avanti! Avanti! » gridò Sean. « L'abbiamo già quasi passato! » Ma adesso la paura era una bestiaccia nera grottescamente aggrappata alle sue spalle, che lo schiacciava, lo soffocava. Restar mutilato era un terrore ben peggiore della morte, e il terreno che aveva sotto i piedi era disseminato di ordigni fatti apposta per conciarlo malissimo.

Matatu superò Sean, costringendolo ad accelerare. « Seguimi, mio buana! » cinguettò in swahili. « Metti i piedi dove li metto io. » E Sean obbedì, accorciando il passo per adeguarlo a quello dell'omino.

E così Matatu lo guidò fuori dal campo minato. Per quei cinquanta passi, Sean pensò di non aver mai assistito a una simile dimostrazione di coraggio e devozione a un altro essere umano. Altri due shangane saltarono in aria prima di uscire dal campo minato, restando a terra nel loro sangue mutilati di una gamba mentre gli altri superavano con un saltino il filo di ferro che segnava il termine del tratto minato.

Nel terrore e nell'esaltazione del momento, Sean sentì le palpebre scottargli per l'amore e la gratitudine nei confronti del piccolo ndorobo. Voleva sollevarlo come un bambino piccolo e coprirlo di baci. Invece gli gracchiò: « Sei così magro, che anche se ci mettevi il piede sopra la bomba non scoppiava ». E Matatu sorrise tutto contento, correndo al fianco di Sean verso il nido della mitragliatrice trincerato dietro sacchetti di sabbia che stava proprio di fronte a loro.

Sean sparava dall'anca, brevi raffiche secche, vedendo benissimo la testa del mitragliere del Frelimo nella feritoia tra i sacchetti di sabbia.

Costui girò la canna della pesante mitragliatrice in direzione di Sean, mirando alla pancia, ed era così vicino che Sean vedeva riflettersi nei suoi occhi barbagli del fuoco mentre puntava. Un attimo prima che sparasse, Sean si tuffò in avanti, passando sotto la raffica come un giocatore di rugby che si lanci a far meta. Sentì volare i grossi proiettili un centimetro sopra la sua testa, mentre i timpani erano assordati dal fracasso della raffica: ma si rotolò avanti e si appiattì contro il muro di sacchetti di sabbia, così vicino alla canna della mitragliatrice che avrebbe potuto toccarla.

Prese la bomba a mano dalla cintura, tirò via la linguetta e la buttò nella feritoia come chi infili una lettera nella buca della posta.

Sorrise sentendo il mitragliere del Frelimo gridare qualcosa di incomprensibile in portoghese.

« Buon compleanno! » disse Sean, e la bomba esplose, sfiatando fuoco e fiamme dalla feritoia.

Sean saltò in piedi e scavalcò i sacchetti di sabbia. Nel ridotto c'erano due uomini che si contorcevano a terra: un'altra mezza dozzina aveva abbandonato le armi e la posizione e correva su per la salita urlando in preda al panico.

Sean lasciò finire a Matatu i due feriti col coltello, mentre lui prendeva la mitragliatrice abbandonata e la voltava dall'altra parte. Poi tirò una lunga raffica trasversale ai soldati che scappavano, stendendone un bel po'. Matatu arrivò subito, ridendo per il gran divertimento, e gli diede un altro nastro per caricare la mitragliatrice.

Erano 250 colpi e Sean li spedì sapientemente su per la collina, sterminando tutti i nemici coi traccianti.

Sembrava che più della metà degli shangane fossero sopravvissuti al campo minato, alle mitragliatrici e all'assalto. Urlando trionfanti, irruppero nelle trincee sgominando i difensori.

La canna della mitragliatrice pesante scottava tanto che ticchettava come un ferro di cavallo appena uscito dalla forgia del fabbro.

« Avanti! » gridò Sean abbandonandola e saltando sul parapetto posteriore, pronto a seguire i suoi shangane più addentro nel perimetro della base, per distruggere le installazioni sovietiche.

Mentre stava per saltar giù dal parapetto stagliandosi contro l'incendio dei vagoni-cisterna, un'apparizione mostruosa gli si parò davanti. A meno di duecento metri di distanza uno Hind emergeva rombando e ululando a tutta turbina dalla terra. Sembrava un mostro volante preistorico. Soprannaturale, ultraterreno, ruotò greve finché le sfere perlucide della calotta fissarono Sean, e il cannoncino rotante sotto il muso non gli puntò contro come un indice accusatore.

Sean si tuffò ancora nella trincea, prese Matatu per la collottola e lo tenne giù, schiacciandolo sotto il suo peso e togliendogli il fiato, proprio mentre una tempesta di cannonate tritava zolle e sacchetti di sabbia, abbattendo il parapetto e sollevando un gran polverone.

Ciò che più colpì Claudia fu la subitaneità della faccenda. Da un momento all'altro tutto cambiò: dalla placidità dell'alba ancora oscura al chiasso e alle vampe della battaglia, al cielo acceso di razzi e traccianti, alle orecchie aggredite dagli scoppi delle bombe dei mortai, alle raffiche di kalashnikov e mitragliatrici pesanti.

Gli occhi ci misero un po' ad abituarsi all'intensità della luce: ancora un po' le ci volle per orizzontarsi nel turbinante caleidoscopio della battaglia. Job le aveva indicato il punto del perimetro dove Sean avrebbe condotto all'assalto i suoi, e lei lo cercò in ansia. Le figurette di uomini che correvano sulla china scoperta della collina, illuminate dalla gran vampa dell'avio che bruciava, proiettavano lunghe ombre nere che sembravano ragni zampettanti davanti ai soldati. Erano così tanti che sembravano formichine nere sciamanti: di quando in quando vedeva cadere qualcuno, con un sussulto d'angoscia, e restare a terra troppo immobile in mezzo alla gran confusione di movimenti, scoppi e vampate.

« Dov'è Sean? » gli sussurrò preoccupata. « Lo vedi? »

« A sinistra, ai margini del fumo », le disse Job, e lei lo distinse tra gli altri grazie a Matatu che lo precedeva nella corsa come un cane da caccia.

« L'ho visto, con Matatu. »

Proprio davanti ai due la terra sembrò improvvisamente fiorire di polvere e fiamme, e quelli scomparvero.

« Oh Dio, no! » gridò forte, ma quando la polvere fu dispersa dal vento del mattino, li rivide sempre in corsa, in una infernale ragnatela di traccianti.

« Per piacere, per piacere, proteggilo », pregò lei con un sospiro, e li perse ancora di vista quando presero il nido della mitragliatrice.

« Dov'è? » Si accorse che aveva afferrato il braccio di Job e lo scuoteva a più non posso. « Dov'è? Riesci a vederlo, tu? »

Poi a un tratto riapparve, figuretta eroica illuminata dalle fiammate, in equilibrio sul parapetto del ridotto, e le sfuggì un grido di sollievo.

Poi lo vide rituffarsi dentro perché dalla terra stessa, poco più avanti, emergeva la forma mostruosa di uno Hind che si alzava e poi lo puntava come un toro alla carica. Sentì il tuono del suo cannone, e fontane di terra e polvere nascosero la lontana sagoma di Sean mentre i colpi tempestavano la collina.

« Job! » gridò. « L'hanno ucciso! » Cercò di aggrapparsi nuovamente a lui, ma Job le allontanò sbrigativo la mano.

Aveva appoggiato un ginocchio a terra e stava puntando il lanciamissili Stinger con un'espressione quanto mai concentrata.

« Presto! » sussurrò Claudia. « Spara subito! »

Il missile schizzò fuori dal lungo tubo. Come si accese il reattore, granelli di sabbia e aria calda li sferzarono in faccia. Socchiudendo gli occhi, lo guardarono filare lasciandosi dietro una scia di fumo e fiamme, diretto verso la cresta della collina su cui, stagliandosi contro il cielo ancora scuro, incombeva lo Hind.

Claudia distinse la lieve correzione di rotta quando il missile passò al puntamento per sensori ultravioletti, alzando di un pelo la testata per allinearla non più allo scappamento blindato ma alle prese d'aria della turbina sotto il rotore.

Le sembrò di vedere il missile conficcarsi addirittura nella presa d'aria: l'esplosione successiva fu soffocata, in quanto era avvenuta all'interno della corazza al titanio, risultando tanto più dirompente. Lo Hind si ribaltò all'indietro, il rotore di coda urtò contro la roccia e l'elicottero si fracassò a terra, rimbalzando sulla discesa, sprigionando vampe di fuoco dalle prese d'aria, mandando a pezzi le pale del rotore principale che volarono dappertutto nel cielo semibuio.

Claudia cercò disperatamente Sean ed emise un gemito strozzato quando lo rivide scavalcare il parapetto e correre avanti subito seguito da Matatu.

« Ricarica! » le gridò Job, e con un soprassalto lei prese il tubo del missile di ricambio e lo inserì sul lanciamissile.

Appena finito di ricaricare, tornò a guardare la base. Sean era svanito, ma altri tre Hind incrociavano in aria, riflettendo il chiarore dell'alba e quello ancora più forte delle fiammate. Sparavano coi cannoni rotanti, alcuni nel perimetro della base, dove gli incursori stavano combattendo disperatamente in mischia con la guarnigione del Frelimo, e altri fuori, sulla foresta oscura, traforandola di traccianti per far cessare il fiotto di missili che da quel buio proveniva.

Un altro Hind fu colpito e precipitò esplodendo sulla cresta rocciosa, poi un altro, scivolando di traverso, andò a schiantarsi tra due alberi.

Mentre questi cadevano, altri Hind si alzavano dalle buche coi cannoncini che già sparavano turbinando le canne rotanti contro gli incursori. Job saltò in piedi per seguirne uno che cercava di sfuggire salendo alla massima velocità. Inarcò la schiena sparando il missile quasi verticalmente, come chi spari a un fagiano sopra la propria testa.

Lo Hind era a trecento metri d'altezza e saliva ancora, pareva aver ormai superato la portata efficace degli Stinger a cui offriva un'angolazione difficile e una traiettoria impossibile, ma il missile partì, divorò lo spazio e colpì prodigiosamente l'elicottero alle prese d'aria. Lo Hind si fermò un momento in aria, poi cadde stridendo dalla turbina fusa e spiaccicandosi sul fondovalle.

« Ricarica! » Job non si soffermò un attimo a guardare l'agonia dello Hind abbattuto, e Claudia saltò in piedi per passargli il tubo e inserirlo nel dispositivo a scatto dell'impugnatura. Poi gli batté sulla spalla. « Vai! »

Un altro Hind sbucò dalla foresta dritto davanti a loro. Il pilota russo volava così basso che sembrava intendesse atterrare. Scartava ondeggiando gli alberi radi e faceva la barba all'erba degli elefanti con la coda.

Job si girò a fronteggiare la macchina che veniva loro addosso, stando allo scoperto, illuminato dalle fiamme, e inquadrò lo Hind nello schermo del mirino.

Lo Hind sembrò fermarsi un momento, e su di loro si abbatté una tempesta di cannonate dal pezzo rotante. Claudia, che stava in piedi accanto a Job, finì a terra per lo spostamento d'aria, con le orecchie che fischiavano per le cannonate.

Job fu proiettato sopra di lei, che per il colpo rimase senza fiato. Ma erano caduti fra due grossi macigni rotondi che li protessero dal resto della raffica, e lo Hind li sorvolò radendo il terreno. Le pale del rotore fecero volare i capelli negli occhi a Claudia, chiudendoglieli come una benda.

Quando lo Hind filò via come uno squalo tigre, Claudia, soffocata dal peso di Job addosso e mezzo cieca per la polvere e i capelli negli occhi, cercò di liberarsi e d'improvviso si accorse che aveva le mani bagnate. Un liquido caldo le si stava rovesciando addosso intridendole la camicia.

« Job! » invocò. « Tirati via! Tirati su da me! » Solo quando lui non rispose né si mosse, ma restò su di lei come un peso morto, capì che quel liquido caldo che la bagnava era il suo sangue. Questo le infuse la forza di far leva e spostarlo per rialzarsi.

Si mise in ginocchio e lo guardò. Una cannonata l'aveva colpito al tronco producendo guasti orrendi. Sembrava una persona sbranata da qualche bestia feroce. Il braccio destro era quasi staccato dalla spalla: proiettato all'indietro sul suo corpo riverso sembrava l'orrida e grottesca parodia di un gesto di resa.

Lo guardò attonita cercando di pronunciare il suo nome, ma senza riuscire a emettere suono. Gli carezzò il volto, senza osar toccare quel corpo tremendamente mutilato. Provò un dolore terribile, e riuscì a esprimerlo con un forte gemito, che uscì prorompente e stridulo di rabbia. Questa reazione, così intensa, la sbalordì e le sembrò di contemplarsi da lontano, selvaggia

Furia che aveva preso possesso del suo corpo e ora afferrava il lanciamissili sfuggito di mano a Job.

Poi si vide in piedi con l'arma impugnata che cercava in cielo lo Hind. Era a quattrocento metri di distanza che perlustrava la base della collina, spazzando la foresta, scegliendosi i bersagli tra gli alberi e distruggendoli con brevi ma devastanti raffiche del cannoncino a canne rotanti.

Quando Claudia si girò a fronteggiarlo, allo scoperto, illuminata a giorno dalle vampate dei fuochi, il pilota dovette individuarla, perché fece ruotare l'elicottero sul proprio asse per offrirla al cannoniere.

« Caricato », disse con voce strana alle sue stesse orecchie, ripetendo la litania di morte regolamentare.

« Sensori avviati », sussurrò vedendo apparire lo Hind nel mirino elettronico e inquadrandolo nella crocetta mentre nel tubo il missile vibrava e poi emanava il suo acuto e impaziente ronzio.

« Bersaglio acquisito », sussurrò, e non provò alcuna paura quando la sagoma dello Hind mutò nel mirino. Si era voltato dalla sua parte, e il cannoniere correggeva il puntamento per inquadrarla nei propri congegni.

« Fuoco! » si disse con calma, e schiacciò il grilletto. Lo Stinger partì, sbattendole l'impugnatura contro la spalla: lei socchiuse gli occhi vedendolo accendersi con uno sbuffo di fumo e volar via accelerando a quattro volte la velocità del suono, dritto contro l'elicottero che arrivava.

Il cannoncino sparò, ma Claudia non sentì che lo spostamento d'aria dei proiettili, alti sulla sua testa. Proprio in quella anche il missile alzò la capoccia e si conficcò infallibile nelle prese d'aria dello Hind. Essendo bassissimo, si schiantò subito a terra, su un fianco: nei pochi attimi che precedettero la sua esplosione in una gran vampa di carburante avio Claudia distinse le disperate contorsioni del pilota intrappolato dietro la calotta; poi tutto fu inghiottito dalle fiamme.

« Era un essere umano », pensò. « Una persona che era viva e respirava, e io l'ho distrutto. » Si aspettava di provare rimorso, perché considerava sacra ogni vita, e soprattutto quella umana. Invece fu travolta da un'ondata di selvaggio entusiasmo, la stessa esaltazione guerresca che l'aveva trascinata poco prima mettendole l'arma in mano.

Si guardò intorno in fretta, cercando un altro bersaglio, qualcos'altro da distruggere, da sacrificare ciecamente alla vendetta. Ma il cielo era vuoto. Carcasse brucianti di elicotteri erano disseminate sulle pendici della collina e tra gli alberi del fondovalle.

« Sono stati abbattuti tutti », pensò. « Ce l'abbiamo fatta. »

Dalla foresta, gli shangane addetti agli Stinger correvano verso la collina, irrompendo nel perimetro per dar man forte all'attacco di Sean. Claudia vide i difensori del Frelimo gettare le armi e aspettare tremando nelle trincee a mani alzate, cercando pateticamente di arrendersi, mentre gli shangane irrompevano urlando e li massacravano a baionettate e mazzate col calcio delle armi come vitelli, sotto i suoi occhi indifferenti.

Ai suoi piedi, Job emise un gemito, e subito l'ira che provava svanì. Posò l'arma e si inginocchiò accanto al ferito.

« Credevo che fossi morto! » gli sussurrò togliendosi il fazzoletto che aveva al collo con dita che solo ora cominciavano a tremare. « Non morire, Job! Ti prego, non morire! » Il fazzoletto era tutto sporco di polvere e sudore, tuttavia lo appallottolò e lo ficcò nella tremenda ferita, schiacciando con tutta la sua forza per fermare l'emorragia che gli stava togliendo la vita.

« Sean sarà qui presto », gli disse. « Non morire, Job. Resisti, ti prego resisti, ti aiuto io! »

Sean e Matatu si acquattarono dietro il parapetto, mentre le cannonate grandinavano tritando i sacchetti di sabbia e frullando l'aria pochi centimetri sopra le teste. Occhi e nari erano piene di polvere.

Nell'attimo in cui il fuoco cessò, Sean si alzò a guardare, appena in tempo per vedere lo Hind sbatter la coda contro il suolo roccioso e precipitare rotolando giù per la china.

« Cazzo, gli Stinger funzionano davvero! Meno male! » rise, ancora sull'onda dell'esaltazione che gli provocava la paura. Vicino a lui, Matatu si mise a ridacchiare battendo le mani.

« Come sparare alle pernici col *banduki* 577! » gridava in swahili. Poi si alzò per scavalcare il parapetto con Sean.

Tre soldati del Frelimo, come li videro arrivare, se la diedero a gambe. Sean sparò una breve raffica colpendone uno alla schiena: si abbatté con la faccia a terra. Gli altri due gettarono il mitra e caddero in ginocchio tremando dal terrore, con le mani alzate. Sean li ignorò, superandoli di corsa, e quelli svennero per il sollievo.

Ormai superato il perimetro esterno, Sean si trovava nella base vera e propria, tra le aree di servizio e le buche degli elicotteri. Officine e depositi di carburante erano protetti da ammassi di sacchetti di sabbia e reti mimetiche. Piovevano ancora colpi di mortaio, alzando fontane di terra e proiettando schegge sibilanti. Uno degli Hind era caduto nei pressi del perimetro, dall'altra parte rispetto a quella da dove veniva Sean, e stava ancora bruciando in una nuvola di fumo nero che il vento spingeva sulle officine fortificate dei meccanici.

Nella confusione uomini correvano da tutte le parti: tecnici disarmati in tuta grigia, che alzavano le mani appena vedevano Sean (molti, per far meglio capire che si arrendevano, si gettavano in ginocchio). Tutto sporco di grasso mimetico, coi lineamenti contorti dall'esaltazione guerresca e dalla sete di sangue, Sean aveva un aspetto veramente feroce e spaventoso.

« Giù! » ordinò puntando il mitra, e con evidente sollievo quelli si stesero faccia a terra con le mani sulla testa.

Proprio lì davanti Sean vide sporgere da una buca protetta dai soliti sacchetti di sabbia le pale spioventi di un rotore.

« Uno non si è nemmeno alzato », pensò correndo in quella direzione, e proprio allora le pale cominciarono a ruotare lentamente, a strattoni, prendendo però rapidamente velocità. Qualcuno stava cercando di mettere in moto la macchina.

Sean schizzò nell'angusta entrata della buca circolare. Si fermò un attimo per valutare la situazione.

Lo Hind, nella sua verniciatura mimetica, torreggiava su di lui. Il rotore girava sibilando, azionato dal motore a turbina Isotov. Tre meccanici lavoravano sul davanti della macchina, e Sean fece stranamente in tempo a notare che sul muso dell'elicottero, a lettere rosse, era stampigliata la scritta EQUIPAGGIO ECCELLENTE. Era un'ambita decorazione dell'aviazione militare sovietica.

I meccanici bianchi si voltarono verso Sean a bocca aperta. Lui puntò il mitra e loro si fecero indietro.

La calotta del cannoniere era ancora aperta e l'uomo ci stava giusto salendo. Si vedeva sporgere solo il grosso sedere nei calzoni grigi della tuta. Sean lo raggiunse e gli afferrò i genitali. Il russo si mise a strillare, mentre Sean lo tirava giù e lo sbatteva contro i sacchetti di sabbia.

Il rotore sibilava girando sempre più forte. Sean saltò sulla scaletta d'accesso al posto di pilotaggio. Anche lì la calotta era ancora aperta, e Sean ci infilò la canna del mitra.

Il pilota ai comandi era giovane, magro, coi capelli biondissimi tagliati molto corti. Nella fretta di decollare non si era neanche messo il casco. Si girò verso Sean. Aveva la pelle deturpata dall'acne e gli occhi azzurri molto chiari. Li sgranò sbalordito quando Sean gli appoggiò la canna del mitra sulla punta del naso foruncoloso, dicendo: « La festa è finita, Ivan. Andiamo a casa ».

Era evidente che l'elicottero non doveva volare quella mattina, per cui pilota e meccanici stavano dormendo e si erano preparati in fretta e furia solo all'inizio dell'attacco. Erano passati meno di dieci minuti dai primi colpi di mortaio, e non ce l'avevano fatta a decollare, anche se per un pelo.

« Spegni il motore », disse Sean al pilota, sottolineando la richiesta con un colpo di canna sul naso che fece uscire il sangue dalle narici e le lacrime dagli occhi del pilota.

Con riluttanza, il russo impoverì la miscela e poi spense i due turboelica. Il sibilo delle turbine cessò subito.

« Fuori! » ordinò Sean, e il pilota capì il gesto e il tono, se non la parola. Si slacciò la cintura di sicurezza e scese dall'elicottero.

Sean allineò i prigionieri contro il muro di sacchetti di sabbia. Aveva catturato un pilota, un tecnico di volo e tre meccanici.

« Benvenuti nel mondo capitalista, compagni », li salutò, poi tornò a voltarsi verso l'elicottero.

« Ho vinto la lotteria! » rise, ancora euforico per l'adrenalina che gli circolava nel sangue. « Matatu, abbiamo conquistato uno Hind perfettamente funzionante! »

Matatu si stava divertendo un mondo. « Facciamoli fuori subito », suggerì allegramente. « Dammi il *banduki*. Falli ammazzare a me! »

Sean aveva visto Matatu sparare una volta sola in vita sua, quando per scherzo gli aveva prestato la sua grossa doppietta. Il rinculo aveva sollevato di peso l'omino, proiettandolo cinque passi indietro.

« Non ne colpiresti neanche uno, nemmeno da questa distanza, grandissimo coglione sanguinario », gli disse Sean sogghignando. Poi tornò a dedicare la sua attenzione allo Hind. L'enormità del bottino conquistato cominciava solo ora a svelarglisi.

Con l'elicottero potevano scappare. Lui e Claudia, Job e Matatu potevano filar via in prima classe! Poi, con amara disillusione, dovette riconoscere la verità.

Non aveva mai pilotato un elicottero e non aveva neppure la minima idea di come si faceva. Aveva sentito dire solamente che bisognava manovrare i comandi con sapienza e delicatezza, e che era tutt'un'altra cosa rispetto al pilotaggio degli aeroplani.

Guardò di nuovo il pilota russo, con interesse. Nonostante i foruncoli e l'aspetto anodino, gli sembrava di leggergli negli occhi un certo orgoglio; inoltre sapeva che gli ufficiali dell'aviazione in Russia rappresentavano un'*élite* accuratamente selezionata. Dunque quel russo era quasi certamente un patriota fanatico.

« Non credo si possa noleggiarlo », concluse, e poi ad alta voce disse: « Bene, signori, adesso andiamocene di qua ». Indicò l'uscita e, sotto tiro del mitra, sfollarono ubbidienti. Al passaggio del pilota, Sean lo fermò e gli tolse la pistola Tokarev dalla fondina.

« Questa non ti serve, Ivan », disse intascandola.

Molto vicino alla buca di partenza c'era il laboratorio meccanico, anche questo scavato nella collina e protetto da sacchetti di sabbia anche sul tetto. Ci si arrivava per un breve camminamento. Sean ci chiuse dentro i russi e poi si guardò intorno.

La battaglia si stava esaurendo, pur se c'erano ancora degli spari isolati ed esplodevano munizioni attaccate dal fuoco. Nel fumo e nel polverone vide gli shangane della Renamo che riunivano i prigionieri e giravano in cerca di bottino. Ne riconobbe qualcuno che era stato assegnato agli Stinger. Una volta distrutti gli elicotteri, chissà dove li avevano lasciati, per correre sulla collina a partecipare al saccheggio della base.

Ne vide uno che spingeva avanti a baionettate nelle natiche un prigioniero del Frelimo, ridendo come un matto mentre quello si contorceva cercando di schivare la lama, e finiva per terra scalciando. Altri guerriglieri della Renamo uscivano dalle trincee col mitra in spalla e le braccia cariche di bottino.

Sean era abituato al comportamento delle truppe irregolari africane, ma una simile indisciplina palese lo irritò. Li rimproverò gridando, e il fatto che l'ubbidissero subito era una riprova della stima e della paura che ne avevano. Il guerrigliero che torturava il prigioniero si fermò un momento a finirlo con una pallottola nella nuca prima di accorrere da Sean e scattare sull'attenti.

« Sorvegliate questi prigionieri bianchi », ordinò loro Sean. « Se gli fate del male, il generale Cina vi arrostirà le palle e ve le farà mangiare. »

Senza guardarsi indietro fece un giro della base, riaffermando il proprio comando, cercando di far passare agli shangane la sbornia della vittoria. Si vide apparire davanti il sergente Alfonso.

« Non possiamo portar via molto bottino, di' agli uomini di scegliere bene quello che gli serve perché bruceremo tutto il resto in magazzino con la benzina », ordinò al sergente Alfonso. Poi guardò l'orologio. « Possiamo aspettarci un contrattacco del Frelimo entro un'ora al massimo. Voglio che per allora siamo già lontani. »

« No! » ribatté Alfonso. « Il generale Cina ha mandato tre compagnie a tagliar la strada al Frelimo. Ordina di tenere la posizione finché non ci raggiunge. »

Sean si avvicinò fissandolo. « Ma cosa cazzo dici? Cina è sul fiume, a due giorni di marcia da qui! »

Alfonso si mise a ridere. « Il generale Cina sarà qui tra un'ora. Ci ha seguito con cinque compagnie di uomini scelti. È sempre stato alle nostre calcagna. »

« E tu come fai a saperlo? » gli chiese Sean, e Alfonso rise ancora indicando la radio che un suo aiutante portava in spalla.

« Gli ho parlato dieci minuti fa, appena abbiamo abbattuto l'ultimo *hensciò* dei russi. »

« E perché non me l'hai detto prima, bastardo? » ruggì Sean.

« Il generale mi ha ordinato di non dirtelo, ma anche di farti i complimenti per l'abbattimento dei falconi, e assicurarti che per lui sei come un figlio. Quando arriva ti decora. »

« Va be' », sbuffò Sean cambiando gli ordini. « Se dobbiamo tenere la base, disponi gli uomini nelle trincee, useremo le mitragliatrici pesanti calibro 12,7. »

Sean s'interruppe. Un guerrigliero shangane correva su per la collina cercando proprio lui.

« *Nkosi!* » ansimava. Vedendolo, Sean capì subito che portava brutte notizie.

« La donna? » chiese prendendolo per il braccio. « La donna bianca è ferita? »

Lo shangane scosse la testa. « È salva, è lei che mi manda. È il matabele, il capitano Job. È stato colpito. »

« È grave? » disse Sean partendo di corsa.

« Sta morendo », gli gridò dietro lo shangane. « Il matabele sta morendo. »

Sean sapeva dove andare, aveva scelto lui il boschetto di acacie spinose quale postazione d'attacco per Job. I primi raggi del sole sorgevano dorati sopra le foglie degli alberi, mentre Sean correva giù dalla collina. Con l'aiuto di due shangane, Claudia aveva trasportato Job all'ombra sotto una pianta, su terreno morbido. Posava la testa su uno zaino ed era già stato bendato sommariamente.

Claudia alzò gli occhi e gridò: « Oh, Sean, Dio sia ringraziato! » Aveva la camicia tutta sporca di sangue, e quando vide l'espressione di Sean gli disse che non era il suo. « Io sto benissimo », gli assicurò.

Sean si dedicò allora a Job. Aveva la faccia sofferente, grigiastra. La carne sembrava fondente, come catrame, sul cranio. Gli toccò la guancia: fredda come la morte. Freneticamente gli sentì il polso del braccio buono e, benché fosse debole e troppo frequente, gli fece fare un sospiro di sollievo.

« Ha perso una gran quantità di sangue », gli sussurrò Claudia. « Ma adesso sono riuscita a fermare l'emorragia. »

« È in stato di shock », disse Sean. « Lascia che gli dia un'occhiata. »

« Non togliere quella benda », l'avvertì in fretta Claudia. « È una ferita spaventosa. È stato colpito alla spalla da una cannonata, si vedono spuntoni d'osso e carne straziata. Il braccio è ancora attaccato per un lembo di muscoli e tendini. »

« Prendi con te Matatu », l'interruppe brusco Sean. « Va' alla base a cercare qualche cassetta del pronto soccorso. I russi l'avranno certo. Trovala. Mi serve del plasma e il necessario per fargli una flebo. Poi bende e cerotti. Se poi trovassi disinfettanti, antibiotici e morfina... »

Claudia saltò in piedi. « Sean, che paura ho avuto per te! Ho visto... »

« Non ti libererai di me così facilmente. » Non staccò lo sguardo dalla faccia di Job. « Adesso vai però, e torna più presto che puoi. Matatu, va' con la donna e bada a lei. »

I due partirono di corsa. Fino al loro ritorno col materiale medico lui non poteva fare proprio niente. Si limitò a bagnare il fazzoletto d'acqua e pulire dal sangue e dalla polvere la faccia di Job. Sbatté gli occhi e li aprì, e Sean capì che era cosciente.

« Okay, Job, sono qua. Non sforzarti di parlare. »

Job chiuse gli occhi un attimo e quando li riaprì li aveva abbassati: ma era troppo debole per muovere la testa. Voleva guardare la ferita, valutarne la gravità. Era la reazione più consueta.

« È sangue polmonare quello che sto perdendo? Ho ancora le gambe, le mani? »

« Sei stato colpito al braccio destro e alla spalla », gli disse Sean. « Una cannonata, roba da niente, te la caverai, te lo metto per iscritto, amico mio. Vuoi che ti dica delle balle? »

Un flebile sorriso increspò l'angolo della bocca di Job, che gli strizzò anche l'occhio. Sean si sentì spezzare il cuore. Sapeva di avergli mentito, sapeva che Job sarebbe morto.

« Rilassati », gli ordinò allegramente. « Stenditi bene e goditela, come disse il vescovo all'attricetta. Ci penso io adesso. »

E Job chiuse gli occhi.

Claudia individuò il rifugio-infermeria dalla croce rossa che c'era dipinta sopra. Due shangane della Renamo stavano facendo bottino all'interno, ma Claudia li cacciò via strillando come un'aquila.

Le etichette sui cartoni erano tutte in caratteri cirillici. Claudia dovette aprirli per vedere cosa c'era dentro. Trovò uno scatolone che conteneva sacchetti di plastica di plasma, e ne diede due a Matatu. Sotto c'erano i tubetti e gli aghi. Anche bende e cerotti furono facili da trovare, ma tra pillole e pomate si confuse. Tuttavia un tipo di bottigliette conteneva liquido marrone dal tipico colore di iodio: chiaramente era la tintura disinfettante. Poi trovò altri medicinali con l'etichetta anche in francese e arabo. Poiché aveva un'infarinatura di entrambe le lingue, riuscì a capire che erano antibiotici e antidolorifici.

Trovò due confezioni da campo già pronte per l'uso e le prese. Poi lei e Matatu, ben carichi, uscirono dall'infermeria.

Prima di arrivare al perimetro della base, videro comparire un'odiosa figura dal fumo della battaglia che ancora indugiava a mezz'aria. Era l'ultima persona che si aspettava di incontrare lì.

« Signorina Monterro », la chiamò il generale Cina. « Che incontro fortunato. Ho bisogno della sua assistenza. » Cina era accompagnato da una mezza dozzina di ufficiali del suo stato maggiore.

Claudia si rimise subito dal colpo dell'inopinata apparizione. « Sono impegnata », disse seccamente, cercando di aggirarlo. « Job è gravemente ferito, devo andare da lui. »

« Temo che le mie necessità prevalgano », disse Cina avanzando una mano.

« Se lo scordi », gridò Claudia. « Job ha bisogno di questa roba, se no morirà. »

« Gliela porterà uno dei miei uomini », le rispose Cina. « Lei mi fa il favore di venire con me, spontaneamente o trascinata di peso: che non sarebbe molto dignitoso, signorina Monterro. »

Claudia stava ancora protestando quando uno degli ufficiali della Renamo le tolse il carico di medicinali. Si rassegnò.

« Va' con lui, Matatu », gli disse indicando la discesa. L'ometto annuì sorridendo e Claudia seguì Cina di nuovo dentro la base.

Attraversarono il campo di battaglia, scavalcando i morti.

« L'attacco del colonnello Courteney ha avuto un successo superiore alle mie più ottimistiche previsioni. » Il generale Cina era affabile e chiaramente felicissimo di quanto scorgeva tutt'intorno. « È addirittura riuscito a catturare uno Hind praticamente intatto, con tanto di pilota e meccanici russi. »

« Spero non mi trattenga a lungo. Devo tornare dai miei. »

« Il capitano Job morirà o camperà senza di lei, signorina Monterro. Mi servono i suoi servigi quale interprete perché devo parlare col pilota. »

« Ma io non so il russo », gli disse Claudia, indifferente.

« Per fortuna il pilota, a quanto pare, parla italiano. Chissà dove l'ha imparato, fatto sta che continua a ripetere 'italiano, italiano'. » Cina la prese per il braccio e la condusse giù per gli scalini che portavano al rifugio sotterraneo.

Claudia si guardò intorno e capì subito di trovarsi in un'officina meccanica. Lungo ogni parete correva un piano di lavoro di legno. C'erano trapani, torni, tutto il necessario. In un angolo c'erano due lunghe bombole di gas che servivano per saldare. Anche suo padre aveva un laboratorio del genere in cantina, ad Anchorage: aveva passato molte serate a guardarlo divertirsi col lavoro manuale.

I prigionieri russi, cinque, erano contro la parete opposta.

« Chi è che parla italiano? » chiese.

Un tipo alto e magro fece un passo avanti. Indossava una tuta di volo grigia e aveva la faccia segnata dall'acne. I suoi occhi azzurro chiaro erano mobilissimi e impauriti.

« Io, signora. »

« Dove l'ha imparato? » gli chiese Claudia.

« Mia moglie è di Milano. L'ho conosciuta quando studiava a Mosca, all'università Lumumba. » Il suo italiano era abbastanza buono.

« Io farò da interprete per il generale Cina », gli disse Claudia, « ma debbo avvertirla che è un selvaggio, molto crudele. Io non sono né sua amica né sua alleata, e non potrò proteggervi. »

« Grazie signora, capisco, ma non abbiamo bisogno di protezione. Siamo prigionieri di guerra e in base alla Convenzione di Ginevra ci spettano diritti ben precisi. »

« Cosa dice? » domandò Cina.

« Di essere un prigioniero di guerra. Invoca la Convenzione di Ginevra. »

« Gli dica che Ginevra è piuttosto lontana. Qua siamo in Africa e io non ho mai firmato nessun trattato in Svizzera. Dunque qui avrà solo i diritti che gli riconoscerò io, se voglio. Gli dica che dovrà pilotare l'elicottero per me, e che i meccanici dovranno tenerlo in perfette condizioni di volo. »

Mentre Claudia traduceva, vide indurirsi la mascella e lo sguardo del pilota. Girando appena la testa, costui parlò ai suoi uomini in russo. Subito tutti cominciarono a protestare scuotendo il capo.

« Dica a questo scimmione negro che rivendichiamo i nostri diritti », inveì con disdegno il pilota. Claudia aveva sentito dire che tanti russi sono razzisti, e la battuta del pilota dimostrava che almeno lui lo era. « Ci rifiutiamo di volare e di combattere per lui. Sarebbe un tradimento. »

Il suo rifiuto era così palese che Cina non aspettò la traduzione di Claudia.

« Gli spieghi subito », interloquì brusco, « che non ho tempo di stare a discutere né di esercitare la persuasione. Gli chiedo ancora una volta di collaborare e se rifiuta sarò costretto a dimostrargli che faccio sul serio. »

« Signore, guardi che quest'uomo è molto pericoloso », disse Claudia all'aviatore russo. « L'ho visto commettere tremende atrocità. Io stessa sono stata torturata da lui. »

« Io sono un ufficiale russo prigioniero di guerra », dichiarò il pilota in tono risoluto, mettendosi sull'attenti. « Conosco il mio dovere. »

Cina osservava la sua espressione. Mentre Claudia traduceva, fece un sorrisetto gelido. « Un altro coraggioso », mormorò. « Ora bisogna vedere fino a che punto. »

Senza guardare i suoi ufficiali, diede un ordine in shangane e, mentre quelli portavano lì le bombole montate sul carrello per le saldature ossiacetileniche, Cina fece un bel sorriso all'ufficiale russo. L'uomo gli restituì freddamente lo sguardo. Era uno scontro tra volontà.

Fu Cina ad abbassare gli occhi per primo. Andò al piano di lavoro ed esaminò rapidamente gli attrezzi che c'erano sopra. Con un grugnito d'approvazione scelse una sbarretta d'acciaio che soppesò in mano. Era lunga e spessa come una bacchetta per pulir fucili, lavorata alle estremità per applicarvi cacciaviti o altri strumenti utili per la manutenzione degli Hind.

« Questa andrà benissimo », disse ad alta voce, raccogliendo da terra un guanto d'amianto. Se l'infilò sulla mano destra e poi guardò l'impianto per saldare. Claudia, che aveva visto lavorare suo padre, capì che Cina era esperto nell'uso di quell'apparato. Accese il cannello, regolò rapidamente le valvole delle due bombole per ottenere la giusta miscela, che produceva una fiamma azzurra brillante, costante e caldissima. Poi con la mano inguantata prese la barra d'acciaio e cominciò ad arroventarla sulla punta della fiamma blu.

Mentre i russi lo guardavano preoccupati, Claudia si accorse che il pilota vacillava, col labbro superiore imperlato di sudore.

« Quell'uomo è una belva », gli sussurrò Claudia in italiano. « Deve credermi, se le dico che è capace degli atti più crudeli. Per favore, signore, io non voglio assistere a questa cosa. »

Il pilota scosse la testa, rifiutando il suo appello: guardava fisso la punta della sbarra d'acciaio che diventava rossa.

« Non mi lascerò intimidire da brutali minacce », disse, ma la voce gli tremava un po'.

Nella mano guantata di Cina, la punta della sbarra diventava lentamente incandescente fino a raggiungere il calor bianco. Cina sorrise e spense il cannello. Agitò la sbarra con gesto fiorito, da direttore d'orchestra, e sorrise al pilota. Era il sorriso di un cobra.

« Gli ripeta la mia richiesta. Gli chieda se vuole volare per me. »

« *Niet!* » Anche se aveva la voce rotta, la risposta del pilota fu decisa, e aggiunse in russo: « *Obezyana!* » Scimmione nero!

Cina gli si avvicinò e spinse la sbarra incandescente a pochi centimetri dagli occhi del russo.

« Signora, gli dica che senza occhi non posso pilotare », sussurrò l'aviatore.

« Non ha torto », annuì Cina quando Claudia tradusse. Si allontanò dal pilota e passò in rivista la fila di prigionieri bianchi, agitando di fronte alla faccia di ciascuno la sbarra rovente, piano piano, spiando le reazioni. Il meccanico grassoccio in fondo alla fila gli diede soddisfazione: si tirò indietro fino a sbattere con le spalle contro la parete del rifugio. Il sudore colava sulle sue guance rosee e pienotte, gocciolando giù dal mento. Con voce chioccia disse qualcosa in russo, e il pilota gli rispose con un ordine monosillabico secco.

« Non ti piace, eh? lumacone bianco! » sogghignò Cina, avvicinandogli la sbarra alla guancia. Il meccanico aveva la schiena contro i sacchetti di sabbia e roteava gli occhi per guardare la sbarra incandescente.

Il metallo si stava però raffreddando e Cina, con una smorfia d'impazienza, si allontanò da lui per tornare al cannello della fiamma ossidrica e arroventarlo di nuovo. Mentre procedeva a questa operazione, il meccanico si schiacciava contro i sacchetti di sabbia, atterrito. Sudava, macchiando tutta la tuta grigia.

Il pilota gli parlò sottovoce, in tono incoraggiante, e il meccanico un po' si riprese, drizzandosi e guardando il superiore con espressione grata. A Cina questo scambio non sfuggì affatto, e sorrise, stavolta di soddisfazione.

Quando Claudia vide quel sorriso, si rese conto all'improvviso che quello di Cina era stato un test di selezione. Aveva scelto la sua vittima. Il meccanico era il meno coraggioso dei cinque russi, e il pilota inavvertitamente aveva dimostrato la sua preoccupazione e amicizia per il poveraccio.

« Per piacere », gli sussurrò in italiano. « Il suo amico è in grave pericolo. Lei deve fare ciò che le chiede quest'uomo, se vuole salvarlo. »

Il pilota la guardò in faccia e dalla sua espressione Claudia comprese che stava cominciando a vacillare.

« Per piacere, lo faccia per me. Io non voglio vedere. »

Ma con disperazione vide rinsaldarsi la decisione del russo. Scosse la testa e Cina se ne accorse.

Spense la fiamma ossidrica e soffiò sulla sbarra incandescente, protraendo la terribile attesa. Tutti gli occhi, nel bunker, erano fissi su quella punta al calor bianco.

Poi di colpo diede un ordine secco in portoghese e due uomini suoi scattarono ad afferrare il meccanico per le braccia. Quello emise una specie di strillo di protesta, ma lo trascinarono al bancone di lavoro e ce lo schiacciarono contro a faccia in giù. Uno dei due ci saltò sopra e lo tenne fermo piazzandoglisi coi piedi sulle scapole. Il russo si dibatteva scalciando, ma non riuscì a liberarsi. Rapidi ed efficienti, gli legarono le caviglie alle gambe del bancone, e si ritrovò immobilizzato, a faccia in giù, col posteriore in aria.

Il pilota russo gridò una protesta e fece un passo avanti, ma un ufficiale della Renamo gli piantò la pistola nella pancia spingendolo di nuovo contro il muro del bunker.

« Te lo chiederò un'altra volta », disse Cina. « Vuoi volare per me? »

Il pilota si mise a urlargli insulti in russo. Adesso aveva la faccia foruncolosa tutta rossa.

Cina fece un cenno ai suoi uomini. Uno di loro tirò fuori il coltello e tagliò la tuta del meccanico all'altezza della vita, poi diede uno strattone e la sbrindellò. Sotto la tuta il meccanico indossava un paio di slip elasticizzati azzurri. Il guerrigliero della Renamo li tirò giù il più possibile.

Claudia guardava attonita per l'orrore il sedere del meccanico. Aveva natiche bianchissime, grasse e tonde, coperte da una peluria rossiccia rada e riccia. Tra le cosce si vedeva lo scroto peloso spuntare come quello di un cane.

Il pilota stava gridando in russo e Claudia si ritrovò a implorare il generale Cina.

« Per favore, generale Cina, mi lasci andare. Non posso sopportarlo. » Cercò di distogliere lo sguardo e coprirsi gli occhi, ma l'orrida fascinazione di quella scena atroce l'induceva a sbirciare tra le dita, a dispetto di se stessa.

Cina ignorò sia le grida del pilota sia le implorazioni di Claudia e parlò seccamente all'ufficiale che teneva giù il meccanico sedendogli sulle spalle. Senza spostarsi, questi tese le braccia, prese in mano le natiche del meccanico e bruscamente le scostò. Le proteste di Claudia le morirono in gola e si rese conto che stava fissando sbigottita l'ano raggrinzito rosa-bruno del russo, annidato tra i peli come l'occhio spento di un cieco.

Cina gli puntò contro da molto vicino la sbarra incandescente, fermandosi all'ultimo istante. Il meccanico ne sentì il gran calore sulla carne più intima, e prese a dibattersi così forte che altri due ufficiali della Renamo dovettero sederglisi sopra per farlo star fermo contro il tavolaccio.

« Allora? » disse Cina guardando il pilota russo, che con la faccia contorta stava ancora sbraitando insulti e minacce a voce altissima contro di lui.

« Purtroppo temo sia necessario », disse Cina, e con vezzoso scatto del polso, come uno schermidore in affondo, spinse avanti la sbarra metallica.

Appena il metallo incandescente toccò la pelle sensibile, il russo urlò, in maniera acutissima e raccapricciante, che fece piangere Claudia dalla compassione.

Il metallo fumava, sfrigolava e friggeva mentre Cina ruotava il polso, affondando sempre più nel corpo del russo la sbarra. Adesso le urla erano grandi scoppi di voce, simili a ruggiti bestiali, e Claudia si tappò le orecchie e si voltò dall'altra parte, scappando in un angolino e premendo la faccia contro i sacchetti di sabbia.

Il fumo le riempiva le nari, la gola e i polmoni, l'odore osceno della carne bruciata, del grasso carbonizzato, le patinò la lingua e la fece vomitare. Cercò di trattenersi ma non ci riuscì, rigettò con violenza lanciando spruzzi sul pavimento di terra battuta.

Intanto, dietro di lei, le grida pian piano diventavano gemiti penosi. Solo che ormai gridavano tutti gli altri russi, e il chiasso era assordante.

Un'altra zaffata di carne bruciata e feci la indusse a rimettere ancora, poi si pulì col dorso della mano e appoggiò la fronte ai sacchetti di sabbia. Tremava come una foglia e sudava abbondantemente, in continuazione.

A poco a poco il rumore cessò e non si sentì altro che qualche gorgoglio e il gemere sommesso del meccanico. Era sempre un suono terribile, da cui si capiva anche senza guardarlo che il russo era moribondo.

« Signorina Monterro. » La voce di Cina era bassa e normalissima. « Cerchi di controllarsi, abbiamo ancora del lavoro da fare. »

« Lei è un animale! » sbottò Claudia. « La odio! Dio, quanto la odio! »

« I suoi sentimenti non rivestono il minimo interesse per me », dichiarò Cina. « Adesso dica al pilota che mi aspetto piena collaborazione da lui. »

I gemiti del meccanico la distrassero. Girandosi a guardare Cina, vide che l'avevano lasciato andare, e adesso era accasciato a terra. Cina non si era curato di togliere la sbarra d'acciaio dal suo corpo, che ancora lo trafiggeva. Dimenandosi sempre più debolmente sulla terra battuta, cercava senza riuscirci di tirar fuori la sbarra afferrandola per l'estremità sporgente. Il metallo, raffreddandosi, aveva aderito alle viscere e adesso stava solidamente conficcato nella carne. Ogni volta che il poveretto muoveva la sbarra, un rivolo di feci liquide sgorgava dalla terribile ferita.

« Parli al pilota », le comandò Cina.

Claudia distolse gli occhi dal moribondo e si rivolse all'aviatore. « La prego, faccia quello che vuole. »

« Non posso. Il dovere! » gridò il pilota.

« Al diavolo il dovere! » gli urlò furiosa Claudia. « Non si rende conto che, se non cede, lei e tutti i suoi farete la stessa fine? » Indicò il suolo senza guardarlo. « Questo capiterà anche a lei! » Si rivolse agli altri russi, che erano sconvolti e atterriti, pallidi di orrore e terrore.

« Guardatelo! » gridò in inglese. « È questo che volete? »

Forse non capirono le parole, ma il senso era chiarissimo per tutti. Guardarono il pilota.

Costui resistette per qualche secondo, poi a un ordine di Cina gli ufficiali della Renamo presero un altro prigioniero e lo stesero urlante e scalciante sul bancone da lavoro. A questo punto il pilota russo alzò le braccia rassegnato.

« Gli dica di lasciarlo andare », sussurrò con un filo di voce a Claudia. « Faremo quello che ci ordina. »

« Grazie, signorina Monterro », le sorrise affabile Cina. « Adesso è libera di tornare dal colonnello Courteney. »

« E come comunicherà col pilota? » gli chiese incerta.

« Ormai mi capisce al volo », rispose Cina, trasferendo tutta la sua benevolenza sul russo. « Le assicuro che tra pochissimo tempo si esprimerà fluentemente nella mia lingua. » Poi tornò a guardar Claudia. « Per favore, trasmetta i miei saluti al colonnello Courteney e gli chieda di raggiungermi appena può. Vorrei congedarmi da lui, ringraziarlo e augurargli *bon voyage*. » Le fece un irridente inchino. « E voglia il cielo quanto prima, signorina Monterro. Spero ci ricorderà tutti con affetto, noialtri amici africani. »

Claudia non trovò parole da rispondergli, aprì la porta del bunker e si ritrovò fuori con le gambe che tremavano.

Sempre in preda all'orrore, scese incespicando dalla collina. Le scene atroci che vedeva intorno, e che in altra occasione magari l'avrebbero sconvolta, non le notò nemmeno.

In fondo alla discesa si fermò e aspettò di riuscire a controllarsi un po' di più. Respirò profondamente, cercando di soffocare i singhiozzi che ogni tanto emetteva senza volere. Si ravviò i capelli con le dita e risistemò il fazzoletto che li teneva a posto. Con un lembo della camicia si asciugò la faccia dal sudore e dalle lacrime, restando sbalordita dai segnacci nerastri che ci rimasero sopra.

« Devo avere un aspetto infernale », sussurrò, chiudendo la mano a pugno per nascondere le unghie rotte: ma poi si erse e alzò il mento. « Sean non deve vedermi così », si disse con fierezza. « Cerca di ricomporti, donna. »

Quando la vide arrivare di corsa, Sean alzò gli occhi dal corpo di Job avvolto in una coperta.

« Cos'è successo? » le chiese. « Cosa ti ha trattenuto? »

« Il generale Cina. Mi ha fatto andare con lui. »

« Cosa voleva? Cos'è successo? »

« Niente. Non importa, te lo racconterò dopo. Come sta Job? »

« Gli ho dato un litro di plasma », rispose Sean. Aveva appeso il sacchetto della flebo a un ramo sopra di loro. « Il polso va meglio. Job è forte come un bufalo. Aiutami a medicargli la ferita. »

« È cosciente? »

« Va e viene », l'avvertì Sean.

Sotto le bende la ferita apparve così terribile che nessuno dei due ebbe animo di parlarne, soprattutto per il fatto che Job magari sentiva.

Sean cosparse tutta la zona di pomata allo iodio e poi tornò a bendare la spalla orrendamente lacerata con fasce elastiche e bende trovate nelle cassette del pronto soccorso. Sangue e pomata continuavano a intridere le bende anche mentre lo fasciavano.

Insieme dovettero spostare Job sul fianco per fargli passare il bendaggio sulla schiena. Claudia teneva a posto il braccio semistaccato, piegando il gomito di Job sul torace, e Sean lo fasciò ben bene, bloccandolo. Quando finirono tutto il tronco di Job era coperto di bende applicate in modo esperto, da cui spuntava libero solo il braccio sinistro.

« Il polso se ne va ancora », disse Sean alzando lo sguardo. « Bisogna dargli un altro litro di plasma. »

Dalla foresta al di là del perimetro della base si sentirono raffiche di mitra e colpi di mortaio. Claudia alzò la testa preoccupata. « Che cos'è? »

« Il contrattacco del Frelimo. » Sean era ancora occupato con la flebo. « Ma Cina ha portato tre compagnie, e il Frelimo non sarà tanto baldanzoso adesso che ha perso l'appoggio aereo. I ragazzi di Cina dovrebbero essere in grado di respingere l'attacco senza problemi. »

« Sean, da dove è spuntato Cina? Credevo che... »

« Sì, anch'io credevo che fosse rimasto sul fiume. Invece quel dritto ci è venuto dietro per impadronirsi subito del bottino. » Finì di sistemare il flusso del plasma nel tubo della flebo e poi si accucciò davanti a Claudia, guardandola negli occhi.

« Va be'. Adesso dimmi cosa è successo. »

« Ma niente », gli sorrise.

« Non raccontar balle, bellezza », le disse dolcemente Sean, cingendola col braccio. A dispetto di se stessa le sfuggì un singhiozzo.

« È stato Cina », sussurrò lei. « Subito dopo quello che è successo a Job... mi ha fatto tradurre per il pilota russo. Oh Dio, quanto lo detesto! È una bestia feroce. Mi ha fatto assistere... » S'interruppe.

« A cose atroci? » disse Sean, e lei annuì.

« Ha ucciso uno dei russi nella maniera più crudele possibile e immaginabile. »

« È un tipo affabile, il nostro Cina, ma cerca di non pensarci più, abbiamo già abbastanza guai per conto nostro. I russi... che si arrangino un po' anche loro. »

« Ha costretto il pilota a volare per lui. »

Sean si alzò, sollevandola con sé. « Non pensare più a Cina e ai russi. L'unica cosa che deve interessarci adesso è filar via di qui. » Si interruppe vedendo sopraggiungere il sergente Alfonso con una mezza dozzina di shangane. Scendevano dalla collina, tutti carichi di bottino.

« *Nkosi!* » La bella faccia larga di Alfonso era palesemente felice. « Che battaglia! Che vittoria! »

« Avete combattuto come un *impi* di leoni », diede atto Sean. « La battaglia è vinta, ma adesso dovete aiutarci ad arrivare al confine. Il capitano Job è gravemente ferito. »

Il sorriso di Alfonso svanì. Nonostante l'inimicizia naturale delle loro tribù, fra i due uomini era nato uno spontaneo rispetto.

« È molto grave? » chiese Alfonso, avvicinandosi a guardare.

« All'infermeria c'è una barella in fiberglass », disse Claudia. « Con quella si può trasportarlo. »

« Ci sono due giorni di marcia per il confine », mormorò dubbioso Alfonso. « In territorio controllato dal Frelimo. »

« Ma se il Frelimo sta scappando come un cane che si è scottato il culo sul fuoco », ribatté Sean in tono risoluto. « Manda due dei tuoi a prender la barella. »

« Il generale Cina ti vuole vedere. Sta per andarsene sul falcone russo. Deve parlarti prima di partire. »

« D'accordo, ma voglio qua la barella per quando torno », disse Sean guardando l'orologio. « Entro un'ora intendo essere in marcia per il confine. »

« *Nkosi!* » concordò allegramente Alfonso. « Saremo pronti. » Sean si rivolse a Claudia.

« Vado da Cina. Cercherò di convincerlo a evacuare Job in elicottero, ma non credo di riuscirci. Tu sta' qui con lui e controllagli il polso; se dovesse venirgli un collasso, fagli un'iniezione di adrenalina. Sono queste fiale qua, ma usale solo come estremo rimedio. »

« Ti prego, non star via molto », gli sussurrò lei. « Se non ci sei tu vicino, io non ho coraggio. »

« Resterà con te Matatu. »

Sean salì rapidamente sulla collina, incrociando una prima fila di portatori della Renamo. Evidentemente Cina stava portando via tutto quello che poteva servirgli il più in fretta possibile. C'erano anche i pezzi di ricambio degli elicotteri, e centinaia di taniche di carburante avio. I portatori tornavano verso la base sul fiume, e Sean non prestò loro attenzione. La sua parte l'aveva fatta. Era impaziente di andarsene, raggiungere lo Zimbabwe e affidare Job alle cure dei medici. Solo così Claudia sarebbe stata al sicuro. Ma tutto questo, nonostante la sua fretta, dipendeva da una cosa alquanto incerta: la disponibilità di Cina a mantenere la parola. Li avrebbe davvero lasciati andare? Non era troppo sperare?

« Vedremo », si disse tristemente, prima di chiedere all'ufficiale che sovrintendeva il carico dei portatori dov'era Cina.

Lo trovò ancora coi prigionieri russi nel bunker comando della base. Il generale Cina alzò gli occhi dalla carta topografica che stava consultando e sorrise affabilmente a Sean che entrava.

« Colonnello Courteney, le faccio le mie felicitazioni. Siete stati fenomenali. Una grandissima vittoria. »

« E adesso è lei che mi deve un favore, no? »

« Certamente. Lei e i suoi siete liberi di andarvene. Tutti i debiti fra noi sono stati estinti in pieno. »

« No », scosse la testa Sean. « Secondo i miei calcoli, adesso è lei che si trova in debito. Il capitano Job è stato ferito gravemente, e rischia la vita. Voglio che sia trasportato in elicottero nello Zimbabwe. »

« Lei vuole scherzare », si mise a ridere allegramente Cina. « Non posso rischiare un bottino di guerra così prezioso in una missione improduttiva. No, colonnello, siamo pari e patta, e la prego vivamente di non insistere con queste richieste stravaganti. Siccome non ci sento tanto bene, potrei irritarmi e cambiare idea, ritirando la generosa offerta di lasciarvi andare sani e salvi. » Sorrise e gli porse la mano. « Andiamo, andiamo, colonnello. Separiamoci da amici. Lei disporrà dei servigi del sergente Alfonso e della sua squadra. Inoltre è un uomo dalle infinite risorse. Sono sicuro che riuscirà a portare in salvo i suoi senza ulteriore assistenza da parte mia. »

Sean ignorò la mano di Cina, che la guardò un attimo e poi la ritirò. « Dunque qui ci separiamo, colonnello. Io torno alla mia piccola guerra, che mi porterà un giorno, chissà, ad alte responsabilità di governo in un nuovo Paese tutto mio; lei torni pure al tenero abbraccio della sua giovane americana bellissima e ricchissima. » Il suo sorriso furbo sembrava celare qualche sottintesa insidia. « Le auguro ogni bene e non dubito che lei auguri altrettanto a me. » Voltò le spalle a Sean, rimettendosi a studiare la mappa. Sean restò per un attimo sbalordito. Non poteva finire così! Sean ne era arcisicuro, eppure il generale Cina si era messo a impartire ordini in portoghese a uno dei suoi ufficiali, lasciando lui in piedi, incerto, sulla porta del bunker. Sean aspettò ancora qualche istante e poi di colpo girò sui tacchi e sgusciò fuori dalla bassa entrata. Solo dopo che se ne fu andato Cina alzò la testa e fece un sorrisetto che, se Sean l'avesse visto, avrebbe risposto a tutte le sue domande inespresse.

Gli uomini di Alfonso avevano lavorato in fretta. La barella di fiberglass era leggerissima, di quelle che si adoperano per i salvataggi in montagna. Tuttavia, avrebbe richiesto sempre quattro uomini su quel terreno accidentato, e la strada per il confine era lunga e difficile.

« Sono meno di cento chilometri e mica poi così duri », si rassicurò Sean. « Se ce la mettiamo tutta, due giorni possono bastare. »

Claudia lo accolse con sollievo. « Pare che Job si stia un po' riprendendo. Prima ha chiesto di te, farfugliando qualcosa a proposito di una certa Collina Trentuno. »

« È dove ci siamo conosciuti », sorrise Sean. « Si vede che sta delirando. Aiutami a metterlo sulla barella. »

Insieme sollevarono delicatamente Job e lo piazzarono sulla barella in fiberglass. Sean applicò la flebo all'apposita intelaiatura e coprì l'amico con qualche coperta militare grigiastra.

« Matatu », disse rialzandosi. « Portaci a casa. » E fece segno al primo quartetto di barellieri di prender posizione.

Erano passate meno di due ore dal levar del sole, ma in quel frattempo gli sembrava di aver vissuto una vita intera. Così pensò Sean riguardando la cima di quella collina. Colonne di fumo ne salivano ancora in cielo, e l'ultima schiera di portatori del generale Cina se ne stava andando carica in fila indiana.

Finalmente gli ultimi rumori della battaglia erano svaniti. Il contrattacco del Frelimo, alquanto svogliato, era stato respinto senza difficoltà, e Cina ritirava le sue forze nel terreno accidentato sotto il fiume Pungwe.

Mentre Sean osservava, l'elicottero catturato si alzò pian piano dalla sua buca, sostando sopra la collina per qualche momento: poi di colpo si diresse verso di loro, investendoli col tonante crescendo del rotore, e Sean distinse le canne multiple del cannone rotante puntate contro di loro.

Mentre l'elicottero si avvicinava a gran velocità, Sean riconobbe la faccia di Cina dietro la calotta blindata. Sedeva al posto dell'ufficiale di rotta, ai comandi del cannoncino. Sean lo vide brandeggiare dalla sua parte. Lo Hind era a non più di una trentina di metri da loro. Vide benissimo lampeggiare i denti di Cina che rideva.

Il loro gruppetto non era ancora arrivato alla foresta. Non c'era alcuna protezione da un eventuale attacco dall'elicottero. Istintivamente Sean cercò di riparare Claudia col proprio corpo.

Sopra di loro il generale Cina alzò la mano in un saluto ironico. Lo Hind cabrò rapido e si diresse a nordovest, puntino che scomparve in fretta. Tutti lo guardarono quasi delusi, finché Sean ruppe l'incantesimo.

« Andiamo, fratelli! » E ancora una volta i barellieri si avviarono trotterellando, cantando a mezza voce un'antica canzone di marcia.

Matatu, che li precedeva, scorse gruppetti di nemici che

scappavano a rotta di collo dalla riva del fiume. Dopo la perdita dell'appoggio aereo le forze del Frelimo non sembravano più in grado di portare avanti l'offensiva e si ritiravano, creando una situazione molto fluida e confusa. Benché fossero costretti a deviare più a nord di quanto avesse pensato Sean, Matatu li sottrasse a ogni contatto col nemico e i barellieri, ruotati continuamente, fecero grandi progressi.

Al cader della sera si fermarono a mangiare e riposare. Alfonso effettuò il previsto contatto radio col quartier generale della Renamo e diede la loro posizione. Ricevette soltanto un laconico okay, senza alcun cambiamento di ordini.

Fecero una scorpacciata di cibi in scatola sottratti ai russi, fumando le loro fragranti sigarette di tabacco balcanico dai lunghi bocchini di cartone.

Job era tornato semicosciente e si lamentava roco: « C'è un leone che mi sbrana la spalla ».

Sean inserì una fiala di morfina nella flebo e questo gli giovò al punto che riuscì a inghiottire qualche boccone di insipida carne in scatola. Ma aveva molta più sete che fame e Sean lo aiutò a bere un bel po' di caffè russo, sorprendentemente buono.

Sean e Claudia, seduti accanto alla barella, aspettavano il sorger della luna.

« Ripasseremo in Zimbabwe per la valle di Honde », disse Sean a Job. « Quando arriveremo alla missione di Santa Maria, starai benissimo. Uno dei padri cattolici è dottore, e potrà inviare un messaggio a mio fratello Garry a Johannesburg. Gli chiederò di mandarti a prender con l'aereo della ditta a Umtali, e ti troverai ricoverato all'ospedale di Johannesburg prima ancora di capire cosa ti è successo. Là avrai le cure migliori del mondo. »

Quando la luna spuntò ripresero la marcia, e non si fermarono a riposare che a mezzanotte.

Sean si fece un materasso d'erba vicino alla barella di Job, e mentre Claudia si raggomitolava tra le sue braccia le sussurrò: « Domani sera ti darò un bel bagno caldo e un letto con lenzuola di bucato ».

« Promesso? » sospirò lei.

« Giuro. »

Per vecchia e radicata abitudine si svegliò un'ora prima dell'alba e andò a fare l'appello delle sentinelle con Alfonso. Finito il giro d'ispezione si sedettero al limite del campo e Alfonso gli offrì una sigaretta russa, che fumarono nascondendo la brace nella mano.

« È vero quello che mi hai detto del Sudafrica? » gli chiese inaspettatamente Alfonso.

« Cosa ti ho detto? »

« Che la gente, anche i negri, mangia carne ogni giorno? »

Sean sorrise nel buio, divertito dal suo concetto di paradiso, un posto dove un uomo poteva mangiar carne tutti i giorni.

« Qualche volta si stufano così del manzo che assaggiano pollo e agnello tanto per cambiare », sfotté Sean.

Alfonso scosse la testa. Questa era davvero incredibile. Nessun africano si stancherebbe mai del manzo.

« Quanto guadagna un negro in Sudafrica? » domandò.

« Circa cinquecento rand al mese se è un manovale qualunque, ma ci sono parecchi negri milionari. » Cinquecento rand era più di quanto uno guadagnasse all'anno in Mozambico, ammesso che non fosse disoccupato. Un milione era una cifra che superava ogni immaginazione per Alfonso.

« Cinquecento? » Scosse la testa stranito. « E pagato in rand, non escudos di carta o dollari dello Zimbabwe? » domandò ancora.

« In rand », confermò Sean. In confronto alle altre monete africane, il rand era forte come un tempo la sterlina d'oro.

« E ci sono cose nei negozi, cose che uno può comprare coi rand? » chiese diffidente Alfonso. Era difficile per lui anche immaginare scaffali pieni di roba in vendita, che non fossero bibite gassate prodotte localmente e pacchetti di sigarette da due soldi.

« Tutto quello che vuoi », assicurò Sean. « Sapone, zucchero, olio e farina. » Lussi quasi dimenticati per Alfonso.

« Quanto ne voglio? » chiese. « Senza razionamenti? »

« Basta che hai i soldi per pagarli » gli assicurò Sean. « E quando avrai la pancia piena, potrai comprare scarpe, vestiti, cravatte, radioline e occhiali da sole... »

« La bicicletta? » chiese Alfonso pieno di desiderio.

« Solo i poveracci vanno in bici », sogghignò Sean, che si stava divertendo. « Gli altri hanno la macchina. »

« Anche i negri hanno la macchina? » Alfonso ci pensò su un bel pezzo, meravigliato. « E ci sarebbe lavoro per un uomo come me? » chiese infine con diffidenza pari all'ingenuità.

« Per uno come te? » Sean finse di riflettere attentamente,

mentre Alfonso aspettava con apprensione il suo giudizio. « Un uomo come te? » ripeté Sean. « Mio fratello ha una miniera d'oro. Nel giro di un anno potresti diventare caposquadra, e in due anni capoturno. E io potrei farti assumere il giorno che arrivi. »

« E quanto guadagna un caposquadra? »

« Mille, duemila rand », gli svelò Sean, e Alfonso restò sbigottito. Il soldo della Renamo equivaleva a un rand al giorno, pagato in escudos mozambicani.

« Mi piacerebbe fare il caposquadra », mormorò pensoso.

« Più che fare il sergente nella Renamo? » sfotté Sean, e Alfonso fece una risatina sprezzante.

« Certo che in Sudafrica non avresti il diritto di voto », deplorò Sean. « Solo i visi pallidi votano. »

« Il voto! Ma cos'è il voto? » domandò Alfonso, e poi si rispose. « Io non ho il diritto di voto in Mozambico. E non ce l'hanno nemmeno in Zambia, Zimbabwe, Angola e Tanzania. Nessuno ha il diritto di voto in Africa, salvo forse una volta nell'arco di un'esistenza, quando si tratta di eleggere il presidente a vita di un partito unico. » Scosse la testa brontolando. « Il voto non si mangia mica. Non si indossa, non si cavalca. Per duemila rand al mese e la pancia piena lo cedo volentieri, il mio voto. »

« Be', se vieni in Sudafrica, passa a trovarmi », disse Sean stirandosi e guardando il cielo. Si vedevano gli alberi stagliarsi sul blu-notte. Mancava pochissimo all'alba. Spense la sigaretta sotto il tallone e fece per rialzarsi.

« Ti devo dire una cosa », bisbigliò Alfonso, e il suo tono strano attirò la piena attenzione di Sean.

« Sì? » disse questi tornando ad accucciarsi vicino allo shangane. Alfonso si schiarì la voce imbarazzato.

« Abbiamo fatto tantissima strada insieme », mormorò.

« È vero, tantissima strada, e anche difficile », ammise Sean. « Ma adesso siamo in vista dell'arrivo. Domani a quest'ora... » Non dovette continuare, e Alfonso non riprese subito.

« Abbiamo combattuto a fianco a fianco », disse poi Alfonso.

« Come leoni », confermò Sean.

« Io ti ho chiamato *Baba* e *Nkosi Kakulu.* »

« Così infatti mi hai onorato », gli diede formalmente atto Sean. « E io ti ho chiamato amico. »

Alfonso annuì nel buio. « Non posso lasciarti attraversare il confine dello Zimbabwe », disse poi con subita decisione, e Sean si molleggiò sui calcagni.

« Dimmi perché no. »

« Ti ricordi Robin? » chiese Alfonso, e Sean ci mise un po' a far mente locale.

« Robin, quello della base di Grand Reef. Il nostro amico che ha favorito l'incursione. » Sembrava passato un secolo da quel giorno.

« Il nipote del generale Cina », annuì Alfonso. « È proprio di lui che sto parlando. »

« Sammy Davis junior », sorrise Sean. « L'imitatore dei telefilm americani. Me lo ricordo benissimo. »

« Il generale Cina gli ha parlato per radio. Proprio stamattina, dalla base dei falconi, dopo la nostra vittoria. Io ero nell'altra stanza del bunker e ho sentito tutto. »

Sean sentì un vento gelido corrergli giù per la schiena. Gli si rizzarono i capelli sulla nuca.

« E che cosa gli ha detto Cina? » chiese, temendo la risposta.

« Ha ordinato a Robin di far sapere all'esercito dello Zimbabwe che sei stato tu a comandare l'incursione alla base e il furto degli Stinger. Ha detto di informarli che stai per rientrare nello Zimbabwe dalla valle di Honde, che passerai per la missione di Santa Maria: dunque ti aspetteranno lì. »

A Sean si torsero le budella per lo shock. Per un bel po' rimase stordito dall'enormità e dall'astuzia di quel tradimento. Il generale Cina gli aveva teso una trappola diabolica. Con raffinata crudeltà gli aveva fatto credere di essere finalmente libero. Assaporando il sollievo di traversare incolume il confine, sarebbe andato incontro a un destino ancora peggiore di quello che Cina poteva riservare a tutti loro.

L'ira delle alte sfere dello Zimbabwe non avrebbe avuto limiti. Sia pure per comodità, Sean deteneva un passaporto di quel Paese, dunque era un traditore responsabile di strage, che nessun intervento straniero avrebbe potuto salvare. Sarebbe stato consegnato alla polizia segreta che, nelle celle della prigione di Chikarubi, l'avrebbe fatto lentamente a pezzi. Non sarebbe mai uscito vivo di lì: e anche Job, benché ferito, avrebbe condiviso quel destino.

E anche Claudia. Pur essendo cittadina americana, ufficialmente non esisteva più. Erano ormai passate settimane da quando era stata data per dispersa in mano alla Renamo: di lei come di suo padre il consolato americano poteva aver da tempo rinunciato a ricevere notizie. La morte presunta non le assicurava la minima protezione ufficiale. Era altrettanto indifesa di loro.

E la trappola era già scattata, non si poteva più uscirne. Alle costole avevano la Renamo, davanti il Frelimo e poco più in là il servizio segreto dello Zimbabwe, il famigerato CIO. Erano impantanati in una terra di nessuno, bersaglio delle cannonate di tutti, destinati a esser braccati come bestie feroci fino a crepare di fame in qualche deserto.

« Pensa! » si impose Sean. « Trova una via d'uscita! »

Potevano provare a entrare in Zimbabwe per qualche altra strada, e non dalla valle di Honde, ma il CIO avrebbe allertato tutti i suoi agenti. Potevano aspettarsi blocchi stradali dappertutto. Senza documenti, non avrebbero fatto più di qualche chilometro: c'era Job! Che farne? Come trasportare clandestinamente un ferito in un Paese in cui ogni soldato, ogni poliziotto avrebbe cercato un gruppetto con un uomo in barella?

« Dobbiamo puntare a sud », disse Alfonso. « Bisogna andare in Sudafrica. »

Sean lo fissò. « Vuoi venire con noi? » gli chiese sbalordito.

« Non posso più tornare dal generale Cina, adesso che l'ho tradito », osservò Alfonso con filosofia. « Dunque verrò con voi in Sudafrica. »

« Sono quasi cinquecento chilometri occupati da due eserciti entrambi nemici, il Frelimo e l'armata meridionale della Renamo. E c'è Job da portare. »

« Ebbene, lo porteremo », ribatté Alfonso.

« Per cinquecento chilometri? »

« Allora lo abbandoneremo », alzò le spalle Alfonso. « È soltanto un matabele, e poi sta morendo, non sarà una gran perdita. »

Sean tenne a freno la lingua, che stava per mandare Alfonso al diavolo, e si mise a riflettere. Ma, comunque la si rigirasse, l'unica era l'idea di Alfonso. A nord, il dubbio rifugio del Malawi era vietato dalle acque di Cabora Bassa e dalla divisione del generale Cina. A est c'era l'Oceano Indiano, a ovest lo Zimbabwe e il suo CIO.

« Va bene », ammise infine con riluttanza Sean. « L'unica strada è quella. Forse riusciremo a passare tra le maglie del Frelimo e della divisione meridionale della Renamo. Bisogna soltanto attraversare una linea ferroviaria supervigilata e il fiume Limpopo, e trovare da mangiare in una zona bruciata e devastata da dieci anni di guerra civile. »

« Però poi, in Sudafrica, mangeremo carne tutti i giorni », osservò allegramente Alfonso.

Sean si alzò in piedi. « Ci seguiranno i tuoi uomini? »

« Se no li ammazzo », disse tranquillamente il sergente. « Non si può mica lasciarli tornare dal generale Cina! »

« Molto bene », disse Sean. « Comunicherai per radio che siamo entrati nello Zimbabwe. Con questo sistema penso che riusciremo a ingannare Cina per quattro o cinque giorni. Non capirà che siamo scappati a sud finché non saremo ben fuori dalla sua portata. Farai bene a parlare subito coi tuoi uomini, perché bisogna puntare a sud fin d'ora, e se non li informi capiranno da soli che c'è qualcosa che non va. »

Alfonso richiamò le sentinelle e nella luce grigia dell'alba gli shangane, accucciati in cerchio, ascoltarono con la faccia intenta le meraviglie del paradiso meridionale che Alfonso andava magnificando e promettendo a tutti.

« Ormai siamo stanchi di combattere, e di aggirarci come bestie nella boscaglia. È tempo che impariamo a vivere da uomini, e troviamo buone mogli che ci diano dei figli. » Era pieno dell'entusiasmo del convertito, e prima che finisse il discorso Sean fu lieto di scorgere negli occhi di parecchi guerriglieri shangane un lampo di voglia. Per la prima volta pensò che l'impresa di quel viaggio poteva anche riuscire. Ci voleva un gran coraggio ma anche tanta fortuna.

Sean andò da Claudia e Job a dire cosa li aspettava. Claudia stava lavando la faccia di Job con una pezzuola bagnata. « Sta molto meglio dopo una bella notte di riposo », disse; ma appena vide la sua faccia s'interruppe. Il suo morale precipitò quando sentì cosa dovevano fare.

« Era troppo bello per essere vero », sussurrò. « Lo sapevo dentro di me che il generale Cina non poteva essere Babbo Natale travestito. »

Job giaceva immobile sulla barella e Sean pensò che non avesse inteso, perché magari era svenuto ancora. Gli prese il polso. A quel contatto Job aprì gli occhi.

« Di', possiamo fidarci di quegli shangane? » sussurrò.

« Non è che abbiamo molta scelta », osservò Sean, poi continuò tutto pimpante: « Ma vedrai che noi... »

« Lasciatemi qui », bisbigliò Job, appena udibile. L'espressione di Sean si indurì e nella sua voce trapelò l'ira.

« Non dire cazzate », ringhiò.

« Senza di me potreste anche farcela », insisté Job. « Ma se dovete tirarvi dietro 'sta barella... »

« Abbiamo dodici shangane forzuti », gli fece notare Sean.

« Meglio che qualcuno possa cavarsela anziché crepare tutti. Lasciami qua, Sean. Salva te stesso e Claudia. »

« Mi sto arrabbiando. » Sean si alzò e disse a Claudia: « Si parte tra dieci minuti ».

Per tutta quella giornata mossero cautamente verso meridione. Era un bel sollievo non dover temere gli Hind, benché per abitudine gli shangane ogni tanto continuassero a guardare in alto. Più si avvicinavano alla linea ferroviaria e più dovevano rallentare la marcia e perder tempo a nascondersi tra i foltissimi ebani e alberi di Jesse, finché Matatu non tornava a dar via libera.

Nel tardo pomeriggio Sean lasciò il gruppo in una forra e andò avanti con Matatu. Era stato via due ore e il sole stava calando quando a un tratto riapparve al fianco di Claudia.

« Mi hai fatto spaventare », gli disse lei. « Sei come i gatti. »

« La ferrovia è a un chilometro e mezzo. Le sentinelle del Frelimo sembrano ancora in piena confusione. Sulla linea c'è un sacco di traffico militare, e tutt'intorno il caos. Sarà abbastanza difficile passare. Appena spunta la luna, torno a dare un'occhiata. »

Mentre aspettavano che sorgesse, Alfonso rizzò l'antenna ed effettuò il previsto contatto radio col quartier generale di Cina.

« La colomba è volata via », disse in codice. Era la notizia che Sean e i suoi avevano passato il confine. Dopo una breve pausa, impiegata forse a decrittare il messaggio, l'operatore diede ad Alfonso l'ordine di tornare al quartier generale sul fiume. Alfonso disse « ricevuto » e chiuse la comunicazione.

« Adesso per due giorni mi aspettano », sogghignò Alfonso ripiegando l'antenna. « Ma poi cominceranno a sospettare qualcosa. »

Quando la luna inargentò la cima degli alberi, Sean e Matatu scivolarono via per fare un'ultima ricognizione della linea ferroviaria.

Circa due chilometri a sud trovarono un punto dove la ferrovia attraversava un fiumicello. Benché fosse quasi asciutto, salvo qualche pozza d'acqua sparsa, aveva le rive fittamente alberate dove il sottobosco forniva un'ottima copertura. In origine l'avevano tagliato per meglio sorvegliare la ferrovia, ma ormai era abbondantemente ricresciuto e bastava a celare chi procedesse curvo.

« Quei bastardi del Frelimo sono proprio dei lavativi », ridacchiò tra i denti Sean. « Meno male, così potremo attraversare. »

La linea ferroviaria attraversava il fiume su un viadotto breve, che partiva incassato tra le rive. A una cinquantina di metri dall'imbocco c'era un posto di guardia. Mentre Sean l'osservava col binocolo, una sentinella del Frelimo con l'AK in spalla si incamminò sul ponte dove, appoggiata al parapetto, accese una sigaretta. Con la brace si riusciva a seguirla dappertutto: dopo un attimo tornò al posto di guardia. A Sean sembrava un po' barcollante. Quando giunse al posto di guardia, una risata femminile arrivò fin dove si trovavano Sean e Matatu.

« Stanno facendo una festicciola », ridacchiò Sean.

« Con vino di palma e *jig-jig* », concordò invidioso Matatu. Al chiar di luna alzò la mano col pollice infilato tra indice e medio. « Piacerebbe anche a me. »

« Grandissimo coglione arrapato », disse Sean tirandogli l'orecchio. « Quando saremo a Johannesburg, ti pago un puttanone che non finisce più. » In amore i gusti di Matatu andavano sul montagnoso. La donna gli piaceva tanta. Sean diceva sempre che, abbracciato alle sue donne, gli sembrava lo sherpa Tensing in cima all'Everest.

Le distrazioni che le sentinelle della ferrovia si erano procurate avrebbero reso più facile il passaggio. Sean e Matatu si ritirarono tranquillamente e tornarono dagli altri.

Erano via da tre ore e mancavano pochi minuti alla mezzanotte quando arrivarono vicino al campo. In riva alla forra Sean si fermò a fare il verso del caprimulgo, segnale concordato, perché non intendeva esser fatto fuori da uno degli shangane di Alfonso. Aspettò un minuto buono la risposta, che non venne. Allora ripeté il segnale. Ancora silenzio. Provò il primo brivido di allarme.

Invece di calarvisi direttamente, girarono intorno alla forra e al chiar di luna Matatu distinse una traccia inaspettata. Accigliato, preoccupato, si chinò a guardarla da vicino.

Sean sussurrò: « Chi è? Dove va? »

« Sono tanti: i nostri shangane! » Matatu alzò la testa e indicò il nord. « Se ne sono andati di là. »

« Ma non ha senso! » disse Sean perplesso. « A meno che... oh Dio, no! »

Rapidamente e in silenzio Sean si avvicinò al campo. I posti dove aveva messo le sentinelle erano sguarniti. Sean sentì il panico travolgerlo come un'inondazione.

« Claudia! » sussurrava, sul punto di mettersi a gridarlo forte. Aveva una gran voglia di correre a cercarla al campo, ma fece una serie di respiri profondi per calmarsi, piuttosto.

Regolò il kalashnikov sulla posizione di sparo a raffica e proseguì strisciando sulla pancia. I cinque shangane che aveva lasciato addormentati al campo erano pure scomparsi con tutte le armi e l'equipaggiamento. Distinse al chiar di luna la barella di Job esattamente dove l'aveva lasciata, e lì accanto la forma raggomitolata di Claudia, anche lei nello stesso posto. Dietro la donna c'era ora un altro corpo, a braccia spalancate. Sean vide sulla sua nuca una macchia nera.

« Sangue! »

Sean lasciò perdere ogni cautela e corse avanti, raggiungendo il corpo di Claudia, cadendo in ginocchio vicino a lei e prendendola tra le braccia.

« Sean! » esclamò la ragazza, svegliandosi di colpo. « Cosa c'è? Cos'è successo? »

« Meno male! Avevo paura che...! » La rimise delicatamente a giacere e andò alla barella di Job.

« Job, come va? » Lo scosse appena, e lui si mosse farfugliando qualcosa.

Sean saltò in piedi e andò dove giaceva Alfonso. Gli toccò il collo. La pelle era calda, il polso forte e regolare.

« Claudia », disse forte, « porta qua la pila. »

Alla sua luce esaminò la lacerazione sul cuoio capelluto di Alfonso.

« Bello sbrego », grugnì. Benché l'emorragia fosse già cessata da sola, applicò una benda alla ferita disinfettata. « Meno male che la botta è in testa, se no avrebbero potuto fargli male davvero. » Ridacchiò scioccamente della sua stessa battuta.

« Cos'è successo, Sean? » gli domandò ansiosa Claudia. « Io dormivo, non ho sentito niente! »

« Meglio per te! » disse Sean legando la fasciatura. « Se no potevi ricevere lo stesso trattamento. »

« Cos'è successo? Dove sono gli altri? »

« Se ne sono andati », le disse. « Sono scappati via perché evidentemente non gradivano la passeggiata o la destinazione. Hanno messo fuori combattimento Alfonso e sono tornati dal generale Cina. »

Lei lo fissò. « Vuoi dire che adesso siamo solo noi quattro? Tutti gli shangane sono andati via tranne Alfonso? »

« Proprio così », confermò Sean mentre Alfonso rinveniva borbottando e toccandosi la crapa bendata. Sean l'aiutò a mettersi a sedere.

« Sean! » disse Claudia prendendolo per il braccio. « Come facciamo adesso? » Sean guardò la barella di Job. « Come si fa con Job? Chi può trasportarlo ora? Come faremo ad andarcene di qui? »

« Amore mio, sono domande veramente interessanti », le diede atto con tristezza Sean. « Ma l'unica cosa che posso dirti è che entro domani a quest'ora il nostro vecchio amico Cina saprà che stiamo battendocela e in quale direzione. »

Lo guardò atterrita. « Allora cosa facciamo noi? »

« Non abbiamo scelta », le rispose Sean. « Dobbiamo tirar dritto per questa strada. »

Aiutò Alfonso ad alzarsi in piedi.

« Ma non è possibile », sussurrò ansiosa Claudia. « In due non si può portare la barella! »

« Hai ragione, ovviamente. Bisognerà trovare qualche altra soluzione. »

Insieme spostarono Job dalla barella e lo misero sulla coperta di Claudia. Poi Sean, sotto gli occhi degli altri, cominciò a smontare la barella di fiberglass. Prima che avesse terminato, Matatu apparve silenziosamente dal buio e sussurrò un breve rapporto a Sean.

Sean si limitò ad alzare gli occhi e dire ad Alfonso: « Li hai addestrati bene. I tuoi shangane se ne sono andati in undici direzioni diverse. A inseguirli potremmo prenderne forse uno o due, ma qualcuno arriverebbe senz'altro dal generale Cina con la bella notizia ».

Alfonso maledisse amaramente i disertori, mentre Sean spiegava a Claudia e Job: « Userò la tela e il filo di nailon per fare un seggiolino da portare in spalla ».

Claudia restò dubbiosa. « Ma Job non ce la fa a star seduto. Il movimento gli farà riaprire la ferita, e l'emorragia... » Si interruppe notando che Sean la fissava.

« Hai in mente qualche idea migliore? » berciò, e lei scosse la testa.

Sean ripiegò la pesante tela verde della barella, poi tolse le cinghie dai kalashnikov suo e di Alfonso per applicarle al seggiolino.

« Dovremo arrangiarci per via », grugnì, e poi guardò Claudia. « Invece di far difficoltà, da' una mano raccogliendo tutte le cose utili che hanno lasciato qua gli shangane. Bisognerà fare una scelta. »

La fece rapidamente, scartando tutto ciò che non era essenziale. « Io e Alfonso porteremo Job. Oltre a lui possiamo prendere soltanto l'arma e una coperta a testa. Claudia e Matatu porteranno il materiale medico, borracce e coperte. Tutto il resto dovremo abbandonarlo. »

« Anche il cibo in scatola? » chiese Claudia.

« Scordatelo », le disse brusco Sean, e procedette a distribuire il carico. Riduceva tutto al minimo indispensabile, ben sapendo che un chilo di roba dopo pochi chilometri diventava un quintale. Convinse addirittura Alfonso ad abbandonare il mitra, dandogli la pistola che aveva preso al pilota russo. Conservò un paio di caricatori per il suo AK e due bombe a mano a testa, una a frammentazione e l'altra al fosforo.

Tutto il resto lo lasciarono in fondo alla forra, coprendolo di foglie e terriccio perché sfuggisse a una casuale scoperta da parte di pattuglie del Frelimo.

« Okay, amico mio », disse Sean a Job. « È ora di andare. » Diede un'occhiata all'orologio e vide che erano quasi le tre. Avevano perso un sacco di tempo e restavano poche ore di buio per tentare l'attraversamento della ferrovia.

Si inginocchiò di fianco a Job e lo tirò a sedere. Poi gli strinse bene la fasciatura del braccio contro il petto.

« Adesso viene il difficile », l'avvertì Sean, e con Alfonso tirò in piedi Job. Job sopportò stoicamente queste manovre e poco dopo si trovò appeso tra Sean e Alfonso, aggrappato al collo dell'amico con il braccio buono e le gambe penzoloni. Dietro la sua schiena Sean e Alfonso si afferravano a vicenda il braccio per sostenere il ferito. Le cinghie smontate dai mitra, appese alla spalla esterna dei due portatori, sopportavano il sedile di fortuna.

« Pronto? » chiese Sean, e Job rispose con un piccolo grugnito, cercando di nascondere il male che gli procurava ogni movimento.

« Se credi che adesso sia brutta, pensa cosa sarà tra un paio d'ore », l'avvertì scanzonato Sean.

Discesero per la forra in direzione della linea ferroviaria. Si muovevano piano piano, cercando di abituarsi all'arduo trasporto, cercando di infliggere a Job meno scosse che potevano: ma una volta scivolarono sul pietrisco e Job andò a sbattere contro uno di loro. Non emise alcun gemito, ma Sean sentì il suo ansimare disperato all'orecchio, mentre involontariamente gli conficcava le dita nella spalla.

Lentamente, per il letto del fiumiciattolo, si avvicinarono alla ferrovia. Matatu li precedeva di un centinaio di metri, appena visibile al chiar di luna. A un certo punto segnalò di fermarsi e dopo qualche minuto li invitò a proseguire. Claudia li seguiva a una cinquantina di passi, per avere un bel vantaggio se li avessero scoperti e costretti a scappare indietro.

Portando Job tra loro due, riusciva impossibile a Sean e Alfonso non fare rumore. Una volta finirono in una pozzanghera fangosa, sguazzando nel silenzio della notte come un branco di ippopotami.

Matatu aveva raggiunto un sottopassaggio che forava la massicciata, e segnalava freneticamente di sbrigarsi. Si misero goffamente a correre per l'ultimo tratto scoperto, ma erano ancora in piena vista quando all'imbocco del ponte, sopra di loro, si sentirono scalpiccii e rumore di voci.

Non si fermarono, ma proseguirono a testa bassa, tutti irrigiditi dalla paura. Finalmente raggiunsero il sottopassaggio e si infilarono con Job nell'angusto tunnel di cemento armato. Claudia correva ratta verso l'imboccatura e poco dopo entrò in quel buio benedetto, dall'alveo illuminato dal chiar di luna. Cercarono di riprender fiato perché erano tutti ansimanti per la folle corsa sulla sabbia e sul fango del letto del fiume.

I passi e le voci sopra di loro si avvicinarono fino a fermarsi proprio sulla loro testa. Sembrava trattarsi di un uomo e una donna. Le guardie del Frelimo dovevano essersi portate dietro le amichette, oppure averne trovate di nuove nei numerosi campi di profughi sorti come funghi lungo la ferrovia sorvegliata.

Là fuori si svolgeva un'animata discussione. L'uomo aveva la voce impastata degli ubriachi, la donna querula e bisbetica lo mandava al diavolo. Finalmente l'uomo alzò la voce esasperato.

« *Dollar shumi*, dieci dollari », disse, e subito la voce femminile si fece più affabile. Adesso era d'accordo.

Si sentì lo scalpiccio sulla ghiaia e dalla massicciata cadde del pietrisco fuori dall'imbocco del sottopassaggio.

« Vengono quaggiù! » bisbigliò Claudia, sbigottita. Istintivamente si ritirarono più in là, nel buio fitto fitto.

« Zitti! » sussurrò Sean, appoggiando Job al muro del cunicolo.

Mentre estraeva il pugnale, due figure si stagliarono all'imbocco del sottopassaggio contro il chiar di luna.

Abbracciati stretti, ridacchiavano, e la donna sosteneva l'uomo barcollante. Vennero avanti un po'. Sean strinse il pugnale all'altezza della pancia, pronto a riceverli, ma quelli, che cercavano solo un po' di buio e intimità, si fermarono prima. Si abbracciarono sempre ridacchiando e stagliandosi contro l'esterno inargentato.

La sentinella del Frelimo posò il mitra per terra e spinse la donna contro il muro sbottonandosi i calzoni. La donna si appoggiò e con gesto pratico alzò la gonna sopra la vita. Ridendo e farfugliando da ubriaco, il soldato si premé a lei che con una mano lo aiutò a reggersi e a trovarla, mentre con l'altra teneva su la gonna.

Allungando la mano, Claudia avrebbe potuto toccare la coppia che però copulava dimentica del mondo circostante. L'uomo spingeva, esortandosi con la voce a un sempre maggiore impegno, dando colpi sempre più frenetici. Anche la donna lo incitava schioccando la lingua come fosse un ronzino spompato. Il militare passò dal trotto al gran galoppo sderenandosi con abbandono.

A un tratto rovesciò la testa all'indietro irrigidendosi e gridando come un gallo asmatico. Poi lentamente cominciò ad accasciarsi, mentre la donna ridendo se lo toglieva di dosso. Sempre ridendo, si abbassò la gonna e prese il soldato per il braccio. Barcollando, i due uscirono dal sottopassaggio sul letto sabbioso del fiume e poi scomparvero dietro l'angolo. Si sentì la loro difficile arrampicata sulla massicciata ferroviaria. Sean rimise a posto il pugnale e disse sottovoce: « Ammazza, che sveltina! »

Claudia ridacchiò nervosamente per il sollievo. « Due secondi netti, deve aver fatto il record del mondo », sussurrò, e Sean l'abbracciò brevemente.

« Facciamo la pace? Mi dispiace di averti sgridato, prima », le bisbigliò all'orecchio.

« Me lo meritavo, comportandomi da menagramo. Sta' tranquillo che non mi lagnerò più. »

« Sta' lì. » Si voltò cercando Job a tentoni e si accorse che era scivolato per terra.

Chinandosi a tirarlo su, gli toccò la spalla. La fasciatura era bagnata. Il sorriso gli morì sulle labbra. Aveva ricominciato a sanguinare.

« Per ora non possiamo farci niente », pensò, e delicatamente tirò in piedi Job.

« Come va, amico mio? »

« Non preoccuparti », rispose Job con un sussurro flebile e roco.

Sean toccò la spalla di Matatu e l'omino ubbidì subito a quel tacito ordine, correndo verso l'altro sbocco del sottopassaggio. Uscì e scomparve tra i cespugli della riva.

Pochi minuti dopo lo zufolio di un uccello notturno giunse fino a loro: l'omino dava via libera. Sean mandò avanti Claudia dandole cinque minuti per attraversare il tratto scoperto e nascondersi nel folto.

« Andiamo », disse poi alzando lo sguardo dal quadrante luminoso del Rolex. Issarono Job sul sedile e lo portarono in spalla verso il chiar di luna.

I cento passi successivi furono i più lenti e penosi che a Sean fosse mai toccato fare. Infine si ritrovarono protetti dalla boscaglia, vicino a Claudia che li aveva aspettati.

« Ce l'abbiamo fatta! » sussurrò tutta contenta.

« Ma certo, i primi due chilometri sono stati fantastici, vediamo come saranno gli altri quattrocento e rotti », ribatté mesto Sean, e si rimisero in marcia.

Contando i passi e guardando la lancetta dei secondi sull'orologio, Sean stimò che procedessero a tre-quattro chilometri all'ora. In testa, Matatu sceglieva per loro il cammino più facile. Era sempre invisibile nella boscaglia, e li guidava con sommessi richiami da uccello. Ogni tanto Sean controllava la direzione con le stelle, intravedendo la Croce del Sud dritto davanti a loro, tra le foglie della volta arborea.

Quando l'alba fece impallidire le stelle, si fermarono e Sean concesse per la prima volta un sorso d'acqua. Anzi, due sorsi a testa, dalla borraccia che portava Claudia. Poi volse la propria attenzione alla spalla di Job. La fasciatura era intrisa di sangue fresco e la faccia del suo amico era grigio-cenere. Gli occhi erano infossati, le labbra secche e screpolate. Il respiro era un rantolo sibilante. Il dolore e l'emorragia esigevano un tremendo pedaggio.

Con attenzione Sean disfece le bende e poi scambiò uno

sguardo rapido con Claudia. Il buco era orrido. Le bende appallottolate nella cavità aderivano alla carne straziata. Sean si rese conto che se avesse cercato di tirarle via avrebbe strappato anche la carne, probabilmente aumentando l'emorragia. Si chinò ad annusare la ferita, mentre Job sogghignava come un teschio.

« *Steak tartare?* » celiò con un filo di voce.

« Manca solo un po' d'aglio », rispose Sean stando allo scherzo, pur se aveva sentito la prima zaffata malsana della putrefazione. Spremette un altro mezzo tubetto di pomata allo iodio sul bendaggio originale e poi aprì un'altra benda sterile e rifece la fasciatura esterna. Quindi arrotolò la benda insanguinata e se la mise in tasca. Alla prima occasione l'avrebbe lavata.

« Bisogna procedere », disse a Job. « È meglio allontanarsi il più possibile dalla ferrovia. Te la senti? »

Job annuì, ma Sean distinse lo sbigottimento nel suo sguardo. Ogni passo per lui era una tortura.

« Ti farò un'altra iniezione di antibiotici. Vuoi anche un po' di morfina? »

Job scosse la testa. « Quella tienila per quando la spalla mi farà veramente male. » E sogghignò di nuovo, straziando il cuore a Sean, che non riusciva a guardarlo negli occhi.

« Facci vedere il tuo lato migliore », disse Sean poco dopo, facendo gran scena nel tirargli giù i calzoni. Ficcò l'ago ipodermico nella natica nera e lustra. Claudia distolse pudicamente lo sguardo e Job le sussurrò:

« Va tutto bene, Claudia, ti do il permesso di guardare, basta che non tocchi, però ».

« Sei come Sean », ribatté lei. « Sfrontato e volgarissimo. »

Rimisero Job sul sedile di fortuna e si incamminarono di nuovo. Verso metà mattina il miraggio cominciò ad alzarsi dalle rocce dei *kopje* arroventate dal sole. Le onde di calore fumigavano vitree vorticando lentamente e distorcendo il panorama. Nugoli di moschini degli alberi di *mopani* pullulavano intorno alle teste, intrufolandosi nelle narici, negli occhi e nelle orecchie con snervante insistenza. Col caldo arrivò la sete. Il sole seccava i vestiti addosso, dove il sudore lasciava tortuose linee bianche di sale.

A mezzogiorno si fermarono all'ombra non certo fitta di un *teak* africano. Sean capiva che erano tutti all'estremo limite della resistenza, e non era ancora arrivata l'ora più calda. Stesero

Job su un giaciglio di foglie tagliate lì per lì ed egli cadde subito in un sonno che somigliava più al coma, russando piano tra le labbra gonfie e screpolate.

Le cinghie della portantina avevano spellato ambo le spalle a Sean e Alfonso, che si erano spesso scambiati di posto. Lo shangane si esaminò le ferite sacramentando sottovoce.

« Prima d'ora odiavo i matabele solo perché sono un branco di ladri pidocchiosi e impestati, ma adesso ho un'altra ragione di odiarli. »

Sean gli lanciò il tubetto di pomata allo iodio.

« To', spalma 'sta pomata sulle tue gravi ferite, e ciucciati il resto, invece di parlare », gli consigliò, e Alfonso si allontanò per coricarsi sempre berciando tra sé.

Sean e Claudia trovarono una comoda cuccia al riparo di un basso cespuglio di rovi, vicino a dove giaceva Job. Sean dispose le coperte per terra.

Poi ci si sdraiò sopra, esausto. « Sono fuori combattimento », disse.

« Ah sì? » fece Claudia chinandosi a mordicchiargli l'orecchio.

« Forse no », precisò lui, tirandola giù accanto a sé.

Al tramonto Sean preparò una polentina di mais su un focherello che non faceva fumo, mentre lì vicino Alfonso stendeva l'antenna della radio e si sintonizzava sulla frequenza del quartier generale Renamo. Voci confuse gracchiarono nell'apparecchio: forse anche il Frelimo stava usando la radio; ma alla fine riuscirono a sentire la loro denominazione convenzionale nella confusione di voci.

« Cinghiale! *N'gulube!* Rispondi Cinghiale! Qui Banano! »

Alfonso rispose e diede una falsa posizione che li piazzava molto più a nord della ferrovia, in marcia verso la base della Renamo in riva al Pungwe. Banano passò e chiuse.

« Ci sono cascati », disse Sean. « A quanto pare i disertori non sono ancora arrivati alla base a tradirci. Ma dura poco, temo. »

Mentre imbruniva, mangiarono la polentina e Sean segnò sulla mappa il punto in cui riteneva si trovassero. Se non sbagliava di grosso, le colline si estendevano per un'altra cinquantina di chilometri o giù di lì, per poi digradare dolcemente verso una pianura dove la carta registrava villaggi e campi coltivati. Oltre questa pianura c'era il primo ostacolo naturale che dovevano superare, un altro fiume piuttosto grosso che, scorrendo da est a ovest, tagliava loro la strada.

Sean chiamò vicino Alfonso e gli chiese: « La divisione meridionale della Renamo comandata dal generale Tippu Tip... Sai dov'è schierata? »

« So che fanno come noialtri, si muovono continuamente per confondere il Frelimo. Certe volte sono qua, altre volte laggiù, vicino al Rio Save. » Alzò le spalle. « La Renamo è dovunque si combatte. »

« E il Frelimo? Dove sono schierati loro? »

« Loro? Corrono dietro alla Renamo, e quando ci trovano scappano come conigli », si vantò. « Ma ormai per noi tutto questo non conta. Chiunque incontriamo ci vorrà far la pelle. »

« Informazione preziosa », lo ringraziò Sean, poi piegò la carta e la rimise nella busta di plastica.

Finirono in fretta il pasto frugale e Sean si alzò.

« Va be', Alfonso, adesso prendiamo Job e muoviamoci. »

Alfonso fece un rutto e un risolino cattivo. « È il tuo cane matabele: se ci tieni, portatelo tu. Io ne ho abbastanza. »

Sean nascose il proprio disappunto dietro un'espressione indifferente.

« Perdi tempo », ribatté a bassa voce. « In piedi, subito! »

Alfonso lo guardò negli occhi e ruttò ancora, ridendogli in faccia.

Lentamente, Sean portò la mano al coltello. Con altrettanta decisione Alfonso impugnò la pistola Tokarev. Continuarono a fissarsi.

« Sean, cosa c'è? » chiese Claudia preoccupata. « Cosa sta succedendo? » Non aveva capito lo scambio di battute in shangane, ma la tensione era evidente.

« Rifiuta di aiutarmi a portare Job », le disse.

« Non puoi portarlo da solo, no? » disse Claudia agitata. « Alfonso ti aiuterà, se no l'ammazzo! »

Sean rispose in shangane e Alfonso si mise a ridere forte. Si alzò scuotendosi come un cane, voltò le spalle a Sean e raccolse la radio, il mitra di Sean e quasi tutte le borracce.

« 'Sta roba la porterò io », ridacchiò, ancora divertito. « Tu puoi portare il tuo matabele. » E si avviò verso sud.

Sean lasciò cadere la mano dall'impugnatura del coltello e guardò Job. Stava osservandoli con calma dal suo giaciglio di foglie e Sean inveì: « Se lo dici, ti prendo a calci nel culo ».

« Non ho detto un bel niente », ribatté Job, sforzandosi di sorridere, ma senza riuscirci più di tanto.

« Meglio così », disse mesto Sean, e raccolse l'imbracatura. « Adesso dammi una mano, Claudia. »

Insieme tirarono in piedi Job e l'imbracarono come un paracadutista. Poi Sean si infilò nelle cinghie e, sostenendolo con un braccio, si incamminò.

« C'è un altro fiume, un altro fiume da passar », si mise a cantare sgangheratamente, sorridendo a Job. Procedevano a stento. Job cercava di far qualche passo, ma quasi tutto il peso era sopportato da Sean attraverso le cinghie dell'imbracatura. Andavano avanti come un paio di buoi aggiogati.

Dopo un centinaio di passi avevano trovato un ritmo passabile, ma avanzavano sempre molto lentamente e dolorosamente, perché Job non si reggeva quasi. Non c'era nessuna possibilità di tenersi al riparo o cancellare le tracce, perché Sean era costretto a seguire il percorso più facile. Così stavano sui sentieri degli animali, rete complessa che attraversa il *veld* africano come venature di una foglia morta.

Dietro arrancava Claudia col resto delle borracce e la cassetta del pronto soccorso: ma cercava ugualmente di spazzare le tracce con una frasca. I suoi sforzi potevano ingannare un osservatore casuale, ma non certo una guida del Frelimo, che li avrebbe seguiti con la disinvoltura con cui un automobilista segue l'autostrada. Non valeva la pena, ma Sean non volle disilluderla. Sapeva quant'era importante che avesse la sensazione di cavarsela da sé e anzi contribuire alla sicurezza di tutti.

Sean contò i passi guardando scorrere la lancetta dei secondi e stimò di procedere a due chilometri l'ora. Ciò significava che in una giornata potevano farne una ventina, e si mise a calcolare quanto ci voleva per coprirne quattrocento a quel ritmo, ma smise prima di giungere al deprimente risultato.

Sia Matatu sia Alfonso erano scomparsi nella foresta di *combreti* davanti a loro, e Sean riguardò l'orologio. Era passata appena una mezz'ora, ma già rallentava! Il peso di Job era sempre più gravoso, le cinghie gli mordevano senza remissione la spalla, e Job trascinava i piedi, non ce la faceva proprio più.

« Faremo una sosta ogni mezz'ora », disse a Job. « Adesso ci fermiamo per cinque minuti. »

Quando Sean lo fece sedere appoggiato a un tronco, Job appoggiò la testa alla corteccia ruvida e chiuse gli occhi. Respirava ansimando rumorosamente, e aveva la faccia tutta rigata dal sudore. Le gocce erano perline nere e lucide che riflettevano il suo incarnato.

Sean lasciò che i cinque minuti diventassero dieci e poi disse allegramente a Job: « In piedi, soldato, che dobbiamo marciare ».

Tirarlo su ancora fu una tortura per entrambi e Sean si rese conto che aveva fatto male a lasciarlo riposare un po' di più. La ferita aveva ricominciato a rodere.

La tappa successiva di mezz'ora fu così lunga che Sean pensò gli si fosse fermato l'orologio. Dovette controllare il ritmo dei secondi per rassicurarsi.

Quando infine lo mise di nuovo a sedere, Job gli rivolse un sorriso stentato. « Mi dispiace, Sean, mi sono venuti i crampi. Al polpaccio sinistro. »

Sean si accucciò davanti a lui e sentì i noduli duri dei muscoli contratti nella gamba dell'amico. Mentre la massaggiava, parlò con calma a Claudia. « Ci sono le tavolette dei sali minerali nella borsa del pronto soccorso, tasca esterna. »

Job se ne mise una in bocca e Claudia gli portò alle labbra la borraccia. Dopo due sorsate la spinse via.

« Bevine ancora », gli disse Claudia, ma lui non volle.

« Non sprecatela », mormorò.

« Come va qui? » disse Sean prodigandogli due belle pacche al polpaccio.

« Qualche altro chilometro riesco a farlo. »

« Allora andiamo », disse Sean. « Prima che ti torni il crampo. »

Claudia si stupì di come i due continuassero a macinare strada per tutta la notte, con quelle brevi soste e pochissime sorsate d'acqua.

« Quattrocento chilometri così? Non è possibile », rifletté. « Nessuno reggerebbe. Moriranno tutti e due. »

Poco prima dell'alba Matatu sbucò dalla foresta come una furtiva ombra nera e andò a confabulare con Sean.

« Ha trovato una pozza d'acqua a circa cinque chilometri », comunicò Sean. « Ce la fai, Job? »

Il sole era sorto e già sopra gli alberi: il caldo incalzava come in un forno appena acceso. Quando Job crollò nell'imbracatura, gravando a peso morto su Sean, mancava ancora un chilometro alla pozza.

Sean lo depositò a terra e si sedette accanto a lui. Era così esausto che per i primi cinque minuti non trovò l'energia né di parlare né di muoversi.

« Be', almeno hai scelto il posto giusto per svenire », si congratulò con un sussurro roco. Erano in mezzo ai rovi, che per il resto della giornata avrebbero assicurato ombra e riparo.

Preparò un giaciglio d'erba tagliata per Job e lui e Claudia ce lo stesero sopra, all'ombra. Era semicosciente, farfugliava e delirava, lo sguardo gli si sfocava continuamente. Claudia cercò di farlo mangiare, ma continuava a distogliere la bocca. Però bevve con gusto, quando Sean e Matatu tornarono dal pozzo dove avevano riempito tutte le borracce. Dopo che ebbe bevuto, scivolò di nuovo nel coma. Aspettarono nel roveto che il caldo si sfogasse.

Sean e Claudia giacquero abbracciati, come ormai erano abituati a fare. Claudia si addormentava benissimo tra le braccia di Sean. Però ora capiva che di lì a poco sarebbe rimasto senza forze. Nemmeno lui era inesauribile, per quanto straordinariamente energico fosse.

Quando si svegliò, poco dopo mezzodì, giaceva come un cadavere accanto a lei, che si mise a osservare con amore e quasi avidità la sua faccia. Aveva la barba lunga che cominciava ad arricciarsi, in cui distinse due o tre peli d'argento. I lineamenti erano tiratissimi, senza un grammo di grasso superfluo; ma scoprì rughe che non gli aveva mai visto. Si mise a studiarle con passione, come tavolette di scrittura cuneiforme in cui fosse registrata la storia della sua vita. « Dio, quanto lo amo », pensò, sbalordita dalla profondità dei suoi stessi sentimenti. Aveva la pelle color mogano per l'abbronzatura, con riflessi di cuoio di qualità, molto usato negli anni ma tenuto in buon ordine, « come gli stivali da polo di papà ». Sorrise del paragone, ma sentì che non era sbagliato, in fondo. Tante volte aveva guardato suo padre ingrassare con amore gli stivali con le dita, e strofinarli col palmo della mano fino a ottenerne quello splendore opaco.

« *Stivale!* Sarebbe un bel soprannome per te », disse all'addormentato Sean. Ricordò la gran flessibilità degli stivali di suo padre, che alla caviglia raggrinzivano quasi come seta. « Grinzosetti come te, vecchio stivale mio. » Sorrise e gli baciò le rughe della fronte, leggermente, per non svegliarlo.

Poi si rese conto di quanto il ricordo di suo padre si fosse concentrato in quest'uomo che per una volta giaceva addormentato come un bambino tra le sue braccia. I due sembravano essersi fusi e riassunti in un sol corpo, sicché ora lei poteva incentrare su quello tutto il suo amore. Delicatamente spostò la testa addormentata di Sean fino ad accomodarsela sulla spalla: poi infilò le dita nei folti ricci della nuca e lo cullò dolcemente.

Fino a questo momento lui era riuscito a risvegliare in lei tutta la gamma delle emozioni, dalla rabbia alla passione sensuale: tutte tranne la tenerezza. Adesso c'era anche quella. « Bambino mio », sussurrò Claudia con la tenerezza di una mamma. E per una volta sentì davvero che le apparteneva completamente.

Un lieve gemito dissipò questo fragile umore, e Claudia si voltò a guardare Job che giaceva poco distante. Ma dopo quel lamento tacque.

Pensò a quei due, Job e Sean, e al loro rapporto speciale, tutto maschile, in cui non poteva sperar di entrare. Avrebbe dovuto provare gelosia, invece, in qualche modo un po' strano, la faceva sentir più sicura. Se Sean riusciva a essere così costante e capace di sacrificio nell'amicizia, poteva sperare altrettanta se non maggiore costanza nel loro ben più intenso rapporto.

Job ricominciò a gemere e ad agitarsi irrefrenabilmente. Con un sospiro, Claudia si staccò delicatamente da Sean e andò vicino a Job.

Una nuvola di mosche verdi dai riflessi metallici gli volava intorno al bendaggio insanguinato della spalla. Ci si posavano sopra e banchettavano con le loro proboscidine, sfregandosi poi con gusto le zampette anteriori. Claudia si accorse che ci avevano anche depositato le uova, che sembravano microscopici chicchi di riso sullo sfondo di tessuto insanguinato. Con un'esclamazione di disgusto le scacciò e tentò di pulire le bende.

Job aprì gli occhi e la guardò. Claudia si accorse che era di nuovo pienamente cosciente e gli fece un sorriso d'incoraggiamento. « Vuoi bere ancora un po'? »

« No », le rispose a voce bassissima. « Devi convincerlo a farlo », le disse poi.

« Chi? Sean? » chiese lei, e Job annuì.

« Non può andare avanti così. Si ammazzerà. Senza di lui, nessuno di voi può sopravvivere. Dovete convincerlo a lasciarmi qui. » Ma già Claudia scuoteva la testa.

« No », gli rispose decisa. « Non lo farà mai, e io non glielo lascerei fare neanche se volesse. Siamo nella stessa barca, socio. » Gli toccò il braccio. « E adesso che ne diresti di un po' d'acqua? » Lui cedette, troppo debole per discutere oltre. Come Sean, anche Job sembrava esser peggiorato molto nelle ultime poche ore. Claudia gli rimase accanto scacciando le mosche con una fronda di palma *ilala*, mentre il sole calava pian piano nel cielo occidentale.

Il fresco del pomeriggio svegliò Sean, di colpo cosciente e guardingo. La dormita l'aveva ritemprato.

« Come sta? » le chiese, e quando lei scosse la testa si avvicinò.

« Ben presto dovremo farlo alzare di nuovo. »

« Concedigli ancora qualche minuto », implorò lei e poi continuò. « Sai a cosa ho pensato mentre sedevo qui? »

« Dimmi », l'invitò lui cingendola col braccio.

« Ho pensato a quella pozza d'acqua che c'è qui vicino. Ho fantasticato di lavarmi, di lavare i vestiti, di liberarmi di 'sta puzza. »

« Non la sai quella di Napoleone? » le chiese lui.

« Napoleone? E che c'entra? » disse lei, perplessa.

« Ogni volta che tornava da qualche campagna militare, si faceva precedere da un messo a cavallo che recava a Giuseppina il seguente messaggio: '*Je rentre, ne te lave pas*'. Vedi, amava le signore ben stagionate, come i formaggi. Gli saresti piaciuta moltissimo come sei adesso! »

« Sei disgustoso », disse lei, tirandogli un pugnetto sulla spalla, e Job emise un lamento.

« Ehilà », esclamò Sean rivolgendoglisi con attenzione. « Come va, amico mio? »

« Adesso credo che accetterò l'offerta di prima », sussurrò Job.

« Vuoi la morfina? » chiese Sean e Job annuì.

« Mica tanta, eh? »

« D'accordo », disse Sean, aprendo lo zainetto dei medicinali.

Dopo l'iniezione, Job giacque a occhi chiusi e videro rilassarsi la smorfia di dolore che aveva intorno alla bocca.

« Va meglio? » gli chiese Sean, e Job sorrise appena, senza aprire gli occhi. « Ti lasceremo lì ancora un po' mentre ci mettiamo in contatto radio con Banano. »

Sean si alzò e raggiunse Alfonso che già stava rizzando l'antenna.

« *N'gulube*, qui Banano. » La risposta alla prima chiamata di Alfonso fu così forte e chiara da far sussultare Sean.

Alfonso regolò la potenza e poi diede un'altra posizione fittizia sulla via del ritorno al quartier generale.

Ci fu una pausa, riempita soltanto dalle scariche elettrostatiche, poi udirono un'altra voce altrettanto forte e chiara. « Fammi parlare col colonnello Courteney! » Il tono era inconfondibile e Alfonso alzò lo sguardo a Sean.

« È il generale Cina », gli sussurrò, passandogli il microfono. Ma Sean lo allontanò con la mano, accigliandosi concentratissimo, in attesa di altre trasmissioni.

Nel silenzio che seguì, Claudia lasciò lì Job e si avvicinò anche lei alla radio. Sean l'abbracciò subito, protettivo, e rimasero a fissare l'apparecchio.

« I disertori », sussurrò lei. « Cina sa! »

« Sta' a sentire! » la zittì Sean. Attesero.

« Molto bene » proseguì la voce di Cina. « Capisco che non abbia voglia di rispondere, ma la credo in ascolto, colonnello. »

Tutti fissavano la radio, e Job aprì gli occhi. Anche lui aveva sentito chiaramente tutto quello che aveva detto Cina. Girò la testa. Alfonso aveva lasciato zaino e coperta per terra, a non più di dieci passi da dove giaceva Job. Il calcio della pistola Tokarev spuntava dalla tasca dello zaino.

« Lei non mi delude mai », continuò Cina con voce affabile e vellutata. « Era troppo sperare che incappasse goffamente nel comitato di ricevimento che le avevo organizzato alla frontiera. »

Job si appoggiò sul gomito buono. Non provava dolore, solo una sensazione di debolezza e vertigine. La morfina agiva. Era difficile pensare chiaramente. Concentrò sulla pistola tutta la propria attenzione, chiedendosi se Alfonso la tenesse carica. Poi cominciò a strisciare penosamente verso l'arma, senza far rumore, mentre tutti erano concentratissimi sulla radio.

« Dunque il gioco continua, colonnello, o dobbiamo chiamarlo piuttosto la caccia? Lei è cacciatore, un gran cacciatore bianco. Si compiace di braccare gli animali feroci. Voialtri lo chiamate sport, e vi gloriate di impartirgli regole di lealtà. »

Job aveva quasi attraversato lo spazio. Non sentiva ancora dolore, e si muoveva un po' più in fretta. In qualsiasi momento qualcuno poteva voltarsi e scorgerlo.

« Non ho mai capito la passione dei bianchi per i vani rituali della caccia grossa. Mi sembrano tutte sciocchezze. La mia gente ha sempre pensato che quando occorre della carne si abbia tutto il diritto di procurarsela nel modo più semplice e meno faticoso possibile. »

Job raggiunse lo zaino di Alfonso e tese il braccio ad afferrare la pistola. Però non riusciva a tirarla fuori dalla tasca, perché aveva le dita intorpidite. Gli sfuggì di mano, ma non cadde a terra, bensì sulla coperta senza far rumore. Job vide subito con sollievo che c'era il colpo in canna, perché la sicura era inserita. Alfonso voleva poterla adoperare subito.

Dietro di lui la voce di Cina continuava a uscire dalla radio. « Forse lei mi ha corrotto, colonnello. Forse sto acquisendo le decadenti usanze europee, perché per la prima volta mi sembra di capire la vostra passione. Forse è solo perché finalmente la preda è abbastanza grossa da eccitarmi. Mi domando che effetto le faccia questa inversione di ruoli, colonnello. Come ci si sente nei panni della preda? Perché adesso il cacciatore sono io. Io so dov'è lei, ma lei ignora dove sono io. Forse sono più vicino di quanto creda possibile. Dove mi trovo, colonnello? Indovini un po'. Scappi a nascondersi, ché adesso tocca a lei. Come e quando ci incontreremo? »

Job chiuse attentamente le dita sull'arma. La sollevò sbalordito di quanto pesasse. Poi cercò di toglier la sicura col pollice, ma non riuscì a spostare la levetta. Fu preso dal panico. Aveva la mano troppo inerte e torpida per metter la pistola in grado di sparare.

« Io non le prometto in questa caccia regole di *fair play*, colonnello. Io la caccerò alla maniera africana, ma mi divertirò lo stesso, glielo assicuro! »

Job ce la mise tutta e sentì la levetta cominciare a spostarsi sotto il pollice.

« Adesso sono le diciotto, ora zulu. Domani a quest'ora la richiamerò, colonnello: se non ci saremo già incontrati, naturalmente. Nel frattempo guardi in alto, guardi indietro. Chissà da che parte arriverò! Ma stia tranquillo che verrò. »

Si sentì uno scattino, Cina aveva chiuso la comunicazione. Sean spense subito la radio per risparmiare le pile. Nessuno parlò finché un altro rumoretto metallico non ruppe il silenzio. Per Sean era inconfondibile. Una sicura che scattava. Reagì istintivamente, spingendo Claudia a terra e voltandosi a fronteggiare la minaccia.

Per un istante restò paralizzato e poi gridò: « No! Job, per l'amor di Dio, no! » Subito si lanciò in avanti come uno scattista che parte dai blocchi.

Job era steso sul fianco e guardava Sean, ma era ben oltre la sua portata. Sean si precipitava verso di lui, però aveva l'impressione di muoversi nella melassa, goffamente, lentamente. Vide Job alzare la pistola, e cercò di vietarglielo con la forza di volontà, fissandolo. Si guardarono negli occhi, Sean imperiosamente, per dominarlo, Job invece con tristezza e profondo rimpianto ma non minore risolutezza.

Sean lo vide aprire la bocca e ficcarci dentro la pistola, che sbatté rumorosamente sui denti. Poi Job chiuse la bocca come un bambino che succhi un ghiacciolo. Sean stava tuffandosi su di lui, nel tentativo disperato di strappargli l'arma di mano, la tozza e mortale automatica nera. Ma riuscì a toccare il polso di Job solo nell'attimo in cui la pistola sparò.

Lo sparo fu attutito, soffocato dalla carne e dalle ossa del cranio di Job.

Nel suo sforzo spasmodico Sean godeva di una vista lucidissima e molto più acuta del normale. Il tempo era come sospeso, tutto accadeva al rallentatore.

La testa di Job cambiò forma, si gonfiò sotto gli occhi di Sean come una maschera di gomma. Dalle palpebre sprizzarono i globi oculari, bianchi e grossi come palline da ping-pong perché la pupilla arrovesciata sparì quasi immediatamente all'interno.

La testa ormai schiantata si protese all'indietro, tirando la pelle sugli zigomi e risucchiando le pinne nasali, mentre dalla nuca usciva il contenuto del cranio e per lo scatto le vertebre del collo si spezzavano di netto con un rumore che non gli sfuggì.

Job fu proiettato all'indietro col braccio che s'alzava in una specie di saluto spensierato, con la pistola Tokarev ancora in pugno. Sean riuscì ad afferrarlo prima che la testa devastata toccasse terra.

Lo strinse fra le braccia con tutta la forza che aveva. Il suo corpo era pesante e scottava di febbre, ma sembrava disossato, molle e plastico. Sembrava debordare dalle braccia di Sean, che pure lo teneva forte. Sentì i muscoli di Job contrarsi e tremare: le gambe scalciarono, macabra giga che lui non riuscì a raffrenare.

« Job », sussurrò chiudendo le mani a coppa sulla nuca esplosa, come volesse riversarci dentro quanto era appena fuoriuscito dal cranio schiantato.

« Stupido, stupido », sussurrò. « Non dovevi farlo! » Posò la guancia contro quella di Job, stringendolo come un'amante.

« Ce l'avremmo fatta. Ti avrei portato a casa. » Sempre abbracciando il corpo senza vita di Job, cominciò a cullarlo delicatamente, sussurrandogli cose, premendo la guancia alla sua, a occhi chiusi, serrati.

« Abbiamo fatto tanta strada insieme, non era giusto finirla qui. »

Claudia li raggiunse e s'inginocchiò vicino a Sean. Voleva prenderlo per le spalle e cercò disperatamente qualcosa da dirgli, ma non c'erano parole, e rinunciò a toccarlo. In quel momento Sean era dimentico di lei e del mondo circostante.

Il suo dolore era così terribile a vedersi che Claudia non avrebbe voluto guardare. Era troppo intimo, troppo penoso, e tuttavia non riusciva a distoglierne gli occhi. Anche i suoi sentimenti erano cancellati dalla grandezza del lutto di Sean. Per Job aveva concepito a sua volta un profondo affetto, ma era nulla in confronto all'amore che ora vedeva svelato davanti a lei.

Era come se quel colpo di pistola avesse distrutto una parte dello stesso Sean, e non rimase affatto stupita o sbigottita al vederlo scoppiare in pianto. Sempre stringendo fra le braccia l'amico, Sean sentì le ultime convulsioni involontarie dei muscoli e dei nervi di Job, dopo le quali ogni vita l'abbandonò, e immediatamente anche il calore del corpo che stringeva così forte al petto cominciò a scemare.

Le lacrime sembravano sgorgare dal profondo di Sean e uscivano brucianti, dolorose, scottandogli le palpebre e scorrendo poi lentamente sulle guance oscurate dalla barba.

Perfino Alfonso non aveva resistito. Si era alzato allontanandosi fra i rovi. Ma Claudia non riusciva a muoversi. Continuò a restarsene lì inginocchiata accanto a Sean, piangendo con lui. Insieme piansero Job.

Anche Matatu aveva sentito lo sparo. Era a due chilometri di distanza, a controllare se qualcuno li seguiva: rientrò rapidamente e come vide la scena capì che cosa era successo. Poi si avvicinò in silenzio e si accucciò vicino a Sean. Come Claudia rispettò il suo dolore, aspettando che riuscisse a dominare le prime pungenti stoccate del lutto.

Alla fine Sean parlò senza guardarsi attorno e senza aprire gli occhi.

« Matatu », disse.

« *Ndio*, buana. »

« Va' a cercare un posto per seppellirlo. Non abbiamo il necessario per scavare una fossa, e neanche il tempo di farlo, ma lui è un matabele e deve essere seppellito seduto, con la faccia rivolta a levante. »

« *Ndio*, buana. » Matatu scivolò via, nella foresta che si andava oscurando, e alla fine Sean riaprì gli occhi e stese delicatamente Job sulla coperta grigiastra. Adesso aveva la voce ferma, quasi indifferente.

« Per tradizione bisognerebbe seppellirlo nel centro del suo *kraal*, il recinto del bestiame », disse. Si interruppe per asciugarsi le lacrime col dorso della mano. « Ma noi due eravamo vagabondi. Job non aveva bestiame né un *kraal* da poter chiamare suo. »

Claudia non sapeva se stesse parlando con lei, ma gli rispose: « Gli animali selvatici erano il suo bestiame, e la boscaglia il suo *kraal*. Dunque qui starà bene ».

Sean annuì sempre senza guardarla. « Sono contento che capisci anche tu. »

Chiuse gli occhi di Job. Il viso non era rovinato, a parte gli incisivi rotti: con un lembo della coperta Sean gli pulì dal sangue gli angoli della bocca. Adesso sembrava riposare in pace. Sean lo girò sul fianco e cominciò ad avvolgerlo nella coperta, usando la corda di nailon e le cinghie dei mitra per legarlo in posizione seduta, con le ginocchia sotto il mento.

Matatu tornò prima che avesse finito. « Ho trovato il posto », disse, e Sean annuì senza nemmeno alzare gli occhi.

Claudia ruppe il silenzio. « Ha dato la sua vita per noi », disse con calma. « Nessuno può amare di più. » Sembrava così trito e indegno della situazione che si pentì subito di averlo detto, ma Sean annuì di nuovo.

« Non sono mai stato capace di pareggiare i conti con lui », disse. « E adesso non potrò più. »

Aveva terminato. Job era tutto avvolto nella coperta, da cui solo la testa sporgeva.

Sean si alzò e andò a prendere il suo zainetto. Tirò fuori l'unica camicia di ricambio che conteneva e poi tornò dal morto, inginocchiandosi ancora accanto a lui.

« Addio, fratello mio. Abbiamo fatto una buona strada insieme. Peccato che non siamo arrivati fino in fondo tutti e due », disse sottovoce, poi si chinò e diede un bacio in fronte a Job, senza la minima affettazione, sicché il gesto apparve quanto mai giusto e naturale.

Poi con la camicia pulita avvolse la testa di Job, nascondendo l'orrida ferita, lo prese tra le braccia e s'incamminò per la boscaglia, con la sua testa sulla spalla.

Matatu lo portò a un formicaio abbandonato, non lontano, tra i rovi. Allargare l'entrata fino al punto da farci entrare il corpo di Job fu affare di pochi minuti. Con l'aiuto di Matatu Sean lo girò fino a fargli fronteggiare l'oriente, e dar le spalle alla stella della sera.

Prima di coprire l'improvvisata tomba, Sean s'inginocchiò lì davanti e prese la bomba a mano a frammentazione che aveva attaccata alla cintola. Sotto gli occhi di Claudia e Matatu preparò una trappola con la granata e qualche striscia di corteccia. Quando si rialzò in piedi, Claudia lo guardò perplessa e lui le spiegò brevemente che era contro i profanatori di sepolcri.

Matatu l'aiutò a mettere delle pietre sulle spalle di Job per tenerlo in posizione seduta. Poi con macigni più grossi lo coprirono completamente, in modo che le jene non potessero divorarlo. Fatto questo, Sean non si trattenne oltre. Gli aveva già detto addio. Si allontanò senza guardarsi indietro e dopo qualche istante Claudia lo seguì.

Nonostante il dolore, in qualche modo strano si sentiva privilegiata e quasi santificata da ciò cui aveva assistito. Il suo rispetto e il suo amore per Sean erano stati esaltati dalle emozioni che lui aveva manifestato nel perdere il suo amico. Pensò che le lacrime, lungi dall'essere una dimostrazione di debolezza, erano una prova di forza, una rara manifestazione di acuta virilità. Da questa tragedia terribile aveva imparato di più a proposito di Sean di quanto altrimenti avrebbe potuto imparare in una vita.

Quella notte marciarono duramente. Sean sembrava voler fuggire il suo dolore, e Claudia non tentò di trattenerlo. Benché ormai fosse snella e in forma come un levriero, quel ritmo la metteva a dura prova, impegnandola al massimo, ma non si lamentò. All'alba avevano fatto quasi una sessantina di chilometri dal punto dove avevano sepolto Job, e davanti a loro si stendeva una larga piana alluvionale.

Sean trovò un boschetto di alberi alti per ripararsi all'ombra e, mentre Claudia e Matatu preparavano da mangiare, lui prese il binocolo e la carta geografica e andò sotto l'albero più alto.

Claudia lo guardò preoccupata mentre si arrampicava: ma era magro come uno scoiattolo e forte come un babbuino, e dove non c'era possibilità di puntare i piedi si issava a forza di braccia da un ramo all'altro.

Quando si avvicinò alla cima dell'albero, un avvoltoio dal dorso bianco si lanciò dal suo nido di rami secchi e si mise a volteggiare ansiosamente sopra la pianta, mentre Sean si accomodava su una forcella a neanche un metro dal nido.

Il nido dell'avvoltoio conteneva due grosse uova gessose, e Sean mormorò qualcosa di consolatorio all'uccellaccio che continuava a sorvolarlo. « Sta' tranquilla, vecchia, non voglio le tue uova. » Sean non condivideva l'antipatia popolare per questi uccelli. Svolgono una funzione importantissima: spazzare il *veld* dalle carogne infette, e, benché grotteschi a terra, in cielo erano volatori elegantissimi, padroni dell'aria e delle correnti ascensionali. Non per nulla gli egizi, e altri popoli molto vicini alla natura, li adoravano.

Sean sorrise all'uccello. Il primo sorriso che gli veniva alle labbra dalla morte di Job. Poi si mise a scrutare con attenzione il terreno che gli si stendeva davanti. La pianura alluvionale era stata intensamente coltivata: restavano solo radi boschetti tra i campi. Sean sapeva che segnavano l'ubicazione dei piccoli insediamenti familiari che riportava la carta. Li osservò col binocolo.

Vide subito che da parecchie stagioni non si lavoravano i campi. Erano coperti dalla vegetazione che in Africa invade subito la campagna abbandonata. Riconobbe gli alti steli dell'*hibiscus irritans*, dalle foglie coperte di peluria urticante che s'attacca a chiunque le sfreghi. Distinse il ricino nauseabondo e il cotone inselvatichito, e i cespugli dai fiori arancione della *cannabis* che cresceva spontanea dappertutto per la delizia dei volontari della pace americani, ragazzi e ragazze che a suo tempo Kennedy aveva mandato a inebriarsi nelle plaghe africane, poi seguiti e imitati da orde di giovani europei e americani in jeans e sacco a pelo con la testa piena di fumosi sogni di pace e fratellanza tra gli uomini. Recentemente la paura dell'AIDS aveva arginato questo flusso e Sean ne era contento. Si rese conto che i pensieri vagavano, si riscosse e si rimise a scrutare col binocolo la sottostante scena di desolazione.

Riusciva appena a distinguere le capanne scoperchiate dei villaggi. Su alcune le travi dei tetti erano ancora intatte, ma nude e scheletrite: altre erano state distrutte e carbonizzate dalle fiamme. Benché guardasse con grande attenzione, non riusciva a vedere tracce di presenza umana recente. I sentieri tra i campi erano invasi dalle erbacce e non c'erano capre né pollame né fumate rivelatrici di qualche focolare.

« Tra Frelimo e Renamo hanno conciato bene 'sta zona », pensò, poi volse lo sguardo a oriente, verso i lontani rilievi azzurrini dell'interno. Poiché era mattina presto, l'aria era ancora chiara e trasparente, e poté riconoscere alcuni punti di riferimento tra le alture. In breve fu in grado di fare il punto con ragionevole precisione.

Avevano fatto un po' più strada di quel che pensava. Le montagne in fondo a destra erano le Chimanimani, che segnano il confine tra Mozambico e Zimbabwe. Le più vicine erano ad almeno quaranta chilometri.

Il villaggio di Dombe, che era il più grosso, doveva trovarsi a sinistra, a qualche chilometro di lì, ma Sean non riuscì assolutamente a individuarlo. Immaginò che come gli altri fosse stato abbandonato, sicché anche lì non c'era speranza di procurarsi cibo. E dovevano trovarne, perché ormai avevano consumato quasi tutta la farina di mais. Questa necessità rischiava di rallentare la loro marcia. Se d'altronde Dombe fosse stato ancora abitato, sicuramente vi avrebbero trovato un caposaldo del Frelimo o della Renamo. Dunque era meglio decidere prudentemente di evitare il contatto con chicchessia. Nessuno, neanche Alfonso, sapeva chi occupava le varie zone, e quali erano devastate da ambo le armate. Tali confini erano di necessità fluidi e variavano di giorno in giorno, se non di ora in ora, come l'organismo amorfo di un'ameba.

Sean guardò direttamente a sud, in direzione della meta. Nessun rilievo rompeva la pianura da quella parte. Era tutto un litorale digradante verso l'Oceano Indiano, privo di montagne e valli profonde. L'unico ostacolo che avevano di fronte erano le fitte foreste di legno duro, i fiumi e le paludi che le circondavano.

Il fiume più grosso era il Sabi, o, come lo chiamavano i portoghesi di qua dalla frontiera con lo Zimbabwe, il Rio Save. Era largo e profondo e per attraversarlo bisognava procurarsi qualche imbarcazione.

L'ultimo fiume era il Limpopo, il « gran grigioverde oleoso » di Rudyard Kipling, tutto costellato di eucalipti, e costituiva l'ostacolo finale che avrebbero dovuto superare. Era ancora a trecento chilometri. Sulle sue rive convergevano incontrandosi tre frontiere, del Mozambico, Zimbabwe e Sudafrica. Se riuscivano a raggiungerlo, guadagnavano il limite settentrionale del famoso Parco Nazionale Kruger, che l'esercito sudafricano pattugliava e sorvegliava alacremente. Lì avrebbero trovato salvezza e Sean contemplò la carta geografica con desiderio e nostalgia per la sua patria sudafricana, dove la legge esisteva ancora e non si era costretti a convivere con l'ombra minacciosa della morte.

Da questa rêverie lo destò il fischio sommesso di Matatu, e Sean guardò in basso. Lo vide, venti metri sotto. Gli rivolgeva gesti allarmati.

« Ascolta! » segnalava. « Pericolo! » Sean sentì il polso accelerare convulsamente. Matatu non lanciava segnali d'allarme con leggerezza. Alzò la testa e si mise in ascolto, ma gli ci volle un intero minuto prima di udire. Da buon cacciatore Sean aveva sensi acuti, ma in confronto a Matatu era cieco e sordomuto.

Quando finalmente sentì e riconobbe quel suono debole e lontano, il cuore tornò a balzargli in petto. Si protese dalla forcella di grossi rami su cui era appollaiato e guardò nella direzione da cui erano venuti, verso nord.

A parte alcuni altissimi cirri, il cielo del mattino era limpido e blu. Sean alzò il binocolo e cercò lungo l'orizzonte, appena sopra le cime degli alti alberi.

Il suono lontano crebbe di volume, dandogli un'idea della direzione in cui concentrarsi. Infine, improvvisamente, una forma scura si materializzò nelle lenti ed egli sentì una feroce stretta alla bocca dello stomaco.

Come un insetto gigantesco e nocivo, lo Hind incrociava a naso in giù a pochi metri dalle cime più alte del bosco. Era ancora a qualche chilometro di distanza, ma si dirigeva decisamente verso l'albero su cui si trovava Sean.

Il generale Cina era seduto sul seggiolino del cannoniere di bordo, sotto la calotta anteriore dello Hind, e scrutava oltre il parabrezza corazzato. Così presto al mattino, l'aria aveva una trasparenza cristallina. I raggi del sole ancora basso accendevano ogni dettaglio del paesaggio d'una radiosa luce d'oro.

Sebbene volasse da alcune ore su quella macchina appena catturata, non si era ancora abituato alla straordinaria sensazione di onnipotenza che il posto del cannoniere di bordo suscitava in lui.

La Terra e tutto ciò ch'era in essa giaceva sotto di lui. Egli osservava ogni creatura vivente e sapeva d'avere in pugno il suo destino. Aveva potere di vita e di morte su chiunque riuscisse a vedere.

Si sporse in avanti e afferrò la leva di controllo del cannoncino rotante. L'impugnatura, simile al calcio di una pistola, si adattò come un guanto alla sua mano destra. Col palmo azionò il pulsante di preparazione al tiro e lo schermo di mira si accese giusto di fronte a lui. Mosse la leva di controllo in tutte le direzioni e le bocche da fuoco multiple ripeterono ogni spostamento come un pantografo, mentre l'immagine del bersaglio si rifletteva nello schermo.

Con una leggerissima pressione dell'indice avrebbe potuto inviare un nugolo di proietti esplosivi a distruggere qualsiasi obiettivo scegliesse.

Semplicemente premendo un tasto sulla consolle, poteva scegliere uno qualsiasi degli armamenti alternativi: i razzi aria-aria o i missili.

Il generale Cina non aveva avuto bisogno di molto tempo per padroneggiare il complesso armamento dello Hind, perché l'addestramento che aveva ricevuto in Siberia tanto tempo prima – all'inizio della guerra di liberazione della Rhodesia – si era rivelato ottimo e duraturo.

Tuttavia la potenza di fuoco di cui ora disponeva era la più terrificante che avesse mai maneggiato, e la posizione era la più favorevole.

Con un solo ordine poteva planare come un'aquila su una corrente ascensionale o tuffarsi come un falco sulla preda. Poteva librarsi o danzare leggero sulle frasche più alte del bosco.

Quella macchina gli dava un potere pressoché divino.

All'inizio c'erano stati gravi problemi da risolvere. Non poteva contare sulla collaborazione del pilota russo e degli altri membri dell'equipaggio catturato. Erano cupi e inaffidabili. Nonostante pendesse su di loro la minaccia di una morte orribile, il generale Cina capì che avrebbero approfittato della prima occasione per fuggire o per sabotare il prezioso Hind. Uno dei meccanici avrebbe potuto semplicemente dimenticarsi di rifornire un meccanismo qualsiasi di lubrificante, o di stringere un dado, o di sostituire un circuito bruciato. Né Cina né alcuno dei suoi avevano le conoscenze tecniche per accorgersene prima che fosse troppo tardi. Oltre a ciò, il pilota sovietico aveva fatto di tutto per aumentare le difficoltà di comunicazione: faceva la parte dell'idiota e deliberatamente fraintendeva gli ordini del generale. Sapeva che Cina non poteva assolutamente fare a meno di lui, per ottenere le informazioni necessarie, e di giorno in giorno diventava più malfido e ricalcitrante.

Il generale aveva risolto la faccenda rapidamente. Poche ore dopo la distruzione dello squadrone russo e la cattura dello Hind, aveva trasmesso un lungo messaggio in codice a una stazione posta duecento miglia a nord della frontiera tra Mozambico e Malawi. Il messaggio era stato ricevuto, decifrato e recapitato al proprietario di una piantagione di tè sulle pendici dei monti Mlanje. Costui era membro del comitato centrale della Resistenza del Mozambico e vicedirettore dei servizi di informazione della Renamo. Il messaggio di Cina era stato spedito via telex al direttore del comitato centrale, a Lisbona. Nel giro di poche ore, un pilota scelto dell'aeronautica militare portoghese e due tecnici con migliaia di ore di volo si erano imbarcati su un aereo di linea della TAP per l'Africa. A Nairobi li attendeva un volo commerciale diretto per Blantyre, capitale del Malawi. All'aeroporto avevano trovato la Land-Rover e l'autista della piantagione pronti a portarli all'aeroporto privato della tenuta.

Quella stessa notte, un bimotore Beechcraft era partito per la trasvolata del lago di Cabora Bassa, un viaggio assai pericoloso che però il pilota aveva compiuto molte volte. Un segnale luminoso rosso lo aveva condotto alla pista d'atterraggio segreta che il generale Cina e i suoi uomini avevano ricavato nel territorio selvaggio a ovest delle montagne di Gorongosa.

Una doppia fila di guerriglieri Renamo, impugnando torce impregnate di cherosene, aveva garantito l'illuminazione necessaria, e il pilota del Beechcraft era atterrato senza scosse. Lasciando accesi i motori, aveva poi scaricato i suoi passeggeri, aveva volto la prua di nuovo a nord ed era decollato sparendo nella notte.

Non molto tempo prima, non sarebbe stata necessaria quella complicata procedura per trovare e trasportare uomini e mezzi. Solo un anno avanti, la richiesta di Cina sarebbe stata trasmessa a sud invece che a nord. Il mezzo di trasporto non sarebbe stato un piccolo aereo privato, bensì un elicottero Puma con le insegne del Sudafrica.

In quei giorni, il presidente marxista del Frelimo, Samora Machel, ospitava i guerriglieri dell'African National Congress e permetteva loro di usare il Mozambico come base per i loro attacchi terroristici, per lo più mine e autobombe, contro la popolazione civile del Sudafrica. Per ritorsione i sudafricani fornivano il loro completo appoggio ai guerriglieri della Renamo che tentavano di rovesciare il governo di Machel, capo del Frelimo.

Poi, con grande sgomento dello stato maggiore della Renamo, Machel e Botha, presidente della Repubblica Sudafricana, avevano firmato un accordo nella piccola città di Nkomati, al confine fra i loro Paesi. Il primo risultato fu una drastica riduzione degli aiuti alla Renamo da parte del Sudafrica, in cambio della espulsione dei terroristi dell'ANC dal Mozambico.

Però entrambe le parti violavano l'accordo sottobanco, fra strizzate d'occhio e colpetti di gomito. Machel aveva trasferito a Maputo i quartieri dell'ANC, ma permetteva che la campagna terroristica continuasse pur senza l'approvazione ufficiale del suo governo. Il Sudafrica aveva tagliato gli aiuti alla Renamo, ma gli elicotteri Puma continuavano a rifornirla sconfinando clandestinamente.

Le carte si erano rimescolate quando Samora Machel era perito precipitando col suo aereo personale, un vecchio Tupolev ritirato dal servizio di linea in URSS e magnanimamente offerto dai partner sovietici. La strumentazione di bordo del Tupolev era decrepita, e la notte dell'incidente i due piloti russi erano così pieni di vodka che avevano perfino trascurato di compilare il piano di volo.

Quando si erano schiantati, erano fuori rotta di almeno duecento chilometri. L'impatto era avvenuto poco distante dal confine col Sudafrica. Per qualche fortuita combinazione, i resti della carlinga e i rottami lo avevano superato.

A dispetto dell'evidenza e nonostante la precisa registrazione contenuta nella scatola nera (si sentivano i due piloti chiedere continuamente altra vodka alla hostess e discutere animatamente e con gran precisione anatomica quel che le avrebbero fatto una volta atterrati), i russi e il Frelimo insistevano nella loro versione: il Sudafrica, con sofisticate e diaboliche tecnologie, aveva abbattuto l'aereo di Machel. L'accordo di Nkomati sfumò del tutto, e i Puma ripresero a volare con regolarità.

Poi, gradualmente, dalle distese selvagge del Mozambico, aveva cominciato a filtrare la verità. All'inizio, alcuni devoti missionari erano emersi dalle foreste per descrivere l'orrore e la distruzione, la miseria e la fame che le armate contrapposte avevano disseminato su un'area grande quanto la Francia.

Un manipolo di intrepidi giornalisti erano riusciti a raggiungere il campo di battaglia, e qualcuno era sopravvissuto abbastanza per riferire dell'olocausto in corso. In alcuni dei loro resoconti la stima del numero dei morti per fame, malattia o genocidio si avvicinava al mezzo milione.

Decine di migliaia di profughi affluivano in Sudafrica. Terrorizzati, affamati o rosi dai malanni, raccontavano le loro orripilanti peripezie. I sudafricani si erano accorti con orrore di aver generato un mostro.

Contemporaneamente, il presidente che era succeduto a Samora Machel, il moderato Chissano, aveva dato segni d'apertura. C'era stato un nuovo incontro al vertice, e il trattato di Nkomati era stato risuscitato, questa volta onestamente.

La notte stessa i voli dei Puma verso le basi dei guerriglieri della Renamo erano cessati.

Tutto ciò risaliva a pochi mesi prima, e il generale Cina era arrabbiato e disperato come tutti gli altri comandanti della Renamo. Nei magazzini le scorte di cibo e armi diminuivano rapidamente, senza prospettive di rifornimenti. Ben presto i guerriglieri sarebbero stati costretti a vivere di saccheggio, ai danni di un Paese già devastato da dodici anni di guerra civile. Inevitabilmente avrebbero dovuto prendersela con la popolazione che ancora resisteva sul posto, e con tutti gli stranieri che fossero riusciti a catturare. Il mondo era contro di loro, e loro erano contro il mondo.

Seduto in alto in alto, a bordo dell'elicottero, il generale Cina ripensava a tutto questo. Da lì gli sembrava di dominare anche il caos e la confusione del Paese. La situazione era fluida e come sempre accade in questi casi un avventuriero astuto e senza scrupoli poteva trarne il massimo vantaggio.

Dei comandanti della Renamo, il generale Cina negli anni si era dimostrato il più pieno di risorse. Ogni vittoria rinsaldava il suo potere. La sua era la più forte delle tre divisioni della Renamo. Il comitato centrale esterno nominalmente dirigeva la resistenza mozambicana sul piano militare: anche grazie ai suoi stessi rovesci, paradossalmente, cresceva l'influenza e il prestigio del generale Cina. Il comitato centrale cedeva sempre più spesso ai suoi desideri. L'alacrità con cui aveva risposto alla sua richiesta di tecnici e pilota portoghesi lo dimostrava ampiamente. Naturalmente la distruzione dello squadrone di elicotteri russi, con cattura di uno Hind, aveva enormemente accresciuto il suo prestigio e la sua importanza, mentre il possesso dello straordinario strumento con cui ora scorrazzava nei cieli lo poneva in una posizione di potere unica.

Il generale Cina sorrise soddisfatto e parlò nel microfono. « Pilota, vedi già il villaggio? »

« Non ancora, generale. Credo ci vogliano altri quattro minuti di volo. »

Il pilota portoghese era sui trent'anni. Ancora abbastanza giovane per avere slancio e ardimento, ma già esperto, maturo e discreto. Era piuttosto bello, di carnagione olivastra, baffetti curvi e occhi neri attenti da predatore. Fin dall'inizio aveva manovrato con precisione e confidenza i comandi dello Hind, diventando sempre più bravo a ogni ora di volo, fino a impadronirsi di tutte le sfumature del funzionamento della macchina.

I due tecnici portoghesi si erano messi a dirigere e controllare molto da vicino il lavoro dei meccanici russi. Uno dei principali vantaggi dell'elicottero Hind era che poteva essere sottoposto a manutenzione in tutte le condizioni, senza bisogno di un equipaggiamento sofisticato. Il capo dei tecnici aveva assicurato a Cina che i pezzi di ricambio e gli strumenti catturati erano in grado di far volare indefinitamente l'elicottero. Le uniche cose da razionare erano i missili Swatter e i razzi d'assalto, ma questa scarsità era ampiamente compensata dall'abbondanza di munizioni per il cannoncino di prua, di cui avevano un milione di colpi in magazzino.

Centocinquanta portatori c'eran voluti, per portar via le munizioni dalla base, mentre altri cinquecento avevano trasportato una tanica da 25 litri a testa di carburante avio. La Renamo, per la precisione, si serviva a questo scopo principalmente di donne, abituate fin dalla pubertà a girare con grossi pesi in equilibrio sulla testa. Quella quantità di carburante bastava per circa duecento ore di volo dello Hind, durante le quali era probabile che avrebbero potuto catturare qualche altra autobotte o vagone-cisterna sulla ferrovia o sulle strade più vicine alla costa ancora aperte al traffico.

Tuttavia, la prima preoccupazione di Cina in quel frangente era arrivare puntuale all'appuntamento fissato per radio col generale Tippu Tip, comandante della divisione meridionale Renamo.

« Generale, ho avvistato il villaggio », disse il pilota nell'interfono.

« Eh già, adesso lo vedo anch'io », rispose Cina. « Andiamoci, prego. »

Mentre lo Hind virava, avvicinandosi all'albero di Sean, questi cercava di nascondersi il meglio possibile dietro le foglie, appiattendosi contro il tronco. Pur sapendo che guardare in alto era pericoloso, lo fece, contando sulla barba e sull'abbronzatura per non tradirsi, e si mise a osservare con vivo interesse l'elicottero.

Capiva bene che la loro sopravvivenza dipendeva in ultima analisi dal saper eludere questo mostro, e ne studiò la forma per stimare il campo visivo del pilota e del cannoniere dietro le loro calotte trasparenti. Per Sean poteva essere di importanza vitale conoscere i punti ciechi soprattutto del cannoniere, e la portata del fuoco.

Vide il cannoncino di prua spostarsi da sinistra a destra come per effettuare una dimostrazione proprio per lui. Sean non poteva indovinare che il generale Cina stava solo divertendosi a giocare col suo nuovo balocco: tuttavia, quel brandeggio gli dimostrò che il ventaglio di puntamento del cannoncino era piuttosto ristretto. Non superava i trenta gradi, oltre i quali il pilota era costretto a intervenire mutando l'assetto di tutto l'apparecchio per consentire al cannoniere di ritrovare il bersaglio.

Ormai lo Hind era vicinissimo. Sean riusciva a distinguere il minimo dettaglio della fusoliera, dalla scritta EQUIPAGGIO ECCELLENTE sul muso ai ribattini della corazza al titanio. Cercò in quella macchina blindata qualche difetto, qualche punto debole, ma nei pochi secondi che ebbe prima del sorvolo non ne trovò affatto. L'elicottero era invulnerabile, salvo le prese d'aria dei turbo, occhiaie nere sopra la calotta del pilota. Erano protette da una rete metallica tonda che impediva a sassolini e terriccio (sollevati dalle pale dei rotori quando l'elicottero si abbassava fin quasi a terra) di finire nelle turbine. Però quella rete non era abbastanza solida da impedire agli Stinger di andare a piantarcisi dentro: inoltre da certe angolazioni non mancavano buchi in cui un tiratore bravo, da vicino, poteva spedire una raffica di mitra che avrebbe certamente danneggiato le alette della turbina, provocando uno squilibrio che in pochi secondi, data la vertiginosa rotazione, avrebbe creato vibrazioni tali da far andare in pezzi il motore.

« Ci vuole un gran tiratore, e un grandissimo culo », borbottò Sean guardando in su con gli occhi strizzati. Dopo un lampo, la calotta del cannoniere diventò trasparente e Sean riconobbe il generale Cina. Basco sgherro, occhiali da sole: un empito d'odio gli attanagliò le viscere. Era l'uomo a cui senza tema di errore poteva attribuire la morte di Job, e tanti altri dolori e sofferenze.

« Dio, quanto ti vorrei avere tra le mani » ringhiò Sean.

Cina sembrò avvertire la forza del suo odio, perché girò appena la testa e scrutò l'albero di Sean, che cercò di farsi piccolo piccolo sotto il lampo di quegli occhiali a specchio.

Poi di colpo lo Hind virò e si allontanò mostrando il ventre mimetico, mentre lo spostamento d'aria del rotore faceva turbinare le foglie dell'albero. Sean si rese conto che Cina non l'aveva affatto scorto, nella sua posizione di vedetta.

Restò a guardare la gran macchina che si allontanava, finché a pochi chilometri sentì cambiare il rombo del motore. Il sibilo aumentò e l'elicottero, dopo essersi librato fermo per qualche istante, atterrò scomparendo.

Sean scese dall'albero. Matatu aveva spento il fuoco appena udito l'elicottero, ma la polentina di mais aveva fatto in tempo a cuocere.

« Mangeremo in marcia », decretò Sean.

Claudia imprecò fra sé, ma si rialzò in piedi. Tutti i muscoli delle gambe e della schiena le dolevano per la marcia forzata.

« Mi spiace, bellezza », disse Sean cingendole la spalla col braccio e stringendola. « Cina è atterrato a tre chilometri scarsi da qui, al villaggio di Dombe, dove possiamo star certi che ha delle truppe. Bisogna tagliare la corda. »

Mangiarono la polentina salata e appiccicosa con le mani e poi si sciacquarono la bocca con della fanghiglia che sapeva di alghe. « D'ora in avanti ci nutrirà la terra », le disse Sean, « e sentiremo il fiato di Cina sulla nuca. »

Lo Hind sorvolava la strada principale del villaggio di Dombe. Era anche l'unica, praticamente, e il villaggio era costituito da non più di una ventina di casette abbandonate da tempo. I vetri erano tutti rotti, gli intonaci scrostati rivelavano i muri di creta cruda come lesioni lebbrose. Le termiti avevano mangiato tutte le travi di legno, sicché i tetti di lamiera ondulata pendevano nei modi più bizzarri. Le case sulla strada erano state un tempo botteghe che vendevano di tutto, le onnipresenti *duka* africane dei mercanti indù. PATEL & PATEL, si leggeva ancora su un cartello sghembo tra due marchi rossi di lamiera della Coca-Cola.

La strada stessa era piena di spazzatura ed erbacce che crescevano anche nelle baracche abbandonate.

« Atterri », ordinò Cina, e l'elicottero si abbassò sulla strada alzando un turbine di cartacce, foglie morte, sacchetti di plastica e altra immondizia.

Sulla veranda del Patel & Patel c'erano degli uomini, e altri soldati si trovavano tra le case abbandonate. Indossavano l'uniforme assortita ed eclettica dei guerriglieri africani, capacissimi di accoppiare jeans, cotone color cachi e tela mimetica. Tutti erano armati fino ai denti.

Lo Hind si posò sulla strada polverosa e il pilota tolse gas alle turbine. I rotori rallentarono fino a un sibilo sopportabile. Il generale Cina alzò la calotta antiproiettile, saltò agilmente a terra e si girò verso il gruppo di uomini in attesa sulla veranda del negozio.

« Tippu Tip! » disse aprendo le braccia con gesto fraterno. « Come sono contento di rivederti! » Alzava la voce per sovrastare il fracasso dell'elicottero.

Il generale Tippu Tip scese i tre gradini per andargli incontro, anche lui a braccia aperte. Si abbracciarono con tutta l'ipocrisia di acerrimi rivali i quali ben sanno che un giorno magari si faranno la pelle.

« Vecchio amico mio! » disse Cina, tenendolo a un braccio di distanza e dedicandogli un bel sorriso affettuoso.

Tippu Tip non era il nome vero del generale, naturalmente. L'aveva solo scelto come nome di battaglia dopo averlo trovato nella storia dell'Africa Orientale. Si trattava di uno dei più famosi trafficanti arabi ottocenteschi di avorio e di schiavi. Tuttavia sia il nome sia le implicazioni gli stavano benissimo, pensò Cina osservandolo bene. Era il classico brigante vecchio stampo: un mirabile farabutto patentato da trattare con la massima cautela.

Era basso, arrivava al mento di Cina, ma era di struttura robustissima. Il suo torace sembrava quello di un gorilla e anche le braccia parevano appese in modo da confermare questa impressione: le nocche delle dita gli arrivavano alle ginocchia. La testa sembrava uno di quei macigni di granito che in Rhodesia si trovano in cima a pinnacoli di arenaria. Se l'era rapata: ma la barba era enorme, nerissima, lanuginosa, e gli copriva il petto. Fronte e naso erano larghi e carnosi come le labbra.

Sulla fronte aveva una fascia di cotone stampato a vivaci colori: indossava un gilè di pelle di cudù e lo teneva aperto sul petto nudo, tutto coperto di ricci neri. Le braccia che uscivano dal gilè erano grosse e nerborute.

Restituì il sorriso a Cina con denti candidi di madreperla che contrastavano col giallo delle cornee iniettate di sangue.

« La tua visita profuma di mimose la mia giornata », disse in shangane guardando, oltre Cina, il grosso elicottero da cui era sbarcato. L'invidia di Tippu Tip era così patente che a Cina sembrò di sentirne l'odore di zolfo bruciato.

Quella macchina volante aveva sottilmente alterato gli equilibri tra i due massimi signori della guerra della Renamo. Tippu Tip non riusciva a staccarne lo sguardo. Era evidente che desiderava esaminarlo da vicino, ma Cina lo prese per il braccio e lo condusse di nuovo all'ombra della veranda. Il pilota non aveva spento il motore e, come Cina e il suo ospite uscirono da sotto le pale, diede gas e decollò di nuovo.

Tippu Tip si liberò dalla stretta di Cina e si voltò a guardare l'elicottero con gli occhi gialli e neri pieni di voglia, come se assistesse alla danza lubrica di qualche bella donna nuda. Cina lo lasciò a questa vaghezza fino alla sparizione dell'elicottero. L'aveva mandato via apposta perché conosceva e capiva Tippu Tip. Sapeva che, se fosse rimasto lì, la tentazione poteva farsi irresistibile, perché l'insidia mortale per loro era naturale come respirare. E lo Hind era il jolly di Cina.

Tippu Tip si riscosse e rise senza alcun motivo apparente. « Mi hanno raccontato che hai distrutto lo squadrone e catturato un elicottero, e io ho detto: 'Cina è un leone fra gli uomini ed è mio fratello'. »

« Vieni, fratello », confermò Cina, « che al sole fa caldo. »

Sulla veranda c'erano già le sedie pronte per loro. Due giovani donne di Tippu Tip servirono birra in ciotole di terracotta: un liquido denso e piacevolmente acidulo. Erano due ragazzette giovanissime, carine, dagli occhi grandi grandi. A Tippu Tip piacevano le donne, e procurava di esserne sempre circondato. Era una delle sue debolezze, pensò Cina con un sorrisetto di superiorità. Per lui ragazzi o ragazze facevano lo stesso, li prendeva con uguale godimento: ma erano una breve distrazione, non una necessità vitale. Le due ragazzine attirarono la sua attenzione solo per un attimo: poi tornò a dedicarla all'ospite.

Le guardie del corpo si erano già ritirate fuori portata d'orecchio, e Tippu Tip mandò subito a raggiungerle anche le ragazze con un cenno della mano.

« E a te come vanno le cose, fratello mio? » chiese Cina. « Ho sentito dire che hai afferrato la testa del Frelimo e gliel'hai ricacciata tra le ginocchia, così che possano ammirare il loro stesso fondamento. È vero? »

Non era vero, ovviamente. Quale comandante della divisione meridionale della Renamo, Tippu Tip era più vicino alla capitale di Maputo, porto importante e centro del potere governativo. Dunque aveva risentito di più dell'interruzione degli aiuti sudafricani, e le controffensive del Frelimo, come le rappresaglie, lo investivano prima. Cina sapeva che negli ultimi mesi Tippu Tip aveva avuto gravi rovesci, perdendo uomini e territori nel sud: ma eccolo ridacchiare annuendo soddisfatto.

« Abbiamo divorato tutti i soldati che il Frelimo ci ha scagliato addosso. Ingoiati, senza rutti né scorregge. »

Chiacchierarono amabilmente sulla birra, ridendo allegri ma sorvegliandosi come leoni intorno alla preda, sempre pronti ad attaccare o difendersi, finché Cina mormorò: « Sono contento di sentire che le cose ti vanno così bene. Sono venuto a vedere se per caso il mio elicottero ti può servire contro il Frelimo, ma vedo bene che non hai nessun bisogno di aiuto da parte mia », concluse con un gesto di deplorazione.

Era una mossa machiavellica che Tippu Tip non si aspettava, e lo colse sbilanciato, mentre Cina rideva sotto i baffi. Cina sapeva benissimo che con una persona del genere era un grave errore chiedere apertamente assistenza. Tippu Tip aveva un fiuto da iena per ogni debolezza altrui. Invece Cina gli aveva fatto balenare l'esca dello Hind sotto gli occhi, per poi farla sparire con mossa astuta.

Tippu Tip sbatté le palpebre e dietro il sorriso fisso si mise ad architettare una risposta. Anche lui non gradiva affatto ammetter fallimenti o debolezze con uno che li avrebbe cinicamente sfruttati, però la macchina volante lo faceva addirittura sbavare di voglia.

« L'aiuto del fratello è sempre gradito », contraddisse amabilmente, « e soprattutto di un fratello che cavalca i cieli sul suo *hensciò* personale. » Poi subito continuò: « E c'è forse qualche piccolo servigio che posso offrire in cambio dell'aiuto? »

« Drittone », pensò Cina, ammirando il suo stile. « Sa che non sono certo venuto per la sua bella faccia. Ha capito che mi serve qualcosa da lui. » Ed entrambi si ritirarono, alla maniera africana, dietro un altro schermo di banalità e scherzi, tornando all'argomento principale in maniera alquanto circonvoluta e come seduttiva.

« Ho teso una trappola al Frelimo », si vantò Tippu Tip. « Mi sono ritirato dalle foreste del Save. » In realtà era stato scacciato da quelle preziosissime riserve di legname da un'offensiva mai così decisa del Frelimo.

« Che grande astuzia da parte tua », concordò Cina, lasciando affiorare il sarcasmo. « Bella trappola lasciare le foreste al Frelimo, e ben stupidi i nemici a cascarci. »

Le foreste del rio Save erano un vero e proprio tesoro nazionale. Alberi di *leadwood*, legno-piombo, alti trenta metri e passa: chiamati anche alberi d'avorio per la magnifica grana dell'essenza lignea. Poi c'erano i bellissimi mogani rhodesiani, dai tronchi del diametro di un metro e mezzo, e il più raro e pregiato degli alberi africani, il *tamboti* o sandalo africano col suo legno dalle fantastiche venature profumate.

Probabilmente in tutto il continente non era possibile trovare un'uguale concentrazione di legni duri. Di quella terra devastata le foreste costituivano l'ultima risorsa naturale. Per primi erano stati sterminati i grandi branchi di elefanti, poi mitragliati dall'aria rinoceronti e bufali. Sovietici e nordcoreani avevano depredato i ricchissimi banchi di pesce della calda corrente del Mozambico, che discende la costa orientale; avventurieri stranieri avevano decimato con licenza e approvazione del Frelimo i coccodrilli del bacino di Cabora Bassa. Solo intatte restavano queste foreste.

Ma il governo del Mozambico era disperatamente a corto di valuta pregiata, anche più degli altri Paesi africani di recente indipendenza. Per oltre dieci anni si era trascinata una guerra che aveva stremato l'economia. Le foreste eran l'unico bene vendibile a pronti contanti.

« Sono arrivati lì con un'armata di lavoratori forzati, venti o forse trentamila schiavi », disse a Cina Tippu Tip.

« Così tanti? » chiese Cina con interesse. « E dove li hanno scovati? »

« Hanno spazzato via dalla terra gli ultimi contadini e svuotato i campi profughi, ripulito di vagabondi e disoccupati le vie di Maputo. Lo chiamano 'Programma di piena occupazione'. Uomini e donne lavorano dall'alba al tramonto per dieci escudos al giorno, e se vogliono un pasto lo pagano quindici escudos. » Tippu Tip scoppiò a ridere come un matto, per l'ammirazione più che il divertimento. « A volte il Frelimo si dimostra mica stupido », ammise. « I 'battaglioni del lavoro' pagano cinque escudos al giorno il privilegio di tagliare gli alberi del governo! Un contratto ammirevolissimo. »

« E tu hai lasciato che il Frelimo facesse una cosa del genere? » chiese Cina. Non era la sorte dei lavoratori che gli interessava, bensì quella dei tronchi di *tamboti*, che valevan cinquantamila dollari l'uno e arricchivano il Frelimo, dacché aveva messo le mani su centinaia di migliaia di ettari di foresta.

« Ma certo che glielo lascio fare », disse Tippu Tip. « Tanto non possono portar via il legname finché non hanno ricostruito strade e ferrovia. Lo stanno accumulando lungo i binari, e i miei esploratori contano i tronchi uno per uno. » Il generale tirò fuori un quadernetto dalla tasca del gilè e fece vedere a Cina colonnine di cifre annotate con cura a biro blu.

Cina lesse il totale con sguardo impassibile, ma solo grazie alle lenti a specchio dei suoi occhiali da sole. La somma in dollari bastava a finanziare altri cinque anni di guerra, a comprare l'alleanza di nazioni, a elevare alla presidenza a vita sul Paese intero un modesto signore della guerra.

« Ed è quasi giunta l'ora che io riconquisti le foreste del Rio Save e raccolga i frutti graziosamente accumulati per me dal Frelimo », disse Tippu Tip.

« Ma come farai a esportare il raccolto? Un tronco di *tamboti* è lungo venti metri e pesa cento tonnellate. Chi te lo compra? »

Tippu Tip batté le mani chiamando uno dei suoi ufficiali che aspettava accucciato all'ombra di una casa vicina. Costui corse subito da loro. Stese una carta geografica sul pavimento di cemento della veranda tra le due sedie dei generali e la tenne spianata con mucchietti di detriti agli angoli. Tippu Tip e Cina si misero a consultarla.

« Le foreste si trovano qui », disse Tippu Tip indicando la vasta zona tra il Rio Save e il fiume Limpopo, poco più a sud rispetto al luogo in cui si trovavano. « E qui il Frelimo ha concentrato il legname. Qui, qui e qui. »

« Continua », l'incoraggiò Cina.

« Il deposito più meridionale è a soli cinquanta chilometri dal fiume Limpopo, ossia dal confine sudafricano. »

« I sudafricani non ci aiutano più, hanno firmato un trattato con Chissano e il Frelimo », osservò Cina.

« I trattati sono pezzi di carta », dichiarò Tippu Tip con un gesto sprezzante. « Qui si parla di mezzo miliardo di dollari di legname. Ho già ricevuto ampie assicurazioni dai nostri ex alleati meridionali che, se riesco a garantire la consegna, penseranno loro al trasporto oltre confine e pagheranno in Portogallo o in Svizzera. » S'interruppe un momento. « Il Frelimo ha tagliato e ammucchiato gli alberi: a me resta solo da consegnarli e incassare. »

« E vuoi che ti aiuti a consegnarli con il mio elicottero da guerra? » suggerì Cina.

« Una tua assistenza servirebbe, anche se potrei benissimo fare da solo. »

« Forse sì, ma insieme faremmo più in fretta e garantiremmo la sicurezza dell'operazione », ribatté Cina. « Dividiamo combattimenti e guadagni. Col mio *hensciò* e altri rinforzi da nord ci vorrà meno di una settimana per liberare le foreste dal Frelimo. »

Tippu Tip fece finta di prendere in considerazione la proposta, poi annuì e rispose: « Certo ti ricompenserei per il tuo aiuto, con una modesta percentuale sul valore del legname catturato ».

« Modesto è un termine che non mi piace gran che », sospirò Cina. « Preferisco l'uguaglianza socialista. Si fa a metà? » Tippu Tip parve addolorato e alzò le braccia in segno di protesta. « Sii ragionevole, fratello mio. » Per un'altra ora discussero animatamente, avvicinandosi pian piano a un accordo circa lo sfruttamento privato di una ricchezza nazionale e il destino di decine di migliaia di lavoratori coatti.

« I miei esploratori mi dicono che i tagliaboschi sono quasi allo stremo delle loro energie », osservò a un certo punto Tippu Tip. « Il Frelimo li ha nutriti così male che sono quasi tutti al lumicino. Ne muoiono centinaia al giorno, e tagliano metà del legname che tagliavano due mesi fa. Il Frelimo non riesce più a sostituirli e la produttività sta calando in fretta. Dunque non conviene più attendere, anzi conviene attaccare immediatamente, prima dell'inizio delle piogge. »

Cina guardò l'orologio al quarzo, uno *status symbol* altrettanto significativo quanto le stellette da generale di divisione. Lo Hind sarebbe tornato a prenderlo di lì a mezz'ora, doveva quindi giungere a un accordo chiudendo la trattativa. In pochi minuti concordarono i particolari dell'azione congiunta e poi Cina disse come per caso: « Ci sarebbe un'altra cosetta ». Il suo tono mise Tippu Tip sull'avviso: doveva trattarsi di una faccenda importante. Si chinò sulla sedia piazzandosi le manone da grizzly sulle ginocchia. « Sto correndo dietro a un gruppetto di fuggitivi bianchi. Sembra che stiano cercando di raggiungere il confine sudafricano. » Brevemente Cina diede una descrizione del gruppo di Sean e poi concluse: « Vorrei che tu allertassi i tuoi uomini tra qua e il Limpopo. Così se li vedono li prendono ».

« Un uomo e una donna bianca giovane. Sembra interessante, fratello », disse pensoso Tippu Tip.

« L'uomo è il più importante. La donna è americana e può avere un certo valore come ostaggio, ma se no significa poco. »

« Per me le donne significano sempre qualcosa », lo contraddisse Tippu Tip, « soprattutto se sono giovani e bianche. Di tanto in tanto gradisco un cambiamento di dieta. Allora facciamo un altro accordo sulla base del *fifty-fitfy*, fratello. Ti aiuto a prendere questi fuggiaschi, poi ti do l'uomo e mi tengo la donna, d'accordo? »

Cina ci pensò un attimo e poi annuì. « Benissimo, tientela pure, ma voglio l'uomo vivo e incolume. »

« Esattamente come io voglio la donna », dichiarò ridacchiando Tippu Tip. « Dunque, anche su questo siamo d'accordo. » Tese la destra e Cina la strinse. Entrambi, guardandosi negli occhi, ben sapevano che era un gesto senza significato. Il loro accordo sarebbe stato onorato solo finché conveniva a entrambi, se no l'avrebbero violato senza rimorsi.

« E adesso parlami di questa giovane donna bianca », l'invitò Tippu Tip. « Dove è stata vista l'ultima volta, e che provvedimenti hai preso per catturarla? »

Cina tornò subito a chinarsi sulla carta geografica stesa fra loro, e Tippu Tip non mancò di notare la sua nuova animazione. Con voce intenta il generale raccontò come erano sfuggiti alla trappola tesagli nello Zimbabwe e come secondo i disertori si erano diretti verso il Sudafrica.

« L'ultima loro posizione conosciuta era qui », disse Cina indicando un punto appena a settentrione della ferrovia di Beira. « Ma c'erano tre giorni fa. A quest'ora potrebbero essere dovunque su questa direttrice », continuò indicandola sulla carta. « Uno di loro è gravemente ferito, per cui probabilmente non sono ancora arrivati fin qui. Io ho quasi trecento uomini impegnati a cercar le loro tracce a sud della linea ferroviaria, ma se tu organizzi una rete più avanti finiranno per incapparvi. Quanti uomini puoi dedicarci? »

Tippu Tip alzò le spalle. « Ho già tre compagnie lungo il Rio

Save a sorvegliare il disboscamento. E un po' più a nord ne ho altre cinque. Se questi bianchi cercano di raggiungere il confine sul Limpopo, dovranno attraversare non solo le mie linee ma anche quelle del Frelimo. Ora comunque avvertirò i miei uomini di stare con gli occhi aperti. »

Il generale Cina parlò in tono autoritario e deciso. « Dovranno sorvegliare ogni sentiero e ogni guado. Dovranno formare uno sbarramento ininterrotto da ovest a est, così i miei battitori da nord ce li spingeranno dentro. Ma avverti i tuoi capitani che il bianco è un soldato molto in gamba. Alla fine della guerra in Rhodesia comandava gli Scout di Ballantyne. »

« È Courteney? » intervenne Tippu Tip. « Me lo ricordo molto bene. » E poi si mise a ridacchiare. « Ma certo, era lui che comandava l'attacco al tuo campo d'addestramento! Non mi stupisco che tu voglia mettergli le mani addosso. È una storia vecchissima la tua col colonnello Courteney. Hai la memoria lunga, fratello. »

« Sì », disse Cina toccandosi l'orecchio. « Sono passati tanti anni e ci vuole una bella memoria, ma si sa che la vendetta va gustata fredda. »

Entrambi alzarono gli occhi al cielo perché si sentiva arrivare lo Hind. Cina controllò l'orologio. Il pilota portoghese era stato puntualissimo e la sua fiducia in lui aumentò. Si alzò dalla sedia.

« Ci terremo in contatto radio su 118,4 megahertz », disse a Tippu Tip. « Tre appuntamenti al giorno, alle sei del mattino, mezzogiorno e sei di sera. » Ma Tippu Tip non stava guardando lui, stava guardando con concupiscenza la sagoma dell'elicottero che incombeva sul villaggio come il mostro mutante di qualche film dell'orrore.

Il generale Cina si accomodò al posto del cannoniere e chiuse la calotta di vetro antiproiettile. Alzò il pollice destro verso Tippu Tip, che era rimasto sulla veranda del derelitto *duka*, e come rispose al saluto, lo Hind si alzò verticalmente sul villaggio girando il muso a nord.

« Generale, una pattuglia l'ha cercata urgentemente per radio », disse il pilota nell'interfono. « Si tratta del Dodici Rosso. »

« Benissimo, si metta subito sulla loro frequenza », ordinò Cina, e controllò il display digitale della radio.

« Dodici Rosso, qui Banano. Mi sentite? » disse nel microfono collegato alla cuffia. Dodici Rosso era una delle pattuglie sguinzagliate sulle tracce dei fuggiaschi. Guardando la carta geografica, Cina cercò di indovinare il punto dove si trovavano, appena a sud della linea ferroviaria. Il capopattuglia rispose quasi immediatamente.

« Banano, Banano, abbiamo trovato le tracce. »

Cina sentì un empito di eccitazione e trionfo levarglisi in petto, ma rispose con voce controllata.

« Ditemi la vostra posizione », ordinò, e mentre il capo pattuglia trasmetteva le coordinate Cina le cercava sulla carta geografica. La posizione della pattuglia era proprio a nord del villaggio, a una cinquantina di chilometri di distanza.

« Hai preso nota, pilota? » disse. « Vacci subito. » Il rombo del motore aumentò e Cina parlò forte nel microfono: « Dodici Rosso, appena ci avvistate sparate un razzo di segnalazione ».

Sette minuti dopo il razzo rosso si alzò dalla foresta quasi sotto il naso dello Hind. Il pilota rallentò e si abbassò sugli alberi.

La pattuglia della Renamo aveva disboscato coi machete una radura per far atterrare l'elicottero, e il pilota si posò senza difficoltà. Cina notò con soddisfazione che la sua pattuglia aveva pensato a difendere e schermare la radura d'atterraggio. Erano ottimi guerriglieri. Cina saltò giù dall'apparecchio e il capopattuglia venne avanti a salutarlo. Era un veterano magro, che sembrava un attaccapanni tanto era carico di armi, borracce e bandoliere.

« Sono passati di qua ieri », fece rapporto.

« Sei sicuro che son loro? » chiese Cina.

« Ci sono i due bianchi », annuì il capopattuglia. « Ma laggiù hanno seppellito qualcuno. C'è una specie di tomba, non l'abbiamo ancora toccata. »

« Fammi un po' vedere », ordinò Cina, e lo seguì nel roveto. Il capopattuglia si fermò vicino a un mucchio di sassi.

« È proprio una tomba », confermò Cina. « Scopritela subito. »

Il capopattuglia gridò un ordine e due dei suoi posarono le armi e si fecero avanti. Spinsero giù dal monticello le pietre superiori.

« Forza forza, sbrigatevi! » gridava Cina. I massi di granito cozzavano facendo scintille.

« Ecco il cadavere », disse il capopattuglia quando comparve la testa fasciata di Job. Fece un passo avanti e scostò la camicia macchiata che la ricopriva.

« È il matabele », disse Cina riconoscendo subito i lineamenti di Job. « Non credevo arrivasse fin qui. Tiratelo fuori e datelo in pasto alle iene », ordinò.

Due esploratori si chinarono ad afferrare le spalle di Job avvolte nella coperta, mentre Cina osservava con macabro interesse. La mutilazione del nemico ucciso era un'antica tradizione nguni: lo sbudellamento rituale consentiva allo spirito del vinto di fuggire, così non avrebbe più perseguitato il vincitore. Ma c'era anche una maligna soddisfazione a vedere il matabele esumato dai suoi uomini. Capiva che l'atto avrebbe arrecato un gran dolore a Sean Courteney, e non vedeva l'ora di raccontarglielo per radio.

Ma proprio in quella scorse come dei pampini arrotolati intorno alla coperta militare che avvolgeva il cadavere. Li vide tendersi, tirati dai due guerriglieri che esumavano Job, e udì lo scatto della linguetta della granata. Capì subito di che cosa si trattava e, gridando un avvertimento, si buttò a terra.

Lo scoppio assordante lo coprì di terra e sassi causandogli un gran male alla testa. Subito dopo lo spostamento d'aria, qualcosa di duro lo colpì in faccia con una forza tremenda. Rotolò a sedere e per un momento pensò di aver perso la vista: poi le stelle e le girandole che gli riempivano la testa si dissiparono e con un empito di sollievo si accorse che ci vedeva ancora.

Sulla guancia gli colava sangue che poi gocciolava sulla camicia. Prese il fazzoletto che portava al collo e lo premette contro la ferita che una scheggia gli aveva aperto sullo zigomo.

Barcollando, si alzò in piedi e guardò nella fossa. La granata aveva sbudellato uno dei suoi uomini come un pesce. Inginocchiato, cercava pateticamente di rimettere a posto con le mani gli intestini insanguinati. L'altro guerrigliero era morto sul colpo. Il capopattuglia corse vicino a Cina e cercò di esaminargli la ferita allo zigomo, ma Cina lo allontanò brutalmente.

« Bastardo bianco, la pagherai cara », strillava con voce acutissima. « Ti giuro che la pagherai cara, colonnello Courteney. »

Il guerrigliero ferito stava ancora gemendo e manipolandosi le viscere, che però gli sfuggivano tra le dita con orridi rumoretti che rinfocolarono l'ira di Cina.

« Tirate fuori di lì quell'uomo! » gridò. « Portatelo via e fatelo tacere! »

Gli altri trascinarono via il ferito e Cina non fu ancora soddisfatto. Tremava tutto per l'ira e lo shock, e si guardava attorno in cerca di qualche altra vittima.

« Voialtri! » berciò indicandoli con mano tremante. « Portate qua i *panga*. » Due guerriglieri obbedirono di corsa. « Tirate fuori dal suo buco il cane matabele. Bene! Così! E adesso usate i *panga*. Fatelo a pezzi per le iene. Così! A pezzettini, non fermatevi! Tritatelo! Lo voglio tritato! »

Per tutta la mattina Matatu li guidò verso sud per le campagne abbandonate e i villaggi deserti. Le erbacce alte li coprivano bene, e loro non seguivano i sentieri e passavano dietro i paesi bruciati.

Claudia faceva fatica a tenere il ritmo. Dalla sera prima trottavano quasi senza soste, e lei stava giungendo ai limiti della resistenza. Non provava alcuna sensazione di dolore: anche le diaboliche spine dalla punta rossa, che le rigavano di sangue le braccia nude, non le sentiva più bruciare. I suoi passi erano meccanici e pesanti, e benché cercasse di tenere il ritmo degli altri si accorgeva che la lasciavano indietro come una bambola con la molla scarica. Sean andava e lei non riusciva a tenergli dietro. Piano piano se ne andava: ma per fortuna si voltò e si fermò ad aspettarla.

« Scusami », sussurrò lei, e Sean guardò il cielo.

« Dobbiamo andare avanti », rispose, e lei ripartì arrancandogli alle calcagna.

Poco dopo mezzogiorno risentirono lo Hind. Il rumore era molto lontano e diminuì svanendo subito a nord.

Sean prese per il braccio Claudia che vacillava e la sorresse.

« Bravissima », le disse gentilmente. « Mi spiace di averti dovuto fare questo scherzo, ma così almeno abbiamo guadagnato terreno. Cina non penserà mai che siamo già così a sud. È andato a cercarci molto più a nord, sicché adesso possiamo riposare. »

La guidò verso un boschetto di basse acacie dai rami spinosi che formavano un riparo naturale. Sospirando esausta, Claudia si lasciò cadere sul duro terreno e lì giacque immobile mentre Sean si accucciava davanti a lei togliendole scarpe e calze.

« Adesso sì che ti sono venuti i piedi duri », le diede atto massaggiandoglieli delicatamente. « Non c'è la minima vescica.

Sei diventata tosta come uno scout e due volte più coraggiosa. » Ma lei non riuscì nemmeno a ricambiare il complimento con un sorriso. Sean si arrotolò una calza sulla mano, fece uscire l'indice dal buco in punta e l'agitò come fanno i ventriloqui coi loro burattini.

« Quanto a camminare, cammina come un treno », disse con voce chioccia, « ma dovresti vederla a letto, lì sì che è una campionessa! » Claudia riuscì a ridacchiare e Sean le diede una carezza. « Così va meglio », disse. « Adesso fatti una bella dormita. »

Ma lei restò qualche minuto sveglia, a guardarlo rammendare la calza.

« Quale delle tue puttane ti ha insegnato a rammendare? » farfugliò già mezzo addormentata.

« Quando ti ho conosciuto ero vergine. Dormi, cara, dormi. »

« Comunque la odio », disse Claudia chiudendo gli occhi. Le sembrò di averli riaperti subito dopo, ma poi notò che la luce era cambiata. C'erano le ombre lunghe del tardo pomeriggio, e anche il caldo non era più feroce. Si rizzò a sedere.

Sean stava cucinando su un focherello di legna secca. La guardò.

« Hai fame? » le chiese.

« Da morire. »

« Ecco la cena », disse portandole la gavetta.

« Che roba è? » chiese lei sospettosa, guardando il gomitolo di salsicciotti nerastri grossi come il suo mignolo.

« Non far domande », le disse. « Mangia. »

Arditamente ne prese uno tra le dita e lo annusò. Era caldissimo, proprio appena abbrustolito.

« Mangia! » ripeté lui, e per dar l'esempio se ne mise in bocca uno, masticò e inghiottì.

« Ottimo », espresse la sua opinione. « Forza, mangia. »

Cautamente Claudia ne addentò uno che sotto i denti si infranse riempiendole la bocca di una specie di poltiglia che sapeva di spinaci. Si impose di trangugiarla.

« Gradiscine un altro. »

« Grazie no. »

« Sono pieni di proteine. Mangiali. »

« Non ce la faccio. »

« Non puoi marciare a stomaco vuoto. Apri la bocca. » L'imboccò, dividendo il pasto con lei.

Quando la gavetta fu vuota, Claudia glielo chiese un'altra volta. « Allora, cosa mi hai propinato? » Ma lui non le rispose. Sogghignò e andò da Alfonso, che stava finendo di mangiare.

« Rizza l'antenna della radio », gli disse Sean. « Sentiamo se Cina ha qualcosa da dirci. »

Mentre Alfonso procedeva a preparar la radio, Matatu scivolò silenziosamente tra loro. Aveva in mano un cilindro di corteccia appena strappata, con le estremità turate con dell'erba secca. Lui e Sean confabularono brevemente, con faccia preoccupata.

« Cosa c'è? » chiese subito Claudia.

« Matatu ha visto molte tracce più avanti. Pare che da queste parti girino un sacco di pattuglie. Frelimo o Renamo, chissà. »

Non era certo una bella notizia. Li mise a disagio, e Claudia si avvicinò a Sean, appoggiandosi alla sua spalla. Insieme ascoltarono la radio. Anche l'etere era affollatissimo di comunicazioni in shangane o portoghese.

« C'è qualcosa che bolle in pentola », grugnì Alfonso concentrandosi sull'apparecchio. « Stanno schierando un sacco di pattuglie lungo una specie di fronte. »

« La Renamo? » chiese Sean, e Alfonso annuì.

« I reparti del generale Tippu Tip. »

« Cosa ti ha detto? » gli chiese Claudia, ma Sean non voleva che si allarmasse ulteriormente.

« Traffico di routine », mentì, e lei si rilassò e si mise a guardare Matatu. Era andato al fuoco e stava scrollando attentamente nel tegamino il contenuto del cilindro di corteccia. Non appena intuì cosa stava arrostendo si irrigidì per l'orrore.

« È la cosa più disgustosa che...! » Non riuscì a terminare, e si mise a osservare atrocemente affascinata i grossi bruchi che tostavano contorcendosi nella gavetta. I lunghi peli rossastri bruciacchiavano sfrigolando e fumando finché i vermi si fissavano arricciati nei croccanti salsicciotti neri di poco prima.

Claudia emise un gridolino strozzato e, riconoscendoli, si aggrappò al braccio di Sean. « Non saranno mica...! » boccheggiò. « Non mi avrai mica...! dato mica 'sti...! Oh no! non posso crederci! »

« Altamente nutrienti », le assicurò Sean. Matatu si accorse del suo interessamento, prese un « salsicciotto » rovente e dopo averlo fatto raffreddare passandolo da una mano all'altra glielo offrì con gesto fiorito.

« Credo di star per vomitare », esalò Claudia distogliendo la faccia. « Non riesco a immaginare che li ho mangiati davvero. »

Proprio in quella la radio gracchiò forte e una voce parlò fievolmente in una lingua gutturale che Claudia non capì. Notò però l'improvviso interesse di Sean per la trasmissione, che le fece dimenticare i bruchi saltati. « Che lingua è? » gli chiese.

« Afrikaans », le rispose in fretta lui. « Taci! Ascolta! » Ma la trasmissione s'interruppe subito.

« Afrikaans? » chiese lei. « Olandese sudafricano? »

« Già », annuì Sean. « Evidentemente siamo entrati a portata di ricezione. Era di sicuro un messaggio militare, forse proveniente da qualche pattuglia di confine sul Limpopo. » Sean scambiò due parole con Alfonso e poi disse a Claudia: « Lo pensa anche lui. Pattuglia sudafricana di confine. Dice che a volte si intercettano le loro trasmissioni anche più a nord di qui ». Sean guardò l'ora. « Be', per stasera pare che il generale Cina non intenda intrattenerci. Meglio far fagotto. » Si era già alzato quando di colpo la radio riprese vita. Stavolta la voce era così chiara che sentivano ogni respiro del generale Cina.

« Buonasera, colonnello Courteney. La prego di scusare il ritardo, ma avevo cose urgenti da fare. Passo, colonnello Courteney. »

Nel silenzio che seguì Sean non fece alcuna mossa verso il microfono, e per l'etere sentirono ridacchiare il generale Cina.

« Le hanno tagliato la lingua, colonnello? Non importa. Sono sicuro che mi ascolta, e quindi mi congratulo della gran strada che ha saputo fare oggi. Veramente notevole, soprattutto considerando che la signorina Monterro la rallenterà alquanto. »

« Bastardo arrogante », sibilò Claudia.

« È anche un gran porco di un maschio sciovinista. »

« Le dirò francamente che mi ha sorpreso, colonnello Courteney. Siamo stati obbligati a disporre lo schieramento più a sud per darle il benvenuto. »

Altro breve silenzio, poi di colpo il generale Cina riprese astiosamente a parlare.

« Sa, colonnello, abbiamo trovato la sepoltura del suo matabele. » Claudia sentì Sean irrigidirsi accanto a lei mentre Cina piazzava un'altra pausa d'effetto. « Abbiamo riesumato il corpo per giudicare dalla putrefazione quanto tempo era rimasto sotterra. » Sean cominciò a tremare e Cina continuò affabilmente. « I matabele puzzano come carogne di iena, e il suo amico non faceva eccezione. Mi dica, colonnello, è stato lei a spararg1i nella testa? Era la cosa migliore che poteva fare. Impossibile che se la cavasse, eh? »

« Porco! Porco maledetto! » sfuggì di bocca a Sean.

« Ah, per inciso sappia che la sua trappola non ha funzionato. Troppo dilettantesca, temo. » Cina fece una bella risata. « E non si preoccupi per il suo matabele. L'ho fatto sminuzzare per le iene da due dei miei col *panga*. A pezzi e bocconi, colonnello, gulasch di matabele. »

Sean ghermì il microfono e lo portò alla bocca. « Bestia schifosa! Depravato! » ci gridò dentro. « Pezzo di merda! Prega solo che non ti metta le mani addosso! »

Sean tacque ansimando, ancora sconvolto dalla collera.

« Grazie, colonnello », disse Cina con un sorriso chiaramente avvertibile anche per radio. « Mi stavo annoiando a parlar da solo. È bello risentirla, sentivo la sua mancanza. »

Con un grosso sforzo Sean resisté alla tentazione di rispondere e invece spense la radio.

« Bisogna sbrigarsi a scappare », disse con la voce che tremava ancora. « Cina ora ha un'idea di dove siamo, grazie alla mia stupidità. Bisogna tagliar la corda. »

« Come se finora avessimo fatto le lumache », commentò Claudia desolata, alzandosi.

Però quella notte andarono più piano. Due volte prima di mezzanotte Matatu venne a fermarli, avvertito come da un sesto senso dei pericoli che li attendevano. Strisciando avanti era riuscito a individuare ben due imboscate, che avevano evitato con lunghissimi giri.

« Sono quelli di Tippu Tip », brontolò Alfonso. « Si vede che dà una mano al generale Cina. Ci aspettano su tutti i sentieri. »

Per fortuna dopo mezzanotte la sorte prese a favorirli. Imboccando una pista molto battuta che puntava direttamente a sud, Matatu si accorse che era appena passato un grosso contingente di uomini.

« Useremo le loro tracce per confondere le nostre », disse Sean cogliendo l'occasione al volo, e spedì Matatu avanti, seguito da Claudia. Lui e Alfonso in retroguardia badavano a mettere i piedi sulle impronte più piccole degli altri due, cancellandole e confondendo la loro marcia col trepestio della colonna di Tippu Tip.

Corsero per quel sentiero finché le orecchie acute di Matatu non sentirono i rumoretti che faceva la colonna della Renamo nella marcia notturna. Allora rallentarono e la seguirono a rispettosa distanza, fidando in quegli ignari battistrada.

Stare alle costole del nemico, mantenendo la distanza giusta per farsi aprire la strada da un lato, e non essere scoperti dall'altro, era un compito stravagante e quasi stregonesco, di quelli in cui bisognava affidarsi ciecamente a Matatu, che sentiva e vedeva tutto anche al buio. Così riuscirono a procedere a velocità doppia del solito.

Poco prima dell'alba dalla colonna Renamo si staccò una pattuglia che si fermò ai lati del sentiero per tendere un'imboscata proprio a loro. Li sentirono piazzarsi scherzando, mentre loro se ne stavano accucciati nel sottobosco in preda alla paura. Poi Matatu li condusse per un altro lungo giro fino a riprendere il cammino verso sud.

« Secondo me abbiamo fatto almeno quaranta chilometri », mormorò Sean con magra soddisfazione quando la prima luce fece impallidire le stelle a oriente. « Ma non possiamo arrischiarci a proseguire di giorno. Questa zona brulica di guerriglieri. Matatu, trovaci un bel posto per nasconderci fino a stasera. »

Nella marcia notturna erano penetrati in una zona di *vlei* paludosi che preannunciavano il fiume Save, e ora Matatu li guidò apposta nell'erba alta degli acquitrini. Attraversarono con l'acqua fino al ginocchio le pianure inondate in riva al corso d'acqua, passando da una laguna all'altra fra nuvole grigie di zanzare. Coi piedi a mollo non c'era il problema delle tracce e Sean in retroguardia doveva pensare solo a raddrizzare gli steli d'erba che avevano piegato. Lo fece molto meticolosamente.

Qualche centinaio di metri più in là Matatu avvistò un'isoletta che emergeva di pochi centimetri dall'acqua, e come vi mise piede le canne si agitarono scosse da una massa che ci correva in mezzo.

Claudia strillò per lo spavento. Certo erano incappati in qualche mortale imboscata della Renamo! Però ecco Matatu snudare il coltello lucente e gettarsi tra le canne con un acuto grido di guerra. E poi eccolo dibattersi con un essere scaglioso due volte più grosso di lui.

Sean corse ad aiutarlo e i due si misero a bastonare e pugnalare la bestiaccia, che poi tirarono fuori dalle canne e stesero sull'erba dell'isoletta. Con un brivido di orrore Claudia si rese conto che era un lucertolone grigio, lungo un po' più di due metri, con la pancia a macchiette gialle e un codone che continuava a sbattere di qua e di là.

Con mugolii di gioia Matatu cominciò subito a spellarlo.

« Cos'è? »

« *Leguan*. La leccornia preferita di Matatu. » Sean si strofinò il coltello sul palmo della mano e cominciò ad aiutare Matatu a pulire il lucertolone.

La carne della coda era bianca come filetti di sogliola, ma Claudia fece una smorfia schifata quando Sean gliene offrì un bel boccone.

« Tu e Matatu sareste capaci di mangiarvi anche i figli », li accusò.

« Senti chi parla. Non sei quella che ha appena trangugiato una gavetta di bruchi del *mopani*? »

« Sean, non ce la faccio proprio. Cruda! »

« Qua intorno non c'è legna secca e tu hai già assaggiato il pesce crudo alla giapponese, vero? M'hai detto che ti era anche piaciuto. »

« Ma quello è pesce, non lucertola cruda! »

« Stessa roba, su per giù. Dài, mangiati 'sto *sashimi* africano », insisté gentilmente. Quando Claudia cedette e l'assaggiò, trovò il lucertolone sorprendentemente buono, e la fame sbaragliò la schifiltosità.

Per una volta l'acqua non scarseggiava, e si riempirono la pancia di carne bianca e acqua palustre con gran gusto. Poi si sdraiarono sulle coperte. L'erba alta di palude li proteggeva dal sole cocente: guardando il cielo, Claudia si sentiva sicura, e si lasciò andare allo sfinimento.

Verso mezzogiorno si svegliò e giacque tra le braccia di Sean, tendendo l'orecchio all'elicottero che li cercava.

« Cina sta perlustrando le rive del fiume davanti a noi », sussurrò Sean. Il rumore dei turbo dello Hind andava e veniva, seguendo il suo itinerario di ricerca. I muscoli ventrali annodati dall'ansia, Claudia lo sentì avvicinarsi assordante per passare poco distante da loro. Poi finalmente se ne andò via.

« È passata », le disse Sean abbracciandola. « Dormi ancora un po'. »

Claudia si risvegliò di nuovo con una sensazione di panico addosso. Non riusciva a muoversi perché qualcuno la teneva ferma e le aveva tappato la bocca con la mano. Girò gli occhi e vide la faccia di Sean vicinissima alla sua.

« Zitta! » le bisbigliò all'orecchio. « Non fare il minimo rumore. »

Quando la vide annuire, la lasciò andare e si mise sdraiato pancia a terra per guardare tra l'erba alta dell'acquitrino. Allora anche lei fece lo stesso e contemplò la squallida distesa della laguna.

Dapprima non vide niente, poi sentì un canto. Era una vocetta infantile, un po' tremolante, che cantava una canzone d'amore shangane. Subito dopo, si sentirono sciabordare passi leggeri nel brago. Il canto si avvicinava, e si avvicinò tanto da indurre Claudia a stringersi trattenendo il respiro contro Sean.

Poi di colpo la ragazzetta che cantava apparve subito oltre lo schermo d'erba, proprio davanti agli occhi di Claudia. Era una magrolina graziosa, appena pubere: benché i lineamenti fossero dolci e infantili, aveva i seni grossi e tondi come meloni *tsama*. Indossava soltanto uno straccetto sopra le gambe lunghe da cavallino: la pelle splendeva alla luce del tardo pomeriggio come zucchero caramellato. Sembrava selvaggia e magica come uno spirito della foresta e Claudia ne rimase immediatamente incantata.

Nella destra la ragazza impugnava una lunga e leggera fiocina di canna a più punte. Nell'attraversare le acque lucide la reggeva alta e pronta a colpire.

A un tratto la canzone le morì sulle labbra e per un attimo si immobilizzò. Poi fece un bell'affondo, con grazia da danzatrice. La fiocina si flesse sotto la sua mano e poi con un gridolino di gioia tirò fuori dall'acqua un grosso e viscido pesce-gatto. Si contorceva infilzato, boccheggiando tra i baffoni. La ragazza gli diede una bastonata sul cranio piatto e lo ficcò nel cestello di vimini che portava appeso alla vita.

Si lavò le manine rosa dal viscido del pesce, riprese la fiocina e si rimise a pescare, venendo direttamente verso l'isoletta su cui loro giacevano nascosti dall'erba. Sean strinse il braccio a Claudia per dirle di non muoversi, ma già la ragazzina negra era così vicina che, pochi passi ancora, e sarebbe inciampata su di loro.

D'improvvviso alzò lo sguardo direttamente negli occhi di Claudia. Le due si fissarono per un attimo solo, poi la ragazzina si girò e scappò via. Ma già Sean le correva dietro, mentre anche Matatu e Alfonso sbucavano saltellando dall'erba nella guazza per unirsi all'inseguimento.

La ragazza era già in mezzo alla laguna quando la raggiunsero. Cercò di girarsi e scappare indietro, ma da tutte le parti c'era uno di loro a tagliarle la strada. Alla fine si fermò: con gli occhi sbarrati, ansimando dal terrore, ma impugnando la fiocina, risoluta a difendersi. Però il suo coraggio non serviva di fronte a tre uomini. Come un gatto circondato dai lupi, non aveva scampo.

Matatu finse di aggredirla sul fianco e, appena la ragazza gli rivolse contro la fiocina, Sean gliel'abbassò con un braccio e con l'altro sollevò di peso lei. Così smaniando e scalciando, la riportò all'isola e la scaricò come un sacco di patate sull'erba asciutta. Nella lotta aveva perso sia il cestello sia il perizoma: restò lì accucciata, nuda e tremante, a fissare gli uomini che la circondavano.

Sean le rivolse la parola con voce calma e carezzevole, ma dapprima la ragazza non gli rispose. Poi l'interrogò Alfonso, e appena capì che era della sua stessa tribù lei parve rilassarsi un tantino. Dopo qualche altra esitazione si mise a rispondere a sussurri.

« Cosa dice? » Claudia non riusciva a reprimere la sua preoccupazione per la bimbetta.

« Che è venuta a stare qui nella palude per nascondersi ai soldati », rispose Sean. « La Renamo ha ucciso sua madre, e il Frelimo ha preso suo padre e il resto della famiglia per tagliare gli alberi della foresta. Lei è riuscita a scappare. »

Interrogarono la ragazzina per quasi un'ora. Quant'era lontano il fiume? C'erano i guadi? Quanti soldati sorvegliavano le rive? Dov'è che il Frelimo tagliava gli alberi? Mentre rispondeva a tutte quelle domande, la ragazza si rincuorava un po'. Guardava Claudia, di cui avvertiva la simpatia, con fiducia patetica e infantile.

« Io parlo un po' inglese, miss », le sussurrò infine, e Claudia ne fu sbalordita.

« Dove hai imparato? »

« Alla missione, prima che i soldati venissero a bruciare le suore. »

« Parli bene », le sorrise Claudia. « Come ti chiami, bimba? »

« Miriam, miss. »

« Non far troppa amicizia con lei », l'avvertì, severo, Sean.

« È una piccina adorabile. »

Sean stava per ribattere qualcosa, poi ci ripensò e guardò il sole che tramontava. « Porca malora, abbiamo perso il contatto radio con Cina. Prepariamoci a partire. Raccogliete la roba. »

Ci vollero due minuti per mettersi gli zaini in spalla, dopo di che Claudia chiese: « E la ragazza? »

« La lasciamo qua », rispose Sean, ma qualcosa nel suo tono, nel suo modo di distoglier gli occhi, preoccupò Claudia. Fece per seguirlo mentre lui entrava nell'acqua, ma subito si fermò e si voltò indietro. La ragazzetta negra era ancora nuda e accucciata sull'erba, guardava Claudia con aria triste, ma dietro di lei in piedi c'era Matatu col coltello da scuoiare in mano.

Claudia capì e fu travolta da un empito di gelida ira.

« Sean! » gridò con voce terribile. « Cos'hai intenzione di fare a quella bambina? »

« Tu non pensarci », le rispose bruscamente.

« Matatu! » disse cominciando a tremare tutta. « Cosa vuoi farle? » Lui le rivolse un bel sorriso. « Non vorrai mica...? » Fece il gesto di chi taglia una gola e Matatu si mise ad annuire allegramente, facendole vedere il coltello che aveva già in mano.

« *Ndio* », disse. « *Kufa.* » Lei conosceva quella parola in swahili: la diceva sempre Matatu nel tagliar la gola agli animali a cui suo padre aveva appena sparato. A un tratto si lasciò andare alla collera. Raggiunse Sean.

« Tu hai intenzione di assassinarla! » strillò con voce vibrante di orrore e indignazione.

« Ascolta, Claudia, non possiamo lasciarla qua. Se la prendessero... sarebbe un suicidio. »

« Bastardo! » gli urlò lei in faccia. « Sei malvagio come un qualunque tagliagole della Renamo, come il generale Cina! »

« Si tratta della nostra vita, come fai a non capire? È pura sopravvivenza. »

« Non credo alle mie orecchie! »

« Questa è una terra dura e crudele. Chi vuole campare deve adeguarsi alle sue leggi. Non possiamo permetterci la follia della compassione. »

Aveva una gran voglia di aggredirlo fisicamente, stringeva i pugni lottando per controllarsi, ma la sua voce era ancora uno strillo acuto.

« Solo coscienza e compassione ci distinguono dagli animali. » Trasse un profondo sospiro. « Se dai qualche valore a quanto c'è tra noi, non dire altro, non cercare nemmeno di giustificare quel che a momenti facevi a questa bambina. »

« Preferisci essere catturata dal generale Cina? » le chiese lui. « La bambina, come la chiami tu, non esiterà a dirgli dove siamo. »

« Taci, Sean! Tutto quello che stai dicendo ora danneggia irreparabilmente i nostri rapporti. »

« E va bene. » Sean la prese per le mani e la tirò accanto a sé. « Cosa vuoi che ne facciamo? Di' tu, e io farò come vorrai. Se vuoi che la lasciamo andare, così che possa denunciarci alla prima pattuglia della Renamo che incontra, io lo farò. »

Claudia stava rigida rigida tra le sue braccia e, benché la sua voce non fosse più stridula come prima, risuonò fredda e determinata.

« La porteremo con noi. »

A Sean cascarono le braccia. « Con noi? »

« Proprio così. Se non possiamo lasciarla andare, è l'unica soluzione. »

Sean la fissava attonito e lei continuò con decisione: « Hai promesso di fare quello che dicevo io. Be', ora mantieni ».

Aprì la bocca, poi la richiuse e guardò la ragazzina negra, che aveva capito qualcosa della discussione, cioè che ne andava della sua vita, e che Claudia era dalla sua parte e voleva salvarla. Quando Sean vide l'espressione della ragazzetta fu improvvisamente travolto dalla vergogna e dal disgusto di sé. Era una sensazione strana. Durante la guerra d'indipendenza gli scout non avevano mai lasciato testimoni. Claudia lo stava rammollendo, pensò, poi sorrise e scosse la testa. Forse lo stava soltanto rendendo umano.

« D'accordo », disse sorridendo ancora. « La ragazza viene con noi, a condizione che tu mi perdoni. »

Il bacio fu breve, freddo. Claudia tenne le labbra ostinatamente chiuse. Sean capì che ci sarebbe voluto del tempo per farle dimenticare la faccenda. Gli girò le spalle e andò a rialzare la ragazzina. Miriam l'abbracciò grata.

« Va' a prenderle il perizoma », ordinò Sean a Matatu, « e metti via il coltello. La ragazza viene con noi. » Matatu roteò gli occhi in segno di disapprovazione, ma poi andò a cercare l'unico indumento della bimba.

Mentre Miriam se lo riavvolgeva intorno alla vita, il sergente Alfonso, appoggiato al mitra, la guardava con interesse. Era evidente che non era scontento di risparmiare la ragazza. Claudia, che non approvava la sua approvazione, aprì lo zainetto e tirò fuori per la sua protetta l'unica camicia di ricambio che aveva, mimetica, proveniente dai magazzini della Renamo.

Arrivava a metà coscia a Miriam, soddisfacendo il senso del decoro di Claudia. La ragazzina era contenta come una pasqua. Terrorizzata fino a un attimo prima, ora si pavoneggiava nel suo nuovo indumento.

« Grazie, donna, grazie tante, tu brava signora. »

« Va bene », intervenne scocciato Sean, « la sfilata è finita, muoviamoci. » Alfonso prese Miriam per il braccio.

Solo allora la ragazza capì che la portavano via, e si divincolò con accenti di protesta appassionata.

« Maledizione! » esplose Sean. « Adesso sì che siamo nei guai! »

« Che cosa c'è? » chiese Claudia.

« Non è sola. Ci sono altri con lei. »

« Ma non era orfana? »

« Sì, ma ha due fratellini nascosti nella palude. Un maschietto e una femminuccia così piccoli da non potersela cavare da soli. Dannazione! Dannazione! » ripeté amaramente Sean. « E adesso cosa diavolo facciamo? »

« Andiamo a prenderli e ci portiamo dietro anche loro », stabilì semplicemente Claudia.

« Due bambocci! Sei matta? Non siamo mica un'orfanotrofio! »

« Vuoi che ricominciamo da capo? » Claudia voltò le spalle a Sean esasperato e prese per mano Miriam. « Va tutto bene, fidati di me. Penseremo noi a tutti. »

La ragazzina nera si calmò e guardò Claudia con adorazione e fiducia sconfinate.

« Dove sono i bambini? Andiamo a prenderli. »

« Vieni, donna. Ti faccio vedere. » Miriam la prese per mano e la guidò per l'acquitrino.

Era quasi buio quando raggiunsero l'isolotto dove Miriam aveva nascosto i bambini, dietro un folto ammasso di papiri. Scostando gli steli verdi apparvero due paia di occhioni neri che li fissavano come piccoli gufi dal nido.

« Un maschietto », disse Claudia prendendolo in braccio. Aveva cinque o sei anni di età, era magro magro e tremante di paura. « E una femminuccia. » Era più piccola, non aveva più di quattro anni, e Claudia toccandola lanciò un'esclamazione.

« Ma sta scottando! Questa bambina è malata! » Non riusciva nemmeno a stare in piedi, giaceva raggomitolata come un gattino moribondo, tremando e gemendo piano.

« Ha la malaria », disse Sean accucciandosi vicino alla bimbetta. « È grave. »

« Nello zaino c'è del chinino », disse Claudia cercandolo subito.

« Questa è pura follia », ringhiò Sean. « Non possiamo farci carico di questa masnada. È un incubo! »

« Vuoi star zitto? » berciò Claudia. « Quante pillole di chinino bisognerà darle? Le istruzioni dicono: *per bambini sotto i sei anni, consultare il medico.* Grazie tante... gliene darò due. »

Mentre si occupavano della piccina, Claudia chiese a Miriam: « Come si chiamano? »

La risposta fu così lunga e complicata che perfino Claudia sembrò scoraggiarsi. Ma si riprese in fretta.

« Non riuscirò mai a pronunciarlo », disse infine. « Li chiamerò Topolino e Minnie. »

« Guarda che Walt Disney ti fa causa », l'avvertì Sean, ma lei non gli badò e avvolse Minnie nella sua coperta personale.

« Dovrai portarla tu », disse a Sean in tono che non ammetteva repliche.

« Se mi piscia addosso, le torco il collo », ribatté Sean con altrettanta risolutezza.

« E Alfonso può portare Topolino. »

Sean vedeva sprigionarsi potentemente l'istinto materno di Claudia. Il risentimento per il fardello aggiuntivo era temperato dalla constatazione che le nuove responsabilità sembravano spronarla dandole più vigore. Aveva superato l'esaurimento quasi letargico di poche ore prima, ed era fattiva e sicura come non l'aveva più vista dopo la morte di Job.

Sean assicurò alla propria schiena la coperta con dentro il corpicino della bambina, che non pesava quasi niente. Poiché scottava di febbre, gli scaldava la schiena come una borsa d'acqua calda. Quanto alla bambina, ci stava benissimo: fin dalla prima infanzia la portavano in giro in quel modo, sicché subito si tranquillizzò e si mise a dormire. « Non riesco ancora a credere che sia capitato a me », brontolò Sean. « Far la balia asciutta, gratis, alla mia età! » Ma rientrò di buon grado nel padule.

Prima di mezzanotte Miriam s'era già mostrata di un'incomparabile utilità, che compensava abbondantemente il fastidio di portarsi dietro i due piccini. Conosceva benissimo la zona delle paludi e il fiume. Andò in testa con Matatu e lo guidò per il labirinto di acquitrini e isolette, imboccando i sentieri segreti che risparmiavano ore e ore di faticose esplorazioni a Matatu.

Poco dopo mezzanotte, quando il gran cacciatore Orione puntò l'arco allo zenit, Miriam li condusse sulla riva del Rio Save indicando il guado per cui si poteva attraversarlo.

Si fermarono a riposare e le donne badarono ai bambini, nutrendoli coi filetti di *leguan*. Il chinino cominciava a fare effetto e la bambina aveva meno febbre e non era più così prostrata. Dopo aver mangiato in fretta, gli uomini si nascosero tra le canne e guardarono al di là del fiume nero dove le stelle si riflettevano come lucciole annegate.

« Questo è il momento più pericoloso », sussurrò Sean. « Cina ha perlustrato il fiume tutto il giorno con l'elicottero e domani tornerà di sicuro alle prime luci dell'alba. Non possiamo trattenerci troppo qui. Dobbiamo passare e allontanarci il più possibile dal fiume prima che sorga il sole. »

« Di là ci stanno aspettando di sicuro », disse Alfonso. « È un bel guaio. »

« È vero », ammise Sean. « Però noi sappiamo che ci sono. Lasceremo le donne su questa riva e traverseremo il fiume per liberare l'altra. Non possiamo sparare, dunque useremo il coltello e il filo d'acciaio. Stanotte ci aspettano lavori sporchi. » Usò la vecchia espressione degli scout: « *sebenza enamanzi* ». E sporco lavoro sarebbe stato.

Il filo d'acciaio inossidabile di Sean era quello che aveva ricavato dal cavo dell'Hercules prima di abbandonarlo. Job aveva intagliato le impugnature in due pezzi tondi di legno molto duro. Arrotolato, diventava ingombrante come un dollaro d'argento e occupava pochissimo spazio in tasca. Ora Sean l'andò a cercare e lo svolse. Lo provò tirando per le impugnature e grugnendo soddisfatto per la familiare resistenza dell'unico filo sottile ma fortissimo. Poi l'arrotolò di nuovo intorno al polso come un bracciale.

I tre si spogliarono nudi. Indumenti gocciolanti avrebbero potuto tradirli nei pressi del nemico, o offrire prese pericolose in un corpo a corpo. Tutti e tre portavano il coltello appeso al collo per mezzo di una cordicella.

Sean raggiunse Claudia che aspettava tra le canne coi bambini. Quando la baciò, le sue labbra erano morbide e tiepide e lei lo strinse brevemente a sé.

« Mi hai perdonato? » le chiese Sean. Per tutta risposta lei lo baciò ancora.

« Torna presto », gli sussurrò.

I tre scivolarono silenziosamente in acqua, mantenendosi molto vicini, e nuotando a cagnolino si abbandonarono alla corrente che in fretta li trascinò piuttosto lontano dal guado. Raggiunsero la riva opposta in un canneto di papiri e guadagnarono il terreno asciutto strisciando sulla pancia. Il corpo bianco di Sean riluceva sotto le stelle. Si rotolò nella mota nerastra coprendo ogni centimetro di pelle, poi con le mani se la spalmò anche sulla faccia.

« Pronti? » chiese con calma, impugnando il coltello.

« Andiamo! »

Si allontanarono dall'acqua e tornarono a monte verso il guado. Su questa riva, più alta, non c'erano paludi, e la foresta cresceva fin molto vicino all'acqua. Mossero quatti da un'ombra all'altra, tra gli alberi. Avvicinandosi al guado moltiplicarono la cautela, sparpagliandosi: Sean in mezzo, Alfonso e Matatu ai fianchi.

Sean sentì l'odore della Renamo prima ancora di avvistarla. Era l'odore delle loro sigarette di tabacco nero, del sudore seccato sugli indumenti sporchi, e si irrigidì tendendo l'orecchio e aguzzando gli occhi con tutta l'anima concentrata nell'agguato.

Poco più avanti, nel buio pesto, un uomo tossicchiò schiarendosi la gola. Sean lo localizzò perfettamente. Si stese a terra e prese ad avanzare, controllando a tentoni il terreno prima di far forza sulla mano per non rischiare di tradirsi spezzando qualche ramoscello o che. Un passo alla volta, avanzò lentissimamente fino a veder la testa della sentinella Renamo stagliarsi contro il cielo stellato. Seduta di fronte al fiume, lo sorvegliava impugnando una mitragliatrice RPD coi sostegni anteriori a forcella.

Sean attese e i minuti passarono lentamente, cinque, dieci, lunghi come secoli. Poi qualcun altro sbadigliò stirandosi, sulla sinistra, e subito una terza voce gli disse di fare silenzio con un bisbiglio iroso.

« Sono in tre », ragionò Sean, memorizzando la posizione di ciascuno. Poi si ritirò con la stessa cauta lentezza con cui era venuto.

Alfonso l'aspettava ai margini della foresta, e poco dopo arrivò strisciando anche Matatu.

« Sono in tre », sussurrò Alfonso.

« Sì, tre », confermò Sean.

« Quattro », li contraddisse entrambi Matatu. « Ce n'è un altro giù dalla sponda, vicino all'acqua. » Matatu in queste cose era infallibile e Sean accettò la notizia senza riserve.

Solo quattro a sorvegliare il guado: c'era motivo di rallegrarsi. Sean temeva imboscate più nutrite, ma evidentemente Cina doveva distribuire gli uomini su un'infinità di possibili vie e guadi per un buon tratto del fiume.

« Non fate rumore », li avvertì Sean. « Se sparano un sol colpo, ci verrà addosso tutto l'esercito. Matatu, occupati di quello che hai visto solo tu, in riva all'acqua. Alfonso, ti tocca quello che ha parlato, tra le canne. Io faccio fuori i due al centro. » Impugnò il filo d'acciaio per i capi, srotolandolo. Ancora una volta ci armeggiò per provarlo e abituarsi alle impugnature.

« Aspettate di sentirmi liquidare il mio primo uomo prima di far fuori i vostri. » Si avvicinò e diede una rapida stretta ai due sulla spalla, la benedizione rituale, e poi si separarono e si persero nella notte, diretti verso il fiume.

Il mitragliere era ancora dove l'aveva lasciato, ma proprio mentre si avvicinava un po' di nuvolaglia coprì le stelle e dovette aspettare che si diradasse. Ogni secondo di ritardo aumentava le possibilità di essere scoperti e fu tentato di attaccare a tentoni, ma pensò poi bene di astenersene. E quando le stelle rispuntarono fu ben contento di aver atteso. La sentinella si era tolta il basco e si stava grattando la nuca. Quella mano avrebbe bloccato il filo, impedendo di fare un lavoretto pulito. Ci sarebbero state urla, forse spari, e gli sarebbe piombata addosso l'intera Renamo.

Aspettò che la sentinella sconfiggesse il prurito e si rimettesse il basco, poi appena quella abbassò le mani, Sean balzò avanti e con un solo movimento gli passò il cappio intorno alla gola e tirò forte con due mani, piazzandogli un ginocchio tra le scapole. Il filo d'acciaio tagliò carne e trachea come fossero polenta. Sean sentì il blocco momentaneo quando il filo andò a sbattere contro l'osso del collo, ma subito si mise a segare con entrambe le mani, spingendo avanti il ginocchio con tutto il peso del corpo.

Il filo trovò il varco tra le vertebre e le troncò di netto. La testa dell'uomo cadde in avanti, sul suo grembo. L'aria contenuta nei polmoni sfiatò dalla trachea troncata con uno spirare sommesso. Era il rumore che Matatu e Alfonso aspettavano per attaccare. Sapeva che avrebbero aggredito le loro vittime in quel momento, ma non sentì alcun rumore, finché l'uomo che aveva appena ucciso non cadde in avanti e la sua carotide si mise a pompare il sangue sul terreno a fiotti regolari che ricordavano una mungitura.

Questo rumore allarmò il quarto guerrigliero della Renamo, l'unico ancora vivo, che gridò preoccupato:

« Cosa c'è, Alves? Che stai facendo? »

La domanda gli tirò addosso Sean, che aveva già il coltello in mano. Lo pugnalò dal basso in alto ad angolo acuto sotto le costole, tenendogli la gola con l'avambraccio della sinistra per impedirgli di urlare e rivoltando il coltello nella ferita con tutta la forza che aveva.

In trenta secondi fu tutto finito. Gli ultimi sussulti scossero il corpo sotto di lui e Sean lo lasciò andare e si rialzò. Matatu era già al suo fianco, col coltello da scuoiare insanguinato nella mano lorda. Aveva sbrigato il suo lavoro e veniva a vedere se Sean aveva bisogno d'aiuto, ma non era necessario.

Aspettarono un minuto buono, tendendo l'orecchio a eventuali segnali d'allarme, magari da parte di qualche sentinella che Matatu non aveva visto, ma, togliendo il gracidare delle rane nel canneto e il ronzio delle zanzare, non si sentiva niente.

« Frugateli e prendete tutto quello che ci serve. »

Un mitra, tutte le munizioni, mezza dozzina di bombe a mano, indumenti di ricambio, tutta la roba da mangiare. Ammucchiarono le cose in fretta.

« Basta », disse Sean. « Il resto buttatelo via. » Tirarono i cadaveri nel fiume e li abbandonarono alla corrente, poi gettarono la mitragliatrice e le altre armi che a loro non servivano in acque profonde, oltre il canneto.

Sean guardò l'orologio. « Siamo in ritardo, bisogna far traversare il fiume alle donne. »

Claudia, Miriam e i bambini aspettavano tra le canne, dove le avevano lasciate.

« Cos'è successo? Non abbiamo sentito niente », disse Claudia abbracciando il petto nudo e gocciolante di Sean con sollievo.

« Non c'era niente da sentire », le rispose lui prendendo in braccio i due bambini addormentati.

Attraversarono la corrente, che in mezzo arrivava al mento di Claudia, tenendosi aggrappati l'un l'altro. Senza questo accorgimento le donne sarebbero certo state trascinate via. Ma anche così il guado fu difficile, e quando misero piede sull'altra riva erano tutti pressoché esausti. Tuttavia, Sean non lasciò riposare la compagnia più dei pochi minuti necessari ad asciugare Minni e avvolgerla in una coperta presa alla Renamo. Poi costrinse subito tutti a rimettersi in marcia entrando nella foresta.

« Prima dell'alba dobbiamo essere ben lontani dal fiume. Cina verrà a cercarci allo spuntar del sole. »

Il generale Cina scorse i cadaveri sul fiume da sessanta metri d'altezza. Il rotore dell'elicottero sceso a librarsi basso sull'acqua increspava poco dopo il Rio Save.

Il pilota portoghese atterrò sulla riva meridionale e Cina scese dallo Hind e si mise a camminare in fretta verso l'acqua. La sua faccia era una maschera inespressiva, ma l'ira che gli bolliva dentro era tradita dai lampi dello sguardo. Prese gli occhiali a specchio dal taschino e se li mise per meglio celarla.

Un gruppetto di guerriglieri gli fece rispettosamente largo ed egli andò a dare un'occhiata alla testa umana sulla spiaggia fangosa. Tra le canne si era lavata, qualche gamberetto l'aveva mordicchiata qua e là, e l'acqua aveva sbiancato la carne esposta appannando gli occhi che ora sembravano biglie di marmo: ma il taglio netto del collo restava inconfondibile come una firma.

« È stato l'uomo bianco », disse a voce bassa Cina. « *Lavoro sporco*, lo chiamavano i suoi scout. Il filo d'acciaio è la loro specialità. Quando è successo? »

« Stanotte », disse Tippu Tip tormentandosi la barba per l'agitazione. Siccome non c'erano sopravvissuti, non si poteva neanche dare un bell'esempio fucilandoli sul posto.

« Li hai lasciati passare », accusò gelido Cina. « Mi avevi promesso che non sarebbero riusciti a traversare il fiume. »

« Cani! » ringhiava Tippu Tip. « Maiali incapaci! »

« Erano uomini tuoi, e i soldati prendono da chi li comanda », osservò Cina. « Il loro fallimento è anche il tuo, generale. »

Detto di fronte a tutti era piuttosto umiliante: Tippu Tip emise una specie di ringhio. Aveva promesso e non mantenuto;

tremava di rabbia. Girò lo sguardo sui suoi uomini, cercando una vittima, ma tutti abbassarono gli occhi con espressione abietta e compresa. Non c'era sollievo lì.

A un tratto caricò il piede e tirò un calcione alla testa tagliata. La punta ferrata dello stivale sfondò il naso imbevuto d'acqua.

« Cane! » gridò, e tirò un altro calcio alla testa, spedendola giù per la riva. La seguì urlando di rabbia sempre calciandola, finché, rimbalzando come un pallone da football, la testa non finì in acqua con un *pluff*.

Ansimando dalla collera, tornò dal generale Cina.

« Bravissimo », l'applaudì ironicamente Cina. « Peccato che tu non sia riuscito a farlo all'uomo bianco. »

« Avevo fatto sorvegliare tutti i passaggi del fiume », cominciò Tippu Tip, interrompendosi nel notare lo sbrego sulla guancia di Cina, malamente ricucito, che due giorni prima non c'era. Allora sogghignò maliziosamente. « Ma tu sei ferito. Che scalogna. È stato per caso l'uomo bianco? No di certo! Tu sei troppo furbo per lasciartela fare, generale Cina: a parte l'orecchio, naturalmente. »

Ora toccò a Cina fremere di rabbia. « Ah se avessi qua i miei uomini! I tuoi sono cani imbranati, neanche capaci di pulirsi il culo. »

« Mi risulta che uno dei tuoi sia un traditore », ritorse tuonando Tippu Tip. « Sta scappando col bianco, mentre i miei non tradiscono. Io li tengo in pugno così », disse mostrandogli la manona gorillesca e agitandogliela sotto il naso. Il generale Cina chiuse gli occhi un attimo e tirò un respiro profondo. Si rendeva conto che erano sull'orlo di uno scontro fatale: altre due parole su quel tono e non avrebbe più potuto giovarsi dell'aiuto di quel grandissimo scimmione barbuto. Una volta o l'altra gli avrebbe fatto la pelle, ma per ora gli serviva.

Ora la cosa più importante per il generale Cina era mettere le mani sul bianco, vivo se possibile, ma anche morto se così doveva andare. E senza l'aiuto di Tippu Tip non ci poteva riuscire. Meglio rinviare a data da destinarsi il regolamento di conti.

« Generale Tippu Tip », disse in tono conciliante e quasi umile, « ti prego di perdonarmi. Ho lasciato prevalere il disappunto sul buon senso. So bene che hai fatto del tuo meglio per aiutarmi. Siamo entrambi vittime dell'incompetenza del nostro popolo. Ti prego di perdonare la mia maleducazione. »

Tippu Tip fu preso alla sprovvista, come voleva Cina, e le parole irate gli morirono sulle labbra. Restò a bocca spalancata.

« Anche se questi stupidi non sono riusciti a fermarli, adesso sappiamo con certezza dove sono. Abbiamo le loro tracce fresche da seguire e tutta la giornata per prenderli: cogliamo l'occasione. Facciamola finita con questa faccenda penosa. Poi sarò a tua completa disposizione col mio elicottero per le cose veramente importanti che dobbiamo fare. »

Vide che aveva azzeccato le parole giuste. L'ira di Tippu Tip svanì pian piano, dando luogo a quell'espressione infida e cupida che Cina conosceva benissimo.

« Ho già convocato le mie guide migliori », ribatté Tippu Tip. « Nel giro di un'ora gli sguinzaglio dietro cinquanta uomini che corrono più forte delle gazzelle. Il bianco sarà nelle tue mani prima del tramonto. Stavolta non ci saranno errori. »

« Dove sono queste guide? » chiese Cina.

« Le ho chiamate per radio. »

« Posso mandare l'elicottero a prenderle. »

« Questo ci farà risparmiare tempo prezioso. »

Guardarono lo Hind alzarsi e dirigersi a nord, basso sulle rapide acque scure del Rio Save. Quando scomparve, entrambi tornarono a guardare a sud.

« Tu però non controlli più la riva sud del fiume », gli fece notare il generale Cina. « Quelle sono proprio le foreste che astutamente lasci sfruttare al nemico. » Indicò i fitti tronchi di alberi pregiati che si stagliavano contro il cielo a mezzogiorno.

« Il fiume è il fronte del mio schieramento », ammise con riluttanza Tippu Tip. « Ma il Frelimo si incontra parecchi chilometri più a sud. Da queste parti le mie pattuglie girano ancora indisturbate. Gli uomini che manderò a inseguire il bianco lo prenderanno molto prima che arrivi al territorio controllato dal Frelimo. » Tippu Tip si interruppe indicando la riva del fiume. « Eccoli che vengono. » Per il sentiero arrivavano di corsa in doppia fila numerosi guerriglieri pesantemente armati. « Sono cinquanta combattenti scelti. Stasera a cena mangerai lepri bianche. Non preoccuparti, amico mio, considerale già nel piatto. »

I due plotoni di guerriglieri della Renamo si fermarono sulla riva, ad aspettare le guide. Cina era buon intenditore di soldati: passando tra loro riconobbe l'entusiasmo e l'ardimento temperato da disciplina ed esperienza che costituiscono il tratto distintivo del guerrigliero di classe. Per una volta dové convenire con Tippu Tip. Questi erano bravi soldati, uomini su cui si poteva contare per fare il lavoro. Cina radunò i capisquadra.

« Sapete chi state per inseguire? » chiese, e loro annuirono. « L'uomo bianco è pericoloso come un leopardo ferito, ma lo voglio vivo. Avete capito? »

« Sì, generale. »

« Avete la radio. Voglio un rapporto sulla vostra avanzata ogni ora, sulla frequenza-comando. »

« Sì, generale. »

« E quando avrete avvistato la preda chiamatemi. Arriverò con l'*hensciò*. Voglio vederlo morire. »

I capisquadra guardarono con espressione assorta le acque del fiume. Poco dopo, benché mezzo sordo, anche Cina sentì il rumore dello Hind che ritornava da nord.

« Se riuscirete, sarete ben compensati. Ma se mi deluderete o mancherete, dovrete pentirvene amaramente », promise il generale Cina.

Appena l'elicottero atterrò, le due guide scesero alacremente dalla piccola cabina posteriore e Tippu Tip indicò urlando le tracce lasciate dal gruppo di Sean.

Guardando le guide cominciare il loro lavoro, Cina si sentì ancor più tranquillo. Erano bravissime. Dopo una corsetta avanti, tornavano indietro ad accucciarsi sulle impronte, meditando, sfiorandone i bordi con frasche di salice: parevano cani da caccia sull'usta. Quando si rialzarono erano prive di qualunque incertezza. Guardando la foresta, ci si lanciarono di corsa, in direzione sud.

I due plotoni di guerriglieri Renamo le seguirono allo stesso ritmo: combattenti scelti, in tuta mimetica tigrata, armati fino ai denti.

« La donna bianca non riuscirà mai a tenere quel passo », esultava Tippu Tip. « Li prenderemo molto prima che arrivino alle linee del Frelimo. Entro stasera li avremo, stavolta non ci scappano. » Si rivolse a Cina. « Perché non li seguiamo in elicottero? »

Cina esitò. Non aveva nessuna voglia di raccontargli dei punti deboli della macchina volante. Era meglio che Tippu Tip continuasse a crederla infallibile. Non intendeva parlargli della difficoltà di rifornirla di benzina, dell'autonomia limitata anche a serbatoi pieni, né dei turbo spompati di cui i meccanici portoghesi avevano già denunciato l'inefficienza, né del motore di destra che perdeva colpi costringendo il pilota a compensare lo squilibrio di potenza.

« Io aspetterò qui », disse. « Quando i tuoi uomini raggiungeranno il bianco, chiameranno per radio: allora andrò. »

Cina si aggiustò gli occhiali da sole e andò all'elicottero. Il pilota lo stava aspettando, disinvoltamente appoggiato alla fusoliera mimetica.

« Come va il motore? » gli chiese Cina in portoghese.

« Comincia a perder colpi in maniera preoccupante. Bisognerà aggiustarlo. »

« Carburante? »

« I serbatoi principali sono a un quarto, gli ausiliari ancora pieni. »

« La colonna di portatori sarà alla nostra base più avanzata domani mattina. Stanotte i meccanici potranno lavorarci, ma fino al tramonto mi serve l'elicottero a disposizione, per raggiungere i fuggiaschi se li prendono. »

Il pilota alzò le spalle. « Si può volare, se accetta il rischio di quel motore », comunicò.

« Non allontanarti dalla radio. Con un po' di fortuna sarà tutto finito in poche ore », ordinò Cina.

Sean si rese conto che Claudia non sarebbe riuscita a tenere quel passo ancora a lungo. Correva proprio davanti a lui, sicché aveva sotto gli occhi i cambiamenti che quella vita dura le aveva inflitto. Era magrissima, la camicia di tela le ballava intorno ai fianchi e alla vita. I pantaloni erano stati ridotti dalle spine a straccetti che si sfrangiavano a metà coscia. Sotto, la lunghezza delle gambe era accentuata dalla loro estrema secchezza: pure, si distingueva ancora la loro forma aristocratica. Erano tutte segnate, come le braccia, dalle righe rosse delle spine. Sembrava reduce da una punizione inflittale con un gatto a nove code. Alcuni graffi erano guariti, altri avevano la crosta, ma certi sanguinavano ancora.

La chioma le era cresciuta fino a formare una specie di criniera lucida di sudore che a ogni passo le sbatteva sulla schiena, tra le scapole sporgenti. Era talmente magra che le vertebre si potevano contare a una a una anche sotto la camicia. Il sudore formava una macchia scura intorno e lungo la colonna vertebrale, in fondo alla quale l'allenamento aveva trasformato le natiche in un paio di durissime palle di gomma rivestite di tela leggera, dove un piccolo squarcio a ogni passo gli strizzava l'occhio con un tenero baleno del culetto bianco. Ormai però le gambe erano molli per la stanchezza, le sbatteva all'esterno, e si vedeva che le caviglie stavano per cedere da un momento all'altro a qualche storta.

Bisognava assolutamente farla riposare un po', anche se non si era mai lamentata, mai una volta nelle lunghe ore di tortura da che si erano allontanati dal fiume. Sorrise intenerito al ricordo della puttanella viziata e arrogante scesa dal Boeing all'aeroporto di Harare... quanti secoli prima? Questa era una donna diversa, dura, decisa, dallo spirito indomito e resistente come una lama di Damasco. Sean sapeva che non si sarebbe mai arresa. Claudia avrebbe continuato a correre fino a crepare sfiancata. Le batté sulla spalla.

« Rallenta, pastorella, che ci fermiamo un po'. »

La donna smise di correre, vacillando sulle gambe lunghe, e lui le cinse le spalle per sorreggerla. « Lo sai che sei fenomenale? » La fece sedere appoggiata al tronco di un albero di pregiato legno-avorio e le porse la borraccia.

« Dammi Minnie. È ora di farle prendere il chinino. » La voce di Claudia era rauca per la stanchezza. Sean tirò fuori la bimba dalla coperta che portava in spalla e la passò a Claudia.

« Ricordati che abbiamo solo dieci minuti. »

Alfonso aveva rizzato l'antenna della radio, tra Topolino e Miriam accucciati per terra. Lo guardarono affascinati sintonizzare l'apparecchio sulle frequenze della Renamo, passando per crepitii di scariche e fievoli trasmissioni in afrikaans. Finalmente rimbombò fortissima ed eccitata una voce che parlava in shangane.

« Ormai siamo vicinissimi », diceva, e la risposta arrivò immediatamente.

« Continuate a correre così. Pressateli. Non lasciateveli scappare. Richiamatemi quando li raggiungete. » Era una voce inconfondibile e la riconobbero prima ancora di sentire la risposta:

« Molto bene, generale Cina ».

La trasmissione terminò e Sean e Alfonso si scambiarono uno sguardo preoccupato.

« Sono vicinissimi », disse lo shangane. « Non riusciremo più a staccarli. »

« Da solo potresti anche cavartela », osservò Sean.

Alfonso esitò, guardando Miriam che gli stava a fianco. La ragazza shangane gli restituì lo sguardo con espressione aperta e fiduciosa, e Alfonso tossicchiò grattandosi la testa imbarazzato.

« Resto », mormorò, e Sean fece una risatina acida dicendo in inglese: « Benvenuto nel club dei fessi. La streghetta non ci ha messo molto a incantarti. Le donne saranno la nostra rovina, credimi ».

Alfonso, che non capiva la lingua, si accigliò, e Sean tornò a parlare shangane. « Metti via la radio. Se restiamo tutti insieme, ci conviene trovare un buon posto per aspettare i fratelli mangiamerda che presto saranno qui. »

Sean si voltò verso Matatu che si alzò subito in piedi.

« Quello che parlava alla radio era Cina », gli disse in swahili.

« Fischia come un cobra », annuì Matatu.

« I suoi uomini ci inseguono e si vantano dicendo che ci prenderanno tra poco. Sai qualche altro trucco per fregarli, amico mio? »

« Il fuoco? » suggerì Matatu poco convinto, e Sean scosse la testa.

« Abbiamo il vento nel culo. Se incendiamo la foresta, andiamo arrosto. »

Matatu scosse la testa. « Se teniamo con noi donne e bambini, non c'è più niente da fare », ammise. « Andiamo piano, lasciando tracce che troverebbe anche un cieco in una notte senza luna. » L'omino era tristissimo. « L'unico trucco che resta è fermarci a combattere, dopo di che saremo tutti morti, mio buana. »

« Torna indietro, Matatu, e vedi un po' quanto sono vicini in realtà. Intanto noi andiamo a cercare il posto adatto per resistere. »

Congedò l'omino con una pacca affettuosa sulla spalla, e rimase a guardarlo sparire fra i tronchi. Poi cambiò apposta l'espressione del volto, prima di rivolgersi a Claudia con studiata leggerezza.

« Come sta la nostra malatina? » le chiese. « Mi sembra già abbastanza cinguettante. »

« Il chinino è fenomenale », disse Claudia facendo saltar la bambina in grembo come a confermare la guarigione. Infatti Minnie si mise il pollice in bocca e guardò Sean con un timido sorriso. Quel gesto infantile lo colpì in maniera completamente inaspettata.

Claudia rise. « Nessuna femmina è immune al tuo fascino fatale. Ti sei fatto un'altra ammiratrice. »

« È come tutte le altre, vuol solo fare un giro gratis. » Ma carezzò la testa lanosa della bambina. « Bene, dolcezza, il tuo cavallino è pronto a ripartire. »

Con fiducia Minnie gli tese le braccine e Sean se la caricò in groppa.

Claudia si alzò tutta dolorante e per un attimo si aggrappò a lui. « Sai una cosa? Sei una persona molto più buona di quello che vuoi far credere. »

« T'ho imbrogliata, eh? »

« Mi piacerebbe vederti con un bambino tuo », gli sussurrò.

« Adesso sì che mi fai spaventare sul serio. Andiamo via prima che ti vengano altre idee del genere. »

Ma non poté fare a meno di pensarci, correndo per la foresta. Avere un figlio da questa donna...

Non ci aveva mai pensato prima, neppure lontanamente. Ed ecco che, come a sottolineare l'idea, una manina proveniente da dietro lo prese per la barba, leggera come una farfalla. Minnie gli restituiva la carezza di poco prima. Per un attimo gli venne il magone: riuscì appena a respirare. Le prese la manina, serica e fragile come un'ala d'uccellino, e fu sommerso da un'ondata di tremenda nostalgia. Mai avrebbe avuto un figlio, ora lo riconobbe, e nemmeno una figlia. Era la fine. Gli inseguitori incalzavano ormai vicinissimi. Non potevano distanziarli correndo. Non c'erano vie di scampo. Potevano sperare solo di trovare un posto adatto all'ultima, inutile resistenza. Altro futuro non c'era.

Era così pieno di malinconia che sbucò allo scoperto senza accorgersene. Claudia si fermò di colpo davanti a lui e quasi Sean andò a sbatterle contro. Si fermò al suo fianco e insieme guardarono, incerti e perplessi.

La foresta era stata tagliata. Fin dove arrivava lo sguardo non più alberi pregiati, come dopo il passaggio di un terribile uragano. Restavano soltanto i ceppi sanguinanti di resina rossa. La terra era rotta e sconvolta dove erano crollati i pesantissimi tronchi.

Grossi cumuli di segatura restavano dove i rami erano stati segati e tagliati a misura, poi tra le frasche scartate si vedevano i grandi solchi dei tronchi trascinati via.

Miriam si fermò vicino a Sean. « È qui che la mia gente è stata costretta a lavorare », disse sottovoce. « È venuto il Frelimo e li ha portati a tagliare gli alberi. Li hanno incatenati insieme e li hanno fatti lavorare fino a spellarsi le mani. Li picchiavano come buoi finché non cadevano morti di stanchezza. »

« Chissà quanta gente hanno preso », disse Sean, « per tagliare tutti questi alberi. »

« Forse per ogni albero è morto un uomo o una donna », sussurrò Miriam. « Hanno portato via tutti, decine di migliaia di persone. » Indicò l'orizzonte. « Adesso lavorano molto più a sud e non lasciano in piedi neanche un albero. »

Nello sbigottimento Sean sentì nascere la rabbia. Era distruzione su una scala che sfidava ogni legge naturale e la stessa sacralità della vita. Non si trattava solo del fatto che quegli alberi ci avevano messo tre secoli a crescere così maestosi, per esser poi distrutti in poche ore a spietati colpi di scure. C'era altro, ben altro. Quella foresta generava e sostentava una miriade di forme di vita, insetti, uccelli, mammiferi, rettili e anche uomini. Ora, in quella enorme devastazione, tutto sarebbe perito.

E non era ancora tutto. Sentendosi incombere sul capo lo stesso destino, a brevissima scadenza, Sean fu invasato da una sorta di tristezza profetica. Si rese conto che la distruzione di quella foresta simboleggiava il destino dell'intero continente. Nel giro di pochi fuggevoli decenni l'Africa era stata sopraffatta dalla sua barbarie intrinseca. Tutti i freni che un secolo di colonialismo aveva imposto ormai erano saltati. Quei freni erano stati catene, magari, ma una volta liberatisi dai ceppi i popoli dell'Africa si erano messi a correre a testa bassa, con abbandono cieco e suicida, verso la propria distruzione.

Sean si sentì scuotere dall'ira impotente per la follia di tutto ciò: nello stesso tempo una grande, nera e invincibile tristezza per quell'orrenda tragedia scese sul suo cuore.

« Se devo morire », pensò, « è molto meglio che capiti prima che veda distrutto tutto ciò che amo: la terra, gli animali, i popoli, tutto. »

Cingendo col braccio le spalle magre di Claudia, con la bambinetta negra in groppa, si girò a guardare la foresta da cui erano venuti, e proprio in quel momento vide comparire, silenzioso e lanciato in piena corsa, Matatu.

Bastava vederlo correre per capire il suo terrore. Lo spettro della morte gli distorceva i lineamenti del viso.

« Sono vicinissimi, buana. Li guidano due bravi battitori. Li ho visti lavorare, non riusciremo a ingannarli. »

« Quanti uomini sono? » domandò Sean, cercando con uno sforzo di scuotersi di dosso la depressione.

« Tanti come gli steli d'erba nella pianura di Serengeti », rispose Matatu. « Corrono come lupi affamati e si vede che sono dei grandi guerrieri. Anche noi tre non riusciremo a resistere a lungo. »

Sean si riscosse e si guardò intorno. La radura in cui si trovavano era molto favorevole ai difensori, perché non offriva agli attaccanti alcun riparo, salvo i ceppi sparsi che erano alti fino al ginocchio. Il terreno scoperto si estendeva per duecento metri fino al punto dove era accatastata la legna dei rami, meno pregiata, che formava una specie di barricata per l'intrico di rametti e foglie ormai secche.

« Ci asserragliamo qui », decise in fretta Sean, segnalando ad Alfonso di raggiungerlo. Attraversarono di corsa il terreno scoperto, chini, con le due ragazze in mezzo. Miriam tirava il fratellino per il braccio. Alfonso cercava di proteggerli. Il grosso shangane era oberato dalla radio, dalle munizioni e dal bottino che avevano fatto dopo l'assalto sul Save: con ciò, allorché Topolino si stancava lo portava in braccio lui, facendolo camminare solo quando non ce la faceva proprio più. Quei tre shangane, uomo, ragazza e bambino piccolo, avevano rapidamente creato un loro nucleo in seno al gruppo, uniti dal legame tribale e dall'attrazione fisica naturale. Sean sapeva che poteva contare su Alfonso per proteggere i suoi: il che gli permetteva di concentrarsi sulle sue responsabilità che riguardavano Claudia, Matatu e ora la bambinetta.

Alfonso non aveva bisogno di ordini. Come Sean, aveva l'occhio del soldato per giudicare il terreno, e corse subito verso una catasta di rami che formava una specie di fortino, da cui si dominava la radura nella maniera migliore per sparare ai nemici.

Rapidamente ci si sistemarono, trascinando qualche altro grosso ramo per rinforzare la barricata, controllando armi e munizioni, e insomma facendo quel poco che potevano per respingere l'impeto iniziale dell'attacco.

Claudia e Miriam portarono i bambini piccoli un po' più indietro, dove una piccola trincea naturale e due ceppi particolarmente grossi formavano un riparo. Completati i suoi preparativi, Sean li raggiunse in fretta e si accucciò vicino a Claudia.

« Appena comincia la sparatoria, prendi Miriam e i bambini e scappa », le disse. « Va' sempre a sud. » Ma si accorse che lei scuoteva la testa, stringendo i denti con ostinazione.

« Sono stanca di scappare », gli disse. « Resterò con te. » Gli posò la mano sul braccio. « Non discutere. Sarebbe una perdita di tempo. »

« Claudia! »

« Ti prego, smettila », gli intimò lei seria. « Non ci resta molto tempo, non sprechiamolo a litigare. »

Aveva ragione, ovviamente. Cercar di proseguire la fuga da sola era insensato, con due bambini da portare e cinquanta guerriglieri alle calcagna. Sean annuì.

« Va bene », cedette. Prese la pistola Tokarev che aveva alla cintura, mise il colpo in canna e inserì diligentemente la sicura. « Prendila tu. »

« A cosa servirebbe? » disse guardando l'arma con disgusto.

« Non capisci? »

« A fare come Job? »

Sean annuì. « Meglio che cadere nelle mani di Cina. »

Lei scosse la testa. « Non ci riuscirei », gli sussurrò. « Se non ci sarà altro da fare, pensaci tu per me. »

« Ci proverò, ma credo che non avrò il coraggio. To', prendila lo stesso. » Con riluttanza, Claudia prese la pistola e se la mise alla cintola.

« Adesso dammi un bacio », gli disse.

Il fischio di Matatu interruppe l'abbraccio. « Ti amo », le sussurrò Sean all'orecchio.

« Ti amerò... » rispose lei, « per tutta l'eternità. »

La lasciò e tornò strisciando alla postazione. Si mise dietro la catasta di legname accanto a Matatu e guardò nel pertugio fra due rami il limitare della foresta.

Per parecchi minuti non scorse niente, poi fra i tronchi intravide un movimento molto rapido. Impugnò allora il kalashnikov e lo puntò dalla feritoia.

Il silenzio si trascinava nel pomeriggio languido e assolato. Nessun uccello cantava, nessuna creatura si muoveva, finché non si udì un fischio sommesso ai margini della foresta. Una sagoma umana sfrecciò fuori dagli alberi gettandosi subito dietro un ceppo. Mezzo secondo dopo un altro sbucò dagli alberi cento metri a sinistra e schizzò avanti. Anche questo cercò subito riparo, mentre a destra scattava un terzo guerrigliero della Renamo.

« Tre soli », mormorò Sean. Non intendevano esporre altri uomini, e questi erano molto bravi. Avanzavano a scatti, mai insieme, sparpagliatissimi e cauti come vecchi leopardi esperti delle insidie dell'esca.

« Peccato », pensò Sean. « Di questi tre ne faremo fuori uno al massimo. Speravo di più, per fermarli e cercar di sganciarci. » Si concentrò sui nemici che avanzavano, cercando di individuare il più pericoloso.

« Probabilmente quello al centro », stabilì, e quasi subito vide confermata l'opinione. Da dietro il ceppo sporse la mano segnalando agli altri dove andare: dunque era il capo, quello da liquidare per primo.

« Che si avvicini ancora un po' », pensò Sean. Il kalashnikov non è un fucile di precisione, e non c'era da fidarsene troppo oltre i cento metri. Sicché attese, ordinando telepaticamente al nemico più pericoloso di avvicinarsi ancora, tenendolo sotto mira.

Il guerrigliero della Renamo saltò su e si mise a correre avanti. Sean vide che era giovane, sui venticinque anni, con due bandoliere di munizioni a tracolla e la chioma intricatissima intrecciata di nastri mimetici. Aveva lineamenti arabici e carnagione ambrata: un bel ragazzo, solo un po' strabico dall'occhio sinistro, ciò che gli conferiva un'espressione sorniona e saputa.

Se era abbastanza vicino da notare che era strabico, si poteva tranquillamente anche spararagli. Sean puntò con cura il ceppo dietro cui si era nascosto, tirò un gran respiro e appoggiò l'indice al grilletto con leggerezza.

Il guerrigliero saltò su, inquadrandosi nel mirino, e Sean gli sparò apposta nella pancia. Sapeva che non sarebbe morto subito, e non ignorava quanto fosse scoraggiante avere un compagno ferito all'addome che urlava implorando acqua e pietà nella terra di nessuno. Negli scout li chiamavano « usignoli », un usignolo in buona forma canora risultava demoralizzante per gli attaccanti quanto un nido di mitragliatrici ben piazzato.

Sentì arrivare a segno la pallottola: un rumore da melone maturo che si spiaccica su un pavimento di marmo. Il guerrigliero cadde tra i cespugli bassi scomparendo alla vista.

Subito dal limitare degli alberi partirono nutrite raffiche di mitra, ma era chiaro, dalla loro innocuità, che nessuno aveva individuato la posizione di Sean. Ben presto cessarono il fuoco. La Renamo risparmiava munizioni: segno della disciplina e dell'esperienza dei combattenti. Il soldato africano qualunque comincia a sparare all'inizio della battaglia e smette solo quando ha finito i colpi.

« Questi ragazzi conoscono il mestiere », pensò Sean dando ragione a Matatu. « Non riusciremo a trattenerli a lungo. » I due guerriglieri erano sempre nascosti in mezzo al tratto scoperto, dietro i ceppi, e dall'uomo ferito al ventre si alzavano i primi lugubri lamenti.

« Cantaci una bella canzone, dài », l'incoraggiò mentalmente Sean. « Fa' sapere ai tuoi amici come fa male. » Intanto scrutava il limitare della foresta cercando di capire in anticipo quali sviluppi ci sarebbero stati nella seconda puntata della « telenovela ».

« Cercheranno sicuramente di aggirarci », indovinò. « Ma da che parte? Destra o sinistra? » Gli risposero lampi di movimento tra gli alberi. Una squadra era partita, verso destra.

« Alfonso », avvertì sottovoce Sean. « Cercano di aggirarci a destra. Sta' qua a tenere il centro. »

Sean strisciò indietro, nascosto dai cespugli bassi. Poi si alzò e corse curvo verso destra.

Dopo quattrocento metri ricominciò a strisciare, prendendo un'altra posizione di fronte alla linea degli alberi. Si raggomitolò dietro un ceppo e cercò di padroneggiare il respiro, guardando il limite della radura, regolando l'arma sul fuoco automatico, col pollice pronto sulla sicura.

Aveva previsto quasi esattamente la mossa del nemico. I soldati incaricati di aggirarli uscirono dalla foresta cento metri più avanti rispetto a dove si era ritirato lui. Erano otto, e sbucarono tutti insieme, cercando di raggiungere di corsa il riparo della catasta di rami. Sean li lasciò arrivare a metà strada.

« Va già meglio. Questi qua dovrei riuscire a stenderli all'ingrosso », si disse. Li avrebbe presi d'infilata mentre gli passavano davanti, uno dopo l'altro. Puntò il caposquadra, che correva qualche passo in testa agli altri, mirando a livello del ginocchio perché il mitra tendeva ad alzare il tiro, e col consueto vantaggio imposto dal rapido spostamento dei bersagli. Poi tirò il grilletto.

Il caposquadra cadde come chi inciampi in un cavo teso, e i due subito dietro incapparono nella stessa raffica. Sean vide le pallottole colpirli. Uno la prese nella spalla, da dove si alzò una nuvoletta di polvere. L'altro fu colpito alla tempia e restò secco mentre il cappello da baseball svolazzava come un piccione ferito.

« Tre. » Sean cambiò caricatore, compiaciuto del risultato. Se ne era aspettato uno, aveva sperato due come massimo.

Gli altri si voltarono e scapparono verso la foresta: attacco interrotto. Sean inviò loro un'altra breve raffica e gli sembrò di vedere uno ingobbirsi ricevendo il proiettile, ma non cadde e poco dopo sparì.

Quasi subito altre raffiche esplosero al centro, e Sean tornò di corsa ad aiutare Alfonso.

Dalla foresta gli sparavano addosso. I proiettili passavano sibilando vicino alla testa, frustate che gli riversarono fiotti di adrenalina in circolo. Abbassò il capo e continuò a correre. Si divertiva, faceva il surf sull'onda del suo stesso terrore.

Intanto al centro la sparatoria cresceva. La Renamo stava cercando di prendere la barricata con un assalto frontale, e i primi erano a metà della radura quando Sean arrivò ad aggiungere le sue raffiche a quelle di Alfonso. L'assalto vacillò e s'infranse a pochi passi dalla catasta di legna. I guerriglieri si ritirarono correndo a zig zag e cercando di ripararsi dietro i ceppi, mentre i proiettili tempestavano tra i loro piedi alzando polvere.

« Due! » gridò Alfonso a Sean. « Ne ho stesi due. » Ma già Matatu tirava Sean per il braccio indicandogli il fianco sinistro. Sean fece in tempo a vedere un'altra squadra sbucata dagli alberi da quella parte tuffarsi al riparo dietro i soliti ceppi. Gli attacchi di prima, frontale e da destra, erano solo diversivi: adesso venivano in massa e nel giro di pochi istanti loro sarebbero stati circondati senza speranza.

« Alfonso, vengono anche da dietro! » gridò Sean.

« Non c'è niente da fare, sono troppi per noi due », rispose Alfonso.

« Vado dalle donne per tenerli a bada sul retro. »

« Tanto adesso non attaccheranno più », gli rispose in tono noncurante Alfonso. « Ormai siamo circondati, aspetteranno l'*bensciò*. »

Sulla catasta si abbatté una raffica di pallottole, e istintivamente i due si abbassarono.

« Sparano solo per tenerci impegnati », gridò Alfonso. « Non c'è bisogno che rischino altre perdite. »

« Quanto pensi che ci vorrà perché arrivi l'elicottero? » Sean voleva sentire la sua opinione.

« Meno di un'ora », gli disse con sicurezza Alfonso. « Poi tutto finirà in un attimo. »

Alfonso aveva ragione. Contro lo Hind non avevano nessuna possibilità di difesa. I trucchi in repertorio erano esauriti.

« Sta' lì », ripeté Sean, e strisciò dalle donne nascoste nel buco.

Claudia aveva Minnie in braccio, ma alzò gli occhi speranzosa quando vide comparire Sean.

« Siamo completamente circondati », le disse però secco Sean. Le diede i caricatori vuoti. « Nello zaino di Alfonso ci sono i proiettili, mettili nei caricatori. Sai come si fa, no? »

Era un modo di darle qualcosa da fare. L'ora che restava sarebbe stata penosa. Sean si affacciò al ciglio del riparo.

Vide muoversi qualcosa nelle foglie secche cinquanta passi davanti a lui e ci spedì una breve raffica. Subito quattro o cinque mitra risposero al fuoco. I proiettili sibilarono sopra la nuca e Minnie si mise a piagnucolare dal terrore. I minuti passavano lentissimi, nel silenzio rotto ogni poco da raffiche che la Renamo sparava soltanto per tenerli impegnati.

Claudia venne strisciando accanto a lui e gli mise al gomito i caricatori riempiti.

« Quante scatole di munizioni restano? » le chiese.

« Dieci », gli rispose Claudia, stringendosi un po' più vicino a lui.

Ma non aveva nessuna importanza che restassero solo duecento colpi. Sean alzò gli occhi al cielo, dove da un momento all'altro poteva risuonare il rombo sibilante dello Hind.

Claudia gli lesse nel pensiero e gli prese la mano. Stesi al torrido sole africano, aspettarono tenendosi allacciati. Non c'era più niente da dire, più niente da fare. Impossibile difendersi. Restava solo da attendere che l'inevitabile si compisse.

Matatu toccò la gamba di Sean. Non era necessario parlare. Sean alzò leggermente la testa e sentì anche lui. Era un rumore appena più forte dello stormire della brezza pomeridiana tra gli alberi.

Claudia gli strinse fortissimo la mano, ficcandogli le unghie nel palmo. Anche lei aveva sentito.

« Baciami », gli sussurrò. « Per l'ultima volta. » E lui posò il mitra e si girò a prenderla tra le braccia. Si strinsero con tutta la forza che avevano.

« Se devo morire », sussurrò Claudia, « sono contenta che sia così. » E Sean sentì che gli metteva in mano la pistola Tokarev.

« Addio, tesoro mio », gli disse.

Sean sapeva di doverlo fare, ma non sapeva dove avrebbe trovato il coraggio.

L'urlo dello Hind stava diventando più acuto e assordante.

Tolse la sicura della pistola e l'alzò piano piano. Claudia aveva chiuso forte gli occhi e voltato la testa dall'altra parte. Un ricciolo madido di sudore le pendeva davanti all'orecchio: sotto batteva l'arteria temporale, sollevando ritmicamente la pelle bianca che il ricciolo aveva riparato dal sole. Era la cosa più difficile a cui si fosse mai accinto, ma sollevò la canna della Tokarev verso la tempia di lei.

Sull'orlo della buca scoppiò una granata. Istintivamente Sean riparò Claudia col suo corpo. Per un attimo pensò che avesse aperto il fuoco l'elicottero, ma era impossibile, perché non si vedeva ancora.

Un'altra serie di scoppi crepitò in rapida successione, e Sean abbassò la pistola e lasciò Claudia. Si affacciò alla buca e vide che le posizioni Renamo erano investite da un gran bombardamento. Le granate dell'RPG filavano verso la linea degli alberi con le caratteristiche scie di fumo, e sulla Renamo piovevano anche colpi di mortaio dal sibilo e scoppio diverso e inconfondibile. Le raffiche delle armi individuali, poi, sommergevano anche il rumore assordante dello Hind ormai vicino. La situazione era interamente cambiata.

Di colpo si trovavano nel bel mezzo di una battaglia, e Sean vide sagome correre sparando raffiche di mitra tra i ceppi degli alberi tagliati.

« È il Frelimo! » gioiva eccitato Matatu, tirando per il braccio Sean. « Frelimo, Frelimo! »

Solo allora Sean capì. La scaramuccia con gli inseguitori aveva allarmato un grosso contingente del Frelimo schierato nelle vicinanze forse per preparare un attacco alle linee nemiche sul fiume Save.

Dunque adesso i cinquanta guerriglieri della Renamo si ritrovavano attaccati da forze del Frelimo, molto preponderanti. A giudicare dall'intensità di fuoco, Sean stimò che fosse impegnato almeno un battaglione dell'esercito mozambicano, parecchie centinaia di soldati regolari.

Vide il gruppetto di guerriglieri che li aveva accerchiati scappare di corsa da una catasta di rami battuta da colpi di mortaio. Sean li incoraggiò con una lunga raffica di kalashnikov. Uno dei fuggitivi cadde contorcendosi tra i cespugli come un pesce sulla spiaggia.

Poi vide arrivare di corsa da sinistra una fitta linea di rastrellamento di fanti del Frelimo. Le loro tute mimetiche di produzione della Germania orientale erano a larghe chiazze verdi e brune, ben diverse da quelle tigrate della Renamo.

Ma per loro Renamo e Frelimo erano ugualmente pericolosi. Sean tenne ben giù Claudia.

« Non muoverti. Probabilmente il Frelimo non sa che siamo qui. Potrebbero correr dietro alla Renamo e lasciarci stare se non ci vedono. Abbiamo ancora una possibilità di scamparla. »

Minnie stava ancora piangendo forte, atterrita da tutti quegli scoppi. Sean gridò a Miriam di farla tacere. « Non deve piangere, falla star zitta! »

La ragazza shangane stese la bimba a terra sul fondo della buca e le tappò bocca e naso con la mano, troncando immediatamente il suo pianto.

Sean mise un occhio fuori della buca e vide arrivare i rastrellatori, che sembravano veterani e correvano sparando dall'anca. In pochi secondi sarebbero arrivati alla buca. Puntò il mitra. La salvezza era un'illusione: l'unica differenza era che adesso li avrebbe ammazzati il Frelimo.

Proprio mentre stava mirando alla pancia del più vicino soldato, il bersaglio gli fu nascosto da una fontana di terriccio e dal cielo venne il tempestare del tremendo cannoncino a rotazione. Il rastrellamento del Frelimo si dissolse in un attimo, travolto dal fuoco battente dello Hind, mentre la terra cadeva addosso a loro nascondendoli all'elicottero nei secondi cruciali del sorvolo.

Adesso il caos era totale, le truppe nemiche si mischiavano nella foresta, razzi e colpi di mortaio facevano strage alla cieca mentre l'elicottero librato sul campo di battaglia lo cannoneggiava di continuo sparando razzi che accrescevano la confusione.

Sean diede una pacca sulla spalla a Matatu. « Va' a chiamare Alfonso », gli disse scandendo le parole. « Il Frelimo e la Renamo se le danno e noi cerchiamo di tagliar la corda prima che ci veda lo Hind. » Sean s'interruppe e annusò l'aria, poi s'inginocchiò a guardare fuori della buca.

L'aria era grigia di fumo. Tra le raffiche e il rombo dell'elicottero Sean udì crepitare il sottobosco.

« C'è un incendio! E abbiamo il vento addosso! »

Un razzo aveva dato fuoco alle cataste di rami secchi che adesso bruciavano allegramente, levando un gran fumo che già li investiva, facendoli lacrimare e tossire.

« Non abbiamo scelta, qui si scappa o si arrostisce. » Il crepitio del rogo stava già sommergendo il frastuono della battaglia. Si sentivano le grida dei combattenti e dei feriti intrappolati dalle fiamme che s'innalzavano a vista d'occhio.

« Via, via! » Sean si mise in spalla Minnie che gli si aggrappò al collo come una moschina nera. Poi tirò su Claudia. Intanto Alfonso aveva caricato Topolino sullo zaino della radio, in spalla: al suo fianco Miriam si aggrappava al braccio che reggeva il mitra.

Il fumo li avvolse, denso come olio, e corsero col vento, raggruppati per non perdersi di vista. Facevano fatica a respirare e non vedevano più il cielo, risultando altrettanto invisibili ai combattenti e allo Hind che volteggiava sopra di loro, mentre il fuoco divampante li incalzava guadagnando terreno ogni secondo.

Sean sentiva l'alito caldo del gran rogo sulla schiena, e Minnie strillò perché una favilla le aveva scottato la guancia. Boccheggiando, Claudia inciampò e cadde in ginocchio, ma Sean la tirò su e la trascinò via.

Anche Sean stava soffocando, ogni respiro gli bruciava i polmoni. Non potevano certo staccare l'incendio che dietro, incitato dal vento, divorava gli sterpi. Volavano faville dappertutto, bruciando la pelle, e la bambina in spalla a Sean strillava a più non posso schiaffeggiandosi come se fosse assalita dalle vespe. Perse l'equilibrio e sarebbe caduta se Sean non l'avesse presa al volo, portandola sottobraccio.

Ed eccoli fuori dalla zona cosparsa dalle cataste di rami. Qui si stendeva un'altra radura pulita, rotta solo dagli spuntoni degli alberi che facevano pensare a tombe di un cimitero emergenti dalla nebbia. I piedi di mille e mille boscaioli avevano fatto piazza pulita del sottobosco.

« A terra! » gridò Sean spingendoci Claudia e mettendole Minnie tra le braccia.

La bambina si contorceva selvaggiamente per le scottature. « Tienila stretta! » gridò Sean togliendosi la camicia.

« Mettiti giù con la faccia a terra! » ordinò, e Claudia si girò ubbidiente, tenendo sotto Minnie. Sean avvolse la sua camicia intorno alle loro teste, ché filtrasse un po' di fumo, scintille e polvere. Poi aprì la borraccia e bagnò l'indumento, i capelli e i vestiti delle due.

Minnie era agitatissima e strillava, ma Claudia la teneva bene al riparo. Sean si inginocchiò di fianco a loro e rapidamente le coprì di terriccio finché non sembrarono due mummie, proprio come fanno i bambini quando giocano sulla sabbia. A terra il fumo era più rado e si riusciva a respirare meglio. Alfonso aveva visto quel che faceva lui e si era messo a imitarlo, coprendo di terra accanto a sé Miriam e il fratellino.

Le faville volavano nel fumo accecante e cadevano sulla pelle nuda di Sean. Facevano male come le punture velenose dei formiconi africani. Sean sentì la barba cominciare a strinarsi e i globi oculari seccarsi dei loro umori. Vuotò lo zaino di tela per terra e ci infilò dentro la testa, si versò sul torso il contenuto della seconda borraccia poi, sdraiato supino, si coprì a sua volta di terriccio. E restò immobile.

Rasoterra l'aria era più respirabile, conteneva abbastanza ossigeno da impedire loro di svenire, ma la testa girava ronzando forte quando arrivavano bestiali vampate di calore. Sean fiutò odore di tela bruciata, forse lo zaino che cominciava a fumare: il sottile strato di terriccio che lo ricopriva scottava come un vaso di terra appena cotta. Sentì il rombo delle fiamme aumentare con crescendo infernale, mentre la ramaglia secca crepitava come fucileria. Le cataste, poco lontano, ormai bruciavano tutte: e il fuoco, sospinto dal vento che esso stesso generava, si espandeva rapidamente.

Passò sopra di loro, poi il rombo diminuì, e per un istante la nuvola di fumo si diradò concedendo una boccata d'aria; ma il calore intorno era ancora così forte che Sean non osava liberarsi dello strato protettivo di terra.

Pian piano il calore diminuì, e più frequenti divennero le boccate d'aria fresca. Sean si rizzò a sedere e si tolse lo zaino di tela dalla testa. La pelle gli bruciava terribilmente, come se ci si fosse versato sopra dell'acido. I segni rossi dove erano atterrate le faville ben presto sarebbero diventati vesciche.

Strisciò fino al monticello di terra che seppelliva Claudia e la bambina e liberò loro le teste. La camicia aveva riparato bocca e nari dal turbine di cenere e fumo, e quando si rizzarono a sedere vide che se l'erano cavata meglio di lui e Alfonso. Il fuoco era passato avanti, ma l'aria era ancora così piena di fumo da nascondere il cielo.

Sean le fece alzare subito in piedi. « Bisogna scappare prima che si diradi il fumo », gracchiò con la gola secca. Gli sembrava di averla piena di schegge di vetro. Sulle guance bruciacchiate gli scorrevano le lacrime.

L'uno accanto all'altro, si avviarono per il paesaggio annerito simili a un manipolo di fantasmi, zoppicando nel fumo vorticante e denso. La terra scottava come lava vulcanica, faceva male anche attraverso le suole degli stivali, ma riuscirono a passare coi bambini in braccio evitando le braci vive.

Due volte sentirono lo Hind che incrociava sopra le loro teste, ma non riuscirono a vederlo per via del fumo. Di Frelimo e Renamo non c'era più traccia. I combattenti erano stati sparpagliati e dispersi dall'incendio.

« 'Sto grandissimo coglione ha le zampe d'amianto », borbottò Sean vedendo lo scalzo Matatu danzare in testa, nel fumo che pian piano si diradava. In spalla a Sean, Minnie piagnucolava per le scottature, e alla prima sosta Sean le diede mezza aspirina e un sorso della poca acqua che rimaneva nelle borracce.

Quella sera il tramonto riempì il cielo di rossi fiammeggianti. Nel buio giacquero abbracciati, troppo esausti per far la guardia. Indeboliti dal fumo che avevano inalato, erano scossi da tremendi accessi di tosse convulsa.

Alla mattina si alzò un po' di vento, ma il fumo continuava a gravare sulla terra bruciata come nebbia fluviale, riducendo la visibilità a poche decine di metri.

Sean e Claudia medicarono prima i bambini, passando su vesciche e scottature la pomata giallastra allo iodio. Mentre Topolino sopportò la cura con lo stoicismo di un guerriero shangane, la bambinetta pianse, e Sean dovette prenderla in braccio e mettersi a soffiare sulle piaghette per farle passare il bruciore.

Curati i bambini, le donne badarono ai loro uomini. Le bruciature sul petto e la schiena di Sean erano tutte superficiali, ma Claudia le trattò con tutta la delicatezza che poteva, riflesso della sua gratitudine e del suo incondizionato amore.

Non si parlò del momento in cui le aveva puntato la Tokarev alla tempia. Forse non ne avrebbero parlato mai più, ma certo nessuno dei due l'avrebbe mai dimenticato. Sarebbe sempre rimasta in loro, quella consapevolezza: per Sean era stato il più atroce momento della vita, anche peggiore della morte di Job; per Claudia, la prova della sua devozione. Sapeva che avrebbe trovato la forza di farlo, anche se gli fosse costato più della sua stessa vita. Così, non aveva più bisogno di prove del suo amore.

I bambini erano assetatissimi. L'incendio e il fumo li avevano disidratati gravemente. Sean diede a loro la razione maggiore d'acqua, poi alle donne, e non più di un assaggio per Alfonso e per sé.

« Matatu », gli disse con voce ancora molto rauca. « Se non ci trovi l'acqua prima di sera, siamo tutti morti come se l'*benscìò* ci avesse mitragliati. »

Proseguirono zoppicando per la foresta nera e fumante, e nel tardo pomeriggio Matatu li condusse a una specie di cratere di argilla circondato di ceppi bruciacchiati. Nel centro del cratere, nero di cenere e dei corpi carbonizzati di molti animaletti – serpenti, topi e altri roditori accorsi lì per difendersi dal fuoco – c'era una pozzanghera d'acqua schifosa.

Sean la filtrò con la camicia e poi la bevvero come fosse nettare, mugolando dal piacere con le gole arse e doloranti per il fumo ingoiato. Quando ebbero bevuto fino a riempirsi la pancia, si versarono l'acqua in testa e si bagnarono tutti i vestiti, sorridendo per il piacere.

Quasi due chilometri dopo questa pozza raggiunsero il punto dove il vento era cambiato e aveva fermato l'incendio, soffiandogli contro. Si lasciarono alle spalle la devastazione della cenere nera e dei ceppi fumanti e quella notte si accamparono tra cataste di rami secchi: la devastazione fatta dall'uomo, poco meno opprimente.

Per la prima volta dopo l'incendio Alfonso rizzò l'antenna della radio e tutti si strinsero intorno all'apparecchio per sentire le solite carognate del generale Cina. Quando riconobbero la sua voce, si irrigidirono istintivamente, ma parlava in shangane e sullo sfondo si sentiva il rumore dell'elicottero che andava. Le sue parole erano concise ed enigmatiche, e le risposte dei subordinati altrettanto secche e oggettive.

« Cosa pensi che abbia intenzione di fare? » chiese Sean ad Alfonso. Lo shangane scosse la testa.

« Sembra che stia schierando le truppe su nuove posizioni. » Ma parlava senza troppa convinzione.

« Non ha ancora rinunciato? » disse Sean. « Nell'incendio potrebbe aver perso le nostre tracce, ma certo non è tipo da rassegnarsi. »

« Eh, no », concordò Alfonso. « Lo conosco bene, non rinuncia di sicuro. Ci seguirà fin dove può. Il generale Cina è un uomo che sa odiare molto bene. Non ci lascerà andare. »

« Adesso siamo in territorio controllato dal Frelimo. Credi che ci inseguirà anche qui? »

Alfonso fece spallucce. « Col falcone non ha da preoccuparsi troppo del Frelimo. Credo che ci seguirà dappertutto. »

Il generale Cina diede gli ultimi ordini, da cui era chiaro che stava organizzando il rifornimento dell'elicottero. Adesso parlava in portoghese e la risposta sembrava venire da un meccanico in attesa a terra. Alfonso tradusse la conversazione.

« Sono arrivati i portatori, adesso abbiamo duemila litri di riserva. »

La voce di Cina: « E la valvola di ricambio c'è? »

« Sì, è arrivata, generale, stanotte la cambio. »

« Domattina voglio volare appena fa giorno. »

« L'elicottero sarà pronto, gliel'assicuro, generale. »

« Molto bene. Tra pochi minuti arrivo, si prepari a cominciare subito il lavoro », ordinò Cina e chiuse la comunicazione.

Restarono in ascolto altri dieci minuti, finché non fu completamente buio, ma non sentirono più trasmissioni. Alfonso fece per spegnere la radio, ma d'impulso Sean lo trattenne e si mise invece a cambiare frequenza. Quasi subito intercettò trasmissioni militari sudafricane. Adesso erano molto forti e chiare, perché il Limpopo non era più tanto distante. Per Sean sentir parlare in afrikaans fu una consolazione e come una promessa di salvezza.

Dopo qualche minuto Sean sospirò e spense la radio. « Bisogna far la guardia », disse ad Alfonso. « Fa' tu il primo turno. »

Poiché la minaccia di ricognizione aerea era ormai piuttosto ridotta, Sean decise di riprendere a viaggiare di giorno: e ogni chilometro che facevano diretti a sud trovavano sempre più tracce dell'attività dei boscaioli, e più fresche.

Il terzo giorno dopo l'incendio Matatu li costrinse a un lungo giro. Gli alberi erano stati appena tagliati e i ceppi piangevano resina. Le fronde accatastate erano ancora verdi e fresche. Matatu disse di far silenzio e mentre avanzavano tra le cataste sentirono, non troppo lontano, l'urlo delle seghe a motore, e il triste canto di lavoro dei boscaioli.

La foresta circostante ferveva di attività umana. Il terreno molle recava impronte di piedi nudi a migliaia, oltre ai profondi solchi dei tronchi trascinati verso i sentieri e le piste. Tuttavia

Matatu era così bravo a guidarli che solo il quarto giorno scorsero degli esseri umani.

Lasciando gli altri a mangiare e riposare ben nascosti sotto una catasta di fronde appena tagliate, Sean e Matatu strisciarono verso l'orlo di una radura naturale e col binocolo Sean poté vedere le squadre di forzati del Frelimo al lavoro dall'altra parte della radura. Centinaia di uomini e donne africane, alcuni giovanissimi, sgobbavano a plotoni sorvegliati da soldati del Frelimo in tuta mimetica.

Tutti i militari erano armati di mitra, che tenevano in spalla, e di *sjambok*, lungo nerbo africano in pelle d'ippopotamo, che menavano senza avarizia sulle gambe e sulle schiene nude dei forzati. Lo schiocco dei colpi e le grida di dolore arrivavano agevolmente fino a Sean e Matatu, che si trovavano a quasi mezzo chilometro di distanza.

Le squadre stavano accatastando i tronchi in alte pile piramidali. Certi tiravano le funi, altri spingevano da sotto e da dietro i grossi tronchi grezzi. I soldati incitavano a mettercela tutta anche intonando a squarciagola la cosiddetta « chiamata » del canto di lavoro, cui faceva eco intensa e malinconica la risposta del coro, contemporanea allo sforzo concertato sulle funi di canapa.

Mentre Sean guardava col binocolo, uno dei grossi tronchi veniva faticosamente issato in cima alla catasta ma, prima di rotolare a posto, un canapo si schiantò e il tronco s'inclinò abbattendosi rumorosamente giù dalla pila. Urlando dal terrore, i forzati si misero a scappare da tutte le parti, ma i più deboli non furono abbastanza rapidi e il lungo tronco gli rovinò addosso. Sean udì le loro urla disperate interrompersi di colpo allo schianto soffocato delle ossa spezzate.

Era troppo anche per un soldato ben munito di pelo sullo stomaco. Sean toccò la spalla di Matatu e strisciarono via, tornando dagli altri.

Quel pomeriggio passarono vicino al campo di lavoro, una distesa di baracche primitive che puzzavano di fumo di legna, latrine scoperte e miseria umana.

« Il bene più a buon mercato oggi in Africa è la carne nera », disse tristemente Sean a Claudia.

« Se raccontassi queste cose al mio Paese nessuno ci crederebbe. È troppo contrario alla nostra esperienza », dichiarò Claudia.

A quell'ora il campo era semideserto. Tutti i lavoratori abili erano nel bosco e solo malati e moribondi restavano nelle baracche, che non avevano pareti ma soltanto un tetto di frasche. Sean mandò Matatu nel campo a rubacchiare qualcosa. Elusi i cuochi, questi tornò da una cucina con un sacchetto di farina gialla in spalla.

Quella sera mangiarono polenta tendendo l'orecchio alla radio per ascoltare il generale Cina che parlava sulla frequenza-comando della Renamo.

Ancora una volta, dopo la fine delle trasmissioni di Cina, Sean cercò le frequenze militari sudafricane e rimase in ascolto una buona mezz'ora, imparando le voci e i nomi convenzionali delle varie unità intercettate. Alla fine gli parve di capire che il quartier generale sudafricano alla frontiera si chiamasse « Cudù », la bella antilope di pianura dalle corna a spirale.

Sean aspettò pazientemente un intervallo nel traffico delle comunicazioni militari, poi impugnò il microfono e parlò in afrikaans.

« Cudù, parla Mossie. Mi senti, Cudù, mi senti? Chiamata d'emergenza. Chiamata d'emergenza. Qui Mossie, chiamata d'emergenza. »

Così dicendo, richiedeva la precedenza assoluta. Era una convenzione che risaliva ai tempi della guerriglia in Rhodesia, e sperò che il comandante di « Cudù » fosse abbastanza vecchio da ricordarsela. In afrikaans *mossie* è un tipo di falco, ed era il nome convenzionale di Sean in quei giorni ormai lontani.

Un lungo silenzio seguì la trasmissione di Sean, costellato dalle scariche elettrostatiche crepitanti nella stratosfera, e lui pensò che nessuno avesse intercettato il suo messaggio. Riprese in mano il microfono proprio mentre la radio cominciava a rispondere.

« Qui Cudù », disse una voce diffidente. « Ridimmi un po' chi sei. »

« Cudù, sono Mossie, ripeto Mossie. Mike Oscar Sierra Sierra India Eco. Chiedo di esser messo in contatto col generale De La Rey, sottosegretario agli Interni. »

Lothar De La Rey negli anni Settanta era stato il superiore di riferimento di Sean. Poi aveva fatto una bella carriera in politica. Cudù non poteva ignorare chi fosse e correre il rischio di negare a un papavero del genere comunicazioni importanti.

Era chiaro che Cudù stava pensando proprio quello, ma ci

metteva un bel po' a decidersi. Alla fine rispose. « Resta in ascolto Mossie. Cerchiamo De La Rey. »

Quasi un'ora dopo, in piena notte, Cudù richiamò.

« Mossie, qui Cudù. De La Rey è irraggiungibile. »

« Cudù, è questione di vita o di morte. Chiamerò su questa frequenza ogni sei ore finché non riuscite a collegarvi con De La Rey. »

« *Dood reg*, Mossie. D'accordo, ci proviamo. A risentirci tra sei ore. *Totsiens*. »

Nella fuga, prima dell'incendio, avevano perduto le coperte, e quella notte faceva molto freddo. Sean e Claudia giacquero abbracciati stretti bisbigliando tra loro.

« Non ho capito cos'hai detto alla radio. Con chi stavi parlando? » chiese lei.

« Con una base militare sudafricana di confine, probabilmente subito oltre frontiera », rispose Sean.

« Ci daranno assistenza? » chiese lei speranzosa.

« Non lo so. Se riesco a parlare con qualcuno che conosco, potrebbero anche farlo. Ho chiesto di mettermi in contatto con questa persona, ma non l'han trovata. »

« Chi è? »

« Durante la guerriglia rhodesiana, oltre a comandare gli scout di Ian Smith, ero in contatto con il servizio segreto militare sudafricano », le spiegò.

« Facevi la spia?« gli chiese.

« Macché », rispose lui troppo in fretta. « Sudafricani e rhodesiani erano alleati, stavano dalla stessa parte della barricata. Io sono sudafricano, dunque non ero né una spia né un traditore. »

« Facevi soltanto il doppio gioco », lo sfotté lei.

« Pensala un po' come vuoi, il fatto è che avevo 'sto superiore sudafricano, il cosiddetto 'controllo', che si chiama Lothar De La Rey. Anche dopo la fine della guerra ho continuato a mandargli dei rapporti di tanto in tanto, quando riuscivo a raccogliere informazioni sull'attività terroristica dell'ANC o sulle sanzioni decretate da governi ostili al Sudafrica. »

« Allora ti deve dei favori, no? » gli chiese.

« Un sacco di favori, e poi siamo anche imparentati. Cugini di primo grado, figurati un po'. » Sean s'interruppe perché un corpicino si era insinuato tra loro. « Ma guarda chi c'è qua! Minnie, nientemeno! »

Claudia fece un po' di posto alla bambina che si sistemò tutta contenta al calduccio tra i grandi, appoggiando la testa sul braccio di Sean, che se la tirò un po' più accanto.

« Com'è carina », disse Claudia accarezzandole la testa. « Me la mangerei. »

Tacquero così a lungo che Sean pensò che Claudia si fosse addormentata, invece poi ricominciò a parlare, in tono serio e meditato.

« Se ce la caviamo, che ne diresti di adottarla? »

Era una domanda insidiosa e spaventosa. Presupponeva una vita insieme, dopo; una « sistemazione » con tanto di casa, bambini e responsabilità, tutto ciò che Sean evitava accuratamente da una vita. Avrebbe dovuto rabbrividire: invece si sentiva benissimo, del tutto a suo agio al calduccio.

Il generatore portatile Honda rombava e le lampadine appese ai pali illuminavano l'elicottero.

I cofani blindati erano aperti e anche i filtri delle prese d'aria erano stati tolti dalla turbina sotto il rotore. Il tecnico portoghese in tuta blu sorvegliava e controllava il lavoro dei meccanici russi prigionieri. Il portoghese aveva fatto presto a capire chi era il generale Cina, cogliendo tutta la precarietà anche della propria posizione. Era da poco con la Renamo, ma aveva già assistito alle punizioni riservate da Cina a chi lo disobbediva o falliva ai suoi ordini, sicché adesso era sgradevolmente consapevole dei suoi occhi neri e spiritati che lo guardavano lavorare.

Era mezzanotte passata, ma il generale Cina non si era ancora ritirato. Il giorno prima aveva volato dall'alba al tramonto, atterrando solo a far rifornimento. Un uomo normale a questo punto sarebbe stato esausto, come il pilota portoghese che era a dormire nella sua tenda da ore, ma il generale Cina era infaticabile. Girava attorno all'elicottero osservando ogni mossa dei meccanici, facendo domande, incitando a sbrigarsi, frenetico come un uomo invasato da qualche tenebrosa passione.

« Per domattina all'alba dev'essere pronto », ripeté per la centesima volta. Poi andò al tendone dove aveva piazzato il quartier generale e si mise a studiare la carta geografica, verificando ancora una volta gli schieramenti, ragionando e borbottando fra sé.

Aveva segnato sulla carta i punti di riferimento osservati dal cielo, l'ubicazione dei campi di lavoro del Frelimo nella foresta, le piste che li attraversavano. Ben presto si era fatto un'idea dell'ampiezza del disboscamento e del numero impressionante di lavoratori coatti. Aveva capito subito che era ridicolo cercare un gruppetto di fuggitivi in una tal profusione di gente. Ogni traccia di Sean e compagni era confusa e cancellata dal trepestare di gruppi numerosissimi, ed egli osava mandare altre pattuglie nella zona. Per l'attacco del Frelimo, e l'incendio successivo, aveva già perso una quarantina di uomini.

« No, bisogna aver pazienza », si disse.

Passò la mano sopra la carta.

Il disboscamento operato dal Frelimo non era ancora arrivato tanto a sud da interessare le colline digradanti verso il bacino del Limpopo. Tra le colline e il fiume, la foresta si diradava e diventava un *veld* aperto di *mopani*. Era una striscia di una cinquantina di chilometri, un buon terreno per rintracciare i fuggiaschi, che avrebbero dovuto attraversarlo per forza per andare al Limpopo, ossia al confine.

Il generale Cina aveva deciso di effettuare il blocco finale lì. Per tutta la giornata ci aveva trasferito le truppe fresche fornitegli dal generale Tippu Tip. La cabina posteriore dell'elicottero poteva trasportare quattordici uomini in assetto di guerra, e aveva fatto undici viaggi. Saltando la foresta piena di nemici, li aveva sbarcati su quelle colline, con l'ordine di pattugliare i valichi e mettere vedette su tutte le creste. Così adesso aveva quasi centocinquanta uomini schierati a tagliar la strada del Limpopo a Sean Courteney.

Il generale Cina fissava quella carta geografica come fosse un ritratto del bianco che odiava. Ancora una volta doveva provare l'amaro disappunto di chi resta a mani vuote. L'aveva quasi preso l'ultima volta, il bianco: il gruppo di inseguitori l'aveva inchiodato in una radura, senza via di scampo, e poi era intervenuto il Frelimo. La foresta sotto l'elicottero era stata invasa e nascosta dal fumo, mentre alla radio i suoi uomini invocavano aiuto, intrappolati dalle fiamme.

Tippu Tip aveva cercato invano di convincerlo che anche Sean Courteney doveva essere perito nell'incendio della foresta, ma il generale Cina aveva ragione di dubitarne. Appena raffreddata la zona, aveva scaricato dall'elicottero le sue guide, che ben presto avevano trovato il posto dove l'uomo bianco si era seppellito coi suoi per scampare al gran calore. La forma dei corpi era ancora stampata nella terra molle: e di lì partivano tracce che andavano a sud, ancora e sempre a sud.

Per il resto della giornata Cina aveva cercato i fuggitivi sorvolando la zona con lo Hind, ma il fumo limitava la sua visione ai pochi metri sottostanti, dove le pale lo spazzavano via.

Quest'ennesimo fallimento aveva rafforzato la sua decisione. L'astuzia del bianco e la sua fortuna sfacciata non potevano che rinfocolare l'odio e la brama di vendetta del generale Cina. Per tutte le lunghe ore impiegate nel trasferimento in posizione delle truppe d'assalto, Cina si era nutrito di fantasie di vendetta, immaginando le torture più stravaganti per quando avrebbe avuto in suo potere Sean Courteney e la donna.

Non avrebbe avuto fretta. Avrebbe tirato in lungo il piacere, facendoli soffrire a più non posso. Naturalmente cominciando dalla donna, sotto gli occhi del bianco. Dopo che Tippu Tip se la fosse goduta finché voleva, l'avrebbero passata agli uomini. Cina avrebbe scelto personalmente i più repellenti, dai lineamenti bestiali, il corpo deforme, i membri elefantini. Alcuni dei suoi uomini erano davvero notevoli quanto a sviluppo fisico. Gli avrebbe dato in mano la donna dopo Tippu Tip, e poi sarebbe andato a cercare i malati, quelli con ulcere veneree aperte e affezioni contagiose della pelle, coperti di croste e piaghe tropicali. Infine l'avrebbe passata agli ammalati di AIDS, il morbo più spaventoso. Ma sì, sarebbe stato un gran divertimento. Si chiese quanta resistenza avrebbe dimostrato l'americana, quanti ne avrebbe sopportati. Avrebbe ceduto prima la mente del corpo? Affascinante scoprirlo: e, naturalmente, l'uomo bianco sarebbe stato costretto ad assistere a ogni cosa.

Solo quando la donna fosse schiattata, avrebbe cominciato col colonnello Sean Courteney. Non aveva ancora deciso cosa fargli: le possibilità erano tante. Però, siccome era un tipo tosto, sarebbe durato giorni e giorni, forse settimane. Questi progetti gioiosi portarono il sorriso sulle labbra del generale Cina e calmarono la sua frustrazione, consentendogli di stendersi sulla sdraio, tirarsi addosso il soprabito e infine addormentarsi.

Si svegliò tutto confuso, disorientato. Qualcuno lo stava scuotendo: allontanò le mani e si levò goffamente dalla sdraio, guardandosi intorno spaesato. Era mattina, gli alberi intorno alla sua base temporanea erano scheletri grigi contro il grigio più chiaro dell'alba. Le lampadine erano ancora accese davanti all'elicottero e la radio sul tavolaccio stava berciando gracchianti richiami.

« Contatto! Generale Cina, li abbiamo trovati! » Era il capo di una pattuglia sulle colline che portavano al Limpopo. Era chiaramente agitato dalla scoperta.

Ancora mezzo addormentato, Cina andò alla radio e prese il microfono. « Qui Banano, ditemi bene la vostra posizione e le condizioni in cui siete », gridò, e al riconoscere la sua voce il lontano capopattuglia sembrò scattare, fornendo un rapporto più ortodosso.

I fuggiaschi erano incappati nel blocco proprio nel punto previsto da Cina. C'era stata una breve sparatoria e poi la banda si era rifugiata in cima a un piccolo *kopje* quasi in vista del fiume Limpopo.

« Ho già fatto venire i mortai », esultava il capopattuglia. « Li faremo a pezzi in cima a quella collina! »

« Negativo », disse molto chiaramente Cina. « Ripeto, negativo. Non aprite il fuoco coi mortai. Non attaccate, li voglio prendere vivi. Circondate la collina e aspettate il mio arrivo. » Guardò l'elicottero. I motori erano tornati invisibili dentro i cofani blindati, e il meccanico portoghese si stava occupando del rifornimento di benzina. Una fila di portatori, quasi tutte donne, facevano la coda al serbatoio recando in testa le taniche da venticinque litri.

Cina gridò al meccanico di avvicinarsi e quello si affrettò a raggiungerlo.

« Dobbiamo decollare immediatamente », ordinò.

« Il rifornimento sarà completato in mezz'ora. »

« Troppo. Quanta benzina c'è dentro adesso? »

« I serbatoi di riserva sono pieni, quello principale è a tre quarti. »

« Basta allora, vada a chiamare il pilota, gli dica che si parte subito. »

« Devo ancora rimettere le ghiere alle prese d'aria della turbina », protestò il meccanico.

« Quanto ci vuole? »

« Non più di mezz'ora. »

« Troppo! » gridò Cina, agitato. Il pilota stava arrivando dalla sua tenda, ancora mezzo addormentato. Stava infilandosi il giubbotto di volo, e aveva i paraorecchi dell'elmetto pendenti.

« Forza! » gli gridò Cina. « Si sbrighi ad accendere il motore! »

« E le ghiere della turbina? » insisté il meccanico.

« Tanto vola lo stesso, no? È solo una precauzione. »

« Sì, ma...! »

« No! » tagliò corto Cina spingendolo da parte. « Non posso aspettare. Si scordi le ghiere di protezione, partiamo subito. Metta in moto. »

Con le falde del soprabito svolazzanti sulle gambe, il generale Cina corse all'elicottero e salì al suo posto nella calotta del cannoniere.

Sean Courteney era sdraiato a terra fra due rocce, subito sotto la cresta del *kopje*, e guardava la rada foresta di *mopani*. Lontano, a sud, si vedeva appena una striscia di verde più scuro che indicava la posizione del fiume Limpopo.

« Era così vicino », si rammaricò. « Ce l'avevamo quasi fatta. »

Che fossero sopravvissuti fin lì era già un miracolo. Trecento chilometri in una terra devastata dalla guerra civile, tra due eserciti nemici entrambi, per finire bloccati a due passi dalla salvezza. Dai piedi della collina arrivò una sventagliata di mitra. Le pallottole miagolarono contro le rocce.

Accanto a Sean c'era Matatu che continuava a darsi del cretino. « Sono un vecchio imbecille, buana. Ti conviene licenziarmi e trovarti uno meno orbo e decrepito di me. »

Sean immaginò che li avesse avvistati una vedetta della Renamo al passaggio su una piana spoglia tra le colline. Non c'era stato preavviso, né inseguimento né imboscata: a un tratto una fila di uomini in tuta mimetica tigrata gli era venuta incontro sbucando dai *mopani*.

Erano stanchissimi per aver marciato tutta la notte, e forse avevano perso concentrazione: avrebbero fatto meglio a starsene tra gli alberi invece di tagliare per la prateria... ma tanto ormai era tardi per pensarci.

Avevano avuto appena il tempo di prendere i bambini e trascinare le donne su per quel *kopje*, mentre i guerriglieri della Renamo, pessimi tiratori, sprecavano pallottole sulle rocce. Ma forse avevano fatto apposta a non centrarli, rifletté Sean. Indovinava quali ordini poteva aver dato ai suoi uomini il generale Cina: « Prendeteli vivi! »

« Dov'è Cina, adesso? » si chiese. Una cosa era sicura, non

era lontano, e stava arrivando alla velocità massima dello Hind. Guardò un'altra volta il fiume Limpopo e risentì il gusto amaro del fallimento.

« Alfonso », gridò. « Hai preparato la radio? » Era più per pensare a qualcos'altro che per speranza vera.

Due volte, nella notte, aveva cercato invano di parlare con l'esercito sudafricano. Una volta gli era parso di sentirsi chiamare da Cudù, molto debolmente: le batterie della radio stavano per esaurirsi. La lancetta era arrivata sul rosso.

« Se cerco di rizzar l'antenna qui, quei babbuini laggiù mi sparano nelle palle », rispose Alfonso di tra le rocce.

« Siamo in vista del fiume », gli disse bruscamente Sean. « Dammi qua l'antenna. » Si rizzò su un gomito e tirò il rotolo di cavo isolato giù dalla collina, più lontano che poteva; poi si chinò sulla radio. Quando l'accese, la luce della spia si vide appena.

« Cudù, parla Mossie », inviò il disperato richiamo. « Cudù, mi senti? Cudù, parla Mossie! »

Un proiettile colpì la roccia sopra la sua testa, ma Sean l'ignorò.

« Cudù, parla Mossie! »

Le due donne, la bianca e la negra, lo fissavano tenendo in braccio i bambini.

« Cudù, parla Mossie. » Commutò sulla ricezione e incredibilmente, debolissima che quasi non si udiva, una voce gli rispose.

« Mossie, parla Oubaas. Ti sento appena appena. »

« Oubaas. Oh, Dio », sospirò. « Oubaas! »

*Oubaas*, il nonno, era il nome convenzionale del generale Lothar De La Rey.

« Oubaas, qua siamo nella merda, chiedo un recupero al volo. » Era la locuzione usata quando si trattava di salvare qualcuno sotto il fuoco nemico. « Siamo in sette, cinque adulti e due bambini. La nostra posizione è... » Lesse le coordinate stimate sulla carta topografica. « Teniamo un piccolo *kopje* circa venti chilometri a nord del Limpopo. » Alzò la testa e si guardò rapidamente intorno. « Ci sono due grossi *kopje* a circa quattro chilometri in direzione est. Mi senti, Oubaas? »

« Ti sento, Mossie. » La voce calò, poi tornò. « Come si chiamava tua nonna da ragazza? »

« Ma vaffanculo! » berciò Sean, irritatissimo. Lothar si metteva a controllare la sua identità in un frangente simile! « Si chiamava Centaine de Thiry ed è anche tua nonna brutto bastardo di un Lothar! »

« Okay, Mossie, mando subito un Puma a tirarti via di lì. Ce la fai a resistere ancora un'oretta? »

« Speriamo, Oubaas. Ci sono nemici dappertutto. »

« Forza, Mossie. » Sean dovette avvicinare l'orecchio per sentire le ultime parole. « Dagli del piombo, Sean... » Poi la trasmissione si concluse. La batteria era proprio scarica.

« Arrivano! » Sean alzò gli occhi dalla radio e sorrise a Claudia. « Mandano un elicottero Puma a prenderci! » Poi il sorriso gli morì sulle labbra e si girò lentamente verso settentrione. Si sentiva un rumore nuovo nell'alba, ancora flebile e lontano, ma tutti lo riconobbero. Era il rumore della morte.

Videro lo Hind sbucare da nord, basso sulla foresta, gran mostro gobbo a macchie mimetiche: i primi raggi del sole nascente si riflettevano sulle calotte che sembravano grandi occhi rossi e splendenti.

Dalla foresta di *mopani* ai piedi del *kopje* si alzò un razzo di segnalazione, descrivendo una pigra parabola rossa. Lo Hind la vide e vi si diresse, puntando dritto verso la cima della collina.

Claudia era a fianco di Sean: l'abbracciò forte.

« È troppo crudele », sussurrò lei. « È come morire due volte. » Tirò fuori dalla cintola la pistola Tokarev e cercò di mettergliela in mano.

« No! » si ribellò lui. « Non ce la faccio! Non posso impormelo ancora una volta! » Scostò la pistola.

« Allora come si fa? » chiese lei, e Sean le mostrò la bomba a mano che aveva nella destra.

Claudia la guardò con orrore. Pareva un frutto velenoso e maligno. Rabbrividì e distolse lo sguardo.

« Sarà più rapido e sicuro », le sussurrò lui, rassicurante. « E ce ne andremo insieme, nello stesso momento. »

Sapeva cosa doveva fare. Tenere la bomba tra loro due, abbracciati per terra.

Alzò di nuovo lo sguardo allo Hind che arrivava. Era molto vicino. Era quasi ora. Non l'avrebbe avvertita. L'avrebbe soltanto baciata per l'ultima volta e...

All'improvviso gli occhi di Sean si strinsero. La sagoma dello

Hind era un po' diversa. Si avvicinava, ingrandendosi a ogni istante, e nell'accorgersi di ciò che era cambiato Sean sentì un fremito di eccitazione nuova.

« C'è ancora una possibilità », le sussurrò. « Una piccola possibilità, ma cercheremo di sfruttarla. Vieni qua, Minnie! Presto! » gridò in shangane, e la bambinetta negra venne di corsa fino a loro.

« Tienila qui », sussurrò Sean, e alzò il di dietro della gonnellina lacera della bimba. Sotto portava delle mutandine blu.

Sean scostò un po' l'elastico e ci infilò qualcosa di rotondo e nero come le chiappette dove si fermò.

« Tienimela tu per un po', piccola », sussurrò alla bambina in shangane, rimettendo a posto mutandine e gonna. « È un segreto. Non tirarla fuori, tienila nascosta lì. Me lo fai questo favore, fiorellino? »

Minnie lo guardò con gli occhi scuri adoranti e annuì solennemente, ricambiata da un abbraccio di Sean.

Il rumore dei turbo dello Hind era quasi insopportabile quando si avvicinò alla quota della cima. Quando fu a duecento metri di distanza, Alfonso aprì il fuoco col kalashnikov, spedendo un intero caricatore contro la calotta. Ma quei proiettili non la segnavano nemmeno, leggeri com'erano. L'elicottero rallentò e si fermò appeso al suo rotore lucente. Il generale Cina era seduto sullo scranno del cannoniere, sopraelevato, ed era talmente vicino che si vedeva benissimo il ghigno trionfante che fece quando avvicinò il microfono alla bocca.

La sua voce rimbombò fuori dagli altoparlanti applicati sotto le tozze alette. L'elicottero era così equipaggiato per poter collaborare con la fanteria effettuando ricognizioni e indicando obiettivi dal cielo.

« Buongiorno, colonnello Courteney. Mi ha fatto correre parecchio, ma adesso la caccia è finita. Dica ai suoi uomini di gettare le armi, prego. »

« Obbedisci! » gridò Sean ad Alfonso, ma lui protestò urlando e infilò invece un altro caricatore nel mitra. « Fa' come ti dico! » insisté Sean con voce dura. « Ho un piano, fidati di me. »

Alfonso esitava ancora. A un tratto il cannoncino rotante dello Hind tuonò, assordandoli e sgretolando una roccia del *kopje* subito sotto di loro.

« Non abusi della mia pazienza, colonnello. Dica ai suoi di alzarsi con le mani sopra la testa. »

« Fatelo! » ripeté Sean, e prima Matatu e poi Alfonso si alzarono lentamente in piedi con le mani dietro la testa.

« Gli dica di voltarsi. Voglio assicurarmi che non mi riservino qualche sorpresa. »

Si girarono e la voce di Cina rimbombò ancora.

« Toglietevi i vestiti, tutti. »

Lentamente i due si spogliarono e rimasero nudi.

« Va bene, adesso scendete, allo scoperto. »

Sempre con le mani sulla testa, uscirono dalle rocce sul nudo declivio.

« E adesso le due donne. »

« Fatti forza », sussurrò Sean a Claudia. « Abbiamo ancora una possibilità, una buona possibilità. »

Claudia si alzò lentamente.

« Allora, signorina Monterro », disse Cina con voce tonante che echeggiava sopra la cima degli alberi, « mi fa il favore di togliersi i vestiti? »

Rapidamente, sprezzante, Claudia sbottonò la lacera camicia e se la sfilò sopra la testa scarmigliata. Al sole del primo mattino il seno era bianchissimo.

« Adesso i calzoni », l'incoraggiò Cina. Lei li lasciò cadere alle caviglie e li allontanò con un calcio.

« Benissimo, e ora il resto. »

Le mutandine di pizzo di Claudia erano state lavate e messe tante volte da diventar lise e trasparenti come una ragnatela, sotto la quale si vedeva benissimo l'ombra nera e triangolare del pube.

« No », scosse la testa lei. « Non me le tolgo. » Incrociò le braccia. Il suo rifiuto era netto.

« Va bene, per ora rispetteremo il suo pudore, così poi i miei uomini si divertiranno anche di più », ridacchiò Cina. « E ora scenda allo scoperto anche lei. »

Claudia prese la discesa a testa alta, come le piccole mammelle appuntite. Andò tra Alfonso e Matatu.

« E adesso tu, donna », disse Cina in shangane, e Miriam si alzò. Non aveva la vergogna degli europei per la nudità, e in breve si spogliò completamente. Tenendo per mano il fratellino, andò a raggiungere gli altri.

« Tocca a lei, colonnello Courteney. L'ultima preda è sempre la migliore. »

Sean si alzò in piedi e si liberò con noncuranza dei vestiti sbrindellati.

« Ma guarda, complimenti! » sfotté Cina. « Notevole. Voglio dire, per un bianco. »

Sean, in piedi, lo guardava impassibile, ma dentro di sé calcolava la distanza dell'elicottero. Una sessantina di metri: troppi.

« Faccia il piacere di venir giù dove la posso tener d'occhio, colonnello. Adesso basta con gli equivoci, le pare? »

Sean prese per mano Minnie e la guidò giù per la collina. Il bozzo nelle mutandine oscillava da una parte all'altra come una crinolina ottocentesca: con la mano libera la bambina si reggeva l'elastico per non far cadere le braghette appesantite.

Dieci, quindici, venti passi, contò Sean muovendo verso lo Hind fermo in aria. Adesso vedeva chiaramente le pupille del generale Cina: quaranta metri, ancora troppi. Si fermò accanto a Claudia e rimasero lì in fila, nudi e vulnerabili.

Cina diede un ordine in shangane e dai piedi della collina i suoi uomini si misero a correre su lanciando grida di trionfo. Il pilota portoghese avvicinò ancora un po' l'elicottero alle rocce, e poi ancora un pochino, mostrando la sua gran bravura ai comandi.

Trenta, venticinque metri. Sean si stava concentrando sui buchi delle prese d'aria delle turbine. Erano grossi come bocche di bidoni della spazzatura, e dentro, nel buio, si intravedevano gli ingranaggi del rotore girare a velocità vertiginosa.

Lo Hind si fermò in aria, proprio davanti a loro. Nella cabina il generale si girò a guardare i suoi uomini che salivano su per il pendio. Sean approfittò di questo momento di distrazione.

Si chinò appena e prese il retro della gonna di Minni. Contemporaneamente infilò la mano nelle mutandine e la chiuse sopra la granata. Tirandola fuori, tolse la sicura. Sentì scattare il congegno a tempo. Adesso mancavano cinque secondi. Ne contò tre, poi si mise in posa da lanciatore di baseball proprio mentre Cina tornava a guardarlo.

Mirò il buco di destra e tirò la bomba. Partì secca, tesa, ed egli cercò di dirigerla con la mente nel buchetto rotondo della presa d'aria.

La bomba colpì l'orlo inferiore della presa d'aria e rimbalzò pericolando, come una puntata da un miliardo sospesa tra due numeri alla roulette. Poi il tremendo risucchio degli ingranaggi del rotore l'aspirò dentro il buco.

La granata a frammentazione esplose urtando le ruote dentate, e la potenza enorme delle turbine si squilibrò. Gli ingranaggi si bloccarono in un'orgia autodistruttiva, rivolgendo contro se stessi l'immensa forza di rotazione.

Mentre Sean si gettava a terra spingendo giù Claudia e Minnie con le braccia, il motore dello Hind andò a pezzi in un solo attimo fatale.

L'elicottero sbandò greve di coda, facendo fallire il colpo al generale Cina che sparò in cielo una raffica di cannonate micidiali. Lo Hind si ribaltò e cadde rovesciato. Fumo e schegge metalliche schizzavano dai motori grippati come in una frastornante eruzione.

La gran macchina volante urtò il fianco della collina, rimbalzò alta, ricadde e capriolò per la discesa andando a finire proprio addosso al drappello della Renamo che saliva. I guerriglieri scapparono da tutte le parti, ma ben pochi riuscirono a salvarsi. La fusoliera dello Hind gli rotolò addosso spazzandoli via dalla collina.

Poi l'elicottero si mise a scivolare giù per la discesa come un'immensa slitta, fino al duro impatto contro gli alberi. Il carburante avio, limpido come acqua, sgorgò dai serbatoi sfondati e sprizzò dappertutto, brillando al sole.

Sean e Claudia si alzarono attoniti a contemplare la mirabile distruzione.

Poi, incredibilmente, la calotta del cannoniere si aprì come un'ostrica enorme e il generale Cina strisciò fuori da sotto. Il carburante dello Hind zampillava alto nel sole mattutino, con l'aria innocua di un getto che annaffi gli orti: e irrorò il generale Cina come una pioggerella leggera. Gli intrise la divisa e gli ruscellò anche in faccia, ma lui badava solo ad allontanarsi dalla fusoliera accartocciata, partendo di corsa, pur se barcollando assai, giù per la discesa.

Non aveva fatto dieci passi che lo Hind esplose in una palla di fuoco. Le fiamme divorarono lo spazio tra quello e il generale e accesero l'uniforme imbevuta di Cina. Trasformato in torcia umana, questi corse giù per la china, seguito da lunghe lingue di fuoco aranciate. Si sentivano le urla anche da lì: grida acutissime, disumane.

Cina non raggiunse gli alberi. Cadde al limitar della foresta, nell'erba alta, brunastra e secca. Quella discesa diventò la sua pira. La carne che bruciava appiccò fuoco all'erba: nel cuore delle fiamme lo sentivano urlare ancora.

« Indietro! » gridò Sean, e la sua voce riscosse tutti dall'orrore che li aveva incantati. Sollevò Claudia e prese in braccio Minnie.

Insieme corsero nel cerchio di rocce dove si erano asserragliati poco prima, mentre intorno a loro riprendevano a miagolare rade pallottole della Renamo. Si stesero dietro le rocce, senza ancora preoccuparsi della propria nudità, e guardarono bruciare lo Hind. Il fuoco dilagava fino ai margini della foresta.

Quando si spense, sul pendio nerastro giacevano sagome carbonizzate e informi. Sembravano sacchi di spazzatura, ma, quando il vento cambiò, zaffate di carne bruciata arrivarono fino in vetta alla collina.

Il cambiamento di vento portò loro anche un rumore nuovo. Sean si alzò e guardò all'orizzonte, verso il verde Limpopo.

L'elicottero Puma era ancora un puntino ben lontano, ma si stava avvicinando in fretta: già si sentivano distintamente i motori.

« Rimettiti i calzoni, dolcezza », disse Sean stringendo forte Claudia. « Pare che tra poco avremo compagnia. »

Finito di stampare nel mese di ottobre 1998
presso il Nuovo Istituto Italiano d'Arti Grafiche - Bergamo
Printed in Italy

SUPERPOCKET

Periodico settimanale, anno II, n. 58
Registrazione n. 707 del 30.11.1996 presso il Tribunale di Milano
Direttore responsabile: Mario Spagnol

## WILBUR SMITH

**Romanzi disponibili in edizione economica**

*Gli angeli piangono*
*Un'aquila nel cielo*
*Cacciatori di diamanti*
*Il canto dell'elefante*
*Come il mare*
*Il destino del leone*
*Dove finisce l'arcobaleno*
*Gli eredi dell'Eden*
*I fuochi dell'ira*
*La notte del leopardo*
*L'ombra del sole*
*L'orma del Califfo*
*Il potere della spada*
*Quando vola il falco*
*La spiaggia infuocata*
*Stirpe di uomini*
*Sulla rotta degli squali*
*L'uccello del sole*
*L'ultima preda*
*Una vena d'odio*
*La voce del tuono*
*La Volpe dorata*



R